ANDREAS GRUBER

# Todesfrist



GOLDMANN
Lesen erleben

*Buch*

Weh! Jetzt geht es klipp und klapp
Mit der Scher' die Daumen ab,
Mit der großen scharfen Scher'!
Hei! da schreit der Konrad sehr.

*(aus: Heinrich Hoffmann, Der Struwwelpeter)*

In den Katakomben des Münchner, des Kölner und des Leipziger Doms wird jeweils eine weibliche Leiche gefunden. Alle drei Frauen wurden auf grausame Weise ermordet: die erste in Tinte ertränkt, die zweite von Hunden zerfleischt, die dritte in einer Blechwanne verbrannt. Wer steckt hinter dieser furchtbaren Mordserie? Und ist es ein Zufall, dass die Taten den düsteren Geschichten aus dem Kinderbuch Der Struwwelpeter ähneln?

Die Ermittlungen übernimmt die junge Münchner Kriminalbeamtin Sabine Nemez. Mithilfe des forensischen Kripopsychologen Maarten Sneijder folgt sie der Spur des Täters bis nach Wien. Hier treibt der Killer sein heimtückisches Spiel mit der Psychotherapeutin Helen Berger. Doch diesmal hat er sich das falsche Opfer ausgesucht. Helen dreht den Spieß um und ist kurz davor, seine Identität aufzudecken. Doch dann verschwindet sie spurlos …

Weitere Informationen zu Andreas Gruber
sowie zu lieferbaren Titeln des Autors
finden Sie am Ende des Buches.

Andreas Gruber

# Todesfrist

Thriller

GOLDMANN

Dieses Buch ist auch als E-Book erhältlich

Der Verlag weist ausdrücklich darauf hin, dass im Text enthaltene externe Links vom Verlag nur bis zum Zeitpunkt der Buchveröffentlichung eingesehen werden konnten. Auf spätere Veränderungen hat der Verlag keinerlei Einfluss. Eine Haftung ist daher ausgeschlossen.

MIX
Papier aus verantwortungsvollen Quellen
FSC® C014496
FSC www.fsc.org

Verlagsgruppe Random House FSC® N001967

22. Auflage
Taschenbuchausgabe April 2014
Wilhelm Goldmann Verlag, München,
in der Verlagsgruppe Random House GmbH,
Neumarkter Straße 28, 81673 München

Ein Projekt der AVA international GmbH
Autoren- und Verlagsagentur
www.ava-international.de
Redaktion: Verlagsbüro Oliver Neumann
Umschlaggestaltung: UNO Werbeagentur, München
Umschlagmotiv: © FinePic®, München
Th · Herstellung: Str.
Druck und Bindung: GGP Media GmbH, Pößneck
Printed in Germany
ISBN 978-3-442-47866-8
www.goldmann-verlag.de

*Für*
*Heidemarie, Veronika und Günter,*
*vielen Dank, ihr Lieben*

# Prolog

Der Fahrstuhl fuhr mit einem gleichmäßig surrenden Geräusch in die Tiefe. Die Tür glitt auf, und blasses Neonlicht fiel in die Kabine.

Carmen lief durch die menschenleere Tiefgarage. Wie sie den grauen Beton und das sterile Licht hier unten hasste! Immer wenn ihre Nachtschicht am Montagmorgen um fünf Uhr endete, lag das zweite Untergeschoss in bedrückender Stille. Die Autos hockten wie lauernde Kreaturen im Schatten der Säulen, nur die Motorhauben ragten ins Licht. Kein Mensch weit und breit. Manchmal trieben sich im Keller des Instituts für Pathologie der Wiener Universität Verrückte herum. Sie fragte sich, ob sie eine siebenundvierzigjährige Frau überfallen würden. Stiegen ihre Chancen, in Ruhe gelassen zu werden, mit zunehmendem Alter, oder sanken sie?

Carmen fröstelte in der weißen Schwesterntracht, während sie zu ihrem Wagen lief. Stellplatz *U2-P58.* Seit drei Jahren dieselbe Nummer. Damenparkplätze. Die sonst flackernde Beleuchtung in dieser Ecke war komplett ausgefallen, und ein Müllsack von den Maler- und Renovierungsarbeiten verdeckte die Kamera wieder mal. Letzte Weihnachten hätten die Arbeiten fertig gestellt werden sollen – und jetzt war fast Ende März. Gingen dem Krankenhaus die Subventionen aus?

Carmen erreichte ihren VW Golf und betätigte den Knopf für die Zentralverriegelung. Die gelben Blinker zuckten zweimal auf. In diesem Moment bemerkte sie aus dem Augenwinkel den Schatten einer hoch gewachsenen Gestalt. Rasch trat der Kerl hinter der Säule hervor. Noch bevor sie sich wegdrehen und den Arm hochreißen konnte, spürte sie einen kurzen Einstich im Nacken.

Als Carmen die Augen aufschlug, umgab sie schwerfällige Dunkelheit. Sie war nicht in ihrem Schlafzimmer, ja nicht einmal in ihrer Wohnung. Sie vermisste das Ticken der Uhr, den Duft der frischen Bettwäsche und das rote Blinklicht des Videorekorders. Stattdessen roch es nach Feuchtigkeit, Holz und Zement.

Eine Baustelle?

Instinktiv wusste sie, dass sie nicht lag, sondern aufrecht stand. Woher? Sie hatte keine Ahnung. Vermutlich, weil ihr eine Träne über die Wange nach unten lief. Unwillkürlich wollte sie sie aus dem Gesicht wischen, doch ihre Arme hingen bleischwer und bewegungslos an ihr herunter. Augenblicklich wurde sie von Panik erfasst.

*Was ist mit mir geschehen?*

Sie wollte sich bewegen, den Kopf zur Seite drehen, doch sie war völlig erstarrt. Ihre Beine fühlten sich taub an. Sie konnte nicht einmal die große Zehe bewegen, als besäße sie keine Gliedmaßen mehr.

»Hallo?«, krächzte sie.

Ihre Stimme hallte von den Wänden wider. Es klang wie das Echo in einer Gruft. Trotzdem hörte sich der Ton merkwürdig gedämpft an und wurde vom Rauschen ihres Blutes überlagert. Wie im Urlaub am Strand von Kroatien, wo sie als junges Mädchen eine Muschel ans Ohr gepresst hatte, um der Brandung zu lauschen.

Sie schloss die Augen. Dieser merkwürdige Geruch! Zwischen dem steinigen und erdigen Mief lag eine Spur von Weihrauch. Verrückt!

Ihre Zunge tastete über die Lippen. Körniger Staub. Sie schluckte. Was für ein säuerlicher Geschmack! Plötzlich kam der Brechreiz. Sie musste würgen und spie bitteren Gallensaft aus, der ihr übers Kinn lief.

*Was ist bloß passiert?*

Sie konnte nicht richtig ausspucken und den Kopf weder drehen noch senken. Eine harte, scharfe Kante umrahmte ihr Gesicht.

Auch das Atmen fiel ihr schwer, als schnürte ein eng anliegendes, eisernes Korsett ihre Brust ein.

»Hallo?«

Verdammt! Hoffentlich war es bloß ein Albtraum. Wie oft war sie nachts ans Bett ihrer Kinder gelaufen, um die beiden zu trösten, wenn sie schrien? *Schlaf weiter, Kleines, es war nur ein böser Traum! Mami ist da.* Mittlerweile lebte sie allein in ihrer Wohnung.

Aber das hier passierte *wirklich.* Zu real waren der Geschmack in ihrem Mund und das Kratzen in ihrer Kehle. Zu deutlich trommelten die pochenden Kopfschmerzen von innen an ihre Schädeldecke, immer heftiger, je mehr sie sich zu bewegen versuchte.

*Welcher Tag ist heute?*

Sie wollte ihre Schläfen massieren. Meistens half das beim Denken. Warum konnte sie die Hände nicht bewegen? Ihre Finger waren so taub, als hätte ihr jemand sämtliche Nerven durchtrennt.

*Konzentrier dich! Was ist das Letzte, woran du dich erinnerst?* Plötzlich kam die Erkenntnis. *Die Tiefgarage! Der Kerl hinter der Säule! Der Stich in den Nacken!* Danach war ihre Erinnerung verblasst.

»Hilfe!« Mit rasendem Herzen bemerkte Carmen, dass sie nicht mehr bloß *Hallo,* sondern *um Hilfe* rief. Immer lauter, bis sie keine Puste mehr hatte und wegen des Drucks auf ihrer Brust nur noch flach atmen konnte.

Endlich hörte sie jemand.

In unmittelbarer Nähe tauchte ein Lichtstrahl unter einem Türschlitz auf. Allerdings war der Schein zu schwach, um in dem Raum etwas zu erkennen. Schritte kamen auf die Tür zu. Langsam und desinteressiert. Es klang, als stiege jemand eine Treppe herunter.

Instinktiv zählte Carmen mit. Sechzehn Stufen. Dieser Raum lag also ein Stockwerk tiefer.

*Tiefer als was?*

»Hilfe!«, rief sie erneut.

Da erklang das metallene Schaben eines Schlüssels im Schloss. Eine Kette rasselte.

War es eine gute Idee gewesen, ausgerechnet jetzt um Hilfe zu rufen? Sie hätte damit warten sollen, bis die Lähmung verflogen war. Dann hätte sie den Raum zuvor nach einer Fluchtmöglichkeit oder zumindest einer Waffe durchsuchen können. Carmens Herz raste. Bestimmt kam da der Mistkerl, der ihr die Injektion verpasst hatte!

Die massive Metalltür wurde aufgedrückt. Der Lichtstrahl tanzte in den Raum und blendete sie für einen Moment. Der Mann trug eine Stirnlampe. Carmen kniff die Augen zusammen, sah aber nur seinen schlanken Körper von der Hüfte an abwärts. Er trug eine graue Hose und Arbeitsschuhe. War es überhaupt ein Mann?

»Wer sind Sie?«, keuchte sie.

Was für eine blöde Frage, dachte sie im selben Moment. Der Mistkerl würde ihr keine Antwort geben. Er ging auf sie zu. Schutt und Kieselsteine knirschten unter seinen Schuhsohlen. Unwillkürlich musste Carmen an den Geruch nach Baustelle denken. Befand sie sich im Keller eines Rohbaus? Oder noch in der Tiefgarage der Pathologie? Nein, im Krankenhaus war sie definitiv nicht. Dort hatte sie noch nie den Geruch von Weihrauch bemerkt.

»Was wollen Sie von mir?«

Auch diesmal gab er keine Antwort. Bestimmt würde sie es früh genug erfahren. Allerdings konnte er sie nicht ewig hier festhalten. Bald würde sie Arme und Beine wieder bewegen können, und dann gnade ihm Gott. Was immer er mit ihr vorhatte – er würde sein Ziel nicht erreichen. Der Gedanke, dass er sie feige von hinten mit einer Spritze überwältigt hatte, machte sie so wütend, dass sie ihm den nächstbesten Gegenstand, den sie in die Finger kriegen würde, an den Schädel schlagen wollte.

Da öffnete der Kerl den Mund. Seine Stimme klang verzerrt, als hätte er einen defekten Kehlkopf oder einen Schnitt in der Luftröhre.

»Ich habe dir ein Anästhetikum injiziert …«

*Bursche, du hast keine Ahnung, was ich mit dir anstelle, sobald du mir für einen Augenblick den Rücken zuwendest. Du hast dir die Falsche ausgesucht!*

»… und ein Muskelrelaxans.«

Er verzichtete auf weitere Erklärungen. Sie waren nicht notwendig. Aufgrund ihrer Kleidung wusste er, dass sie Krankenschwester war. Der Ausweis an ihrer Bluse wies sie als Mitarbeiterin der Gynäkopathologie aus.

»Allerdings habe ich auf ein Analgetikum verzichtet.« Seine Stimme klang so emotionslos, als langweilte ihn die Erklärung. Die Stirnlampe blendete sie wieder. Diesmal länger. Offensichtlich beobachtete er ihre Reaktion.

Von den Dutzenden Fragen, die ihr gleichzeitig durch den Kopf schossen, beschäftigte sie eine am meisten: Warum verbarg er sein Gesicht vor ihr? Kannte sie ihn? Möglicherweise hatte er nicht vor, sie zu töten. Der Gedanke entspannte sie. Doch irgendetwas *hatte* er mir ihr vor. Was immer es war, sie würde die erste Möglichkeit nutzen, *ihn* zu töten, bevor er ihr etwas antun konnte. War sie dazu überhaupt in der Lage? Sie zweifelte keinen Moment daran. Ob sie nun ihrem Chefarzt beim Sezieren assistierte und das Skalpell beim Brustbein eines Toten ansetzte und bis zum Nabel hinunterzog oder diesem Kerl einen Nagel oder stumpfen Bleistift in die Niere oder Lunge stieß … wo lag da der Unterschied? Wenn er röchelnd vor ihr kauerte, würde sie nicht einmal ein schlechtes Gewissen plagen.

*Du hast dir die Falsche ausgesucht! Besser wäre die junge Blondine aus dem Sekretariat gewesen.*

»Hörst du mir zu?« Die blecherne Stimme klang herablassend, was Carmen noch mehr ärgerte.

Sie antwortete nicht. Natürlich hatte sie ihm zugehört. Jedes einzelne, verdammte Wort hatte sie mitbekommen. Anästhetikum, Muskelrelaxans und Analgetikum wurden normalerweise vor Operationen verwendet, um die Patienten bewusstlos, bewegungsunfähig und schmerzunempfindlich zu machen. Meist wurde das Analgetikum nachdosiert – doch darauf hatte dieser Mistkerl verzichtet, wie er behauptete. Allerdings hatte sie bis auf rasende Migräne keine Schmerzen. Was zum Teufel hatte er mit ihr vor?

Als hätte er ihre Frage erraten, trat er einen Schritt näher. Ein greller Lichtring blendete sie. »Brandopfer sterben meistens, weil die Zellatmung versagt, sobald mehr als zwei Drittel der Haut zerstört sind. Damit dir nicht das Gleiche passiert, sind deine Hände und Füße in Müllsäcke gewickelt. Du trägst einen Regenmantel und eine alte Seglerhose.«

In Carmens Kopf stoppten alle Gedanken. Schlagartig hatte der Unbekannte ihre ungeteilte Aufmerksamkeit.

»Die Kleider sind zwar nicht atmungsaktiv, aber zumindest Wasser abweisend. Das verhindert die Verätzung der Haut durch den scharfen Zement.« Er machte eine Pause. »Jedenfalls an den wichtigsten Stellen.«

Wovon zum Teufel sprach der Kerl? Carmen versuchte, die Finger zu bewegen, den Kopf zu drehen und in den Nacken zu legen, doch ohne Erfolg.

»Im Lauf der Zeit tritt allerdings ein gewisser Juckreiz auf, wenn sich Schweiß sammelt, Pilze und Parasiten bilden. Ich hoffe, du verfügst über ein gutes Immunsystem und benötigst kein regelmäßiges Medikament – denn das wirst du hier unten nicht bekommen. Du hast keinen freien Venenzugang mehr.«

Carmen nahm täglich Blutdrucktabletten, etwas anderes jedoch nicht. Sie schluckte den galligen Geschmack runter und merkte, wie ihr Brustkorb zusehends eingeengt wurde. »Was …?«, krächzte sie.

Seine Stimme klang gefühllos. »Habe ich endlich dein Interesse geweckt?«

Sie antwortete nicht. Das alles ergab keinen Sinn. Doch er ließ ihr keine Zeit, einen klaren Gedanken zu fassen.

»Ich werde dafür sorgen, dass du nicht an einer Nierenintoxikation stirbst.«

Warum sollte sie an einer Nierenvergiftung sterben? Der Kerl nahm Begriffe in den Mund, die sonst nur Ärzte oder Krankenpfleger verwendeten. Kannte sie ihn aus der Pathologie oder einem anderen Institut? Es gab immer wieder Berührungspunkte mit anderen Abteilungen. Womöglich war er einer der knapp zehntausend Angestellten des Allgemeinen Krankenhauses Wien und ihr dort schon einmal über den Weg gelaufen.

Wie viel Zeit war verstrichen, seit er ihr das Anästhetikum injiziert hatte? Acht Stunden? Bestimmt wurde im Krankenhaus bereits nach ihr gesucht.

»Siehst du …« Er machte einen weiteren Schritt auf sie zu und senkte den Kopf. Das Licht fiel zu Boden. »Diese beiden Schläuche sorgen dafür, dass es zu keinem Rückstau kommt. Jeden zweiten Tag werde ich dir etwas zu essen und zu trinken bringen.«

Ihr Herz tat einen Satz. Sie wollte den Kopf senken, doch das ging nicht. Aus dem Augenwinkel sah sie, wie er einen dünnen Kunststoffschlauch aus den Fingern gleiten ließ, dessen Ende in einen Metalleimer plumpste.

»Einen Schmerz kann ich dir allerdings nicht nehmen.« Er atmete tief ein. Carmen bemerkte die Erregung in seiner verzerrten Stimme, als hätte er lange auf diesen Augenblick gewartet. »Ich weiß nicht, wann die Ankylose einsetzt, aber ich denke, schon bald werden sich deine Gelenke versteifen. Deine Wirbelsäule wird verknöchern, und deine Fingernägel werden in den Körper zurück wachsen. Doch davon wirst du nichts mehr mitbekommen.« Die Stimme klang, als lächelte er. »Platzangst und die psychische Belastung werden dich vorher in den Wahnsinn treiben.«

Sie brachte kein Wort heraus. Ihr Gedanke, ihn zu töten, war wie wegradiert. Er war gefährlich und verrückt. Langsam kroch Panik in ihr hoch. Vielleicht war doch alles nur ein Albtraum, dachte sie. Einer von der schlimmen Sorte, bei der man Gott dankt, dass er nicht real ist, sobald man erwacht.

»Ich brauche Wasser«, krächzte sie. Ihr Mund war vollkommen trocken.

»Morgen«, antwortete er.

»Was haben Sie mit mir vor?«

Er stand unmittelbar vor ihr und studierte ihre Gesichtszüge. Sie roch seinen Atem. »Hast du es noch nicht begriffen?«

Er trat einige Schritte zurück und langte nach oben. Sie sah nicht, was er herunterholte, hörte nur das Klirren einer Kette. Offensichtlich zog er an einem Flaschenzug.

»Der Mörtel war erst nach acht Stunden trocken. Danach habe ich den Block mit diesem Flaschenzug aufgestellt.«

Er ließ die Kette los und trat hinter Carmen. Das Licht seiner Stirnlampe fiel auf einen Spiegel, der am Ende der Kette baumelte. Der Schimmer wurde reflektiert und tanzte über die Wände. Rote Backsteinziegel. Kein Verputz. Das Gewölbe war leer und reichte nicht weit nach hinten – wie ein kleiner Weinkeller. Carmen glaubte Haken an der Steindecke zu erkennen.

»Ich hoffe, du gerätst bei deinem Anblick nicht in Panik. Denk immer daran: Dein Brustkorb ist eingeengt. Du kannst nur flach atmen! Je ruhiger du reagierst, desto besser. Sobald du hyperventilierst, erstickst du.«

Der Spiegel drehte sich, sodass sie für einen Augenblick ihr Gesicht sehen konnte.

Und sie sah … *nur ihr Gesicht!*

Angst, Panik und Wahnsinn stiegen zugleich in ihr hoch.

»Nein!«, rief sie. »Nein, bitte nicht … Gott, nein …!«

Ihre Gedanken überschlugen sich. Plötzlich ergab alles einen Sinn. Seine Erklärungen über die Haut, die Niere, die Wirbelsäule, die Platzangst und den Venenzugang. Sie besaß tatsächlich keinen freien Venenzugang mehr.

In dem vor ihr baumelnden Spiegel sah sie eine zwei Meter hohe und etwa sechzig Zentimeter breite Betonsäule in einer zur Hälfte abgeschlagenen Holzverschalung. Nur ihr Gesicht, von der Stirn bis zum Kinn, ragte aus der grauen Oberfläche … und zwei Schläuche in Hüfthöhe.

»Nein!«, rief sie. »Nein, bitte nicht!«

Sie begann zu weinen. Unwillkürlich spannten sich ihre Muskeln an, als könnte sie damit den Beton sprengen, doch je mehr sie versuchte, sich zu bewegen, desto weniger Luft bekam sie. Sie konnte ihren Brustkorb nicht heben.

*Bitte, helft mir!*

Jemand musste kommen und den Betonblock mit einem Hammer zerschlagen, bevor sie wahnsinnig wurde.

»Hilfe!«, kreischte sie, so laut sie konnte, und japste nach Luft. »Bitte lassen Sie mich frei«, bettelte sie. »Bitte!«

Sie würde ihm nichts tun. Sie versprach, wenn er sie *jetzt* aus dem Beton befreite, würde sie nicht einmal Anzeige gegen ihn erstatten. Sie würde alles verzeihen und vergessen.

»Bitte!«

Er trat wieder nach vorne. An der Stirnlampe merkte sie, wie er unmerklich den Kopf schüttelte.

»Ich habe dir vorsorglich ein Breitband-Antibiotikum injiziert. Außerdem werde ich dich gelegentlich mit Vitamintabletten versorgen, aber du wirst dennoch an Rachitis erkranken.« Er leuchtete ihr ins Gesicht. »Und deine Augen werden unter Fotophobie zu leiden beginnen.«

Zunächst begriff sie nicht, worauf er hinauswollte, da sie nur ihr Keuchen hörte und in Gedanken immer noch ihr entsetztes Gesicht sah. Doch er wiederholte seine Worte.

Vitaminmangel und Lichtempfindlichkeit? Diese Effekte würden sich erst nach Wochen einstellen. Wie lange wollte er sie in diesem Block gefangen halten?

Tränen liefen ihr übers Gesicht. Sie spürte den salzigen Geschmack auf den Lippen. »Wann lassen Sie mich hier raus?«

Er schüttelte den Kopf. »Ich werde beobachten, wie du die nächsten Monate überlebst.«

*Monate? Sechzig oder neunzig Tage? Ein halbes Jahr vielleicht!* Sie war wie paralysiert. Dennoch blieb ein winziges Detail in ihrem Bewusstsein hängen.

Er hatte nicht gesagt, *ob* sie die nächsten Monate überlebte, sondern *wie*.

*Wie?*

In Angst und Wahnsinn!

»Bitte nicht! Sie müssen das nicht tun!«

»Oh!« Er neigte den Kopf. »Ich habe es schon getan.«

»Warum ausgerechnet ich?«

»Vielleicht kommst du von selbst drauf.«

»*Warum*, um Himmels willen?«

Plötzlich veränderte sich seine Stimme. Sie wurde heller, wie die eines Mädchens, das einen Kinderreim aufsagte.

Nein, das konnte alles nicht wahr sein. Carmen schloss die Augen und betete in Gedanken, endlich aufzuwachen, flehte immer intensiver, um die Stimme dieses Mannes nicht mehr hören zu müssen.

*Bitte, lieber Gott. Mach, dass dieser Block umfällt und zerspringt! Mach, dass ich in meinem Bett aufwache und am nächsten Tag wieder zur Arbeit gehen darf. Bitte!*

Doch Gott erhörte sie nicht.

Stattdessen nahm sie wahr, wie der Mann sich von ihr entfernte, die Metalltür schloss, die Kette durch den Griff zog und die Treppe hochstieg.

Der Kinderreim begleitete ihn, Stufe um Stufe …

*Ob der Philipp heute still,*
*wohl bei Tische sitzen will?*
*Also sprach in ernstem Ton,*
*der Papa zu seinem Sohn.*

*Doch der Philipp hörte nicht,*
*was zu ihm der Vater spricht.*
*Er gaukelt und schaukelt, er trappelt und zappelt,*
*auf dem Stuhle hin und her,*
*Philipp, das missfällt mir sehr!*

Und plötzlich wusste sie, wer sie entführt hatte.

# 1. Teil

*Zwei Monate später*

*Sonntag, 22. Mai, bis Montag, 23. Mai*

*»Die Welt ist genau genommen*
*ein ziemlich riskanter Ort.*
*Jede Menge schlimmer Dinge können*
*einem da draußen zustoßen,*
*und oft tun sie das auch.«*

ANNA SALTER

# 1

Kerstin, Connie und Fiona richteten sich gleichzeitig im Bett auf. Die Kopfkissen und Teddybären flogen zur Seite.

»Was erzählst du uns morgen für eine Geschichte, Tante Bine?«, rief Kerstin aufgeregt.

Sabine hasste es, »Tante« genannt zu werden. Das machte sie alt, und mit sechsundzwanzig Jahren war sie das bei Gott nicht. »Morgen habe ich keinen Nachtdienst. Da bin ich zu Hause und erhole mich von euch Gören«, antwortete sie.

»Übermorgen!«, riefen die drei wie aus einem Mund.

Die Töchter ihrer Schwester – vier, fünf und sieben Jahre – sahen mit den blonden Mähnen nicht nur wie drei Orgelpfeifen aus, sondern konnten auch richtige Nervensägen sein.

»Übermorgen, Tante Bine, was erzählst du uns da?«, ließen sie nicht locker.

Sabine ging zum Fenster. Der Horizont lag bereits im orange-blauen Dämmerlicht. Bald würde ihr Dienst beginnen. Die Münchner Frauenkirche war beleuchtet. Die Hauben der beiden kraftvollen Türme ragten in weiter Ferne über die Hausdächer. Plötzlich erfasste sie ein dumpfes Gefühl im Magen, als stürbe ein Teil von ihr ab. Sabine schluckte den bitteren Geschmack runter. Sie wusste nicht, warum, aber der Anblick der Kirche erinnerte sie an den Tod. Rasch zog sie den gelben Spongebob-Vorhang zu. »Nächstes Mal bekommen wir einen Auftrag vom Vatikan.«

»Vom Papst?«, rief Fiona, die Älteste. »Warum?«

Sabine wusste nicht, was mit ihr los war. Sie versuchte sich selbst aufzuheitern. »Bald ist Pfingsten. Der Papst reist viel herum und braucht unser Team für einen besonders schwierigen Security-Auftrag.«

»Wo fahren wir hin?«

»Fahren?« Sabine hob die Augenbrauen. »Wir fliegen! Und zwar mit den schnellsten Helikoptern, die wir haben. Neu entwickelt, in unserem Geheimlabor.«

»Ist ja krass! Warum hat der Papst gerade *uns* gefragt?«

Fiona stieß ihrer Schwester den Ellenbogen in die Seite. »Weil wir die beste Ausrüstung haben!«

»Genau«, bestätigte Sabine. »Nachtsichtgeräte, Schutzwesten, Mikro-Funkgeräte.«

»Wow!«, rief Fiona. Kerstin machte große Augen. Connies Mund stand offen.

Es klopfte an der Tür, und Sabines Schwester lugte ins Kinderzimmer. »Schlafenszeit. Sagt gute Nacht zu Sabine.«

»Übermorgen arbeiten wir für den Sabst!«, rief Connie, die Kleinste, aufgeregt.

»Psst!« Sabine schüttelte unmerklich den Kopf. »Ein Geheimauftrag«, flüsterte sie. »Kein Wort zu eurer Mutter, sonst ist sie in Gefahr.«

»Oh, krass!«, riefen die Mädchen.

Sabine umarmte ihre Nichten und gab jeder einen Kuss. Dann schaltete sie das Licht aus, ließ die Tür einen Spaltbreit offen und ging zu ihrer Schwester in den Vorraum.

Monika schüttelte mit gespielter Empörung den Kopf. »Was erzählst du denen nur immer für Geschichten?«

»Sie lieben solche Storys.«

»Ich weiß«, seufzte Monika. »Mit meinen Feen-, Elfen- und Prinzessinnen-Geschichten kann ich einpacken. Aber übertreib es nicht!«

Obwohl Sabines um drei Jahre ältere Schwester schief am Türstock lehnte, war sie immer noch einen halben Kopf größer als sie. Kaum zu glauben, dass sie Schwestern waren. Sabine war zwar nur einen Meter sechzig groß, aber zum Glück hatte Gott sie mit einem trainierten, drahtigen Körper gesegnet. Sie nannte es *ausgleichende Gerechtigkeit.* Während ihre Schwester die Lehre als

Verkäuferin abgebrochen hatte und nun halbtags Audioguide-Kopfhörer an die Besucher des Stadtmuseums verteilte, war Sabine in ein Sportgymnasium gegangen und hatte bis heute nicht aufgehört zu trainieren. Joggen, Pilates und Mountainbiken. Einige Kollegen neckten sie – ob sie damit ihre Größe kompensieren wolle. Pfeif drauf! Sie musste in ihrem Job fit bleiben.

Monika strich Sabine über die dunkelbraunen Haare und ließ eine gefärbte Strähne durch die Finger fließen. »Der silberne Streifen steht dir gut.«

»Ich weiß, danke. Aus Marokko, von unserem letzten Einsatz mit dem Security-Team. Kerstin will auch eine.«

»Oh Gott.« Als Monikas Blick auf das goldene Herz-Medaillon an Sabines Hals fiel, wurde sie ernst.

Vaters Geschenk. Sabine trug es seit der Trennung ihrer Eltern vor zehn Jahren, als sie mit Mutter von Köln zurück nach München gezogen waren. Sie wusste, was in ihrer Schwester vorging. Seit der Scheidung ihrer Eltern hatte Monika kein gutes Haar an Vater gelassen und alles aus ihrem Leben verbannt, was sie an ihn erinnerte. Sie wollte einfach nicht verstehen, dass Sabine noch an ihrem Vater hing. Dabei war es so einfach: An einer Trennung trug nie einer allein die Schuld. Gerade Monika hätte das am besten begreifen müssen.

»Hast du den Unterhalt für diesen Monat schon bekommen?«, fragte Sabine.

Monika ließ ihr Haar los. »Er ist drei Monate im Rückstand.«

»Kuhscheiße!«, fluchte Sabine. Ihr Exschwager war ein Arschloch.

»Leise!« Monika schmunzelte und deutete zur angelehnten Kinderzimmertür. »Die Gören sagen das auch schon.«

»Uh …« Sabine verzog das Gesicht. Dann wurde sie wieder ernst. »Soll ich was unternehmen?«

»Nein, Gabriel wird schon zahlen.«

Sabine nickte. Sie nahm ihre Dienstwaffe von der Kommode und steckte sie ins Holster. Am liebsten würde sie Gabriel einen

Besuch abstatten. Ihre Schwester kämpfte sich als alleinerziehende Mutter mit den drei Mädchen gerade mal so durchs Leben – mit einem Teilzeitjob im Museum und einer fünfzig Quadratmeter großen Wohnung. Sie schlief auf der Wohnzimmercouch, während sich die Mädchen das Schlafzimmer teilten. Aber der Herr Anwalt rückte keinen Cent raus.

Sabine stopfte ihren Geldbeutel in die Jackentasche und schnürte die Schuhe zu. »Wenn du Hilfe brauchst, ruf mich an – ich habe Nachtdienst und bin auf dem Revier zu erreichen.« Sie steckte die Dienstmarke an den Hosenbund und zog die Jacke zu. Der Saum verbarg die Walther und das Reservemagazin am Hosengürtel.

»Ich weiß, Kleine.« Monika umarmte sie und drückte sie länger als sonst. »Danke. Ohne dich würde ich wahnsinnig werden.«

»Es wird schon. Morgen kommt Mutter zu Besuch und passt auf die Mädchen auf, nicht wahr?«

Monika nickte. »Wie geht's Mutter übrigens? Du warst doch Freitagabend mit ihr wieder bei diesem komischen Kurs?«

Der Pilateskurs war nicht *komisch,* bloß die Vortragende. Eine fünfzigjährige Bohnenstange. Da spürte Sabine erneut dieses merkwürdige Gefühl im Magen. »Ich musste absagen. Hatte viel um die Ohren und fühlte mich nicht besonders.«

»Ups.« Monika hob die Augenbrauen. »Wie hat der alte Drachen reagiert? Ist er allein hingegangen?«

»Du weißt doch, wie Mutter ist. Wahrscheinlich nicht. Ich habe ihr auf den Anrufbeantworter gesprochen, dass ich eine Parkemedtablette nehme und mich im Bett verkrieche. Seither habe ich nichts von ihr gehört.«

»Sie hat dich nicht mal zurückgerufen? Untypisch für Mutter.«

Wie wahr! Seit Tagen plagte Sabine das schlechte Gewissen, weil sie im Pyjama auf der Couch eine Doppelfolge der *Tricks der großen Magier* gesehen hatte und eingepennt war, statt zum Turnen zu gehen. Andererseits war ihre Mutter eine selbstständige Frau, um die sie sich nicht kümmern musste. »Wenn sie morgen kommt, gib ihr einen Kuss von mir. Wir holen Pilates diesen Freitag nach.«

»Okay, mach ich – und jetzt Abmarsch!« Monika gab ihr einen Klaps auf den Po. »Nimm die Schurken fest … im Polizeigriff!« Monika schnitt eine böse Grimasse und krümmte die Finger zu Krallen.

Sabine fuhr mit dem Fahrstuhl hinunter und verließ das Mietshaus, in dem ihre Schwester wohnte. Abends war die Gegend um den Ostbahnhof nicht so prickelnd. Ihr Wagen stand auf der gegenüberliegenden Straßenseite unter einer flackernden Straßenlaterne. Als sie die Autotür öffnen wollte, stürzte aus dem Schatten der Bäume ein Mann auf sie zu.

»Eichhörnchen!«

Sabine nahm die Hand von der Dienstwaffe. »Vater?« Was machte er in München?

Ihr Vater sah schrecklich aus. Der Schatten eines Dreitagebarts verdunkelte sein Gesicht. Seine Augen lagen in tiefen Höhlen, als hätte er seit Tagen nicht geschlafen.

»Ich bin zu deiner Wohnung gefahren, aber du warst nicht da. Auf dem Revier haben sie gesagt, dass dein Dienst bald beginnt – ich dachte mir, dass du bei Monika bist.«

Sabine blickte auf die Uhr. Es war kurz nach acht. Sie musste auf ihre Dienststelle. »Warum bist du nicht in mein Büro gekommen?«

Tränen liefen ihm über die Wangen.

»Vater, um Himmels willen, was ist passiert?«

Er schloss sie in die Arme und drückte sie an sich. »Es tut mir leid, Eichhörnchen!«

Seit ihrem dritten Lebensjahr nannte er sie wegen ihrer vollen braunen Haare und großen braunen Augen »Eichhörnchen«. Als Teenager war ihr das peinlich gewesen, heute, als einer erwachsenen Frau, noch viel mehr.

»Die Silbersträhne steht dir gut«, krächzte er, dann liefen ihm wieder Tränen übers Gesicht.

»Danke.« Sie strich ihm über die Schulter. »Beruhige dich, was kann so schlimm sein, dass du …?«

»Deine Mutter wurde vor zwei Tagen entführt.«

»Was?« Sie befreite sich aus seiner Umarmung. »Woher weißt du das?«

Er wischte sich über die Bartstoppeln. Seine Hände zitterten. Er hatte nichts mehr mit dem rüstigen Sechzigjährigen zu tun, der in seiner Freizeit immer noch an alten Zügen herumschraubte, sondern wirkte um Jahre gealtert.

*Entführt? Wer zum Teufel sollte Mutter entführen?*

Die Situation kam ihr bizarr vor. Vor zwei Tagen hatte sie mit ihrer Mutter zum Pilateskurs gehen wollen und ihr auf den Anrufbeantworter gesprochen. Und plötzlich stand ihr Vater, der fünfhundert Kilometer entfernt in Köln wohnte, vor ihr.

Sabine zog das Diensthandy aus der Tasche und wählte die Nummer ihrer Mutter. Die Mobilbox sprang an. Sie wählte die nächste Nummer. Auf dem Festnetzanschluss aktivierte sich nach dem achten Klingelton der Anrufbeantworter.

»Seit wann weißt du, dass Mutter entführt worden ist?«

»Er hat mich vor achtundvierzig Stunden angerufen.«

*Er?* Ungläubig sah sie ihren Vater an. »Du hattest Kontakt zu dem Entführer?« Sie steckte das Handy weg. »Hast du die Kölner Kripo informiert?«

»Ich habe mit niemandem darüber gesprochen.«

»Bist du wahnsinnig?«, entfuhr es Sabine. Sie durfte jetzt bloß nicht die Nerven verlieren. Von ihrem Job beim Kriminaldauerdienst wusste sie, dass Zeugen die einfachsten Fakten durcheinanderbrachten, sobald eine Flut von Fragen auf sie einprasselte. Trotzdem musste sie sich zusammenreißen, um nicht wild draufloszufragen.

»Du steigst jetzt in den Wagen und erzählst mir alles der Reihe nach. Wir fahren auf meine Dienststelle.«

»Nein! Er hat gesagt, er tötet sie, falls ich die Polizei einschalte.«

*Töten?* Sabine sah sich auf der Straße um. Einige Autos fuhren an ihnen vorbei, nur wenige Passanten gingen auf dem Bürgersteig. Sie senkte die Stimme. »Glaubst du, dass er uns beobachtet?«

»Ich weiß nicht … wahrscheinlich nicht mehr.«

Nicht *mehr!*

»Vater, bitte! Steig jetzt in den Wagen. Auf der Fahrt zum Revier erzählst du mir alles.«

Widerwillig stieg er ein. Als sie losfuhr, schaltete sich automatisch der CD-Player ein. Eine sonore Erzählstimme drang aus den Boxen. Ein Hörbuch von David Safier, *Jesus liebt mich.* Sabine knipste das Gerät aus.

Sie befanden sich schon auf der Rosenheimer Straße Richtung Isar, als sie kurz zu ihrem Vater rüberblickte. »Schnall dich bitte an.«

Mit zittrigen Fingern zog er den Gurt aus der Rolle. »Der Mann hat mich vor zwei Tagen zu Hause angerufen. Er hat seine Stimme irgendwie elektronisch verstellt und gesagt: Herr Nemez, wenn Sie innerhalb von achtundvierzig Stunden herausfinden, warum Ihre Exfrau entführt wurde, bleibt sie am Leben. Wenn nicht, stirbt sie.«

»Das waren seine Worte?« Es musste sich um ein Missverständnis handeln.

Vater nickte. »Als einzigen Hinweis habe ich eine Schachtel vor meiner Wohnungstür gefunden. Darin lag ein kleines, schwarzes Tintenfässchen.«

»Du hast es doch nicht angefasst?«

»Natürlich schon. Ich habe es geöffnet. Es ist schwarze Tinte drin.«

»Du hättest nichts berühren dürfen und mich sofort anrufen müssen. Wir hätten eine umfangreiche Suche eingeleitet.«

*Hätte, hätte, hätte …*

»Er hat gesagt, er tötet sie!«

»Vielleicht stimmt das gar nicht, und jemand …«

»Sabine!«, unterbrach er sie. »Ich habe ihre Stimme am Telefon gehört. Sie hat um Hilfe gefleht. Dann hat er sie weggezerrt.«

Sabine schnürte es die Kehle zusammen. Das sah nicht gut aus. Mutter hätte Vater nie um Hilfe gebeten. »Versuch, dich zu erinnern. Wann genau laufen die achtundvierzig Stunden ab?«

»Sie sind schon abgelaufen«, antwortete er leise.

Sabine sah, dass er die Digitaluhr im Armaturenbrett suchte. »Er hat mich vor knapp fünfzig Minuten wieder angerufen und mir noch mal dieselbe Frage gestellt. Dann sagte er, die Frist wäre abgelaufen, und hat aufgelegt.«

Sabine fuhr auf der Ludwigsbrücke über die Isar. Der Sonntagabendverkehr war nicht so zäh wie sonst, trotzdem nervten sie die langsam dahinzuckelnden Autos. Sie griff zum Walkie-Talkie und funkte ihr Revier an. Kolonowicz, der Nachtschichtleiter vom Kriminaldauerdienst, meldete sich mit sonorer Stimme.

»Hallo Walter, Sabine Nemez hier«, unterbrach sie ihn. »Vor knapp neunundvierzig Stunden wurde eine Frau entführt. Hanna Nemez, sechsundfünfzig Jahre alt, wohnte bis vor zehn Jahren in Köln, seither wohnhaft in der Winzererstraße, Schwabing-West, ehemalige Grundschuldirektorin, jetzt im Ruhestand. Wir müssen sofort nach ihr fahnden.«

Der Mann am anderen Ende sagte einen Moment lang nichts. Offensichtlich notierte er die Daten. Dann räusperte er sich. »Bine, sprichst du von deiner Mutter?«

»Ja. Ich bin auf dem Weg ins Dezernat.«

Er räusperte sich wieder, als überlegte er. »Ich will dich nicht beunruhigen, aber vor einigen Minuten kam eine Meldung herein. Der Priester des Doms und sein Mesner haben die Leiche einer älteren Frau im Hauptschiff gefunden.«

»Oh nein!« Ihr Vater presste die Hände auf den Mund. Wieder liefen ihm Tränen übers Gesicht.

Der erzbischöfliche Dom war Münchens Wahrzeichen. Das Polizeipräsidium, die Dezernate und Sabines Dienststelle lagen in der Ettstraße, gerade mal ein paar Gehminuten von der Frauenkirche entfernt. Sie kannte eine Abkürzung dorthin. Abrupt trat sie auf die Bremse und fuhr quer über den Ring in die nächste Seitengasse Richtung Altstadt. Reifen quietschten, und hinter ihr hupten Autos. Ihr Vater klammerte sich an den Haltegriff. Zwischen den Dächern der Häuserschlucht lugten bereits die beleuchteten Türme des Doms mit ihren gewaltigen Hauben hervor.

»Wir wissen noch nicht, wer sie ist«, fügte Kolonowicz rasch hinzu.

Aber Sabine ahnte es.

# 2

Jung blieb man dann, wenn man an der Zukunft zumindest genauso viel Freude hatte wie an der Vergangenheit – dieser Spruch traf auf Sabines Vater mehr zu als auf jeden anderen Menschen, den sie kannte. Doch nun sah sie in seinen verquollenen Augen die Schmerzen der letzten Tage. Ihre Eltern hatten sich nach einem hitzigen Geld- und Sorgerechtsstreit scheiden lassen. Seither hatte Sabine gedacht, ihr Vater wäre über die Trennung hinweggekommen, hätte seine Exfrau vergessen können – doch in diesen Minuten merkte sie, dass er sie maßlos vermisste.

Sabine parkte in zweiter Reihe am Beginn der Fußgängerzone und legte die grüne Plastikhülle mit dem Ausweis des Kriminaldauerdienstes auf die Armaturenablage.

»Warte hier«, sagte sie und stieg aus.

»Darfst du da überhaupt rein, Eichhörnchen?«, rief er ihr nach.

»Papa, ich bin Kommissarin.« Mit sechsundzwanzig Jahren war sie die jüngste Kommissarin vom Münchner Kriminaldauerdienst. Als Bindeglied zur Kripo wurden sie oft »die Feuerwehr der Polizei« genannt. Noch bevor ein Kripobeamter zum Tatort kam, hatten sie bereits sämtliche Spuren gesichert, die Todesursache festgestellt und die Zeugen befragt.

Sie lief über den Platz zum Hauptportal der Frauenkirche. Die von Scheinwerfern beleuchtete Vorderfront aus Backsteinen strahlte in einem düsteren Orangeton. Die beiden massiven Türme waren so mächtig, dass Sabine auf dem Platz vor dem Hauptportal nicht einmal die Zeiger der beiden Uhren sehen konnte. Weiter oben leuchteten die zwei Hauben in einem merkwürdigen blaugrünen Farbton in der Dämmerung.

Nur eine Handvoll Jugendliche stand auf dem Platz. Ein paar

Straßenmusikanten spielten unter einer Laterne. Sie umringten einen großen Werbeständer, der eine Papstmesse in der Kathedralkirche eine Woche vor Pfingsten ankündigte. Der »Sabst«, wie Connie ihn bezeichnet hatte, kam also tatsächlich nach Bayern. Sabine dachte an die Geschichte des Security-Auftrags, von dem sie ihren Nichten das nächste Mal erzählen wollte.

Sabine lief am Wagen der Kripo vorbei, der mitten auf dem Platz stand, und schob die schwere Pforte mit dem Ellenbogen auf, um keine Spuren zu verwischen. Ihre Kollegen hatten sie nicht mit dem Dietrich öffnen müssen. Das Schloss war mit einem großen Stemmeisen aufgebrochen worden. Späne lagen auf dem Boden. Die etwa drei Zentimeter breiten Abdrücke im Holzrahmen waren nicht zu übersehen. *Hoffentlich ist die tote Frau nicht Mutter …* Der Gedanke war so irreal. Die Wahrscheinlichkeit, dass die Tote und die Entführung ihrer Mutter in einem Zusammenhang standen, war extrem gering. Es durfte einfach nicht sein. Aber gerade deswegen, weil es nicht sein *sollte*, spürte sie diese dumpfe Gewissheit im Magen.

Das Hauptschiff war menschenleer und lag im Dunkel. Die Kronleuchter schwebten wie finstere Kugeln über den Bänken. Lediglich ein paar Kerzen brannten. Das Dämmerlicht von den Straßen fiel durch die schmal geschlitzten bunten Fenster. Es roch nach Weihrauch, Wachs und dem Holz der alten Bänke. Zu ihrer Schande musste Sabine sich eingestehen, dass sie die Kirche das letzte Mal vor drei Jahren betreten hatte, aber selbst da nur, um Spuren von Vandalismus und Sachbeschädigung zu sichern.

Durch die zahlreichen weißen Pfeiler wirkte das Innere des Doms wie ein zu hoch geratenes Labyrinth. Sabine lief den breiten Mittelgang entlang zum Altar. Ihre Schritte hallten über den Marmorboden. Wie sollte sie in den zahlreichen Kapellen, dem Chorraum, der Sakristei und der Krypta ihre Kollegen finden? Da flackerte ein Blitzlicht hinter ihr auf, und sie fuhr herum. Über dem Rundbogen des Hauptportals lag die Westempore wie ein breiter Balkon. Darauf befanden sich die hoch aufragenden Silberpfeifen der Hauptorgel. Ein weiteres Blitzlicht flammte auf. Ihre Kollegen standen um die Orgel herum. Sabine suchte nach der Treppe, die zur Empore führte.

Simon und Wallner hatten Dienst. Etwas abseits warteten ein Priester in einer schwarzen Soutane und ein alter, glatzköpfiger Mann mit Strickweste und grauer Bundfaltenhose. Aufgeregt rang der Greis, der wohl der Mesner sein musste, die gichtkranken Hände. Obwohl sich sonst niemand hier oben befand, war der Bereich abgesperrt. Zwei Scheinwerfer erhellten das Podium. In einer Wölbung unter den Orgelpfeifen standen die Stühle für den Chor auf den Stufen. Dort hatte Wallner den Inhalt seines Koffers ausgebreitet. Schon damals, als Sabine beim Dauerdienst begonnen hatte, war er ein Urgestein der Münchner Kripo gewesen. Auf einem Sessel lag seine Checkliste. An der Anzahl der Häkchen erkannte Sabine, dass er gerade erst mit der Arbeit begonnen hatte. Wie immer hatte er seine grauen Haare quer über den Kopf gekämmt, um die Halbglatze zu verdecken. Es war vergebliche Liebesmüh. In ein paar Jahren würden sie so dünn wie Seidenpapier sein, und dann sähe es lächerlich aus. Allerdings war er ein pfundiger Kerl und netter Kollege.

»Hallo, Bine.« Wallner blickte kurz hoch und strich mit dem Pinsel weißes Pulver auf die Sessellehnen. Aussichtslos. Er würde Dutzende verschiedene Fingerabdrücke und doppelt so viele Fragmente finden.

Simon, der Jüngere der beiden, sah ebenfalls kurz auf. »Hat Kolonowicz dich hergeschickt?«

Sie gab keine Antwort. Simon war Mitte dreißig, etwa zehn Jahre beim Dauerdienst und Wallners Partner, so lange sie zurückdenken konnte. Er sah als Einziger von ihren Kollegen wirklich gut aus. Früher waren sie öfter nach Dienstschluss in das Irish Pub am Beethovenplatz gegangen und zweimal danach zu ihr in die Wohnung. Sie wusste, es war nicht die große Liebe, trotzdem hatte sie sich anbaggern lassen. Doch dann hatte er plötzlich eine andere geheiratet. Natürlich hatte sie mit ihm Schluss gemacht. Sie hatte nicht gewusst, was in seinem Kopf vorgegangen war, und auch nie gefragt.

Simon beugte sich über eine Leiche, die unter dem Spieltisch der Orgel lag. Nur die Beine ragten hervor. Die Frau trug einen cremefarbenen Rock, aber weder Schuhe noch Strümpfe. Ihre nackten Füße waren an die metallenen Beine des Spieltisches gekettet.

»Wer ist die Tote?«, fragte Sabine.

Simon schaltete das Diktiergerät aus. »Sie hat keinen Ausweis bei sich. Bisher wissen wir nur, dass sie nicht in der Kirche gearbeitet hat.«

»Soll ich in Überzieher schlüpfen?«

»Nicht nötig.« Simon blickte kurz hoch. »Aber wenn du näher kommst, pass auf, dass du nicht in die Tinte trittst.«

*Tinte!* Erst jetzt sah sie die schwarzen Spritzer auf dem Boden. Sie dachte an das Tintenfass, das ihr Vater erwähnt hatte. Ihre Brust zog sich zusammen, und plötzlich hatte sie das Gefühl, ihr Herz würde zerspringen.

»Was ist passiert?«, krächzte sie.

»Ich habe gerade die Bänke im Seitentrakt gereinigt«, brummte der Hausmeister hinter ihr. »Plötzlich hörte ich Orgelspiel. Ich holte den Pfarrer, und als wir nach oben liefen, verstummte das Spiel. Niemand war da. Nur die tote Frau.«

Sabine kam näher. Das Manual der monströsen Orgel ähnelte einem Cockpit. Tastaturen auf vier übereinander liegenden Ebenen sowie zwei halbrunde Seitenteile mit zahlreichen Knöpfen und Schaltern. Die Sitzbank war zur Seite geschoben. Die Leiche lag auf dem Rücken. Auch die Hände waren an die Tischbeine gekettet. Die Tote trug eine moderne violette Bluse. Sabine kannte das Kleidungsstück. Sie kniete nieder, um einen Blick auf das Gesicht der Frau zu werfen.

»Ein Blick reicht, um zu sehen, dass das kein gewöhnlicher Mord ist.« Wallner machte eine Pause. »Viel eher eine Hinrichtung, die ...«

Mehr hörte Sabine nicht. Sie starrte in die vor Schreck geweiteten Augen ihrer Mutter. Das Gesicht war gespenstisch bleich. Aus dem Mund ragte ein daumendicker Schlauch, an dessen Ende ein Trichter hing. Daneben stand ein schwarzer Kanister. Ihre Mutter lag leblos auf dem kalten Boden. Dieselbe dumpfe Kälte senkte sich um Sabine. Das durfte nicht sein! Wie war es möglich, dass ihre Mutter hier lag? Seltsamerweise ging ihr nur ein einziger Gedanke durch den Kopf: Kerstin, Connie und Fiona! Wie sollte sie ihnen beibringen, dass ihre Großmutter hier lag und Simon Fotos von ihrem Gesicht schoss?

Sabine konnte den Blick nicht vom Antlitz ihrer Mutter nehmen. Ihr wurde schwindelig. Die Kälte des Doms und der Geruch von Wachs und Weihrauch drehten sich in immer schnelleren Kreisen um sie. Sie stützte sich mit der Hand auf dem Boden ab. Sie wollte, dass ihre Mutter sich bewegte, die Augenlider schloss, wieder öffnete und sich aufsetzte. *Steh auf!* Unwillkürlich hielt Sabine den Atem an. Sie konnte nicht Luft holen. Sie würgte, schmeckte Magensäure im Mund und salzige Tränen auf den Lippen.

Der Priester stand überraschend neben ihr und legte ihr die Hand auf die Schulter. »Was ist mit Ihnen? Kennen Sie diese Frau?«

Wallner und Simon kamen näher.

»Bine!«

Die Pupillen ihrer Mutter! So glasklar und noch nicht getrübt. Irgendetwas stimmte mit dem Gesicht nicht – etwas war anders. Ungewöhnlich. Aber sie kam nicht darauf. Sie wusste nur, dass sie achtundvierzig Stunden Zeit gehabt hätte, sie lebend zu finden.

Jemand wollte sie von ihrer Mutter wegziehen.

Plötzlich schrie sie. »Nein, nein, *nein* …«

# 3

Sabine saß nachts in ihrem Büro bei einer Tasse heißen Kaffee. Nichts hätte sie darauf vorbereiten können, ihre Mutter einmal so vorfinden zu müssen – weder die Zeit an der Polizeischule noch die Einsätze beim Kriminaldauerdienst. Trotzdem – oder vielleicht gerade deswegen – fragte sie sich, ob ihre Kollegen den Mörder je finden würden. Vielleicht wurde der Mord an ihrer Mutter nie aufgeklärt.

Im Moment beschäftigte sie sich mit Dingen, die vollkommen irrelevant waren, doch sie wollte sich ablenken, und so liefen ihre Gedanken wie ein Hamster im Rad. Apathisch dachte sie an die Testamentseröffnung und die Vorbereitung der Beerdigung. Sollte Mutter in Köln oder München bestattet werden? Sabine und ihre Schwester waren in Bayern auf Großmutters Bauernhof aufgewachsen und nur wegen Vaters Job als Restaurator alter Eisenbahnen nach Köln gezogen. Dort hatte Mutter zunächst als Lehrerin und später als Direktorin unterrichtet. Aber im Grunde ihres Herzens war sie immer Bayerin geblieben … bis zu ihrem Tod. Tränen stiegen Sabine in die Augen.

Monika würde zusammenbrechen, wenn sie von Mutters Tod erfuhr. Wie sollten sie Kerstin, Connie und Fiona beibringen, dass ihre Oma nicht mehr zu Besuch kommen würde? Es hatte keinen Sinn, die Sache länger rauszuzögern. Sie wählte Monikas Nummer. An deren Stimme erkannte sie, dass sie noch nicht geschlafen hatte. Sabine erzählte ihrer Schwester, was sich ereignet hatte.

»Ermordet?«, rief Monika beinahe hysterisch.

»Ja. Soll ich vorbeikommen?«

»Nein …« Monika brach in Tränen aus. »Du hast sicher jede Menge zu tun.«

»Vor allem muss ich nach Vater sehen.«

»Er ist hier?«

Sabine erzählte den Rest der Geschichte und hasste sich dafür, die Überbringerin der Hiobsbotschaft zu sein. »Versuch zu schlafen«, sagte sie schließlich und legte auf.

Lange Zeit starrte sie auf den Telefonhörer. Ihr Vater saß am Ende des Korridors im Warteraum. Wallner hatte sie nach ihrem Zusammenbruch mit dem Dienstfahrzeug aufs Revier gebracht und ihr ein Beruhigungsmittel angeboten, das sie aber nicht genommen hatte. Währenddessen hatte ein Streifenbeamter ihren Vater ins Präsidium gebracht. Sabine wusste, dass ihn die Nachricht vom Tod seiner Exfrau genauso hart getroffen hatte wie sie. Aber im Moment war ihr das egal. Sie konnte immer noch nicht fassen, dass er achtundvierzig Stunden lang nichts von der Entführung gesagt hatte. *Du hättest mich anrufen müssen!* Sie ließ ihn absichtlich allein im Warteraum schmoren, da sie nicht wusste, wie sie reagieren würde, wenn sie ihn sah. Jedenfalls hätte sie gute Lust, auf ihn einzuschlagen … *achtundvierzig Stunden lang.*

Sie stand auf und blickte zur Wanduhr. 23.05 Uhr. Die Nachricht vom Mord im Dom würde frühestens am Morgen im Radio zu hören und erst in der Abendausgabe der Zeitung zu lesen sein.

Im Warteraum roch es nach frischem Kaffee, doch ihr Vater hatte die Tasse nicht angerührt. Im Mülleimer lagen einige Taschentücher. Er saß mit rot geäderten Augen auf der Holzbank und starrte an die Wand. Seine Finger trommelten auf der Armlehne. Als er Sabine bemerkte, sprang er auf.

»Stimmt es, was mir deine Kollegen erzählt haben?«

Sabine nickte.

»Oh Gott, Eichhörnchen!« Weinend drückte er Sabine an sich, und im nächsten Moment waren ihre Wut und ihr Hass auf ihn verflogen. »Es tut mir so leid«, schluchzte er. »Deine Kollegen wollen mich verhören.«

Sie ließ ihn los. »Papa, das ist kein Verhör … nur eine Befragung.«

»Was soll ich denen erzählen?«

War das zu glauben? Was für eine dämliche Frage! So hilflos kannte sie ihren Vater gar nicht. »Die Wahrheit natürlich«, sagte sie.

»Die Wahrheit? Ich weiß doch, wie das abläuft«, fauchte er. »Sobald ich erwähne, dass ich seit zwei Tagen von der Entführung deiner Mutter weiß, nageln die mich wegen Beihilfe zum Mord fest, weil ich nichts unternommen habe. Es ist kein Geheimnis, dass wir zwei Jahre lang einen Rosenkrieg geführt haben und seither im Streit leben. Aus der Sache komme ich nicht raus.«

»Vater!« Leise Panik kroch in ihr hoch. »Du *musst* die Wahrheit sagen. Verschweige nichts, die kommen sowieso dahinter.« Sie stutzte. »Du hast doch ein Alibi für diesen Abend, oder?«

Er hob die Schultern. »Ich bin heute Morgen nach München gefahren, in der Hoffnung, dass der Kerl noch mal anruft. Aber er hat sich den ganzen Tag nicht gemeldet, erst abends, und die Wohnung deiner Mutter war aufgebrochen.«

Sabine packte ihren Vater am Arm. »Du warst dort? Du hast doch nichts angefasst!«

»Ich … ich weiß nicht.« Er wischte mit der Hand durch die Luft.

In diesem Moment wurde die Tür geöffnet. Wallner kam herein. »Herr Nemez?«

Sabines Vater atmete tief durch und richtete sich stramm auf, als versuchte er, Haltung zu bewahren.

»Wir müssen Ihnen die Fingerabdrücke abnehmen – nur eine Standardprozedur«, erklärte Wallner. »Und dann haben wir noch ein paar Fragen.«

Sabine merkte, wie ihr Vater versteinerte und sein Blick kalt wurde.

Während ihr Vater befragt wurde, suchte Sabine das Büro ihres Vorgesetzten auf. Kolonowicz war Ende vierzig und ein Hüne mit breiten Schultern, senffarbenem Haar und Schnauzbart. Aufgrund seiner Fältchen und Augenringe sah er älter aus, als er war.

An manchen Tagen – so auch heute – erinnerte er sie mit seiner Statur und der sonoren Stimme an den Göttervater Zeus. Durch die Lesebrille betrachtete er einen Stapel Fotos. Seine Zigarre qualmte im Aschenbecher. Simon saß neben ihm am Schreibtisch. Sie besprachen den Fall.

Als Sabine sich räusperte, erhob sich Kolonowicz und ging auf sie zu. Mit seinen Pranken umfasste er ihre Hände. »Bine, tut mir leid. Wenn du möchtest, bringt dich einer der Kollegen nach Hause. Ich gebe dir zwei Tage Sonderurlaub.«

»Danke, aber ich muss mich jetzt beschäftigen, sonst drehe ich durch.«

Kolonowicz nickte. »Okay, aber es ist eine ruhige Nacht. Simon sieht sich als Nächstes die Wohnung deiner Mutter an.« Er warf seinem Kollegen einen kurzen Blick zu. »Bine, woher wusstest du eigentlich, dass deine Mutter entführt wurde?«

Das war die entscheidende Frage, die im Moment wohl jeden beschäftigte. Sie hoffte inständig, dass ihr Vater bei seiner Aussage nichts verheimlichte oder zu beschönigen versuchte. »Mein Vater hat mich darüber informiert.«

Offensichtlich wollte Kolonowicz sie nicht länger quälen. »Okay«, murmelte er. »Bald wissen wir mehr.«

»Ich begleite Simon zur Wohnung«, sagte sie rasch.

»Nein, das erledigt er allein.«

»Es würde mich ablenken«, widersprach sie.

»Bine, ich sagte *nein* – und jetzt raus!«

Mit verschränkten Armen wartete Sabine vor Simons Wagen. Kurz vor ein Uhr morgens lag die Temperatur bei fünf Grad über null.

Simon stellte die Koffer neben das Auto und fuhr sich durch das kurze blonde Haar. »War ja klar, dass du hier aufkreuzt.«

»Das Haus ist nie abgesperrt, aber Mutters Wohnungstür hat ein Sicherheitsschloss.« Von ihrem Vater wusste Sabine, dass die Tür aufgebrochen worden war. Trotzdem klimperte sie mit dem

Schlüsselbund. »Du müsstest den Hausverwalter rausläuten, aber um die Uhrzeit schaffst du das nie.«

Er nickte. »Von mir aus, steig ein, aber kein Wort zum Chef.« Er konnte sich darauf verlassen, dass sie nichts verraten würde.

Zwanzig Minuten später kamen sie in der Winzererstraße in Schwabing-West an. Simon parkte vor dem vierstöckigen Wohnhaus aus gelbem Backstein mit kunstvollen Stuckarbeiten. Mondlicht fiel durch die Laubbäume, der schmiedeeiserne Zaun warf kurze Schatten auf den Bürgersteig. Sabines Brust wurde eng, als Simon und sie, jeweils mit einem schweren Koffer bepackt, das Eisengatter aufschoben und zum Haustor gingen. Alles war wie bei einem üblichen Tatorteinsatz – trotzdem kam es ihr so vor, als besuchte sie ihre Mutter. Der Weg war so vertraut. Die Mülleimer in der Nische, das rostige Fahrrad unter dem Dachvorsprung, die Namensschilder an der Gegensprechanlage. Sabine drückte gegen die Tür, die sich mit einem Schnappen öffnete.

Simon folgte ihr durch das Treppenhaus ins Dachgeschoss. Der abgestandene Geruch von Frittieröl hing in der Luft. Aus einer Wohnung drangen die gedämpften Geräusche eines Fernsehgeräts. Morgen früh würde Simon die Hausbewohner befragen müssen, von denen Sabine die meisten persönlich kannte.

Mutters Wohnung lag als einzige im obersten Stockwerk. Der Rest des Dachstuhls war unverbaut. Im Sommer hingen hier oft Kleider an Wäscheleinen. Aufgrund der zahlreichen Dachschrägen waren die meisten Schränke, Kommoden und Regalsysteme in Mutters Wohnung maßgefertigt – bezahlt von Vaters Unterhalt nach der Scheidung. *Denk nicht an deine Eltern! Für diese Nacht ist es ein Tatort wie jeder andere.*

»Alles okay?«, fragte Simon.

»Ja.« Sabine hatte noch gar nicht richtig realisiert, dass ihre Mutter nicht mehr lebte. Bestimmt würden diese Gefühle später in geballter Form kommen. Im Moment jedenfalls wollte sie sich wie in Trance in die Ermittlung stürzen.

»Was hast du bei der Orgel sicherstellen können?«, fragte sie.

Simon keuchte neben ihr die Treppe hinauf. »Keine Fingerabdrücke an Eimer, Schlauch, Trichter oder Ketten. Ich bin sicher, der Mörder hat auch an der Orgel und der aufgebrochenen Pforte keine hinterlassen.«

»Möglicherweise an der Leiche.«

»Bine, du weißt, was ein Verdampfungsverfahren kostet, und dass wir bisher so gut wie nie Abdrücke auf der Haut gefunden haben.«

»Aber wir könnten es versuchen.«

»Sprich mit dem Gerichtsmediziner«, schlug Simon vor. »Die Leiche ist auf dem Weg in die Pathologie. Doktor Hirnschall hat Nachtdienst.«

Oh Gott! Dieser alte Knauser würde nie ein Verdampfungsverfahren machen, nicht einmal wenn seine eigene Mutter auf dem Autopsietisch läge. Er hinkte mit der Arbeit immer tagelang hinterher. Die Kollegen von der Mordgruppe warteten seit einer Woche auf den Obduktionsbefund von drei tschechischen Gastarbeitern, die auf der Autobahn in einem Kastenwagen verbrannt waren. Sabine hatte nur eine Chance: Sie musste mit dem Staatsanwalt sprechen. Doch die vorläufigen Unterlagen des Falls würden frühestens heute Morgen an die Staatsanwaltschaft gehen. Wer immer dafür zuständig war – sie würde sich wie eine Klette an dessen Fersen heften.

Sie blickte zu Simon. »Weißt du, welches Stück auf der Orgel gespielt wurde? Klang es professionell oder dilettantisch?«

Simon warf ihr einen scharfen Blick zu. »Willst du die Zeugen noch mal befragen? Bine, wir werden schon auf etwas stoßen, das uns weiterhilft.«

Auf den Anruf eines Entführers, dachte Sabine. Seine elektronisch verzerrte Stimme, die Rätselspiele und ein Tintenfässchen, das er meinem Vater als Geschenk hinterlassen hatte und das Vater angefasst hat. *So ein Idiot!*

Sie kamen zur Tür.

»Der Rahmen wurde aufgebrochen«, stellte Sabine fest.

Das Schloss war verbogen. Der Abdruck des Brecheisens im Holz war etwa so breit wie der an der Dompforte. An der Klinke hing eine Plastiktüte mit Broschüren. Der Einbrecher musste sich die Mühe gemacht haben, die Tür wieder so ins Schloss zu drücken, dass sie nicht von allein aufging, denn dem Werbeausträger schien nichts aufgefallen zu sein. Ihr Vater hatte sie nach seinem Besuch offenbar genauso verschlossen.

»Wieso habe ich bloß den Eindruck, dass du das schon wusstest?«, fragte Simon. Er lehnte den Zollstock neben die Tür, fotografierte die Einbruchspuren und nahm die Fingerabdrücke von der Klinke. Danach schlüpften sie mit den Schuhen in Überzieher, zogen Latexhandschuhe an und betraten die Wohnung. Es roch nach Tee. Der Heizkörper im Vorzimmer gluckste. Sabine schaltete das Licht an. Sie hatte mit umgeworfenen Vasen, verschobenen Möbelstücken, geöffneten Schränken oder auf dem Boden verstreuten Kleidern gerechnet. Doch nichts dergleichen war zu sehen. Der Raum wirkte wie immer. Mutters Schuhe standen auf der Ablage, ihre neuen Blazer hingen an den Kleiderhaken. Nur ihre Handtasche fehlte, die für gewöhnlich neben dem Spiegel stand. Keine Kampfspuren! Bloß schwarze Schlieren an der weißen Wand, wie mit einem Kohlenstift gezogen.

»Falls deine Mutter hier entführt wurde«, sinnierte Simon, »hat der Mörder bereits in der Wohnung auf sie gewartet.«

Sabine sah das auch so. Andernfalls hätte das Knacken des Türstocks ihre Mutter alarmiert. Aber warum hatte sie die aufgebrochene Tür nicht bemerkt? Sabine ging ins Wohnzimmer. Auch hier sah alles so aus wie immer. Auf dem Anrufbeantworter des Festnetzanschlusses war nur eine Nachricht. Sabine spielte sie ab und hörte ihre eigene Stimme, die den Pilateskurs am Freitag absagte. Plötzlich regte sich ihr schlechtes Gewissen wieder. Diese verdammte Magier-Doppelfolge! Wäre sie stattdessen zu ihrer Mutter gefahren, hätte sie die Entführung vielleicht verhindern können. Wenigstens wäre sie früher auf die Einbruchspuren gestoßen, und die Kripo hätte mit den Ermittlungen beginnen können. Bestimmt hätte sie ihren Vater angerufen und von dem mysteriösen Anrufer und dem Tintenfässchen erfahren. *Wenn, wenn, wenn … verdammte Kuhscheiße!*

Simons Stimme riss sie aus den Gedanken. »Du machst Pilates? Wusste ich gar nicht.«

*Und du warst verlobt? Wusste ich auch nicht!*

Irgendwie hatte sie kein Glück mit den Männern. Ihre Jugendliebe Erik arbeitete in Wiesbaden, und Simon hatte nie ernsthaft etwas von ihr gewollt.

»Ja, seit drei Monaten.« Sie drückte auf die Wahlwiederholungstaste. Das Display zeigte ihre Handynummer. Im selben Moment vibrierte ihr Mobiltelefon in der Jackentasche. Sie legte auf. Es wäre ja auch zu dilettantisch gewesen, wenn der Entführer von diesem Apparat aus telefoniert hätte.

Sie hörte, wie Simon in der Küche mit den Schränken und Schubladen hantierte. Bei dem Gedanken, dass er die Intimsphäre ihrer Mutter durchwühlte, zog sich ihr Magen zusammen. Aber das war nun mal sein Job – und Simon wusste, was er tat. Zumindest beruflich.

»Wenn er hier auf deine Mutter gewartet hat, musste er möglicherweise Zeit totschlagen«, sagte Simon aus der Küche.

Sabine untersuchte Fernsehgerät und Sat-Receiver und nahm Fingerabdrücke von der Fernbedienung. Zuletzt war ARTE gelaufen, Mutters Lieblingssender. Sie hatte gern Filmklassiker und Werkschauen französischer und italienischer Regisseure angeschaut. Während ihrer Zeit als Grundschuldirektorin hatte sie ihre kleinen Schützlinge bereits mit Texten von Marie von Ebner-Eschenbach und Sagen der griechischen Antike gequält. Völlig überzogen. Aber so war sie nun einmal gewesen. Bei Monika und ihr hatte Mutter es ebenfalls versucht – mit dem Resultat, dass weder Sabine noch ihre Schwester Bücher lasen. Sabine hörte während der Autofahrt wenigstens Hörbücher von David Safier und Tommy Jaud. Nicht gerade die hohe Weltliteratur, aber das munterte sie auf. Nervenkitzel und Spannung hatte sie während des Jobs genug. Zum Ausgleich brauchte sie etwas Humorvolles, wollte sie nicht so desillusioniert enden wie ihre Kollegen Simon, Wallner und Kolonowicz.

Sie hatte ohnehin nicht vor, ewig bei diesem Haufen von Zynikern zu bleiben, da sie eines Tages zum Bundeskriminalamt in Wiesbaden wechseln wollte. Ihre Chancen standen nicht schlecht, immerhin lag der Frauenanteil beim BKA bei einem Drittel. Allerdings hatte sie schon drei Bewerbungen für eine Ausbildung zum Profiler verfasst, die allesamt kommentarlos abgelehnt worden waren.

»Ich glaube nicht, dass der Kerl ferngesehen hat«, rief Sabine in die Küche. Ein Blick auf die Couch bestätigte ihr, dass die Kissen in der Art und Weise aufgeschüttelt waren, wie ihre pedantische Mutter es immer getan hatte. Neben dem Fernsehgerät lagen einige Hörbücher, die Sabine ihrer Mutter vor einigen Wochen geborgt hatte, damit sie mal etwas anderes hörte als Sagen der griechischen Antike. Wie in Trance starrte sie auf die CD-Hüllen. Hera Lind und Ephraim Kishon. Ein merkwürdiges Gefühl erfasste sie bei dem Gedanken, dass ihre Mutter keine dieser CDs jemals hören würde.

Im Schrank unter dem TV-Gerät bewahrte ihre Mutter Uhren, Ringe und Ketten in einer Schmuckschatulle auf. Sabine öffnete die Box. Auf den ersten Blick fehlte nichts. Weiter hinten im Schrank lag ein in Geschenkpapier gewickeltes Paket. Sabine zog es hervor. Ein schwerer Bildband? Blaues Papier, gelbe Schleife. Eine Karte hing daran. Sabine hielt sie ins Licht. *Für meine Kleine – alles Gute, Mama.* Der Anblick versetzte ihr einen Stich. Ihre Mutter war eine vorausschauende Frau gewesen. Die Karte war mehr als zwei Wochen vordatiert, auf Donnerstag, den 9. Juni – Sabines Geburtstag. Vor der Geburtstagsfeier würde es nun ein Begräbnis geben.

»Trank deine Mutter ihren Kaffee schwarz?«

Sabine schob das Geschenk nach hinten und schloss den Schrank. *Trank,* Vergangenheitsform. Sie spürte Tränen in den

Augenwinkeln und blickte zur Zimmerdecke. »Nur Tee, meistens Twinings … warum?«

»Hier steht eine halb volle Tasse schwarzer Kaffee.«

Sabine ging in die Küche. Das rote Lämpchen der Kaffeemaschine, die Mutter nur dann benötigte, wenn Monika und sie zu Besuch kamen, leuchtete. Auf der Arbeitsfläche stand eine Tasse mit Löffel, daneben die Zuckerdose.

»Er hat Kaffee gekocht und wurde beim Trinken von deiner Mutter überrascht«, folgerte Simon. Er schüttete den Kaffee weg und steckte die Tasse in eine Plastiktüte. »Möglicherweise hilft uns eine Untersuchung im DNS-Labor weiter.«

Sabine stellte sich vor, wie der Kerl auf ihre Mutter gewartet hatte. Obwohl sie den Gedanken verdrängen wollte, tauchten die Bilder vor ihrem geistigen Auge auf. Er musste ihre Schritte im Treppenhaus gehört haben und war zur Tür gelaufen. Bestimmt waren ihr die Einbruchspuren aufgefallen, aber der Mistkerl hatte sie entweder mit einer Waffe bedroht und in die Wohnung gezerrt oder sie mit einem Betäubungsmittel oder einem Schlag auf den Kopf außer Gefecht gesetzt.

»Bine, das solltest du dir ansehen.«

Auf dem Boden lag Mutters schwarze Handtasche. An den Plastikfüßchen der Tasche hafteten weiße Spuren von der Wand. *Die Schlieren aus dem Vorraum!* Offensichtlich war Mutter bei einem Kampf an die Wand gedrückt worden.

Der Tascheninhalt lag verstreut auf der Kommode. Simon stocherte mit seinem Leuchtkugelschreiber durch Zigarettenschachtel, Feuerzeug, Geldbeutel, Ausweisetui, Lidschatten, Lippenstift und ein zerlesenes Exemplar von Zweigs *Schachnovelle,* das zahlreiche Eselsohren aufwies.

»In der Brieftasche sind knapp zweihundert Euro«, erklärte er. »Unser Mörder hat Geld nicht nötig.«

*Ebenso wenig wie Ohrringe oder Perlenketten.* Unwillkürlich dachte Sabine an die Lebensversicherung ihrer Mutter und den ganzen bürokratischen Kram. *Oh Gott, konzentriere dich!* Simon schob eine Packung Kaugummis beiseite. Beim Anblick eines in Folie geschweißten Kondoms schoss Sabine die Hitze in den Kopf. Hatten sie das Recht, in die Intimsphäre ihrer Mutter einzudringen?

»Fehlt was?«, fragte Simon.

»Handy und Adressbuch«, erwiderte Sabine.

*Damit hatte er ihren Vater kontaktiert.*

Plötzlich begriff sie, warum der Mörder ihren Vater ausgewählt hatte. Sie stürzte von der Küche ins Schafzimmer. Das Fenster war gekippt, das Bettlaken frisch überzogen. Trotzdem roch es nach Mutters Parfüm. Auf der Kommode neben dem Schminkspiegel standen die gerahmten Fotos von Sabine, Monika und ihren drei Nichten. Weil Sabine darauf gedrängt hatte, befand sich dort auch ein Foto von ihrem Vater – beim letzten gemeinsamen Urlaub an der Nordsee, braun gebrannt, mit Sonnenhut und einem strahlenden Lächeln. Sabine saß auf seinen breiten Schultern, balancierte einen Eisbecher in der Hand und trug seine schwarze Lokführermütze, die ihr über die Augen rutschte. Bis heute war es ihr Lieblingsfoto.

Glasscherben lagen auf dem Teppich. Jemand hatte das Bild aus dem Rahmen gebrochen.

# 4

Mit einem Ruck setzte sich Helen Berger im Bett aufrecht hin. Ihr Herz raste. Draußen glänzte ein silberner Streifen am Horizont. Wo stand der verdammte Wecker? Sie tastete über den Nachtschrank und stieß gegen ein loses Manuskript. Der Papierstapel rutschte auf den Teppichboden. Ein Sachbuch über dissoziative Persönlichkeitsstörung, das sie seit zwei Wochen abends Korrektur las, wenn Frank neben ihr schlief. Bestimmt war das Lesezeichen rausgefallen … Das Rascheln hatte Frank nicht geweckt. Typisch! Er schnarchte leise neben ihr. Endlich fand sie den Wecker und drückte auf die Leuchttaste. 04:58 Uhr. Zu früh für den Zeitungsjungen. Außerdem klang Dustys Bellen anders als sonst.

Helen hob die Beine aus dem Bett und lauschte. Dustys Knurren nahm einen bedrohlichen Ton an. Normalerweise lief er nachts nie durch die Hundeklappe nach draußen. Doch jetzt musste er am Rand des Grundstücks sitzen und irgendetwas auf der Straße oder dem Feld ankläffen. Zumindest hörte es sich durch das gekippte Fenster so an. Dabei war gar nicht Vollmond.

Helen schlüpfte in den kurzen Morgenrock und schlich aus dem Schlafzimmer. Wolken zogen übers Haus. Für einen Moment fiel Mondlicht durch das schräge Dachfenster und beleuchtete den Gang und die Treppe, die ins untere Stockwerk führte. Helen lief auf Zehenspitzen nach unten. Irgendwie kam ihr das absurd vor. Weshalb schlich sie durch ihr eigenes Haus? Frank schlief wie ein Murmeltier, und Dusty saß ohnehin draußen und kläffte sich die Seele aus dem Leib.

An der Terrassentür schob sie den Vorhang beiseite. Sie sah die Umrisse des kleinen Jack Russel-Terriers neben dem Briefkasten.

Sein Schwanz zuckte unruhig auf und ab, während er die leere Straße ankläffte, die ins Ortszentrum führte.

Helen öffnete die Terrassentür und trat barfuß ins Freie. Der Geruch von Jauche lag in der Luft. Gestern Abend hatten die Bauern die Felder gegenüber des Grundstücks gedüngt. Die Gerste würde heuer wie verrückt sprießen – und das bei ihrer Allergie. Helen stand auf den kalten Terrassenfliesen und sah sich um. Nichts. Der silberne Streifen des Morgens lag über dem Bergkamm und tauchte die Umgebung in Dämmerlicht. Sie schlüpfte in ihre Turnschuhe, die unter dem Campingtisch standen, lief über die Wiese und hockte sich neben Dusty ins Gras.

»Sei still, alter Junge«, flüsterte sie und kraulte sein Fell.

Der weiße Jack Russell mit den schwarzen Flecken um die Augen verstummte. Doch seine Ohren waren immer noch angelegt, und er starrte wie hypnotisiert die Straße hinunter zum Dorf, als lauerte dort eine schreckliche Gefahr im Dunkeln.

»Was hast du gesehen?«, wisperte Helen. »Eine Katze? Einen bösen Marder?« Dusty war zu gut abgerichtet, als dass er davonlaufen würde. Sie blickte zum Briefkasten. Die Zeitung steckte noch nicht in der Box, also musste ihn etwas anderes aufgeregt haben.

Kein Zaun umgrenzte das Grundstück. In Grießkirchen war das nicht nötig. Helen hatte die Villa von ihren Eltern geerbt. Ihr Vater war Bürgermeister gewesen. Sie war hier aufgewachsen und kannte jeden Grashalm und jeden Kieselstein. Grießkirchen lag etwa sieben Kilometer südwestlich von Wien und war ideal für Helens Job. Sie wollte nirgendwo anders als Psychotherapeutin arbeiten. Nach dem Tod ihrer Eltern hatte sie die Villa renoviert und das bungalowartige Gästehaus zu einer Praxis umgebaut. Die Idylle dieses Orts wirkte sich beruhigend auf ihre Klienten aus, die nur die grauen Institute der Stadt kannten. Gegenüber der Villa lagen weite Gerstenfelder, und manchmal, so wie an diesem Morgen, wehte ein würziger Duft herüber. Helen liebte den Geruch, was man von Frank nicht behaupten konnte. Er war Staatsanwalt, hatte in Wien gelebt und war vor zwei Jahren nur widerwillig in das Haus gezogen. Früher war er verständnisvoll gewesen, doch das hatte sich im Lauf der Zeit geändert.

Helen strich dem Hund durchs Fell und sah hoch. In keinem der Nachbarhäuser brannte Licht. Grießkirchen lag still und friedlich da, von Bergen, Wäldern und Äckern umgeben. Dusty hatte sich mittlerweile beruhigt und hingelegt.

Helen erhob sich. »Komm mit rein!«

Dusty rührte sich nicht.

»Du bekommst ein Leckerli!« Das funktionierte immer. Er sprang auf und lief wie ein junger Hund um ihre Beine. Als vom Ende der Straße ein Mofa heranknatterte, hielt er inne. Keine Minute später legte der Zeitungsjunge neben Helens Briefkasten eine Vollbremsung hin. Dusty beäugte das Moped, gab aber keinen Ton von sich.

Der Junge schob das Visier hoch und blinzelte in die aufgehende Sonne. »Guten Morgen, Frau Doktor.«

»Alex, du sollst mich nicht so nennen. Sag bitte Helen.«

»Ja, Frau Berger.« Er grinste und reichte ihr die Zeitung.

Helen seufzte. Sie hatte zwar Psychologie studiert, legte aber keinen Wert auf den Titel. Niemand in Grießkirchen nannte sie *Frau Doktor.* Frank war da anders. Der feine Herr Staatsanwalt war vierzehn Jahre älter als sie und trug seine Nase höher als andere – eine Eigenschaft, die sie ihm bisher nicht hatte abgewöhnen können. Sogar die Psychologie stieß manchmal an ihre Grenzen!

Alex langte in die Jackentasche und warf Dusty einen Hundekuchen zu, den dieser im Flug schnappte. »Sie sehen hübsch aus.«

»Danke, Alex, aber das stimmt nicht.« Sie musste lächerlich wirken, so zeitig am Morgen, in Turnschuhen und kurzem Morgenrock.

»Doch«, widersprach er. »Die kurzen Haare stehen Ihnen ausgezeichnet.«

»Danke. Gut beobachtet.« Frank hatte früher ebenso charmant mit ihr geflirtet, doch ihm war die neue Frisur nicht aufgefallen. Kurze schwarze Haare passten besser zu ihren Sommersprossen und ihrem dunklen Teint – und mit sechsunddreißig Jahren konnte man auch mit einem burschikosen Haarschnitt sexy aussehen.

*»See you, my Darling!«* Alex zwinkerte ihr zu und betätigte den Gashebel.

Helen hob schmunzelnd die Hand. *»See you.«*

Das alte Mofa drehte tuckernd eine Kurve. Für einen Moment fiel das Scheinwerferlicht auf die Wiese. Unter dem Briefkasten glänzte eine offene, handgroße Schachtel im Gras. Dann lag die Wiese wieder im Schatten. Das Mofa zog eine stinkende Rauchwolke hinter sich her.

Helen hob die Schachtel auf. Der Deckel stand offen. Nur ein roter Filz lag im Inneren, sonst nichts. Dusty wurde unruhig, als sie den Deckel schloss. In breiten handschriftlichen Lettern stand der Empfänger auf der Schachtel: *Frau Dr. Helena Berger.*

# 5

Kurz nach fünf Uhr morgens kehrte Sabine Nemez mit ihrem Kollegen ins Dezernat zurück. Während Simon den Bericht über die Wohnungsdurchsuchung schrieb, zitierte Kolonowicz Sabine in sein Büro. Die erkaltete Zigarre lag im Aschenbecher. Das Fenster war gekippt, und die Jalousie klapperte im Wind. Ein heller Streifen am Horizont tauchte die Dächer in einen zarten Orangeton.

»Ich habe gesehen, wie du aus Simons Wagen gestiegen bist. Was hast du dir dabei gedacht?«, fuhr er sie an.

Fünf Minuten lang hörte sie sich eine Standpauke an. Währenddessen starrte sie aus dem Fenster. Die beiden Hauben des Münchner Doms riefen in ihr mittlerweile eine völlig neue Assoziation hervor. Kein Bild eines Gottesdienstes – sondern der Anblick ihrer toten Mutter, angekettet an die Domorgel, mit einem Plastikschlauch im Mund.

»Der Mörder hat ihr vermutlich in der Wohnung aufgelauert«, unterbrach sie ihren Chef. »Wo ist mein Vater?«

Kolonowicz strich sich über den senffarbenen Schnauzer. Sein resignierter Blick sagte ihr, dass er sich mit ihrer Sturheit abgefunden hatte. »Immer noch im Haus.«

Sabine blickte auf die Armbanduhr. »Seit sieben Stunden? Ich bringe ihn in ein Hotel.«

Kolonowicz räusperte sich. »Bine …«

Ihr wurde speiübel. Sie kannte diesen Ton.

»Wir sind noch nicht fertig mit ihm. Setz dich erst einmal.«

Sie blieb stehen. Keine zehn Pferde würden sie jetzt dazu bringen, sich gehorsam hinzusetzen.

»Wir wissen mittlerweile, dass er seit vielen Jahren mit deiner Mutter im Streit lebte. Plötzlich taucht er hier in München auf, besucht seine Exfrau und findet angeblich Einbruchspuren an ihrer Wohnungstür. Kurz nach dem Mord sucht er dich auf, um dir zu erzählen, sie sei entführt worden.«

Sabine schluckte. Ihr Chef hatte recht. Das klang nicht gerade glaubwürdig. »Mehr hat er nicht gesagt?«

Kolonowicz schüttelte den Kopf. »Je mehr wir ihn und seine Beweggründe hinterfragen, desto mehr verstrickt er sich in Widersprüche. Weswegen ist er von Köln hierher gefahren? Warum zu deiner Mutter? Welches Alibi hat er für die letzten vierundzwanzig Stunden?«

»Alibi?«, echote Sabine. Sie wusste, was das bedeutete. Ihr Vater steckte bis über beide Ohren in der Klemme. »Ich möchte mit ihm sprechen.«

»Das geht nicht. Du bist nicht mit dem Fall betraut.« Kolonowicz erhob sich. »Aufgrund deiner familiären Beziehung zu dem Opfer und zu einem vorläufigen Verdächtigen ist es besser so«, fügte er hinzu.

»Ich könnte Wallner und Simon bei den Ermittlungen helfen.«

Kolonowicz seufzte. »Ich werde den Fall innerhalb der nächsten Stunden an die Experten der Mordgruppe übergeben.«

»Doch noch nicht *jetzt!*«, protestierte Sabine. Die Kripo wurde erst eingeschaltet, nachdem der Dauerdienst seine Ermittlungen beendet hatte. Das war frühestens in zwölf Stunden.

»Je eher, desto besser«, sagte Kolonowicz. »Wallner stellt im Moment den Bericht für den Staatsanwalt zusammen.«

War das zu fassen? Sabine ballte unwillkürlich die Hände zu Fäusten. Gerade *weil* die Familie einer Kollegin in einen Mordfall verwickelt war, könnte der Dauerdienst diesmal länger an der Ermittlung dranbleiben, bevor die Sache aus der Hand gegeben wurde. Sie kannte die Kollegen von der Mordgruppe. Die gingen bei Verhören nicht gerade zimperlich vor.

Offensichtlich dachte Kolonowicz anders darüber. Außerdem schien er ihre Gedanken zu erraten, denn er setzte eine bedauernde Miene auf. »Es tut mir leid, Bine. Ein Mord im Münchner Dom ist eine andere Sache als ein Mord in irgendeinem abbruchreifen Zinshaus. Die Presse hat Wind von der Sache bekommen und wird bereits in der Morgenausgabe darüber berichten.«

Im Moment lief auch alles schief. Sie sah die reißerische Schlagzeile schon vor sich. »Ich muss mit meinem Vater sprechen!«, drängte sie.

Da klopfte es an der Tür. Wallner streckte den Kopf ins Büro. »Und?«, fragte Kolonowicz, als wartete er auf eine konkrete Info.

Wallner sagte nichts. Aus dem Augenwinkel bemerkte Sabine, wie er über den Rand der Hornbrille linste und mit einer knappen Bewegung zu Sabine deutete.

»Ist schon okay.«

»Die Kriminaltechnik hat die Fingerabdrücke aus der Wohnung untersucht.«

Sabines Gaumen wurde trocken. Sie wusste, was als Nächstes passieren würde – und sie konnte nichts dagegen tun.

»Er war in der Wohnung«, sagte Wallner.

Kolonowicz erhob sich. »Das schaut nicht gut aus. Bring ihn nach oben zur Mordgruppe – ich rede mit dem Staatsanwalt.«

Wallner brachte Sabines Vater zu den Kollegen von der Münchner Kriminalpolizei. Die befand sich im selben Gebäude, eine Etage weiter oben. Nun würde aus der Befragung ein Verhör werden, und Sabine war sicher, die Spezialisten würden bald herausfinden, dass ihr Vater schon länger von der Entführung gewusst hatte.

Sie schlug den Rat ihres Vorgesetzten erneut aus, sich zwei Tage Sonderurlaub zu nehmen. Stattdessen zog sie sich in ihr Büro zurück und starrte abwechselnd auf Wanduhr, Monitor und zu den beiden Domtürmen. Neben ihrer Tastatur lag eine offene Packung Gummibärchen. Normalerweise hätte Sabine dieses Zeug wie ein Staubsauger vernichtet, doch ihr Magen fühlte sich an, als wollte er sich jeden Moment umstülpen.

Als sich das Licht der aufgehenden Sonne in den grünen Schindeln der glockenförmigen Hauben spiegelte, goss Sabine die Schlingpflanzen auf dem Fensterbrett. Langsam krochen die Schatten über die Hausdächer. Ebenso zäh verging die Zeit. Vor zwanzig Minuten hatte sie über Webmail von ihrem privaten Account eine E-Mail an Erik Dorfer geschickt. Ihr ehemaliger Schulfreund aus dem Kölner Sportgymnasium arbeitete in der Wiesbadener Zentrale des Bundeskriminalamts. Mit sechzehn Jahren waren Erik und sie zusammen gewesen. Sie erinnerte sich gern an diese Zeit, als Dutzende Schmetterlinge durch ihren Bauch geflattert waren. Sogar als Sabine wieder in München wohnte, hatten sie noch Kontakt. Doch nach dem Abitur ging Erik zur Bundeswehr, und sie verloren sich aus den Augen. Kürzlich stieß sie via Facebook auf ihn, und als sie seine aktuellen Fotos sah, war das Kribbeln im Bauch wieder da. Sie arbeiteten sogar einmal wegen einer Fahndung zusammen.

Erik hatte geschafft, was Sabine bisher verwehrt geblieben war. Er hatte bloß *eine* Bewerbung geschrieben, und die war nicht abgelehnt worden. Für eine Aufnahme beim BKA fehlte es Sabine an der nötigen Protektion. Sie kannte niemanden in Wiesbaden, außerdem war sie eine Frau. Da mahlten die Mühlen erheblich langsamer. Aber ihre große Leidenschaft war nun mal das Erstellen von Täterprofilen, und sie würde sich jedes Jahr um einen Posten beim BKA bewerben, bis sie alt und grau war – das hatte sie sich geschworen.

Die lapidare Betreffzeile ihrer Nachricht an Erik hatte gelautet: *benötige hilfe vom architekten.* Seither aktualisierte sie minütlich ihren Webmail-Account.

Kurz vor sechs Uhr kam die Antwort aus Wiesbaden.

Passwort: Er.Do.BKA
Kennnummer: 82691
Abfragecode: 761C-514/II
PS: Strapaziere den Architekten nicht!

Sabine schmunzelte. Bisher hatte sie den Architekten erst dreimal verwendet – einmal erfolgreich, zweimal vergebens. Sie schob Tasse und Kaffeekanne beiseite und öffnete das Intranet der Polizei. Danach klickte sie auf ein unscheinbares Icon. Das Programm begrüßte sie mit den Worten: *Guten Tag, Frau Kriminalkommissarin Sabine Nemez.* Daneben prangte das blaue Logo einer Pyramide. Darunter stand: *Durchsuchung aller europaweiten Datenbestände und aller landesweit organisierten Systemdatenbanken.* Kurz *Daedalos.*

Das war der Architekt.

Das Programm hieß nicht zufällig wie der Baumeister des Labyrinths aus der griechischen Mythologie. Denn exakt ein solches gigantisches Gebilde aus Informationen beherrschte Daedalos. Die vernetzte Durchsuchung sämtlicher angeschlossenen Datenbanken nach bestimmten Mustern, Kategorien oder gar nur Informationssplittern bot mehr als eine konventionelle Abfrage. Daedalos war ein brandneues System, das die Arbeit des BKA erleichterte. Genau da lag der Haken. Daedalos war nur Mitarbeitern des BKA zugänglich. Aber mit dem richtigen Passwort, der richtigen Kennnummer und dem fortlaufenden Abfragecode war man im System. Bei täglich Tausenden Auswertungen scherte sich kein Mensch darum, ob Kriminalkommissarin Sabine Nemez beim Münchner KDD arbeitete oder nicht.

Die Seite mit den Zugangsdaten erschien. Sabine tippte die Kennung ein und war im System. Was nun? Ihr Vater war kein Mörder – das stand fest. Doch die Schlinge um seinen Hals zog sich stündlich enger zusammen. Er hatte kein Alibi, bei der Befragung aus Angst gelogen und für Außenstehende ein plausibles Motiv. Aber das Schlimmste: Seine Fingerabdrücke waren am Ort der Entführung.

Sabine blieben lediglich zwei Hinweise auf den wahren Täter. Er hatte ihrem Vater ein kleines schwarzes Tintenfässchen in einer Schachtel vor die Haustür gestellt und ihn mit elektronisch verzerrter Stimme angerufen. Bloß zwei einfache Sätze: *Herr Nemez, wenn Sie innerhalb von achtundvierzig Stunden herausfinden, warum Ihre Exfrau entführt wurde, bleibt sie am Leben. Wenn nicht, stirbt sie.*

Eine Anfrage an Daedalos war die einzige Möglichkeit, rasch zu einem Ergebnis zu kommen, das ihren Vater entlastete. Sie musste nach Parallelen zu anderen Entführungen suchen, mit denen ihr Vater nichts zu tun hatte.

Zielort: Deutschland. Zeitraum: die letzten drei Jahre. Delikt: Entführungen, die innerhalb von achtundvierzig Stunden mit Mord endeten. Besonderheiten: Telefonkontakt, keine Lösegeldforderung, Rätselspiel, Geschenk des Entführers als Hinweis auf mögliche Todesart.

Ihr Finger schwebte über der Enter-Taste. Jedes Mal, wenn sie eine Abfrage über den Zentralcomputer des BKA startete, lief ihr ein Schauer über den Rücken. Daedalos war nicht nur der legendäre Baumeister, sondern auch der Vater des Ikarus gewesen, der der Sonne zu nahe gekommen, verbrannt und ins Meer gestürzt war.

Hoffentlich verbrannte *sie* sich nicht eines Tages die Finger. *Strapaziere den Architekten nicht* war kein Ratschlag gewesen, sondern eine Warnung. Damit konnte sie ihre Aussicht, jemals beim BKA zu arbeiten, zerstören. Genauso wie ihre Karriere bei der Münchner Polizei. *Es ist doch nur, um meinen Vater zu entlasten … und den Mörder meiner Mutter zu finden.*

Mit einem Mal stand ihr der Gedanke so klar vor Augen, dass es keinen Zweifel daran gab, woran sie die nächsten Tage und Wochen arbeiten würde.

Plötzlich wurde ihre Bürotür aufgerissen. Sie fuhr zusammen. Die Post-its an ihrem Monitor flatterten in der Zugluft.

Kolonowicz kam zu ihrem Schreibtisch. »Woran arbeitest du gerade?«

Rasch drückte sie die Enter-Taste. *Abfrage wird ausgeführt!* Mit einem Mausklick minimierte sie das Programm auf die untere Bildschirmleiste. Im nächsten Moment stand Kolonowicz vor ihrem Monitor.

»Ich habe ins zentrale Einsatzleitsystem gesehen, ob es Arbeit für uns gibt. Ist aber nichts Wichtiges dabei.«

Kolonowicz klatschte ihr die Morgenausgabe der *Süddeutschen Zeitung* auf den Tisch. MORD IM DOM lautete die Schlagzeile. Darunter prangte ein Foto der Frauenkirche bei Nacht. Offensichtlich eine Archivaufnahme, denn zwischen den Turmhauben strahlte der Vollmond in weißem Licht. »Tut mir leid«, sagte er. »Jemand hat geplaudert. Höchstwahrscheinlich wollte sich der Mesner ein paar Euro dazuverdienen.«

Der schmierige Glatzkopf mit den Gichtkrallen. Sabine wollte am liebsten kotzen. »Ich will das nicht lesen.«

Kolonowicz nahm die Zeitung wieder an sich. »Nur damit du informiert bist. Der Name deiner Mutter wurde bisher nicht genannt, und es gibt im Moment auch keine Fotos von ihr.« Er seufzte. »Geh nach Hause oder wenigstens zu deiner Schwester. Du kannst hier nichts tun.«

Sabine schielte zum Monitor. In der unteren Bildleiste blinkte das Symbol der blauen Pyramide. »Monika bringt die Mädchen in einer Stunde zur Schule und in den Kindergarten. Ich besuche sie, bevor sie zur Arbeit fährt.«

»Wie du willst.« Kolonowicz blickte zur Wanduhr. Es war kurz nach sechs. »Im Moment sichtet Staatsanwalt Fuhrmann die bisherigen Fakten zu dem Fall.«

»Ich würde gern mit ihm sprechen.«

Kolonowicz schmunzelte. Sabine kannte diesen nachsichtigen Gesichtsausdruck, der sie zu einem Kind degradierte. »Das ist unmöglich. Er bespricht den Fall gerade mit dem Oberbürgermeister.«

»Um *die Zeit*?«, entfuhr es ihr.

»Ich sagte dir ja, die Sache ist heikel. Der Erzbischof wurde bereits informiert, und der hat Oberbürgermeister und Staatsanwalt zusammengetrommelt. Die Krisensitzung dauert bis acht. Dann erfahren wir mehr.«

Was für ein Affentanz! Aber das hatte ja so kommen müssen.

Demnächst würde der Papst im Münchner Dom eine Messe lesen. Die Debatte über Kirchenaustritte wegen Fällen von Kindesmissbrauch in der katholischen Kirche brodelte auf ihrem Höhepunkt. Gerade in Bayern. Wenn die Presse solche Schlagzeilen verbreitete, gerieten die Vertreter von Kirche und Politik in Panik.

Damit war ihr Vater zur Marionette in einem Ränkespiel geworden, in dem Kirche und profilierungssüchtige Politiker auf eine rasche Festnahme drängten.

Nachdem Sabine die Daten eines Autodiebstahls in der Innenstadt aufgenommen hatte, telefonierte sie mit ihrer Schwester. Sie trafen sich kurz in Monikas Wohnung, und Sabine erzählte ihr, was sie wusste. Ihre Schwester hatte in der Nacht zwar kein Auge zugetan, aber sie nahm die Details des Mordes besser auf als erwartet. Anschließend ging Sabine in die Kantine des Reviers. Sie brachte nur einen starken Kaffee hinunter und war so aufgekratzt, dass sie wie ein angeschossener Kojote im Korridor auf und ab lief. Zwischendurch loggte sie sich immer wieder mit Eriks Code in Daedalos ein, doch die Abfrage lief und lief, ohne dass der Balken je die 99% überschritt. Vermutlich war das Mistding abgestürzt.

Als sie die Bildschirmanzeige erneut aktualisierte, schrieb der PC ein lapidares: *Ihre Zugriffsberechtigung wurde gesperrt.* Danach kam sie weder mit Eriks Passwort noch mit dessen Kennnummer in das Programm. Sabine stieg die Hitze vom Rückgrat in den Kopf, und ihre Handflächen wurden feucht. *So ein verdammter Kuhdreck!*

Sie drückte die Taste für die Kurzwahl zu Eriks Büro in Wiesbaden. Auf dem Display sah sie, dass der Anruf umgeleitet wurde. Eine weibliche Stimme meldete sich aus der Zentrale. Sabine sagte, dass sie mit Kriminalkommissaranwärter Erik Dorfer sprechen wolle. Die Dame machte eine Pause. Dann war ein Knacken in der Leitung zu hören.

»Tut mir leid«, flötete sie. »Der Kollege ist heute nicht mehr im Dienst. Worum geht es? Kann ich Ihnen weiterhelfen?«

*Nicht mehr im Dienst?* Und das um acht Uhr früh.

»Danke.« Sabine legte auf.

An der roten Lampe auf dem Display ihres Telefons sah sie, dass Kolonowicz auf der Nebenstelle telefonierte. Ein externes Gespräch. Im nächsten Moment erlosch das Licht. Bevor er erneut zum Hörer greifen würde, stürmte Sabine in sein Büro. Er sah nicht gut aus. Der Krawattenknoten saß locker, und das senffarbene Haar hing ihm verschwitzt ins Gesicht. Er stemmte die mächtigen Arme auf den Schreibtisch und stützte das Kinn auf. Die Hemdsärmel waren aufgerollt.

»Was Neues vom Staatsanwalt?«, fragte sie.

Er blähte die Wangen auf. »Du kannst dir nicht vorstellen, wie die da oben Gas geben.«

Sabine dachte an den bevorstehenden Papstbesuch. »Die stehen unter Druck.«

»Hochdruck wäre noch milde ausgedrückt«, sagte Kolonowicz. »Mittlerweile gibt es fünf Verdächtige. Dein Vater ist einer davon. Außerdem wurde die Kölner Kripo hinzugezogen. Der Richter hat soeben den Durchsuchungsbeschluss für die Wohnung deines Vaters genehmigt.«

Sabines Gedanken tanzten wie wilde Derwische. Die Kollegen würden das Tintenfässchen mit Vaters Fingerabdrücken finden!

»Ich muss mit den Kollegen von der Münchner Mordgruppe reden«, drängte sie.

Kolonowicz blähte erneut die Wangen auf. Dann fixierte er Sabine. »Lüg mich nicht an! Ich würde es an deinem Blick erkennen. Verheimlicht dein Vater etwas?«

Wenn sie jemandem vertrauen konnte, dann ihren Kollegen. Sie waren ein gutes Team. Sabine nickte.

»Auch das noch!« Kolonowicz wischte sich übers Gesicht. »Die Münchner Kripo ermittelt nicht mehr. Wegen der besonderen Umstände hat der Staatsanwalt mit dem LKA gesprochen, und die haben den Fall an sich gezogen.«

Sabine wurde schwarz vor Augen. Sie kannte die Methoden der Kollegen vom Landeskriminalamt. Gegen die waren sogar die Beamten der Mordgruppe ein zimperlicher Haufen. Nach der Wohnungsdurchsuchung würden diese Typen ein Geständnis aus ihrem Vater pressen, bevor er Piep sagen konnte.

# 6

Dusty hatte sich beruhigt und bis zum Morgen nicht mehr gebellt. Dennoch hatte Helen nicht wieder einschlafen können. Müde betrat sie mit einem Tablett die Terrasse und setzte sich auf den Gartenstuhl. Soeben liefen die Nachrichten im Radio. Der übliche Stau auf der Südost-Tangente nach Wien. Gott, war sie froh, dass sie nicht in der Stadt arbeiten musste, sondern ihre Praxis in Grießkirchen führte. Ihre ersten Klienten – eine Mutter mit Sohn – kamen heute um zehn Uhr.

Die Tauben saßen auf der Hochspannungsleitung und gurrten um die Wette. Über die Felder drang das Läuten der Kirchturmuhr aus dem Ort. Irgendwo ratterte ein Rasenmäher, und vor der Villa tuckerte ein Traktor vorbei. Es versprach ein warmer Frühlingstag zu werden. Dementsprechend trug sie eine leichte Bluse und kurze, an den Rändern ausgefranste Jeans mit breitem Ledergürtel.

Helen legte Handy und Sonnenbrille auf den Gartentisch und goss Kaffee aus der Thermoskanne in ihren Plastikbecher. So schmeckte er am besten. Sie hatte Frühstück für Frank und sich zubereitet, mit Orangensaft, Spiegeleiern, Speck, Müsli und Vollkornbrot. Frank wollte jeden Montagmorgen ausgiebig frühstücken, da er später als sonst ins Büro fuhr. Im nächsten Augenblick erschien er auch schon auf der Terrasse.

»Morgen, Schatz«, sagte er knapp und gab ihr einen Kuss auf die Wange. »An deine neue Frisur muss ich mich erst gewöhnen. Die Tönung sieht gut aus, aber die Haare sind etwas kürzer, nicht wahr?«

Typisch Frank! Von wegen Tönung. Sie waren genauso rabenschwarz wie vorher. Und zwanzig Zentimeter nannte er *etwas kürzer!* Er wollte sie sicher nur auf den Arm nehmen.

»Ich mache nur Spaß.«

Sie schmunzelte. »Ich weiß, du Ekel.«

Seine grau melierten Schläfen glänzten im Sonnenlicht. Er duftete nach Aftershave. *Ocean* von Wilkinson. Langsam merkte man ihm das Alter an. Doch trotz seiner fünfzig Jahre sah er verdammt gut aus. Heute war er wieder einmal wie aus dem Ei gepellt, mit Leinenhose, Poloshirt, Sakko und italienischen Designerschuhen. Seine Spiegelsonnenbrille steckte im Hemdausschnitt. An der Hand trug er die neue Omega mit Automatik, die sich durch die Bewegung des Gelenks selbst aufzog. Obwohl seine große Geburtstagsfeier erst in drei Tagen stattfinden sollte, hatte sie ihm die Uhr schon am Wochenende geschenkt.

Helen betrachtete sein blütenweißes Poloshirt. Normalerweise trug er maßgefertigte Hemden mit seinen aufgestickten Initialen. »Fährst du heute nicht aufs Gericht?«

»Doch, aber nur kurz. Keine wichtigen Termine, nur lästiger Bürokram.«

Er trank im Stehen einen Schluck Kaffee. Dann legte er ihr eine Mappe auf den Tisch. »Die Gästeliste. Einige haben noch nicht zu- oder abgesagt. Ich habe keine Zeit, kümmerst du dich bitte darum?«

»Ich bin auch berufstätig«, protestierte sie. »Außerdem ist es *dein* Geburtstag.«

»Ach, komm schon! Die paar Klienten, die du hast.«

Sie unterdrückte einen Fluch und schlug die Mappe auf. In der Mitte klemmte ein Kugelschreiber. Oh Gott, das konnte dauern. Sechzig Gäste. Hinter etwa fünfzehn Namen befanden sich handschriftliche Fragezeichen. Helen kannte die Richter, Pathologen oder Kollegen aus Franks Abteilung nur nach deren Namen.

»Du hättest wenigstens die Telefonnummern dazuschreiben können.«

»Findest du leicht im Telefonbuch.« Frank stellte die Tasse auf den Tisch, holte den Autoschlüssel aus der Hosentasche, beugte sich zu ihr herunter und gab ihr einen Kuss auf die Stirn.

»Frühstückst du nicht mit mir?«, fragte sie.

Er blickte auf Speck und Spiegeleier. »Keine Zeit. Bis später, ich komme am Nachmittag gegen fünf heim.«

Ihr war seine Anspannung schon am Morgen aufgefallen. Sonst war er nach dem Wochenende die Ruhe in Person, doch diesmal bedrückte ihn etwas, worüber er nicht sprechen wollte. Er war mit dem Handy ins Badezimmer gegangen, was er sonst nie tat. Offenbar wartete er auf einen dringenden Anruf. Mit der bevorstehenden Feier hatte das garantiert nichts zu tun, denn bisher hatte er sich deswegen noch kein Bein ausgerissen.

»Hast du dem Fotografen Bescheid gesagt?«, fragte sie.

»Ach, verflucht.«

Typisch! Helen spürte einen Kloß im Hals. »Wir müssen noch die Sitzordnung der Gäste besprechen, und ob die Band ihr Equipment in einem Zelt aufbauen soll, falls es regnet.«

Frank schüttelte den Kopf. »Es wird nicht regnen!«

»Wann liefert der Partyservice?«

Er war schon auf dem Weg zum Carport. »Klär du das, Schatz!«

»Ich denke nicht daran!«, rief sie ihm nach. »Ich bin schließlich nicht deine Haushälterin. Irgendetwas wirst du doch auch tun können!«

»Was ist denn mit dir los? Bekommst du deine Tage?«

Sein roter Sportwagen quäkte. Die Tür sprang auf, und er warf sich in den Sitz.

Helen ließ den Blick über Brot, Eier, Speck und Müsli gleiten.

*Nicht aufregen …*

Was riet sie ihren Klienten immer? Bis zehn zählen, tief durchatmen, den ersten Ärger vergehen lassen, und erst dann den Mund aufmachen. Sie begann zu zählen. Als sie bei drei angelangt war, stand nur noch ihr kleiner blauer Toyota im Carport. Kies spritzte über die Zufahrt. Frank schoss mit dem Lamborghini im Rückwärtsgang zur Einfahrt, fuhr zügig am Briefkasten vorbei und wendete auf der Straße.

Statt ihr zu winken, trat er aufs Gas. Weg war er!

»So ein Arsch!«, fluchte sie.

Immerhin war es *sein* Geburtstagsfest, das ausgerechnet an einem Mittwoch auf ihrem Anwesen stattfinden sollte. Typisch! Die Gäste mussten ihre Termine wieder mal nach ihm richten. Er hatte ihr versprochen, sich um alles zu kümmern und ihr am Tag der Feier behilflich zu sein. Darauf war sie gespannt! *Sie konnte ja so toll organisieren und mit Menschen umgehen.* Er war nicht gerade der einfühlsame Typ und verhörte nur Verbrecher – sie hingegen *redete* mit den Menschen. Obwohl sie erst seit Kurzem verheiratet waren, kriselte es immer öfter. Frank war anfangs sehr aufmerksam gewesen, entpuppte sich aber als Lebemann, der immer weniger Rücksicht auf Helens Bedürfnisse nahm.

*Frank ist ein wahrer Gentleman, die perfekte optische Ergänzung zu dir,* behaupteten ihre Freundinnen. Aber keine von denen wusste, wie er wirklich war. Eine seiner größten Fähigkeiten bestand darin, alles in letzter Sekunde zu delegieren. *Okay! Durchatmen! Du kannst es sowieso nicht ändern.*

Sie stieß einen lauten Piff aus. »Dusty! Frühstück! Es gibt Speck und Eier!«

Normalerweise kam der Jack-Russell-Terrier angeflitzt, sobald sie nach ihm pfiff. Doch diesmal keine Spur von ihm. Sie stocherte im Müsli herum und warf einen Blick auf die Gästeliste. Wen musste sie anrufen? Rechtsanwalt Seisner, Dr. Henrich vom Gericht, drei von Franks Arbeitskolleginnen, zwei befreundete Dozenten von der Uni, einen ehemaligen Schulfreund und … Helen stockte der Atem.

*Ben Kohler.*

Hinter seinem Namen befand sich ein Häkchen. Das bedeutete, er würde Mittwochabend kommen. Damit würde sie bei dieser Feier ein Wechselbad an Gefühlen erwarten. Wie sollte sie ihm gegenübertreten? Vor allem … wie würde *er* sich verhalten? Immerhin hatten sie sich zuletzt vor drei Jahren gesehen, und zwischen ihnen war vieles unausgesprochen geblieben. Zu jener Zeit war sie noch für die Kripo als Profilerin tätig gewesen. Doch das hatte vor drei Jahren mit einem Paukenschlag geendet – ebenso wie ihre Beziehung mit Ben. Oh Gott, Ben. Tränen traten ihr in die Augen, als die Erinnerung an seinen Sohn hochkam.

Sie hatte Ben kennengelernt, als er von der Spezialeinheit Wega, dem Einsatzkommando der Wiener Polizei, zur Kripo gewechselt war. Der vernünftigste Schritt, den ein alleinerziehender Vater machen konnte. Mittlerweile war er beim Morddezernat bestimmt Chefinspektor. Offensichtlich arbeitete er mit Frank in dessen Eigenschaft als Staatsanwalt zusammen. Würde sich Frank daran erinnern, dass Helen früher mit Ben zusammen gewesen war? Bestimmt! Frank vergaß nie etwas – und so etwas schon gar nicht. Bestimmt wusste er auch, dass Bens Sohn vor drei Jahren gestorben war – ein weiterer Grund, weshalb ihre Beziehung damals zu Bruch gegangen war. Florians Tod hatte Helen mindestens genauso getroffen, wenn nicht sogar mehr. Sie hatte Flo abgöttisch geliebt. Vielleicht, weil sie selbst keine Kinder bekommen konnte.

Ihr Handy läutete. Sie zuckte zusammen. *Unbekannter Teilnehmer.* Gedankenverloren griff sie zum Telefon.

»Ja?«

Sie hörte nur schweres Atmen.

»Hallo?«, fragte sie. »Frank, bist du das?«

Leises Atmen. »Frank?«, wiederholte der Anrufer. »Ist das Ihr Mann?« Seine Stimme klang elektronisch verzerrt.

Helens Herzschlag beschleunigte. Sie antwortete nicht.

»Sind Sie allein, Frau Doktor? Ist Frank weg?«, wollte der Mann wissen.

»Wer spricht da?«, fragte sie, bemüht, ihrer Stimme einen sicheren Klang zu geben.

»Wenn Sie herausfinden, wen ich entführt habe und warum, bleibt die Person am Leben. Wenn nicht – stirbt sie. Ihnen bleiben achtundvierzig Stunden.«

»Wie bitte?« Sie musste sich verhört haben.

Auf der anderen Seite der Leitung waren nur Atemgeräusche

zu hören. Helen ließ die Drohung eine Weile auf sich wirken. Noch wusste sie nicht, ob sich jemand einen üblen Scherz mit ihr erlaubte oder ob sie es mit einem Verrückten zu tun hatte.

»Als Beweis, dass ich es ernst meine«, fuhr der Mann fort, »habe ich Ihnen ein Geschenk hinterlassen.«

»Ein Geschenk?«, wiederholte sie. Unwillkürlich wanderte ihr Blick über den Tisch und blieb bei der leeren Schachtel mit der roten Filzeinlage hängen, die sie heute Morgen neben dem Briefkasten gefunden hatte.

»Wie heißen Sie?«, fragte sie.

»Das tut nichts zur Sache.«

»Trotzdem weiß ich einiges über Sie«, behauptete Helen.

Er lachte. »Zum Beispiel, Frau Doktor?«

»Ich kenne Ihre Handschrift.«

»Sie haben die Schachtel also schon gefunden.«

Helen glaubte ihn schmunzeln zu hören. Allerdings wusste sie nicht, was er mit dem »Geschenk« bezweckte, denn der Karton war leer gewesen.

»Was glauben Sie noch über mich zu wissen?«

Die Frage klang provozierend. Er wollte sie testen. In jeder anderen Situation hätte sie einfach aufgelegt, doch sie wollte herausfinden, ob seine Behauptung, einen Menschen entführt zu haben, stimmte.

Helen atmete tief durch und bemühte sich um eine ruhige Stimme. »Die Schrift ist nach rechts verschmiert. Sie sind Linkshänder.«

Sein Lachen verstummte.

Ihr fiel ein Zitat von Ben Kohler ein, das er gern verwendet hatte: *Je mehr falsche Fährten ein Täter hinterlässt, um seiner Entdeckung zu entgehen, desto mehr Hinweise gibt er.* Außerdem ließen sie ihr Psychologiestudium, vierzehn Jahre Therapiepraxis und ihre Tätigkeit als Profilerin jedes auffällige Verhalten automatisch analysieren – und der erste spontane Gedanke war meist der beste.

»Da keine Adresse auf dem Papier steht«, fuhr sie fort, »nehme ich an, dass Sie Ihr Geschenk persönlich hergebracht haben. Vermutlich heute Nacht, gegen fünf Uhr früh. Mein Hund hat Sie vertrieben, sonst hätten Sie die Schachtel wahrscheinlich vor die Tür gelegt … und nicht in die Zeitungsbox geschoben.« Bestimmt hatte Dusty die Schachtel mit der Pfote aus der Box gezerrt.

Der Mann schwieg.

»Sie verstellen Ihre Stimme. Also würde ich Sie an Ihrer echten Stimme erkennen. Außerdem unterdrücken Sie Ihre Telefonnummer, damit ich der Polizei keinen Hinweis geben kann. Vermutlich sind wir uns schon einmal begegnet. Sind Sie einer meiner Klienten?«

Er schwieg immer noch.

Sie betete zu Gott, dass es sich um einen Scherzbold handelte, der sich gleich zu erkennen geben würde. Denn einen Verrückten, der sich nachts auf ihrem Grundstück herumtrieb, konnte sie genauso wenig brauchen wie einen Stalker oder verstörten Klienten.

»Ich …« Sie brach ab, als sie aus dem Augenwinkel sah, dass Dusty zwischen den niedrigen Smaragdthujen hindurchsprang, die ihr Grundstück von den angrenzenden Feldern trennten. Er hetzte schnurstracks auf sie zu und warf sich unter dem Gartentisch auf den Bauch. Als sie ihn schmatzen hörte, sah sie unter den Tisch und glaubte ihren Augen nicht zu trauen.

Dusty hatte etwas im Maul, an dem er kaute. Schlagartig kam ihr der Gedanke, dass der Verrückte ihren Hund vielleicht vergiften wollte. Sie legte das Handy weg, packte Dusty am Halsband und fuhr ihm mit der Hand ins Maul, um ihm das Ding wegzunehmen.

Schlagartig wurde ihr übel.

Das Ding war länglich, weich und warm. Ein menschlicher Finger! Unmittelbar nach dem Mittelhandknochen am Gelenk abgetrennt. Kein sauberer Schnitt. Haut und Gewebe waren ausgefranst, als hätte jemand mehrere Versuche mit einer stumpfen Gartenschere benötigt, um das Glied von der Hand zu trennen.

Entsetzt warf Helen den Finger auf einen leeren Teller, damit Dusty nicht weiter darauf herumkauen konnte. Sie wischte ihre

Hand an den Jeans ab und schloss die Augen. Ihr war immer noch übel. Nein, das konnte doch alles nicht wahr sein! Ihr Herz schlug bis zum Hals. Es fühlte sich an, als hätte sie einen dicken Knoten in der Kehle. Sie griff zum Orangensaftglas und leerte es in einem Zug – doch der Knoten blieb.

Es war ein Frauenfinger. Nun wusste sie auch, weshalb die Schachtel mit dem roten Filz leer gewesen war. Dusty hatte das Blut gerochen und den Finger aus dem Karton geholt.

Plötzlich begann Dusty zu würgen. Oh Gott, was kam jetzt? Der Hund röchelte und hustete. Sein Brustkorb zuckte. Das kehlige Geräusch klang, als stülpte sich ihm der Magen um.

»Dusty!« Sie kniete sich neben ihn und strich ihm über den Bauch. Im nächsten Augenblick spie er. Klimpernd kullerte ein Ring über die Terrassenfliesen. Trotz der wärmenden Frühlingssonne lief ihr eine Gänsehaut über den Rücken. Helen drehte das mit Schleim überzogene Schmuckstück. Ein Rubin leuchtete matt im Licht.

*Bitte,* flehte sie. Es musste sich um einen makaberen Scherz handeln. Frank feierte übermorgen seinen fünfzigsten Geburtstag, zu dem rund sechzig Gäste geladen waren. Möglicherweise hatten sich einige zusammengetan, um sie auf die Schippe zu nehmen. Aber warum ausgerechnet sie und nicht Frank? Und warum heute? Oder steckte Frank dahinter? Niemals! Während ihrer zwei Ehejahre hatte er keinerlei Scherze mit ihr getrieben, und für so geschmacklos hielt sie ihn nicht. Also blieb nur eine Schlussfolgerung: Sie telefonierte tatsächlich mit einem Verrückten.

Dusty war wieder in Ordnung, wälzte sich nun selig auf dem Rücken herum. Helen ballte die Faust, in der Hoffnung, den Stress und die Nervosität, die sie von Sekunde zu Sekunde mehr erfassten, durch die Muskelanspannung zu vertreiben. Doch es half nichts. Sie wusste, der Kerl wollte sie in den Wahnsinn treiben.

Mit zittrigen Fingern griff sie zum Handy. »Was …«

»Warum waren Sie weg?«, fragte er.

»Weil mein Hund gekotzt hat! Wollen Sie die Details hören?« Ihre Angst schlug in Wut um.

»Sie machen ab sofort nur noch das, was ich Ihnen sage! Und denken Sie keine Sekunde daran, Ihrem Mann oder der Kripo von unserem Telefonat zu erzählen«, drohte er, »sonst werde ich der Person nicht bloß neun weitere Finger abtrennen, sondern *alle* Gliedmaßen langsam abschneiden, bis sie verblutet ist. Haben Sie verstanden?«

Helen schwieg.

»Ich habe Sie etwas gefragt!«

»Ja.« Ihr Magen rebellierte. Sie schluckte den säuerlichen Geschmack runter. »Wie geht es der Frau?«

»Der Frau?«, wiederholte er. »Gut beobachtet. Sie meinen, bis auf die Blutung? Sie hält sich tapfer.«

»Braucht sie medizinische Versorgung?«

»Das nehme ich an, aber es geht ihr gut.«

»Ich möchte mit ihr sprechen.«

»Morgen, wenn sie zu Bewusstsein kommt.«

Vermutlich war er in diesem Moment nicht bei ihr. Bestimmt hielt er sie irgendwo in einem Verlies gefangen, gefesselt und geknebelt.

»Warum ich? Warum gerade heute?« Es hatte keinen Sinn mehr, ihrer Stimme einen selbstbewussten Ton zu verleihen. Er wusste, dass er ihren Widerstand gebrochen hatte.

»Warum?«, echote er. »Das sollen Sie herausfinden, Helen. Ihnen bleiben noch knapp achtundvierzig Stunden.«

Unwillkürlich starrte sie auf den mit Schleim verschmierten Rubinring, den Dusty mit den Pfoten über die Fliesen schob. Ihr Bauchgefühl sagte ihr, dass sie diesen Ring schon einmal gesehen hatte.

»Noch ein Hinweis, denn Ihre Frist läuft bereits: Es handelt sich um eine Person, die Sie kennen. Aber dieser Mensch kennt Sie besser, als Sie ihn zu kennen glauben.«

Die Verbindung wurde unterbrochen.

# 7

## Fünf Monate vorher

### Das Einführungsgespräch

Dr. Rose Harmann blickte aus dem Fenster ihrer Praxis. Schnee lag auf den Hausdächern Wiens, und die Welt schwieg leise vor sich hin. Dieses Jahr hatte es weiße Weihnachten gegeben, was selten genug vorkam.

Sie schaltete das Diktafon ein. »Dienstag, 28. Dezember. Erste Sitzung mit Carl Boni. Es ist kurz vor fünfzehn Uhr. Ich erwarte ihn jeden Moment. Hoffentlich ist er nicht das, wofür ich ihn halte.«

Sie nahm das Tonbandgerät herunter. Seit sie erfahren hatte, dass sie schwanger war, spürte sie ständig diese eisige, kribbelnde Kälte in den Beinen. Ihr erstes Baby – und das mit vierzig! Ihre Mutter hätte die Hände über dem Kopf zusammengeschlagen, doch sie würde es nie erfahren. Der letzte Kontakt lag Jahre zurück. Heuer hatte ihre Mutter nicht einmal auf die obligatorische Weihnachtskarte geantwortet. Sollte sie sich doch zum Teufel scheren. Rose hatte andere Probleme.

Neben dem Parkplatz vor ihrer Praxis türmten sich die Schneehügel. Einer der Nachbarn aus dem angrenzenden Einfamilienhaus hatte den Platz heute Morgen mit einer Schneefräse geräumt, doch über Mittag war wieder etwas Schnee gefallen. Aus den Fenstern der benachbarten Häuser strahlte die Weihnachtsbeleuchtung.

Rose zog den Blazer enger. Carl war für heute der letzte Klient.

Nach der Sitzung würde sie den Rock und die schicke neue Seidenbluse gegen warme Pu-der-Bär-Filzpantoffeln und ihren kuscheligen Flanellpyjama tauschen, der in ihrer Wohnung auf dem Heizkörper hing. Eine heiße Tasse Milch mit Honig und ein paar Kekse würden den Nachmittag perfekt ausklingen lassen. Niemand hatte sie bisher so gesehen – und so sollte es auch bleiben. Eine elegante und eloquente Star-Therapeutin mit Pu-Hausschuhen wirkte lächerlich. Aber im Innersten war sie nicht anders als andere Frauen – auch wenn viele ihrer Klienten sie für einzigartig hielten.

Ein klappriger weißer Kastenwagen mit dem Emblem einer Autowerkstätte fuhr auf den Parkplatz. *Ruben & Söhne* prangte auf der Seitenwand. Die Scheiben des Wagens waren außen vereist und innen angelaufen. Nur ein Guckloch war freigekratzt worden, durch das Rose den Fahrer sehen konnte. Er parkte viel zu nahe am Altpapiercontainer, auf dem sich ein Schneehaufen türmte. Ein junger, hochgewachsener Mann stieg aus dem Wagen.

Rose fröstelte bei seinem Anblick. Der verrückte Kerl trug nur Jeans, Hemd und Sakko. Der Wind zerrte an seinen Kleidern und zerzauste sein Haar. Er sperrte den Wagen nicht ab, blickte sich um und lief dann zum Eingang ihrer Praxis. Soweit Rose wusste, war er wegen Kokainbesitzes, Stalkings und auffälligen aggressiven Verhaltens gegenüber Frauen angeklagt worden. Was für eine Floskel! Tatsächlich hatte er zwei Frauen krankenhausreif geschlagen. Der Beschluss des Gerichts lautete: drei Jahre bedingte Strafe. Allerdings hatte ihm die Richterin die Weisung »Therapie statt Strafe« auferlegt. Rose kannte die Richterin. Petra Lugretti war eine ihrer besten Freundinnen. Eigentlich wollte Rose wegen ihrer Schwangerschaft kürzertreten. Außerdem war es immer problematisch, mit Klienten zu arbeiten, die sich nicht freiwillig einer Psychotherapie unterzogen. Doch Rose hatte sich von Petra Lugretti überreden lassen, ein Gerichtsgutachten zu erstellen.

Im nächsten Moment läutete es an der Tür. Rose öffnete. Der Vorplatz lag windgeschützt zwischen zwei Erkern. Trotzdem trieb der Wind Schnee über die Fußmatte. Ihr Besucher stand vor der Tür und starrte auf das Schild, als wollte er es auswendig lernen:

Logotherapie und Existenzanalyse
nach Viktor E. Frankl
Praxis für Psychotherapie
Dr. med. Rose Harmann
approb. Ärztin
Bachallee 17

Darunter standen ihre Telefonnummer und die Adresse ihrer Webseite.

»Wohnen Sie hier?«, fragte der junge Mann, ohne aufzusehen. »Das Haus ist nur einstöckig, aber« – er spähte an Rose vorbei ins Vorzimmer – »bequem.«

Ein ostdeutscher Akzent schlich sich zu seinem Wiener Dialekt, als könnte er sich nicht entscheiden, ob er Hochdeutsch oder Wienerisch reden sollte. Das hatte Petra bei ihrem Anruf erwähnt.

»Hier ist nur meine Praxis«, erklärte Rose. »Wollen Sie nicht reinkommen?«

Er hob den Kopf, und der Wind wirbelte seine blonden, fast gelben Haare durcheinander. Seine Augenbrauen waren wegen der hellen Farbe kaum zu erkennen, wodurch die blauen Augen noch intensiver wirkten. Und diese unglaublich langen Wimpern … was für ein Blick!

Wortlos trat er ein, hängte das Sakko an den Kleiderständer und fuhr sich durch die feuchten Haare. Er war groß und drahtig. Sein neugieriger Blick schien alles auf einmal einfangen zu wollen.

Manche Klienten reagierten unsicher auf geschlossene Türen. Daher ließ Rose die rechte Tür zu ihrem Büro immer einen Spaltbreit offen, sodass ihre Besucher den Schreibtisch sehen konnten. Die linke Tür führte in den Therapieraum. Ein weihnachtlicher Duft lag in der Luft. Rose ging voraus, doch Carl Boni folgte ihr nicht. Unschlüssig stand er auf der Türmatte.

»Sie können die Schuhe anbehalten«, sagte Rose.

Er lächelte peinlich berührt, als hätte sie seine Gedanken erraten. Dann folgte er ihr.

Der Raum mit den beiden großen Erkerfenstern war von Licht durchflutet. Auf dem Heizkörper standen Kräuterschalen, die einen Duft von Mandarinen und Tannennadeln verströmten.

Rose deutete auf die Sitzecke. »Nehmen Sie Platz, wo Sie wollen.«

Ihre Mappe lag auf jener Seite des Glastisches, wo auch ihr Sessel stand. Gegenüber befand sich die bequeme Eckcouch mit den Sitzkissen. Alle Klienten, die zum ersten Mal zu ihr kamen, nahmen automatisch darauf Platz. Die Mappe wies sie subtil auf die gegenüberliegende Seite, wo Rose sie haben wollte. Carl ebenso. Von dort hatten sie einen wunderbaren Ausblick auf den Park mit den knorrigen Bäumen und schneebedeckten Büschen. Auch sahen sie den kleinen Radiowecker mit der Uhrzeit, der in ihre Richtung wies, damit sie ein Gefühl bekamen, wie lange die Sitzung noch dauern würde. Sonst lag nur eine Packung Taschentücher auf dem Tisch – für alle Fälle. Direkt neben dem Diktafon.

Rose setzte sich auf ihren Stuhl und füllte mit dem Wasserkrug zwei Gläser, die bereits auf dem Tisch standen. Danach schlug sie die Beine übereinander.

Carl saß entspannt auf der Couch. Sein Blick wanderte durch den Raum und verharrte bei einem Bücherregal, das bis auf wenige Romane aus den Siebzigerjahren nur Fachliteratur beinhaltete.

Rose strich sich das kastanienrote Haar hinters Ohr, das ihr auf einer Seite ständig ins Gesicht fiel. »Stört es Sie, wenn das Diktafon mitläuft?«

Er fixierte sie, als wollte er das dunkle Grün ihrer Augen erforschen. »Weshalb?«

»Es erscheint mir notwendig, die Gespräche aufzuzeichnen.« Sie machte eine Pause. »Wenn ich mir die Bänder später anhöre, habe ich manchmal Geistesblitze, die weiterhelfen könnten.«

Sein Blick blieb skeptisch. »Wer bekommt die Bänder zu hören?«

»Niemand, nicht einmal das Gericht. Ich unterliege der Verschwiegenheitspflicht. Als Klient bleiben Sie anonym.«

Er dachte nach.

Den tatsächlichen Grund für die Aufzeichnung der Sitzungen würde sie ihm vorerst nicht nennen: Der Fall war eine interessante Herausforderung, und sie wollte die Ergebnisse für sich dokumentieren. Vielleicht schrieb sie später einen Artikel darüber.

»Erhalte ich Kopien davon?«, fragte er.

»Falls Sie es wünschen.«

»Nicht nötig.« Er machte eine gleichgültige Handbewegung. »Von mir aus.«

»Fein.« Rose schaltete das Gerät ein und lehnte sich im Stuhl zurück. Die Kassette würde fünfzig Minuten lang laufen. »Wie fühlten Sie sich, als Sie herfuhren?«

Er dachte nicht lange nach. »Gut.« Er lächelte. »Ich habe mich auf dieses Treffen gefreut.«

»Tatsächlich?« Sie wusste, dass er log. Er lächelte nur mit den Lippen, nicht mit den Augen. Ein untrügliches Zeichen der Gesichtsmuskulatur. Blieb die Umgebung der Augen emotionslos, war die Freundlichkeit meist nur gespielt. Etwas Smalltalk würde nicht schaden. »Wie haben Sie Weihnachten verbracht?«

»Allein … Ich bin gern allein«, fügte er rasch hinzu.

»Fühlen Sie sich im Moment wohl?«

»Sicher.« Er lächelte für einen Augenblick, als wollte er mit ihr flirten.

Rose ging nicht darauf ein. »Woran würden Sie merken, dass Sie sich unwohl fühlen?«

Er blickte für einen Moment zur Decke. »Ich beginne, an den Nägeln zu kauen.«

Rose blickte nicht auf seine Hände. Sie hatte bereits bemerkt, dass seine Fingernägel abgebissen waren. Eingetrocknetes Blut klebte an jener Stelle im Nagelbett des Daumens, wo die Haut fehlte. Offensichtlich hatte er während der Autofahrt daran gekaut.

Manche Klienten versuchten, ihre Fingernägel zu verbergen,

indem sie die Hände zu Fäusten ballten, sobald Rose sie darauf ansprach. Vielen war es peinlich, Carl nicht. Seine Hand ruhte gelassen auf der Couch.

»In welchen Situationen kauen Sie noch an den Fingernägeln?«

»Wenn ich nachdenke, unsicher bin und mich nicht entscheiden kann … meistens.«

*Eine ehrliche Antwort.*

»Gut.« Rose griff zur Mappe. »Dieses Einführungsgespräch ist kostenlos, wird dem Gericht nicht verrechnet und etwa fünfzig Minuten dauern. Wenn Sie damit einverstanden sind, würde ich gern mit ein paar allgemeinen Fragen beginnen.«

Er nickte.

»Sie haben einen ostdeutschen Akzent«, stellte Rose fest. »Stammen Sie aus Sachsen oder Brandenburg?«

»Geboren bin ich in Wien. Meine Mutter ist von hier, mein Vater kam aus Dresden. 1981 ist er während einer Konzertreise aus der DDR geflohen. Er war Pianist. Wir mussten oft umziehen, und so lebten wir eine Zeit lang in Wien, Köln, nach dem Mauerfall in Leipzig und später wieder in Dresden.«

»Interessant.« Rose hatte schon einige Klienten gehabt, die Kinder von Musikern waren, doch noch keinen Sohn von einem Pianisten. »Und jetzt leben Sie wieder in Wien?«

»Nach Vaters Tod sind wir zurückgekehrt … aber Mutter lebt in einer eigenen Wohnung«, fügte er rasch hinzu.

In der nächsten Viertelstunde gab er geduldig zu all ihren Fragen knappe Antworten, die sie in ihrer Mappe notierte. Carl arbeitete von sechs Uhr früh bis zwei Uhr nachmittags als Mechaniker in *Rubens Autowerkstatt* am nördlichen Stadtrand Wiens, einem – wie er selbst formulierte – etwas zwielichtigen Schuppen. Der alte Ruben verhökerte auch Gebrauchtwagen und legte dabei sogar abgebrühte Kunden aufs Kreuz.

Carl war ein Einzelkind, hatte keine glückliche Kindheit verbracht und lebte allein in Wien. Er war mit der Mutter zerstritten; der Vater, die zentrale Person in seinem Leben, die er abgöttisch geliebt hatte, war an Herzversagen gestorben. Carl war am 6. November geboren, ebenso wie sie. Auch ein Skorpion. Allerdings war Carl erst dreiundzwanzig und damit deutlich jünger als sie. Theoretisch hätte er sogar ihr Sohn sein können. Unwillkürlich musste sie daran denken, dass manche Skorpione einen Giftstachel besaßen, der für Menschen tödlich sein könnte. Instinktiv legte sie die Hand auf ihren Bauch. Noch war nichts zu sehen. Sie war erst in der vierten Woche schwanger. Ob es ein Junge war? Wie würde der Vater reagieren? Jedenfalls musste sie ihm bald davon erzählen. *Und nun konzentriere dich auf deinen Klienten!*

Sie beobachtete Carl, während er sprach. Die berechnenden Augen, das selbstbewusste Auftreten und das verschmitzte Lächeln wiesen ihn als eine charismatische Person aus, die andere leicht in ihren Bann ziehen konnte. Gerade bei solchen Menschen war es schwierig, die Schutzhülle zu knacken, um zum Kern der Probleme vorzudringen.

»Wie würden Sie das Verhältnis zu Ihren Eltern mit drei Eigenschaftswörtern beschreiben?«, fragte Rose.

Er dachte nach. »Ich habe meinen Vater geliebt. Er war ein intelligenter Mensch, aber streng, dominant … und jähzornig.«

Interessant, dass er die Frage sofort auf den Vater bezog. Doch selbst da beschrieb er die Person und nicht das Verhältnis zu ihr. Außerdem bemerkte sie seine ambivalenten Gefühle. Er liebte eine strenge, jähzornige Person – doch das war nichts Ungewöhnliches.

»Und Ihre Mutter?«

Er zuckte mit den Achseln. »Sie ist eine einfache Frau, arbeitet mal hier, mal da als Pflegerin, hat aber nicht das Auftreten meines Vaters.«

Nach einigen Fragen über weitere Verwandte, seine Schulbildung und seine Interessen war die Anamnese vorerst beendet. Rose klappte die Mappe zu. »Haben Sie Fragen?«

Carl rückte an den Rand der Couch vor. »Welche Ausbildung haben Sie?«

Sie schmunzelte.

»Warum lächeln Sie?« Er klang irritiert.

»Weil die meisten Klienten eine Zeit lang um den heißen Brei herumreden, Sie jedoch direkt fragen – das finde ich gut.«

Sein Blick verdunkelte sich. »Was finden Sie daran gut?«

»Nun, auf mich wirken Sie wie jemand, der geradlinig auf ein Ziel zusteuert, sich nicht mit Nebensächlichkeiten verzettelt und weder Zeit noch Gefühle vergeuden möchte.«

Sie registrierte sein kaum wahrnehmbares Nicken.

»Ich nehme an, Sie wollen über alles, was Sie betrifft, Bescheid wissen. Alles hinterfragen und die Hintergründe kennen. Das ist eine gute Basis für ein offenes Gespräch. In der Psychotherapie geht es in erster Linie um Beziehungen … und um Vertrauen.«

Diesmal nickte er deutlich. Sie zog einen einfachen Klappfolder aus der Mappe und reichte ihn Carl. »Darin finden Sie einen kurzen Lebenslauf von mir.«

Er warf einen Blick in die Broschüre.

»Ich habe Medizin studiert und während des Studiums berufsbegleitend das Propädeutikum zur Psychotherapeutin an der Uni Wien gemacht. Das dauert zwei Jahre. Das anschließende Fachspezifikum noch einmal vier Jahre.«

»Wie lang ist das her?«

Sie dachte kurz nach. »Zwölf Jahre.«

Sie merkte, wie die Zahnräder in seinem Hirn zu arbeiten begannen.

»Ich bin jetzt vierzig«, kam sie seiner nächsten Frage zuvor.

Unverhohlen starrte er auf ihre schlanken Beine.

»Meine fachspezifische Ausbildung erfolgte in Logotherapie nach Viktor E. Frankl.«

»Das habe ich draußen gesehen.«

»Das hat nichts mit der Sprachheilkunde Logopädie zu tun«, fügte sie rasch hinzu. »Manche Klienten verwechseln das. Bei dieser Therapie geht es um Sinnfindung und Existenzanalyse.«

Auf seiner Stirn bildeten sich Falten.

Rose lächelte. »Nicht um Ihre *finanzielle* Existenz oder Ihr Bankkonto, sondern um die Sinnfindung in Ihrem Leben, und wie Sie mit sich selbst und Ihren Gefühlen ins Reine kommen.« Sie spürte, dass ihm eine Frage auf der Zunge brannte. »Ja?«

»Sie verwenden nicht die Psychoanalyse … nach Freud und so?«

*Psychoanalyse nach Freud?* Von Petra Lugretti wusste sie, dass Carl zuvor bereits bei drei Therapeuten gewesen war. Alle hatten die Therapie jeweils nach vier Stunden abgebrochen und den Fall nach einem Gespräch mit ihrem jeweiligen Supervisor abgegeben. Den Grund kannte Rose nicht, doch nach Carls Reaktion zu schließen waren es angestaubte Analytiker gewesen, wie Rose sie gern bezeichnete.

»Nein, ich arbeite nicht nach der psychoanalytischen Methode«, antwortete sie langsam. »Sehen Sie, diese Richtung ist meines Erachtens zu langwierig. So gehe ich nicht vor. Meine Methode ist vor allem das direkte Gespräch. Falls Sie sich entschließen, die Therapie bei mir zu machen, werden wir viel über Ihre Gefühle reden, vielleicht mit dem Flipchart arbeiten oder Briefe an Ihre Mutter, Ihren Vater und andere Menschen schreiben, die wir jedoch nie abschicken.«

Sie machte eine Pause. Bisher hatte Carl alles interessiert in sich aufgesogen – zumindest schien es so.

»Aber die wichtigste Arbeit«, fuhr sie fort, »findet nicht in diesem Raum während unserer Sitzungen statt, sondern draußen … an Ihrem Arbeitsplatz, in Ihrer Wohnung, im Umgang mit anderen Menschen.«

»Sicher doch«, murmelte er, als hätte er das alles bereits hundertmal gehört. »Haben Sie eigentlich eine Ahnung, wie andere Methoden funktionieren?«

Rose schmunzelte. Seine direkte Art, zu fragen, war erfrischend. »In Österreich sind zweiundzwanzig Methoden anerkannt – das heißt, dafür bezahlt die Krankenkasse einen Zuschuss. Ja, die meisten sind mir bekannt.«

Er hob die Augenbrauen.

»Nun, Psychotherapeuten müssen jährlich Weiterbildungen machen. Manchmal lasse ich Übungen aus meiner systemischen Zusatzausbildung einfließen. Damit können wir beispielsweise Ihre Beziehungen zu Freunden, Kollegen und Familienmitgliedern mit Aufstellungen analysieren oder auf einem Beziehungsbrett nachstellen.«

»Woher wissen Sie, ob das funktioniert?«

Was für ein Scherzbold! Sie schmunzelte. »Während der berufsbegleitenden Ausbildung mussten wir selbst als Klienten Therapiesitzungen nehmen. Minimum: zweihundertfünfzig Stunden Selbsterfahrung.«

Er blähte die Wangen und stieß die Luft aus. Das hatte ihm wohl keiner der Psychoanalytiker erzählt – aber Rose hatte kein Problem, offen darüber zu reden. Sie hatte immerhin dreihundertfünfzehn Stunden absolviert.

»Haben Sie weitere Fragen? Falls nicht, würde ich gern das Organisatorische besprechen.«

Er ließ sich gegen die Lehne zurücksinken.

»Im Gegensatz zu Ärzten haben Psychotherapeuten gesetzlich eine strengere Verschwiegenheitspflicht. Ärzte dürfen sich mit Kollegen über ihre Patienten austauschen, aber unsere Verschwiegenheit ist strikter. Wir dürfen nur dann mit Ärzten, Behörden oder Angehörigen über Therapieinhalte sprechen, wenn der Klient damit einverstanden ist. Allerdings hebt die Gefährdung Ihres Lebens oder das einer anderen Person meine Schweigepflicht auf.«

Carl nickte.

»Sollten Sie alkoholisiert oder unter Einfluss von Drogen zur Sitzung erscheinen, muss ich die Stunde absagen.« Auch das war für ihn in Ordnung. »Ich empfehle, wöchentlich zu starten. Zu unserer vierten Sitzung nehmen Sie bitte diese von Ihrem Hausarzt ausgefüllte Bestätigung der ärztlichen Untersuchung bei Inanspruchnahme einer psychotherapeutischen Behandlung mit. Das legen wir dem Gericht gemeinsam mit einem Situationsbericht und einer vorläufigen Diagnose vor, um die vollständige

Kostenübernahme für weitere Stunden zu beantragen.« So lautete das Standard-Prozedere, wenn das Gericht der Auftraggeber war.

Carl ignorierte das Formular. »Wozu brauchen wir diesen Zettel, wenn ich die Therapie ohnehin machen muss?«

»Ich will mich bloß absichern, dass Sie körperlich gesund sind.«

»Ist auch ein Urintest vorgesehen?«

»Nehmen Sie zurzeit Drogen?«

»Nein.«

»Dann haben Sie nichts zu befürchten.«

Er faltete das Formular und steckte es ungelesen in die Hemdtasche. Wieder rutschte er an die Kante der Couch, diesmal jedoch näher zu ihr. Der Geruch von Maschinenöl lag in der Luft. Vermutlich kam er direkt aus der Autowerkstatt. In einer offensichtlich unbewussten Geste schob er sich die Hemdsärmel nach oben. Für einen Augenblick sah Rose an der Innenseite beider Unterarme hässliche Brandnarben.

»Ich habe gehört, dass Ärzte und Therapeuten auch dann eine vereinbarte Sitzung verrechnen, wenn sie vierundzwanzig Stunden vorher abgesagt wird.«

»Das ist richtig.« Kein Wunder, dass Carl bestens informiert war. Mit jeweils vier Stunden bei seinen letzten drei Therapeuten verfügte er über einen breiten Erfahrungsschatz. Doch andererseits konnte ihm das egal sein, da die Kosten ohnehin das Gericht übernahm.

»Aber wenn ich nun«, druckste er herum, »auf dem Weg zu Ihnen einen Autounfall habe oder erfahre, dass meine Mutter im Krankenhaus liegt und ich sie besuchen muss, dann …«

Carl ließ den Satz unausgesprochen. Er wollte sie testen, wie schon zuvor, als er wissen wollte, welche Ausbildung sie zur Therapeutin qualifizierte.

»Zunächst einmal hoffe ich, dass Ihnen und Ihrer Mutter nichts Schlimmes passiert«, antwortete Rose. »Aber in solchen Fällen verrechne ich natürlich nichts, und wir holen die Sitzung zu einem anderen Termin nach.«

Er sah sie erstaunt an. »Ja? Ich war zuvor schon bei einem Therapeuten.«

*Nur bei einem?*

»Ich weiß.«

»Und der meinte, die Therapie sei wie ein Vertrag, den wir abschließen, und ich würde mit meiner Frage versuchen, die Rahmenbedingungen aufzuweichen.«

Oh, Gott! An wen hatte ihn das Gericht da zugewiesen? Möglicherweise war der Kollege schon so lange Therapeut, dass er seine Klienten gar nicht mehr als menschliche Wesen wahrnahm.

»Ich kann Sie beruhigen. Das wird bei mir nicht vorkommen. Wenn Sie allerdings anrufen, um einen Termin zu verschieben, weil Sie angeblich nicht können, und ich höre im Hintergrund das Plätschern und Geschrei aus einem Hallenbad – dann lasse ich mir das einmal gefallen, aber beim zweiten Mal stelle ich eine Rechnung mit einer entsprechenden Stellungnahme ans Gericht.«

Carl verzog das Gesicht.

»Schließlich haben Sie eine Auflage bekommen. Wenn Sie Ihrer Pflicht nicht nachkommen, werte ich das als Therapieabbruch und muss es dem Gericht melden … aber erst beim zweiten Mal. Das ist fair, oder?«

»Okay.« Er griff nach dem Wasserglas und trank einen Schluck. In diesem Moment fiel die Anspannung von seinen Schultern. Möglicherweise war diese Frage sein persönlicher Test gewesen; der Knackpunkt, ob er seiner Therapeutin vertrauen konnte oder nicht. Offenbar war ihm wichtig, dass er und seine Probleme ihr mehr bedeuteten als neunzig Euro.

»Noch etwas ist wichtig«, nahm sie das Thema wieder auf. »Sollten Sie sich verspäten, wird die verstrichene Zeit nicht hinten drangehängt.«

Für einen Moment reckte er das Kinn provokativ nach vorne. »Warum nicht?«

»Weil der nächste Klient wartet.«

Er schien mit der Antwort nicht zufrieden zu sein.

»Betrachten Sie es mal von einer anderen Seite«, schlug Rose vor. »Falls Ihr Vorgänger zu spät kommt, können Sie sich darauf verlassen, dass *wir* pünktlich beginnen und *er* seine Zeit verliert.«

»Das leuchtet ein.« Zum ersten Mal zeigte sich ein freundliches Lächeln in seinem Gesicht. Vielleicht war auch das nur gespielt. Trotzdem wollte sie an seine Aufrichtigkeit glauben. Außerdem wollte sie ihm das Gefühl vermitteln, dass er wie ein freiwilliger Klient behandelt wurde.

Sie vereinbarten einen Termin für die erste Sitzung. Damit war das Einführungsgespräch zu Ende. Während Carl das Wasserglas leerte, beugte sich Rose nach vorne, um das Diktafon auszuschalten. Im selben Moment fragte sie sich, was ihre Kollegen dazu veranlasst hatte, die Therapie abzubrechen – und wie lange sie brauchen würde, den Grund dafür herauszufinden.

## 8

Um 10.00 Uhr vormittags war Sabine Nemez bereits seit vierzehn Stunden im Dienst. Wallner hatte von der Bäckerei Zimtschnecken geholt. Sabine hatte nur eine davon gegessen, und die lag ihr schwer im Magen. Ebenso der mittlerweile kalte Kaffee aus ihrer Thermoskanne. Das sinnlose Herumhocken zermürbte sie, während ihr Vater im Bayerischen Landeskriminalamt verhört wurde. Beim LKA in München und Nürnberg arbeiteten etwa tausendfünfhundert Kollegen. Die Zentrale in der Maillingerstraße lag nicht weit von ihrem Büro entfernt, doch es war nutzlos, dort aufzutauchen. Sie käme nicht einmal am Portier vorbei.

»Gibt es keine Möglichkeit, dass ich an den Ermittlungen teilnehme?«

Kolonowicz blickte mit müden Augen auf. Seine buschigen, senffarbenen Brauen schoben sich zusammen. »Mit dem LKA? Machst du Witze?«

Sabine stand in seinem Büro und fühlte sich wie ein begossener Pudel. Du bist ein kleines Rädchen beim Dauerdienst, sagte sein Blick. Gerade mal sechsundzwanzig Jahre alt und willst die Herren Beamten unterstützen?

»Es gibt keine elektronische Akte zu diesem Fall«, sagte sie.

»Ich weiß.« Kolonowiczs Telefon läutete, doch er legte den Anruf auf eine andere Leitung.

Normalerweise stand jedes Verfahren mit allen Aktenbestandteilen im Computersystem der Polizei, und jeder Beamte konnte Einsicht nehmen. Die Daten ergänzen durfte natürlich nur der dazu berechtigte Sachbearbeiter. Nicht so bei diesem Fall.

Kolonowicz faltete die mächtigen Hände. »Der Mord an deiner Mutter wurde als hochgradig geheim eingestuft. Die haben den

Verfahrensstand aus dem Computersystem genommen und führen ihn auf einem abgekoppelten Netz.«

»Wozu? Ich …«

»Sabine!« Göttervater Zeus bedachte sie mit ernstem Blick. »Die Beamten verhören zwar gerade fünf weitere Verdächtige, aber heute Morgen wurde die Wohnung deines Vaters von den Kölner Kollegen durchsucht. Dabei wurde ein Tintenfässchen mit seinen Fingerabdrücken gefunden. Das ist die letzte Info, die ich erhalten habe. Womöglich ist die Flüssigkeit darin identisch mit der am Tatort.«

*Bestimmt ist sie das!*

Ihr Vater brauchte so rasch wie möglich einen Anwalt. Sie könnte den Anwaltsnotdienst einschalten, doch wer weiß, wann die jemanden schicken würden. Ihr fiel nur Gabriel ein, der geschiedene Mann ihrer Schwester. Der verlogene Bastard war zwar mit den Unterhaltszahlungen für Kerstin, Connie und Fiona drei Monate im Rückstand, weswegen sie ihm am liebsten den Hals umdrehen wollte, doch als Strafverteidiger war er nicht schlecht.

»Noch etwas«, murmelte Kolonowicz. »Ein Kollege vom BKA aus Wiesbaden kommt zu uns.«

»Wegen des Mordes an meiner Mutter?«

»Keine Ahnung.« Er zuckte mit den Achseln. »Mit der nächsten Lufthansa-Maschine aus Frankfurt. Simon holt ihn gerade vom Flughafen ab.«

»Hat er keinen Wagen?«

»Ich hatte bisher zweimal das Vergnügen, mit ihm zusammenzuarbeiten. Soviel ich weiß, besitzt er keinen Führerschein. Jedenfalls mussten wir ihn damals durch München kutschieren.« Kolonowicz wischte sich den Schlaf aus dem Gesicht. »So sind sie, die Schlipsträger vom BKA. Allesamt Sesselpupser und Wichtigtuer.«

Sabine zuckte zusammen. So hatte sie ihren Chef noch nie über einen Kollegen reden hören. Ahnte er, dass sie sich bereits dreimal um eine Ausbildung in Wiesbaden beworben hatte?

»Wie heißt der Mann?«

»Maarten S. Sneijder.«

»Maarten Sneijder?«, wiederholte Sabine. »Nie gehört.«

»Maarten *S.* Sneijder«, korrigierte er sie. »Kommt ursprünglich aus Rotterdam. Er ist ein alter Fuchs, dem nichts entgeht. Hat einen Riecher wie ein Kamel, das eine Wasserpfütze in zwanzig Kilometern Entfernung wittert.«

Das klang nicht nach Sesselpupser. Falls der Mann tatsächlich wegen des Mordes an ihrer Mutter hier war, musste sie mit ihm sprechen.

Auf dem Weg in ihr Büro rief sie erneut Erik an, doch der war weder in seinem Büro in Wiesbaden noch auf seinem Handy zu erreichen. Zum Haareraufen! Sabine hinterließ eine weitere Nachricht auf seiner Mobilbox.

An ihrem Schreibtisch tippte sie den Code für ihre Anfrage an Daedalos ein, doch der Zugang war immer noch gesperrt. Sie schob die Tastatur beiseite und sank in den Stuhl zurück. Missmutig öffnete sie das Telefonverzeichnis in ihrem Handy und klickte sich bis zu Dr. Gabriel Zerny durch. Manche nannten ihn *Dr. Gaze,* ein blödes Wortspiel mit den Anfangsbuchstaben seines Namens, weil er seinen berühmten kalten, starren Blick aufsetzte, sobald er den Gerichtssaal betrat. Ihre Schwester Monika kannte dieses durchdringende Mustern nur zu gut. Lange blickte Sabine auf den Namen. Sollte sie ihn kontaktieren? Ihr fiel keine bessere Alternative ein.

Sie wählte die Nummer von Gabriels Kanzlei, und seine Sekretärin stellte das Gespräch zu ihm durch. Der Exmann ihrer Schwester meldete sich wie immer mit gespielt höflicher nasaler Stimme – einen Tick zu freundlich, sodass es verarschend klang. »Hallo, mein Engel. Herzchen, was kann ich für dich tun?«

»Gabriel, lass den Quatsch. Ich möchte, dass du jemanden vertrittst, der unter Mordverdacht steht.« Ihre Bitte war ein gefundenes Fressen für diesen Lackaffen.

»Das finde ich großartig!«, rief er. »Zuerst verhaftest du die Kerle, dann engagierst du mich, damit ich sie vor dem Gefängnis bewahre.«

»Meine Mutter ...« Sie spürte Tränen in den Augenwinkeln. »Meine Mutter wurde tot aufgefunden, und Vater wird gerade verhört.«

Im nächsten Moment klang seine Stimme normal. »Bine, das tut mir leid. Doch nicht etwa der Mord im Dom?« Er machte eine Pause. »Wie kann ich euch helfen?«

Vielleicht war er doch kein solches Arschloch. Andererseits sprach sie immerhin von seinen ehemaligen Schwiegereltern, und da konnte man wohl ein wenig Respekt erwarten.

»Deine Kinder wissen noch nichts davon. Monika erzählt es ihnen später. Vorerst braucht Vater deine Hilfe. Seine Wohnung in Köln wurde bereits durchsucht. Die Kollegen vom LKA verhören ihn gerade in der Maillingerstraße.«

»Er ist in München?«, fragte Gabriel.

»Ja, aber den Grund soll er dir selbst erklären. Kümmere dich bitte darum ... er war es nicht.«

»Davon gehe ich aus.« Gabriel legte auf.

Sie starrte an die Wand. Simons Stimme aus dem Korridor riss sie aus den Gedanken.

»So ein zynischer Arsch!«, schimpfte er. »Behandelt mich wie seinen Laufburschen.«

Sie trat in den Gang. Simon und Wallner standen im Türrahmen der Kantine. Simon steckte sich eine Zigarette an und inhalierte gierig. Sie sah ihn nur selten rauchen.

»Sprichst du von Sneijder?«, fragte Sabine.

»Von Maarten S. Sneijder!«, murrte Simon. »Ich musste seinen Riesenkoffer schleppen. Verreist wahrscheinlich mit Hinkelsteinen! Auf dem Weg zur Dienststelle saß er hinten und blätterte in seinen Unterlagen. Mann, ich bin so blöd. Als ich ihn fragte, nur um höflich zu sein, ob er schon mal in München war, sagte er: *Wollen Sie mir etwa ein Gespräch aufzwingen?*« Simon äffte einen nasalen Ton mit niederländischem Akzent nach.

Wallner lachte. »Ich kenne ihn. Hab ihn früher selbst schon mal zu einem Tatort kutschiert. Musste ihn mit einer Kanne Vanilletee versorgen. Den Grund kann sich wohl jeder denken.« Er machte eine Handbewegung, als kiffte er. »Außerdem durfte ich ihn zu Restaurants und Buchhandlungen fahren. Dankbarkeit kennt der nicht. Hat ein Gemüt wie eine bissige Hyäne. Warte nur, bis er dir seine drei Finger zeigt.«

*Drei Finger?* Aus dem oberen Stockwerk drang ein Rumoren, als schöbe jemand Tische über den Parkettboden. Sabine blickte nach oben. Die Lampe bewegte sich hin und her. »Aus welcher Abteilung kommt er?«

Wallner verzog das Gesicht. »Profiler. Mehr weiß ich nicht.«

Sabine spürte, wie ihr Blutdruck stieg. »Wo ist er jetzt?«

Ein dumpfes Rumpeln drang durch die Zimmerdecke.

»Was glaubst du?« Simon deutete nach oben. »Richtet sich im Besprechungszimmer ein Büro ein.«

»Bei uns? Wozu?«

»Keine Ahnung. Dem Kerl zwinge ich kein Gespräch mehr auf, das kannst du mir glauben.«

Simon zerdrückte die Zigarette im Aschenbecher. »Finde es selbst raus. Er hat gesagt, er will dich sprechen.« Simon blickte zur Wanduhr. »In exakt vier Minuten.«

Eine Etage höher standen die raumhohen Yuccapalmen des Besprechungszimmers im Gang. Sabine klopfte an die Tür und trat ein. Im nächsten Moment zuckte sie zurück. Es roch intensiv nach Vanilletee. Zugleich stank es nach Räucherstäbchen. Aber da lag noch ein anderer, vom Vanilletee erdrückter süßlicher Duft im Raum, den sie nicht zuordnen konnte.

Sneijder hatte den Raum komplett umgestaltet. Die Sessel standen zu einem Turm gestapelt in der Ecke. Die Tische bildeten einen großen, U-förmigen Schreibtisch. Sneijder saß in einem Lederstuhl; drei Laptops standen vor ihm. Der Kabelsalat lag quer über dem Parkettboden. Auf dem Tisch lagen einige geöffnete

Ordner, ein Diktafon und ein aufgeklapptes Lederetui mit einer Reihe langer, spitzer Nadeln.

»Haben *Sie* die Topfpflanzen rausgestellt?«, fragte Sabine.

»Die Dinger gehen nicht von selbst raus.« Seine Stimme hatte einen unüberhörbaren niederländischen Akzent, mit einem schlaksig und gedehnt ausgesprochenen L. Er tippte sich an die Stirn. »Die nehmen mir die Luft zum Atmen. Ich brauche Sauerstoff zum Denken.«

Der Tonfall erinnerte sie an Rudi Carrell. Sneijders Aussehen allerdings nicht.

Der Mann erhob sich. Er war hager, trug einen schwarzen Designeranzug, war sicher einen Meter achtzig groß und hatte enorm lange Arme. Sie schätzte ihn auf Mitte vierzig. Die dünn rasierten Koteletten begannen beim Ohr und verliefen in einer schmalen Linie bis zum Kinn. Zu der polierten Glatze und dem weißen Gesicht, das seit Jahren keine Sonne mehr gesehen haben konnte, stand der schwarze Bart in scharfem Kontrast.

»Setzen Sie sich«, forderte er sie auf.

Der Stuhl stand in der Mitte des Raums und wies zur Wand. Sabine nahm Platz. Wie bei einem Verhör starrte sie an die kahle weiße Wand. Sneijder hatte das große gerahmte Aquarell von Kolonowiczs Frau abgenommen und hinter dem Schrank verstaut. Vermutlich hinderten ihn die Farben am Denken.

Mit steifen Bewegungen kam er auf sie zu. Die schweißnasse wächserne Stirn wirkte ungesund. Hatte er Fieber?

»Fühlen Sie sich nicht wohl?«, fragte Sabine.

»Wie würden Sie sich fühlen, wenn Sie kurz nach sechs Uhr morgens zum Frankfurter Flughafen hetzen?«

*Sechs Uhr morgens!* Sie dachte an ihre Anfrage an Daedalos. *Nur ein Zufall! Werde jetzt bloß nicht paranoid!*

Mit langsamen Schritten ging Sneijder um sie herum, während er sie musterte. Mit der spitzen Hakennase und den winzigen Augen, denen nichts entging, kam er ihr wie ein Adler vor, der sich auf seine Beute stürzte. Die Metallplättchen an seinen Sohlen klapperten auf dem Holzboden. Die Schritte waren bestimmt in der gesamten unteren Etage zu hören. Vielleicht beabsichtigte er das, um die anderen beim Denken zu stören. Vermutlich ein Präventivschlag.

»Ich habe gehört, Sie sind Profiler«, stellte sie fest.

Er blickte sie an, mit einem Leichenhallenlächeln, das ihr einen Schauer über den Rücken jagte.

»Wir sind hier nicht bei CSI Miami. Ich bin kein *Profiler,* sondern polizeilicher Fallanalytiker, Entführungsspezialist und forensischer Kripopsychologe. Haben Sie die Fragestunde jetzt beendet? Darf ich auch ein paar Fragen stellen?« Er wartete ihre Antwort nicht ab. »Erzählen Sie mir von Ihrer Mutter. Wer könnte sie ermordet haben?«

Sabine schluckte. Ihre Mutter war gerade mal fünfzehn Stunden tot. Kein *Es tut mir leid* oder *Mein aufrichtiges Beileid.* Nur dieser fixierende Adlerblick.

»Meine Mutter war …«

Er unterbrach sie, indem er ihr drei ausgestreckte Finger vors Gesicht hielt. In der Handbeuge zwischen Zeigefinger und Daumen fiel ihr ein kreisrunder schwarzer Punkt auf. Entweder ein Tattoo oder ein ausgeprägtes Muttermal. »Fassen Sie das Wesentliche zusammen. Das Wichtigste in drei Sätzen, mehr nicht. Schaffen Sie das?«

*Arschloch!*

»Meine Schwester und ich sind in München aufgewachsen, aber wegen des Jobs meines Vaters zogen wir nach Köln. Früher war er Lokführer gewesen, in Köln restaurierte er Nostalgieeisenbahnen. Das war sein großer Traum. Meine Mutter unterrichtete dort zwölf Jahre lang an der Grundschule und wurde später Direktorin. Nach der Scheidung unserer Eltern vor zehn Jahren kehrten wir nach München zurück. Es folgte ein zweijähriger Rosenkrieg, das ist kein Geheimnis. Vater verdiente gut, doch es ging nicht bloß um Geld, sondern auch um das Sorgerecht. Ich war damals sechzehn. Aber mein Vater würde nie …«

»Das Wesentliche!«, unterbrach er sie.

Was wollte er bloß hören? »Mutter war seit zwei Jahren im Ruhestand. Sie lebte allein, hatte keine Schulden, jede Menge Hobbys und besaß neue Kleider ohne Ende. Sie war schlank, sportlich und sah sich gern Operetten und Theaterstücke an. Einmal pro Woche begleitete ich sie zu einem Pilateskurs. Hören Sie, mein Vater würde …«

»Nein, Sie hören *mir* zu!« Er trat rasch näher. »Ihr Vater und ein paar andere Verdächtige werden vom LKA verhört. Die interessieren mich so viel, als würde eine Seerobbe im Münchner Zoo einen Darmwind übers Wasser lassen. Mich interessiert Ihre Mutter, klar? Wann findet der Pilateskurs statt?«

»Freitagabend.«

»Diese Woche auch?«

Sie nickte. »Aber ich bin nicht hingegangen.«

Nun hielt er ihr drei Finger der anderen Hand entgegen. Auch hier prangte ein schwarzer Punkt an der gleichen Stelle. Möglicherweise handelte es sich um identische Tattoos. Doch was sollten die Punkte bedeuten?

»Weiter!«, drängte er.

»Sie las Hesse, Böll, antike Sagen, hörte klassische Musik, aber nie die Hörbücher, die ich ihr brachte. Sie ging gern in die Oper, kaufte Obst und Gemüse beim Inder, kochte gern, hatte keine Haustiere und kümmerte sich liebevoll um ihre drei Enkeltöchter.«

Sneijder warf ihr einen überraschten Blick zu.

»Meine Schwester ist geschieden«, erklärte Sabine rasch, bevor er einen blöden Kommentar abgeben konnte.

»Mir ist Ihr Blick aufgefallen«, sagte Sneijder. »Haben Sie Schuldgefühle, weil Sie sich am Abend der Entführung nicht mit Ihrer Mutter getroffen haben?«

Ihr Magen zog sich zusammen. Woher wusste er von der Entführung?

Wie bei einem Ritual drehte er eine Zigarette, die wie ein Joint wirkte. »Es stört Sie doch nicht, wenn ich rauche?« Nach dieser Feststellung zündete er den Glimmstängel mit einem Streichholz an. »Also, Schuldgefühle?«

»Möglich.«

Im Moment hatte sie jedoch kein schlechtes Gewissen, sondern empfand nur Zorn auf diesen selbstherrlichen Klugscheißer, der so einfühlsam und rücksichtsvoll war wie ein Stein. Andererseits wirkten sein steifer Oberkörper und seine schlaksigen Hüftbewegungen irgendwie schwul. Sie hatte nichts gegen Homosexuelle. Allerdings hatte sie etwas gegen Kiffer.

Sneijder stieß die graue Dunstwolke zur Decke. Sabine bemerkte die weiße kreisrunde Stelle am Plafond – er hatte den Rauchmelder abmontiert. Die losen Kabel waren isoliert, das Gerät lag auf der Fensterbank. Nun konnte sie den süßlichen Geruch zuordnen. Gras! Er rauchte tatsächlich einen Joint. Der Vanilletee sollte wohl den Geruch überdecken.

»Stört Sie der Rauch nicht beim Denken?«, fragte sie spöttisch.

Seine Gesichtszüge erstarrten. »Versuchen Sie in meiner Gegenwart nie wieder, lustig zu sein!«

Die Tür öffnete sich. Simon steckte den Kopf herein, die kurzen blonden Haare standen in alle Richtungen. Im nächsten Moment verzog er das Gesicht. Dann blickte er zur Zimmerdecke. Vermutlich suchte auch er den Rauchmelder in diesem zur Opiumhöhle umfunktionierten Zimmer.

»Sie wollten mich sprechen?«

»Wer zum Teufel will schon mit Ihnen sprechen?«, murrte Sneijder mit herablassendem Tonfall. »Bringen Sie mir eine weitere Kanne frischen Vanilletee und sämtliche Unterlagen zu dem Fall Hanna Nemez. Fingerabdrücke, Tatortfotos, Zeugenaussagen, et cetera, et cetera.«

Simon lehnte lässig im Türrahmen. »Das wird schwierig. Die hat das LKA Bayern.« Er hob die Schultern. »Keine Ahnung, wer dort den Fall bearbeitet.«

Obwohl die Situation angespannt war, musste Sabine schmunzeln. Wie man in den Wald rief, so schallte es bekanntlich zurück. Wer ließ sich schon gern herablassend behandeln?

Sneijder zog an der Zigarette. »Die Pappnasen vom LKA waren wohl kaum am Tatort, oder? Also schwing deine Frisur ins Büro, blonder Junge, und hol mir sämtliche Unterlagen, die es bis jetzt zu dem Fall gibt.«

Sabine zuckte zusammen. »Junge« hatte bisher noch niemand zu Simon gesagt.

Der knirschte mit den Zähnen und verschwand kommentarlos. Sneijder wusste sehr wohl, dass sie in dieser Dienststelle zur Kooperation mit ihm gezwungen waren. Falls alle Profiler beim BKA Wiesbaden so waren, würde Sabine gern darauf verzichten, sich erneut dort zu bewerben. Da schob sie lieber weiterhin mit Simon und Wallner Dienst beim KDD.

»Offensichtlich arbeiten Sie nicht mit den Kollegen vom LKA zusammen«, stellte Sabine fest. »Aus welchem Grund sind Sie hier?«

Sneijder blickte auf seine Armbanduhr, eine dünne Swatch mit rot-weiß-blau gestreiftem Zifferblatt – den Farben der niederländischen Flagge. »Ihre drei Sätze sind zu Ende. Anscheinend können Sie mir nicht mehr sagen. Beantworten Sie mir aber noch zwei Fragen. Wo befindet sich die nächste Haital-Buchhandlung?«

»Wie bitte?«

»Sind Sie schwerhörig?« Er schüttelte den Kopf. »Ich frage mich wirklich, wie Sie es bis hierher geschafft haben.«

Sabine kochte vor Wut. Nicht nur, dass ihre Mutter gestorben war, dieses aufgeblasene Ekelpaket behandelte sie wie eine Göre. Was wollte er bei Haital? Die Buchhandlungskette hatte ein halbes Dutzend Filialen in München. Gleich in der Nähe lag eine – dort kaufte Sabine ihre Hörbücher –, gegenüber der Gerichtsmedizin und dem Irish Pub.

»Also? Wo ist die nächste Filiale?«

»Keine Ahnung«, sagte sie.

»Sie lesen wohl nicht viel«, murrte er. »Letzte Frage: Hatten Sie Kontakt zu dem Entführer?«

»Woher wissen Sie, dass meine Mutter entführt wurde?«

»Woher ich das weiß?« Er kam näher, setzte sich ihr gegenüber auf den Tisch und fixierte ihre Augen. »Weil ich heute um sechs Uhr morgens Ihre Anfrage an Daedalos gesehen habe.«

Sabine schluckte.

»Das war Ihre letzte Abfrage.« Sneijder erhob sich. »Ich habe im Wiesbadener Netz bis auf weiteres Ihre IP-Adresse und Erik Dorfers Zugangscode sperren lassen.«

# 9

Kurz nach elf Uhr war die Therapiestunde zu Ende. Helen stand am Eingang des ehemaligen Gästehauses und wartete, bis ihr neunjähriger Klient mit seiner Mutter ins Auto gestiegen war.

Sie schloss für einen Moment die Augen. Die milde Mittagssonne wärmte ihr Gesicht, und der Wind strich ihr durchs Haar. Vom Acker wehte ein würziger Duft herüber. Sie hatte während der Sitzung ständig an den Rubinring denken müssen und bekam das Bild von dem abgetrennten Finger nicht aus dem Kopf.

Das ehemalige Gästehaus stand meistens offen. Doch nun schloss Helen die Tür zur Praxis ab. Sicherheitshalber hatte sie bereits vor der Sitzung auch den Haupteingang der Villa zugesperrt, die durch einen Wintergarten mit der Praxis verbunden war. Natürlich flitzte Dusty durch die Hundeklappe rein und raus, was sie ihm nicht verbieten wollte.

Sie betrat ihr Büro, nahm den Rubinring aus der Jeanstasche und ließ sich auf den Drehstuhl fallen. Sie hatte den Ring mit Putzmittel geschrubbt, und nun funkelte er in den Strahlen der Mittagssonne, die durch das Fenster fielen. Falls der Stein echt war, schätzte sie ihn auf etwa vier- bis fünfhundert Euro. Zum wiederholten Male drehte sie den Ring zwischen den Fingern und betrachtete die Gravur an der Innenseite: *Für Anne – von Frank.* Wer war Anne? Und wer zum Teufel war Frank? Außer ihrem Mann kannte sie keinen Frank, und der kam wohl nicht in Frage. Frank war schon einmal verheiratet gewesen, allerdings mit einer gewissen Petra Lugretti, einer Richterin für Jugendstraftaten, die etwa in Helens Alter war.

Vielleicht war der Ring aber auch nur ein Fake? Ein Wortspiel? *Anne Frank.* Die Schachtel mit dem roten Filz lag im Wohnzimmer auf dem Bücherregal zwischen Romanen von Paolo Coelho, die Helen noch nicht gelesen hatte. Falls sie die Kripo einschalten würde, konnte die Spurensicherung die Untersuchung der Schachtel vergessen. Mittlerweile waren auf dem Karton nur noch Dustys Speichel und ihre Fingerabdrücke. Das abgetrennte Glied lag in einer Klarsichtfolie im Tiefkühlfach. Das konnte kein Chirurg der Welt mehr annähen.

Um Antworten zu finden, blieb Helen weniger als eine Stunde. Dann würde der nächste Klient an der Tür läuten. Zuvor musste sie sich mindestens zehn Minuten in den Fall einlesen. Sie starrte auf die Ordner im Schrank und fürchtete sich jetzt schon davor, da ihre Gedanken ständig abschweifen würden.

Wer war Anne?

*Sie kennen die Person, aber dieser Mensch kennt Sie besser, als Sie ihn zu kennen glauben.* So hatte der Verrückte es formuliert. Die Zeit lief ihr davon. Denk nicht an den nächsten Klienten! Konzentriere dich auf Anne …

*Natürlich!* Helen fuhr vom Stuhl hoch. Eine ihrer Klientinnen hieß Anne. Sie ging zu dem großen Wandschrank, in dem sie die Ordner mit allen Fällen aufbewahrte, und zog den mit dem Aufkleber *L-M* aus dem Regal. Hastig blätterte sie durch die gelben Einlageblätter.

*Anne Lehner!*

Die Klientin arbeitete als Verkäuferin in einer Wiener Apotheke. Sie war letzte Woche am Freitag, den 20. Mai, bei ihr gewesen. Anne war etwa fünfundvierzig Jahre alt, schüchtern, introvertiert, trug eine Hornbrille, sah aber dennoch irgendwie hübsch aus. Nur machte sie nicht viel aus ihrem Äußeren. Frank würde sie als typische graue Maus bezeichnen. Dazu kam, dass sie seit Monaten arbeitsunfähig war, weil sie an Darmkrebs litt. Wegen der Chemotherapie trug sie eine Perücke, die jedoch nicht zu ihrem Typ passte.

Grundsätzlich war Helen auf Missbrauchsfälle bei Kindern und Jugendlichen spezialisiert, aber sie nahm auch Erwachsene mit weniger schweren Problemen. Anne war in ihre Praxis gekommen, weil sie keine normale Beziehung zu Männern führen konnte. Ständig wurde sie ausgenutzt, was auch daran lag, dass sie sich zu älteren, verheirateten Männern hingezogen fühlte. Ein Elektrakomplex – der weibliche Gegenpart der Ödipus-Variante –, der in Annes Kindheit entstanden war. Sie hatte keine Freundinnen, und Helen war die Erste, die mit ihr über dieses Problem reden konnte.

Sie blätterte durch ihre Mitschriften. Jetzt erinnerte sie sich. Anne hatte den Ring während der letzten zwei oder drei Monate getragen. Davor nicht. Möglicherweise war er das Geschenk eines aktuellen Verehrers.

*Frank!*

Allerdings hatte Anne ihre Männerbekanntschaften nie beim Namen genannt, sondern immer nur von dem »Familienvater« gesprochen, dem »Bibliothekar« oder dem »Autohändler«. Ein Staatsanwalt war nicht darunter gewesen. Doch einer davon musste Frank heißen.

Helen dachte an den abgetrennten Finger und daran, welche furchtbaren Schmerzen Anne durchmachen musste. Warum ausgerechnet diese arme, von einer unheilbaren Krankheit gezeichnete Frau? Sie glaubte die Antwort zu kennen. Anne war gutgläubig und eine Seele von einem Menschen. Man konnte sie leicht mit Worten bezirzen, ihren Willen brechen ... und sie entführen.

Seit ihrer ersten Sitzung fühlte sich Helen ihr gegenüber verantwortlich – ein wenig mehr als für eine Therapeutin üblich. Aber vielleicht war alles nur ein Missverständnis? Hastig blätterte sie durch die Stammdaten und fand schließlich Annes Adresse und ihre Telefonnummer. Zunächst rief sie den Festnetzanschluss an. Nach dem zehnten Läuten legte sie auf. Danach wählte sie Annes Handynummer, die sie sich ebenfalls notiert hatte.

Nach dem zweiten Klingelton aktivierte sich die Mobilbox. Helen zuckte zusammen, als sie die elektronisch verzerrte Stimme des Entführers hörte: »Ich bin im Moment leider verhindert ...«

Dann war die Verbindung tot.

Helen lief es heiß über den Rücken. Das Scheusal hatte Annes

Mobilbox besprochen. Sie dachte an seine Warnung, dass er Anne Schmerzen zufügen werde, falls sie jemandem davon erzählen oder die Kripo informieren sollte.

Wie mochte er das erfahren? Beobachtete er sie? Hörte er ihr Telefon ab? Hatte er ihr Haus verwanzt? Die paranoiden Gedanken überschlugen sich, sodass sie keine Luft mehr bekam. Aber irgendetwas musste sie tun!

Diese Bestie hatte vor, Annes Körper in Einzelteile zu zerlegen. Helen war sicher, dass er es nicht dabei belassen würde. Für jemanden, der einmal diese Grenze überschritten hatte, einen Menschen zu foltern, gab es kein Zurück. Er musste sein *Kunstwerk* vollenden – bis Anne tot war. Es war nur ein Bauchgefühl, das sich nicht näher bestimmen ließ. Aber falls sie recht behielt, konnte sie Anne nur retten, indem sie das Spiel des Verrückten mitmachte, um Zeit zu gewinnen. Sie musste mehr über ihn herausfinden, in Erfahrung bringen, was er wusste. Außerdem musste sie versuchen, die Kripo heimlich zu verständigen. Allerdings würde sie dadurch Annes Leben gefährden und möglicherweise den Kontakt zu ihrem Entführer verlieren. Das alles war nicht so einfach. Denn da gab es noch ihr persönliches Problem mit der Kripo, das ihr wie ein Mühlstein im Magen lag.

Vielleicht hatte der Verrückte sie deshalb ausgewählt, weil sie bis vor drei Jahren noch als forensische Psychologin für die Kripo tätig gewesen war, den Job jedoch wegen des Falls Winkler hingeschmissen hatte. Dieser Fall hatte alles zerstört, sogar ihre Beziehung mit Ben Kohler. Seither nahm sie keine Kripoarbeit mehr an und konzentrierte sich auf ihre Praxis, wo sie sich auf die therapeutische Schweigepflicht berufen konnte, ohne dass ihr Presse, Gericht und Staatsanwaltschaft das Leben zur Hölle machten.

Sollte sie Bens Kripo-Kollegen anrufen, die sie damals so schmählich hintergangen hatten? Für die war sie immer noch ein rotes Tuch. Eine »Psychotante«, der sie die Schuld für etwas in die Schuhe schieben konnten, was die Kripo verbockt und die Staatsanwaltschaft vertuscht hatte. Das alles wäre nie passiert, hätte sie energischer auf einen Polygraphentest bei Christoph Winkler bestanden, um zu sehen, ob er log, oder die Kripobeamten zu einer Hausdurchsuchung bei Winkler gedrängt. Dann wären jene fünf Kinder heute noch am Leben, deren Körperteile Christoph Winkler an dreißig verschiedenen Stellen im Wienerwald vergraben hatte – darunter auch Bens Sohn.

Helen ließ den Arm sinken und schaltete ihr Handy aus. Ben konnte sie nicht anrufen. Er würde keine zwei Sätze mit ihr wechseln.

»Mist!«, fluchte sie. Hastig packte sie Annes Akte wieder in den Ordner und verstaute ihn im Regal. In dem abgesperrten Schrank daneben bewahrte sie ihre Gerichtsgutachten auf. Die Akte Winkler war nur noch unvollständig, da sie teilweise konfisziert worden war.

Helen verließ die Praxis und ging durch den Wintergarten ins Wohnzimmer, wo sie den Rubinring in die Schachtel auf dem Bücherregal legte. In fünfzehn Minuten kam ihr nächster Klient. Was sollte sie bis dahin tun? Annes Entführer hatte ihr nicht verboten, ihren Mann anzurufen und mit ihm über Belangloses zu plaudern.

Sie wählte Franks Handynummer, doch er hatte das Telefon ausgeschaltet. Als Nächstes versuchte sie es mit der Nummer seines Dienstzimmers im Gebäude der Staatsanwaltschaft. Ihr Anruf wurde zu seiner Sekretärin umgeleitet. Es kam öfter vor, dass er in einer wichtigen Besprechung war. Die Dame erklärte ihr jedoch, dass Frank heute nicht ins Büro komme, sondern im Golfklub sei.

Wie paralysiert starrte Helen auf das Handy.

*Im Golfklub?*

Sie erinnerte sich an Franks hastigen Aufbruch heute Morgen und an seine legere Kleidung, das Poloshirt und die Sonnenbrille im Ausschnitt. Warum hatte er sie angelogen? Sie wählte die Nummer des Golfklubs in Maria Enzersdorf, eine Nobelgegend unweit von Grießkirchen. Dort war Frank seit zehn Jahren Mitglied und spielte regelmäßig mit Richter Henrich oder Rechtsanwalt Seisner. Die Dame am Empfang erklärte ihr jedoch, dass Dr. Frank Berger heute noch nicht im Klub gewesen sei.

Helen ließ sich auf die Couch fallen und starrte auf das Regal, wo die Schachtel mit Annes Ring lag. Aus welchem Grund hatte Frank sowohl sie als auch seine Sekretärin belogen? Wem sollte sie vertrauen, wenn nicht ihm?

Da klingelte ihr Mobiltelefon. Franks Handynummer erschien auf dem Display.

»Du hast angerufen?«, fragte er knapp.

Mit einem flauen Gefühl im Magen fragte sie ihn, wie es im Büro laufe.

»Es geht so, viel zu tun. Was gibt's?«

*Du verlogener Mistkerl!*

Sie erzählte ihm, dass sie soeben die Gästeliste für seine Geburtstagsfeier durchgehe und auf viele bekannte Namen gestoßen sei.

»… da habe ich mich gefragt, ob du eine Anne Lehner kennst.« Vielleicht hatte er von einem Kollegen erfahren, dass sie entführt worden war. Möglicherweise gab es bei der Kripo bereits eine Akte über sie.

»Nein«, kam seine Antwort wie aus der Pistole geschossen. Er hatte nicht einmal eine Sekunde lang nachgedacht.

»Sie ist eine meiner Klientinnen, und ich dachte, vielleicht …«

»Die ist deine Klientin?«, unterbrach er sie.

Ihr stockte der Atem. Plötzlich wurde ihre Kehle trocken. »Kennst du sie?«

»Nein«, wiederholte er. »Sonst noch was?«

»Nein, danke.«

»Bis später.« Er legte auf.

*Die ist deine Klientin?*

Warum war er so erstaunt gewesen? Tränen sammelten sich in ihren Augen.

*Für Anne – von Frank.*

Frank wusste etwas von der Entführung!

Vielleicht hing er sogar mit drin.

## 10

Sabines Dienst endete am Nachmittag. Normalerweise fuhr sie nach Hause, um einige Stunden zu schlafen, doch sie war zu aufgekratzt, um auch nur ein Auge zu schließen. Also besuchte sie ihre Schwester, die eben von der Arbeit im Museum nach Hause gekommen war. Wieder gab es Tränen. Nach einem kurzen Gespräch fuhr Sabine heim, zog sich um und lief anschließend durch die Münchner Altstadt in die Nußbaumstraße zum Eingang der Gerichtsmedizin. Trotz der Frühlingssonne herrschte in Sabine eine eisige Kälte.

Schräg gegenüber, am Beethovenplatz, lag das Irish Pub, in dem sie bis vor ein paar Monaten nach Dienstschluss mit Simon Kaffee und Bier getrunken hatte, bevor sie zu ihr nach Hause gefahren waren. Nach Simons Heirat war das jedoch vorbei gewesen. Gelegentlich saß sie allein dort.

Ihre Finger wurden kalt, als sie an dem quadratischen, vierstöckigen Neubau des Instituts für Rechtsmedizin hinaufblickte. Irgendwo da drinnen lag der Leichnam ihrer Mutter. Sie hatte keinerlei Berechtigung, das Gebäude zu betreten. Wenn die Münchner Kripo für den Mord an ihrer Mutter zuständig gewesen wäre, hätte sie sich von ihren Kollegen eine Kopie des Autopsieberichts besorgen können. Doch bei einer Ermittlung des LKA war das unmöglich, noch dazu, wenn die Beamten den Verfahrensstand aus dem Computersystem genommen hatten. Dennoch wollte sie es versuchen.

Sabine trat ein. Es roch nach Sterilität und Tod. Sie ging zum Portier, der hinter einer trüben Milchglasscheibe saß. Durch einen Glaskorridor sah sie die Etagen des angrenzenden Innenstadtklinikums. Ein Rettungswagen mit Blaulicht fuhr soeben die Rampe hinauf. Vor der Eingangshalle schoben Krankenpfleger Patienten in Rollstühlen vor sich her.

»Was kann ich für Sie tun?« Der fette, unrasierte Kerl hinter der milchigen Scheibe trug ein dunkelblaues Hemd mit Krawatte im Paisleymuster mit Schokoflecken. Neben ihm lag eine angebrochene Tafel Schokolade.

Er blickte von seinem Buch auf und sah ihr kurz ins Gesicht, woraufhin sein Blick ungeniert an ihren Brüsten hängen blieb. Sie hasste solche Kerle.

Von Simon wusste sie, dass die Leiche ihrer Mutter letzte Nacht gegen ein Uhr in die Pathologie überstellt worden war. Der alte Knauser, Dr. Hirnschall, hatte Nachtdienst gehabt und ließ für gewöhnlich jeden Toten erst einmal vierundzwanzig Stunden liegen. Aus Prinzip. Aber wenn Staatsanwalt, Erzbischof, Bürgermeister und LKA so viel Druck machten, dass der Fall bald gelöst wurde, arbeitete der Pathologe möglicherweise schon seit den Morgenstunden an der Autopsie. Doch der Kerl mit der Paisleykrawatte, der immer noch auf ihren Busen starrte, würde ihr garantiert nicht erzählen, wie weit Dr. Hirnschall schon war, geschweige denn den Obduktionsbefund rüberreichen.

»Hallo!«

Sabine lehnte sich an das Milchglas und presste ihren Dienstausweis an den Sehschlitz. Der Kerl hob den Blick. »Ich hole die ausstehenden Autopsiebefunde von den drei tschechischen Gastarbeitern, die im Kastenwagen auf der Autobahn verbrannt sind.«

Der Portier legte sein Buch beiseite. *Dostojewski* stand auf dem Buchrücken. Wer hätte das gedacht?

Dostojewski warf einen Blick auf den Monitor. »Sind noch nicht fertig.« Dann starrte er sie wieder an.

Natürlich waren sie nicht fertig. Ihre Kollegen warteten seit einer Woche auf den Bericht.

»Was?« Sabine spielte die Entrüstete. »Ich bin deswegen nun schon zum zweiten Mal hier! Die Leichen liegen seit einer Woche in der Pathologie, und wir warten auf die Todesursache. Weder

Totenschein noch Freigabeschein der Leichen können ausgestellt werden.«

Dostojewski reagierte nicht.

Sabine klopfte gegen die Scheibe. »Wann, glauben Sie, können die Leichen nach Tschechien überstellt werden?«, fragte sie. »Nächstes Jahr zu Weihnachten?«

Der Mann zuckte mit den Achseln. Sein Doppelkinn wackelte. »Hören Sie, dafür bin ich nicht zuständig.«

»Doktor Hirnschall hat versprochen, die Berichte diese Nacht fertigzustellen!«, bellte Sabine in den Sprechschlitz.

Der Mann warf einen neuerlichen Blick auf den Monitor. »Sorry, andere Arbeiten gehen vor.«

Sabine beugte sich nach vorne, konnte jedoch keinen Blick auf den Monitor erhaschen. »Doch nicht etwa die Tote aus dem Dom?«

Er sagte nichts.

»Ich fasse es nicht!« Sabine kniff die Augenbrauen zusammen. »Die ist seit höchstens zwölf Stunden hier. Normalerweise lässt Hirnschall die ersten Arbeiten von Diplomanden erledigen.«

»Diesmal nicht«, murmelte der Portier. »Da ist Eile angesagt. Der Doktor arbeitet seit den frühen Morgenstunden allein daran. Ihre Tschechen müssen warten.« Er starrte ihr wieder auf den Busen.

»He, Dostojewski!« Sabine schnippte mit den Fingern. »Ich gehe zu ihm runter und frag ihn, wann wir den Bericht haben können. U3, richtig?«

»Er ist in U7 – und nein, Sie gehen nicht runter!« Plötzlich hievte sich der Mann aus dem Stuhl. »Ich rufe ihn an, er soll zu Ihnen raufkommen.«

»Aber flott.«

Er griff zum Telefon. Während des Gesprächs ging Sabine zu den Fahrstühlen. Sie steckte die Hände in die Westentasche. Links spürte sie die Hülle ihrer Digitalkamera. Als sie sah, wie der Lift nach unten geholt wurde, verschwand sie durch die Brandschutztür ins Treppenhaus. Ein Stockwerk tiefer gelangte sie in einen langen Korridor. Hastig lief sie an den Türen vorbei. U4, U5, U6 … U7.

Sie hielt vor dem Raum. Hinter der nächsten Biegung befanden sich die Fahrstühle. Vorsichtshalber klopfte sie an. Nichts rührte sich. Sie schlüpfte durch die Tür ins Zimmer. Ein weißer Saal mit Kacheln empfing sie. Der schwache Duft von Putzmittel, Alkohol und Verwesung hing in der Luft. Sogleich wurde ihr übel. Ein Paravent stand in der Mitte des Raumes. Das Licht der Neonlampe fiel durch den Vorhang. Sie wusste, was sich dahinter befand. Der Anblick ihrer Mutter im Dom hatte ihr gereicht. Keine zehn Pferde würden sie dazu bringen, jetzt einen Blick hinter den Vorhang zu werfen. Auf dem Schreibtisch an der Wand surrte ein Monitor.

Sicherheitshalber ließ sie die Tür offen, damit sie das Klingeln des Fahrstuhls hörte, wenn der Pathologe wieder ins Untergeschoss fuhr. Verzweifelt suchte sie auf dem Tisch nach Hirnschalls Protokollen oder Mitschriften. Weder Diktafon noch Papierblock oder Notizzettel lagen neben Tastatur und Drucker. Sie schüttelte die Maus, damit der Bildschirmschoner verschwand. Kein Passwort! Sogar hier knauserte Hirnschall.

*Protokoll zur Durchführung der ärztlichen Leichenschau* stand in der Menüleiste. Darunter der Name der Toten: *Hanna Nemez.* Einige Textblöcke waren bereits ausgefüllt. Eilig suchte sie nach der Todesursache. Endlich fand sie den entsprechenden Eintrag.

*Ertrunken.*

Verwirrt prüfte sie noch einmal den Namen, aber es war der Autopsiebefund ihrer Mutter. Sie war ertrunken? Angekettet am Fußgestell der Orgel in der Domkirche?

Sabine blieb keine Zeit, alles zu lesen. Hirnschall würde in den nächsten Sekunden ziemlich zornig hier auftauchen. Sie zog die Kamera aus der Hülle und knipste die Bildschirmseite. Sie wollte schon zur nächsten Seite runterscrollen, doch auf ihrem Kameradisplay war nur die Spiegelung des Blitzlichts zu sehen. *Verfluchter*

*Dreck!* Sie hatte damit gerechnet, Papierdokumente ablichten zu können, keinen Bildschirm. Als zwei weitere Versuche fehlschlugen, hielt sie inne und lauschte. Kein Liftgeräusch! Sie war so weit gekommen und wollte jetzt nicht einfach erfolglos umkehren. Da fiel ihr Blick auf den Drucker. Natürlich. Sie suchte auf dem Monitor das Druckericon und klickte es mit der Maus an. Die Sekunden verstrichen. Nichts passierte. Endlich fuhr der Laserdrucker surrend hoch und zog das erste Blatt ein. *Druckt Seite 1 von 12* stand am Bildschirmrand zu lesen. Zwei weitere Blätter folgten. Die Walze knarrte laut. Sabine lief zur Tür, steckte den Kopf in den Gang und lauschte eine Weile. Da ruckelte die Fahrstuhlkabine herunter. *Mist!*

Sie lief in den Saal, nahm den Papierstoß aus dem Fach und rannte wieder zur Tür. Hinter sich hörte sie, wie ein letztes Blatt den Drucker verließ. Pfeif drauf!

Als sie im Gang stand und die Tür hinter sich schloss, öffnete sich die Fahrstuhlkabine. Im nächsten Moment würde Hirnschall um die Ecke biegen. Sie lief zur Feuertreppe. Da hörte sie eine vertraute Stimme mit niederländischem Akzent.

»Meine Zeit ist knapp, Doktor. Fassen Sie den bisherigen Befund in drei einfachen Sätzen zusammen.«

Sabine schoss die Hitze zu Kopf. Maarten Sneijder war hier? Seine metallbeschlagenen Sohlen klapperten über die Fliesen. Sie musste sich nicht umdrehen, um zu wissen, dass sie gleich um die Ecke kommen würden. Im nächsten Augenblick verschwand sie im Treppenhaus und lief ins nächste Stockwerk.

In der Eingangshalle vermied sie es, beim Empfangsschalter des Portiers vorbeizugehen. Sie eilte durch den Glaskorridor in die Klinik und gelangte durch den Hauptausgang auf die Straße. Erst jetzt fiel ihr auf, dass sie die Blätter in der Hand vor Hektik zusammengedrückt hatte. Sie strich die Papiere glatt, steckte sie gefaltet in die Jacke und lief die Nußbaumstraße hinunter. Jetzt konnte sie einen starken Kaffee vertragen.

Das Irish Pub am Beethovenplatz war zu dieser Zeit halb voll. Sie saß an einem Nischentisch und blickte aus dem Fenster. Lauter fröhliche Gesichter. Plötzlich stockte ihr der Atem.

*Nein!* Kaum zu glauben, wer da die Nußbaumstraße runterschlenderte. Simon! Neben ihm eine hochgewachsene Blondine mit Storchbeinen und Stola. Gemeinsam schoben sie einen Doppelkinderwagen. Hast wohl heiraten *müssen*, dachte sie und blickte ihnen schadenfroh nach, bis sie in einer Seitengasse verschwunden waren. Trotzdem wurmte sie Simons Verhalten. *Pfeif auf den Kerl! Konzentriere dich lieber auf den Fall!*

Sie legte die elf Blätter des Autopsieberichts vor sich auf den Tisch. Das Programm hatte nur die ausgefüllten Textblöcke ausgedruckt – aber Hirnschall war entgegen seiner Gewohnheit fleißig gewesen.

In der Luftröhre ihrer Mutter steckten ein Tubus und das Ende eines achtzig Zentimeter langen Schlauchs, der in Krankenhäusern für künstliche Beatmung verwendet wurde. In der Totenstarre war das Kiefergelenk unnatürlich weit geöffnet. Sonst befand sich kein Fremdinhalt im Mund. Allerdings war ihre Mutter nicht erstickt, sondern ertrunken – an zwei Litern schwarzer Schreibtinte, die für Füllhalter verwendet wurde. Die gleiche Tinte wie auf dem Boden der Kirche und in dem Eimer neben der Leiche.

*Ertrunken!*

Nun wusste Sabine endlich, was sie an dem Gesicht ihrer Mutter gestört hatte. Die Nasenflügel waren mit Superkleber verschlossen worden, wodurch die Nase spitz gewirkt hatte. Die Todeszeit wurde mit 19.30 Uhr angegeben. Während Sabine ihren Nichten eine Gutenachtgeschichte erzählt hatte und die beleuchteten Domtürme in der Dämmerung durch das Schlafzimmerfenster zu sehen gewesen waren, hatte ihre Mutter ums Überleben gekämpft.

*Wäre ich doch mit Mutter am Freitagabend turnen gegangen! Oder wenn Vater mich wenigstens nach dem Anruf des Entführers verständigt hätte – alles wäre anders gekommen.* Möglicherweise hätten sie ihrer Mutter diese Tortur ersparen können. Sabine wusste nicht, wen sie mehr hassen sollte: ihren Vater oder sich selbst.

Sie wischte sich eine Träne weg und las weiter. Durch den Nadelstich im Nacken war ihre Mutter mittels eines hochkonzentrierten, schnell wirkenden Nervengifts gelähmt worden. Die Details der forensischen Toxikologie standen noch aus. Ebenso die DNS-Analyse von Mischspuren, ob sich Schweiß, Speichel, Blut oder Harn ihrer Mutter mit dem einer anderen Person vermischt hatten. Das Ergebnis des Abstrichs der Mundschleimhaut und der Vaginalschleimhaut würde in frühestens einer Woche vorliegen.

Hirnschall hatte weder Spuren eines Ejakulats noch fremde Hautreste unter den Fingernägeln gefunden, allerdings mindestens achtundvierzig Stunden alte Schürfspuren an Hand- und Fußgelenken festgestellt, die von den Fesseln rührten. Sonst keine Strangulationsfurche oder Würgemerkmale. Urin- und Kotabgang waren zum Zeitpunkt des Todes normal. Zuletzt war noch der Mageninhalt interessant: Während der zwei Tage ihrer Gefangenschaft hatte ihre Mutter nur Wasser getrunken und zwei Salzbrezeln gegessen.

Der Bericht war zu Ende. Sabine ließ die Informationen Revue passieren. Etwas ging ihr nicht aus dem Kopf. Warum Salzbrezeln? Bei dem Gedanken an *Brezeln* und *Tinte* klingelte etwas in ihrer Erinnerung, doch sie kam nicht dahinter, was es war.

Sie nippte an ihrem Kaffee und blickte aus dem Fenster. In diesem Moment verließ Maarten Sneijder das Gebäude der Gerichtsmedizin. Hirnschall hatte wohl mehr als drei knappe und präzise Sätze benötigt, um die Obduktionsergebnisse zusammenzufassen. Ohne sich nach Autos umzusehen, überquerte Sneijder die Straße und ging direkt auf die gegenüber liegende Buchhandlung zu. Hier hatte Haital vor Jahren eine neue Filiale eröffnet. Zweistöckig mit Cafeteria. Genau an der Ecke Goethe- und Lessingstraße, was zu der Buchhandlung passte. Sneijder verschwand durch die Drehtür. *Sie lesen wohl nicht viel,* äffte Sabine seinen Tonfall in Gedanken nach.

Sie raffte die Blätter des Autopsieberichts zusammen, ließ sie in ihrer Tasche verschwinden, zahlte und verließ das Pub. Ob er wollte oder nicht – sie würde Sneijder in der Buchhandlung ein Gespräch aufzwingen.

Maarten Sneijder saß im oberen Stockwerk in der Cafeteria, die sich neben der Kinderbuchabteilung befand. Hinter ihm standen die Regale mit den Bilderbüchern. Nur wenige Besucher saßen in der Leseecke. Sneijder hatte sich einen Becher Schwarztee aus dem Automaten geholt, saß auf einem bequemen roten Sofa, die Beine übergeschlagen, und las in einer dicken Biografie von Virginia Woolf. Hatte er nichts Besseres zu tun?

»Spannend?«, fragte Sabine.

Er blickte auf. »Wie man es nimmt.« Er sah nicht gesund aus. Schweiß stand auf seiner Stirn. »Virginia Woolf hat Selbstmord begangen. Sich mit einem schweren Stein im Mantel in den Fluss gestürzt. Auch eine Art zu ertrinken.«

*Ertrinken!* Weshalb hatte er das gesagt? Sabine ließ sich nichts anmerken. »Darf ich mich setzen?«

Er steckte ein Lesezeichen ins Buch und klappte es zu. »Kann ich leider nicht verhindern. Das ist ein öffentlicher Ort.«

Er war so charmant wie eine Gift sprühende Kobra, die noch nicht gefrühstückt hatte. Sabine setze sich auf einen Stuhl. Sie kam gleich zur Sache. »Wie haben Sie von meiner Anfrage an Daedalos erfahren?«

Sneijder setzte sein Leichenhallenlächeln auf. »Ich arbeite mit Datenbanken. Es ist mein Job, solche Dinge zu erfahren. Wüsste ich es nicht, wäre ich nicht gut darin.« Er massierte mit einer Hand seine Schläfe.

Sabine dachte an ihren Freund. Sie musste diese Sache glattbügeln. »Erik Dorfer studiert seit zwei Jahren an der Fachhochschule des BKA. Ich habe ihn zu dieser Abfrage gedrängt. Es war meine Schuld.«

Sneijder ließ von der Massage ab und hob eine Augenbraue.

»Ein Kriminalkommissaranwärter sollte sich von niemandem zu etwas drängen lassen.«

»Falls Sie ein Disziplinarverfahren anstreben, dann hängen Sie es mir an.«

Er legte das Buch beiseite. »Sie sind ein kleines, toughes Fräulein. Wie würde Ihr Vorgesetzter reagieren, dieser Klowitz ...«

»Kolonowicz«, korrigierte sie ihn.

»... wenn er erfährt, dass Sie hinter seinem Rücken Abfragen starten?«

»Wie wohl? Er hat mich nie mit dem Fall betraut und mich davor gewarnt, mich in eine laufende Ermittlung des LKA zu mischen.«

»Mhm!« Sneijder kniff das Gesicht zusammen. »Und deshalb schleichen Sie sich in die Gerichtsmedizin und drucken heimlich den Autopsiebericht Ihrer Mutter aus?«

Sabine schoss die Röte ins Gesicht. Ihre Kopfhaut kribbelte.

Sneijder massierte sich wieder die Schläfe. »Ich sah Sie, als Sie durch die Brandschutztür schlüpften. Trotz Ihrer einen Meter sechzig sind Sie mit der silbergrauen Haarsträhne nicht zu übersehen.«

»Einen Meter dreiundsechzig!«

»Mit hohen Absätzen.«

»Sie haben wohl auf alles eine Antwort.«

»Nein, aber ich kann exakt schätzen.« Sneijder griff in die Sakkotasche und reichte ihr ein Blatt Papier. »Das haben Sie vergessen.« Er fühlte sich gewiss großartig in seiner Rolle. Doch er ritt nicht länger auf diesem Thema herum. »Wieso haben Sie eigentlich Kontakt zu einem Kriminalkommissaranwärter in Wiesbaden?«

Sabine steckte das Blatt ungelesen ein. »Wir kennen uns vom Kölner Sportgymnasium.«

Sneijder lächelte. »Eine alte Liebe?«

»Wir wollten beide zum BKA. Bei ihm hat es geklappt, ich wurde dreimal abgelehnt.«

Sneijder nickte. »Ich nehme an, Ihr Freund hat Schuldgefühle und glaubt, Ihnen verpflichtet zu sein.«

Möglich. So hatte sie es noch nie betrachtet.

»Was fasziniert Sie am BKA?« Er zuckte mit den Achseln. »Das ist ein Verein wie jeder andere auch – nur langweiliger.«

Vielleicht war es ein Fehler, gerade einem sarkastischen Kerl wie ihm den Grund auf die Nase zu binden. Schließlich tat sie es doch. »Ich bin einen Meter sechzig groß. Einige Kollegen belächeln mich deswegen. Die denken, dass ich nichts draufhabe. Aber …«

»Und Sie glauben, beim BKA ändert sich das?«, fiel er ihr ins Wort. »Dort sind Sie immer noch eins sechzig und werden belächelt. Vielleicht mehr als hier.« Die Andeutung hing wie eine Drohung im Raum.

»Ich habe nicht die Ausbildung, Kurse, Schulungen und Fachseminare gemacht, damit ich in der Münchner Fußgängerzone einen Handtaschenraub protokolliere.«

»Was wollen Sie stattdessen?« Er wurde laut. »In einer Zentralstellenfunktion hinter einem Schreibtisch versauern?«

»Ich möchte in den aktiven Dienst.«

»Was denn, um Himmels willen?«, rief er. »In einem Sondereinsatzkommando verdeckt gegen Gewalt- und Schwerkriminalität ermitteln? Schlepperbanden und international organisierten Handel mit Waffen und Munition auffliegen lassen?«

»Nein.« Sie senkte die Stimme, da ein etwa zehnjähriger Junge mit struppiger Frisur und großer Brille an den Kaffeeautomaten trat und verzweifelt eine Münze in den Schlitz steckte, die jedoch immer wieder durchfiel. »Forensische Psychologie.«

»Oh, Gott!« Sneijder hob die rechte Augenbraue. »Kein Wunder, dass Sie dreimal abgelehnt wurden, Clarice Starling. Die Abteilung nimmt nicht wahllos Leute auf.«

»Danke für diese tolle Einsicht.« *Klugscheißer!*

Mittlerweile waren ihre Pläne sowieso hinfällig. Nach dem Tod ihrer Mutter konnte sie ihre Schwester mit den drei Kindern nicht allein in München zurücklassen.

Der Knabe versuchte erneut, die Münze in den Automaten zu stecken. Schließlich wandte Sneijder sich ihm genervt zu. »Junge, darf ich dir einen Rat geben?«

Der Junge lächelte verlegen. »Ja, bitte.«

Sneijder deutete zur anderen Seite des Raums. »Wenn du es da drüben bei dem anderen Automaten versuchst, störst du uns nicht.«

*Oh Mann, Sneijder war so ein Arschloch!* Sabine erhob sich, nahm die Münze aus dem Rückgabefach und warf sie schwungvoll ein. Diesmal blieb sie stecken. »Möchtest du einen Kakao?«

Der Junge nickte. Sabine drückte auf den Knopf. Ein Becher fiel herunter. Als der Junge mit dem heißen Getränk davonging, setzte sie sich wieder. »Der Kleine ist nicht mal zehn Jahre alt.«

»Harry Potter sollte selbst lernen, wie er zu einem Getränk kommt«, knurrte Sneijder. »Sie können nicht jedem auf dieser Welt helfen. Falls doch, sollten Sie es bei der Caritas versuchen und nicht beim BKA. Vielleicht sind Sie dort besser aufgehoben.«

»Danke für diesen wertvollen Rat«, fauchte sie.

Sneijder erhob sich. »Gern geschehen. Ist kostenlos.«

Er klemmte das Buch unter den Arm und verließ die Etage.

Sabine folgte ihm. »Was haben Sie als Nächstes vor? Die Topfpflanzen der gesamten Etage unserer Dienststelle auf die Straße zu setzen?«

Sneijder zeigte mit dem Finger auf sie. »Ich sagte Ihnen schon einmal: Versuchen Sie in meiner Gegenwart nicht, witzig zu sein!«

Sie gingen zum Ausgang. Sabine deutete auf den Band unter Sneijders Arm. »Bezahlen Sie das Buch nicht?«

»Wozu? Es gehört mir.«

Sie traten ins Freie.

Sabine hatte ihn beobachtet, wie er die Gerichtsmedizin verlassen und die Buchhandlung betreten hatte. Der dicke Wälzer wäre ihr aufgefallen.

»Wo müssen Sie hin?«, fragte Sneijder.

»Nach Hause, ich versuche zu schlafen.«

»Tun Sie das. Sie sind ein hübsches Mädchen. Diese großen mandelbraunen Augen sind selten. Aber der traurige, immerzu ernste Blick steht Ihnen nicht gut.«

»Wie sollte ich mich Ihrer Meinung nach fühlen?«, fragte sie.

»Ich weiß, es ist eine schwierige Situation. Ihre Eltern führten einen scheußlichen Rosenkrieg, und jetzt das! Ruhen Sie sich aus. Ich gehe zum LKA und rede mit Ihrem Vater.«

»Er war es nicht.«

Sneijder legte den Kopf schief. »Er hat den Ermittlern eine haarsträubende Geschichte von dem Anruf des Entführers erzählt, von einem Telefonrätsel und dem Tintenfass, das er angeblich erhalten hat. Die glauben ihm kein Wort. Im Gegenteil – er ist einer der Hauptverdächtigen.«

Obwohl sie in der Nachmittagssonne standen, wurde Sabine für einen Moment schwarz vor Augen.

# 11

Nach zwei intensiven Therapiesitzungen fand Helen endlich Zeit und betrat Franks Arbeitszimmer. Den ganzen Nachmittag hatte sie während der Gespräche an die Gravur in Anne Lehners Ring denken müssen. *Für Anne – von Frank.* Was hatte ihr Mann mit dieser Sache zu tun?

Ein merkwürdiges Gefühl erfasste sie, als sie den Blick über Franks Schreibtisch, die Kommoden, Glasvitrinen, Bücherschränke und das Sims des offenen Kamins wandern ließ. Die dreißigbändige Brockhaus-Enzyklopädie, in schwarzem Leder und mit goldenem Buchrücken, stand wuchtig auf Augenhöhe in einem Regal über die gesamte Länge des Zimmers verteilt. Dazwischen thronten Franks Golfpokale und eine schwere Eule aus Marmor, die verächtlich auf Helen herabblickte. Sie war nicht hier, um das Tablett mit dem Kaffeeservice in die Küche zu tragen oder den Staub von den Regalen zu wischen – das sollte er verdammt noch mal selbst tun –, sondern um in seinen privaten Unterlagen zu schnüffeln.

Sie ging über den nagelneuen Parkettboden und öffnete das Fenster. Frank hatte am Wochenende wieder einmal eine Zigarre geraucht und vergessen, es zu kippen. Die Jalousie war unten, die Lamellen geschlossen. Ein muffiger Geruch hing im Raum. Typisch Frank. Als er bei ihr eingezogen war, hatte sie ihm den schönsten Raum des ganzen Hauses gegeben, und er ließ das Zimmer verkommen.

Helen knipste die Schreibtischlampe an. Auf dem Tisch türmten sich Dutzende mit Bindfaden zusammengehaltene Aktenstapel. Unterlagen aus der Pathologie, Protokolle von Zeugenvernehmungen, Berichte der Spurensicherung und Material für Franks Vorlesungen an der Juristischen Fakultät.

»Mein Gott«, seufzte sie. Sogar auf dem Boden stapelten sich Ordner und lose Dokumente. Dazwischen standen Biosäfte mit Limettengeschmack. Sei wann trank Frank dieses Zeug? Die Haltbarkeit war vor Monaten abgelaufen. Die Flaschen mussten schleunigst in den Müll. Krawatten und Sakkos hingen über der Stuhllehne, und in mindestens drei Aschenbechern lagen erkaltete Zigarren. Wie sollte sie hier etwas finden?

Sie setzte sich an den Schreibtisch und legte die Hand auf den Messinggriff der Schublade. Während der zwei Ehejahre hatte sie Franks Privatsphäre stets respektiert und ihn nie belogen. Sollte sie das Vertrauen, das sie ihm entgegenbrachte, nun schlagartig verloren haben? Vielleicht gab es einen plausiblen Grund, weshalb er sie heute Morgen belogen hatte? *Vielleicht aber auch nicht, Dummchen,* sagte eine andere, weniger naive Stimme in ihr. Möglicherweise *hatte* er Geheimnisse vor ihr. Einer Sache war sich Helen ziemlich sicher: Frank wusste etwas über ihre Klientin Anne Lehner. Zu rasch hatte er geleugnet, sie zu kennen. Helen wollte die Lade aufziehen, doch das Holz klemmte. Abgesperrt. Ebenso die Rollcontainer zu beiden Seiten des Lederstuhls.

Aus welchem Grund sollte Frank in ihrem Haus die Schubladen versperren? Fürchtete er sich vor Einbrechern? *Nein, damit* du *nichts findest, Helen!* Die Stimme in ihrem Kopf begann lästig zu werden.

Sie ging zu Franks Kleidung, die über dem Rattanstuhl vor dem offenen Kamin hing, und durchsuchte die Hosen- und Hemdtaschen. Kein Schlüssel. Die antike Pendeluhr in der Zimmerecke schlug halb fünf. Frank musste jeden Moment eintreffen. Zumindest hatte er am Morgen behauptet, am späten Nachmittag heimzukommen. *Aus dem Büro! Was für ein Witz!* Zumal seine Aktentasche neben dem Schreibtisch lehnte. Helen öffnete die Lederschlaufe und zog die Falttasche auseinander. Kugelschreiber und Notizhefte steckten neben handschriftlichen Protokollen. Sie öffnete das Seitenfach. Hundertzwanzig Euro befanden sich darin, eine Tankkarte, Streichhölzer, Büroklammern und …

Helens Mund wurde trocken.

»Das gibt's doch nicht!«

Sie zog zwei in blaue Folie verschweißte Kondome aus der Tasche und betrachtete sie. Das Ablaufdatum war erst in drei Jahren. Sie wusste, dass Frank keine Kondome verwendete. Das war nicht nötig. Zumindest nicht bei ihr. Sie konnte keine Kinder bekommen. Vielleicht für einen Freund?

*Na klar,* sagte die Stimme in ihrem Kopf. *Für seinen* besten *Freund!*

Helen bekam schweißnasse Hände.

Wozu brauchte er die?

*Um sich nicht anzustecken, Dummchen!*

Bei wem?

Darauf hatte die Stimme in ihrem Kopf keine Antwort.

Helen stopfte die Kondome zurück in die Tasche. Am Boden des Fachs spürte sie einen kleinen Schlüssel, den sie herauszog. Sie führte ihn ins Schloss der Schublade. Er passte. Langsam zog sie die Lade auf. Gleichzeitig fürchtete sie sich vor dem, was sie finden würde.

Brieföffner, Bleistifte, Streichhölzer, eine Kiste Davidoff, Fingernagelknipser, zwei alte SIM-Karten und ein Schlüsselbund. An dem Metallring hingen zwei kupferfarbene Schlüssel. Ein großer für ein Haustor, wie sie vermutete, und ein kleiner für eine Wohnungstür. Sie kannte keinen der beiden. Vielleicht waren es die Schlüssel zu Franks Büro, zum Spind der Uni, zur Umkleide im Golfklub, seinem Büro im Gerichtsgebäude oder der Pathologie des Krankenhauses.

*Genau! Und deshalb sperrt er sie ab. Nein, du kennst die Antwort, Helen! Es ist der Schlüssel zur Wohnung einer anderen Frau.*

Sei still!

Ihre paranoiden Gedanken machten sie noch wahnsinnig. Andererseits ... Eine Frau, die sich wunderte, warum ihr Mann Kondome besaß, sollte sich auch fragen, wofür er fremde Schlüssel verwendete. Sie legte den Bund wieder an seinen Platz und öffnete die Rollcontainer. In einem befanden sich Hängeakten, alte Lottoscheine, ein vergilbtes Sudokuheft und abgelaufene Versicherungspolicen.

Im anderen Container standen zwei leere Schnapsflaschen, ein Mundwasser, eine weitere Kiste Davidoff und eine Flasche mit einer hochkonzentrierten Antibiotikum-Infusionslösung. Helen roch daran. Putzte er damit etwa den Bildschirm oder den Rollball der Computermaus? Weiter hinten lag eine in Folie verschweißte Spritze. Wozu brauchte er die? Helen fuhr herum, als die Pendeluhr fünf schlug. Schon so spät? Unwillkürlich blickte sie durch die Lamellen der Jalousie auf die Straße. In diesem Moment raste Franks roter Lamborghini am Grundstück vorbei. Ihr Herzschlag setzte für einen Moment aus.

Nicht auszudenken, was passiert wäre, wenn sie den Wagen nicht rechtzeitig gesehen hätte! Sie schraubte die Flasche zu und stellte sie wieder zurück. Dabei fiel sie um und riss die anderen Flaschen klirrend mit sich.

»Mist!«

Der Motor dröhnte vor dem Haus. Helen hörte, wie Frank den Wagen in den Carport fuhr und auf dem Kies bremste. Die Autotür schlug zu.

Hastig stellte sie alle Flaschen wieder hin. Dabei verrückte sie die Zigarrenkiste. Darunter kam ein Bündel Kreditkartenabrechnungen zum Vorschein. Einen Moment lang starrte sie auf das Datum. Die Mastercard-Abrechnungen reichten vom November des Vorjahres bis zum letzten Monat. Kurzerhand zog sie die Papiere hervor, faltete sie und stopfte sie in ihre Jeanstasche.

Sie sperrte Schublade und Rollcontainer ab und ließ den Schlüssel im Seitenfach von Franks Aktentasche verschwinden. Hatte sie die Kondome auch zurückgelegt?

*Ja! Mach, dass du aus dem Zimmer kommst!*

Sie stand auf, rückte den Stuhl zum Schreibtisch, verließ das Zimmer und schloss die Tür. Verdammt! Sie hatte vergessen, das Licht auszuschalten. Sie wollte zurück, aber in diesem Moment betrat Frank das Haus. Helen stand im Vorraum und betrachtete ihn. Ihr Puls raste.

Er hielt in der Bewegung inne und starrte sie an. »Was ist los?«

»Was soll sein?«, fragte sie.

»Du wirkst angespannt.«

*Schlauberger! Merkst auch alles!* »Mir geht's gut. Wie war's im Golfklub?«

Die Frage schien ihn nicht aus der Fassung zu bringen. »Du weißt vom Golfklub?«

»Ich habe versucht, dich im Dienstzimmer zu erreichen. Die Sekretärin sagte mir, du wärst im Klub«, antwortete sie.

»Ich wollte mich mit Rechtsanwalt Seisner dort verabreden, um endlich eine langwierige Sache zu klären. Er hat den Termin verschoben, also haben wir uns in der Innenstadt getroffen.« Er deutete auf sein ehemals blütenweißes Poloshirt. »Habe mich mit Raviolisoße bekleckert.«

*Kannst es ja mit Antibiotikum-Infusionslösung rauswaschen!*

Er schritt an ihr vorbei und betrat sein Arbeitszimmer. Sie blieb im Vorraum stehen und ließ die Schultern sinken.

»Warst du in meinem Zimmer?«, drang seine Stimme durch die geschlossene Tür.

»Ich habe das Fenster gekippt.«

»Du hast das Licht brennen lassen!«

»Kann sein«, rief sie. »Es war so muffig und düster darin.«

Helen ging ins Wohnzimmer. Oh Gott, die Schachtel mit dem roten Filz und dem Rubinring lag noch immer auf dem Regal. Sie schloss den Karton und ließ ihn hinter der Buchreihe mit den Coelho-Romanen verschwinden. Dahinter würde Frank in hundert Jahren keinen Blick werfen.

Erleichtert ließ sie sich auf die Couch fallen. Rasch zog sie Franks Kreditkartenabrechnung aus der Jeanstasche und faltete die Papiere auseinander. In diesem Moment schepperte die Hundeklappe. Dusty flitzte durch den Vorraum, machte drei Sätze durchs Wohnzimmer und landete auf der Couch. Wenn es ums Abendessen ging, war er so pünktlich wie die Nachrichten im Radio. Er sprang auf Helens Bauch und stupste ihr mit der Schnauze ins Gesicht.

»Ja, mein Kleiner, bald gibt es was Gutes zu futtern!«

Mit einer Hand kraulte sie Dusty hinter dem Ohr, während sie die erste Seite der Abrechnung überflog. Sogleich bekam sie ein schlechtes Gewissen, als sie die Aufstellung der Weihnachtsgeschenke sah, die Frank für sie gekauft hatte. Ein gutes Dutzend Romane sowie Fachzeitschriften aus ihrer Lieblingsbuchhandlung, CDs von Mahler und Schönberg, zwei Parfümphiolen, Gutscheine von ihrer Lieblingsboutique, Eintrittskarten für die Sophiensäle und ein Boulevardtheater.

Dusty stupste sie erneut an und leckte ihr wie zum Trost über den Unterarm. Bestimmt spürte der Hund ihre Zweifel. Es ist auch Wahnsinn, was du da machst, sagte sie sich. Frank hat dich weder betrogen, noch weiß er etwas über Anne Lehner.

Als sie die Blätter herunternahm, sah sie, wie er auf das Wohnzimmer zusteuerte. Rasch faltete sie die Papiere zusammen und schob sie unter das Kopfkissen.

Dusty versuchte, die Abrechnungen hervorzuzerren. Offensichtlich dachte er, sie wollte mit ihm spielen.

»Aus!«, zischte sie.

Er ließ nicht locker und fuhr mit der Pfote unter das Kissen.

»Schau mal, Herrchen ist da!«, lenkte sie ihn ab.

Dusty blickte auf, aber im nächsten Moment kratzte er schon wieder am Stoffbezug der Couch.

Frank kam zu ihr und setzte sich auf die Bank. Gedankenverloren streichelte er Dusty. »Warum war das Haus abgesperrt? Ist doch sonst nicht deine Art.«

»Am Nachmittag kam ein schwieriger Klient in die Praxis. Vorbestraft«, log sie. »Ich wollte ihm keine Möglichkeit bieten, das Haus zu betreten.«

»Aha.« Frank betrachtete Dusty. »Was ist mit dem Hund los?«

Dusty schob knurrend die Schnauze unter das Kissen.

»Die Katze der Nachbarin war im Haus und hat einige Stunden hier gelegen.« Schon wieder eine Lüge. Sie dachte an den Finger im Gefrierfach, Franks entwendete Kreditkartenabrechnung und die hinter den Büchern versteckte Schachtel mit dem Ring. Zum ersten Mal in ihrem Leben hatte sie mehrere Geheimnisse vor ihrem Mann. Hoffentlich ging dieser Albtraum bald zu Ende.

Frank fuhr sich durch das grau melierte Haar. »Wie weit bist du mit den Vorbereitungen für die Feier?«

»Ich habe die Unschlüssigen auf der Gästeliste angerufen.« Diesmal war es keine Lüge. In den Pausen zwischen ihren Terminen hatte sie die Namen auf der Liste durchtelefoniert. »Insgesamt kommen am Mittwoch vierundfünfzig Personen.«

»Auch Kinder?«, fragte er.

Sie schüttelte den Kopf.

»Gott sei Dank.« Er wollte sich bereits erheben, als sie ihn am Arm berührte.

»Warum hast du Ben Kohler eingeladen?«

Er zuckte mit den Achseln. »In letzter Zeit arbeite ich mit seiner Mordgruppe zusammen. Er ist nett. Er fragt öfter nach dir.«

Sie setzte sich auf. »Tatsächlich?«

»Was ist dabei?« Er strich ihr über die Wange. »Ich weiß, dass ihr früher ein Paar wart. Das stört mich nicht … was hat denn bloß dieser Hund?«

»Dusty! Aus!« Sie packte ihn am Halsband und zerrte ihn vom Kissen weg. Ein Papierfetzen hing an seiner Schnauze, den sie wegwischte.

»Stört es dich, wenn er kommt?«

»Nein, aber … Ben hatte einen Sohn aus erster Ehe. Als er starb, trennten wir uns.«

»Ich weiß, tragische Sache. Aber was hat das mit uns oder der Feier zu tun? Soll ich ihn wieder ausladen?«

»Nein.« Helen schluckte. »Es ist bloß so … Bens Sohn war eines von Christoph Winklers Opfern.«

Frank starrte sie entgeistert an. Er wusste, wie sensibel sie auf dieses Thema reagierte, und dass sie sämtliche Interviews und Pressetermine dazu ablehnte.

»Das wusste ich nicht.« Er schien wie vor den Kopf gestoßen.

»Du warst nur am Rande in diese Sache involviert, darum habe ich dir nie davon erzählt.«

Endlich ließ Dusty von dem Kissen ab, legte sich auf Helens Bauch und leckte ihr über die Wange.

»Oh, Mann.« Frank schien erst jetzt die Zusammenhänge zu begreifen. »Als der Fall vor Jahren aufgerollt wurde, gerieten einige Kollegen von der Staatsanwaltschaft unter Beschuss und mussten erklären, warum ein Kindesmörder durch die damaligen Ermittlungen nicht gefasst worden war. Die Staatsanwaltschaft wälzte die Schuld auf den Polizeipräsidenten ab, der auf die Beamten des Bundeskriminalamts, die auf die Kripo und die Kripo auf dich. Es war eine Schweinerei!« Frank strich ihr wieder zärtlich über die Wange. »Es tut mir leid, dass ich dich an all das erinnere. Ich hätte dich fragen sollen, ob du Ben Kohler überhaupt sehen willst.«

»Schon gut.« Sie hob die Schultern. »Als die Schlammschlacht losging und die Presse einen Sündenbock suchte, waren wir schon getrennt.«

»Aber er hätte dich entlasten können. Bestimmt wusste er von deinem Gutachten über Winkler und deinen Bemühungen, ihn zu überführen.«

»Bestimmt«, murmelte sie. »Aber nach Florians Tod hatte Ben seine eigenen Probleme, und ich konnte ihm nicht helfen.« Sie wollte nicht schon wieder an Flo denken. Der Gedanke an ihn brach ihr das Herz.

Frank kaute an der Unterlippe. »Meinst du, er gibt dir die Schuld am Tod der fünf Kinder?«

Das war die entscheidende Frage. »Ich weiß es nicht.«

Zu jener Zeit hatte sie Staatsanwalt Frank Berger kennengelernt. Schon damals glaubte er an ihre Unschuld, da er Staatsanwältin Johanna Winkler – seine Kollegin, die in den Fall involviert war – nur zu gut kannte. Daher vermittelte er ihr einen befreundeten, ausgezeichneten Rechtsanwalt, der sie in dieser Sache vertrat und von jeder Schuld reinwaschen konnte. Gemeinsam ließen sie die Vertuschungsaffäre von Kripo und Staatsanwaltschaft hochgehen. Dennoch war Helens Ruf besudelt. Damals brauchte sie jemanden zum Reden, und Frank war immer für sie da. Ein Jahr später waren sie verheiratet – und zwischen ihr und Ben war so Vieles unausgesprochen geblieben.

Frank strich ihr über die Wange. »Sonst noch was?«

Liebend gern hätte sie ihn nach dem Rubinring, den Kondomen in seiner Aktentasche oder dem Schlüsselbund in der Schreibtischschublade gefragt. Aber so lange sie an seiner Ehrlichkeit zweifelte, würde sie ihm nichts von dem Anruf erzählen. Sie schüttelte den Kopf.

»Okay, Kleines, ich geh mit dem Hund raus.« Er gab ihr einen Kuss auf die Stirn.

»Danke.«

»Hund, komm! Du kriegst zu fressen, dann gehen wir böse Katzen jagen.«

Dusty sprang auf und folgte Frank. Der Jack-Russell-Terrier war *ihr* Hund. Vielleicht war das der Grund, warum Frank ihn nie »Dusty«, sondern bloß »Hund« nannte. Aber Helen war froh, dass er Dusty manchmal an der Leine mitnahm, wenn er auf dem Forstweg in den Kiefernwald spazierte, um abends in Ruhe eine Zigarre zu rauchen.

Als die beiden endlich das Wohnzimmer verlassen hatten, zog sie die Kreditkartenabrechnung unter dem Kissen hervor. Die Ecken waren zerrissen und von Dustys Schnauze feucht.

Sie überflog die Monate Januar und Februar. Im März wurde sie fündig. Am 6.3. hatte Frank etwas für 469,- Euro gekauft. Ihr wurde kalt ums Herz. Der entsprechende Rechnungstext hieß *Juwelier Breinschmied.* Sie hatte noch nie von diesem Laden gehört. Plötzlich fühlte sie sich unendlich einsam. In Gedanken sah sie Juwelier Breinschmied einen Rubin in einen Ring fassen und eine persönliche Widmung in die Innenseite gravieren.

*Für Anne – von Frank.*

Warum sollte ihr Mann einer wildfremden, schüchternen, unscheinbaren grauen Maus wohl ein teures Schmuckstück mit einer persönlichen Gravur schenken?

*Weil er sie liebt, Dummchen!*

# 12

Sabine saß in Monikas Wohnung. Kerstin, Connie und Fiona waren bei einer Freundin im unteren Stockwerk. Die Abendausgabe der *Süddeutschen Zeitung* mit dem Foto vom Münchner Dom lag auf dem Wohnzimmertisch. Daneben Sabines Walther PPK.

Monikas Augen waren gerötet. »Woher willst du wissen, dass Vater es nicht gewesen ist?«

»Moni, ich bitte dich!« Sabine sprang auf und lief durch den Raum. »Vater könnte keiner Fliege etwas zuleide tun.«

»Sagst du, sein Lieblingskind! Er hat Mutter gehasst. Nicht nur einmal hat er damit gedroht, ihr den Hals umzudrehen.«

»Sie hat Vater nach einem heftigen Streit verlassen, ihm die Kinder weggenommen, ihm verboten, uns zu besuchen, und ihn ausgenommen wie eine Weihnachtsgans«, zählte Sabine an den Fingern auf. »Wer würde nicht so daherreden?«

»Und es auch tun!«

»Aber doch nicht zehn Jahre später.«

»Angeblich hat er sie betrogen!«, rief Monika.

*Bitte nicht!* Sabine wollte nicht schon wieder darüber reden. Instinktiv griff sie nach dem goldenen Herz-Medaillon an ihrer Halskette. Sie konnte sich nicht vorstellen, dass ihr Vater ihre Mutter jemals hintergangen hätte. Erst jetzt wurde ihr wieder bewusst, wie sehr er noch an ihr hing – trotz Scheidung und Sorgerechtsstreit.

Ihr Handy läutete. »Entschuldige bitte.« Sabine griff zum Telefon. Gabriels Nummer. Sie führte ein kurzes Gespräch mit ihm. Mittlerweile war er beim LKA in der Maillingerstraße eingetroffen und begleitete ihren Vater durch die Verhöre. Von Gabriel erfuhr sie, dass ein hochgewachsener Kerl mit Glatze und niederländischem Akzent ihn ebenfalls kurz gesprochen hatte. Wobei *kurz* noch untertrieben war. Er hatte ihm bloß drei Fragen gestellt und ihn zu knappen, präzisen Antworten gedrängt. Dann war er wieder gegangen. Sabine fragte sich, ob Sneijder einfach nur verrückt oder brillant war.

Kaum hatte sie das Gespräch beendet, läutete ihr Telefon erneut. Eriks Handynummer erschien auf dem Display. Endlich! Sie lief in die Küche und schloss die Tür.

»Hallo, Bine, du hast mehrmals angerufen«, sagte er mit seiner typisch rauen Stimme, die er schon als Jugendlicher gehabt hatte. Immer noch bekam sie eine Gänsehaut, sobald sie dieses Reibeisen hörte.

Sie erzählte vom Tod ihrer Mutter, und dass ihr Vater verhört wurde. Erik war geschockt und drückte ihr sein Beileid aus. Er kannte ihre Eltern noch aus jener Zeit, als sie in Köln gelebt hatten. Erik war als Erstem aufgefallen, dass sie ein sehr ungleiches Paar waren – Mutter war dynamisch und stets flott gekleidet, Vater dagegen introvertiert und in seine Nostalgiezüge vernarrt. Dann berichtete Sabine von einem Kollegen vom BKA, der sich in München wichtigmachte. »Der Typ heißt Maarten Sneijder.«

»Maarten S. Sneijder«, korrigierte Erik sie in einem gespielt hochnäsigen Ton. »Den kennt jeder hier. Kommt aus Rotterdam und raucht Marihuana.«

»Im Moment vernebelt er unsere Dienststelle. Kann mir nicht vorstellen, dass das keine Konsequenzen hat.«

»Sneijder ist ein Sonderfall«, sagte Erik. »Er hat mit dreiundzwanzig Jahren das Hochschulstudium mit ausgezeichnetem Erfolg abgeschlossen, fünfzehn Jahre Praxis in fallanalytischen Delikten, danach das Auswahlverfahren für die OFA durchlaufen und eine fünfjährige Ausbildung zum polizeilichen Fallanalytiker.«

Das OFA war die Operative Fallanalyse. »Deswegen darf er Gras rauchen?«

»Vielleicht erstellt er gerade deswegen die besten Täterprofile.

Angeblich baut er das Zeug in seiner Wohnung an. Er behauptet, es wirkt geistesanregend und bewusstseinserweiternd.«

»Oh, wie großartig! Und seine Vorgesetzten lassen ihm das durchgehen?«

»Keine Sorge, der BKA-Präsident hasst ihn deswegen. Aber er kann es sich nicht leisten, seinen einzigen Spezialisten für Erpressung und Menschenraub zu verlieren, der noch dazu in Rechtsmedizin und forensischer Psychologie ausgebildet ist. Außerdem hat Sneijder beste Kontakte zur EUROPOL in Den Haag …«

»… und er ist ein arrogantes Arschloch!«, kommentierte Sabine.

»Ich weiß. Aber er ist gut. Nimm dich vor ihm in Acht.«

»Ja mei«, sagte sie wenig beeindruckt.

Erik lachte. »Ich liebe es, wenn du das sagst.«

»Ich weiß.« Damit hatte sie Erik während ihrer Schulzeit in Köln immer zum Schmunzeln bringen können. Aber es wurde Zeit, mit ihm über etwas anderes zu reden. »Sneijder weiß von meiner Anfrage an Daedalos. Er hat meine IP-Adresse und deinen Zugangscode sperren lassen.«

Erik schwieg.

»Aber ich glaube nicht, dass er dir deswegen die Hölle heißmachen wird.«

»Deswegen habe ich zurückgerufen«, sagte Erik. »Eigentlich dürfte ich nicht mit dir über deine Anfrage zu den Fällen reden, weil sie der Geheimhaltung unterliegen.«

»*Den Fällen?* Was hast du erfahren?«, drängte sie.

»Bevor mein Passwort ungültig wurde, habe ich deine Auswertung erhalten. In den letzten eineinhalb Monaten gab es zwei ähnliche Morde. Achtundvierzig Stunden nach der Entführung wurde eine Frau im Glockenstuhl des Leipziger Doms in einer Blechwanne verbrannt und eine zweite im Kellergewölbe des Kölner Doms angekettet und von zwei Pitbull-Terriern zu Tode gebissen.«

Ein schreckliches Bild entstand in Sabines Kopf. Noch dazu kannte sie den Kölner Dom. Eine düstere schwarze Kirche, deren

Türme wie zwei Knochengerippe wirkten. »In Leipzig und Köln? Wer waren die Frauen?«

»Die ältere Dame aus Leipzig war eine ehemalige Lehrerin im Ruhestand. Die Frau in Köln war mittleren Alters, weitere Details habe ich nicht. Bine … was ist?«

»Nichts. Danke.« Sie beendete das Telefonat. Ihre Mutter hatte früher in Köln unterrichtet – wie die Frau in Leipzig. Aber wo bestand der Zusammenhang? *Woher willst du wissen, dass Vater es nicht gewesen ist?*, hallte Monikas Stimme in ihrem Kopf nach.

Sie musste noch einmal mit Sneijder sprechen.

Am späten Nachmittag betrat Sabine ihre Dienststelle. Sie ging in die dritte Etage und klopfte an die Tür des Besprechungszimmers.

»Was denn?« Sneijders Stimme klang erschöpft.

Sie trat ein. Die Rollos waren zu zwei Dritteln unten. Es roch nach Vanilletee und Gras. Nur eine schwache Schreibtischlampe brannte, und das Licht zweier Laptops spiegelte sich im Fenster. Sneijder saß im abgedunkelten Raum, mit dem Rücken zur Tür, den Kopf in den Nacken gelegt. Als sie zu ihm ging, bemerkte sie je eine lange Nadel in seinen Händen. Sie steckten exakt in den tätowierten schwarzen Punkten in der Beuge zwischen Daumen und Zeigefinger.

Sneijder war schweißgebadet. Langsam öffnete er die Augen.

»Was machen Sie da?«

»Ich arbeite.« Er beugte sich vor und unterbrach die Aufnahme des Diktiergeräts. Dann drehte er die Nadelköpfe, verzog dabei schmerzhaft das Gesicht und zog sie schließlich aus der Haut.

»Akupunktur«, erklärte er lakonisch. »An dieser Stelle liegt die zentrale Nervenbahn. Das löst die Verspannung.«

»Sie haben Schmerzen?«, fragte Sabine wenig überrascht. »Dann sollten Sie aufhören, dieses Zeug zu rauchen.« Ihr Blick fiel auf den Aschenbecher.

»Es ist leicht, sich das Rauchen abzugewöhnen – ich habe es schon hundert Mal geschafft.« Er lächelte müde. »Aber das Zeug sensibilisiert die Sinnesorgane – und das brauche ich bei meinem Job. Außerdem hilft der Stoff gegen Cluster-Kopfschmerzen.«

»Nie gehört.«

»Ich habe nichts anderes erwartet. Nehmen Sie einen Migräneanfall und potenzieren Sie ihn hoch drei. Angeblich leiden nur Genies unter Cluster. Ich bin mir nicht sicher. Ich kenne Cluster-Patienten, die sind völlige Idioten.«

*Typisch Sneijder!* Sabine schielte zu den Laptops. Im nächsten Moment klappte er die Bildschirme runter. Aber sie hatte genug gesehen. Zahlreiche Datenbanken waren geöffnet. ViCLAS, SIS, ZLS, AFIS und SIRENE. Interessant, womit er sich so beschäftigte. Ein System über Serienstraftaten im Bereich schwerer Kriminalität, das Schengener Informationssystem, die Zentrale Lichtbildsammlung, das Automatisierte Fingerabdruck-Identifizierungs-System und der Supplementary Information Request at the National Entry.

Sie arbeitete nur mit dem zentralen Einsatzleitsystem, kannte jedoch die anderen Datenbanken von Eriks Erzählung. Das BKA bildete seine Leute an der Fachhochschule in einem dreijährigen Vorbereitungsdienst zum Kriminalkommissaranwärter selbst aus. Danach war man Computerfachmann und halber Programmierer.

»Was hat mein Vater gesagt?«, fragte sie.

»Fragen Sie doch Ihren Exschwager«, schlug er vor. »Außerdem nehme ich an, dass Sie es ohnehin schon wissen. Immerhin muss er mit Ihnen darüber gesprochen haben, sonst hätten Sie wohl kaum eine Abfrage über Entführung und Rätselspiele gestartet.«

Dieser Mann war einfach nicht zu knacken! Warum sie immer wieder so naiv war und ihn in der Hoffnung aufsuchte, er würde sich ein wenig kooperativ zeigen.

»Na schön.« Er bedachte sie mit einem nachsichtigen Blick. »Ihre Mutter starb um 19.30 Uhr, und Ihr Vater hat sich um 20.00 Uhr mit Ihnen getroffen. Für die Zeit davor hat er kein Alibi. Das und einige andere Indizien machen ihn zum Hauptverdächtigen. Vorläufig bleibt er in Untersuchungshaft.«

»Er war es nicht.«

Sneijder hob die Schultern, als könnte er an dieser Tatsache nichts ändern. »Er nennt Sie ›Eichhörnchen‹.«

*Wie peinlich!* Sie funkelte ihn an.

»Ist Ihnen wohl unangenehm, was?«

»Nur *er* nennt mich so.«

»Ich habe den Wink verstanden.« Sneijder richtete sich auf. »Bei der Hausdurchsuchung in der Wohnung Ihres Vaters wurde übrigens ein Fläschchen schwarze Tinte gefunden. Es dürfte Sie wohl kaum überraschen, dass es exakt dieselbe Marke ist wie in der Lunge Ihrer Mutter. Die Chemiker des LKA haben sogar rausgefunden, dass es von derselben Produktions-Charge stammt.«

»Ich möchte Ihnen bei den Ermittlungen helfen.«

Nun war die Katze aus dem Sack.

»Oh, Gott.« Sneijder lachte kurz auf. »Jedes Bundesland hat für seinen Bereich Polizeihoheit und die entsprechende Zuständigkeit bei den Ermittlungen. Bei 320 000 neuen Kriminalakten jährlich ist das nicht anders möglich. Das BKA ist bloß eine Zentral- und Servicedienststelle, in der der Nachrichtenverkehr zusammenläuft, sonst würde die Arbeit von sechzehn Bundesländern zu einem chaotischen Nebeneinander verkommen.«

Er breitete großzügig die Arme aus. »Natürlich unterstützen wir die Länder in speziellen Bereichen wie Fallanalysen, Phantombilderstellung oder kriminaltechnischen Untersuchungen – damit hat es sich!«

Nichtssagender Quatsch aus dem BKA-Handbuch. »Aber in besonderen Fällen gibt es eine übergeordnete Zuständigkeit des Bundes mit einer Weisungsbefugnis des BKA«, sagte sie.

»Richtig!«, rief er. »In *besonderen* Fällen, aber dies ist kein besonderer Fall, Fräulein Nemez!« Er pochte mit dem Finger auf den Tisch. »Das BKA hat sich in diesen Fall nicht eingeschaltet! Das BKA wurde auch nicht mit den Ermittlungen beauftragt!«

»Warum sind Sie dann hier?«

»Falsch. Die Frage lautet doch: Warum wollen Sie mir helfen?

Meine Zeit ist knapp, darum werde ich die Frage selbst beantworten.« Er hielt drei Finger hoch. »Erstens – Sie dürsten nach Rache und wollen den Mörder Ihrer Mutter finden. Ich schätze, dafür kommen zehn Prozent in Frage. Zweitens – Sie wollen die Unschuld Ihres Vaters beweisen. Das schätze ich auf zwanzig Prozent. Drittens, und das ist Ihre größte Motivation …« Er beugte sich vor. »Sie werden von Schuldgefühlen zerfressen. Eigentlich sollten Sie an jenem Abend, an dem Ihre Mutter entführt wurde, mit ihr zu einem Pilateskurs gehen. Aber Sie sagten ab, weil Sie sich nicht wohlfühlten und sich lieber mit einer Tablette Parkemed im Bett verkriechen wollten.«

»Ich …«

»Ja, ich weiß«, unterbrach er sie. »Ich habe Ihre Nachricht auf dem Anrufbeantworter Ihrer Mutter gehört. Ach Gott, könnte ich doch bloß *Ihre* Kopfschmerzen haben.« Er schob die Nadeln ins Lederetui und schloss es. Ein neuerlicher Schweißausbruch schien ihn zu überkommen. Er kniff die Augen zusammen und wischte sich über die Stirn.

»Ich weiß Ihre Beweggründe zu schätzen«, murmelte er. »An Ihrer Stelle würde ich vermutlich ähnlich handeln. Aber selbst wenn ich wollte: Ich *kann* Sie nicht einbeziehen.«

»Warum?«, krächzte sie.

Er ging mit einem Glas zum Handwaschbecken und drehte den Wasserhahn auf. »Sie mischen sich ohne Befugnis in eine laufende Ermittlung ein, stellen heimlich Anfragen an das BKA, brechen in die Gerichtsmedizin ein und klauen den halb fertigen Autopsiebericht. Würden Sie sich selbst als vertrauenswürdig und verlässlich bezeichnen?«

Während der Wasserhahn lief und Sneijder das Glas füllte, schob sie sich zwischen ihn und dem Schreibtisch. Hinter ihrem Rücken tastete sie nach seinem Diktafon. Während sie hustete, fingerte sie das Mini-Tonband aus dem Kassettendeck und ließ es in der Westentasche verschwinden. »Nein«, antwortete sie. »Ich würde mich nicht als vertrauenswürdig bezeichnen.«

»Eben.« Er stürzte das Wasser in einem Zug runter. »Sonst noch was?«

Sie ging zur Tür. »Eine Frage noch. Ist die ermordete Frau in Köln auch Lehrerin oder Direktorin gewesen wie meine Mutter und die Tote in Leipzig?«

Sneijder stellte das Wasserglas ab. Für einen Moment war er tatsächlich perplex. »Nicht schlecht, Eichkätzchen«, sagte er. »Aber ich werde mit Ihnen nicht über diese Fälle reden. Und jetzt raus!«

Von einem Mitarbeiter aus der Abteilung für Ballistik und Waffentechnik borgte sich Sabine ein Diktiergerät aus, in das Sneijders Mini-Kassette passte. Ihre Kollegen vom KDD waren bei einem Einsatz. Sie stand allein in der Kantine, an die Fensterbank gelehnt, und hielt sich das Gerät ans Ohr.

Zum Glück sprach Sneijder nicht Niederländisch. Er redete langsam, betont und ruhig. Eigentlich hatte sie gehofft, etwas über seinen Verdacht bezüglich ihres Vaters zu erfahren. Doch in Sneijders Aufzeichnung ging es nicht um ihren Vater. Er vertiefte sein Profil des Mörders. Dabei klang es nicht so, als würde er an ihren Vater denken.

»… noch nicht bestätigt, aber ich nehme an, er hat wieder dasselbe Nervengift verwendet. Wie hat er die Frau in die Kirche gebracht? Um 19.00 Uhr das Hauptportal mit einem Stemmeisen aufgebrochen? Vor den Augen der Straßenmusikanten? Unwahrscheinlich! Vermutlich in der Nacht zuvor. Wieder hielt er sich einen Tag lang in der Gruft versteckt. Als die Luft rein war, hat er sie hochgeschleppt. Diesmal zur Kirchenorgel. Nach dem mittelalterlichen Sakristeikeller in Köln und dem Glockenstuhl in Leipzig fokussiert sich sein Zorn nun auf Kirchenmusik. Sakristei, Glocken, Orgel …«

Es folgte eine Pause.

»Der Küster sagt, er habe ein Stück von Bach gehört. Der Leipziger Dom ist eine evangelische Kirche – Bach hat dort gewirkt. Scheint sich um keine bestimmte Konfession zu handeln, aber

Johann Sebastian Bach dürfte wichtig sein. Vielleicht sogar ein bestimmtes Stück.«

Sneijders Stimme verstummte. Nach einer Minute sprach er weiter, wechselte jedoch das Thema. Seiner Meinung nach handelte es sich bei dem Täter um einen etwa dreißigjährigen, alleinstehenden, introvertierten Mann, der eine schreckliche Kindheit durchlebt und einen Hass auf Frauen entwickelt hatte. »Ich glaube nicht, dass er studiert hat, trotzdem ist er überdurchschnittlich intelligent.« Danach war die Aufnahme zu Ende.

Zorn stieg in Sabine hoch. Wenn Sneijder davon überzeugt war, dass es sich um einen jüngeren Täter handelte, warum entlastete dieser Mistkerl dann nicht ihren Vater? Stattdessen hockte er arrogant auf dem roten Sofa in der Haital-Buchhandlung und ließ sie mit ihren Ängsten und Befürchtungen allein.

Plötzlich tauchte wieder die Assoziation von vorhin auf.

*Brezeln und Tinte!*

Wie kam sie ausgerechnet jetzt darauf? Wieder hatte sie das Bild vor Augen: Sneijder mit übergeschlagenen Beinen auf dem roten Sofa sitzend, dahinter die Regalwand mit den Bilderbüchern. *Der Täter hatte eine schreckliche Kindheit durchlebt.*

Und seine Opfer?

*Von Hunden zerfleischt! In einer Blechwanne zu einem Haufen Asche verbrannt! Salzbrezeln gegessen und mit Tinte ertränkt!*

Plötzlich jagte ihr ein Schauer über den Rücken. Ihre Hände wurden kalt, ihre Kopfhaut kribbelte heiß. Bei *schrecklicher Kindheit* musste sie unwillkürlich an das Bilderbuch vom Struwwelpeter denken, das sie als Kind gehasst hatte, weil darin Kinder verbrannt und von Hunden gebissen wurden. Brezeln und Tinte! War das nicht die Geschichte von den schwarzen Buben, die vom großen Nikolaus in Tinte getaucht wurden?

*Der Struwwelpeter!*

Das war der Zusammenhang zwischen den Morden. Sie blickte auf die Uhr. Die Haital-Filiale hatte bestimmt noch geöffnet. Sie brauchte ein Exemplar des Buches.

Eine Stunde später betrat Sabine die Dienststelle. Mittlerweile war sie seit über vierundzwanzig Stunden wach. Kopfschmerzen kündigten sich an, doch im Moment war sie zu aufgekratzt, um zu schlafen. Auch wenn Sneijder ein gefühlloser und ignoranter Mistkerl war, sie musste mit ihm sprechen. Er war der Einzige, der ihr helfen konnte.

Die Tür zu seinem umfunktionierten Büro war abgesperrt. Sabine klopfte, doch niemand öffnete. Sie lief in die untere Etage. Er war auch nicht in der Kantine. Da sah sie durch die Milchglastür ihres Büros das Licht ihrer Schreibtischlampe. Dahinter bewegte sich ein Schatten.

Sie griff automatisch zur Waffe und riss die Tür auf. Sämtliche Schubladen und Schranktüren standen offen, die Ordner lagen auf ihrem Tisch und dem Boden verstreut. »Was zum Teufel ...?«

Sneijder richtete sich mitten in dem Chaos auf. Sein Gesicht war aschfahl, seine Stirn schweißgebadet. »Ah, Mata Hari ist zurück!«

»Was zum Teufel suchen Sie in meinem Büro?«

Er streckte die Hand aus. »Die Kassette aus meinem Diktiergerät!«

*So eine Kuhscheiße!* Die hatte sie völlig vergessen. Sie griff in die Westentasche und nahm die Mini-Kassette aus dem Gerät.

»Vielen Dank.« Er steckte das Tonband ein und stieg über einen Berg aus Ordnern. »Wegen Ihnen platzt mir gleich vor Schmerz der Schädel. Cluster ist harmlos im Vergleich zu Ihren Eskapaden! Wenn Sie aus Ihren Fehlern lernen würden, wären Sie ein Genie. Was soll ich nur mit Ihnen anstellen? Vor ein Kriegsgericht zerren und erschießen lassen?«

Kommentarlos reichte sie ihm ein Exemplar des Bilderbuches *Der Struwwelpeter.* Mit gelbem Einband und dicken kartonierten Seiten. Auf dem Titelbild prangte der Struwwelpeter, mit leuchtend gelber Mähne und schrecklich langen Fingernägeln.

»Was soll ich damit?«

»Einen Blick reinwerfen, Sie Cluster-Genie.«

# 13

## Vier Monate vorher

### Die 4. Therapiesitzung

Wie schon die letzten Male ging Carl, bevor er an Dr. Rose Harmanns Tür läutete, eine Weile über den Parkplatz und sah sich um. Rose war nicht sicher, was er dort trieb, an diesem kalten Tag im Januar. Er betrachtete das Innere der Autos, als ob es auf den Rückbänken oder Armaturenablagen etwas Interessantes zu entdecken gäbe. Schließlich riss er sich von dem Anblick los und ging zur Eingangstür ihrer Praxis. Pünktlich läutete er.

Diesmal trug er weder Hemd noch Sakko, sondern ausgewaschene Jeans und einen grauen Pullover unter einem Anorak. Er roch nach Öl, seine Fingerkuppen waren schmutzig. Carl erklärte ihr, dass er direkt von der Autowerkstatt komme, wo er wieder einmal hatte Überstunden schieben müssen. Eine dringende Reparatur an einem Lamborghini.

Sie nahmen im Therapieraum Platz und Rose schaltete das Diktafon ein.

»Freitag, 28. Januar, 16.00 Uhr. Vierte Sitzung mit Carl Boni«, sprach sie ins Mikrofon und legte es anschließend auf den Tisch. »Wie geht es Ihnen?«

»Gut, danke.« Carl lehnte sich in der Couch zurück, stützte den Kopf auf die Hand und roch an den Fingern. »Ich habe das Attest meines Hausarztes mitgebracht – ich bin clean, falls Sie das interessiert.« Er beugte sich vor und reichte ihr das Ergebnis der ärztlichen Untersuchung.

Sie hatten einen kritischen Moment erreicht. An dieser Stelle hatten ihre drei Vorgänger die Therapie abgebrochen, und Rose musste sich entscheiden, ob sie mit Carl weitermachen wollte oder nicht. Würde er an diesem Nachmittag zum ersten Mal versuchen, sie herauszufordern?

Er strich sich über das Stoppelkinn. Der blonde Dreitagebart war nur aus der Nähe zu erkennen und ließ ihn etwas älter erscheinen.

Während sie das Formular in ihre Mappe legte, bemerkte sie, dass er aus dem Augenwinkel ihren kurzen Rock fixierte. Ungeniert gaffte er auf ihre Knie, die Waden und die Riemenstöckelschuhe. Die Absätze waren gerade Mal vier Zentimeter hoch – für Carl offensichtlich hoch genug, um sie anzustarren. Dann blickte er auf die Rundungen ihres engen Sweatshirts. In diesem Moment waren seine Gedanken wie ein offenes Buch. Doch selbst wenn Rose ihm in einem Kartoffelsack gegenübersäße, würde das nicht viel an der Situation ändern. Es war immer problematisch, wenn ein Klient zu ihr kam, der sich nicht freiwillig für eine Therapie entschieden hatte. In den nüchternen Räumen eines öffentlichen Psychotherapie-Zentrums in der Wiener Innenstadt wäre ihr das egal gewesen, doch die Praxis lag am Stadtrand in der Nähe ihrer Wohnung – und seine unmissverständlichen Blicke ließen sie frösteln. Zwar musste er erst einmal ihre Privatadresse herausfinden, doch bestimmt stellte das für jemanden wie Carl kein Problem dar. Immerhin war er vom Gericht unter anderem wegen Stalkings verurteilt worden. Von Sitzung zu Sitzung bemühte er sich mehr, einen tieferen Einblick in ihre Privatsphäre zu erhaschen. Seit zwei Wochen interessierte er sich für ihren Wagen und die Fotos im Vorraum.

*Konzentrier dich auf den Fall deines Klienten!*

Rose atmete tief durch und begann das Gespräch mit einer Zusammenfassung der letzten drei Sitzungen. Sie sprach über sein einstiges Drogenproblem, sein aggressives Verhalten gegenüber Frauen und ging dann dazu über, wie sie seine Art und sein Verhalten einschätzte.

»Bisher wirken Sie auf mich wie jemand, der offen und geradlinig durchs Leben geht und nur dann Aggressionen in sich spürt, wenn er auf menschliche Fassaden stößt – wenn jemand vorgibt, etwas zu sein, was er nicht ist, oder eine Situation darstellt, die nicht zutrifft. Sei es Ihre Mutter, die ständig vortäuscht, sparen zu müssen, obwohl sie finanziell abgesichert ist, oder Ihre Tante in Dresden, die einen tiefreligiösen Glauben heuchelt, obwohl sie zwei uneheliche Babys abgetrieben hat.«

Carl nickte. Offensichtlich sah er sich selbst ebenfalls so.

»Weiter wirken Sie auf mich wie jemand, der keine unerledigten Dinge aus seiner Vergangenheit mit sich herumschleppen möchte. Ich denke da an das Gespräch mit Ihrem Vater kurz vor seinem Tod, wovon Sie mir das letzte Mal erzählt haben, das nicht zu Ende geführt werden konnte.«

Was immer Herr Boni seinem Sohn vor drei Jahren, am Tag seines Herzversagens, am Sterbebett sagen wollte, würden sie vermutlich nie erfahren.

»Außerdem haben wir herausgefunden, dass Sie eine tragische Kindheit durchlebt haben.«

»Wir mussten oft umziehen«, antwortete Carl. »Von Wien nach Köln, Leipzig und Dresden.«

Auch das stimmte, allerdings hatte Rose etwas anderes gemeint. Dennoch wollte sie kurz bei diesem Thema bleiben. »Wegen des Berufs Ihres Vater, nicht wahr? Er war Pianist.«

»Ja, aber kein gewöhnlicher«, korrigierte Carl. »Vater war Dom-Organist, ein seltener Beruf. Er spielte während der Messen die Orgel.«

Rose hob eine Augenbraue. »Interessant … Aber als ich eben von Ihrer Kindheit sprach, meinte ich etwas anderes. Die Verbrennungen an Ihrem Arm.«

Carls Miene erstarrte. Dieses Thema schien für Rose der Knackpunkt zu sein. Sie sollte nachhaken und Carl dazu bringen, sich dem Konflikt zu stellen und seinen Gefühlen freien Lauf zu lassen. Doch er mied diesen Punkt wie ein Steuermann das gefährliche Riff in Küstennähe. Ein weiteres Indiz dafür, dass ihr Bauchgefühl zutraf.

Es wurde Zeit, eine vorläufige Diagnose für das Gerichtsgutachten abzugeben. Wie immer würde sie das mit dem Klienten besprechen. Sie holte das ICD-10-Formular aus der Mappe. »Falls Sie damit einverstanden sind, möchte ich eine emotionale Störung mit Beginn in der Kindheit und Jugend vorschlagen. Ich denke, das trifft auf Sie zu.«

Carls Nackenmuskeln spannten sich. »Wozu soll das gut sein?«

Rose bemühte sich um eine ruhige Stimme. »Niemand lässt sich gern analysieren oder sein Verhalten in Kategorien einordnen, aber anhand der *Internationalen Klassifikation psychischer Störungen* wird eine Erstdiagnose vorgenommen.«

»Wozu? Ich bin doch kein Kassenpatient.«

»Richtig, bei einer Auflage durch das Gericht fällt dieser Schritt häufig weg. Aber das ist nicht Ihre erste Therapie. Mir liegt eine alte Stellungnahme vom Gericht vor.« *Eigentlich drei …* Von Kollegen, die die Therapien mit ihm abgebrochen hatten.

»Mit dieser Diagnose möchte ich die Stellungnahme meines Vorgängers bestätigen und lediglich um einen Punkt erweitern: dass es sich in Ihrem Fall um ein Entwicklungstrauma handelt. Mehr erfährt das Gericht nicht.« Sie machte eine Pause. »Außerdem lege ich einen vorläufigen Situationsbericht vor, in dem ich festhalte, dass Sie clean sind, regelmäßig erscheinen und kooperativ sind. Diese Meldung geht gemeinsam mit der Bestätigung Ihres Hausarztes ans Gericht.«

Carls Gesichtszüge entspannten sich ein wenig. Das war ihre Chance, ihn wieder auf ihre Seite zu holen. »Einverstanden?«

Er blickte auf die Anzeige des Radioweckers. Fünfzehn Minuten waren vergangen. »Okay.« Er lehnte sich zurück.

Rose wusste, dass er keine andere Wahl hatte, als die Therapie mit ihr durchzuziehen. Andernfalls warteten drei Jahre Gefängnisstrafe wegen Kokainbesitzes, Stalkings und Körperverletzung auf ihn. Trotzdem sollte er nicht das Gefühl bekommen, wichtige

Entscheidungen würden über seinen Kopf hinweg getroffen werden. Daher fragte sie ihn: »Wollen Sie die Therapie bei mir weitermachen?«

Seine Augenbrauen zogen sich zusammen. »Habe ich eine andere Wahl?«

»Sie können die Therapie mit einer guten Begründung jederzeit abbrechen und eine andere Therapeutin wählen.«

»Nein, ist okay.«

»Das freut mich.«

»Wollen Sie gar nicht wissen, warum ich mit Ihnen weitermachen will?«

Die Frage erstaunte sie. »Natürlich interessiert es mich.«

Carl schluckte. Er ballte die Hand mehrmals zur Faust. »Ich finde Sie attraktiv.«

Rose blieb ernst. »Tatsächlich?«

»Ich mag die Lücke zwischen Ihren Schneidezähnen, wenn Sie lächeln … sieht irgendwie süß aus. Die kastanienroten Haare, die Ihnen ständig auf einer Seite ins Gesicht fallen. Dann ist immer nur ein Auge zu sehen. Dadurch wirken Sie sexy …« Er lächelte unbeholfen.

Oh Mann, sie hatte einen Verehrer. Und was für einen! Mit diesen unglaublich langen Wimpern und den intensiven blauen Augen hätte er garantiert viele Frauen rumgekriegt. Trotzdem musste es ihn einige Überwindung kosten, das zu sagen. Erneut starrte er auf ihre dünnen Fesseln und die Oberschenkel, die sich unter dem Stoff des Rocks abzeichneten. Sie war mit einem schlanken Körper gesegnet, für dessen Erhaltung sie sich zum Glück durch kein Aerobic oder Bauch-Beine-Po-Programm quälen musste. In ein paar Monaten würde sich das aufgrund ihrer Schwangerschaft sicher ändern, doch bisher war nichts davon zu sehen. Sie dachte an den Vater des Kindes, der sich schon auf das Baby freute – zumindest hatte er das behauptet, und sie wollte ihm glauben.

Seit sie ihren Exmann vor drei Jahren mit einer anderen im Bett erwischt hatte und er daraufhin ausgezogen war, hatte sie schon öfter gehört, dass sie für ihr Alter – mittlerweile vierzig – gut aussah. Vielleicht lag es an ihren strahlend grünen Augen, dem Gefühl, endlich ihr eigenes Leben zu leben, oder auch nur an ihrer zweitausend Euro teuren Bräunungskabine. Durch die zahlreichen Stunden auf der Sonnenbank, in denen sie Miles Davis, Duke Ellington und langsamen, besinnlichen Bar Jazz hörte, sah man zwar immer häufiger ihre Lachfalten, aber das war ihr gleichgültig. Es klang oberflächlich, doch sie brauchte Sonne, Wärme und den Geruch gebräunter Haut, damit sie sich wohlfühlte. Nun fand sie ein Knabe, der siebzehn Jahre jünger war als sie, sexy. Irgendwie reizvoll – aber völlig unbrauchbar.

»Ist das hilfreich für Sie?«, fragte sie.

»Wie bitte?«

»Ist das hilfreich für Sie, wenn Sie mich attraktiv finden?«, wiederholte Rose. Offensichtlich nahm sie ihm mit der Frage den Wind aus den Segeln.

»Äh … nein, aber …« Er dachte nach. »Ich fühle mich zu Ihnen hingezogen.«

Die Situation wurde heikel. Rose dachte an Carls Verurteilung wegen Stalkings. Er versuchte diese Masche nicht zum ersten Mal. Falls es ihm tatsächlich gelang, in ihr Privatleben einzudringen, war sie auf sich allein gestellt – in dieser Hinsicht konnte sie sich auf den Vater ihres Kindes nicht verlassen. Außerdem musste sie verdammt aufpassen, dass keiner der beiden hinter ihr kleines Geheimnis kam.

»Im Moment sind wir zwar nicht mehr beim Thema, sondern bei unserer Beziehung – aber lassen Sie uns trotzdem kurz darüber reden«, schlug Rose vor. »Angenommen ich gefalle Ihnen, aber ich kann Ihre Erwartungen nicht erfüllen … sind Sie dann enttäuscht?«

Er dachte nach, gab jedoch keine Antwort.

Sie ließ ihm Zeit. Als er nichts sagte, formulierte sie die Frage anders. »Würden Sie aggressiv reagieren, falls ich Ihre Erwartungen nicht erfüllen könnte? Würde das unsere Therapie gefährden?«

Er blähte die Wangen. »Nein, vermutlich nicht.«

»Schön.« Sie lächelte. »Ich würde heute gern mit Ihnen über Ihre Kindheit sprechen.«

»Ich habe gesehen, dass draußen ein metallic-grüner Smart steht. Ihr Wagen, nicht wahr? Klein, aber fein. Passt zu Ihnen. Auf der Armaturenablage sitzt ein Stofftier … ein Pu-Bär. Mögen Sie Bären?«

»Mögen *Sie* Bären?«, entgegnete sie.

Er reagierte nicht.

Rose dachte an den Glücksbringer mit dem bedruckten T-Shirt. *Bleib cool!* Ihre Freundin hatte ihr das Tier zum vierzigsten Geburtstag geschenkt. Petra Lugretti arbeitete als Richterin, hatte Einblick in viele von Roses Gerichtsgutachten und wusste, wovon sie sprach. Sie hatte Carl an sie vermittelt.

Da Carl immer noch nicht geantwortet hatte, fuhr sie fort. »Sie haben Ihre Kindheit doch in Wien verbracht …«

Er nickte zur Kommode unter dem Fenster. »Ich habe gesehen, dass Sie ein Buch über Schwangerschaft lesen.« Für einen Augenblick streifte er mit seinem Blick ihren Bauch. Er schmunzelte verlegen. »Bekommen Sie etwa ein Baby?«

»Wenn es so wäre, würde Sie das schockieren?«

Er antwortete nicht, aber sie sah, wie er sich den Kopf zerbrach. Als Nächstes wollte er von ihr vielleicht wissen, warum sie sich vor drei Jahren hatte scheiden lassen und allein lebte. Sie hätte gleich bei der ersten Sitzung ihren alten Ehering tragen sollen – das Schmuckstück mit den drei eingefassten Diamanten schreckte manche Männer ab, neugierige Fragen zu stellen.

»Carl, ich würde gern mit Ihnen über Ihre Kindheit sprechen. Einverstanden?«

»Darf ich Sie Rose nennen?«, fragte er.

Sie atmete geräuschvoll aus. Er gab nicht so leicht auf. Aber sie musste die Situation unter Kontrolle bringen, denn sie wollte den

Fall nicht abgeben – einerseits wollte sie Carl helfen, andererseits aus Neugierde und Interesse dranbleiben.

»Welchen Unterschied würde das für Sie machen?«, fragte sie.

Er richtete sich abrupt in der Couch auf. »Sie stellen jedes Mal eine Gegenfrage! Ich möchte Sie ja nicht duzen, Rose, aber es würde mein Vertrauen zu Ihnen stärken.«

»In Ordnung.« Sie legte die Mappe beiseite. »Offensichtlich ist das ein Thema, das Sie im Moment stark beschäftigt. Reden wir darüber.«

»Ja, gut. Was ist schon großartig dabei, wenn ich Sie Rose nenne?« Unbewusst raffte er die Pulloverärmel auf. Seine sehnigen Muskeln spannten sich. Erneut wurde das rosafarbene Narbengewebe an der Innenseite der Unterarme sichtbar. Eine alte Brandwunde ohne Haare, einem Strang aus Knoten und Falten gleich. Es ließ sich nicht sagen, wie weit die Narben hinaufreichten. Möglicherweise bis zu den Oberarmen.

»Finden Sie mich unsympathisch oder abstoßend?«

»Darum geht es nicht. Meiner Meinung nach sollte eine professionelle Distanz zwischen Klient und Therapeut herrschen«, erwiderte sie. »Ich bin in den Sitzungen für Sie da, ich begleite Sie, damit Sie, im übertragenen Sinne, besser laufen lernen – aber ich bin kein Teil Ihres Lebens.«

»Oh doch, das sind Sie! Ich habe mich dafür entschieden, die Therapie bei Ihnen zu machen. Dadurch *werden* Sie zu einem Teil meines Lebens.«

»Richtig, ich begleite Sie für eine kurze Etappe, aber ich bin nicht *immer* für Sie da, wie beispielsweise Ihre Mutter oder Ihre Tante.«

»Aber in dieser Zeit könnte ich Sie doch Rose nennen?«

Sie schüttelte den Kopf. »Später würde es Ihnen schwerfallen, sich zu lösen. Aber das müssen Sie am Ende einer Therapie.«

Er schwieg.

»Dieses Ende erreichen wir nur dann, wenn wir uns bestimmten Themen nähern – auf professionelle Art und Weise und nicht wie bei einem Kaffeetratsch unter Freunden.«

Er blickte zu Boden.
»Ich würde heute gern mit Ihnen über Ihre Kindheit sprechen.«
Carl sagte nichts. Stattdessen verschränkte er die Arme.
»Wurden Sie streng erzogen?«, fragte sie.
»Ich weiß es nicht.«
»Was wissen Sie nicht?«
»Was bedeutet schon streng?«
»Was glauben Sie, sind die Anzeichen für eine strenge Erziehung?«, fragte sie.
»Ich weiß es nicht.«
»Wenn Sie die Antwort wüssten, wie würde sie lauten?«
Er dachte nach. Für einen Moment schien es, als hätte er seinen Groll vergessen. »Nun, ich nehme an, solche Kinder haben vielleicht Blutergüsse im Gesicht oder auf den Unterarmen, blicken zu Boden, sind schweigsam oder zucken zusammen, wenn sie die Stimme des Vaters hören.«
Rose atmete erleichtert auf. »Was für eine Auswirkung hätte eine strenge Erziehung auf solche Kinder? Wie würde sich ihr Verhalten ändern?«
»Ich weiß es nicht.«
»Wenn Sie ein Experte wären und es wüssten, welche Anzeichen könnte es geben?«
Er löste die verschränkten Arme. Zum ersten Mal seit ihrem Disput blickte er Rose wieder an. »Vielleicht hätten sie Schlafstörungen. Möglicherweise würden sie Bilder malen, würden ins Bett machen oder ihr Essen erbrechen.«
»Haben Sie jemals Ihr Essen erbrochen?«
»Können wir über etwas Erfreulicheres reden?« Seine Arme schlossen sich wieder.
*Mist!*
»Natürlich könnten wir über etwas Erfreulicheres reden. An welches Erlebnis Ihrer Kindheit erinnern Sie sich gern?«
*In meiner Kindheit gab es keine erfreulichen Ereignisse,* schien sein Blick zu sagen.

»Reden wir über *Ihre* Kindheit«, schlug er vor. »Warum haben Sie sich dafür entschieden, Psychotherapeutin zu werden? Was war *Ihr* Problem, das Sie damit zu lösen versuchten?«

»Wir unterhalten uns über Sie, nicht über mich.«

Er ignorierte ihre Antwort. »Was war *Ihr* Knackpunkt?«

Rose hatte keine Scheu davor, mit Fremden über ihre Probleme zu reden – vor allem die mit ihrer Mutter. In über dreihundert Stunden Selbsterfahrung hatte sie nichts anderes getan. Noch heute besprach sie ihre Ängste und Probleme mit ihrem Supervisor – aber nicht mit Klienten.

»Sie haben recht. Es gab einen Knackpunkt in meinem Leben – wie im Leben fast aller meiner Kollegen und Kolleginnen. Warum sollten wir uns sonst für Psychologie interessieren? Doch ist hier und jetzt nicht der richtige Zeitpunkt, um darüber zu sprechen.«

»Warum?«

»Es würde Sie zu sehr von Ihnen ablenken, und ich möchte vermeiden, dass Sie damit beginnen, Probleme anderer zu analysieren, statt sich mit Lösungen für Ihre zu beschäftigen.«

Carl fixierte sie mit seinen intensiven blauen Augen, als wollte er abschätzen, wie sie auf seine nächsten Sätze reagieren würde. »Ich mache Ihnen einen Vorschlag.«

Rose lehnte sich zurück. Nun würde der Psychokrieg beginnen. Exakt in der vierten Stunde. Sie hatte sich schon gefragt, wann und wie er loslegen würde. Sie nickte auffordernd.

»Ich bin nicht hier, um über meine Kindheit zu reden, sondern um meine Aggressionen und mein Drogenproblem in den Griff zu bekommen. Mein Vorschlag: Ich erzähle Ihnen, was Sie wissen wollen, wenn Sie mir etwas aus Ihrem Privatleben preisgeben.«

Das war also der Grund, weshalb ihre Vorgänger den Fall abgegeben hatten. Carl war raffiniert. Er hatte sich ihnen zu sehr genähert, sie möglicherweise sogar gestalkt. Vielleicht konnten sie mit dieser Situation nicht umgehen und hatten Angst bekommen. In Fachkreisen wurde Carls ruhiges und scheinbar liebenswertes und interessiertes Verhalten als »passiv aggressiv« bezeichnet. In dieser

Situation genügte ein Gespräch mit dem Supervisor, der ihr raten würde, den Fall sofort abzugeben. Rose hatte im Lauf ihrer Karriere viele Therapeuten ausbrennen sehen, bis sie sich schließlich ganz zurückzogen. Doch sie war zu erfahren, um sich auf dieses gefährliche Quid-pro-quo-Spiel einzulassen. Je mehr Carl über sie erfuhr, umso mehr würde er es gegen sie verwenden.

»Hätten wir uns unter anderen Umständen kennengelernt, würde ich gern mit Ihnen auf privater Ebene plaudern, doch nicht während unserer Sitzungen«, antwortete sie. »Wir sollten uns auf Ihre Gefühle konzentrieren.«

»Meine Gefühle gegen Ihre Gefühle – so lautet mein Vorschlag.« Carl blickte aus dem Fenster, als ginge ihn das alles nichts an.

Sie hatte ihn verloren. »Ich möchte Ihnen eine Assoziationsübung vorschlagen. Ich nenne Ihnen …«

»Nein.« Er blickte immer noch aus dem Fenster. »Ich sagte Ihnen schon, dass ich nur dann etwas erzähle, wenn *Sie mir* etwas erzählen.«

»Gut.« Rose blieb ruhig. Bloßes Reden hatte in dieser Situation keinen Sinn mehr. Sie musste visuelle Reize ins Spiel bringen. Also stand sie auf, ging zur Flipchart und teilte das weiße Blatt mit einem Filzstift in zwei Hälften.

»Wir könnten den Moment nutzen, um Ihre Gefühle in diesem Augenblick grafisch darzustellen. Links ist Ihre *Wohlfühlecke* und rechts das sogenannte *Niemandsland.* Welche Bilder kommen Ihnen spontan in den Sinn, wenn Sie sich …«

»Gar keine.«

Rose stöpselte den Filzstift zu und ging zum Bücherbord an der gegenüberliegenden Wand, wo sich einige Plastikfiguren befanden: Asterix, Idefix, Micky Maus, eine Prinzessin, eine Hexe, ein Schaf und der Sensenmann mit schwarzer Kutte.

»Oder wir stellen Ihre Gefühle auf dem Tisch als innere Bühne dar. Welche dieser Figuren könnten Ihren Zorn, Ihre Wut symbolisieren? Welche stünde für Liebe, Leidenschaft, Angst oder Selbstverliebtheit?«

Carl warf einen Blick auf die Figuren. »Das ist doch Quatsch. Ich bin keine Fünfjährige, die mit Puppen spielt.«

»Richtig, mit Erwachsenen funktioniert dieses Spiel auch anders …« Sie beendete den Satz nicht und stellte die Prinzessin zurück ins Regal.

Er blickte sie an. »Und wie?«

Sie ließ sich mit der Antwort etwas Zeit. »Es nennt sich Externalisieren. Wir einigen uns auf eine imaginäre Figur, beispielsweise Ihre Aggression, und geben ihr eine Gestalt. Viele Klienten verwenden häufig den Teufel, einen Zwerg oder den Sensenmann.« Rose nahm einen freien Stuhl und schob ihn zum Tisch. »Wir laden diese Person ein, sich zu uns zu setzen, und interviewen sie.«

Carl schielte auf den freien Stuhl. »Was würden wir fragen?«

»Warum die Aggression beispielsweise so oft zu Ihnen kommt. In welcher Situation? Wann sie wieder verschwindet.«

»Was würden wir noch fragen?«

»Das Interview lässt sich nicht planen. Viele Fragen entstehen spontan.« Rose nahm Platz. »Wie würde Ihre Aggression aussehen? Wie der Tod?«

»Wie eine weiße Taube.«

Im ersten Moment dachte Rose, er wollte sie veräppeln, doch an seinem Gesichtsausdruck merkte sie, dass er es ernst meinte.

Eine weiße Taube war ein schöner, ästhetischer Vogel – zumindest in ihren Augen. Auf eine gewisse Weise ruhig, friedlich und … vielleicht sogar heilig.

»Laden wir die Taube ein, sich zu uns zu setzen.«

Er dachte eine Weile nach, dann schüttelte er den Kopf. »Nein, das ist doch Quatsch.«

Rose blickte auf die Uhr. Die Stunde war beinahe um, und sie hatte nichts erreicht, außer dass sie seine verbalen Annäherungsversuche abgewehrt hatte. Doch wenigstens eine Sache hatte sie herausgefunden: In seinen Augen war die Aggression eine weiße Taube – ein *weiblicher* Vogel.

Bestimmt wollte er nicht deshalb auf ein Assoziationsspiel, eine visuelle Flipchartübung, die innere Bühne oder das Externalisieren einsteigen, weil es ihm zu kindisch war, sondern weil er genau wusste, worauf diese Methoden abzielten: mehr über seine Kindheit preiszugeben. Sicher war es ihm peinlich, mit ihr darüber zu reden oder etwas Neues über sich zu erfahren.

Nun blickte auch Carl auf die Uhr. »Machen wir nächstes Mal weiter?«

»Natürlich, wir haben noch viel Arbeit vor uns. Aber zum Abschluss habe ich eine Bitte an Sie.«

»Soll ich zur nächsten Sitzung meine eigenen Figuren mitnehmen?« Seine Frage klang sarkastisch.

»Nicht notwendig. Ich möchte Sie etwas anderes fragen.«

Ihrer Meinung nach blockierte Carl die Therapie deshalb, weil er sich in einem Vier-Augen-Gespräch gehemmt fühlte, über seine Kindheit zu reden. Aber es gab eine Möglichkeit, diese Sperre zu umgehen.

Rose erhob sich, nahm aus einer Schublade ihr zweites, älteres Diktafon und legte neue Batterien und eine Fünfzig-Minuten-Kassette ein.

»Ich möchte Ihnen dieses Tonbandgerät mit nach Hause geben. In einer stillen Minute, wenn Sie allein und ungestört sind und Ihnen danach ist, können Sie Ihre Gefühle daraufsprechen.«

Carl nahm das Gerät. »Und was passiert mit der Kassette?«

»Wenn Sie wollen, werfen Sie das Band in meinen Briefkasten. Nur ich werde es hören, niemand sonst.«

»Trotzdem glaube ich nicht, dass ich etwas daraufsprechen werde.«

»Sie müssen nicht.«

»Okay.« Langsam ließ er das Gerät in der Jeanstasche verschwinden.

Innerhalb der folgenden vier Wochen hatte Carl die Sitzungen zwar abgesagt, aber er war mehrmals bei ihrem Haus gewesen und hatte etwas in den Postkasten geworfen: insgesamt fünf Bänder.

Er hatte die gleichen Kassetten gekauft und bis zur letzten Minute mit Material besprochen, das Rose den Atem raubte, je öfter sie die Bänder hörte. Nun konnte sie sich zusammenreimen, woher die Brandnarben stammten. Sie wusste, die nächste Sitzung würde eine der aufschlussreichsten werden.

# 2. Teil

*Dienstag, 24. Mai*

*»Die Erforschung der Krankheiten*
*hat so große Fortschritte gemacht,*
*dass es immer schwerer wird,*
*einen Menschen zu finden,*
*der völlig gesund ist.«*

Aldous Huxley

## 14

In der vergangenen Nacht hatte Helen kein Auge zugetan. Ständig waren ihr dieselben Gedanken durch den Kopf gegangen, in diesem halb wachen Zustand aus Angst, Zweifel und Selbstvorwürfen.

Auch wenn es völlig unglaubwürdig klang: Frank könnte Anne Lehner den Ring tatsächlich geschenkt haben. Unterhielt ihr Mann ein Verhältnis mit ihrer Klientin? Falls ja, seit wann waren sie zusammen und weshalb war Anne überhaupt in ihre Praxis gekommen? Möglicherweise war Annes Entführer einer ihrer Exfreunde, der sich an Frank rächen wollte. Vielleicht war der Entführer sogar ein Klient von Helen.

Je länger sie darüber nachdachte, desto größer wurde ihr Misstrauen gegen Frank. Sie konnte ihm unmöglich von der Entführung erzählen. Nicht nur der Ring mit der Gravur schürte ihren Verdacht, sondern auch Franks Kreditkartenabrechnung, die Kondome in seiner Tasche und der fremde Wohnungsschlüssel. Möglicherweise verbarg er weitere Geheimnisse, von denen sie nicht den blassesten Schimmer hatte. Außerdem bangte sie um Annes Leben. Eine falsche Entscheidung, und der Erpresser würde ihre Klientin weiter verstümmeln.

Als Helen im Morgengrauen endlich Schlaf gefunden hatte, läutete der Wecker. Am liebsten wäre sie liegen geblieben, doch Dusty brauchte etwas zu fressen … und sie selbst einen starken Kaffee und einen guten Plan, wie sie den Tag überstehen konnte.

Das Frühstück verlief nahezu wortlos. Frank war angespannter als je zuvor. So kannte sie ihn nicht. Er blickte ständig auf die Armbanduhr, telefonierte erfolglos und schrieb E-Mails auf seinem Blackberry. Als sie ihn fragte, ob er Probleme habe, verwies er auf einen schwierigen Gerichtsfall. *Ausreden!* Ihr Bauchgefühl sagte ihr, dass er sie belog. Er hatte in seiner Karriere Dutzende schwierige Fälle gelöst und verfügte über die Gabe, Bürostress und Privatleben zu trennen. Etwas belastete ihn, und sie glaubte, den Grund dafür zu kennen.

»Bist du heute den ganzen Tag im Büro?«, fragte sie, als er mit der Aktentasche im Arm und dem Autoschlüssel in der Hand auf sie zukam.

»Leider – es wird sicher spät.« Er gab ihr einen Kuss auf die Wange. »Falls du Zeit hast, kümmere dich bitte um die Feier.«

»Natürlich.« Sie versuchte zu lächeln. »Aber auch ich habe einen harten Tag. Eine schwierige Klientin hat einen Termin, Anne Lehner, und dann habe ich noch fünf weitere Termine«, log sie.

»Anne Lehner kommt heute?«, unterbrach er sie und wurde aschfahl. »Du hast mich doch gestern nach ihr gefragt«, fügte er scheinbar desinteressiert hinzu, als wollte er seine überhastete Reaktion überspielen.

*Das ist dir aber nicht gelungen.* »Ja. War nur so ein Gedanke«, sagte sie. »Ich dachte, du kennst sie.«

Frank schüttelte den Kopf. »Bis heute Abend.« Er verschwand durch die Tür.

Im nächsten Augenblick hörte sie die Wagentür, und dann raste der rote Lamborghini am Grundstück vorbei. Helen trat durch die Terrassentür ins Freie. Sie sah, wie Franks Wagen im Ort verschwand. Eigentlich war es gar nicht sein Auto. Sie hatte ihm den Lamborghini von der Hinterlassenschaft ihrer Eltern gekauft. Die Papiere lauteten auf ihren Namen, aber er fuhr den Wagen. Sie war mit ihrem kleinen Toyota vollauf zufrieden.

Dusty schmiegte sich an ihre Beine und rieb sein Fell an ihren nackten Waden. »Ist ja gut, mein Kleiner. Komm, wir holen die Post.«

Sie lief in Turnschuhen durch die Wiese. Der Morgentau glitzerte in der Sonne, die über den Bergen hing. Der Jauchegeruch von gestern hatte sich verzogen. Helen kam zum Briefkasten. Der

Forstweg, der an den Glashäusern und der stillgelegten Mühle vorbei in den Kiefernwald führte, war menschenleer. Einige Tauben gurrten auf der Hochspannungsleitung.

Sie holte die Post aus dem Kasten. Dusty warf sich neben ihr in die Wiese und wälzte sich auf dem Rücken.

»Ja, mach dich nur schön dreckig, damit ich wieder das ganze Haus putzen kann!« Sie kniete nieder und kraulte seinen Bauch. Er stieß ein kehliges *Wuff* aus.

Da fiel ihr Blick in die Zeitungsbox. Werbebroschüren und *Die Presse* steckten drin. Außerdem eine weiße Schachtel. Helen bekam ein flaues Gefühl im Magen. *Bitte, nicht schon wieder!* Sie holte ein Taschentuch aus den Jeans und fingerte damit die Schachtel aus der Zeitungsbox.

Dusty sprang auf und eilte ihr schwanzwedelnd entgegen. Gierig sprang er an ihr hoch.

»Aus!«, ermahnte sie ihn.

*Frau Dr. Helena Berger* stand auch diesmal auf dem Deckel.

Vorsichtig öffnete sie mit dem Taschentuch den Deckel. Ein Spalt genügte, um zu erkennen, dass ein menschlicher Daumen auf dem roten Filz lag. Helen wurde schwindelig. Mit zitternden Fingern schloss sie den Karton. Sie spürte, wie ihre Knie weich wurden. Wann würde dieser Albtraum enden?

Obwohl der Verrückte damit drohte, schreckliche Dinge mit Anne Lehner anzustellen, falls Helen nicht seinen Spielregeln gehorchte, musste sie Ben Kohler informieren. Sonst hatte sie einen Mord auf dem Gewissen.

Als ihr Handy in fünfzehn Metern Entfernung auf dem Gartentisch läutete, zuckte sie zusammen. Sie stand wie paralysiert da und tat nichts. Dusty lief kläffend über den Rasen, machte kehrt und rannte zu ihr zurück.

Endlich verstummte das Handy. Helen atmete tief durch, nahm die Post und ging zum Haus. Sie stopfte die Schachtel mit dem Taschentuch ins Gefrierfach, wo noch immer der andere in Folie eingewickelte Finger lag. Die Schachtel mit Anne Lehners Ring befand sich nach wie vor hinter den Büchern im Regal. Sie musste dieses Versteckspiel beenden, sonst würde sie durchdrehen.

Helen setzte sich auf die Terrasse in die Morgensonne. Obwohl die Strahlen ihr Gesicht wärmten, fröstelte sie. *Ein Anruf in Abwesenheit – unbekannter Teilnehmer* leuchtete auf dem Handydisplay.

Er würde es wieder versuchen. Im selben Moment läutete das Handy. Der schrille Ton ließ sie zusammenzucken. Mit eiskalten Fingern griff sie zum Telefon.

»Hallo?«

Sie erkannte ihn am Atemgeräusch.

»Guten Morgen, Frau Doktor.«

Sie hasste diese elektronisch verzerrte Stimme.

»Wen habe ich entführt und warum? Ihnen bleiben noch etwas mehr als vierundzwanzig Stunden Zeit für die Antwort.«

»Sie haben Anne Lehner entführt«, krächzte Helen.

Er schwieg eine Weile. Schließlich sagte er: »Die Antwort ist falsch.«

Helen war wie vor den Kopf gestoßen. Wie konnte er das behaupten? Die Antwort war richtig! Sie hatte den Ring an Annes Hand gesehen.

»Ich möchte mit ihr sprechen«, verlangte Helen.

»Nein.«

»Sie haben es versprochen!«, rief sie ins Telefon. »Sie sagten, Sie würden mich mit ihr reden lassen, sobald sie wieder bei Bewusstsein ist.«

Helens Herz raste wie verrückt. Sie hörte Rascheln, danach Schritte, das Quietschen einer Tür und das Öffnen einer Luke. Wiederum Schritte. Helen presste das Handy ans Ohr, damit ihr kein Geräusch entging. Sie glaubte, das Stöhnen einer Frau zu hören. Das grässliche Ratschen von Klebeband ließ sie zurückfahren.

Plötzlich hörte sie das verzweifelte Kreischen einer Frau. »Helfen Sie mir! Bitte! Ich werde gefangen gehalten! Ich …«

Die Stimme verstummte. Die Luke schlug zu. Schritte hallten durch einen Gang.

Helen war vollkommen verstört. Die Worte der Frau gingen ihr nicht aus dem Kopf. Vor allem aus einem Grund: Es war die Stimme von Anne Lehner gewesen! Jener Frau, die seit einem halben Jahr bei ihr in Therapie war.

»Diese Frau heißt Anne Lehner!«, wiederholte sie.

»Nein. Sie haben bis morgen früh Zeit«, sagte der Entführer. »Liefern Sie mir die richtige Antwort, bleibt die Frau am Leben – falls nicht, oder falls Sie mit jemandem über unser Spiel oder dieses Gespräch reden, stirbt sie.«

»Das sind Ihre Spielregeln?«

»Ja. Bis morgen.«

»Halt! Warten Sie …« Helen lauschte. Er hatte noch nicht aufgelegt. Sie stand auf und ging ins Haus. »Ich möchte, dass Sie dranbleiben und zuhören, damit Sie wissen, dass ich *nicht* gegen Ihre Regeln verstoße.«

Sie hielt vor der Kleiderablage im Vorraum. Neben dem Stehkalender auf der Kommode stand das Festnetztelefon, das sie immer noch nicht abgemeldet hatte, da Franks Modem für den Internetanschluss an der Buchse hing.

»Bleiben Sie dran, und hören Sie zu.« Helen legte das Handy neben den Kalender und griff zum Telefonhörer. Ihr Herz schlug bis zum Hals. Sie wählte die Nummer von Ben Kohlers Dienststelle. Aus irgendeinem Grund kannte sie die Nummer nach all den Jahren immer noch auswendig.

Es läutete dreimal, dann hob eine Frau ab.

Helens Finger wurden eiskalt und schweißnass. »Ich möchte mit Inspektor Ben Kohler sprechen.«

»Tut mir leid, der ist noch nicht auf dem Revier. Wer spricht bitte?«

»Helen Berger.«

Sie hörte, wie die Frau etwas notierte. »Ist es privat, oder darf ich Sie zu einem Kollegen verbinden?«

Viele von Bens Kollegen kannten sie noch aus jener Zeit, als sie Täterprofile für die Mordgruppe erstellt hatte. Den meisten war der Fall Winkler bestimmt noch unangenehm in Erinnerung. Dementsprechend reserviert würden sie auf Helens Anruf reagieren.

»Verbinden Sie mich bitte.«

Helen wartete. Schließlich meldete sich ein Mann. Sie erkannte Oliver Brandstätters Stimme und atmete erleichtert auf. Er hatte früher ebenso wie Ben bei der Wega gearbeitet und war später in der Mordgruppe des BKA Bens Partner geworden. Vermutlich war er in der Zwischenzeit auch schon Chefinspektor. Oliver war Kärntner und ein zynischer Hund, trotzdem war er als Einziger auch nach dem Fall Winkler immer fair und freundlich zu ihr gewesen.

»Hallo Oliver, hier spricht Helen.«

»Helen, Süße. Was kann ich für dich tun?«

»Eine meiner Klientinnen ist gestern nicht zur Therapie erschienen. Ihr Name ist Anne Lehner. Ich mache mir Sorgen, denn ich kann sie weder am Handy noch am Festnetz erreichen.«

Sie hoffte, dass der Entführer am Handy genau zuhörte, denn sie spielte nach seinen Regeln. Da er behauptet hatte, Anne Lehner sei der falsche Name, schwebte sein Opfer nicht in Gefahr. Außerdem hatte Helen mit keinem Wort die Entführung oder das Spiel des Verrückten erwähnt.

»Anne Lehner«, wiederholte Oliver. »Einen Moment …«

Helen massierte ihre Schläfe. Sie wusste nicht, was sie damit erreichen würde. Sicher bekam sie zu hören, dass eine Person erst achtundvierzig Stunden vermisst sein müsse, bevor die Kripo einschreite. Verdammt! Sie hätte Oliver erzählen sollen, dass sie Anne seit *zwei* Tagen nicht erreichen konnte.

Da meldete er sich wieder. »Wissen wir bereits. Sie wurde uns als vermisst gemeldet.«

Helen blieb die Luft weg. »Tatsächlich?«

»In ihrer Wohnung wurden Spuren eines Einbruchs entdeckt – nach der Frau wird seit gestern Abend gesucht. Weißt du etwas darüber?«

»Nein«, beeilte sich Helen zu sagen. Ihr fiel ein Stein vom Herzen. Die Kripo arbeitete also bereits an dem Fall. Nur wussten die Beamten nicht, dass Anne bereits zwei Finger fehlten und sie morgen früh sterben würde, falls sie, Helen, den Grund für die Entführung nicht erriet.

»Du solltest trotzdem aufs Revier kommen, um eine Aussage zu machen«, riet Oliver.

Helen schielte zu ihrem Handy. Noch stand die Verbindung zu dem Entführer. »Ich kann heute nicht von der Praxis weg. Morgen«, schlug sie vor.

»In Ordnung. Aber komm nicht zu uns, sondern zu den Kollegen von der Fahndung. Du weißt ja, wo die sitzen.« Oliver legte auf.

Helen ließ den Hörer sinken. Rasch nahm sie das Handy. »Hören Sie! Ich habe die Frau nicht als vermisst gemel…« Die Verbindung wurde unterbrochen.

Nachdem Helen das Frühstücksgeschirr in die Spülmaschine geräumt hatte, läutete das Festnetztelefon. Auf dem Display sah sie Bens Nummer. Sie atmete tief durch und hob ab. »Helen Berger«, meldete sie sich.

»Hallo Helen«, sagte er.

Sie hatte seine Stimme seit drei Jahren nicht mehr gehört. Doch die zwei Worte genügten, und sie sah ihn im Geiste vor sich. Hochgewachsen, breitschultrig, kurzes blondes Haar, eisblaue Augen und ein Tattoo auf dem Oberarm. Ein Greif mit ausgestreckten Krallen; das Abzeichen der Wega.

»Du hast auf dem Revier angerufen.«

»Ich mache mir Sorgen um Anne Lehner. Eine Klientin, die ich seit gestern nicht erreichen kann.«

»Oliver hat dir ja bereits erzählt, dass sie vermutlich aus ihrer Wohnung entführt wurde. Mach dir keine Sorgen, wir finden sie.« Er machte eine Pause. »Hast du eine Idee, wer dahinterstecken könnte?«

*Wenn ich das bloß wüsste!*

»Nein, leider. Wer hat sie als vermisst gemeldet?«

»Ein anonymer Anrufer. Auf Anne Lehners Mobilbox ist eine merkwürdige Nachricht zu hören, dass sie im Moment verhindert sei.«

*Ich weiß. Das ist der Kerl. Finde ihn! Er hat ihr schon zwei Finger abgeschnitten.*

»Helen? Alles in Ordnung?«

»Ja, danke.« Sie räusperte sich. »Wie geht es dir?«

»Das fragst du nach drei Jahren?«, entgegnete er. Plötzlich klang er bedrückt. »Wie geht es *dir?*«

»Ich bin verheiratet.«

»Ich weiß, mit Staatsanwalt Berger. Ein Kotzbrocken, wenn du mich fragst. Er hat mich zu seiner morgigen Geburtstagsfeier eingeladen.«

»Warum kommst du dann, wenn du ihn zum Kotzen findest?«

»Weil ich dich sehen will.«

Helen biss sich auf die Lippe. *Oh bitte, tu mir das nicht an.*

»Ich verstehe nicht, wie du Berger heiraten konntest«, brach es im nächsten Moment aus ihm heraus.

Helen schnappte nach Luft. Das war typisch für Ben! Kaum entstand ein wenig Vertrautheit, zerstörte er das Gefühl im nächsten Augenblick.

»Auch wenn du Frank zum Kotzen findest, er war damals der Einzige, der mir geholfen hat.« Sie wollte nicht, dass es wie ein Vorwurf klang. Außerdem hatte sie es nicht nötig, sich bei Ben für ihre Ehe mit Frank zu entschuldigen.

»Ich weiß, es war ein ziemlicher Mist damals«, sagte er. »Sobald fremde Interessen im Spiel sind, wird es schmutzig. Aber das hast du gewusst. Es war dein Job, Täterprofile zu erstellen.«

»Darum bin ich ausgestiegen.«

»Hab ich gehört. Wie läuft deine Praxis?«

»Gut, danke.« *Bis auf den Kontakt zu einem verrückten Entführer.*

»Ich habe gehört, du hast ein Buch geschrieben.«

»Ja, vor zwei Jahren, über mein Fachgebiet.«

»Missbrauch und dissoziative Persönlichkeitsstörung bei Jugendlichen.«

»Richtig.« Dass er sich daran noch erinnern konnte! »Im Moment korrigiere ich die Endfassung für ein zweites Buch.« Doch die Arbeit an dem Thema konnte die Erinnerung an Flo nicht vertreiben.

Plötzlich liefen ihr Tränen über die Wangen. »Ich muss jeden Tag an Flo denken, an seine Kulleraugen, seinen Stoffbären, den er ständig drehte und mit dem er um die Wette brummte …«

»Helen, bitte! Hör auf!«

Sie wischte sich die Tränen aus dem Gesicht. »Hast du dir je überlegt, warum Winkler uns das angetan hat?«

»Jeden verdammten Tag«, antwortete er. »Willst du meine Meinung hören? Er war sich seiner Sache zu sicher. Er dachte nicht, dass du ihn überführen könntest. Er wollte sich an dir rächen und dir eine Lektion erteilen. Deshalb hat er sich für meinen Sohn entschieden.«

Ihre Magenkrämpfe sagten ihr, dass Ben recht hatte.

»Es tut mir leid«, sagte er. »Ich habe es nicht so gemeint. Ich habe zu tun, wir sehen uns morgen Abend, okay?«

»Danke.« Sie legte auf.

Noch vierundzwanzig Stunden, rief sie sich in Erinnerung. Sie war einen Schritt weitergekommen. Mittlerweile glaubte sie den Grund für Franks Nervosität und Anspannung zu kennen. Bestimmt war er der anonyme Anrufer gewesen, der Anne Lehner gestern als vermisst gemeldet hatte.

Helen blickte zur Uhr. Es war kurz nach acht. In einer Stunde kam ihr erster Klient. Bis dahin hatte sie Zeit, etwas zu unternehmen. Sie wollte noch einmal Franks Arbeitszimmer durchsuchen. Aber diesmal gründlicher.

# 15

Gestern am späten Abend hatte Sabine den Saustall in ihrem Büro bereinigt, den Sneijder bei der Suche nach seiner Kassette hinterlassen hatte. Danach verbrachte sie die Nacht in der Wohnung ihrer Schwester. Eingezwängt zwischen Kerstin, Connie und Fiona im großen Doppelbett, fand sie mit einem leichten Beruhigungsmittel endlich ein paar Stunden Schlaf.

Um acht Uhr morgens machten Monika und sie Pfannkuchen. Während die Mädchen mit Marmelade, Sirup und Schokocreme hantierten, telefonierte Sabine mit Gabriel Zerny, *Dr. Gaze*, dem Exmann ihrer Schwester. Es gab keine guten Nachrichten. Ihr Vater saß seit mittlerweile vierundzwanzig Stunden in Untersuchungshaft. Im besten Fall drohte ihm eine Anklage wegen Falschaussage. Im schlimmsten Fall Beihilfe zum Mord, wenn nicht sogar eine Anklage wegen Mordes.

Sabine trank noch einen Kaffee, dann brachte sie die Mädchen zur Schule und in den Kindergarten und fuhr anschließend aufs Revier. Ein zäher, nicht enden wollender Tagdienst begann.

In ihrem Büro sah sie sich im zentralen Einsatzleitsystem die Arbeiten an, die sie erwarteten. Nachdem sie mit Kolonowicz telefoniert hatte, der Simon und sie zu einem Tankstellenüberfall schicken wollte, klopfte es an ihre Tür. Die Silhouette hinter der Milchglasscheibe war hager und glatzköpfig. Der Anblick verursachte ihr Magenschmerzen. Noch bevor sie »Herein« sagen konnte, betrat Sneijder das Büro. Er schloss die Tür und kam zu ihrem Schreibtisch. Das Struwwelpeter-Buch klemmte unter seinem Arm. Er zog das Hosenbein an der Bügelfalte hoch und setzte sich mit einer Pobacke leger auf den Tisch.

Sneijder sah nicht gut aus – das würde er wohl nie –, aber heute wirkte er wenigstens gesünder als gestern. Nicht mehr so blass. Simon hatte ihn nach Mitternacht ins Mercure in die Altstadt gefahren. Entweder waren die Betten dort bequem, oder Sneijder hatte die ganze Nacht an seinen Akupunkturnadeln gedreht. Seine Wangen waren sogar leicht rosa gefärbt.

»Haben Sie mit meinem Vorgesetzten geredet?«, fragte Sabine, nachdem er nichts sagte.

»Über Daedalos, den ausgedruckten Autopsiebericht und die gestohlene Kassette aus meinem Diktiergerät?«

Sie blieb ihm die Antwort schuldig.

Er setzte sein Leichenhallenlächeln auf und schnalzte schließlich mit der Zunge. »Ich habe keine Ahnung, wovon Sie sprechen.«

Wollte er sie verarschen? Nach seinem wächsernen Gesichtsausdruck zu urteilen, meinte er es ernst.

Er legte das Buch auf ihren Schreibtisch. »Haben Sie das bei Haital gekauft?«

»Natürlich habe ich es *gekauft!*« Was für eine blöde Frage.

Er nickte langsam. »Ich würde gern mit Ihnen über den Fall reden.«

*Jetzt plötzlich? War das zu fassen?*

»Das wollte ich gestern schon den ganzen Tag«, sagte sie. »Leider muss ich jetzt zu einer Tankstelle am Mittleren Ring, die kürzlich überfallen wurde.«

»Ein Überfall, wie interessant!«

Sie hasste seinen ironischen Ton. »Nicht jeder arbeitet an so wichtigen Dingen wie Sie«, spie sie aus.

»Ich weiß«, seufzte er. »Mich kennen heißt, mich lieben.«

Sie stand auf.

»Setzen Sie sich, wir müssen reden.«

»Jetzt?«

»Wenn nicht jetzt, wann dann?« Er blieb auf dem Tisch sitzen und wartete, bis sie wieder saß. »Das BKA hat die Details der beiden Morde in Köln und Leipzig aus Sicherheitsgründen vor der Öffentlichkeit geheim gehalten. Meine Idee.«

Sie sah ihn fragend an, sagte aber nichts.

»Erstens, um Nachahmungstäter nicht zu ermutigen, ähnliche Morde zu verüben und dem ursprünglichen Täter in die Schuhe zu schieben. Zweitens, um den Mörder, falls er eitel ist, aus der Reserve zu locken, damit er unvorsichtig wird und seinen ersten Fehler begeht. Aber den Gefallen hat er uns noch nicht getan.«

»Warum erzählen Sie mir das, nachdem Sie mich gestern den ganzen Tag gedemütigt haben?«

Er pochte mit dem Finger auf das Bilderbuch. »Ich kannte dieses Buch nicht.« Plötzlich bekam seine Stimme einen merkwürdig vertraulichen Ton, den sie bisher noch nicht von ihm gehört hatte. »Die Kinder in den Niederlanden wachsen mit anderer Literatur auf.« Dann deutete er auf sie. »Ich weiß nicht, *wie* Sie das angestellt haben, Eichkätzchen, aber Ihr Tipp war goldrichtig. Es sieht so aus, als könnten die Morde in Leipzig, Köln und München nachgestellte Szenen der Geschichten aus diesem Buch sein. Die grausamen Erzählungen vom bösen Friederich, dem brennenden Paulinchen und von den schwarzen Buben – was mich einen Schritt weiter bringt.«

»Sie? Ich dachte, das BKA hat sich weder in diesen Fall eingeschaltet, noch wurde es mit den Ermittlungen beauftragt.«

»Wurde es auch nicht.«

Sabine lehnte sich zurück. »Sie machen mich neugierig.«

Sneijder erhob sich und ging durchs Zimmer. Vor dem Fenster blieb er stehen, stützte die Hände auf die Fensterbank, betrachtete zuerst die Schlingpflanzen und blickte dann zur Kirche. »Was Sie sagen ist richtig. Das LKA Nordrhein-Westfalen ermittelt an der Mordsache Köln und das LKA Sachsen in Leipzig. Doch beide Morde begannen mit einer Entführung – wie im Fall Ihrer Mutter. Bei Geiselnahmen und Erpressung werden die Verhandlungsexperten und Beratergruppen des BKA eingeschaltet. Beide Entführungen endeten tödlich, also komme ich ins Spiel. Pro Jahr erstelle ich etwa dreißig Fallanalysen.«

»Ich bin beeindruckt«, sagte sie zynisch.

»Müssen Sie nicht sein«, antwortete er. »Bei der Besichtigung der Tatorte wusste ich, dass weitere Morde folgen würden und noch weit Schrecklicheres auf uns zukommt. Im Moment sehen wir gerade mal die Spitze des Eisbergs. Also mache ich meinen Job. Ich erstelle ein Gutachten zu beiden Morden und nenne die Fallstudie ›Die 48-Stunden-Rätsel‹. Der Mörder spielt zwei Personen gegeneinander aus, die sich nahestehen: ›Wenn Sie innerhalb von achtundvierzig Stunden herausfinden, warum diese oder jene Person entführt wurde, bleibt sie am Leben. Wenn nicht – stirbt sie.‹«

»Das beweist doch, dass mein Vater unschuldig ist!«, rief sie genervt.

»Moment, nicht so schnell! Es könnte auch beweisen, dass Sie wegen Ihres Zugriffs auf Daedalos von der Fallanalyse Kenntnis hatten, Ihrem Vater davon erzählten und er nach diesem Schema seine Exfrau ermordete.«

Sabine blieb die Luft im Hals stecken. »Das glauben Sie doch selbst nicht!«

Er seufzte. »Was ich in diesem Zusammenhang denke, ist unwichtig. Der Staatsanwalt hat diesen Fall zu seinem persönlichen Feldzug gemacht. Ich kann Ihnen bloß sagen, dass das LKA auch gegen Sie ermittelt.«

Sabine fuhr vom Stuhl hoch. »Gegen *mich?*«

»Beruhigen Sie sich. Noch sind es die Ermittlungen eines dilettantischen Haufens. Die Kollegen verhören zurzeit sieben Personen, doch von denen ist keine der Mörder. Im Moment weiß die rechte Hand nicht, was die linke tut. Wir haben also mindestens zwölf Stunden, um uns den Kopf zu zerbrechen.«

*Uns?* Er hatte »uns« gesagt. Sie atmete tief durch. »Reden Sie weiter.«

Er löste sich vom Fenster und ging durchs Zimmer. »Die Frau in Köln wurde am 6. April entführt und am selben Tag getötet. Die Frau aus Leipzig wurde am 20. April verschleppt und erst achtundvierzig Stunden später ermordet. Wir wissen also, dass der

Täter sein Telefonopfer beobachtet. Sobald es die Polizei informiert, so wie in Köln, stirbt die entführte Frau auf der Stelle.«

Zu viele Gedanken schossen Sabine im Moment durch den Kopf, die allesamt ihren Vater betrafen. Intuitiv griff sie nach dem Herz-Medaillon. »Das bedeutet …«

»… dass Ihre Mutter *sofort* gestorben wäre, hätte Ihr Vater die Kripo eingeschaltet.« Er schien ihre Gedanken lesen zu können.

Schlagartig fiel ihr eine Last von den Schultern. Es fühlte sich an, als löste sich ein Knoten in ihrer Brust. Sie atmete befreit auf. Erst jetzt realisierte sie, dass sie ihren Vater unbewusst für den Tod ihrer Mutter verantwortlich gemacht hatte. Tatsächlich hatte er ihr Leben jedoch um achtundvierzig Stunden verlängert – auch wenn sie am Ende doch durch die Hand des Entführers gestorben war.

»Warum sind Sie in meinem Büro?«

Sneijder lehnte sich an einen Ordnerschrank. »Seit Wochen warte ich auf einen dritten Fall«, sagte er. »Jeder Tatort bringt neue Spuren und führt zu weiteren Spekulationen, was der Mörder mit seinem ›Kunstwerk‹ bezweckt.« Sein Blick fiel auf das Struwwelpeter-Buch. »Öffnen Sie es«, forderte er sie auf.

Sie schlug den Buchdeckel auf. Darunter lag ein Stapel Tatortfotos. Zögerlich griff sie danach. Das erste Foto zeigte die Leiche einer etwa fünfunddreißigjährigen Frau. Wegen des vielen Blutes war die Haarfarbe nicht mehr zu erkennen. Sabines Mund trocknete aus. Sie war schon so viele Jahre beim Dauerdienst, aber so etwas hatte sie noch nicht gesehen. Die Frau war nackt, mit Eisenringen an Arm- und Fußgelenken an den Boden gekettet. Eine Hundeleine knebelte ihren Mund. Den Hintergrund bildeten lehmfarbenes Mauerwerk und die Rundbögen einer leer stehenden Gruft. Sabine glaubte den mittelalterlichen Sakristeikeller zu erkennen, den Sneijder auf seinem Tonband erwähnt hatte. Das nächste Foto zeigte dieselbe Frau unter einer blauen Lampe auf dem Obduktionstisch der Pathologie. Sabine schreckte zurück und schloss für einen Moment die Augen, aber sie hatte schon zu viel gesehen.

»Die Pitbull-Terrier haben nicht viel von ihr übrig gelassen«, erklärte Sneijder. »Der Mörder hat der Frau zuvor Arme und Beine mit einer Klinge aufgeritzt, um durch das Blut den Jagdinstinkt der ausgehungerten Tiere anzustacheln.«

Derselbe Kerl hatte auch ihre Mutter getötet, kam ihr in den Sinn. »Hat die Frau noch gelebt?«

»›Der bitterböse Friederich, der schrie und weinte bitterlich‹«, zitierte Sneijder eine Stelle aus dem Bilderbuch. »Der böse Kerl schlug Vögel tot, trat nach Hunden und peitschte seine Frau aus, bis ihn schließlich ein Hund in den Fuß biss – soweit die Geschichte.« Er machte eine Pause. »Ja, sie hat noch gelebt. Aber der Gerichtsmediziner meinte, ein tiefer Biss in die Halsschlagader habe die Frau gleich zu Beginn getötet. Ich nehme an, das hat Struwwelpeter nicht sehr befriedigt. Er hatte sich dieses Szenario wohl etwas länger erhofft.«

Sneijder hatte den Mörder »Struwwelpeter« genannt. Die Vorstellung, die Figur eines Bilderbuches mit diesen Morden in Verbindung zu bringen, jagte Sabine einen Schauer über den Rücken.

»Ihr Name ist Waltraud Nesselberger. Sie war übrigens keine Lehrerin, sondern arbeitete bei einem Rechtsanwalt, wo sie Testamente und Schenkungsverträge schrieb. Kannten Sie die Frau? Immerhin haben Sie einige Jahre in Köln gelebt.«

Sabine schüttelte den Kopf. Sie zwang sich, zum nächsten Foto zu blättern. Es zeigte die in einer Blechwanne zu einem verkohlten Klumpen verbrannte Leiche. Die Kleider der Frau stapelten sich säuberlich zusammengefaltet neben der Toten. Auf der Bluse lag eine goldene Halskette mit Kreuz. Aber der Mörder hatte die Kette nicht wahllos hingeworfen, sondern ihre Glieder zu einem Herz geformt, als wollte er mit seiner Tat etwas Schönes, Ästhetisches ausdrücken. Im Hintergrund eines weiteren mit Weitwinkel aufgenommenen Fotos war der untere Rand einer riesigen, etwa zwei Meter breiten Glocke zu sehen. Darunter stapelten sich Bauschutt und Zementsäcke. Hinter den eingeschlagenen Fenstern des Dachstuhls lag grauer Himmel.

»Elfriede Nikitsch, achtundfünfzig Jahre alt, ehemalige Hauptschullehrerin in Leipzig. Sie konnte nur anhand ihres Gebisses und der Unterlagen ihres Zahnarztes identifiziert werden, der ihr ein Implantat verpasst hatte.«

Ein beklemmendes Gefühl zog Sabines Brustkorb zusammen. Hätte sie der Anblick dieser Fotos auch dann so mitgenommen, wenn sich dahinter nicht das Handwerk des Mörders ihrer Mutter verbarg? Vermutlich nicht. Die Menschen wären ihr egal gewesen. Doch so setzte der Tod ihrer Mutter die schreckliche Reihe von Morden fort, die dieser Wahnsinnige verübte. Sabine litt mit jedem Todesopfer mit, als hätte sie es persönlich gekannt.

Trotz der schrecklichen Gedanken kam ihr ein Detail in den Sinn. »Nesselberger, Nikitsch und Nemez …«, wiederholte sie. »Alle Namen beginnen mit N.«

»Zwei sogar mit *Ne*, um genau zu sein. Aber ich denke nicht, dass es etwas zu bedeuten hat«, wischte Sneijder ihre Überlegung vom Tisch. »In der Bilderbuchgeschichte war Paulinchen allein zu Hause und spielte mit Streichhölzern, bis die Flammen Kleid, Schürze und Haare erfassten. In der Realität trug es sich anders zu. Struwwelpeter hat die Frau an eine Blechwanne gekettet, mit Benzin übergossen und den Brennvorgang nach ihrem Tod zweimal wiederholt. Die Fenster ließen sich nicht öffnen, also hat er kurzerhand die Scheiben eingeschlagen, um für die nötige Luftzufuhr zu sorgen.«

Sabine betrachtete noch einmal die Weitwinkelaufnahme des Glockenstuhls. Ein Wunder, dass die Holzkonstruktion nicht Feuer gefangen hatte. »Woher stammt die Blechwanne?«

»Von den Bauarbeitern zum Anrühren des Zements. Der Turm wurde restauriert«, sagte Sneijder. »Dieser Tod dürfte Struwwelpeter schon mehr befriedigt haben. Bestimmt hat er die Frau auch noch in seiner Vorstellung schreien und um Hilfe flehen hören, als der Benzinkanister bereits leer war.«

»Hat niemand das Feuer oder den Rauch bemerkt?«

»Nicht um vier Uhr morgens.«

Sabine starrte auf das Foto. Sie musste an den Anblick ihrer Mutter denken. Angekettet an die mächtige Domorgel. »Diese Frauen wurden wie Vieh hingerichtet.«

Sneijder nickte. »Foltermorde. ›Es brennt die Hand, es brennt das Haar, es brennt das ganze Kind sogar‹«, murmelte er und faltete nachdenklich die Hände vor dem Mund.

Sabine kannte die Sprüche aus dem Bilderbuch auswendig. Sie hatte sie in ihrer Kindheit oft genug gehört.

Sneijder deutete auf die nächsten Fotos, die mit der Vorderseite nach unten lagen. »Sind Sie für den dritten Mord bereit?«

*Werde ich das je sein?* Sie ballte die Hände zusammen. »Sie sagten vorhin selbst: Wenn nicht jetzt – wann dann?«

»Sie lernen schnell.«

Sabine wendete die Fotos und sah das Gesicht ihrer Mutter. Das Büro begann sich um sie zu drehen. Die geöffneten Augen, die zugeklebten Nasenflügel, der weit aufgerissene Mund. Sabine klammerte sich an die Stuhllehne.

»Tubus und Inspirationsschlauch steckten fünf Zentimeter tief in ihrer Luftröhre. Damit hätte Ihre Mutter wohl weitergelebt. Doch Struwwelpeter hatte ihr mit einem Trichter zwei Liter Schreibtinte eingeflößt. In mühsamer Kleinarbeit muss er den Inhalt von etwa siebzig Tintengläsern gesammelt haben. Laut Labor von der Marke Pelikan, Farbe brillant-schwarz. Gibt es zu dreißig Milliliter in jedem Schreibwarenladen für vier Euro zu kaufen.«

Er machte eine Pause, als wollte er seine Worte auf sie wirken lassen.

»Wie sind Sie auf das Bilderbuch gekommen? Wegen der Salzbrezel, die der Junge in der Hand hält, als er vom großen Nikolaus ins Tintenfass getaucht wird?«

*Bis übern Kopf ins Tintenfass, tunkt sie der große Nikolaus,* fiel ihr nun selbst der Reim aus dem Bilderbuch ein. In dieser Geschichte tauchte der Nikolaus drei Knaben in ein großes Fass und färbte sie schwarz ein, weil sie einen pechrabenschwarzen Mohr ausgelacht und geärgert hatten.

»Hat Ihre Mutter je dunkelhäutige Schüler diskriminiert?«, hakte Sneijder nach.

»Niemals.« Sabine schüttelte den Kopf. »Aber sie hätte freiwillig keine Brezel gegessen. Wäre sie mit Öl oder brackigem Abwasser ertränkt worden, wäre ich wohl nie auf die Idee gekommen, dass der Mörder eine Szene aus dem Bilderbuch nachstellt. Warum geht er so grausam vor? Erregen ihn Schmerz und Leid anderer?«

Sneijder schüttelte den Kopf. »Unwahrscheinlich. Er ist kein Sexualtriebtäter. Nichts deutet darauf hin. Er ist höchstens dreißig Jahre alt, alleinstehend, introvertiert, wohnt möglicherweise noch bei seiner Mutter in der Umgebung von Köln, wo er sich für sein erstes Opfer entschieden hat, und – das Wichtigste – er hasst Frauen.«

Sabine legte das Foto beiseite. »Hat ihn seine Freundin betrogen, gedemütigt oder verlassen?«

»Wenn wir tatsächlich von einem Trauma ausgehen, finden wir es in seiner frühen Kindheit – lange bevor er seine erste Freundin hatte. Höchstwahrscheinlich in einer strengen Erziehung.«

»Eine harte Kindheit ist doch nicht für diese Morde verantwortlich«, widersprach sie. »Dann liefen noch mehr verrückte Killer herum.«

»Täter-Introjektion«, antwortete Sneijder, als erklärte dies alles. Er setzte sich wieder auf den Tisch. »Es gibt zwei Möglichkeiten, wie man ein Kindheitstrauma bewältigt. Entweder man macht sich selbst fertig und redet sich jahrelang ein, dass die Eltern recht hatten, wenn sie zuschlugen, weil man so schlecht war. Oder man lässt zu, dass die Erziehung Teil von einem wird, übernimmt die Gewohnheiten der prügelnden und quälenden Eltern und lebt sie selbst aus.«

»Die Mutter dieses Mistkerls hat ihn wohl kaum angezündet, gebissen oder gezwungen, Tinte zu trinken.« Sabine blickte zur Decke und bekämpfte die aufsteigenden Tränen. »Das ist mir zu abstrakt.«

»Verständlich. Wie soll man die Gedankengänge eines kranken Gehirns nachvollziehen, ohne selbst verrückt zu werden?«

Sabine sah aus dem Fenster. Die Sonne stieg hinter den Domtürmen auf. Da öffnete sich die Bürotür. Simon stand mit einer schweren Umhängetasche im Gang. Überrascht musterte er Sneijder. »Sie hier? Stören Sie die Pflanzen nicht beim Denken?«

Sneijder sah ihn mit einem kalten Blick an. »Nein, aber Ihre Anwesenheit raubt mir den Sauerstoff.«

Mir auch, dachte Sabine. *Ich habe dich gestern mit deiner Frau und deinen beiden Kindern gesehen!*

»Kein Problem, bin gleich weg. Bine, die Tankstelle wartet.«

Sneijder deutete nach oben. »Haben Sie mir eine Kanne Vanilletee ins Büro gestellt?«

»Die können Sie sich selbst holen. Ich muss weg.«

»Was man nie anfängt, braucht man auch nie zu tun.« Sneijder blickte auf seine dünne Swatch. »Wir haben noch fünf Minuten zu reden. Machen Sie sich inzwischen nützlich, kochen Sie Tee … und jetzt raus hier!«

Simon verdrehte die Augen und schloss die Tür. Sneijder wandte sich Sabine zu, als hätte es keine Unterbrechung gegeben. »Unser Täter besitzt ein unerhörtes Geschick darin, Kontrolle über seine Opfer zu erlangen.«

Er zog einen Stuhl heran, setzte sich verkehrt herum darauf und stützte die Arme auf die Lehne. Die saloppe Haltung passte nicht zu ihm, doch offenbar scherte er sich im Moment nicht um ein elegantes Erscheinungsbild.

Er blickte Sabine über den Schreibtisch hinweg an. »Er wird nur dann zuschlagen, wenn er sicher ist, dass er die Oberhand behält. Darum sucht er nach der Schwachstelle seines Opfers. Er kennt kein Gefühl wie Reue. Ein funktionierendes Gewissen würde ihn bremsen. Aber für ihn gibt es keine Grenzen, weder örtliche noch zeitliche. Er fühlt sich unbesiegbar.«

*Unbesiegbar!* Sabine dachte an das Tintenfass, das ihr Vater vor seiner Wohnungstür gefunden hatte.

»Hat er seinen anderen Telefonopfern auch Geschenke gemacht?«

Sneijder nickte. »Aber es sind keine Geschenke … sondern *Hin-*

*weise.* In Leipzig eine verbrannte Haarlocke. In Köln ein schwarzes Hundehalsband aus Leder mit dem Namen Gretchen.«

Gretchen hieß die Schwester des bösen Friederich, erinnerte sich Sabine. Aber das hatte Sneijder bestimmt schon herausgefunden.

»Es geht um Macht und Kontrolle«, wiederholte Sneijder. »Obwohl er seinen Opfern achtundvierzig Stunden Zeit lässt und Hinweise gibt, genießt er den Triumph, ihnen einen Schritt voraus zu sein.«

»Er weiß, dass ihn nichts von dem, was er uns zukommen lässt, entlarven oder ihm schaden könnte«, fiel Sabine spontan ein.

»Richtig. Er ist stolz darauf, schlauer als die Ermittler zu sein. Das Risiko, gefasst zu werden, erregt ihn. Narzissmus ist seine Achillesferse.« Sneijder fixierte sie. »Dort müssen wir ihn packen!«

*Wir.* Schon wieder. »Warum erzählen Sie mir das alles?«, fragte sie schließlich.

»Weil Sie eine Spur intelligenter sind als Ihre Kollegen. Weil Sie sogar mehr draufhaben als die Typen vom LKA, die Ihren Vater in die Mangel nehmen, als wäre er ein Schwerverbrecher. Ich musste ihm nur einmal ins Gesicht sehen, um zu erkennen, dass er niemanden umbringen könnte.«

Sabine traten Tränen in die Augen. »Dann helfen Sie ihm!«

»Das tue ich doch gerade! Warum glauben Sie, bin ich hier und serviere Ihnen alle Fakten des Falls?«

Sie wischte sich über die Wangen. »Wie kann ich Sie unterstützen?«

»Sagen *Sie* es mir!«

Oh Gott, wie sollte sie so schnell einen brauchbaren Gedanken aus dem Ärmel schütteln? Ihr Gehirn war blockiert. Seit sie den Autopsiebericht gelesen hatte, fragte sie sich, warum der Mörder das ausgerechnet ihrer Mutter angetan hatte. Sie schob die Tatortfotos zurück ins Buch. »Wählt dieser Psychopath beliebige Opfer aus oder bestimmte Frauen, die ins Schema seiner Geschichten passen?«

Sneijder blickte wieder auf die Armbanduhr. »Ich denke nicht, dass er die Frauen zufällig auswählt. Sie müssen etwas mit der Geschichte zu tun haben.«

Sabine dachte nach. Wenn es eine Verbindung gab, dann eher zwischen ihrer Mutter und der anderen Lehrerin als zu der Rechtsanwaltsgehilfin aus Köln. »Es muss einen Zusammenhang zwischen der Leipziger Lehrerin und meiner Mutter geben.«

Sneijder wehrte ab. »Danach habe ich bereits erfolglos gesucht. Bei einem Brand vor zehn Jahren in der Grundschule in Köln, an der Ihre Mutter früher Direktorin war, wurden alle Unterlagen vernichtet. Bei den neuen Unterlagen gibt es keine Parallelen zu Leipzig.«

*Der mysteriöse Brand an der Kölner Grundschule.* Sabine erinnerte sich mit einem dumpfen Gefühl daran. Die Ursache war nie aufgeklärt worden. Möglicherweise war ihr Vater daran beteiligt gewesen.

»Können Sie mir eine Kopie der Unterlagen der Leipziger Hauptschullehrerin zukommen lassen?«, bat sie.

Sneijder wiegte den Kopf hin und her. »Mir sind die Hände gebunden. Wegen Ihrer Alleingänge könnte Ihnen die Suspendierung drohen. Ich kann Sie nicht an den Ermittlungen beteiligen. Zumindest nicht offiziell.« Seine Formulierung ließ immer noch eine Hintertür offen.

»Es muss eine Verbindung geben – vielleicht finde ich sie«, drängte Sabine.

»Falls ja, habe ich mich nicht in Ihnen getäuscht.« Zum ersten Mal seit ihrer Begegnung lächelte Sneijder, wenn auch nur für einen Augenblick.

Er stand auf, umrundete den Schreibtisch und zog die Tastatur heran. »Ich drucke Ihnen die Unterlagen aus.«

»Auf diesem PC funktioniert das nicht.«

»Wenn man die richtigen Passwörter kennt, Eichkätzchen, funktioniert es sogar über ein Handy.«

Er öffnete die Menüleiste, griff über das Polizei-Intranet auf seinen PC zu, der im oberen Stockwerk am Netz hing, und schickte die elektronische Akte von Elfriede Nikitsch an Sabines Drucker.

Im nächsten Moment ratterten drei Dutzend eng beschriebene Seiten aus ihrem Laserdrucker.

Er ging hin und schob den Packen Papier zusammen. »In den Unterlagen finden Sie meine persönlichen Kommentare«, erklärte er. Erst danach reichte er ihr den Stapel.

»Das heißt wohl, dass ich die Daten für mich behalten soll.«

»Falls nicht, putzen Sie ab morgen die Herrentoiletten in der U-Bahn.«

»Wie großzügig.«

»Ich weiß, danke.« Er ging zur Tür. »Ich will nicht wissen, *wie* Sie es anstellen, eine Verbindung zu Ihrer Mutter herzustellen – für mich zählen nur Ergebnisse. Sie haben zwei Stunden Zeit, dann muss ich zum Flughafen.«

## 16

Der Schweiß lief Helen über den Nacken. Sie hatte Franks gesamtes Arbeitszimmer durchsucht. Sämtliche Mappen, Ordner, Notizblöcke, Briefe und sogar die Fotoalben durchgesehen, aber nichts gefunden. Sie hatte sogar seine Keramiksammlung in der Glasvitrine auf den Kopf gestellt, hinter die Gesetzestexte und die Bände der Brockhaus-Enzyklopädie gesehen und unter die schwere Marmoreule geguckt. Zuletzt hatte sie seine Kleidung durchwühlt. Keine Fotos, keine Telefonnummern. Kein einziges Indiz, dass er eine Beziehung mit Anne Lehner führte, oder auch nur der kleinste Hinweis auf eine andere Frau. Diesmal kam sie jedoch nicht in die Schublade und den Rollcontainer seines Schreibtisches. Frank hatte seine Aktentasche und damit den Schlüssel mit ins Büro genommen.

Die antike Standuhr schlug halb neun. In dreißig Minuten kam ihr erster Klient. Vielleicht sollte sie das Pferd von der anderen Seite aufzäumen und bei Anne Lehner zu suchen beginnen?

Helen verließ das Arbeitszimmer ihres Mannes und ging durch den Wintergarten in ihre Praxis. Neben dem Therapieraum lag ihr Büro. Gestern hatte sie sich Annes Stammdatenblatt angesehen, jetzt wollte sie einen Blick in die Protokolle und Mitschriften werfen.

Sie schlug die Mappe auf ihrem Schreibtisch auf und suchte nach Hinweisen. Anne Lehner war zunächst bei einer Logotherapeutin gewesen, die ihre Praxis in der Bachallee hatte, jener Straße, in der Anne wohnte. Doch sie war mit der Frau nicht klargekommen. Daher hatte sie nach Alternativen gesucht und war auf Helen gestoßen. Die Therapie dauerte bereits sechs Monate mit insgesamt fünfzehn Sitzungen.

Anne arbeitete als Verkäuferin in der Apotheke *Zum heiligen Ulrich.* Sie war eine introvertierte, verkorkste und etwas vergrämte Frau, die mit wenig Liebe und Zuneigung aufgewachsen war. Vielleicht lag es an ihrem katholischen Elternhaus. Eine Arbeitskollegin hatte sie dazu überredet, Mitglied in einer Internet-Partnerbörse zu werden. Dort lernte sie ihre Männer kennen. Doch keine der Beziehungen dauerte länger als zwei Monate. Meist waren es verheiratete Männer, die ein Abenteuer mit einer naiven Frau suchten.

*Hast du dort auch meinen Mann kennengelernt?*

Helen schloss für einen Moment die Augen. Auf Franks Kreditkartenabrechnung des letzten halben Jahres hatte sie keine Mitgliedsbeiträge für eine Partnerbörse entdeckt. Vielleicht waren sich die beiden in ihrer Praxis begegnet? Unmöglich. Anne kam stets am Freitagnachmittag. Zu jener Zeit saß Frank in Einsatzbesprechungen, anschließend ging er in den Golfklub.

Helen blätterte zur nächsten Mitschrift. Während der Sitzungen war hauptsächlich die Rede davon, dass Anne sich zu älteren Männern hingezogen fühlte. *Sucht Geborgenheit; Elektrakomplex,* hatte Helen notiert. Beim weiblichen Gegenstück des Ödipuskomplexes hasste eine Frau ihre Mutter und fühlte sich zu ihrem Vater hingezogen. Eine leichtfertige Diagnose, die auf viele Frauen zutreffen konnte. Helen dachte an ihr eigenes Leben ... und schon zog sich ihr Herz schmerzvoll zusammen. Ihre Eltern waren vor fünf Jahren beim Landeanflug auf Madeira ums Leben gekommen. Das Fahrwerk hatte geklemmt und die kleine Propellermaschine Feuer gefangen. Beide Piloten und alle acht Passagiere waren verbrannt. Helen hatte in den Nachrichten von dem Unglück gehört, und ein seltsam taubes Gefühl in ihrem Magen hatte ihr bestätigt, dass sie ihre Eltern nie wiedersehen würde. Erst zwei Tage später war die offizielle Nachricht von der österreichischen Botschaft in Lissabon bei ihr eingetroffen. Helen war in ein tiefes Loch gestürzt und hatte Wochen gebraucht, um den Tod ihrer Eltern zu realisieren. Merkwürdigerweise hatte sie um ihren Vater mehr getrauert als um ihre Mutter.

Monate nach dem Unglück hatte sie ihre Wohnung in Wien aufgegeben und war nach Grießkirchen zurückgekehrt. Nun lebte sie in dem Haus, das ihr Vater gebaut hatte. Ihr Ehemann war vierzehn Jahre älter als sie. Nichts Ungewöhnliches; der Altersunterschied ihrer Eltern hatte fünfzehn Jahre betragen. Möglicherweise wollte sie unbewusst diese Beziehung kopieren.

Eine Träne fiel auf ihre Mitschrift. Sie wischte sie weg. *Konzentriere dich auf Anne Lehner!* In der Therapie hatte sie versucht, Annes Selbstwertgefühl zu steigern und ihr die Gewissheit zu geben, eine interessante und attraktive Frau zu sein. In einer der letzten Sitzungen sprach Anne sogar darüber, dass sie seit kurzem ein kompliziertes Verhältnis zu einem älteren, verheirateten Mann habe.

*Frank!*

Helen ballte die Hand zur Faust. Falls ihr Verdacht stimmte … sie unterdrückte den Gedanken. Was war Anne bloß für eine Missgeburt? Sie kam zu ihr in Therapie und schlief nebenbei mit ihrem Mann. Doch nun hatte ihr jemand zwei Finger abgetrennt. Wer? Ein verflossener Liebhaber? Jemand, dem sie in der Apotheke die falschen Medikamente verkauft hatte?

Helen schlug die Mappe zu. Sie hatte den Kripojob hingeschmissen, um sich aus Fällen rauszuhalten, die ihr das Genick brechen konnten. Obwohl sie eine Vertuschungsaffäre und eine der schlimmsten Verleumdungen am eigenen Leib erfahren hatte, war ihr die Entscheidung nicht leichtgefallen. Sie wollte sich mit ihrer Praxis eine kleine Komfortzone einrichten. Was hatte ihr das gebracht? Nun steckte sie mitten in einem Fall von Entführung und Erpressung.

Und die Vergangenheit ließ sie nicht zur Ruhe kommen. Sie konnte die Zusammenarbeit mit der Kripo nicht mehr lange hinauszögern. Spätestens morgen Abend würde sie Ben treffen. Wie in Trance holte sie den Schlüssel unter der Platzdecke hervor und öffnete den abgesperrten Aktenschrank. Darin lagen ihre Gerichtsgutachten. Die Akte Winkler war von der Staatsanwaltschaft konfisziert worden. Nur wenige Unterlagen steckten in der dünnen Mappe. Helen zog sie hervor. Obenauf lag der Zeitungsartikel eines Schmierblattes. Die Schlagzeile klang entsetzlich.

*Kinder missbraucht, gefoltert und zerstückelt!*

Darunter prangte ein Foto von Christoph Winkler, achtundzwanzig Jahre, gut aussehend, Marke: adretter Schwiegersohn. Wie immer sahen diese Kerle harmlos aus. Winkler arbeitete als Sozialarbeiter und war ein charmanter, gebildeter junger Mann. Keine Vorstrafen, vorbildliche Berufsausübung.

Seine Freizeit verbrachte er hin und wieder mit Louis, dem siebenjährigen Sohn seiner Nachbarn. Der Vater des Jungen war Maurer, im Winter meist arbeitslos, und die Mutter lebte von der Fürsorge. Eines Tages wollte Louis nicht mehr in Winklers Wohnung. Gegenüber seinen Mitschülern behauptete er, dass Winkler ihn missbrauche. Doch die Eltern schickten ihn weiterhin zweimal wöchentlich dorthin. Vermutlich konnten sie Winklers Geld gut brauchen.

An einem Abend aber hatte Winkler den Jungen so schwer verletzt, dass Louis über Bauchschmerzen klagte und ins Krankenhaus eingeliefert werden musste. Der Arzt stellte einen Dammriss zwischen Anus und Hodensack fest. Durch den Anusriss gelangten Darmbakterien in die Bauchhöhle. Vierundzwanzig Stunden später war der Junge tot. Das Krankenhaus erstattete Anzeige, das Jugendamt schritt ein, die Staatsanwaltschaft ermittelte, und Helen erstellte fürs Gericht ein Gutachten über Winkler.

Nach vier Gesprächen diagnostizierte sie, dass Winkler ein zwanghafter Vergewaltiger und nur deshalb nie erwischt worden war, weil er zu clever war und ein raffiniertes Doppelleben führte. Helen ließ sogar anklingen, dass die Eltern des Jungen von dem Missbrauch gewusst und von Winkler Geld erhalten hatten. Doch Christoph Winkler war der Sohn von Staatsanwältin Johanna Winkler, und damit begann der ganze Ärger.

Die Staatsanwaltschaft entschied gegen Helens Gutachten. Es kam nicht einmal zu einem DNS-Abstrich, um zu beweisen, ob Winkler den Jungen tatsächlich angefasst hatte. Angeblich befragte die Kripo den Falschen. Die Ursache für den Tod des Jungen liege in den zerrütteten Familienverhältnissen. Der behandelnde Arzt gab plötzlich zu Protokoll, dass Louis sich den Anusriss beim Spielen selbst zugezogen habe. Bloß ein kleiner Kratzer mit dem Fingernagel; mehr nicht. Louis konnte man nicht mehr befragen, und Christoph Winkler kam frei. Helen wusste nicht, wie viel Staatsanwältin Winkler dafür hingeblättert hatte, aber bestimmt waren einige Leute bei dieser Sache reich geworden.

In den nächsten zwei Jahren verschwanden vier Kinder im Alter von vier bis sechs Jahren in jener Gegend, in der Winkler wohnte. Das fünfte Kind kam aus einer anderen Gegend: Flo, Ben Kohlers Sohn. Winkler wurde nicht verdächtigt. Warum auch? Helens Gutachten über Winkler war nie vor Gericht gekommen, und ihre Anfragen nach Polygraphentest, Hausdurchsuchung und DNS-Analyse waren konfisziert worden. Dann passierte Winkler ein Fehler. Der Hund eines Försters grub im Wienerwald ein Leichenteil aus. Es war in Zeitungspapier gewickelt. Winkler hatte die Zeitung abonniert. Sein Name und die Zustelladresse standen noch auf dem Etikett, das auf der Rückseite klebte.

Während der Anklage wurde der Fall Louis neu aufgerollt. Plötzlich fragten sich die Medien, wie es sein konnte, dass eine Psychotherapeutin nicht in der Lage war, vor einem mutmaßlichen Täter zu warnen. Das Leben von fünf Kindern hätte gerettet werden können. Helens *angebliche* Anfragen wegen eines Polygraphentests, einer DNS-Analyse und einer Hausdurchsuchung bei Winkler waren unauffindbar. Presse, Staatsanwaltschaft, Bundeskriminalamt und Mordgruppe mussten eine Schuldige finden. Letztendlich wurde Helens Ruf durch einen bühnenreifen Auftritt des Polizeipräsidenten zerstört. Sie quittierte ihren Dienst als forensische Kripopsychologin und wollte nie wieder bei Kriminalfällen hinzugezogen werden. Um die Zusammenarbeit mit Oliver Brandstätter tat es ihr leid. Bens Partner hatte sich während der Schlammschlacht stets loyal zu ihr verhalten. Außerdem hatten ihr Frank und ein befreundeter Anwalt geholfen.

Helen dachte an Annes Entführung. Diesmal würde sie nicht klein beigeben oder sich durch die Kripo zum Sündenbock stempeln lassen. Ihr blieben noch dreiundzwanzig Stunden, um Annes Leben zu retten, und sie hatte eine Idee, wie sie dem Entführer auf die Schliche kommen konnte. Sie schlug Annes Stammdatenblatt auf. Die Adresse lautete Bachallee 33. Das Navi ihres Wagens würde das Haus finden.

In diesem Moment läutete es an der Tür zur Praxis. Es war kurz vor neun Uhr. Helen verließ das Büro und öffnete die Eingangstür zum ehemaligen Gästehaus. Eine alleinerziehende Mutter und ihre fünfjährige Tochter standen auf der Treppe.

»Kommen Sie bitte herein, und machen Sie es sich im Therapieraum bequem. Ich bin in einer Minute bei Ihnen.«

Während die beiden das Haus betraten, ging Helen in Franks Büro. *Wenn du es jetzt nicht tust, wirst du später zögern,* sagte sie sich.

In Franks Schreibtischlade lag der Bund mit dem ihr unbekannten Haus- und Wohnungsschlüssel. Doch der Tisch war abgesperrt, und Frank hatte seine Aktentasche ins Büro mitgenommen. Helen schob die schwere Marmoreule neben der Brockhaus-Enzyklopädie vom Bücherregal und schleppte sie zum Schreibtisch.

»Wir werden ja sehen, ob du Anne Lehner kennst oder nicht«, fauchte sie und ließ die Skulptur mit voller Wucht auf das Schloss fallen. Die Holzlade splitterte, der Metallzylinder sprang heraus und die Eule schlug einen Riss in den neuen Parkettboden. Helen schob die Lade auf. Der Schlüssel war weg!

Hastig wühlte sie Brieföffner, Bleistifte, Streichhölzer, SIM-Karten und Fingernagelknipser beiseite. Hinter der Kiste Davidoff lag er. Erleichtert holte sie den Bund hervor.

Nach der Therapiestunde würde sie Anne Lehners Wohnung einen Besuch abstatten.

## 17

Kolonowicz setzte alles daran, den Frieden auf seiner Dienststelle zu bewahren. Daher kochte Simon tatsächlich eine Kanne Vanilletee, die er in Sneijders Büro stellte. Anschließend kümmerte er sich um den Tankstellenüberfall – und zwar allein. Sabine erklärte ihrem Vorgesetzten, dass sie wegen des Todes ihrer Mutter einige bürokratische Wege zu erledigen habe – Besuche bei einem Rechtsanwalt und bei Versicherungen. Sie wusste nicht, ob Kolonowicz ihr das abnahm, auf jeden Fall ließ er sie gehen. Immerhin hatte er ihr gestern schon angeboten, Sonderurlaub zu nehmen.

Sie fuhr zur Wohnung ihrer Mutter in Schwabing-West, betrat das gelbe Backsteinhaus in der Winzererstraße und lief über die Treppe ins Dachgeschoss. Die Spurenermittler vom LKA waren noch nicht hier gewesen. Andernfalls hätte über dem Türschloss eine neue Plombe geklebt.

Die Wohnung ihrer Mutter wirkte einsam und leer. Die abgestandene Luft hing wie der faulige Atem des Todes in jedem Raum. Sabine saß auf der Wohnzimmercouch und blätterte durch Elfriede Nikitschs fünfunddreißigseitige Akte, die Sneijder ihr ausgedruckt hatte. Die achtundfünfzigjährige pensionierte Hauptschullehrerin aus Leipzig war attraktiv gewesen. Blondes Haar, schlanke, sportliche Figur, geschieden und Mutter zweier Töchter. Die ältere Tochter hatte Struwwelpeters Anruf und die verbrannte Haarlocke erhalten. Die Akte enthielt einen Lebenslauf, eine Aufstellung der Hobbys, Interessen und Gewohnheiten, einen detaillierten Bericht über ihre Aktivitäten der letzten zwei Wochen vor ihrer Entführung sowie Zeugenaussagen von Freunden, Verwandten und ehemaligen Kollegen.

Nach einer halben Stunde schlug Sabine die Akte zu. Sie hatte genug über das Leben der ihr völlig fremden Frau gelesen. Keine Assoziation, kein Geistesblitz. Es gab keine Verbindung zu ihrer Mutter, bis auf die Tatsache, dass die beiden Frauen etwa gleich alt, geschieden und Mutter zweier Kinder gewesen waren. Der Anhang enthielt eine alphabetische Liste mit den Namen ihrer Schüler und aller Lehrerkollegen, mit denen Elfriede Nikitsch zusammengearbeitet hatte. In fünfunddreißig Jahren Berufspraxis kam viel zusammen. Sabine kannte keine einzige Person auf der Liste.

*Mama, was hattest du mit dieser Frau gemeinsam?*

Sneijder hatte ihr erzählt, dass er die Namensliste der Kollegen und Schüler erfolglos mit jener ihrer Mutter verglichen habe. Doch die Unterlagen aus der Zeit *vor* dem Brand an der Kölner Grundschule waren in den Flammen vernichtet worden. Bis heute wusste niemand, warum ein Feuer im Direktorenzimmer ausgebrochen war und das Gebäude in Schutt und Asche gelegt hatte. Sabine allerdings hatte schon immer einen Verdacht gehabt. Sie erinnerte sich an jene Nacht vor zehn Jahren, als ihre Eltern mit Rußspuren im Gesicht, versengten Kleidern und nach Rauch riechenden Haaren aufgebracht nach Hause gekommen waren. Sie hatten gleich geduscht und ihre Kleider anschließend in einem Müllsack verschwinden lassen. In derselben Nacht hörte Sabine sie streiten und einander schließlich schwören, nie ein Wort über das zu verlieren, was in jener Nacht geschehen war. Unmittelbar danach folgten der Umzug nach München und die Trennung.

Allerdings gab es eine Möglichkeit, an die Unterlagen aus der Zeit vor dem Brand zu gelangen. Sabine wusste, dass ihre Mutter alle Klassenbücher ihrer Jahrgänge aufgehoben hatte.

Nachdem sie die Zimmer nach Schulheften und Klassenbüchern durchsucht hatte, kam Sabine der entsetzliche Gedanke, dass die Unterlagen vielleicht im Kellerabteil von Vaters Wohnung in Köln vor sich hinmoderten.

Sie stand vor der Wohnungstür im Gang und starrte zur Auszugstreppe an der Decke. Darüber lag der Dachboden. Ein letzter Funke Hoffnung keimte in ihr auf. Als ihre Mutter mit ihr und Monika von Köln nach München gezogen war, hatten sie Dutzende Schachteln in den Stauraum geschleppt. Mutters Wohnung besaß als einzige kein Kellerabteil, und der Vermieter hatte ihr gestattet, die persönlichen Dinge auf dem allgemeinen Dachboden zu lagern. Zu diesem Zeitpunkt lebte ihre Großmutter nicht mehr. Der verschuldete Bauernhof war verkauft worden, der Erlös hatte gerade für Omas Begräbniskosten gereicht.

Sabine kletterte nach oben und kniete neben der Luke nieder. Der knapp eineinhalb Meter hohe Dachboden roch nach Holz und Glaswolle. Tote Fliegen und Hornissen lagen auf den Brettern. Spinnweben hingen vom Dachbalken. Hier oben herrschten bestimmt zehn Grad mehr als im Haus.

Sabine stand der Schweiß auf der Stirn. Staub und Sägespäne blieben an ihren Händen kleben, als sie auf allen vieren über den Boden kroch. Vor dem Kaminschacht stapelten sich die Schachteln mit den Schulbüchern. Auf der Lasche des ersten Faltkartons stand in der Handschrift ihrer Mutter mit Filzstift *Bine* geschrieben. In der Pappkiste lagen die Biologie-, Chemie- und Lateinbücher aus ihrer Schulzeit im Sportgymnasium. Hätte sie sich damals für einen anderen Beruf entschieden, würde sie jetzt vermutlich nicht hier hocken, sondern sich tatsächlich um Mutters Nachlass kümmern, wie sie Kolonowicz gegenüber behauptet hatte. Aber schon als Jugendliche hatte sie gewusst, dass sie zur Kripo gehen und später die Ausbildung beim BKA machen wollte. Ihr Vater hatte verstanden, dass sie ein Gerechtigkeitsfaible besaß und anderen Menschen helfen wollte. Ihre Mutter hingegen hatte Sabines Entscheidung stets für eine Trotzreaktion gehalten. Wäre es nach ihr gegangen, dann wäre Sabine ebenfalls Lehrerin geworden. *Würde die Kleine doch zumindest wie Monika Audioguide-Kopfhörer in Museen verteilen! Aber Täterprofile erstellen? Das ist doch Psychoquatsch!*

Sabine wischte sich den Schweiß von der Stirn und blickte auf die Uhr. Noch eine Stunde, dann würde jemand von der Dienststelle Sneijder zum Flughafen bringen. Sie riss alle Schachteln auf. In einer lagen Monikas Schulbücher, in einer anderen Fotoalben aus ihrer Kindheit und ihre gemeinsamen Stofftiere. Eine Giraffe, Roger Rabbit, Daffy Duck, Tweety und Sylvester – verstaubt und ausgeblichen. Keine Klassenbücher! Der letzte Karton enthielt nur altes Porzellangeschirr, Monikas Poesiealbum, eine Blechdose mit alten Mark- und Pfennigmünzen und ein vergilbtes Fotoalbum, aus dem eine DIN-A4-große Papiertüte rutschte. *Kölner GS 1989–2001* stand auf dem Papier. Mutters Handschrift mit Kugelschreiber. Die Tüte enthielt einen Stapel Fotografien. Klassenfotos! Sabines Herzschlag beschleunigte sich. Da hörte sie durch die offene Dachluke, wie unten die Eingangstür ins Schloss fiel. Stimmen drangen im Treppenhaus nach oben. Sie hielt den Atem an und lauschte. Zwei Männer kamen die Stufen hoch.

Hastig kroch sie zur Auszugstreppe und spähte durch die Öffnung ins Treppenhaus. Einer der Männer fragte etwas, das sie nicht verstand.

»... ganz oben«, antwortete der andere.

Sabines Herz schlug bis zum Hals. Keine der Stimmen kam ihr bekannt vor. Falls das die Spurensicherer vom LKA waren, musste sie schleunigst verschwinden. Sie knickte das Kuvert mit den Fotos, stopfte es in ihre Brusttasche und kletterte über die Treppe nach unten. Die Wohnungstür ihrer Mutter stand noch offen. Die Plombe des Dauerdienstes, die Simon angebracht hatte, war abgerissen. Sabine holte eine neue aus der Tasche.

*Verflucht!* Sneijders Ausdrucke lagen noch auf dem Couchtisch. Sie lief ins Wohnzimmer, klemmte sich den zusammengerollten Papierstoß unter die Achsel und verließ die Wohnung. Die Kerle erreichten soeben den dritten Stock.

»Haben die schon die Leute im Haus befragt?«

»Nee.«

Leise drückte Sabine die Tür mit dem aufgebrochenen Schloss zu. Hastig klebte sie die neue Plombe über den Rahmen. Als die

Männer den vierten Stock erreichten, hatte Sabine gerade noch Zeit, auf die erste Stufe der Auszugstreppe zu steigen. Im nächsten Moment erreichten die Ermittler keuchend die Etage.

Sie tat so, als kletterte sie soeben vom Dachboden herunter. Sie wischte sich den Schweiß von der Stirn, und noch bevor die Beamten etwas sagen konnten, fragte sie: »Sind Sie die Kammerjäger?«

»Nee«, antwortete der Größere der beiden.

Sabine hatte ihre Jacke so zugezogen, dass weder ihre Dienstwaffe noch ihre Dienstmarke zu sehen waren. »Dieser Scheißmarder treibt uns alle noch in den Wahnsinn!«, fluchte sie. »Irgendwo schlüpft er rein. Seit zwei Wochen liegt ein altes Hühnerei vom Bauernhof in der Falle, aber das Mistvieh geht nicht rein.« Damit klappte sie die Auszugstreppe zu und drückte sich an den Männern vorbei. Sie spürte, dass ihr die Kerle nachglotzten.

Als sie auf der Straße stand und die warme Frühlingsluft inhalierte, sah sie sich um. Zum Glück standen hier keine weiteren Kripobeamten. Sie zog die geknickten Fotos aus dem Kuvert. Insgesamt waren es zwölf Aufnahmen aus zwölf Dienstjahren. Mutters Klassen aus der Kölner Grundschule; drei mal vier Jahrgänge. Die Schrift auf den Rückseiten war verblasst, aber leserlich. Hier hatten die Schüler und Lehrerkollegen unterschrieben.

Als Sabine kurz vor elf in ihre Dienststelle stürmte, lief sie ausgerechnet Kolonowicz in die Arme.

»Verdammt, was machst du hier?«, schnauzte er sie an. »Hast du auf den Ämtern schon alles erledigt?«

»Wo ist Sneijder?«, fragte sie.

Er bekam einen roten Kopf. »Weil du etwas Privates zu erledigen hast, muss Simon die Arbeit allein machen. Das ist zwar okay, aber nun treibst du dich hier herum?«

Sie lief zu den Fahrstühlen. »Ist Sneijder noch hier?«

»Keine Ahnung. Ein Kollege vom LKA war hier und wollte dich sprechen«, rief er ihr nach. »Was zum Teufel geht hier vor?«

»Erkläre ich dir später.« Sie fuhr in die nächste Etage und lief zum Besprechungszimmer. Schon von Weitem sah sie, dass die Yuccapalmen nicht mehr im Gang standen. Der Raum war leer. Sneijders Computer fehlten. Nur ein riesiger roter Samsonite-Hartschalenkoffer stand neben der Tür. In diesem Moment kam Sneijder aus der nebenan gelegenen Toilette. Sein Gesicht war weiß wie die Wände der Pathologie. Je eine Nadel steckte zwischen Zeigefinger und Daumen in seinen Handrücken.

»Ist Ihnen wieder übel?«, fragte sie.

»Nein, mir geht es prächtig!«, knurrte er. »Ich liebe es zu fliegen, in der Warteschlange vor dem Gate zu stehen, ganz zu schweigen von dem Gedränge im Flugzeug und den engen Sitzen. Und immer kreischt ein Baby in der Reihe vor oder hinter mir.«

Was war er doch für ein zynischer Mistkerl! Sabine drückte ihm die Klassenfotos ihrer Mutter in die Hand. »Ich habe die Namen von Elfriede Nikitschs Schülern und Kollegen mit denen meiner Mutter verglichen. Über einen Zeitraum von zwölf Jahren gibt es fünf Übereinstimmungen: vier Schüler und einen Lehrer.«

Sneijder warf einen Blick auf die Rückseite der Fotos. Sein Blick hellte sich auf. Augenblicklich trat etwas Farbe in sein Gesicht. »Bestellen Sie das Taxi ab, kochen Sie mir eine Kanne Vanilletee, und kommen Sie in einer halben Stunde in mein Büro. Ich muss jetzt ein paar Anrufe erledigen.«

Er knallte ihr die Tür vor der Nase zu.

Dreißig Minuten später betrat Sabine das Besprechungszimmer. Die raumhohen Yuccapalmen standen wieder im Gang. Sneijder hatte nur einen Laptop ausgepackt und ans Netz angeschlossen. In dem Raum roch es nach Teeblättern – und nach Gras. Im Aschenbecher lag ein zerdrückter Joint.

»Was haben Sie erreicht?«, fragte Sabine.

Er lehnte sich im Stuhl zurück und verschränkte die Hände hinter dem Kopf, als hätte er soeben das Arbeitspensum des gesamten Tages erledigt. »Nach den fünf Personen wird gefahndet.«

Er drehte sich mit dem Stuhl herum, legte die Füße auf die

Fensterbank und blickte aus dem Fenster. »Ich habe eine gute und eine schlechte Nachricht.«

»Die schlechte zuerst.«

»Überlassen Sie die Reihenfolge mir«, sagte er. »Ich möchte Sie bei den Ermittlungen gegen Struwwelpeter in meinem Team haben.«

Sabine verschlug es den Atem. »Ist das die gute oder die schlechte Nachricht?«

Er nahm die Beine herunter, wandte sich ihr zu und musterte sie fassungslos. »Die gute natürlich!«

»Aus wem besteht Ihr Team?«

»Aus mir«, antwortete er, als wäre dies die selbstverständlichste Sache der Welt. »Es gibt Qualitätsstandards, nach denen ein Team vorgeht – ich arbeite anders.«

Das überraschte Sabine kein bisschen. Sneijder schien alles andere als ein konventioneller Ermittler zu sein. »Und die schlechte Nachricht?«

»Das LKA will Sie vernehmen.«

»Weiß ich bereits.«

»Sie wissen noch nicht alles«, korrigierte er sie. Er beugte sich vor. »Die Kollegen sind doch nicht so lasch, wie ich dachte. Irgendwie sind sie dahintergekommen, dass Sie gestern bezüglich des Mordes an Ihrer Mutter eine Anfrage an Daedalos gestellt haben. Insgesamt haben Sie sich in den letzten fünf Wochen dreimal über die IP-Adresse Ihres PCs in Daedalos eingeloggt. Zwar wurde der Inhalt dieser Abfragen nicht mitprotokolliert, aber der Staatsanwalt vermutet, dass Sie sich schon damals Zugang zum Modus Operandi der Struwwelpeter-Morde verschafft haben.«

»Das stimmt nicht, es ging um …«

Er hob die Hände. »Völlig unerheblich! Es geht nur darum: Ihr Vater hat möglicherweise in der Zeitung von den Morden an der Leipziger Lehrerin und der Kölner Rechtsanwaltsgehilfin gelesen. Wann haben Sie das letzte Mal mit ihm telefoniert?«

Sabine wusste, worauf die Sache hinauslief. »Vater ist doch nicht Struwwelpeter!«

»Das wissen *wir beide*«, unterbrach er sie. »Aber das LKA vermutet, dass er den Modus Operandi kannte und den Mord an seiner Exfrau dem Killer in die Schuhe schieben wollte.«

»So ein Quatsch!«

»Das mag sein, aber Kirche, Staatsanwalt und Landeskriminalamt verlangen eine rasche Lösung. Nächste Woche besucht der katholische Oberpfaffe München, um eine Messe im Dom zu zelebrieren. Bis dahin muss der Mord aufgeklärt sein.« Sneijder wedelte mit der Hand. »Wenn die Kollegen Sie erst einmal stundenlang in der Mangel haben, sind Sie für mich und meine Ermittlungen nutzlos. Es gibt nur eine Möglichkeit, wie Sie dem Verhör entkommen können. Damit sind wir wieder bei der guten Nachricht.« Er schenkte ihr sein typisches Leichenhallenlächeln. »Sie begleiten mich nach Dresden. Ihr Dienstreiseantrag über das BKA Wiesbaden ist mit einem Anruf erledigt.« Er schnippte mit den Fingern.

»Jetzt?«

»Wenn nicht jetzt, wann dann?«

Das war klar. Sabine blickte auf die Uhr. »Nach Dresden sind es fünfhundert Kilometer.«

»Vierhundertsechzig, um genau zu sein, wenn wir über Nürnberg und Chemnitz fahren. Der Dienstwagen von der Münchner Kripo steht bereits vollgetankt unten. Wenn Sie ordentlich aufs Gas treten, sind wir in viereinhalb Stunden dort.«

»*Ich* fahre?«, fragte sie.

»Ich sicher nicht«, antwortete er prompt.

Klar, schließlich besaß er keinen Führerschein. »Was machen wir in Dresden?«

Er klappte den Laptop zu und zog das Kabel aus der Steckdose. »Vergessen Sie Ausweis, Dienstwaffe und das Struwwelpeter-Buch nicht. Den Rest erkläre ich Ihnen während der Fahrt.«

# 18

Bevor Helen zu Hause aufgebrochen war, hatte sie sich mit Bluse, Blazer und dunkelblauem Rock in Schale geworfen. Von Grießkirchen bis zum südlichen Stadtrand Wiens hatte sie nur fünfzehn Minuten mit dem Auto gebraucht. Kurz vor Mittag war auf den Straßen nie viel los. Gelassen folgte sie den Anweisungen ihres Navis in die Bachallee.

Während der gesamten Fahrt hatte sie über die Freisprechanlage ihres Wagens telefoniert. Zunächst mit dem Partyservice, der morgen früh anrollen sollte, mit Kühlboxen, Antipasti mit Prosciutto und einem mediterranen Buffet. Die Kellner würden Champagner und edle Weine servieren, und der Show-Koch würde Garnelenspießchen und Paella in einer Riesenpfanne über einem offenen Feuer zubereiten. Zum Abschluss würden sich die Gäste in der Cocktailbar einfinden.

Die Band sollte bereits gegen 16.00 Uhr eintreffen und ihr Equipment aufbauen, ebenso der Fotograf mit seiner Assistentin, um die Location zu begutachten. Obwohl es angeblich nicht regnen sollte, hatte Helen bereits vor einer Woche für Band und etwa vierzig Gäste ein Zelt bestellt, das im Garten aufgestellt werden sollte. Eine kluge Frau war für alle Eventualitäten gerüstet. Von ihr aus konnte es wie aus Eimern schütten. Das wäre das passende Wetter für den Geburtstag ihres Mannes.

Sie kam nach Siebenhirten, dem südlichen Stadtteil Wiens, einer grünen Gegend, in der sich ein gepflegter Vorgarten an den nächsten reihte. Als sie in die Bachallee einbog, schaltete sie das Handy aus. Hier gab es freie Parkplätze ohne Ende. Neben einem Abstellplatz stand ein Schild, das auf eine Psychotherapie-Praxis hinwies. Helen fuhr langsamer, ließ das Fenster herunter und kniff die Augen zusammen. *Dr. med. Rose Harmann,* stand auf der Tafel. *Logotherapie und Existenzanalyse nach Viktor E. Frankl.* Das musste die Kollegin sein, bei der Anne Lehner zuvor gewesen, mit der sie aber nicht klargekommen war. Helen hatte schon mal von Harmann gehört. Angeblich war sie eine Koryphäe bei Tagungen, allerdings kannte sie die Frau nicht persönlich.

Langsam rollte Helen an einem Park und einer Bushaltestelle vorbei, bis sie das richtige Gebäude erreichte, Hausnummer 33. Ein moderner, sechsstöckiger Wohnblock mit Balkonen und einer Tiefgarage. Die kleinen Buchsbäume in den Marmortöpfen und die breite Glasfassade mit dem Springbrunnen wirkten wie der Eingangsbereich eines Kongresszentrums. Anne hatte ein Leben lang gearbeitet, war alleinstehend, hatte keine Kinder und verbrachte ihre Urlaube zu Hause. Trotzdem fragte sich Helen, wie sich eine gewöhnliche Apothekengehilfin eine Wohnung in dieser Gegend leisten konnte.

Sie parkte vor dem Haus. Eine moderne Gegensprechanlage mit Display ragte aus der Wand. Helen wählte sich durch das Menü. Insgesamt gab es fünfzig Wohnungen in diesem Block. Anne Lehner hatte Türnummer 48 im letzten Stock. Helen beendete die Menüabfrage und holte den Schlüsselbund von Franks Schreibtischlade aus der Handtasche.

Nun kam der Moment der Wahrheit. Sie wünschte sich, dass sie sich geirrt hatte und Franks Schlüssel bloß zu seinem Spind im Golfklub gehörte. Mit zitternden Fingern führte sie den größeren Schlüssel ins Schloss. Widerstandslos glitt er in die Öffnung. Die Tür sprang mit einem leisen Klicken auf. Ungläubig starrte Helen auf den Spalt.

*Was hast du erwartet, Dummchen?* Sei still! Sie trat ein. Der gewaltige Vorraum war cremefarben gefliest. Eine Treppe aus Chrom führte in die oberen Stockwerke. Daneben ragte ein Aufzug mit ovaler Glaskabine empor. Durch das Glasdach strahlte die Sonne in den sechsstöckigen Luftraum. Der Geruch nasser Erde lag in der Aula. Offensichtlich hatte der Hausmeister soeben die zahlreichen

Buchsbäume vor den Korridorabzweigungen gegossen. Helen ging zum Lift. Ihre Stöckelschuhe klapperten über die Bodenfliesen. Vereinzelt hallte das Klicken von Türen durch das Gebäude.

Helen betätigte den Sensor für den Aufzug. Die Kabine brachte sie mit einem geschmeidigen Surren nach oben. Sie fühlte sich wie ein Ausstellungsstück in einer Vitrine. Das Panel zeigte, dass es noch drei Stockwerke hinunter ging. Dort gab es Boutiquen sowie einen Maniküre- und Friseursalon, eine Wellness-, Solarium- und Saunalandschaft und die Tiefgarage. Dieser Wohnblock war eine Oase der Reichen am Rande der Großstadt.

Helen stieg direkt unter dem Flachdach aus. Aus der Vogelperspektive sah der Eingangsbereich überwältigend aus. Auch hier hatte sich der Architekt mit Glaselementen verwirklicht, sodass mehr Sonnenlicht als nötig ins Gebäude fiel.

Der orangefarbene Teppich schluckte jedes Geräusch. Vor der Türnummer 48 blieb sie stehen. Natürlich! Das Schloss war aufgebrochen worden. Ben Kohler hatte ihr erzählt, dass jemand gewaltsam in die Wohnung eingedrungen war und Anne vermutlich daraus entführt hatte. Ein breites Stemmeisen hatte den Türstock an mehreren Stellen eingedrückt. Dennoch schloss die Tür bis auf einen Spalt, an dem das verzogene Holz aufklaffte. Der Hausmeister musste die Tür behelfsmäßig repariert haben.

Über dem Schloss klebte die Plombe der Kripo. Helen riss sie kurzerhand herunter und führte den kleineren der beiden Schlüssel ein. Der Zylinder knirschte, als sie den Riegel zur Seite schob. Die Tür sträubte sich, doch Helen drückte sie auf.

Einen Moment lang zögerte sie. Machte sie sich strafbar, wenn sie diese Wohnung betrat? Andererseits hatte sie bereits Franks Schreibtisch aufgebrochen. Es gab kein Zurück mehr. Sie musste Antworten finden. Helen ging hinein und drückte die Tür hinter sich zu.

Das Apartment war stilvoll eingerichtet. Kunstdrucke an den Wänden, gebundene Lederausgaben von Romanen aus den Siebzigerjahren, jede Menge Vitrinen, Metallleuchten, ein Glastisch, eine Ledercouch, Orchideen auf den Fensterbänken und eine Küchenzeile in Chrom mit eingearbeiteten Holzpaneelen. *Zeig mir, wie du wohnst, und ich sage dir, wer du bist.* Doch wer zum Teufel war Anne Lehner?

Helen erlebte in jedem Zimmer eine neue Überraschung. Die Räume wirkten kühl, aber extravagant. Sie passten nicht zu dem Bild, das sie von Anne hatte. Aber es musste die richtige Wohnung sein. Der Schlüssel passte, es war eingebrochen worden, und das Türschild trug Annes Namen.

Auf den Kommoden standen Bilderrahmen, doch einige Fotografien fehlten. Ein Foto war sogar in der Mitte auseinandergerissen worden. Hatte Annes Entführer Spuren verwischt, die auf ihn deuteten?

Helen betrat das Badezimmer. Im Spiegelschrank fand sie nicht nur den üblichen Frauenkram, sondern auch Rasierschaum, Aftershave und einen Nassrasierer. Sie durchlebte ein grausames Déjàvu. Frank verwendete Gilette Mach 3, weil er behauptete, die elektrischen Apparate rissen an seinen Haarwurzeln. Für einen Moment glaubte sie in ihrem eigenen Badezimmer zu stehen, als sie die blaue Originalverpackung der Gilettekllinge sah. Außerdem verwendete Frank auch das blaue *Ocean*-Aftershave von Wilkinson.

*Was hast du erwartet, Dummchen? Dass er einen Schlüssel zu dieser Wohnung besitzt, aber nicht darin duscht und sich rasiert?*

Halt's Maul!

Helen schlug die Schranktür zu. Sie starrte in ihr eigenes Spiegelbild. Warum tat er ihr das an? Warum kam er hierher? Wie oft? Jede Woche? War sie nicht gut genug für ihn? Nur zwei Jahre verheiratet und noch dazu vierzehn Jahre jünger! Genügte das nicht?

Wie in Trance öffnete sie die Duschkabine. In der oberen Eckablage stand eine schwarze Davidoff-Duschgeltube.

*Frank, du bist so berechenbar!* Der Duft einer anderen Frau oder der Geruch eines anderen Rasierwassers wäre Helen aufgefallen – und das wusste Frank.

*Was hast du bloß getan, du verdammter Mistkerl?*

Helen schloss die Augen und versuchte, sich in ihren Mann hineinzuversetzen.

*Du kannst Anne am Montagmorgen nicht erreichen. Stattdessen spricht eine merkwürdige Stimme auf ihrer Mobilbox zu dir. Stunden später fährst du zu ihrer Wohnung. Du hoffst, Anne ist zu Hause, denn dein Schlüsselbund liegt in deinem Arbeitszimmer. Aber die Tür wurde aufgebrochen. Du betrittst die Wohnung. Anne ist fort. Panik erfasst dich. Der Einbrecher hat nichts verändert, aber du stürmst durch die Wohnung, nimmst die Bilder aus den Rahmen und reißt jene Teile runter, auf denen du zu sehen bist. Danach wischst du deine Fingerabdrücke ab und machst bei der Kripo eine anonyme Vermisstenanzeige.*

*Aber, Frank, du hast einen Fehler begangen. Du warst nicht im Badezimmer! Wie hättest du auch ahnen können, dass* ich *einen Blick dort hinein werfe?*

Helens Brust wurde so eng, dass sie kaum noch atmen konnte. Eigentlich hatte sie genug gesehen. Sie musste nicht auch noch das Schlafzimmer betreten. Es gab überall genug Hinweise auf Frank. Trotzdem tat sie es. Vielleicht musste sie sich selbst quälen, um ein noch größeres Loch in ihr Herz zu reißen, damit sie Frank noch mehr für alles hassen konnte, was er ihr angetan hatte.

Vor allem der Anblick des Doppelbetts, der schwarzen Seidenkissen und cremefarbenen Überdecke versetzte ihr einen Stich in die Seele. *Frank, bist du in diesem Bett gelegen? Nackt und verschwitzt? Hast du dir mit einem Taschentuch das Sperma vom Glied gewischt? Haben deine Finger nach ihr gerochen?*

*Jeden Freitagabend? Tu mir das nicht an …*

*Ich pflege dich, wenn du krank bist, und richte dich auf, wenn du einen Fall verloren hast. Tu mir das doch bitte nicht an! Sag mir wenigstens, dass es nur Sex war. Dass du diese Frau nicht liebst!*

Sie öffnete den Nachtschrank und hasste sich im selben Augenblick dafür. Eng geschnittene schwarze Slips, eine Tube Gleitgel, Kerzen, Duftöle und Massagecremes lagen in der Lade. Was für ein Albtraum! Am liebsten hätte sie die Lade herausgerissen und durchs Fenster geworfen. Was für eine Schlampe war Anne Lehner bloß? Die kleine graue Maus, die in der Apotheke schuftete und ständig von Männern ausgenutzt wurde, die sie in Internetforen kennenlernte? Wohl kaum.

Möglicherweise nutzte *sie* die Männer aus. Wie könnte sie sich sonst dieses Apartment leisten? Frank sponserte sie wohl nicht nur mit einem Rubinring, und als Gegenleistung durfte er das Liebesnest besuchen und Annes Körper mit Massageöl eincremen und mit Gleitgel in sie eindringen.

Helen empfand Ekel. Sie stieß die Lade zu und riss den Kleiderschrank auf. Schwarze und fliederfarbene Unterwäsche stapelte sich in Augenhöhe. Dahinter entdeckte sie einen steifen Hemdkragen. Sie zog das Kleidungsstück hervor. Ein dunkelblaues maßgefertigtes Männerhemd mit den auf die Brust gestickten Initialen F.B., die sie nur zu gut kannte, weil sie solche Hemden selbst von der italienischen Designer-Schneiderei Bernardi & Salucci geholt und bezahlt hatte. Alles in dieser Wohnung wirkte, als führe ihr Mann bereits seit Jahren ein Doppelleben mit Anne.

»Du mieses Schwein!«, rief sie und riss die Unterwäsche aus dem Schrank. »Du hast in deiner Hektik eines deiner Hemden vergessen!«

Sie zerrte alles aus den Fächern. Unterhosen, Socken, Strümpfe, Unterhemden, Büstenhalter und Sweatshirts. Aus dem nächsten Regal packte sie einen Stoß Blusen und schleuderte ihn durchs Zimmer. Es tat gut, etwas zu zerstören. Sie war über sich selbst überrascht, dennoch machte sie weiter und riss mehrere Pullover aus dem Wäschefach. Es war fantastisch, Unordnung in dieser Wohnung zu schaffen! Plötzlich durchfuhr sie ein Schmerz. Blut drang aus einem tiefen Schnitt im Finger. Sie saugte an der Wunde und spürte den bitteren Geschmack von Blut. Ihr Herz raste wie wild.

Woran hatte sie sich geschnitten? Zwischen den Kleidungsstücken lagen Röntgenaufnahmen auf dem Boden. Helen musste sie in ihrer Wut herausgerissen und sich daran verletzt haben. Keuchend ließ sie sich neben dem Wäscheberg auf die Knie. Es waren keine Röntgenbilder, sondern Ultraschallaufnahmen. Von einem Baby!

Sie nahm den Finger aus dem Mund und hob die Fotos auf. Die Bilder zeigten ein Baby im dritten Monat. War das Annes Kind? Wie konnte das sein? Anne war fünfundvierzig Jahre alt und schwanger? Nach dem Datum am Rand der Bilder zu schließen müsste sie bereits im sechsten Monat sein, doch Helen hatte nichts davon bemerkt. Außerdem hatte Anne während der Sitzungen nie ein Wort darüber verloren.

Helen wurde übel. War Frank etwa der Vater?

Die Aufnahmen fielen ihr aus der kraftlosen Hand. Ihr Blut klebte an den Rändern. Helen sank zurück und lehnte sich mit dem Rücken an den Schrank. Was hatte sie bloß angerichtet? In dem Schlafzimmer sah es aus, als wäre Dschingis Khan mit seinen Horden durchgeritten. Am liebsten hätte sie Frank erwürgt und Anne gleich mit. Doch um Anne hatte sich schon jemand anders gekümmert. Wegen ihrer persönlichen Probleme hatte sie Annes Entführer völlig vergessen.

Warum hatte der Kerl ausgerechnet Helen für dieses makabre Spiel ausgewählt? Was hatte sie mit dieser Sache zu tun? Schön und gut, sie war Annes Therapeutin, und ihr Mann hatte ein Verhältnis mit dieser Schlampe. Genügte das, um sie in die Sache reinzuziehen? Kaum. Es musste mehr dahinterstecken.

Mit jeder Stunde, die verstrich, schwanden Annes Überlebenschancen. Zorn machte sich in Helen breit. Ausgerechnet sie sollte das Leben dieser Frau retten? Wie kam sie dazu? Sollte dieses Scheusal ihr ruhig alle Finger abschneiden und in Schachteln verschicken. Sollte sie elend verrecken! Sie hätte es verdient. Was kümmerte Helen das? Sollte Frank sich doch um seine Geliebte kümmern, die er angeblich nicht kannte und die womöglich sogar von ihm schwanger war.

Was für ein schlechter Witz!

Helen hatte geglaubt, für Frank die perfekte Ehefrau zu sein. Er hasste Kinder – sie jedoch liebte Kinder, hätte so gerne eigene gehabt, konnte aber keine bekommen. Und das einzige Kind in ihrem Leben, Ben Kohlers Sohn Flo, war ihr von einem Mörder und Vergewaltiger genommen worden. Nun sollte eine andere Frau ein Kind von Frank zur Welt bringen! Tränen liefen ihr übers Gesicht.

Eines wusste sie. Frank steckte bis über beide Ohren in diesem Fall drin. Womöglich kannte er sogar Annes Entführer.

Am Rand des Ultraschallfotos stand der Name von Annes Gynäkologen. Helen faltete die Aufnahme, steckte sie in ihre Handtasche und verließ die Wohnung.

# 19

»Treten Sie aufs Gas!« Sneijder griff zum Lenkrad herüber und drückte auf die Hupe.

»Finger weg!«, zischte Sabine. »*Ich* fahre!«

Sie rasten mit hundertachtzig Stundenkilometern auf der Autobahn nach Dresden. Sabine wechselte die Spur und überholte einen Mercedes. Der zivile Dienstwagen hatte 190 PS unter der Haube und würde sie rascher ans Ziel bringen, als Sneijder veranschlagt hatte.

Sneijder zog sich blass auf seinen Platz zurück. Er hatte den Beifahrersitz ganz zurückgeschoben, damit seine langen Beine genügend Freiraum hatten. Da läutete sein iPhone zum mittlerweile fünften Mal. Nach einigen Worten beendete er das Gespräch und steckte das Telefon weg. Seit sie in München weggefahren waren, hatte er nur an der Strippe gehangen. Die meisten Gespräche waren für Sabine unverständlich gewesen.

»Erzählen Sie mir nun endlich, was wir in Dresden wollen?«, fragte sie.

Sneijder zerrte an seinem Sicherheitsgurt, als würde ihn dieser erwürgen. Für einen Moment klaffte sein Sakko auf. Über dem schwarzen Rollkragenpullover trug er ein Schulterholster. Sabine erkannte die Glock 17 am schwarzen Griff mit der Riffelung. Sie selbst trug ihre Walther PPK, wie Sneijder es ihr aufgetragen hatte.

»Von den fünf Personen, die an der Kölner Grundschule und Jahre später an der Dresdner Hauptschule waren, ist mittlerweile eine gestorben«, erklärte Sneijder.

»Ermordet?«

»Darmkrebs, vor drei Jahren. Ein ehemaliger Schüler. Hat mit unserem Fall nichts zu tun. Nach den anderen vier Personen wird gefahndet. Von drei kennen wir den gemeldeten Wohnsitz, von einer nicht.«

Sabine ahnte, dass diese Person ihn besonders interessierte. »Wie heißt die?«

»Carl Boni.«

Sie erinnerte sich an diesen ungewöhnlichen Namen, als sie die Unterschriften auf der Rückseite der Fotos mit der Namensliste von Elfriede Nikitschs Schule verglichen hatte. In den vier Jahren war Carls Schrift immer kindlich geblieben, als hielte er den Kugelschreiber in der Faust und bemühe sich, die Buchstaben seines Namens schön zu malen. Ein blonder Junge mit ebenmäßigen Zügen, der einen halben Kopf größer war als seine Mitschüler.

»Wir kennen weder Carls Wohnsitz noch seinen Arbeitsplatz oder seinen derzeitigen Aufenthaltsort. Die Kollegen in Wiesbaden sind an der Sache dran, aber bis das erste Ergebnis vorliegt, dauert es mindestens weitere vierundzwanzig Stunden.«

Das erklärte noch immer nicht, was sie in Dresden wollten.

Sneijder massierte seine Schläfen. »Carl Boni wird am 6. November vierundzwanzig Jahre alt. Ein Automechaniker. Sein Vater starb vor über drei Jahren an Herzversagen. Genau vier Tage vor Weihnachten. Die Mutter lebt noch, doch auch von ihr kennen wir keinen aktuellen Wohnsitz.«

Ein dumpfes Gefühl breitete sich in Sabines Magen aus. »Wurden Mutter und Sohn ermordet?«

»Möglich. Carls Tante Lore lebt jedenfalls noch, die Schwester seines Vaters. Sie wohnt in Dresden.«

»Wir fahren zu seiner Tante?«, entfuhr es Sabine. Unwillkürlich nahm sie den Fuß vom Gaspedal. Sie raste soeben an einem Lkw vorbei und ließ sich nun ein Stück zurückfallen.

»Draufbleiben!«, mahnte Sneijder und wedelte mit der Hand. »Die Familie Boni hat früher einige Jahre bei dieser Tante gelebt.«

»Ich fasse es nicht. Wir rasen mit einem Affenzahn nach Sachsen, nur um diese olle Tante Lore zu besuchen. Warum rufen wir sie nicht an?«

Sneijder warf ihr einen Blick zu, als hätte sie seine Intelligenz beleidigt. »Habe ich versucht. Geht keiner ran. Sie ist seit dem 6. Mai spurlos verschwunden.«

Nun dämmerte es Sabine. Sneijders Aktionen hatten Methode. »Scheint so, als wollte jemand die Familie ausrotten.«

Sie sagten eine Weile nichts. Schließlich hatte Sabine die neue Information verarbeitet und resümierte laut. »Alles hängt irgendwie zusammen …«

»Natürlich tut es das!«, unterbrach Sneijder sie. »Wenn ich mir am Arsch ein Haar ausreiße, dann tränt das Auge!«

Was war er doch für ein Esel! Sie ging nicht auf seinen Kommentar ein. Stattdessen sagte sie: »Die Kölner Rechtsanwaltsgehilfin wurde am 6. April entführt und Tante Lore verschwand am 6. Mai. Die Leipziger Lehrerin wurde am 20. April entführt und meine Mutter am 20. Mai.«

Sneijder verzog das Gesicht. »Eine interessante Beobachtung, Eichkätzchen.«

»Obwohl ich kein Gras rauche«, antwortete sie sarkastisch.

Er ignorierte ihren Seitenhieb. »Carl wurde am 6. November geboren, und sein Vater starb am 20. Dezember. Geburt und Tod. Scheinen zwei denkwürdige Tage zu sein«, sinnierte Sneijder. »Es ist, als hätte ich eine Lösung, aber sie passt nicht zu meinem Problem.«

»Was war Carls Vater von Beruf?«, fragte sie.

Er sah sie mit einem abwesenden Blick an, als hätte sie ihn mit ihrer Frage aus weiter Ferne geholt. »Das erraten Sie nie. Dom-Organist und Spezialist für Bach-Stücke.«

Beim Gedanken daran rieselte ihr ein Schauer über den Rücken. Plötzlich hatte sie wieder das Bild ihrer Mutter vor Augen, mit dem Schlauch im Rachen und dem aufgerissenen Mund, grotesk in der Leichenstarre festgefroren. Sabine erinnerte sich an Sneijders Tonbandaufnahme. »Der Mesner hat ein Stück von Bach gehört, bevor er die Leiche meiner Mutter fand.«

»Zumindest hat er das behauptet. Aber irgendwie ist das alles noch nicht rund. Kölner und Münchner Dom sind katholische Kirchen, die Thomaskirche in Leipzig ein evangelischer Dom. Es hat etwas mit Bach und Orgelmusik zu tun, aber ich finde keinen vernünftigen Zusammenhang in diesem beschissenen Kirchensystem.«

Sabine zuckte zusammen. Der Begriff *Oberpfaffe* kam ihr wieder in den Sinn. »Ihre Gotteslästerei nervt«, sagte sie knapp.

Er schüttelte den Kopf. »Wie kann ich über etwas lästern, das gar nicht existiert? Ich glaube weder an Gott noch an den Teufel.«

»An etwas müssen Sie doch glauben.«

»Dass ich eines Tages sterben werde.«

*Wie armselig.*

»*Science flies you to the moon, religion flies you into buildings*«, zitierte er einen bekannten Spruch. »Ich glaube an die Wissenschaft, an Psychologie und daran, dass Schilddrüsenkrebs eines Tages heilbar sein wird – aber nicht an die westlichen Religionen.«

Sie fuhren an einer endlosen Reihe riesiger Windräder vorbei. »Buddhismus ist für Sie in Ordnung?«

Er nickte. »Zen-Buddhismus.«

»Haben Sie deshalb eine Glatze?«

Er antwortete nicht. Plötzlich musste sie an die drei ausgestreckten Finger denken, mit denen er seine Mitmenschen demütigte. »Können Sie mir den Unterschied zwischen Zen-Buddhismus und den anderen Religionen in drei einfachen Sätzen erklären?«

Das typische kalte Leichenhallenlächeln huschte über sein Gesicht. »Den kann ich Ihnen sogar in *einem* Satz erklären: Die westlichen Religionen bauen auf Fremderlösung, die asiatischen auf Selbsterlösung.«

*Selbsterlösung! Nicht schlecht!* Das passte zu einem Egozentriker wie Sneijder.

»Ich würde gern mit Ihnen über dieses Thema philosophieren,

aber ich muss noch ein paar Gespräche führen, bevor wir nach Dresden kommen.« Er griff zum iPhone.

»Wen rufen Sie an?«

»Ich bringe die Kollegen vom LKA Sachsen ein bisschen in Schwung. Wir brauchen Zutritt zur Wohnung der ollen Tante Lore.«

## 20

### Drei Monate vorher

#### Die 5. Therapiesitzung

Dr. Rose Harmann schaltete das Tonbandgerät ein. »Dienstag, 24. Februar, 17.00 Uhr. Fünfte Sitzung mit Carl Boni.«

Sie stellte das Gerät auf den Tisch. Dann nippte sie an ihrem Glas. Limettensaft! Der Bio-Drink schmeckte bitter, versorgte sie jedoch mit Vitaminen.

»Sieht ekelhaft aus«, bemerkte Carl.

»Soll aber gesund sein.« Sie beugte sich vor und stellte das Glas ab. Bei dieser Bewegung fuhr ihr wieder dieser verdammte Schmerz durch den Unterleib. Sie schloss für einen Moment die Augen und biss die Zähne zusammen.

»Geht es Ihnen nicht gut?« Carls Stimme klang tatsächlich besorgt.

»Danke, alles in Ordnung«, log sie. Diese verfluchten Krämpfe wurden von Tag zu Tag schlimmer. Morgen würde sie endlich ihren Gynäkologen aufsuchen. Ohne Termin, aber das war kein Problem. Sie kannte den Mann gut. Er untersuchte auch ihre Mutter. Allerdings würde sie dem Vater des Kindes lieber nichts davon erzählen. Ein Gefühl sagte ihr, dass er wegen der Komplikationen gar nicht so traurig sein würde. Auf *diese* Anteilnahme konnte sie im Moment gut verzichten.

Sie stützte sich seitlich auf die Armlehne und atmete langsam durch. »Unser letztes Treffen liegt knapp vier Wochen zurück«, stellte sie fest.

»Ich hatte eine Grippe und viel um die Ohren«, rechtfertigte Carl sich. Gelassen ruhte er auf der Couch. Seine Finger waren wieder einmal ölverschmiert. Er betrachtete die Kuppen.

Rose lächelte. »Kein Problem. Schließlich soll die Therapie auf das Leben fokussiert sein und nicht das Leben auf die Therapie.«

Normalerweise hätte sie sich deswegen ans Gericht wenden müssen. Da er ihr aber regelmäßig Tonbänder in den Briefkasten gesteckt hatte, merkte sie, dass er an sich arbeitete. Diese Zeit wollte sie ihm geben.

Allmählich löste sich der Krampf in ihrem Unterleib. Der Schmerz klang ab. Was für ein Gefühl! Aber es war nur eine Frage der Zeit, bis sie den nächsten Stich spüren würde. *Denk jetzt nicht an das Baby! Konzentrier dich auf die Sitzung!*

Sie deutete auf die fünf Mini-Kassetten, die auf dem Tisch lagen. »Vielen Dank für das interessante Material.«

Carl tat so, als bemerkte er die Bänder erst jetzt. »Haben Sie sich das überhaupt angehört? Ich weiß gar nicht mehr, was ich draufgesprochen habe.«

*Bestimmt weißt du das noch. Jedes einzelne Wort.*

Aber Carls Lüge spielte keine Rolle. Er hatte sich emotional geöffnet, zum ersten Mal über seine Kindheit gesprochen und hilfreiches Material zu Tage gefördert.

»Können Sie sich noch daran erinnern, wann Sie das erste Band besprochen haben?«

»Ich hatte einen Albtraum und das Gerät kurz darauf mit irgendwas vollgequatscht, bevor ich zur Arbeit gegangen bin.«

Der Redefluss auf der ersten Kassette war noch sehr zögerlich gewesen. Die hallende Stimme ließ darauf schließen, dass Carl die Aufnahme im Badezimmer gemacht hatte. Möglicherweise vor dem Spiegel über dem Handwaschbecken. Das würde auch erklären, weshalb er sich selbst in der zweiten Person angesprochen hatte. *Du dreckiger Nichtsnutz!* Auf den anderen Bändern waren seine Sätze schneller und flüssiger, als hätte er sich daran gewöhnt, seinen Gefühlen freien Lauf zu lassen. Aber selbst da sprach er in der Du-Form über sich.

Ein zweckloser Versuch, den Inhalt der Bänder als Belanglosigkeit abzutun. Sein Drang zu reden war offensichtlich. Andernfalls hätte er sich kaum die Mühe gemacht, vier weitere Kassetten zu kaufen.

»Hielten die Träume an?«

»Fast jede Nacht.«

»Träume können hilfreich sein«, erklärte sie. »Sie zeigen, dass sich Ihr Unterbewusstsein mit Dingen beschäftigt, die Sie lange verdrängt haben.« Sie schob die Kassetten über den Tisch zu ihm. »Vielen Dank noch mal.«

Er sah sie erstaunt an. »Die gehören Ihnen.«

»Nur eine. Aber es ist Ihr Material. Nehmen Sie es …«

»*Sie* haben mir die fünf Kassetten gegeben. Ich brauche sie nicht.«

Rose betrachtete ihn. Seiner Miene nach zu urteilen glaubte er tatsächlich, was er sagte. Möglicherweise wollte er die erlösende Wirkung des Selbstgesprächs nicht wahrhaben. Hatte er den Kauf der Kassetten verdrängt, um sich selbst einzureden, er *müsse* die fünf Bänder für Rose besprechen? Sie beließ es dabei. »Ich würde mit Ihnen gern über den Inhalt reden.«

»Wozu? Sie haben das Zeug ja gehört.«

Rose nickte. »Wir können auch über etwas reden, das auf den Kassetten nicht erwähnt wird. Zum Beispiel Ihre Schulzeit.«

Carl zuckte mit den Achseln. Offensichtlich war dieses Thema für ihn akzeptabel.

»Von unseren letzten Sitzungen weiß ich, dass Sie oft umgezogen sind.« Rose blätterte in ihren Mitschriften. »Nach der Kindergartenzeit in Wien absolvierten Sie die Grundschule in Köln, die Hauptschule in Leipzig und Ihre Automechanikerlehre in Dresden. Wie fühlten Sie sich, als Sie aus Ihrer gewohnten Umgebung gerissen wurden?«

Er blickte zur Zimmerdecke und runzelte die Stirn, als läge die

Erinnerung an diese Ereignisse tief verschüttet. »Ich weiß nicht … hab nie darüber nachgedacht. Wir *mussten* übersiedeln – Mutter und ich wurden nicht gefragt, ob wir wollten. Alle paar Jahre nahm Vater eine neue Stellung als Organist an. Er spielte während der Messen im Dom.«

»Und Ihre Mutter?«

»Was blieb ihr übrig? Sie suchte sich ebenfalls einen neuen Job.«

»War das schwierig?«

»Sie hat eine gute Ausbildung als Krankenschwester, und für Nachtschichten wurde immer jemand gesucht.«

»Welche Rolle spielte Ihre Mutter in Ihrer Kindheit?«

»Keine.«

»Wurden Sie auch von ihr geschlagen?«

»Nie.«

»Gerade als Krankenschwester … wie hat sie auf die Blutergüsse und Brandwunden auf Ihrer Brust und den Armen reagiert?«

»Gar nicht. Ich habe sie vor ihr versteckt.«

»Warum?«

Er zuckte wieder mit den Achseln. »Hätte Mutter sie bemerkt, wäre ihr wohl klar geworden, dass ich unartig war.«

»Und das hätte weitere Konsequenzen nach sich gezogen?«, fragte Rose. »Waren Sie denn tatsächlich unartig?«

Er funkelte sie einen Moment lang an. Seine Halsschlagadern begannen zu pochen. Offensichtlich hatte sie seinen wunden Punkt getroffen.

»*Waren* Sie unartig?«

Seine Stimme wurde eine Spur lauter. »Hätte Vater sonst einen Fünfjährigen mit dem Bügeleisen verbrannt?«

Rose dachte an die Brandwunden auf seinen Unterarmen. Falls die Behauptungen auf den Tonbändern stimmten, war sein Körper von Spuren weiterer Misshandlungen übersät. Sie stellte sich vor, wie sein ganzer Körper verunstaltet war. Gerade jetzt, als schwangere Frau, war ihr unbegreiflich, wie jemand sein eigenes Kind derart quälen konnte.

»Kinder versuchen zu verstehen, warum ihre Eltern sie misshandeln«, erklärte Rose. »Instinktiv suchen sie die Schuld bei sich. Schon oft habe ich folgenden Satz von meinen Klienten gehört: ›An mir muss etwas Schlechtes sein, sonst würde mich mein Vater nicht schlagen.‹«

Carls Stimme wurde leise. »Ich bin meinem Vater dankbar für seine Erziehung.«

»Tatsächlich? Inwiefern?«

»Ist eine strenge Erziehung nicht besser als gar keine?«

*Auch wenn das Resultat Drogenmissbrauch und drei Jahre bedingte Strafe lauten?* »Glauben Sie, dass Ihre Mutter von der Erziehung durch Ihren Vater wusste?«, fragte Rose.

»Sie war nie zu Hause.«

»Wo war sie, wenn Ihr Vater zu den Erziehungsmaßnahmen griff?«

»Ich sagte ja schon: Sie hatte oft Nacht- und Wochenenddienste.«

»Glauben Sie, dass es Ihren Vater erregt hat, als er Ihnen Schmerzen zufügte?«

Carls Blick wanderte unruhig zur Uhr und zurück. »*Erregt?* Wie meinen Sie das?«

»War eine sexuelle Komponente im Spiel?«

Carls Augen wurden groß. »Bitte?«

Aus Erfahrung wusste sie, dass bei echten Emotionen immer zuerst der Körper reagierte und danach die Worte folgten. Carls Entrüstung war also nicht gespielt.

»Manchmal kommt es bei Kindesmisshandlung vor, dass …«

»Es war keine *Misshandlung!* Wie das klingt!« Seine Stimme bebte. »Vater musste mich *erziehen*, so wie andere Jungs auch erzogen wurden.«

»Natürlich.« Rose schluckte. »Sehen Sie, ein Kind sieht vieles mit anderen Augen. Dinge, die es nicht begreifen kann, versucht es vor sich selbst zu rechtfertigen. Ich behaupte nicht, dass das bei Ihnen zutrifft, aber manche Kinder denken von sich, dass sie ekelerregend, böse und krank seien und perverse Gedanken hätten. Sie verdienen, was sie bekommen.«

»So war es nicht«, widersprach er.

»In Ihren Augen war Ihr Vater also kein Sadist?«

Er kaute an den Fingernägeln. »Natürlich nicht. Er war sehr gläubig und legte wert auf Disziplin. Glauben Sie etwa, die Erziehung hat ihm Spaß gemacht?«

Rose war sich da nicht sicher. Allerdings lagen ihr weder vom Gericht noch vom Jugendamt Beweise vor – zumindest über jene Zeitspanne, in der Carl in Österreich gelebt hatte. Sie kannte nur Carls Aussagen auf den Tonbändern. Demnach hatte ihn sein Vater bereits als Fünfjährigen zwei- bis dreimal pro Woche mit einer Plastiktüte beinahe zum Ersticken gebracht. Später hatte er ihn mit einer brennenden Kerze oder den Glasscherben einer Weihwasserphiole malträtiert und fast täglich geschlagen – egal ob er krank war, Fieber hatte oder nicht. Dagegen waren die Krämpfe in ihrem Unterleib, die sie seit Tagen quälten, sodass sie an manchen Abenden nicht einmal aufrecht stehen konnte, ein Kinkerlitzchen.

Erst mit dem Tod seines Vaters hatten die Schläge geendet. Aber in Carls Kopf tat er es immer noch. Das Resultat war ein Mangel an Selbstachtung, der ihn sein Leben lang begleiten würde. Möglicherweise hätte das letzte Gespräch kurz vor dem Herzversagen seines Vaters etwas daran ändern können – doch Carl hatte nie erfahren, was ihm sein Vater vor drei Jahren am Sterbebett mitteilen wollte.

»Wann genau hat Ihr Vater Sie erzogen?« Eigentlich vermutete Rose, dass er stets dann zugeschlagen hatte, wenn er betrunken oder depressiv war oder wenn Carl nicht gehorchte, doch Carls Antwort fiel anders aus.

»Immer eine Stunde, bevor Mutter heimkam. Er hat mich dann auch immer gleich verarztet.«

Rose schluckte. Für einen Augenblick konnte sie sich in den sieben-, zehn- oder vierzehnjährigen Carl hineinversetzen. Was für ein Gefühl musste es sein, jedes Mal, wenn Mutter das Haus verließ, zu wissen, sie würde in ein oder zwei Stunden oder erst am nächsten Morgen wiederkommen? Wenn Vater sich näherte und nach dem kleinen Carl rief? Soviel sie im Moment über seine Kindheit wusste, lag kein Fall von sexuellem Missbrauch vor. Nur körperliche Züchtigung! Carls Vater war möglicherweise ein Sadist oder religiöser Fanatiker gewesen, der in seinem Sohn ein Ventil für seine Machtausübung gesucht hatte. Doch etwas fehlte in diesem Bild. Das *Warum?*

»Auf den Tonbändern erwähnen Sie ein Gedicht, das Ihr Vater öfter wiederholte, wenn er ... seine Erziehungsmaßnahmen an Ihnen ausübte.«

»Ich hasse es.«

»Um welches Gedicht handelte es sich?«

»Es sind bloß Reime ... ich meine, ich kann mich nicht mehr daran erinnern.« Er kaute an den Nägeln. »Können wir über etwas anderes reden?«

»Natürlich. Trinken Sie einen Schluck Wasser, und atmen Sie tief durch.«

Sogleich entspannten sich Carls Schultern.

»Was halten Sie davon, wenn wir Ihren Vater fragen, ob er Ihnen einen Brief schreibt?«

»Er ist tot.«

»Ich weiß, aber was könnte in diesem Brief stehen?«

»Ich weiß es nicht.«

»Wenn Sie es wüssten, was würde ...?«

»Können wir bitte über etwas anderes reden!« Carl nahm die Fingerkuppe aus dem Mund und wischte sich das blutige Nagelbett an den Jeans ab.

»Ja, gut«, seufzte Rose. »Worauf haben Sie Lust?«

»Wann haben Sie Geburtstag?«

Im ersten Moment war sie perplex. »Interessiert Sie mein Sternzeichen?«

Ihre Reaktion sollte distanziert und sachlich klingen, aber mit einer Spur Ironie. Insgeheim fragte sie sich, ob er ihr wohl etwas schenken wollte. Wie schmerzhaft würde es für ihn sein, wenn sie das Präsent ablehnte?

Er schüttelte den Kopf. »Nein, bloß Ihr Geburtstag.«

»Was würde Ihnen das nutzen? Wir sollten uns auf andere Dinge konzentrieren.«

»Ich habe es sowieso schon im Internet gegoogelt. Wir haben am selben Tag Geburtstag. Aber ich wollte es von Ihnen hören.« Er klang enttäuscht.

»Sie wissen, wie ich dazu stehe. Wir haben noch etwa fünfzehn Minuten Zeit. Wie wäre es zum Abschluss mit einer Entspannungsübung?«

Er blickte zum Radiowecker. »Von mir aus.«

Rose erhob sich und klappte die Lamellen beider Jalousien zu. Ein schummriges Dämmerlicht herrschte im Zimmer. Sie schaltete den CD-Player ein und dimmte die Meditationsmusik so weit, dass sie gerade noch zu hören war. Aus einem Schrank nahm sie ein Pendelmetronom und stellte es zwischen ihnen auf den Tisch.

Carl rückte unruhig auf der Couch nach hinten. »Wird das eine Hypnose?«

»Nein, aber wenn Sie damit einverstanden sind, versuchen wir eine Tiefenentspannung. Es ist so ähnlich wie autogenes Training.«

»Werde ich mich nachher an alles erinnern können?«

Rose musste unwillkürlich schmunzeln. »Natürlich. Und ich werde Sie nicht verhexen – versprochen.«

Er lächelte angespannt. »Okay.«

»Was ist das schönste Erlebnis, an das Sie sich gern erinnern?«

»Mein siebter Geburtstag«, antwortete er prompt.

»Oh, schön. Nehmen wir also Ihren Geburtstag als Anhaltspunkt.«

Carls Wangen zuckten, er war aufgeregt. »Okay.«

»Gut. Entspannen Sie sich. Setzen Sie sich aufrecht hin, Rücken gerade, lassen Sie die Arme locker herunterhängen, und konzentrieren Sie sich auf die Bewegung des Pendels.«

Rose beobachtete Carls Atemrhythmus einen Moment lang, dann beugte sie sich vor, verschob das Gewicht des Pendelarms nach unten und stieß es an. Das Metronom begann langsam zu ticken.

*Tick … tack … tick … tack …*

»Atmen Sie tief und regelmäßig«, sagte sie mit einer entspannten Stimme, die sie dem Takt des Pendelmetronoms anpasste. »Konzentrieren Sie sich auf die Bewegung des Pendels. Die Umgebung blendet sich aus – wird dunkel. Ihr Puls beruhigt sich. Sie hören nur noch diesen Rhythmus, und Ihr Herz beginnt im Einklang zu schlagen.«

*Tick … tack … tick … tack …*

Obwohl das Diktafon die Trancesitzung aufzeichnete, nahm Rose Stift und Block zur Hand, falls Sie sich Notizen machen musste.

Ihre Stimme wurde weicher. »Ihre Arme und Beine werden schwer. Sie spüren Ihre Füße fest auf dem Boden. Energie fließt durch Ihren Körper. Ihre Stirn wird kühl. Ein angenehmes Gefühl der Ruhe breitet sich in Ihnen aus.«

Carl nahm die Sache offensichtlich ernst. Nach einer knappen Minute sanken seine Lider etwas herunter. Sein Atem wurde tiefer und langsamer.

»Wenn Sie einatmen, konzentriert sich Ihr Bewusstsein auf Ihren Bauch.« Rose machte eine Pause. »Wenn Sie ausatmen, dehnen sich Ihr Körper und Ihr Bewusstsein aus. Ein … und aus … schließen Sie die Augen.«

Im selben Moment fielen Carl die Augen zu.

»Es ist der 6. November«, sagte Rose. »Ihr siebter Geburtstag. Wo befinden Sie sich gerade?«

»Ich …« Carl hielt inne. Jedem erging es ähnlich bei der ersten Trancesitzung. Vermutlich musste er sich erst an den Klang seiner Stimme gewöhnen.

»Ich bin in meinem Zimmer.«

»Blicken Sie aus dem Fenster. Was sehen Sie?«

»Draußen ist es dunkel. Ich sehe die Spitzen des Kölner Doms. Die beiden Türme wirken wie ein Knochengerippe aus Asche. Alles ist noch so fremd. Wir wohnen erst seit Kurzem in dieser Stadt.«

»Was machen Sie in Ihrem Kinderzimmer?«

»Ich stehe hinter der Tür. Sie ist einen Spaltbreit offen. Ich lausche.«

»Was hören Sie?«

»Vater und Mutter – sie flüstern aufgeregt. Dann rufen sie mich. Ich weiß, was als Nächstes passieren wird. Trotzdem tue ich so, als wäre ich überrascht.«

»Worüber?«

»Auf dem Wohnzimmertisch steht eine Torte. Es ist dunkel, nur die sieben Kerzen brennen und die Lebenskerze in der Mitte. Mutter hält einen Sternspucker in der Hand. Es riecht wie an Weihnachten. Vater legt mir die Hand auf die Schulter und spricht. ›Alles Gute zum Geburtstag. Nun wird alles gut, mein Sohn.‹«

Rose notierte den letzten Satz. »Wissen Sie, was er damit meint?«

Carl schüttelte den Kopf.

»Was macht Ihre Mutter?«

»Der Sternspucker brennt aus. Sie nimmt mich in die Arme, drückt mich an sich, streicht mir übers Haar und sagt, ich soll doch immer ein braver, guter Junge sein.«

»Sind Sie das?«

»In diesem Moment schon. Ich gehe langsam zum Tisch und spähe hinauf, um die Geschenke näher zu betrachten. Vater möchte nicht, dass ich laufe. Ich nehme das erste Paket herunter und löse vorsichtig Schleife und Papier.«

»Möchte Ihr Vater nicht, dass Sie das Papier einfach herunterreißen?«

»Nein.«

»Was ist in dem Paket?«

»Ein Bilderbuch. Vater sagt, ich soll darauf achten, dass keine Schokolade aufs Papier kleckert und sich keine Seiten lösen.«

»Welches Buch?«

»*Die kleine Hexe.* In den anderen Paketen sind andere Bilderbücher, eine Ritterburg mit Plastikfiguren, Buntstifte, ein Zeichenblock, Schal und Wollhandschuhe für den Winter und eine gelbe Schirmkappe – für nächstes Jahr gegen die Sonne.«

»Kein Fußball oder Frisbee? Keine Rollschuhe?«

Carl schüttelte mit geschlossenen Augen den Kopf. »Zu gefährlich.«

Rose notierte sich weitere Gedanken. »Was passiert dann?«

»Meine Tante Lore kommt zu Besuch, die Schwester meines Vaters. Sie ist extra mit dem Zug aus Dresden angereist und wird für ein paar Tage bei uns bleiben.«

»Extra?«, wiederholte Rose. »Wegen Ihres Geburtstags?«

»Das hat sie gesagt.«

»Was vermuten Sie?«

»Ich weiß nicht. Sie trinken Kaffee und essen Nusstorte. Während ich mit den Rittern spiele, reden meine Eltern darüber, dass sie hier als Familie von vorne beginnen wollen.«

»Warum? Was ist in Wien vorgefallen?«

Carl runzelte die Stirn. »Da war dieser Mann, mehr weiß ich nicht.«

*Dieser Mann!*

Das war es! Rose legte den Stift beiseite. »Worüber unterhalten sich Ihre Eltern noch?«

»Die Frauen reden in der Küche weiter. Vater setzt sich zu mir auf den Boden, und wir blättern im Bilderbuch. Er erklärt mir, wer die kleine Hexe ist, und erzählt mir von ihrem Raben Abraxas.«

»Warum erinnern Sie sich so gern an diesen Geburtstag?«

»Weil mich Vater an diesem Tag nicht geschlagen hat.«

Roses Mund wurde trocken. »Waren Sie an diesem Tag artig?«

Carl nickte.

»Hatten Sie als Junge oft aufgeschürfte Knie vom Fußballspielen auf der Straße, schmutzige T-Shirts oder ölverschmierte Hände, weil sich die Kette im Fahrrad verkeilt hat?«

»Ich hatte kein Fahrrad.«

»Erzählen Sie weiter. Was passierte noch an diesem Abend?«

Carl kniff die Augen zusammen. »Nichts mehr.«

»Wie endet der Tag?«, hakte Rose nach.

»Vater hat mir aus dem Buch vorgelesen.«

»Und dann?«

»War er weg.«

»Wohin ist er verschwunden? Hat er die Wohnung verlassen?«

Carl runzelte die Stirn. »Ich denke, er ist in die Küche gegangen.«

Ihr Puls beschleunigte. »War er dort allein?«

»Ich … ich habe keine Ahnung!«

»Was wäre, wenn Sie es wüssten?«

Er schüttelte den Kopf.

»Sie wissen es«, drängte Rose sanft. Instinktiv ahnte sie, dass Carl nicht zufällig diesen Tag ausgesucht hatte. Möglicherweise wollte sein Unterbewusstsein ihr etwas mitteilen, wogegen er sich jetzt sträubte.

»Sie wissen es! Wer war noch in der Küche? Ihre Mutter? Ihre Tante?«

Carl legte den Kopf zur Seite. Sein Gesicht verzerrte sich zu einer Grimasse. »Ja, vielleicht …«

»War Ihr Vater zornig?«

»Er wurde laut.«

»War er auf *Sie* wütend?«

»Nein, er hat mich an diesem Tag nicht geschlagen.«

»War er auf Ihre Mutter wütend?«

»Er hat sie wegen irgendetwas angeschrien, was damals gewesen war, und sie hat geweint. Mehr weiß ich nicht – die Tür war geschlossen.«

»Kam das öfter vor?«

»Nein, nie. Ich habe mir an diesem Abend die Bilder von Abraxas angesehen. Er sitzt auf dem Hausdach und wartet darauf, dass die kleine Hexe von der Hexenversammlung zurückkommt.«

»Was hat Ihr Vater gesagt, bevor er die Tür geschlossen hat?«

»Der Rabe ist ziemlich frech zur kleinen Hexe und …«

»Was hat Ihr Vater gesagt?«

»Ich weiß es nicht!«

»Denken Sie an die weiße Taube. Stellen Sie sich vor, *Sie* wären diese weiße Taube. Sie weiß es!«

Carl öffnete die Augen. Obwohl die Lamellen der Jalousie zugeklappt waren, blinzelte er. »Ich sagte, ich weiß es verdammt noch mal nicht!«

»Aber die weiße Taube weiß es …«

Carls Kopf wurde rot. »So ein Quatsch!«

»Sagen Sie es mir«, verlangte Rose.

»Dass ich immer brav und artig bin!« Seine Stimme überschlug sich. »Er hat meine Mutter daran erinnert!«

»Und was noch?«, hakte Rose nach.

»Nichts!«

Sie beugte sich vor. »Was noch?«

»Dass sie die Familie nicht mehr verlassen darf! Sind Sie jetzt zufrieden?« Er spie die letzten Worte hasserfüllt aus. Dann sank er erschöpft zurück.

Rose merkte, wie sein Herz raste. Ihr Puls ging ebenso schnell. Während sich Carl den Speichel aus dem Mundwinkel wischte, schaltete sie das Metronom aus. Es war vorbei. Carl hatte ihr unbewusst den entscheidenden Hinweis gegeben. *Nicht mehr verlassen darf!*

»Danke«, sagte sie nur.

Carl brauchte eine Minute, um sich zu beruhigen. »Wofür?«, fragte er schließlich.

»Dass Sie mir die Wahrheit gesagt haben.«

»Ich … ich weiß nicht, ob das überhaupt stimmt«, stammelte er.

»Ich denke schon.« Rose lehnte sich zurück. »Ihre Mutter drohte, die Familie zu verlassen, falls Sie ungezogen, schlimm oder unartig sind, nicht wahr?«

Carl zuckte mit den Schultern. »Möglich.«

»Hat Ihr Vater Ihre Mutter geliebt … vielleicht sogar verehrt oder vergöttert?«

»Kann sein … ich denke schon.«

»Ich auch. Und ich vermute, Ihr Vater hat Sie deshalb so streng erzogen, weil er Angst hatte, seine Frau könnte ihn verlassen.« Sie machte eine Pause. »*Erneut* verlassen«, fügte sie hinzu. »Möglicherweise nicht nur, weil Sie unartig waren, sondern auch wegen eines anderen Mannes.«

Vielleicht war es sogar öfter vorgekommen, dachte Rose. Vieles lag noch im Dunkeln. Irgendetwas jedoch hatte diese Frau in die Arme anderer Männer getrieben. Waren es Patienten, verheiratete Ärzte oder junge Krankenpfleger gewesen? Vollkommen gleichgültig! Der Grund war entscheidend.

»Es ist denkbar, dass Sie deshalb so oft umgezogen sind – weil Ihr Vater gemeinsam mit Ihrer Mutter und Ihnen ein neues Leben beginnen wollte.« Rose war sich durchaus bewusst, wie das klang. Der Satz implizierte, dass Carls Mutter in jeder Stadt ein Verhältnis gehabt hatte.

Carl blickte auf den Radiowecker. »Unsere Zeit ist um.«

»Ich weiß, danke. Eine Sache noch …« Rose wartete, bis sie sicher war, seine volle Aufmerksamkeit zu haben. »Vielleicht war es das, was Ihr Vater Ihnen am Sterbebett sagen wollte. Dass er sich für die Misshandlungen entschuldigt und dass er damit nur die Familie zusammenhalten wollte.«

»Blödsinn!«

Rose griff zum Tonbandgerät und schaltete es aus. Sie erhoben sich gleichzeitig.

Sie brachte ihn zur Tür. »Denken Sie darüber nach.« Sie wusste, das Thema würde ihn noch lange und intensiv beschäftigen.

Als Carl ihr die Hand reichte, spürte Rose, dass sich etwas in ihrem Unterleib löste.

*Ein neuerlicher Krampf? Bitte nicht!*

Sie registrierte nicht mehr, wie Carl sich verabschiedete und das Haus verließ. Sie stützte sich an der Kommode ab. Eine Vase fiel um. *Nein, nicht schon wieder!* Panik schnürte ihr die Kehle zu, als ein Schwall warmen Blutes an der Innenseite ihrer Oberschenkel die Beine hinunterlief.

# 21

Helen saß in ihrem Wagen und betrachtete die Ultraschallaufnahme aus Annes Wäscheschrank. *Dr. med. Konstantin Rachovsky* stand auf dem Rand. Daneben eine Telefonnummer. Sollte sie anrufen? Und dann? Natürlich weiter auf eigene Faust recherchieren. Etwas anderes blieb ihr nicht übrig.

Sie dachte an Frank. Wie lange würden sie noch verheiratet sein? Konnte sie die Ehe retten? Wollte sie das überhaupt? Wie machten sich die Worte *kinderlos und geschieden* in der Biografie einer Sachbuchautorin und Spezialistin für Kindertherapie? Eigentlich war das völlig egal. Nach dem katastrophalen Ende ihrer Liaison mit Ben Kohler und ihrer bevorstehenden Scheidung musste sie sich wohl eingestehen, dass sie es nicht auf die Reihe brachte, eine glückliche Beziehung zu führen. Was verdammt noch mal hatte sie falsch gemacht, dass ihr Ehemann in den Armen einer anderen landete? Es konnte doch nicht bloß daran liegen, dass Anne Gleitcreme verwendete oder eng geschnittene schwarze Slips trug!

Helen griff zum Handy und wählte die Telefonnummer auf der Ultraschallaufnahme. Ein Tonband erklärte ihr, dass die Praxis von Dr. Rachovsky um 14.45 Uhr öffne. Auch gut, bis dahin würde sie herausfinden, wo der Arzt ordinierte.

Dr. Rachovskys Praxis lag am südlichen Stadtrand. Die Räume erinnerten Helen an die ihres Gynäkologen. Parkettboden aus Buche, saftig grüne Zimmerpflanzen, helle Fensterfronten, im Warteraum Fotos von Babys und Frauenmagazine im Zeitschriftenständer. Sogar der Pfefferminzgeruch kam ihr bekannt vor. Beim Anblick der schwangeren Frauen im Wartezimmer zog sich ihr Magen zusammen.

Die Sprechstundenhilfe saß umringt von Bonsaibäumen hinter einem Pult. Das Wasser eines Steinbrunnens plätscherte im Hintergrund. »Haben Sie einen Termin?«, säuselte die Dame.

Helen schüttelte den Kopf. »Mein Name ist Doktor Helena Berger. Ich bin Psychiaterin«, log sie, »und würde mich mit dem Kollegen gern über eine gemeinsame Patientin unterhalten.«

Die Dame sprach mit ihrem Chef über die Gegensprechanlage. Während Helen darauf wartete, dass sich die Tür zum Ordinationsraum öffnete, kreisten ihre Gedanken ständig um Anne Lehner. Sie durfte sich nicht verplappern! Sie hatte zwar Psychologie studiert, war aber »nur« Therapeutin und Anne Lehner ihre »Klientin«, nicht »Patientin«. Doch Helens Chancen standen wesentlich besser, wenn sie sich mit einem Kollegen unter vier Augen, von Arzt zu Arzt, über eine gemeinsame Patientin austauschte.

Fünfzehn Minuten später saß sie in Dr. Rachovskys Besprechungszimmer. Der Raum war bis zur Decke mit Bücherregalen verbaut, die zum Bersten mit Fachliteratur gefüllt waren. Einige Diplome hingen an der Wand.

Rachovsky war etwas beleibt. Sein Alter war schwer zu schätzen. Die breiten Koteletten und der graue Vollbart, den er ohne Schnurrbart im Stile der Amish-People trug, machten ihn bestimmt einige Jahre älter. Helen schätzte ihn auf um die fünfzig. Eine schmale Lesebrille saß auf seiner Nasenspitze. Offensichtlich trieb er regelmäßig Sport, denn auf dem Schreibtisch standen Fotos, die ihn beim Segeln, Reiten und Radfahren zeigten. In der Obstschale lagen Karotten, Äpfel und Kohlrabi. Vielleicht war er Vegetarier. Etwas anderes war ebenso faszinierend. Wie ihr eigener Frauenarzt hatte auch Dr. Rachovsky unglaublich große Hände und breite Finger.

Er legte die Unterarme auf den Schreibtisch. »Meine Sprechstundenhilfe sagte mir, Sie wollen über eine gemeinsame Patientin sprechen.« Seine Stimme klang sonor und ruhig.

Helen saß auf dem Besucherstuhl und schlug die Beine übereinander. »Es geht um Anne Lehner.«

Rachovsky nickte. »Ich möchte nicht unhöflich sein, aber darf ich Ihren Ausweis sehen?«

»Natürlich.« Helen kramte in ihrer Handtasche. Die Visitenkarte konnte sie vergessen. Die wies sie als Psychotherapeutin aus. Sie reichte Rachovsky ihren Führerschein.

»Aha. Doktor Helena Berger, sehr schön. Wo ordinieren Sie?«

»In meiner Praxis in Grießkirchen, als Vertretung an der Baumgartner Höhe und als Dozentin an der Uni Wien.« Tatsächlich hatte sie während ihrer Ausbildung zwei Jahre in der psychiatrischen Anstalt der Baumgartner Höhe gearbeitet und später Vorträge an der Uni gehalten. Sie durfte sich mit ihren Behauptungen allerdings nicht zu weit aus dem Fenster lehnen.

»Meine Fachgebiete sind dissoziative Persönlichkeitsstörungen und Folgen von sexuellem Missbrauch an Minderjährigen.«

Er blähte die Wangen. »Starker Tobak. Wie kann ich Ihnen helfen?«

»Anne Lehner ist bei mir in Behandlung«, erklärte Helen.

»Wundert mich eigentlich«, unterbrach er sie. »Ist sie medikamentös eingestellt?«

Helen schüttelte den Kopf. »Ich wollte ihr Psychopharmaka gegen Depressionen verschreiben. Ich fürchte, sie kommt mit ihrer Schwangerschaft nicht zurecht. Möglicherweise stößt sie das Kind ab. Sie ist fünfundvierzig und könnte …«

»Anne Lehner hat ihr Kind verloren«, unterbrach er sie erneut. »Vor drei Monaten.«

*Was?* Helen musste sich zusammenreißen, damit er nicht merkte, dass sie kurz davor stand, die Fassung zu verlieren. »Das habe ich vermutet«, reagierte sie rasch. »Sie spricht nicht darüber.«

»Sie deuteten an, dass sie das Baby eventuell nicht wollte?«, unterbrach er sie schon wieder.

Helen wurde die Situation unangenehm. Wenn sie sich nicht vorsah, geriet sie in Teufels Küche. Dr. Rachovsky war kein Idiot. Ein unüberlegtes Wort von ihr, und er würde ihre Lügen durchschauen.

»Anne scheint eine verkorkste Auffassung von Sexualität zu haben. Dass sie schwanger wurde, passte nicht in ihr Weltbild.«

»Ich glaube nicht, dass sie das Kind absichtlich verloren hat, falls Sie darauf anspielen«, sagte er. »Im Gegenteil. Sie war kerngesund und freute sich auf ihr Baby. In ihrem Alter war es zwar eine Risikoschwangerschaft, trotzdem kam der Kindsverlust abrupt. Eher ungewöhnlich für eine Schwangerschaft im dritten Monat.« Er hob die Schultern. »Möglicherweise wegen einer falschen Medikamentendosierung …«

Er fixierte sie. »Deshalb fragte ich vorhin, ob sie medikamentös eingestellt sei.«

Helens Gedanken überschlugen sich. *Eine falsche Medikamentendosierung!* Soviel sie wusste, nahm Anne keine Medikamente. Plötzlich dachte sie an die Flasche in Franks Rollcontainer. »Könnte eine hochkonzentrierte Antibiotikum-Infusionslösung für den Verlust des Kindes verantwortlich sein?«

»Möglich. Anne hätte immerhin Zugang dazu, aber wie gesagt – das glaube ich nicht. Sie wäre eine gute Mutter gewesen.«

Rachovsky hatte recht. Als Apothekengehilfin hätte sich Anne ziemlich leicht ein starkes Antibiotikum besorgen können. Doch Helen verdächtigte jemand anders, den sie verdammt gut kannte. Oder zumindest geglaubt hatte zu kennen. Hätte Frank Anne ohne deren Wissen die Lösung verabreichen können, um das Kind abzutreiben? Wäre er tatsächlich zu diesem grausamen Verbrechen fähig? Der Gedanke war ungeheuerlich. Andererseits wollte er keine Kinder haben. Bei der Höhe seines Gehalts wären die Unterhaltszahlungen kein Problem gewesen. Doch ein uneheliches Kind hätte einen Skandal ausgelöst – und die Vaterrolle seiner Karriere im Weg gestanden.

Nein, sie verdrängte diesen absurden Gedanken. Frank wäre nicht dazu fähig. Sein schlechtes Gewissen hätte ihn völlig zermürbt. *Aber vielleicht hat er Anne gerade deshalb den Rubinring geschenkt?* Der Kauf war am 6. März erfolgt, also vor zweieinhalb Monaten. Der Zeitrahmen passte. Ihr Mann – ein Kindesmörder?

Helen konnte das alles nicht glauben. Sie musste raus hier und frische Luft schnappen.

»Frau Kollegin?«, brummte Rachovsky. »Geht es Ihnen nicht gut?«

»Wie bitte?« Sie starrte ihn an. »Darf ich ein Glas Wasser haben?«

»Selbstverständlich.« Er brachte ihr ein Glas.

Sie stürzte das kalte Wasser in einem Zug runter. »Warum waren Sie vorhin erstaunt, dass Anne in Therapie ist?«

Er lächelte. »Immerhin ist sie selbst Ärztin.«

*Nein, nicht Ärztin! Apothekenge…* Helen spürte, wie ihr das Blut aus dem Gesicht wich. In diesem Moment musste sie so weiß wie die Wand sein. »Ärztin?«, wiederholte sie.

»Soviel ich weiß, hat sie Medizin studiert«, murmelte Rachovsky. »Mich wundert, dass sie in psychiatrischer Behandlung ist und Antidepressiva nehmen sollte. Natürlich war sie wegen des Verlustes niedergeschlagen. Doch sie ist eine starke, selbstbewusste und ausgeglichene Frau.«

Alles begann sich um Helen zu drehen. Anne Lehner war eine graue Maus, unscheinbar, schüchtern, sexuell gehemmt, krebskrank und ständig in gebückter, demütiger Haltung. Mit der dicken Hornbrille und dem grauen Haarersatz sah sie alt und zerbrechlich aus.

»Wie würden Sie Anne optisch beschreiben?«, hakte sie nach.

»Mein Gott.« Er hob die Arme. »Kastanienrote, kurze Haare, flotte Frisur, dunkelgrüne Augen, gebräunte Haut, sportlich und sehr sexy. Worauf wollen Sie eigentlich hinaus?«

»Sie hat sich mir anders präsentiert«, murmelte Helen.

»Den Eindruck habe ich auch.« Rachovsky rückte vor. »Vor allem, als Sie Anne zu Beginn als fünfundvierzigjährige Patientin beschrieben. Ich weiß jedoch, dass sie erst vierzig Jahre alt ist. Anne-Rose sieht Ihnen sogar etwas ähnlich.«

Helen zuckte zusammen. »Wie bitte?«

»Ich sagte, sie sieht Ihnen sogar …«, wiederholte er.

»Nein, ich meine …«, stammelte sie. »Sagten Sie Anne-Rose?«

»Ja, so lautet ihr vollständiger Vorname.«

# 22

Coschütz war eine ländliche Gegend mit zahlreichen liebevoll gestalteten Fachwerkhäusern mit rotbraunen Fensterläden und vermoosten Dachschindeln. Die Telegrafenleitungen hingen in tiefen Bögen von einem Haus zum nächsten, als schmölzen sie in der Nachmittagssonne dahin und würden von Jahr zu Jahr länger. Der Riegelbau am Ende der Hauptstraße aus braunen Holzbalken und lehmfarbenen Ziegeln passte zu dem Bild, das der südliche Stadtteil Dresdens vermittelte.

Ein junger Kollege von der Dresdner Kripo mit feuerrotem Haar und Sommersprossen öffnete die Tür im zweiten Stock des Fachwerkhauses. *Familie Vollmahr* stand auf dem Schuhabstreifer. Hier also wohnte »die olle Tante Lore«.

Sneijder klappte seinen Ausweis auf. »Fallanalytiker und forensischer Psychologe«, murmelte er, ohne den Kollegen anzusehen.

»Ich habe auf Sie gewartet.« Der Beamte trat zur Seite und betrachtete den Ausweis. »Ah, Maarten Sneijder, schon von Ihnen gehört.« Es klang ein wenig ironisch.

»Maarten S. Sneijder!«, korrigierte Sneijder ihn mit seiner üblichen Arroganz und schob sich an ihm vorbei in die Wohnung. »Und kommen Sie wieder aus meinem Hintern raus.«

Oh Gott. Sabine wäre am liebsten im Erdboden versunken. Der Kollege warf ihr einen Blick zu, dessen Beschreibung ganze Bände gefüllt hätte. Mit der Umhängetasche folgte sie Sneijder. In den Räumen herrschte eine nach Tod und Vergänglichkeit miefende Luft. Die Pflanzen hingen verwelkt aus den Töpfen. Dunkle, wuchtige Kommoden, Lampenschirme mit Quasten, schwere Vorhänge, dicke Teppiche und düstere Ölgemälde an den Wänden. Die Zimmer wirkten wie verwahrloste DDR-Relikte aus den Siebzigerjahren.

Nachdem Sneijder sich umgesehen hatte, winkte er den Beamten zu sich und hielt drei Finger hoch.

»In drei knappen Sätzen: Was ist hier passiert? Nur das Wichtigste!«

Der Kollege schnappte nach Luft. »Das kann ich nicht.«

»Dann lernen Sie es«, sagte Sneijder so ruhig wie möglich. »Es ist eine Kunst, komplexe Dinge einfach darzustellen – umgekehrt kann es jeder. Unsere Zeit ist knapp, also los!«

Der rothaarige Bursche, der Sabine von der ersten Minute an leidtat, stammelte etwas zusammen, bis Sneijder ihm schließlich die Akte aus der Hand nahm und selbst durchblätterte.

Sie erfuhren, dass Lore Vollmahrs Mann am Abend des 6. Mai, einem Freitag, in dieser Wohnung einen Herzinfarkt erlitten hatte. Für den Einundachtzigjährigen, der nach zwei Schlaganfällen halbseitig gelähmt war, bedeutete dies das Todesurteil. Er saß im Schaukelstuhl, und es sah so aus, als wollte er die Rettung anrufen, da der Telefonhörer noch in seiner Hand lag. Am selben Tag verschwand Lore Vollmahr spurlos, nachdem sie zuletzt beim Einkaufen in der Fußgängerzone gesehen worden war.

Sneijder schlug die Akte zu. »Vielleicht war es aber umgekehrt?«, sinnierte er, während er durch die Wohnung ging. »Seine Frau verschwand, und erst *danach* starb er an Herzversagen.«

Sabine ahnte, worauf er hinauswollte. »Wir brauchen die Liste mit den Telefonaten.«

»Genau.« Sneijder blätterte noch mal in der Akte. »Der letzte Anruf zum Festnetz der Wohnung stammte von einem Wertkartenhandy. Lores Mann wollte nicht die Rettung anrufen, als sein altes Herz versagte, sondern er war angerufen worden, und der Schreck hat ihn das Leben gekostet.«

»Welcher Schreck?«, fragte der Rothaarige.

»Dass seine Frau entführt wurde und er achtundvierzig Stun den Zeit hatte, ihr Leben zu retten«, antwortete Sneijder. »Wurde seither etwas in der Wohnung angefasst oder verändert?«

»Nein.« Der Beamte zuckte mit den Achseln. »Der Tote liegt

immer noch im Leichenschauhaus, seine Frau ist nicht aufgetaucht, und die Stadtverwaltung wartet, bis jemand das Begräbnis veranlasst. Seitdem ist die Wohnung unbenützt.«

Während Sneijder das Schlafzimmer betrat, sah sich Sabine im Bad und auf der Toilette um. Sie suchte nach etwas Ungewöhnlichem, einem Hinweis, den Struwwelpeter seinem Telefonopfer ziemlich sicher hinterlassen hatte. In der Küche fand sie eine kleine Pappschachtel neben der Brotschneidemaschine. Darin lagen Lesebrille und Kaffeelöffel auf einer roten Samtunterlage.

»Sneijder!«, rief sie.

Der Ermittler kam in die Küche und sah das Präsent sofort. »Die gleiche Schachtel wie in Köln und Leipzig.« Er winkte den Beamten her. »Veranlassen Sie, dass Fingerabdrücke von dieser Schachtel genommen werden.«

Dann streckte er die Hand nach Sabine aus und schnippte mit den Fingern. »Das Buch.«

Durch und durch ein Gentleman! Sie holte das Struwwelpeter-Buch aus der Tasche, und gemeinsam blätterten sie durch die Geschichten. Bestimmt wirkten sie auf den Dresdner Kollegen wie zwei Vollidioten, doch das kümmerte Sneijder offensichtlich keinen Deut.

Der Beamte trat mit gespielter Neugierde näher. »Ist das der neue Leitfaden des BKA?«

Sneijder richtete sich auf. »Versuchen Sie in meiner Gegenwart nie wieder, lustig zu sein, verstanden? Dann können Sie vielleicht etwas lernen.« Sein Blick verfinsterte sich. »Was sagt uns das, wenn im ersten Akt eines Theaterstücks ein Gewehr auf der Bühne hängt? Richtig, dass später damit geschossen wird!« Er nickte zur Schachtel. »Nach diesem Prinzip verfolgen wir eine Spur. Und jetzt kümmern Sie sich um die Fingerabdrücke!«

Sabine hatte keine Ahnung, was der Vergleich mit der Theaterbühne sollte. Vermutlich die Erkenntnis, dass Hinweise wie Struwwelpeters Geschenke nicht grundlos und zufällig am Tatort auftauchten.

Der Beamte griff nach seinem Handy, und Sabine sah an seinem Gesichtsausdruck, was er dachte. Wenigstens blieb ihr als Trost, dass Sneijder nicht nur sie so schäbig behandelte, sondern auch alle anderen.

Sie schlug die Doppelseite der nächsten Geschichte auf. Das war es! Sie deutete auf die Bilder. »Brille und Löffel!«

Vater Hase entwendete dem schlafenden Jäger Brille und Schießgewehr. Als der Hase im nächsten Bild mit dem Gewehr auf den Jäger zielte, saß die Brille auf seiner Nase. Während der Jäger kurz darauf in den Brunnen stürzte, tanzte das kleine Hasenkind fröhlich mit einem Löffel in der Pfote um den Brunnen. Dabei verbrühte es sich, da ihm der heiße Kaffee aus der Nase lief.

»Also *Die Geschichte vom wilden Jäger.*« Sneijder wandte sich von dem Buch ab und blickte aus dem Fenster. Einige Kilometer weiter nördlich lag die Dresdner Innenstadt. »›Da kommt der wilde Jägersmann, zuletzt beim tiefen Brünnchen an. Er springt hinein, die Not war groß, es schießt der Has die Flinte los‹«, zitierte er gedankenverloren. Er riss sich vom Anblick der Stadt los und sah Sabine an. »Ihre Leiche liegt in einem Brunnenschacht.« Dann wandte er sich an den Beamten, der soeben sein Telefonat beendete. »Wie heißen Sie?«

»Frick.«

»Gut. Hören Sie mir jetzt genau zu, Frick. Ich hoffe, das übersteigt nicht Ihre Fähigkeiten. Ihre Kollegen sollen in den Grüften und Katakomben aller Kirchen, Dome und Kathedralen der Stadt nach einer weiblichen Leiche suchen … sofort!«, fügte Sneijder hinzu, nachdem Frick ihn immer noch fragend anstarrte.

»Wir sind zwar flexibel, aber das dauert«, sagte Frick.

»Bei Ihnen heißt flexibel wohl entscheidungsschwach?«, entgegnete Sneijder.

Sabine wollte sich diese Demütigungen nicht länger anhören, also ging sie dazwischen. »Ihre Kollegen sollten sich vorrangig jene Kirchen vornehmen, wo sich ein Brunnenschacht auf dem Gelände befindet.«

»Was bringt das?«

»*Vervloekt!*«, schnaubte Sneijder. »Das machen wir aus Wichtigtuerei!«

»Bitte!« Sabine warf ihm einen strengen Blick zu. »Brunnenschacht – ganz wichtig«, sagte sie zu Frick.

»Nach dem Wiederaufbau der Frauenkirche machten wir mit der Schulklasse eine Exkursion dorthin«, erklärte Frick. »Unter den Gruftkammern gibt es einen alten Wasserschacht.«

Aus dem Augenwinkel sah Sabine, wie Sneijder hellhörig wurde. »Spielt der Organist bei den Messen Stücke von Bach?«, fragte er.

Frick hob die Schultern. »Möglich. Ich interessiere mich nicht für die katholische Kirche.«

»Sollten Sie aber«, fiel Sneijder ihm ins Wort. »Dann wüssten Sie, dass dieses Gebäude ein evangelisch-lutherischer Dom ist.«

»Nehmen Sie sich diese Kirche zuerst vor«, bat Sabine. »Und finden Sie bitte heraus, ob dort Bach gespielt wird.«

Frick warf Sneijder einen vorsichtigen Blick zu. »Haben Sie sonst noch Fragen?«

Er nickte. »Gibt es in der Innenstadt eine Haital-Buchhandlung?«

Jede Stadt glich einem Lebewesen. Sie hatte ein Gesicht, ein Zentrum, Arme und Beine, wodurch sie ihr spezielles Flair erhielt, ihren Rhythmus, Geruch und ihre eigene Seele.

Sabine hatte Dresden immer mit der Semperoper in Verbindung gebracht und die Stadt als Heimat vieler Chöre, berühmter Orchester und Dutzender Museen gesehen. Doch diese Verknappung wurde Dresden nicht gerecht. Der barocke Kern mit den verspielten Gebäuden, zahlreichen Brunnen, Brücken, Denkmälern, Türmen und Skulpturen wirkte wie die Kulisse eines orientalischen Märchens. Dazu kamen die Bauten am Ufer der Elbe, durch die im lauen Frühlingswind ein mediterraner Eindruck entstand. Sabine verbrachte ihre Urlaube meistens mit Mountainbiken in Berchtesgaden oder in einem Bungalow an der Nordsee. Obwohl sie schon oft durch Deutschland gereist war, blieben viele schöne Städte, die sie noch nicht besucht hatte. Sie wäre gern mehrere Tage hier geblieben. Ein anderes Mal vielleicht.

Sie schlängelte sich hinter Sneijder über den Platz vor dem Dresdner Dom, zwischen Trauben von Touristen hindurch. Der Grundstock der Kirche wirkte wie eine massive ockergelbe Kaserne, aus deren Mitte die mächtige Kuppel in den Himmel wuchs, umgeben von Türmchen, Spitzdächern, Erkern und Fenstern. Frick lief soeben durch das Portal ins Freie.

»Wenn ich ihn so sehe, frage ich mich, ob er die Lösung hat oder ein Teil des Problems ist«, raunte Sneijder ihr zu.

»Reißen Sie sich zusammen!«, mahnte Sabine.

Der Beamte blieb keuchend vor ihnen stehen. »Hier wird tatsächlich der Bach-Zyklus gespielt. Und Sie werden es nicht glauben – unten im Wasserschacht liegt eine Leiche.«

»Ich glaube es.« Sneijder blickte zu den Kripoermittlern, die neben einem Pfarrer und einigen Kerlen mit Fotoapparaten standen. »Warum sind die Reporter schon hier?«

Frick sah sich demonstrativ um. »Bei dem Polizeiaufgebot! Wie hätten wir das verheimlichen sollen?«

Sabine kam die Sache merkwürdig vor, doch offenbar gab es nicht nur in München Leute, die Infos an die Presse verkauften.

»Frick, ich mag keine Menschenansammlungen. Halten Sie mir den Pfaffen und die Presseheinis vom Leib.« Sneijder ging auf den Eingang zu.

Sabine folgte ihm. »Halten Sie mir die Leute vom Leib!«, äffte sie seinen herrischen Ton nach, als Frick außer Hörweite war.

Sneijder würdigte sie keines Blickes. »Ich funktioniere nur, wenn nicht zu viele Leute um mich herum sind, die mir den Sauerstoff rauben. Im Flugzeug, im Bus und im Meeting bekomme ich Kopfschmerzen.«

Bestimmt freute er sich schon auf den engen Wasserschacht unter der Kirche. »Vielen Dank, dass Sie sich mir gegenüber so öffnen«, sagte sie. »Jetzt weiß ich endlich, warum Sie jedes Gespräch auf drei Sätze verknappen.«

Er antwortete nicht.

Sie betraten die Kirche durch das verhältnismäßig kleine Portal. Das Innere des Doms war ein einziger riesiger Saal, der bis in die gewaltige Kuppel und den darüberliegenden Turm hinaufreichte, durch den das Licht der untergehenden Sonne fiel. Auf den zahlreichen Ebenen, die sich wie Hoteletagen nach oben erstreckten, liefen Menschen, die das Innere der Kirche fotografierten. Hoch über dem goldenen Altar thronten die silbernen Orgelpfeifen. Die steinerne Kälte, die von dem Bauwerk ausging, ließ Sabine frösteln. Gegen diesen Koloss wirkte der Münchner Dom wie eine niedliche Dorfkirche.

Ein Polizeibeamter deutete in ihre Richtung, woraufhin ihnen ein kleiner, dicker Pater mit Soutane und Krötengesicht entgegeneilte. »Sind Sie die Herrschaften aus München?« Sogar seine Stimme klang wie das Quäken einer Kröte.

Sneijder nickte, und der Priester bedeutete ihnen stumm, ihm zu folgen.

»Ich hoffe, der Pfaffe hat dort unten nichts mit seinen Wurstfingern angefasst«, raunte Sneijder sich selbst zu.

Sabine gab keinen Kommentar mehr ab. Sie folgten dem Mann über eine Treppe in die Unterkirche. Hier war es noch kälter. Die niedrige Gewölbedecke erstreckte sich über mehrere Räume mit Säulen und Rundbögen aus gelben Ziegeln. Aus den Nischen ragten alte Holzsärge. Dies musste die Gruftkammer sein. Sabine hielt nach einem Brunnenschacht Ausschau, konnte aber keinen finden.

»Die Chorkapelle liegt direkt unter dem Altarraum«, erklärte der Geistliche.

»Wie interessant«, antwortete Sneijder.

Sie gelangten zu einer aufgebrochenen Holztür, hinter der eine schmale Wendeltreppe weiter nach unten führte.

»Normalerweise ist der Zugang in die alte Gruft abgesperrt«, erklärte der Pfarrer.

»Die gleichen Brechstangenspuren wie in München«, bemerkte Sneijder. Er zog den Kopf ein und folgte dem Mann.

Sabine passte genau unter dem Türrahmen durch. Zwei Stockwerke tiefer, aber gefühlte zwanzig Meter unter der Erde, kamen sie endlich in die Krypta. Hier unten konnte man jemanden monatelang gefangen halten, ohne dass es bemerkt wurde. Auf dem Boden lag der Kabelsalat der Kripotechniker. Grelles Scheinwerferlicht erhellte das Gewölbe. Es stank wie in einem muffigen Vorratskeller nach Pilzen und moderndem Obst. Aber Sabine wusste, dass der Fäulnisgeruch von etwas anderem stammte.

Nach einer Biegung gelangten sie am Ende eines engen Korridors zu einem gemauerten runden Brunnen. Die darüberliegende Holzkonstruktion war im Laufe der Jahrhunderte weggefault. Auf dem Boden stand ein Eimer, an der Wand lehnte die runde Holzabdeckung. Die Spurensicherer der Dresdner Kripo hievten soeben eine Frauenleiche mit einer Seilwinde aus dem Schacht.

Sneijder bedeutete Sabine mit einer knappen Geste, nicht näher zu treten. Aus zwei Metern Entfernung sahen sie zu, wie die Beamten die Leiche neben dem Brunnen auf den Boden legten. Wasser lief von der Toten ab. Der Kripofotograf schoss Fotos, und seine Kollegen begannen mit dem Vermessen. Sabine hatte noch nie eine so grauenhaft zugerichtete Leiche gesehen. Nach dem zweiten Blitzlicht wandte sie den Blick ab.

Sneijder ging in die Hocke, um einen besseren Blick auf die Tote werfen zu können. Er zog das Diktafon aus der Tasche, führte es zum Mund und flüsterte ins Mikro. Sabine stand unmittelbar hinter ihm und hörte jedes Wort.

»Gesicht stark aufgequollen. Sieht aus, als wäre es mit heißem Wasser verbrüht worden. Was davon übrig ist, gleicht zweifelsohne dem Passfoto von Lore Vollmahr. Die beiden Gegenstände, die aus den ausgestochenen Augenhöhlen ragen, sind vermutlich die Stiele zweier Silberlöffel. Der Killer hat die Frau geknebelt, an Händen und Füßen gefesselt … und ziemlich sicher zu einem Zeitpunkt in den Brunnen gestoßen, als sie noch lebte. Ein Sprunggelenk ist verdreht. Offene Knochenbrüche an Oberschenkel und Schienbein …«

Es war erschreckend, wie distanziert und sachlich er seine Beobachtungen festhielt. Sabine blickte kurz zu der ballonförmigen Leiche, nur um den Blick rasch wieder abzuwenden.

»... Ferse und Fußballen vom Wasser stark aufgequollen. Vermutlich liegt sie seit über zwei Wochen in diesem Schacht. Blutspuren an den Lippen. Offensichtlich an inneren Verletzungen gestorben, vielleicht am eigenen Blut erstickt. Höchstens sechs oder sieben Tage tot.« Sneijder beendete die Aufnahme und erhob sich. »Sie sehen blass aus.«

War das ein Wunder? Sabines Magen lag wie ein Mühlstein in ihrem Bauch. Ihr Mund war ausgetrocknet, und sie brauchte dringend frische Luft. Warum musste sie sich auch vorstellen, wie es dieser Frau ergangen war, die einsam und geknebelt tagelang in diesem kalten, feuchten Loch Stück für Stück vor sich hingestorben war? »Ich bekomme so etwas nicht jeden Tag zu sehen«, krächzte sie.

»Ich auch nicht.« Sneijder reichte den Kollegen, die mit Mundschutz und Latexhandschuhen die Tote untersuchten, seine Visitenkarte. »Faxen Sie mir bitte spätestens übermorgen den vorläufigen Obduktionsbericht.«

Sabine glaubte, sich verhört zu haben. Er hatte tatsächlich »bitte« gesagt.

Als sie auf dem Domplatz standen, versank die Sonne hinter den Hausdächern. Sabine schloss für einen Moment die Augen und ließ den Wind über Haare und Gesicht streifen. Sie inhalierte die nach Blüten duftende Luft. Natürlich fegte diese Brise weder den Leichengeruch noch den üblen Gestank der Katakomben aus ihren Kleidern und schon gar nicht aus ihrer Erinnerung. Aber es half.

»Die Verbrennung im Gesicht, der Brunnen, und statt der fehlenden Brille das Besteck in den Augen«, zählte sie auf. »Er steigert sich von Mord zu Mord mehr in die Geschichten hinein.«

»Das ist das Erschreckende daran«, sagte Sneijder. »Aber was noch schrecklicher ist … Struwwelpeter muss von diesem Schacht gewusst haben, und er war vor Kurzem noch einmal hier.«

»Wie kommen Sie darauf?«

»Wer hätte der Leiche sonst die Löffel in die Augenhöhlen gedrückt?« Er blickte zur Domspitze. Eine Schar Vögel umkreiste das Kreuz. »Wir müssen diesen Carl Boni finden.«

# 3. Teil

*Mittwoch, 25. Mai*

*»Ich kriege die Welt nicht rund und ganz,*
*doch stückle ich sie, so gut ich kann.«*

WALLACE STEVENS

# 23

Während ein Espresso aus der Kaffeemaschine lief und die Morgennachrichten aus dem Radio tönten, hastete Helen durch die nasse Wiese zum Briefkasten. Sie hatte auch in dieser Nacht wieder schlecht geschlafen. Um kurz nach fünf war sie schließlich aufgestanden, hatte sich ins untere Stockwerk geschlichen, um Frank nicht zu wecken, und heiß geduscht.

Nun stand sie in ihrem warmen Jogginganzug neben dem Forstweg und blickte sich um. Grießkirchen lag im Dämmerschlaf. Die Morgenzeitung steckte schon in der Zeitungsbox. Erleichtert ließ sie die Schultern sinken. Keine weitere Schachtel, kein weiterer abgetrennter Finger. In wenigen Stunden würde sich zeigen, ob Anne Lehner das Spiel des Verrückten überleben sollte.

Dusty sprang aufgeregt an ihr hoch. Sie griff in die Seitentasche der Joggingweste und holte einen Hundekuchen für ihn hervor. »Da, du verfressener Kerl.«

Trotz seines Alters und der zahlreichen Leckerlis war Dusty ein schlanker Hund geblieben. Immerhin jagte er auf den Feldern ständig Mäusen und Hasen hinterher und verfolgte manchmal die Katzen der Nachbarin über die Grundstücke.

Helen ging mit der Zeitung unter dem Arm zur Terrasse. Morgentau lag auf dem Gartentisch und der Sitzfläche des Stuhls. Sie holte ein Kissen aus der Truhe und setzte sich hin. Nebel hing über den Feldern. Warmer Atem stieg vor ihrem Gesicht auf. Sie fröstelte, doch im Moment brauchte sie die kühle, frische Luft, um einen klaren Kopf zu bewahren. Ihr Handy lag auf dem Tisch. Bald würde er anrufen. Sie nippte am Kaffeebecher und überflog die Schlagzeilen der Zeitung, legte das Blatt aber zur Seite, weil sie sich nicht konzentrieren konnte.

In wenigen Stunden würde der Rummel auf ihrem Grundstück losgehen, wenn Partyservice, Show-Koch, Musiker und Fotografen auftauchten. Wie sollte sie diesen Tag an Franks Seite bloß überstehen? Fröhliche Miene zum bösen Spiel machen? Allen Gästen eine treuherzige und glückliche Ehefrau vorgaukeln? Das war nicht ihr Ding. Sie hatte sich noch nie gut verstellen können.

Dusty robbte wenige Meter von ihr entfernt über den Rasen und schnappte nach den feuchten Grashalmen. Heuschrecken sprangen hoch und flogen über die Wiese. Langsam schob sich die Sonne über die Berge. Bis auf das leise Radio war durch die angelehnte Terrassentür kein Laut aus dem Haus zu hören. Frank schlief immer noch seelenruhig im Bett.

Um kurz nach acht läutete das Handy. Obwohl Helen darauf gewartet hatte, zuckte sie zusammen.

*Unbekannter Teilnehmer!*

Plötzlich steckte ein Kloß in ihrem Hals. Dusty wälzte sich im Gras und ignorierte das Klingeln.

Helen zog das Handy zu sich heran. »Hallo?«

»Guten Morgen, Frau Doktor«, sagte die elektronisch verzerrte Stimme.

Dies war kein guter Morgen …

»Wen habe ich entführt und warum?«, fragte er. »Ihnen bleiben noch dreißig Minuten für die richtige Antwort.«

»Sie haben Rose entführt …«

»Weiter.«

»Sie hat Medizin studiert und arbeitet als Psychotherapeutin.«

»Richtig. Aber warum ist sie in meiner Gewalt?«

»Sie war schwanger, hat ihr Baby aber verloren.«

»Das ist nicht der Grund.«

Helens Herzschlag beschleunigte. »Sie hat ein Verhältnis mit meinem Mann.«

»Das interessiert mich nicht! Kennen Sie die richtige Antwort oder nicht?«

Helens Puls raste. Was zum Teufel wollte er hören? Und dann

brach es aus ihr heraus, bevor sie es stoppen konnte. »Warum sollte ich mir für Rose den Arsch aufreißen, wenn sie mit meinem Mann vögelt? Ist mir doch egal, was mit ihr passiert!«

Am anderen Ende der Leitung blieb es für einen Moment still. Dann erklang die grässliche Stimme wieder. »Es ist Ihre Schuld, wenn die Frau jetzt stirbt. So wie damals … bei den Kindern, deren Tod Sie auf dem Gewissen haben.«

*Dieser verfluchte Bastard!*

»Auf Wiederhören, Frau Doktor.«

»Warten Sie!«, rief sie.

Dusty blickte irritiert auf.

Schweigen.

»Ich kann den wahren Grund herausfinden«, sagte sie.

»Sie haben dreißig Minuten.«

»Geben Sie mir noch mal vierundzwanzig Stunden. Dann weiß ich alles.«

»Die Spielregeln lauten anders.«

»Zwölf Stunden«, flehte sie.

Er schien zu überlegen. »Rose hat noch acht Finger«, sagte er. »Ich kann ihren Tod um maximal acht Stunden hinauszögern.«

Helen wurde übel. »Okay.«

»Für jede Stunde, die Sie verstreichen lassen, verliert Rose einen weiteren Finger.«

»Das heißt, Sie rufen mich stündlich an?«

Mehrere Gedanken schossen ihr gleichzeitig durch den Kopf. Ihr blieb keine andere Wahl. Sie musste Ben Kohler über dieses Gespräch informieren. Er musste mit der Telekom reden, damit die eine Fangschaltung legten, um den Anruf zurückzuverfolgen.

»Nein, so läuft das nicht«, sagte der Mann.

Oh, wie sie diese verzerrte Stimme hasste.

»Sie schalten Ihr Handy nach diesem Gespräch sofort aus, damit sich bei jedem Anruf sogleich Ihre Mobilbox aktiviert«, befahl er. »Sobald Sie die richtige Antwort kennen, besprechen Sie damit den Ansagetext Ihrer Mobilbox. Ich werde Sie das erste Mal um

10.00 Uhr und danach zu jeder vollen Stunde anrufen und mir den Ansagetext anhören.«

»Für diesen Text habe ich nur dreißig Sekunden Zeit«, protestierte sie.

»Dann fassen Sie sich kurz.« Er legte auf.

Sie starrte wie paralysiert auf das Display des Telefons. Sie hatte bis 17.00 Uhr Zeit. Um zehn würde Anne Lehner den nächsten Finger verlieren. Sie sollte ihr Handy abschalten, doch zuvor musste sie noch einen wichtigen Anruf tätigen. Sie brauchte Gewissheit! Vom Festnetz im Haus durfte sie nicht telefonieren, denn Frank könnte das Gespräch mithören.

Rasch wählte sie Ben Kohlers Nummer. Hoffentlich versuchte der Entführer sie nicht in den nächsten Minuten zu testen, um festzustellen, dass sich die Mobilbox erst nach dem zehnten Läuten aktivierte.

»Kohler!«, meldete er sich. »Ah, Helen, was gibt's?«

Gott sei Dank war er schon im Büro. »Morgen, Ben …«

In diesem Moment rollten zwei Lieferwagen die Straße entlang und hielten vor ihrem Grundstück. *Partyservice Herzog* stand in blauen Lettern an der Seitenwand. Der erste Wagen blinkte, stand aber noch unschlüssig auf dem Forstweg, als überlegte der Fahrer, ob das die richtige Anschrift war und er auf das Grundstück einbiegen sollte.

»Helen?«, fragte Ben. »Falls du wegen der Party heute Abend anrufst … Ich habe im Moment viel um die Ohren, aber ich werde auf jeden Fall kurz vorbeikommen.«

»Danke, nett von dir, aber ich rufe aus einem anderen Grund an.«

Im nächsten Moment hörte sie das Tocken der Anklopffunktion ihres Handys. Ihr Herz begann zu rasen. Jemand versuchte, sie zu erreichen!

Sie sprang auf und lief auf die Wiese. Hinter der Scheibe der Fahrerkabine des ersten Lieferwagens sah sie, wie der Fahrer ein Telefon ans Ohr hielt. Hoffentlich war er es, der anrief.

»Ich melde mich noch mal wegen Anne Lehner.« Helen winkte dem Fahrer. Er bemerkte sie, und sie bedeutete ihm, aufs Grundstück zu fahren.

»Wir haben sie immer noch nicht gefunden.«

*Ben, ich weiß!*

Der Fahrer nahm das Telefon herunter, das Anklopfzeichen verstummte.

»Ich dachte, sie heißt Anne Lehner und arbeitet in einer Apotheke, zumindest hat sie das behauptet«, sagte Helen. »Gestern habe ich erfahren, dass sie Anne-Rose heißt und Psychotherapeutin ist.«

»Stimmt, seit Kurzem wissen wir das auch«, murmelte Ben. »Die Mordgruppe hat mit diesem Fall zwar nichts zu tun, aber nach unserem gestrigen Gespräch habe ich mich bei den Kollegen nach dieser Frau erkundigt.«

Die beiden Lieferwagen hielten hintereinander vor dem Carport. Helen signalisierte dem Fahrer, ein Stück weiter links zu parken, damit sie mit ihrem Toyota vorbeifahren konnte.

Dusty sprang fröhlich zwischen den Autos herum. Helen stieß einen Pfiff aus, und der Jack-Russell-Terrier sauste zu ihr. »Schön dableiben«, flüsterte sie.

»Sag mal, was ist bei dir eigentlich los?«

»Partyvorbereitungen«, antwortete sie knapp. »Was weißt du über die Frau?«

»Ihr tatsächlicher Name ist Anne-Rose Lehner. Sie ist seit mehreren Jahren geschieden. Ihre Praxis als Psychotherapeutin führt sie jedoch seit zwölf Jahren unter ihrem Mädchennamen.«

»Moment mal!«, unterbrach Helen ihn. »Sie hätte ihre Namensänderung dem Gesundheitsministerium und dem Psychotherapie-Verband melden müssen.«

»Hat sie nicht«, antwortete Ben. »Vermutlich hat sie den Namen ihrer Praxis aus Sicherheitsgründen nie geändert.«

Helen dachte an das Therapieschild in der Bachallee, an dem sie gestern vorbeigefahren war. »Lautet ihr Mädchenname Harmann?«

»Ja, Anne Lehner und Rose Harmann sind ein und dieselbe Person.«

*Ich wusste es. Anne Lehner, du miese Schlampe!* Helen kochte vor Wut. Die arme, kranke Apothekengehilfin, die eine Chemotherapie hinter sich hatte und eine Perücke tragen musste, hatte ihr vorgespielt, sie wäre zuvor bei einer Logotherapeutin gewesen, die ihre Praxis in derselben Straße führte. Nämlich bei sich selbst! Oh, Gott! Endlich blickte Helen in dieser verworrenen Sache durch.

»Sonst noch was?«, fragte er. »Ich habe leider wenig Zeit. Das BKA Wiesbaden hat Kontakt zu uns aufgenommen. Ich muss gleich zu einer Besprechung.«

Trotz der Anspannung und dem Chaos um sie herum war sie froh, Bens Stimme zu hören, wenn auch nur für kurze Zeit. Obwohl sie ihn seit drei Jahren nicht mehr gesehen hatte und jedes Mal Schuldgefühle bekam, wenn sie an ihn dachte, gab er ihr in dieser Situation den nötigen Halt. Ohne ihn wäre sie verrückt geworden.

»Kein Problem, ich muss selber los«, sagte sie.

»Bis heute Abend.« Ben legte auf.

Helen schaltete das Handy ab. Die beiden Fahrer kamen auf sie zu.

»Wir liefern das Partyzelt und haben sonst noch jede Menge aufgeladen.«

Sie reichte ihnen die Hand. »Das Zelt kommt hier auf die Wiese, mit dem Eingang Richtung Haus«, erklärte sie. »Die Bühne für die Band liegt im hinteren Bereich des Zelts. Fackeln zwischen Zelt und Terrasse. Die Kühlschränke kommen in den Schuppen neben dem Carport. Stromanschluss finden Sie in der Hütte. Bänke, Stühle und Buffettische entlang der Grundstücksgrenze neben den Smaragdthujen.«

»Null Problemo.« Der eine Fahrer tippte sich an die Mütze.

Helen blieb keine Zeit, sich um alles zu kümmern. Wo steckte Frank nur? »Haben Sie das Feuerwerk mit?«

»Klaro.«

»Bauen Sie es bitte dort drüben auf dem Feld neben dem Forstweg auf. Aber decken Sie es mit einer Plane ab, es soll eine Überraschung für die Gäste werden.«

»Null Problemo, wie die Dame es wünscht.« Die Männer machten sich an die Arbeit.

In diesem Moment erschien Frank endlich auf der Terrasse. Er trug einen Bademantel und wirkte wegen des Lärms ein wenig verärgert. Als er die Lieferwagen sah, riss er die Augen auf und stapfte durch die Wiese.

»He, Sie können hier nicht halten! Sie parken meinen Wagen zu!«, rief er den Männern zu.

»Das geht schon in Ordnung!«, sagte Helen zu ihnen. »Mein viel beschäftigter Gatte bleibt heute hier und wird sich ausnahmsweise selbst um alles kümmern.«

Die Männer warfen sich einen Blick zu und arbeiteten weiter.

Frank sah Helen verdutzt an. »Ich muss heute vielleicht noch weg.«

»Vielleicht?«, wiederholte sie. »Ich muss *jetzt gleich* los. Guten Morgen übrigens.« Sie wollte an ihm vorbei ins Haus gehen.

»Einen Moment!« Frank packte sie am Arm. »Ich war heute Morgen in meinem Arbeitszimmer …«

Mit einem finsteren Blick fixierte sie Franks Hand. Rasch zog er sie zurück.

»Hast du eine Erklärung, warum ein Riss in meinem Parkettboden ist und meine Schreibtischlade aufgebrochen wurde?«, fragte er.

»Hast *du* eine Erklärung, wo dein blaues maßgefertigtes Hemd ist?«, entgegnete sie. »Außerdem ist es nicht *dein* Parkettboden, sondern der in *meinem* Haus.«

Helen spürte, wie sich Franks Wut verflüchtigte. Stattdessen wurden seine Augen eiskalt. Er bekam den Blick einer Kobra, die kurz vor dem Biss stand. *Aber nicht bei mir, Freundchen!*

»Du spionierst mir nach?«, fragte er kühl.

»Hätte ich einen Grund dafür?«

Die Arbeiter ignorierten den Streit. Sie öffneten die Heckklappen der Lieferwagen und begannen, Zeltplanen und Alustangen auszuräumen.

Dusty saß winselnd zwischen Helen und Frank und blickte sie abwechselnd an. Der arme Kerl verstand nicht, warum ihre kleine Familie soeben zerbrach.

Helen wandte sich kommentarlos ab und ging zu ihrem Wagen. Sie stieß einen kurzen Pfiff aus. Dusty folgte ihr. Sie konnte ihn unmöglich hier lassen, während die Arbeiter das gesamte Grundstück auf den Kopf stellten. Mit dem Funkschlüssel öffnete sie die Autotür. »Komm, rein in den Wagen, hopp!«

Das ließ sich der Terrier nicht zweimal sagen. Er liebte Autofahrten mindestens genauso wie Hundekuchen oder ein Wettrennen mit einer Katze. Am liebsten reckte er während der Fahrt die Schnauze aus dem Fenster, presste die Augen zu und ließ die Ohren im Wind flattern.

Frank kam langsam auf sie zu. »Wo fährst du hin?« Seine Miene war ausdruckslos, die Stimme kalt wie Gletschereis. So musste es sich anfühlen, wenn man von ihm als Staatsanwalt verhört wurde.

»Ich bin in einigen Stunden wieder da«, erklärte Helen knapp.

»In diesem Aufzug?«

Wen störte es, wenn sie in Turnschuhen und ihrem grauen Jogginganzug nach Wien fuhr? Frank etwa? Darauf gab sie keinen Cent.

»Lass wenigstens dein Handy eingeschaltet, falls die Arbeiter was von dir brauchen.«

Sie schnallte sich an. »Das geht leider nicht.«

»Warum zum Teufel?«

»Weil ich versuche, das Leben deiner kleinen Nutte zu retten«, knurrte sie und schlug die Autotür zu.

# 24

Sabine schlich auf Zehenspitzen aus dem Schlafzimmer, um ihre Nichten nicht zu wecken. Sie hatte wieder bei Monika übernachtet. Während ihre Schwester noch im Bad war, bereitete sie für die Kinder in der Küche Cornflakes und Pfannkuchen zu.

Die Rückfahrt von Dresden nach München gestern Nacht war ein Albtraum gewesen. Sechs Stunden, eine davon im Stau. Sneijder hatte neben ihr wie ein Kind geschlafen, mit dem Kopf auf einem aufblasbaren Kissen an die Seitenscheibe gelehnt, ohne Akupunkturnadeln in den Handrücken. Offensichtlich hatte ihn das leichte Vibrieren des Wagens in den Schlaf geschaukelt. Keine Spur von Migräne oder Cluster-Kopfschmerzen. Nachdem sie ihn im Mercure abgesetzt hatte, war sie zu ihrer Schwester gefahren und hatte sich zu den Mädchen ins Schlafzimmer geschlichen.

Soeben tappte Connie, die Jüngste, mit struppigen Haaren und verschlafenem Blick in die Küche. Ihr Pyjama war zerknautscht, als hätte sie sich die ganze Nacht herumgewälzt. In der Hand hielt sie ihren Teddybär, der genauso mitgenommen aussah wie sie. Als Connie sie erblickte wurden ihre Augen groß. »Du hast heute bei uns geschlafen, Tante Bine?«

»Ja, aber gestern Nacht war es spät, und du hast schon geträumt, mein Schatz.« Sabine stellte drei Tassen Kakao auf den Tisch.

Kerstin und Fiona kamen herein und setzten sich auf ihre Stühle. »Bleibst du heute bei uns?«, fragten sie.

»Das würde ich gern, aber ich habe Dienst.« Sabine bekam Bauchschmerzen, wenn sie ans Büro dachte. Die Kollegen vom LKA hatten drei Nachrichten auf ihre Handy-Mobilbox gesprochen, von Mal zu Mal wütender. Sie würde gleich nach dem Frühstück beim LKA in der Maillingerstraße antanzen und Rede und

Antwort stehen, weshalb sie sich mit einer Anfrage an Daedalos über die Kirchenmorde informiert hatte. Doch zuvor würde man ihr die Leviten lesen, weil sie gestern nicht zurückgerufen hatte, als sie nachts von Dresden heimgefahren war. Doch nach dem schrecklichen Fund der Leiche am Abend in der Gruft des Dresdner Doms hatte sie keine Lust verspürt, sich während der Autofahrt von den LKA-Beamten zusammenpfeifen zu lassen. Der Anblick der Toten hatte sich wie eine Zecke in ihrem Geist festgebissen. Wegen des Reiseantrags über das BKA Wiesbaden hatte sie zumindest einen halbwegs vernünftigen Grund, warum sie nicht zur Dienststelle gekommen war. Aber heute würde Maarten Sneijder sie nicht mehr vor der Vernehmung retten können. Die Sache musste erledigt werden.

Sabine und die Mädchen verschlangen Cornflakes, Pfannkuchen und Knuspermüsli. Danach sah der Tisch aus wie ein Schlachtfeld. Monika setzte sich im Bademantel und mit einem Handtuch auf dem Kopf an den Tisch und strich Butter auf eine Scheibe Vollkornbrot. Sie sah nicht gut aus. Für sie würde es ein harter Tag im Museum werden. Sabine machte sich Sorgen um ihre Schwester. Im Gegensatz zu ihr dachte Moni vermutlich den ganzen Tag an Mutters Tod. Sie tat das natürlich auch, allerdings auf eine andere Art und Weise. Die Ermittlungen ließen sie nicht zur Ruhe kommen und lenkten ihre Gedanken auf ein konkretes Ziel. Obwohl Sneijder ein arroganter Mistkerl war, dem sie wegen mancher Kommentare die Pest an den Hals wünschte, war die Arbeit an seiner Seite dennoch wie eine Therapie für sie.

Da Sabine keine Zeit hatte, musste Monika heute mit ihrem Exmann telefonieren, der immer noch als Vaters Anwalt agierte. Mit etwas Glück würde Vater heute aus der Untersuchungshaft entlassen werden.

»Was machst du jetzt?«, fragte Kerstin.

*Den Gang nach Canossa.* »Ich muss meinen Kollegen und Vorgesetzten einiges beichten …« Sabines Handy piepte. Eine SMS. Rasch überflog sie den Text.

*Habe erwirkt, dass Sie auch heute für BKA-Ermittlungen zur Verfügung stehen. Flug nach Wien um 9.30 Uhr. Habe für uns beide online eingecheckt. Bordkarte am Air-Berlin-Infoschalter für Sie hinterlegt. Seien Sie pünktlich am Gate – M.S.S.*

»Das gibt's doch nicht«, murmelte sie und las den Text noch einmal.

Connie stützte ihren Kopf auf die Hände und blickte aus verschlafenen Augen über den Tisch. »Was ist denn schon wieder passiert?«, fragte sie altklug.

Fiona, die Älteste, beugte sich über den Tisch, um einen Blick auf das Display zu erhaschen.

Sabine klappte das Handy zu. »Ich muss nach Wien.«

Monika kniff die Augen zusammen und musterte sie skeptisch.

Plötzlich waren die Mädchen hellwach. »Zu einem Einsatz mit Hunden, Hubschraubern und kugelsicherer Weste?«, riefen sie.

Sabine lächelte. »Zu einem *streng geheimen* Einsatz! Mit Nachtsichtgerät und Wärmebildkamera«, flüsterte sie. »Das volle Programm.«

»Dürfen wir mit?«

Sie wiegte unschlüssig den Kopf. »Zu gefährlich diesmal. Außerdem habe ich einen verrückten Kerl an meiner Seite. Er kommt aus den Niederlanden und heißt Maarten Sneijder.«

Connies Mund klappte auf.

Eigentlich war Sabine an *seiner* Seite, aber das mussten die Mädchen ja nicht wissen. Dutzende Fragen standen den Kindern ins Gesicht geschrieben, doch bevor eine von ihnen den Mund öffnen konnte, klatschte Monika in die Hände. »Hopp! Zähne putzen und anziehen! Ich bringe euch in den Kindergarten und zur Schule. Wir müssen in fünfzehn Minuten los. Der Bus wartet nicht!«

Die Mädchen standen auf und liefen ins Bad, nur Fiona blieb am Tisch sitzen. »Fährst du wirklich nach Wien?«, fragte sie ernst, nachdem ihre Geschwister verschwunden waren. »Hat es was mit Großmutters Tod zu tun?«

Sabine warf ihrer Schwester einen Blick zu.

»Sie weiß als Einzige davon«, erklärte Monika. »Sie hat gestern zufällig ein Telefonat zwischen ihrem Vater und mir mitbekommen, aber ich habe ihr eingebläut, ihren Schwestern vorerst nichts zu erzählen.«

Sabine nickte. »Ich werde herausfinden, warum Oma gestorben ist – und jetzt geh ins Bad.«

Fiona sprang auf, gab Sabine einen Kuss und lief davon. Monika nahm das Handtuch vom Kopf und rubbelte sich die Haare trocken. »Du springst einfach so, wenn der Typ mit den Fingern schnippt? Wegen Mutters Tod gibt es hier einiges zu erledigen.«

Als ob sie das nicht selbst wüsste! Sabine blickte in den Gang, um sicherzugehen, dass Fiona nicht lauschte. »Sneijder ist näher am Mörder unserer Mutter dran als jeder andere.«

»Ah, dieser Sneijder schon wieder.« Monika verdrehte die Augen. »Ich habe gestern ausführlich mit Gabriel telefoniert, und ich sage dir: Vater hat was mit ihrem Tod zu tun.«

»Quatsch!«

»Erinnere dich, was vor zehn Jahren passiert ist. Der mysteriöse Brand in der Schule! Er hatte auch damit etwas zu tun. Danach die Scheidung unserer Eltern«, spie Monika verbittert aus. »Er trug die Schuld daran. Genauso wie am jahrelangen Rosenkrieg, der Mutter zermürbt hat. Bestimmt hat er sie betrogen und wollte sich um die Unterhaltszahlung drücken.«

Sabine wollte nicht schon wieder mit Monika darüber streiten. Sie war zu verbohrt, um zu erkennen, dass zu einer Scheidung immer zwei gehörten und hauptsächlich Mutter an der Hasskampagne gegen Vater schuld war. Nach allem, was Sabine bisher wusste, konnte ihr Vater gar nicht der Mörder sein. Andernfalls hätte er auch die Frau in Dresden in den Brunnenschacht stoßen, die Lehrerin in Leipzig im Glockenstuhl verbrennen und die Frau in Köln den Hunden zum Fraß vorwerfen müssen. Ihr Vater hatte nicht die Nerven für diese Taten. Im Gegensatz zum wahren Mörder. Sabines Gefühl sagte ihr, dass er bald wieder zuschlagen würde.

Möglicherweise hatte er das schon. Sie dachte an den Flug nach Wien.

Zwei Stunden später saß Sabine neben Maarten Sneijder in der Business-Klasse einer FlyNiki-Maschine. Wie gestern trug er ein dunkles Sakko und einen schwarzen Rollkragenpullover. Mit dem kahlen Schädel wirkte er wie der Sensenmann. Sabine hatte sich nicht großartig herausgeputzt. Sie trug Jeans, ihre Laufschuhe und einen grauen Thermopulli. Im Gepäckfach steckte ihre Reisetasche, in die sie in ihrer Wohnung rasch das Notwendigste gestopft hatte. Auch den Eilbrief des LKA mit der Vorladung zu einer Befragung.

Unmittelbar nach dem Start wurden ihnen Drinks serviert. Sabine nahm ein Glas Orangensaft, Sneijder begnügte sich mit einem doppelten Whisky. Gefühlsmäßig hätte sie ihm eher Karottensaft oder ein Sojamilchgetränk zugetraut, denn Whisky schien irgendwie nicht zu seinem Faible für Akupunktur, Zen-Buddhismus und Marihuana zu passen. Aber ihr war das egal – er war alt genug und sollte in sich reinkippen, was er für richtig hielt.

Das Anschnallzeichen erlosch. Sneijder tippte eine Nachricht in sein iPhone.

»Verraten Sie mir endlich, was wir in Wien machen?«, unterbrach Sabine ihn.

»Sicher nicht die Pandabären im Tiergarten Schönbrunn besuchen«, antwortete Sneijder, ohne aufzusehen.

*Witzig!* Sabine lehnte sich in den Sitz und verschränkte die Arme. Soeben verschloss der veränderte Kabinendruck ihre Ohren. Sie setzte sich die Kopfhörer auf, wählte ein Musikprogramm und schloss die Augen. Vielleicht gelang es ihr, für ein paar Minuten nicht an ihre Eltern, Struwwelpeter oder die Kollegen vom LKA zu denken.

Eine halbe Stunde später hatte Sneijder seine Korrespondenz beendet und rüttelte Sabine aus dem Schlaf. Er zog ihr die Kopfhörer herunter und verstaute sie im Fach vor sich.

*War er noch ganz bei Trost?*

»Ich habe etwas über Carl Boni rausgefunden«, sagte er, als wäre nichts geschehen.

»Oh wie nett, wir reden wieder miteinander?«

»Kommen Sie, hören Sie auf mit diesem Frauenscheiß.« Er lehnte sich zurück und schloss für einen Moment die Augen.

*Frauenscheiß!* Sie wollte etwas darauf erwidern, aber er sah verheerend aus. Auf seiner Stirn stand der Schweiß, und seine Gesichtsfarbe glich den weißen Paneelen der Kabinenverkleidung. Seine Arme lagen auf den Lehnen. In beiden Händen steckte je eine Akupunkturnadel. Ein Wunder, dass sie ihn mit diesen Nadeln in den Flieger gelassen hatten. Damit hätte er den Piloten töten, das Flugzeug in seine Gewalt bringen und in ein Hochhaus steuern können. Aber das war nicht zu befürchten – Sneijder besaß nicht einmal einen Führerschein.

»Wollen Sie eine Schmerztablette?«, fragte sie.

Er wehrte ab. »Sobald wir landen, geht es mir wieder besser.« Er drehte den Kopf zu ihr und senkte die Stimme. »Carl wurde in Wien geboren, besuchte dort den Kindergarten, ging in Köln zur Grundschule, in Leipzig in die Hauptschule und machte in Dresden seine Lehre zum Automechaniker. Ihre Mutter unterrichtete ihn in Köln, und Elfriede Nikitsch war seine Lehrerin in Leipzig. Während seiner Lehrjahre lebte er bei Tante Lore in Dresden.«

Das Puzzle setzte sich zusammen und klang beinahe plausibel. »Aber wo ist die Verbindung zu der ermordeten Rechtsanwaltsgehilfin in Köln?«

»Die Bonis wohnten in der Nähe des Kölner Doms. Waltraud Nesselberger lebte im selben Haus – sie war eine Nachbarin der Bonis, die sich manchmal um den Jungen kümmerte, wenn die Eltern außer Haus waren.«

Zwei Lehrerinnen, eine Nachbarin und seine Tante, resümierte Sabine. Sie erinnerte sich an das blonde Jungengesicht auf dem Klassenfoto ihrer Mutter. Dieser Carl Boni hatte sie also ermordet.

»Ich sehe Ihnen an, woran Sie gerade denken«, sagte Sneijder.

»Aber solange wir die Hintergründe nicht kennen, sollten Sie keine voreiligen Schlüsse ziehen.«

»Hat er in Wien seine Vorschullehrerin ermordet?«, fragte sie.

Sneijder schüttelte den Kopf. »Das nicht, aber ich konnte seinen Aufenthaltsort herausfinden. Seit dem Tod seines Vaters vor mehr als drei Jahren lebt er wieder in Wien. Seine Mutter ebenfalls. Sie ist alleinstehend und besitzt ein kleines Haus am Stadtrand.«

Als Sabine das hörte, bekam sie ein merkwürdiges Kribbeln im Bauch. »Wir sollten …«

»Habe ich bereits veranlasst«, unterbrach Sneijder sie. »Ich habe die Wiener Kripo gebeten, Frau Boni sofort unter Personenschutz zu stellen, bis wir mit ihr gesprochen haben.«

Sabine ahnte, dass etwas nicht stimmte.

»Aber das geht nicht. Sie ist vor zwei Monaten verschwunden.«

»Vor *zwei Monaten?*«, entfuhr es Sabine. »Wird nach Carl Boni gefahndet?«

Sneijder trommelte mit den Fingern auf sein iPhone. »Seit etwa fünfzehn Minuten.«

Damit war eines klar: Das Morden ging weiter. Sabine erhob sich, öffnete das Gepäckfach und kramte in ihrer Reisetasche.

Sneijder beobachtete sie mit aschfahlem Gesicht. »Gehen Sie frühzeitig von Bord?«

Das würde sie am liebsten, schon allein wegen seiner blöden Bemerkungen.

»Ich möchte eine Sache mit Ihnen besprechen.« Sabine holte das Struwwelpeter-Buch aus der Tasche und setzte sich. »Die Reihenfolge der Morde.« Sie schlug den Band auf.

»Struwwelpeters erstes Opfer wurde von Hunden zerfleischt – das ist die erste Geschichte, die vom bösen Friederich. Sein zweites Opfer wurde verbrannt – das ist die zweite Geschichte von Paulinchen mit den Streichhölzern. Sein drittes Opfer steckte im Brunnenschacht, entsprechend der *vierten* Geschichte, der vom wilden Jäger. Und meine Mutter, Opfer Nummer vier, wurde in Tinte ertränkt – das ist die *dritte* Geschichte *von den schwarzen Buben.*«

Sneijder drehte an der Nadel und zuckte für einen Moment mit dem Augenlid. »Ist mir bereits aufgefallen«, murmelte er. »Unser Freundchen mordet in einer anderen Reihenfolge, als die Geschichten in dem Buch stehen.«

»Aber das passt nicht zu einem Psychopathen, der alles genau plant.«

»Es passt garantiert!«, widersprach er. »Allerdings wissen wir noch nicht alles. Erst wenn wir das ganze Bild sehen, werden wir erkennen, worauf es hinausläuft.«

Sabine blätterte zur nächsten Geschichte. »Genau das macht mir Angst.« Ein Frösteln kroch ihr über die Wirbelsäule.

Bei der fünften Geschichte würde Struwwelpeter in die Rolle des Schneiders schlüpfen, der mit schnellem Lauf in die Stube sprang, um dem kleinen Konrad mit seiner mannsgroßen Schere die Daumen abzutrennen. *Ohne Daumen steht er dort – die sind alle beide fort.* Mit dem entsprechenden Schneidewerkzeug konnte man viele grausame Dinge anrichten.

Was stand danach auf dem Programm? Der Suppen-Kaspar verhungerte, der Zappel-Philipp wurde lebendig unter einem Berg von Geschirr begraben, Hans-Guck-in-die-Luft stürzte vom Steinufer in den Fluss, und der fliegende Robert wurde vom Sturm fortgerissen. Sabine erinnerte sich an Sneijders Kommentar aus dem Diktafon, dass der Mörder überdurchschnittlich intelligent sei. Neun Geschichten – neun Tote. Im Moment hatten sie nicht einmal die Hälfte erreicht – oder, wie Sneijder es formuliert hatte: Sie sahen noch nicht das ganze Bild.

Sie sprach mit Sneijder über den Fall, und die Zeit verging schnell. Während der Landung läutete Sneijders iPhone. Seelenruhig nahm er das Gespräch entgegen.

»Sind Sie verrückt?«, zischte Sabine. »Schalten Sie das Ding aus!«

Er wedelte mit der Hand, um sie zum Schweigen zu bringen, und redete weiter. Dann legte er auf und tippte eine SMS. Der Flieger ging tiefer in den Sinkflug. Alle Passagiere waren bereits seit Minuten angeschnallt. Der Druck verschloss Sabines Ohren. Schließlich sprang eine Stewardess von ihrem Sitz auf und stürzte zu ihnen.

»Machen Sie das *sofort* aus!«, rief sie. »Das ist nur in Notfällen gestattet!«

»Das *ist* ein Notfall!«, murrte Sneijder. Er tippte die SMS zu Ende und steckte das Telefon weg. »Sie sollten sich lieber hinsetzen und anschnallen.«

Im selben Moment berührten die Räder den Boden. Die Stewardess taumelte zurück und klammerte sich an das Gepäckfach.

Sneijder drehte sich zu Sabine, als wäre nichts geschehen. »Das war die Wiener Kripo«, erklärte er. »Die holen uns in einer Stunde am Flughafen ab. Ich habe unserem Kontaktmann eine SMS geschickt. Er heißt Ben Kohler.«

## 25

Warum sollte jemand eine Psychotherapeutin entführen und verstümmeln und anschließend eine andere in die Sache hineinziehen? Diese Frage geisterte seit Stunden durch Helens Kopf. Das Spiel des Verrückten sah aus, als wollte er Rose und sie gegeneinander ausspielen. Bis vor Kurzem hatte Helen noch gedacht, dass sie mit dieser Frau nur eine professionelle Therapeuten-Klienten-Beziehung verband. Durch Franks Seitensprung teilte sie mit Rose, die eine undurchsichtige Doppelrolle spielte, jedoch mehr, als ihr lieb war.

Rose Harmanns Entführer musste Psychotherapeuten hassen, so viel stand fest. Würde er sonst eine Frau verstümmeln und die andere dafür verantwortlich machen wollen? Anfänglich hatte Helen vermutet, dass es sich dabei um einen ihrer eigenen Klienten handeln könnte. Mittlerweile war sie sicher, dass einer von Dr. Harmanns Klienten dahintersteckte. Um die Wahrheit zu erfahren, musste sie deshalb in Rose Harmanns Praxis einbrechen.

Sie parkte in der Bachallee, in der sie gestern schon gewesen war. Allerdings nicht vor jenem hypermodernen Wohnblock mit Glasaufzug und Wellnessbereich, in dem Anne Lehner lebte, sondern einige Hausnummern davor. Direkt vor dem Schild, an dem sie gestern vorbeigefahren war und das auf Harmanns Praxis hinwies. Zwischen zwei Einfamilienhäusern mit Vorgärten verbarg sich das einstöckige Gebäude in Form eines Bungalows – die ideale Lage für eine Praxis in dieser noblen Gegend. Gegenüber dem Bungalow lag ein Park, weiter die Straße hinunter eine Bushaltestelle.

Helen nahm Dusty an die Leine und spazierte über die Straße. Ausführlich studierte sie das Türschild.

Logotherapie und Existenzanalyse
nach Viktor E. Frankl
Praxis für Psychotherapie
Dr. med. Rose Harmann
approb. Ärztin
Bachallee 17

Ein Kaugummi klebte über dem Doktortitel. Helen hatte gehofft, die Praxis umrunden zu können und an der Rückseite auf eine Terrassentür zu stoßen. Sie hätte das Glas kurzerhand mit einem Stein eingeschlagen und wäre gewaltsam in die Praxis eingedrungen; verzweifelt genug war sie. Doch das Gebäude bot keinerlei Einstiegsmöglichkeit. Ein Sicherheitsschloss für einen Magnetschlüssel versperrte die massive Kassettentür aus Holz. Helen schob mit dem Fingernagel die Gummidichtung zwischen Tür und Rahmen auseinander. Sie konnte nichts erkennen, aber sie war sicher, dass nicht nur ein Riegel die Tür versperrte, sondern vier oder sechs weitere Bolzen in den Rahmen ragten. Diese Tür würde sie niemals aufbekommen.

»Mist!«, fluchte sie und blickte zu Dusty. »Keine Sorge, mein Kleiner, Frauchen hat noch einen Plan B.«

Ihr Handy lag ausgeschaltet in der Tasche ihres Jogginganzugs. Sie wagte nicht, es einzuschalten, da der Verrückte jederzeit anrufen konnte. Schließlich nahm sie Dusty an die kurze Leine und joggte mit ihm die Straße hinunter zu einer gelben Doppeltelefonzelle. In einer Kabine war das Kabel aus dem Hörer gerissen, die zweite war funktionstüchtig.

Helen wählte die Nummer von Ben Kohlers Büro. Sie wollte ihn bitten, einen Kollegen herzuschicken, der Rose Harmanns Praxis öffnete, damit sie einen Blick in deren Unterlagen werfen konnte. Doch die Empfangsdame sagte ihr, er habe zu tun und müsse anschließend zum Flughafen. Auf seinem Handy sprang die Mobilbox an. *Verdammt!* Sie machte einen dritten Anruf und ließ sich mit seinem Kollegen Oliver Brandstätter verbinden, dem sie erklärte, dass sie einen Blick in die Praxis der vermissten Therapeutin werfen wolle.

»Bist du verrückt?«, zischte Oliver ins Telefon. »Das kann ich nicht tun!«

»Dann frage ich jemand anderen.«

»Helen, Süße«, sagte er nachsichtig. »Niemand würde dir helfen. Der Prozess war erst vor drei Jahren. Den hat keiner vergessen. Nach deinen Vorwürfen gegen Kripo und Staatsanwaltschaft hast du auf dem Revier keine Freunde mehr.« Er senkte die Stimme. »Für viele wäre es ein gefundenes Fressen, dich bei einer illegalen Aktion zu überführen.«

»Danke, dass du mich daran erinnerst!«

»Ich möchte dich bloß vor einer Dummheit bewahren.«

»Kannst *du* nicht ...?«

»Ich helfe dir jederzeit gern, das weißt du, aber nicht bei einer laufenden Ermittlung.«

*Mist!*

Sie knallte den Hörer auf. Die Zeit lief ihr davon. Sie musste in diese Praxis. Schön langsam gingen ihr die Ideen aus – doch eine Möglichkeit gab es noch. Plan C. Sie hatte immer noch Franks Schlüsselbund zu Anne Lehners Wohnung, den sie auch jetzt bei sich trug.

Sie lief weiter bis zu dem modernen Wohnkomplex und fuhr mit Dusty im Glaslift in den sechsten Stock. Auf dem Weg zu Anne Lehners Wohnung begegnete ihr ein grauhaariger Mann im Bademantel, der offensichtlich zur hauseigenen Sauna wollte. Seinen Kommentar »Hunde sind hier aber nicht gestattet!« beantwortete sie mit einem mitleidigen Lächeln.

Im Vorraum von Annes Wohnung fand sie ein volles Schlüsselbord. Daran hingen Schlüssel für einen Smart, ein Kellerabteil und einen Briefkasten. Manche sahen aus, als gehörten sie zu Gepäckstücken, Fahrrad- oder Vorhängeschlössern. Endlich fand Helen, wonach sie suchte. Ein silberner EVVA-Magnetschlüssel! Auf vier kreisrunden Magnetflächen war ein Code gespeichert.

Sie steckte den Schlüssel ein und verließ den Wohnblock mit Dusty.

Fünfzehn Minuten später erreichte Helen die Praxis von Dr. Rose Harmann. Auf dem Türschild klebte immer noch der ekelhafte Kaugummi. Der Magnetschlüssel passte. Helen schloss die Tür hinter sich. Dusty war mindestens genauso aufgeregt wie sie. Er stand im Vorraum und beschnupperte Teppich und Schuhe.

Helen schob den Vorhang zur Seite und blickte aus dem Fenster. Niemand hatte ihr Eindringen bemerkt. Der Parkplatz neben der Praxis war menschenleer. Ein metallic-grüner Smart stand neben dem Altpapiercontainer. Rose Harmanns Wagen! Damit war sie als Anne Lehner nach Grießkirchen gefahren. Nun konnte sich Helen sogar an das Wiener Kennzeichen erinnern. *Wer zum Teufel bist du wirklich?*

An den Wänden des Vorraums sah sie zum ersten Mal Fotos von Rose. Gerahmte Presse-Schnappschüsse von diversen Kongressen, Tagungen und Verleihungen. Rose sah genauso aus, wie der Gynäkologe Dr. Rachovsky sie beschrieben hatte: groß, sportlich, sexy, etwa vierzig Jahre alt, mit grünen Augen und einer flotten kastanienroten Kurzhaarfrisur. Sie strahlte ein Selbstbewusstsein aus, bei dem man vor Neid erblassen konnte. Kein Wunder, dass Frank diese Frau attraktiv fand.

Die Worte des Gynäkologen kamen ihr in den Sinn. *Die Frau sieht Ihnen sogar etwas ähnlich.* Er hatte recht. Oberflächlich betrachtet waren sie der gleiche Typ Frau. Irgendwie war es paradox, aber diese Tatsache tröstete Helen ein wenig über ihren Schmerz hinweg. Wenn Frank sie schon betrügen musste, dann wenigstens mit einer gut aussehenden Frau und nicht mit einer grauen, bemitleidenswerten Maus. Kaum zu glauben, dass Helen ihr die Rolle der unscheinbaren Apothekengehilfin, die ein einsames Leben fristete, abgenommen hatte. Das warf kein gutes Licht auf sie als Psychotherapeutin, die eigentlich darin ausgebildet war, Klienten zu durchschauen. Aber sogar Psychotherapeuten schätzten Menschen manchmal falsch ein. Außerdem war Rose Harmann selbst eine erfahrene Therapeutin – und offensichtlich eine gute Schauspielerin.

Eine Großaufnahme von Rose hinter einem Rednerpult interessierte Helen am meisten. Sie studierte die Gesichtszüge dieser facettenreichen Frau. Rose strahlte Eloquenz und Souveränität aus. Aber mit grauer Perücke, Hornbrille, genügend Gesichtspuder und gebückter Haltung würde sie älter wirken und hätte große Ähnlichkeit mit Helens Klientin Anne Lehner.

Ihre Schlagadern begannen zu pochen, als sie versuchte, sich die fehlenden Puzzleteile zusammenzureimen. Das Emblem auf dem Rednerpult wies auf eine Tagung des Innenministeriums hin. Womöglich erstellte Rose Gerichtsgutachten. Als Staatsanwalt arbeitete Frank eventuell mit Rose gemeinsam an Fällen. So mussten sie sich kennengelernt haben. Schließlich war auch Helen im Zuge ihres Verfahrens auf Frank gestoßen. Vielleicht hatten die beiden schon seit Jahren ein Verhältnis, das sogar länger dauerte als ihre Ehe. Auf den Fotos wirkte Rose nicht wie eine Frau, die sich eine Gelegenheit entgehen ließ.

Helen konnte sich das Ganze nur so erklären: Als Rose schwanger wurde – beabsichtigt oder nicht –, wollte sie Frank an sich binden. Sie wollte Helen ausbooten und begann in der Verkleidung einer schüchternen, älteren Frau eine Therapie bei ihrer Konkurrentin, um sie auszuspionieren. Wer so raffiniert war, hatte bestimmt jede Menge Feinde. Einer von ihnen schnitt Rose nun Stunde für Stunde einen weiteren Finger ab.

Dusty kläffte.

»Schon gut, mein Kleiner.« Helen ging in die Knie und kraulte den Terrier am Hals. »Wir bleiben etwas länger hier. Es beginnt gerade, interessant zu werden.«

Die linke Tür führte in den Therapieraum, ein helles Zimmer mit Couch, Glastisch und Erkerfenster mit Ausblick auf den Park. Vor dem Stuhl lagen Diktafon und Notizblock. Der Wecker wies in die andere Richtung. *Clever!* Damit jeder neue Klient instinktiv auf der Couch Platz nehmen würde. Gegenüber lag Roses Büro. Die Tür stand offen. *Ebenfalls clever!* Damit jeder Klient das Gefühl erhielt, dass Rose keine Geheimnisse vor ihm hatte. Diese Frau war raffiniert.

Der Therapieraum interessierte Helen nicht. Dusty allerdings schon. Er lief hinein, sprang auf die Couch und streckte sich so lang, als wollte er die gesamte Bank in Besitz nehmen. Im Gegensatz zu ihm fühlte Helen sich unwohl, als sie die Schränke der fremden Küchennische durchsuchte. Schließlich fand sie einen tiefen Teller, den sie mit Wasser füllte und vor Dusty auf den Teppich stellte. Dann betrat sie das angrenzende Büro.

»Suchen wir deinen Entführer«, murmelte sie und warf einen Blick auf den Stehkalender von Roses Schreibtisch.

Sie blätterte die letzten Wochen zurück. Insgesamt fand sie an die zwanzig Namen, die kürzlich einen Termin bei Rose gehabt hatten. Im Moment wusste Helen noch nicht genau, wonach sie suchte, aber das würde sich in den nächsten Minuten herauskristallisieren. In den Schränken entdeckte sie zu jedem dieser Namen eine Akte, in die sie einen Blick warf. Kinder und weibliche Klienten schloss sie von vornherein aus. Schon bald kam sie hinter das System, das Dr. Rose Harmann für ihre Ablage verwendete. Die Regalreihe mit den grünen Ordnern enthielt die Fälle jener Klienten mit schwerer Persönlichkeitsstörung ohne Aussicht auf Heilung. Bekanntlich symbolisierte Grün die Hoffnung – möglicherweise war das die Eselsbrücke von Dr. Harmann. *Niemals die Hoffnung aufgeben und alles für die Klienten versuchen.* Helen wollte sich alle Akten ansehen und öffnete den ersten Ordner mit den *krankheitswertigen Störungen mit Beginn in der Kindheit.* Ihr Gefühl sagte ihr, sie suchte nach einem Mann zwischen zwanzig und dreißig Jahren mit einem Entwicklungstrauma, der im letzten Halbjahr Sitzungen bei Dr. Harmann genommen hatte.

Hastig blätterte sie durch die grünen Einlageblätter. Ulf Lange war zweiundvierzig und hatte in seinem Job als Zugführer Autoritätsprobleme mit seinen Vorgesetzten. Der Wiener Notar Thomas Probst neigte dazu, sich selbst zu verletzen, und der Unternehmensberater Christian Garke brachte seine pädophilen Neigungen nicht unter Kontrolle. Solche Menschen behandelte Rose also auch! Eine innere Stimme sagte ihr jedoch: Diese Männer waren zu alt. Nach zehn weiteren Klienten entdeckte sie die Akte eines dreiundzwanzigjährigen Automechanikers. Unwillkürlich assoziierte sie mit seinem Nachnamen das französische *bon* für »gut«. Doch der Vergleich passte nicht. Ein ziemlicher Widerspruch – was Helen in den Mitschriften las, klang nicht besonders gut. Carl Boni war nicht freiwillig zu Dr. Harmann gekommen. Er hatte wegen Kokainbesitzes, Stalkings und Körperverletzung drei Jahre bedingte Strafe erhalten. Allerdings hatte ihm das Gericht Therapie statt Strafe ermöglicht. Hätte Carl auch mit Kokain *gehandelt,* wäre das nie geschehen. Dieses milde Urteil war sein verdammtes Glück gewesen. Und möglicherweise Roses Pech.

Helen schlug die Akte zu. Einiges sprach dafür, dass Carl Boni das Scheusal war, das Rose entführt und verstümmelt hatte. Sein Hass auf Frauen, seine unfreiwillige Therapie und sein Stalking-Verhalten passten wie Puzzlesteine ins Bild – doch insgesamt war das nichts weiter als eine leise Vermutung. Zu wenig, um damit den Ansagetext ihrer Mobilbox zu besprechen. Im Prinzip musste sie sich eingestehen, genauso wenig zu wissen wie vorher.

Aus dem Nebenraum drang Dustys leises Schnarchen. Sie setzte sich zu dem Terrier auf die Couch und streichelte seinen Hals. Er wälzte sich im Schlaf auf den Rücken und streckte alle viere von sich.

Nach einer Weile erhob sie sich und betrachtete den Therapieraum. Fachliteratur über Logotherapie, Schallplatten von Miles Davis und Duke Ellington, jede Menge Bar-Jazz-CDs und Romane aus Beat-Zeit und Drogen-Ära. Etwas älter, und Rose Harmann wäre eine typische Vertreterin der Siebzigerjahre gewesen, die gegen den Trend der Gesellschaft lebte. Im Prinzip hätte Helen diese Frau sogar sympathisch finden können, gäbe es da nicht ihre

Falschheit und Hinterlist. Damit war sie in ihren Augen nur eine karrieregeile, eifersüchtige und sexbesessene Hexe, die anderer Leute Leben zerstörte.

Bevor sie den Raum verließ, um weiter das Büro zu durchsuchen, fiel ihr Blick auf die Kommode. Dort lag ein aufgerissenes Kuvert. Zwar fehlte der Brief, aber der Empfänger klang interessant. Das Schreiben war an Richterin Petra Lugretti adressiert. Helen kannte sie. Sie war Franks Exfrau und früher für Jugendstraftaten zuständig gewesen. Unter dem Kuvert lag ein leeres Standardformular zur Beurteilung einer laufenden Therapie. Nur der Name des Klienten war eingetragen: *Carl Boni.* Die Zusammenhänge verdichteten sich.

Auf der Kommode stand außerdem ein Weinglas mit rosa Lippenstiftabdruck. Helen roch daran. Aperol. Okay, was sagte ihr das? Rose Harmann wollte einen Brief ans Gericht verfassen, mit einem Gutachten oder einer Stellungsnahme zur Therapie von Carl Boni – was auch immer. Aber offensichtlich war dieses Schreiben nie abgeschickt worden. Wie es schien, hatte Petra Lugretti den Klienten an Rose verwiesen. Möglicherweise hatte Rose schon früher mit Richterin Lugretti zusammengearbeitet und über sie deren Exmann Frank kennengelernt. Es gab viele Möglichkeiten. Die Welt war klein!

*Vergiss Frank jetzt einmal,* ermahnte sie sich. *Konzentriere dich auf Carl Boni! Vielleicht ist er gar nicht der Richtige!*

Helen ging ins Büro zurück und schlug noch mal Carls Akte auf. Im Übersichtsblatt fand sie das Datum von seinem letzten Besuch: Freitag, 20. Mai. Helen wurde kalt ums Herz. Die Sitzung musste drei Tage vor Harmanns Entführung stattgefunden haben. Am selben Tag war sie verkleidet als Anne Lehner bei ihr gewesen.

Helen blätterte zu Roses Notizen. Dr. Harmann war nicht die erste Therapeutin gewesen, die eine Zusammenarbeit mit Carl versucht hatte – aber die bisher erfolgreichste. Ihren Kommentaren zufolge hielt Dr. Harmann nichts von bloßer Symptombehandlung, sondern bevorzugte langfristige Methoden. Sie wollte zum Kern von Carls Persönlichkeitsstörungen durchdringen und ihm die wahren Ursachen seines Verhaltens bewusst machen. Ein riskanter Weg. Harmanns handschriftliche Bemerkungen zeigten, dass der Fall Carl Boni ebenso interessant wie gefährlich war. Möglicherweise befand sich deshalb die Notiz *TB* unter der Rubrik Methode. Harmann hatte die Sitzungen auf Tonband aufgezeichnet!

Helen spürte, sie war auf der richtigen Spur. Normalerweise wurden nur von schwierigen Sitzungen oder für heikle Gerichtsgutachten Tonbandaufzeichnungen erstellt. Sie riss alle Schubladen und Schränke auf. Schließlich fand sie eine Box mit schmalen Kassetten für ein Diktafon. Insgesamt entdeckte sie neun Kassetten mit den Aufzeichnungen des Einführungsgesprächs und der acht Sitzungen.

In derselben Plastikbox lagen fünf weitere Bänder, die handschriftlich als *Selbstgespräche C.B.* betitelt waren. Die Schrift war nach rechts verschmiert. Helen starrte auf die Etiketten. Ein Schauer lief ihr über den Rücken. Es waren die Schriftzüge eines Linkshänders, die sie bereits auf den an sie adressierten Schachteln mit den abgetrennten Fingern gesehen hatte.

Sie ließ alle Warnungen außer Acht und schaltete ihr Handy ein. Die nächste volle Stunde hatte noch nicht begonnen. Hastig tippte sie eine SMS an Ben Kohlers Privathandy. *Carl Boni hat Rose Harmann entführt!* Danach schaltete sie es wieder aus. Sobald Ben die Nachricht las, würde sich die Kripo auf Bonis Fersen heften. Aber weshalb hatte er seine Therapeutin entführt und verstümmelt? Ihr blieben noch etwas mehr als sechs Stunden, um die Zusammenhänge herauszufinden. Die Antwort lag in den Kassetten. Sollte sie den Ordner, das Diktafon und die Tonbänder nehmen und nach Hause fahren? Sie würde kostbare Zeit verlieren. Außerdem würde Frank ihr keine Ruhe lassen und sie mit den Vorbereitungen seiner Feier nerven. Das konnte sie im Moment so gut brauchen wie eine Gallenkolik.

Helen entschied sich zu bleiben. Sie zerrte die Box aus der

Schublade und ging in den Therapieraum, wo Dusty selig schlummerte. Dort setzte sie sich auf die Couch und legte das erste Band ins Diktafon.

*»Dienstag, 28. Dezember. Erste Sitzung mit Carl Boni. Es ist kurz vor fünfzehn Uhr. Ich erwarte ihn jeden Moment. Hoffentlich ist er nicht das, wofür ich ihn halte …«*

Zweifellos! Helen hörte die Stimme ihrer Klientin Anne Lehner. Dieselbe Stimme, die über das Handy ihres Entführers um ihr Leben gebettelt hatte.

# 26

Während Sabine in einem Kaffeehaus bei einer Tasse Espresso und einem Croissant saß, behielt sie die Ankunftshalle des Wiener Flughafens im Auge. Ständig öffnete sich das automatische Tor, und Menschen strömten durch die Zollkontrolle. Tramper mit Rucksäcken, Manager mit Aktentaschen und braun gebrannte Familien mit Sonnenhüten und bunten T-Shirts. Fast jeder wurde abgeholt. Am meisten freuten sich Hunde, die vor Aufregung auf und ab sprangen, mit dem Schwanz wedelten und erregt ihr Herrchen oder Frauchen begrüßten.

Sneijder musste noch etwas im Büro der Zollbehörde erledigen. Danach kam auch er durch die automatische Tür – mit seinem riesigen feuerroten Samsonite-Koffer, den er hinter sich herzog. Er entdeckte im Flughafengebäude eine Haital-Filiale, signalisierte Sabine, dass er dorthin wolle, und marschierte los wie ein Kamel, das einer Wasserader folgte. Sollte er doch dort auf Ben Kohler warten.

Sabine griff zum Handy und telefonierte zuerst mit Monika, dann mit *Dr. Gaze,* ihrem geliebten Exschwager, und später mit ihrem Vorgesetzten Kolonowicz. Ihr Chef wusste bereits von der Dienstreise mit Sneijder. In Bezug auf ihren Vater gab es keine guten Nachrichten. Das LKA wollte ihn erst aus der Untersuchungshaft entlassen, wenn Sabine mit den Beamten gesprochen hatte. Sie kramte den Eilbrief heraus und rief den zuständigen Kollegen an. Der würgte sie jedoch ab, da er sie *persönlich* auf dem Revier sehen wollte. Anders könne keine Entscheidung gefällt werden. Sabine legte auf. *Blödes Arschloch!* Nun lag die Schuld, dass ihr Vater nach wie vor festgehalten wurde, auch noch bei ihr, was ihre Laune nicht gerade hob.

Nach einer Dreiviertelstunde zahlte Sabine und ging ebenfalls in die Buchhandlung. Sneijder kam ihr zwischen den Regalreihen entgegen. Mit einer Hand zog er den schweren Koffer, in der anderen hielt er ein Buch.

»Lesen Sie nie?«, fragte er.

»Keine Zeit. Hörbücher während der Autofahrt sind eher mein Ding.«

Nachdem sie die Drehtür des Ausgangs passiert hatten, stellte sich Sneijder ein junger Mann in den Weg und hielt ihm einen Ausweis unter die Nase. »Kaufhauskontrolle. Würden Sie mir bitte ins Büro folgen?«

Sabines Herzschlag setzte für einen Moment aus. Ihr erster Gedanke war, dass Sneijder das Buch geklaut hatte.

Sneijder blieb gelassen. »Worum geht es?«

»Folgen Sie mir bitte ins Büro«, wiederholte der Mann.

Sneijder wedelte mit dem Buch in der Hand. »Geht es darum?«

»Haben Sie eine Rechnung dafür?«

Sneijder stellte den Koffer langsam neben sich ab. Mit dem ausfahrbaren Griff war das Ding etwa eineinhalb Meter hoch. Oh Gott, dachte Sabine. Gleich würde sie wieder eine ähnlich peinliche Szene erleben wie mit der Stewardess im Flugzeug. Doch überraschenderweise händigte Sneijder dem Mann das Buch kommentarlos aus.

Sabine warf einen Blick auf das Cover. Eine Biografie der Schriftstellerin Brigitte Schwaiger. Ein Lesezeichen steckte im ersten Drittel des Bandes, einige Seiten waren an den Ecken eingeknickt und auf der Innenseite befand sich ein Stempel mit Sneijders Namen. Sabine erkannte sogar eine Ex-libris-Nummer: *398.* Darunter befand sich eine handschriftliche Widmung.

»Verzeihen Sie bitte«, entschuldigte sich der Detektiv und händigte Sneijder das Buch aus.

Er nahm es wortlos an sich und stopfte es in eine Außentasche des Koffers. Dann gingen sie weiter.

»Lesen Sie nur Biografien?«, fragte Sabine.

»Hauptsächlich. Schwaiger hat sich in der Donau ertränkt.«

»Ähnlich wie Virginia Woolf«, stellte Sabine fest. »Fasziniert Sie der Suizidgedanke?«

»In der Psychiatrie hatte Schwaiger oft vom *kürzeren Weg* gesprochen, den sie wählen wolle. Sie haben recht, der Freitod ist ein faszinierendes Thema.« Sneijder blickte sich um. Schließlich nickte er zum Ausgang, der zum Taxistand führte. Dort stand ein breitschultriger Mann mit kurzen blonden Haaren und einer schwarzen Jack-Wolfskin-Windjacke, der sich umsah. »Das ist unser Mann. Ermittler rieche ich auf hundert Meter.«

Sie gingen auf den Blonden zu.

»Ich nehme an, Sie sind Ben Kohler«, sagte Sneijder.

Der Mann drehte sich um und setzte einen fragenden Blick auf. »Maarten Sneijder?«

»Maarten *S.* Sneijder«, korrigierte er ihn. »Das ist meine Kollegin Sabine Nemez. BKA Wiesbaden und Kripo München.«

*Sabine H. Nemez,* sagte sie in Gedanken. Wie dämlich das klang!

Sie gaben sich die Hand. Kohler musterte sie. Sein Blick streifte für einen Augenblick ihre Silbersträhne und ihren Busen – aber nicht so lange, dass es unangenehm wurde. Sabine hoffte inständig, dass Sneijder höflich blieb. Sie wusste aus Erfahrung, wie allergisch Beamte auf ausländische Kollegen reagieren konnten – vor allem, wenn sie überheblich auftraten. Und dazu tendierte Sneijder ein klein wenig.

»Wollen Sie zum Revier?«, fragte Kohler.

»Was sollen wir dort?«, entgegnete Sneijder. »Wollen Sie uns auf eine *Melange mit Sachertorterl einladen? Geh bitt'schön!*«, imitierte er den Wiener Dialekt. »Ich habe Ihnen aus dem Flieger eine SMS geschrieben, was Sie vorbereiten sollen.«

Kohler hob die Schultern. »Pech gehabt. Die Mobilbox meines alten Handys ist randvoll. Außerdem ist der Akku meistens leer. Sie müssen wohl oder übel mit mir *reden.*«

»Gut, dann schlage ich vor, Sie setzen Ihren Hintern endlich in Bewegung und fahren uns direkt zu Carl Bonis Wohnung.«

Sabine atmete tief durch. Das war es dann wohl gewesen mit der Höflichkeit.

»Die Kollegen haben die Wohnung vor knapp zwei Stunden auf den Kopf gestellt«, erwiderte Kohler gefasst.

»Dann durchsuchen wir sie noch mal!«

»Wozu?«

»Aus Wichtigtuerei!«, antwortete Sneijder. »Nun bringen Sie meinen Koffer zu Ihrem Wagen, bevor wir noch mehr Zeit verlieren.«

Am liebsten wäre Sabine wieder einmal im Erdboden versunken. Besser, sie wäre zu Hause geblieben und hätte sich der Vernehmung durch die Kollegen ausgesetzt.

»Selbstverständlich.« Kohler blieb freundlich. »Gnädige Frau.« Er nahm Sabine die Reisetasche ab, schulterte sie und ging voraus. Sneijder mit seinem großen roten Samsonite ignorierte er großzügig.

War das der berühmte Wiener Charme? Sabine schmunzelte. Vielleicht war sie hier doch besser aufgehoben.

Nach etwa hundert Metern gelangten sie zu Kohlers Wagen, der in der Halteverbot-Zone vor der Ankunftshalle parkte. Seine Kripokarte lag auf der Armaturenablage. Sie zeichnete ihn als Chefinspektor aus. Kopfschüttelnd zerknüllte er den Strafzettel. Indessen wuchtete Sneijder sein Gepäckstück in den Kofferraum des Audi, das diesen fast zur Gänze ausfüllte. Er öffnete die Schnapper seines Koffers und zippte eine obenauf liegende schwarze Ledertasche auf. Darin befand sich ein braunes Lederholster mit einer silberglänzenden Glock 17. Er schlüpfte aus dem Sakko, legte das Schulterholster an und steckte ein Magazin in die Waffe.

Sabine fielen beinahe die Augen aus dem Kopf. Der Kerl war völlig verrückt! Er hatte seine Knarre ins Ausland mitgenommen.

»Sie sind mit einer Glock eingereist?«, stellte Kohler trocken fest, während er Sabines Reisetasche in den Kofferraum quetschte.

»Immer. Ich melde sie an, sie wird gesichert transportiert, und der Zoll händigt sie mir aus.«

»Ich kenne die Prozedur.« Kohler öffnete Sabine die Wagentür. Schmunzelnd nahm sie auf der Beifahrerseite Platz. Demnach musste Sneijder hinten sitzen.

»Ein schönes Modell, die Glock«, sagte Kohler.

»Stimmt«, pflichtete Sneijder ihm bei. »Obwohl sie aus Österreich stammt.«

Sabine verdrehte die Augen. Zwischen Kohler und Sneijder war es offenbar Liebe auf den ersten Blick. Aber der Österreicher gab bestimmt nicht klein bei wie ihr Kollege Simon. Die Männer stiegen in den Wagen, Kohler scherte aus der Parklücke und trat ordentlich aufs Gas.

»Früher habe ich mal mit einer niederländischen Militärpistole geschossen«, erzählte Kohler und warf einen Blick in den Rückspiegel zu Sneijder. »Aber die *Königin Wilhelmina* ist ein unzuverlässiges Modell. Großer Lauf, aber unpräzise und keine Feuerkraft dahinter.«

Oh Mann, dachte Sabine, das konnte eine Fahrt werden.

Sneijder reagierte nicht darauf. Er holte seinen Tabakbeutel aus der Tasche und rollte sich eine Zigarette. »Stört es Sie, wenn ich mir einen Glimmstängel drehe?«

»Nein, nur zu«, antwortete Kohler. »Aber es stört mich, wenn Sie ihn rauchen.«

»Sind Sie so etwas wie ein heiliger Samariter?«

Sabine blickte aus dem Fenster und betrachtete den Tower, an dem sie vorbeifuhren.

»Ich rieche das Gras bis nach vorne.«

»Sagen Sie bloß, Sie haben nie Gras geraucht?«

»Nicht im Dienst«, sagte Kohler. »Es verlangsamt die Zeit und verzögert die Reaktion.«

Sneijder beugte sich zwischen den Sitzen nach vorne. »Und es blendet die Umwelteinflüsse aus. Dadurch kristallisiert sich manchmal ein winziges Detail mit all seinen Facetten deutlich und übergroß heraus, das man sonst übersehen hätte. Es intensiviert assoziatives Denken.«

»Für Leute, die ein Brett vor dem Kopf haben, kann das ganz nützlich sein«, kommentierte Kohler.

»Jeder Mensch hat ein Brett vor dem Kopf, Kollege. Es kommt nur auf die Entfernung an.« Sneijder ließ sich in den Sitz zurückfallen. »Im Dienst ist der Stoff ganz hilfreich.«

»Damit machen Sie sich bei Ihren Vorgesetzten sicher beliebt.«

Sneijder schmunzelte träge. »Es gab noch nie einen Präsidenten beim BKA, der mich leiden konnte. Ich nehme es als Kompliment.«

Sabine drehte sich zu den Männern um. »Können wir mit dem Kindergartenzirkus aufhören und endlich vernünftig miteinander reden?«

Die beiden schwiegen.

Es war ein warmer Tag, und die Sonne beschien die näher rückende Skyline der Stadt. Sie befanden sich auf der Autobahn nach Wien. Kohler ließ das Seitenfenster hinunter, sodass warme Luft in den Wagen strömte.

»Haben Ihre Kollegen Carl Boni schon gefunden?«, fragte Sabine.

»Die Fahnder suchen ihn, doch er ist unauffindbar.« Kohler griff ins Handschuhfach und setzte sich eine schmale Sonnenbrille auf. »Er ist seit knapp zwei Monaten nicht mehr zur Arbeit erschienen. *Ruben & Söhne.* Eine zwielichtige Autowerkstatt, die mit Schrottkarren handelt. Der alte Ruben hat das Fernbleiben seines Mechanikers nicht einmal gemeldet.«

»Verschwand Carls Mutter zur selben Zeit?«, fragte sie.

»Zwei Tage später. Womöglich sind beide untergetaucht.«

Sabine vermutete etwas völlig anderes.

Sneijder beugte sich wieder nach vorne. »Unwahrscheinlich. Aus Carl Bonis Umfeld sind in den letzten zwei Monaten vier Frauen entführt und kurz darauf ermordet worden. Zwei Lehrerinnen, eine Nachbarin und seine Tante. Vermutlich ist seine Mutter seit zwei Monaten tot, und Sie haben ihre Leiche nur noch nicht gefunden.«

»Was schlagen Sie vor?«, fragte Kohler.

»Wo wohnt er?«

»Im zweiten Bezirk, in der Lassallestraße, eine miese Gegend. In zwanzig Minuten sind wir dort.« Kohler lenkte den Wagen von der Autobahn hinunter und fuhr in eine Kreuzung, als die Ampel von Gelb auf Rot sprang. Er ignorierte das Hupen der anderen Lenker und steuerte den Wagen in eine scharfe Kurve, sodass Sneijders Gepäckstück im Kofferraum gegen die Seitenwand schlug.

»Nutzen wir die Zeit«, sagte Sneijder. »Klemmen Sie sich ans Telefon, und schicken Sie mehrere Suchtrupps raus. Die sollen die Katakomben des Stephansdoms und die Grüfte der Wiener Kirchen nach einer Leiche durchsuchen.«

Kohler warf ihm über den Rand der Sonnenbrille einen skeptischen Blick zu, dann griff er zum Handy. »Ich hoffe, Sie irren sich.«

Der zweite Bezirk lag zwischen Donau und Donaukanal und glich einer Insel. Die Wiener nannten diesen Stadtteil »Mesopotamien«, wie Kohler ihnen erklärte. Die Bezirke jenseits der Donau hießen »Transdanubien«. Die Wiener hatten einen merkwürdigen Humor. Kohler fuhr in die Lassallestraße und parkte den Wagen in zweiter Spur. Die alten, stillgelegten Straßenbahngleise waren von Unkraut überwuchert, das sich zwischen dem Kopfsteinpflaster durchzwängte. Carl wohnte in einem Altbau. Das fünfstöckige Haus mit der grauen, abbröckelnden Fassade und den teilweise zersplitterten Fensterscheiben wirkte wie ein Relikt aus der Nachkriegszeit. Einige Wohnungen standen bestimmt leer. An der Hausecke befand sich ein Friseur, daneben ein Gemüseladen. In Wien musste es kürzlich geregnet haben. Pfützen standen auf dem Bürgersteig. Es roch nach Hundekot und faulem Obst. Kohler ging auf das offene Doppeltor aus Holz zu, das ins Gewölbe des Hauses führte.

Sneijder jedoch blieb stehen und wies kommentarlos auf einen rostigen Kastenwagen, der zehn Meter vor dem Eingang parkte.

Das Emblem von *Ruben & Söhne* prangte auf der Seitenwand. »Möglicherweise hat Carl den Wagen geklaut.« Er blickte zum Hausdach. »Bestimmt ist er gerade oben. Vorwärts!«

Sie liefen durch das Tor. Geradeaus führte ein Weg in den Innenhof, rechts schraubte sich eine Wendeltreppe aus schiefen Marmorstufen nach oben.

»Die Wohnung liegt im ersten Stock, Tür Nummer 9.«

Sabine und Sneijder folgten dem Wiener Beamten. Mit Erdgeschoss und Mezzanin waren es eigentlich drei Etagen. Typisch Wien! Der Fahrstuhl, ein nachträglich eingebautes Ungetüm aus Stahl und einer winzigen Kabine mit einer Gittertür, war außer Betrieb, wie ein Schild der Hausverwaltung erklärte.

Carls Wohnung, mit dem vergilbten Neuner unter dem Türspion, war auf Sneijders Anordnung von der Wiener Spurensicherung bereits geöffnet worden. Eine Plombe klebte über dem Schloss. Allerdings war sie zerrissen.

Sneijder schob das Papier mit dem Fingernagel auseinander. »Ich nehme an, Ihre Kollegen waren nicht noch mal drin, weil sie etwas vergessen haben?«, flüsterte er.

Kohler schüttelte den Kopf und zog die Dienstpistole aus dem Holster. In diesem Moment wurde die Fahrstuhlkabine hinaufgeholt. Sabine sah nach oben und erblickte eine alte Frau mit einer leeren Einkaufstüte in der Hand. Der Lift funktionierte, obwohl das Schild immer noch an der Tür hing.

Während die Kabine an ihnen vorbeirasselte, zog Sneijder ebenfalls die Waffe und drückte leise die Türklinke nieder. Nicht abgesperrt! Sneijder trat ein, Kohler folgte ihm. Sabine ging als Letzte hinein.

Der Vorraum lag im Dunkel. Die Fenster der Wohnung blickten in den engen grauen Innenhof. Die Räume waren etwa drei Meter hoch. Die Blümchentapeten stammten garantiert noch aus den Sechzigerjahren. Einige Stromleitungen lagen über Putz. Im Vorraum hing eine nackte Glühlampe von der Decke. Sabine wollte den Lichtschalter betätigen, doch Kohler winkte ab.

Leise schlichen sie in die Küche. Sie war karg eingerichtet, mit Herd, Tisch und einer Sitzecke. Es roch nach Urin. Neben einem Haufen bunter Schaumstoffschnipsel auf dem Boden lagen eine Stabtaschenlampe und eine Leibschüssel. Sneijder rümpfte die Nase. Er stieg über die Schale und drückte den Finger in die feuchte Erde eines Blumentopfes auf dem Fensterbrett. Dann öffnete er den Geschirrspüler. Die Teller waren schmutzig, standen aber bestimmt noch nicht zwei Monate in der Halterung. Kohler drehte neben der Spüle eine Milchpackung herum und deutete auf das Ablaufdatum im Juni. Carl Boni wohnte immer noch hier.

Da hörten sie ein Geräusch aus dem angrenzenden Raum. Es klang wie das Öffnen eines Fenstergriffs.

Sneijder rannte an Sabine vorbei ins Nebenzimmer. Kohler folgte ihm.

»Hände hinter den Kopf, Knie auf den Boden und keine Bewegung!«, dröhnte Sneijders Stimme durch den Raum.

Sabine lief hinterher. Das Wohnzimmer war mit einer Kommode möbliert, einer Couch und einem Computertisch mit PC. Der Monitor flimmerte. Vor dem geöffneten Fenster stand ein drahtiger, hochgewachsener Kerl in blauer Latzhose mit Stahlkappenschuhen. Unter dem ölverschmierten weißen T-Shirt zeichneten sich die Schultern und muskulösen Oberarme ab. Sabine schätzte den Mann auf etwa dreiundzwanzig Jahre. In diesem Moment schoss ihr ein einziger Gedanke durch den Kopf: *Du hast meine Mutter ermordet!* Sie wollte sich auf ihn stürzen, doch der Kerl hielt eine Pistole in der Hand. Der Lauf war auf Sneijder gerichtet.

»Ganz ruhig, Freundchen«, sagte Sneijder. »Wir wollen nur mit dir reden. Und jetzt die Waffe runter!«

Der Mann reagierte nicht. Neben dem Fenster führte eine Eisenleiter aufs Dach. Er wollte doch nicht etwa übers Dach fliehen? Oder hatte er vor, über das breite Mauersims in die Nachbarwohnung zu gelangen?

»Ich steige jetzt durch dieses Fenster«, sagte der Mann ruhig. »Falls mich jemand daran hindert, knall ich die Kleine ab – eure Entscheidung.« Der Lauf zielte nun auf Sabine.

Ihr Mund trocknete aus, gleichzeitig wurden ihre Handflächen schweißnass. Er durfte nicht abhauen, bevor sie nicht einige Antworten von ihm bekommen hatte! *Warum hast du Scheißkerl meine Mutter getötet? Was hat sie dir angetan? Dich in der Grundschule unterrichtet? War das ihr einziger Fehler?*

Kohler trat in die Schusslinie und stellte sich vor Sabine. »Sie sind verhaftet!«

»Ihr Wichser …«

Ein Schuss löste sich. Die Kugel fuhr auf der Höhe von Sabines Kopf in den Türstock. Holz und Mörtel spritzten ihr ins Gesicht. Instinktiv riss sie die Arme hoch und ließ sich zu Boden fallen.

Sneijder feuerte und traf Carl in die rechte Schulter. Carl wurde herumgerissen. Seine nächste Kugel flog durch die Lampe in die Decke. Glasscherben und Verputz prasselten zu Boden. Sneijder lief auf Carl zu, doch der taumelte nach hinten, verlor das Gleichgewicht und wollte sich an den Fensterflügel klammern. Rücklings stürzte er ins Freie. Sneijder bekam für einen Moment sein Hosenbein zu fassen, doch der Stoff riss und glitt ihm durch die Finger.

Ein Schrei und ein dumpfer Schlag drangen nach oben. Sneijder beugte sich aus dem Fenster. »*Verdomme!* Er ist mit dem Kopf auf die Mülltonne geknallt. Rufen Sie einen Krankenwagen!« Sneijder lief an Sabine vorbei aus der Wohnung.

Kohler blickte aus dem Fenster, dann wählte er den Notruf. Indessen folgte Sabine ihrem Kollegen über die Treppe nach unten. Keuchend gelangte sie in den Innenhof. Er war nur wenige Quadratmeter groß und bot Platz für einige Müllcontainer, Fahrräder, Kinderwagen und eine Holzkiste mit Streugut für den Winter.

»Lebt er?«, rief Kohler aus dem Fenster nach unten.

»Ja.« Sneijder wand Carl die kleinkalibrige Pistole aus der Hand und steckte sie in seinen Hosenbund.

Carl Boni lag in einer Blutlache. In seiner Schulter steckte Sneijders Kugel. Allerdings sah die Kopfverletzung weit schlimmer aus. Aus der Platzwunde am Hinterkopf strömte so viel Blut, dass Sneijder sein Sakko auszog, faltete und auf die Wunde presste.

»Er ist bewusstlos. Kommen Sie her, und pressen Sie die Hand auf seine Schulter!«

Sabine zögerte. Weshalb sollte sie helfen, dem Dreckskerl das Leben zu retten? Sollte er doch abkratzen! So wie die Frauen, die er gefoltert hatte.

»Kommen Sie!«

Ihre Hände zitterten. Am liebsten hätte sie diese Missgeburt auf der Stelle erschossen. Doch falls Carl jetzt starb, würde sie nie Antworten auf ihre Fragen erhalten.

»Los!«

Sie kniete neben Carl nieder und drückte den Handballen auf die Schussverletzung. Carls Augen zuckten unter den Lidern, als erlebte er soeben den schlimmsten Albtraum seines Lebens. *Doch der wird erst kommen. Das garantiere ich dir!*

Minuten später hörte sie die Sirene der Rettung. Blaulicht fiel in den Innenhof. Ein Arzt und zwei Sanitäter mit einer Trage rannten durch das Gebäude zu ihnen. Mittlerweile starrte ein halbes Dutzend Leute aus den Fenstern. Kohler hielt die Schaulustigen im Zaum.

»Platzwunde am Hinterkopf, eine gebrochene Hüfte und eine Schussverletzung in der Schulter«, erklärte Sneijder dem Arzt.

Der Doktor, ein etwa fünfzigjähriger Mann mit grauem Vollbart, drängte Sneijder ungestüm zur Seite. »Danke, aber ich mache das nicht zum ersten Mal.«

»Sobald der Mann bei Bewusstsein ist, müssen wir ihn befragen.«

»Sicher«, brummte der Arzt, allerdings klang es eher nach *Verzieh dich!* Er injizierte Carl etwas in den Oberarm. Als er die Platzwunde sah, verzog er das Gesicht. Rasch legte er einen Druckverband an. Die Sanitäter hoben Carl auf die Bahre, klappten das

Fahrgestell aus und rollten damit zum Rettungswagen. Auf dem Kopfsteinpflaster blieben eine Blutlache und Sneijders besudeltes Sakko zurück.

»Der Mann wurde soeben verhaftet und ist gefährlich«, erklärte Kohler dem Arzt. »Ich begleite Sie ins Krankenhaus.«

Bevor Kohler verschwand, händigte Sneijder ihm Carls Pistole aus. »Falls er erwacht, fragen Sie ihn, wo er die Leiche seiner Mutter versteckt hat.«

Kohler nahm die Waffe an sich. »Das BKA Wien ist nicht weit von hier. Im neunten Bezirk, Josef-Holaubek-Platz. Wir treffen uns in einer Stunde dort.« Er folgte dem Arzt in den Fond des Rettungswagens. Die Sirene heulte auf, und das Auto fuhr mit quietschenden Reifen davon.

Sneijder sagte kein Wort.

Sabine wischte sich die blutigen Hände an den Jeans ab. »Das war es dann wohl.«

»Für Sie vielleicht, weil der Kerl ziemlich sicher Ihre Mutter ermordet hat.« Sneijder wiegte den Kopf. »Aber die Sache ist nicht rund.« Er steckte sich eine selbst gedrehte Zigarette an und inhalierte den Rauch mit geschlossenen Augen. Tabakfusel hingen an seiner Lippe, er zupfte sie weg. Die Leute starrten immer noch herunter.

Sabine roch das Gras, und ihr wurde übel. »Was gefällt Ihnen nicht daran?«

Sneijder sagte eine Weile nichts. Er ließ das Gras wirken. Schließlich öffnete er die Augen. »Das kann ich Ihnen verraten. Warum hatte Carl eine Waffe griffbereit, wenn er doch nur am PC saß? Und weshalb wollte er in seiner eigenen Wohnung durchs Fenster abhauen, als er Einbrecher an der Tür hörte?«

»Ist doch klar. Weil die Kripo seine Wohnung durchsucht und eine Plombe an der Tür angebracht hat, die er abreißen musste«, antwortete sie. Warum dachte Sneijder so kompliziert?

Er runzelte die Stirn. »Möglich – aber unwahrscheinlich.«

»Sehen wir uns die Festplatte seines PCs an«, schlug sie vor.

Er schüttelte den Kopf, als interessierte ihn der Computer so viel wie die bevorstehende Pfingstmesse des Papstes. »Ist Ihnen in der Küche die Leibschüssel aufgefallen?«

»Wurde kürzlich benutzt. Stank entsetzlich«, sagte sie.

»Daneben lagen alte Stofffetzen, Kabelbinder und in Stücke geschnittene Schaumstoffteile.«

Die Kabelbinder waren ihr nicht aufgefallen, der Rest schon.

»Wird jemand an ein Rohr oder Gitter gefesselt, dann werden meist vorher die Eisenteile mit Schaumstoff umwickelt, damit man mit den Fingerknöcheln keine Geräusche machen kann.«

»Und die Fetzen dienen als Knebel?«, fragte Sabine.

Sneijder nahm einen weiteren Zug. »Wäre eine Möglichkeit.«

Ihr kam die Idee zu weit hergeholt vor. »Glauben Sie, er hält seine Mutter in den Katakomben einer nahegelegenen Kirche gefangen?«

Sneijder schüttelte den Kopf. »Die Leibschüssel deutet darauf hin, dass sein Opfer in unmittelbarer Nähe ist.« Er drückte den Zigarettenstummel auf dem Boden aus. »Eichkätzchen, durchsuchen wir den Keller des Hauses.«

# 27

Die Treppe, die in den Keller des Altbaus in der Lassallestraße führte, war so eng wie der Abgang in ein mittelalterliches Verlies. Es roch nach Kartoffeln, Mohrrüben und Moder. Die Feuchtigkeit steckte wie ein Parasit in den Wänden. Die Stromleitung lag über Putz, und auf den Glühlampen klebte das eingetrocknete Kondenswasser von den verrosteten Fassungen. Die Birnen tauchten den Gang vor Sabine in einen rotbraunen Schimmer. Ein Wunder, dass die Sicherungen nicht wie Feuerwerkskörper aus dem vorsintflutlichen Stromkasten flogen.

Sneijder folgte ihr. Etwa drei Meter unter dem Mezzanin gelangten sie zu einem Holzverschlag mit offenem Vorhängeschloss. Die Tür quietschte in den Scharnieren. Dahinter lag ein Korridor mit gewölbter Ziegeldecke, der in die Dunkelheit führte.

Sneijder bohrte den Finger ins rissige Mauerwerk. »Ein alter Luftschutzkeller aus dem Krieg«, stellte er fest. »In Rotterdam gibt es Dutzende davon. Das Fundament des Gebäudes müsste mitsamt Keller unter Denkmalschutz gestellt werden – aber ich nehme an, in Wien gibt es Hunderte Häuser dieser Art.«

Schlagartig erinnerte sich Sabine an den Leichengeruch aus dem Brunnenschacht des Dresdner Doms. In ihr sträubte sich alles dagegen weiterzugehen. Sie wollte keine weitere Tote entdecken. Sneijder drängte sich an ihr vorbei und ging voraus. Das Klappern seiner beschlagenen Sohlen hallte schaurig an den Wänden wider. Zögernd folgte sie ihm.

Sneijder hielt vor einer Holztür. Kellerabteil Nummer 9. Auf dem Holzrahmen klebte eine Plombe. Er riss sie herunter, öffnete die Tür, fasste hinein und knipste das Licht an. Eine verschmutzte Fünfundzwanzig-Watt-Birne schimmerte an der Decke. Weniger

Licht war kaum noch möglich. Autoreifen, Kanister, Auspuffrohre und alte Benzinmotoren stapelten sich in dem schmalen Raum.

»Fehlanzeige«, murmelte Sneijder.

Sabine betrachtete die Kellerabschnitte mit den Nummern 1 bis 8. Sie waren doppelt so groß wie der von Carl. Warum besaß ausgerechnet der Mechaniker den kleinsten Bereich für seinen Krempel? Die Abteile mit den Nummern 10 bis 16 waren ebenfalls doppelt so groß. Sabine trat an die Tür des schmalen Abstellplatzes, der an Carls Abteil grenzte. Keine Nummer!

»Sehen Sie mal«, sagte sie. »Carl könnte eine Zwischenwand eingezogen und hier eine zusätzliche Tür angebracht haben.«

Sneijder presste das Ohr an die Bretter. »Nichts zu hören … aber riechen Sie das?«

Sabine nickte. Beißender Uringestank drang durch die Ritzen der Tür, und es war bestimmt keine Rattenpisse. Sneijder rüttelte am Griff. Ein schweres Vorhängeschloss schepperte. Auf diesem Rahmen klebte keine Plombe. Die Kripobeamten hatten also keinen Blick hinter die nummernlose Tür geworfen. Sneijder machte einen Schritt zurück, holte aus und trat dagegen. Das Holz knirschte. Der Rahmen verbog sich. Noch einmal trat er gegen die Tür. Er war kräftiger, als Sabine ihn eingeschätzt hatte. Offensichtlich versetzte ihm die Mörderjagd einen gehörigen Adrenalinstoß. Beim dritten Versuch splitterte das Holz, und die Tür flog auf.

Das spärliche Licht des Korridors fiel in den Raum. Sneijder tastete an der Innenseite nach einem Lichtschalter und betätigte ihn. Es klickte, doch dieses Kellerloch blieb dunkel. Mittlerweile hatten sich Sabines Augen an das Dämmerlicht gewöhnt. Am Ende des Raumes lag eine Matratze auf dem Boden, darauf erkannte sie die Umrisse eines Menschen. Ihr wurde speiübel. Aber sie musste sich überwinden! Sie trat ein und hockte sich vor die Matratze. Die Mischung aus Kot und Urin stank bestialisch. Sie tastete mit den Fingern über eine Decke und spürte die kalten, nackten und dürren Beine eines Menschen.

»Hier liegt jemand«, flüsterte sie.

»Rühren Sie nichts an!«, sagte Sneijder. »In Carls Küche liegt eine Taschenlampe. Ich bin gleich wieder da.«

»Warten Sie!« Unwillkürlich flüsterte Sabine. Sie kramte ihr Handy aus der Jeanstasche und aktivierte das Display. »Halten Sie das!«

Sneijder griff nach dem Handy und leuchtete über die Matratze. Die Frau war etwa vierzig Jahre alt und hatte langes, verfilztes Haar. Sie trug eine eng geschnittene Unterhose und ein Unterleibchen mit dünnen Trägern. Beides war von Schweiß und Kohlenstaub verdreckt. Sie rührte sich nicht. In ihrem Mund steckte ein Knebel. Sneijder beleuchtete ihre Gliedmaßen. Hand- und Fußgelenke waren mit Kabelbindern zusammengeschnürt und an zwei schwere Sonnenschirmständer aus Beton gebunden. Wie er es vermutet hatte, waren die Eisenzapfen mit Schaumstoff umwickelt. Die Frau lag auf der Matratze wie auf einer Streckbank.

Sabine suchte an ihrer Halsschlagader nach einem Puls. Es war unglaublich. »Sie lebt.«

Sneijder leuchtete ihr ins Gesicht. Ihre Augen waren geschlossen. Sie zeigte keine Reaktion. Das Gesicht war genauso eingefallen wie der Rest ihres Körpers. Ihre Wangenknochen traten hervor, die Lippen waren spröde. Bestimmt hatte sie seit Wochen nichts zu essen bekommen.

Vorsichtig zog Sabine ihr den Stoffknebel aus dem Mund. Hinter dem Knäuel ertastete sie einen weiteren Fetzen. Mit spitzen Fingern fuhr sie der Frau in den Rachen und nahm das matschige Tuch heraus. Es war feucht und roch säuerlich nach Erbrochenem. Ein Wunder, dass die Frau nicht erstickt war.

Sabine wandte sich an Sneijder. »Wir brauchen einen Krankenwagen.«

»Vorsicht!«

Aus dem Augenwinkel sah Sabine, wie der Kopf der Frau nach vorn schnellte. Dann spürte sie den Biss. Die Zähne bohrten sich mit aller Kraft in ihre Hand. Sabine schrie auf. Der Schmerz fuhr ihr wie ein Peitschenhieb durch den Körper. Sogleich war Sneijder neben ihr. Er packte den Kopf der Frau und drückte ihr mit dem Daumen hinter das Ohr. Doch die Kiefer der Frau waren wie eine Beißzange. Ihre Zähne gruben sich tiefer in Sabines Fleisch. Blut lief ihr übers Handgelenk.

»Tun Sie doch was!«, rief Sabine.

Sneijders Druck verstärkte sich. Langsam öffnete die Frau den Mund. Sabine zog die Hand zurück, und der Kopf der Frau sank zurück auf die Matratze. Sie hustete, dann gingen die Geräusche in ein Würgen über. Sneijder leuchtete mit dem Display auf Sabines Verletzung. Der Zahnabdruck umfasste Handrücken und Handballen. Blut strömte aus der Wunde.

»Es geht schon«, sagte sie.

Sneijder beleuchtete mit dem Display sein Gesicht. »Wir sind hier, um Sie zu befreien, Sie sind in Sicherheit.«

Die aufgerissenen Augen der Frau stachen aus dem abgemagerten Gesicht hervor und fixierten Sneijder. Dann rollten die Pupillen herum und schielten zu Sabine.

»Wir holen einen Arzt und helfen Ihnen«, sagte Sabine.

Sneijder griff in die Gesäßtasche und nahm ein schmales Lederetui hervor, das er aufklappte. Im Schein des Displays sah Sabine ein Set mit Dietrich, Minifeile, Nagelschere und Taschenmesser. »Das ist besser als ein Schweizer Taschenmesser.«

»Warum mussten Sie dann die Tür aufbrechen?«

»Mit dem Dietrich konnte ich noch nie umgehen.« Er schnitt die Kabelbinder mit der Schere durch.

Die Frau stöhnte vor Schmerzen auf, als sich die Plastikkanten ins offene Fleisch ihrer Gelenke bohrten.

»Gleich haben wir es. Wie ist Ihr Name?«

»Ursula …«, stöhnte sic.

»Sie machen das prima, Ursula. Sie sind tapfer. Einen Moment noch.«

Sie bäumte sich auf, als er ihr die Fessel vom Fußgelenk schnitt.

Sneijder wandte sich an Sabine. »Hier unten ist kein Empfang.« Er gab ihr das Handy. »Gehen Sie nach oben, und rufen Sie einen

Krankenwagen. Wählen Sie den Euro-Notruf eins-eins-zwo. Die Polizei wird Sie zur Rettung weiterverbinden. Wenn Sie wieder runterkommen, nehmen Sie eine Decke und eine Wasserflasche mit.«

Sabine verließ das Kellerloch und ließ Sneijder im Dunkeln zurück.

»Keine Angst, Ursula. Gleich kommt Hilfe. Sie sind in Sicherheit«, hörte sie seine ruhige und einfühlsame Stimme. »Erschrecken Sie nicht, Ursula. Ich taste Sie nach Knochenbrüchen oder inneren Verletzungen ab …«

Diesen Ton hätte Sabine ihm nicht zugetraut. Wenn er wollte, konnte er sogar nett sein.

Sie ging nach draußen in den Innenhof und inhalierte gierig die frische Luft. Die neugierigen Zuschauer waren mittlerweile wieder in ihren Wohnungen verschwunden. Sie wählte die Notrufzentrale und forderte Arzt und Krankenwagen für eine dehydrierte und abgemagerte Frau an. Nachdem sie ihren Namen und die Wiener Adresse durchgegeben hatte, legte sie auf.

Sie stand neben dem Mülleimer und starrte auf die Blutlache, die von Carl Bonis Verletzungen stammte. Sneijders besudeltes Sakko lag noch auf dem Boden. Als sie es aufhob, purzelte sein Portemonnaie aus der Innentasche. Die Lederteile klappten auf, und einige Visitenkarten fielen heraus. Sabine bückte sich und sammelte die Karten ein. Sie waren identisch. *Maarten Somerset Sneijder* stand darauf. Somerset? Ein eigenartiger zweiter Vorname. Darunter befanden sich seine Wiesbadener Adresse und eine fortlaufende Nummer. Sabine schob die Karten auseinander. *Ex libris 399, 400, 401* und so weiter. Für Visitenkarten war das Papier zu dünn. Sie drehte es um. Es waren selbstklebende Etiketten für Laserdrucker.

Sie stopfte alles in die Brieftasche zurück und ließ sie neben dem iPhone im Sakko verschwinden. Dann ging sie in Carls Wohnung, um nach Decke und Wasserflasche zu suchen.

Es dauerte eine Viertelstunde, bis der Krankenwagen vor dem Altbau in der Lassallestraße ankam. Derselbe Arzt mit dem grauen Vollbart, der zuvor Carl Boni abtransportiert hatte, stieg aus dem Auto.

»Wie käme ich wohl ohne Sie zu Patienten?«, fragte er zynisch, als er an Sneijder vorbeimarschierte.

Sneijder schwieg. Sein Blick sprach Bände. Zehn Minuten später kamen die Sanitäter aus dem Keller und hoben die Frau mit der Trage auf das hochgeklappte Fahrgestell. Der Arzt setzte ihr einen Butterfly in die Armbeuge. Ein Sack mit Flüssigkeit baumelte an einer Stange.

Als die Helfer die Trage an Sabine vorbei zum Rettungswagen rollten, sah sie die erschreckend fahlen und ausgemergelten Gesichtszüge der Frau. Wie lange war Ursula in diesem Rattenloch wohl gefangen gehalten worden? Fünf bis sechs Tage? Oder noch länger?

Die Hecktüren des Ambulanzwagens schlugen zu, und Sneijder trat an Sabines Seite. »Eine ungewohnte Situation«, murmelte er. »Bisher war immer ein Gerichtsmediziner da, der eine Leiche untersuchte, wenn ich zu einem Tatort kam.«

»Sie kommt bestimmt durch«, sprach Sabine sich selbst Mut zu.

»Zeigen Sie mal.« Sneijder griff nach ihrer Hand und betrachtete die Bisswunde. »Der Arzt hätte Sie auch gleich versorgen sollen.«

»Es geht schon. Was haben Sie rausgefunden?«

Sneijder ließ ihre Hand los. »Sie heißt Ursula Zehetner, ist verheiratet und einundvierzig Jahre alt. Sie weiß nicht, wer sie entführt hat, und kennt niemanden namens Carl Boni.«

»Beruf?«

»Kindergärtnerin.«

Sabine musste nicht lange überlegen. »Carl ging in Wien in den Kindergarten. Da war sie zweiundzwanzig Jahre alt. Das könnte passen.«

»Möglich.« Sneijder tastete suchend seine Hose ab.

Sabine reichte ihm das Sakko. »Ihre Brieftasche ist rausgefallen.«

»Danke.« Er schlüpfte in das Kleidungsstück mit den mittlerweile eingetrockneten Blutflecken und zog Tabak und Zigarettenpapier aus der Seitentasche.

»Ich vermute, Sie kaufen bei Haital keine Bücher, sondern klauen sie«, sagte sie freiheraus.

Sneijder hielt mitten in der Bewegung inne. Plötzlich setzte er sein berühmtes Leichenhallenlächeln auf. »Wie kommen Sie darauf?«

»Sie kleben das Etikett auf die erste Seite, knicken ein paar Eselsohren rein, schreiben eine Widmung ins Buch, biegen es einmal um, dass der Buchrücken knackt, und stecken ein Lesezeichen rein.«

»Sie sind verrückt.«

*»Ein Irrtum, Herr Kaufhausdetektiv«*, äffte sie seine Stimme nach. *»Dieses Buch gehört mir. Ich lese schon seit zwei Wochen an dieser Biografie.«*

»Sie sind verrückt«, wiederholte er.

»Ich denke eher, *Sie* sind verrückt! Mir machen Sie nichts vor! Könnte ich nicht beobachten und eins und eins zusammenzählen, wäre ich wohl kaum bei der Kripo. Als Sie in München die Buchhandlung betraten, hatten sie kein Buch dabei. Als Sie rausgingen schon. Ebenso im Wiener Flughafen.«

Seelenruhig rollte er sich eine Zigarette. »Weshalb sollte ich das tun?«

»Ich nehme an, es geht Ihnen speziell um die Haital-Filialen. Was bedeuten die Nummern auf den Etiketten?«

»Was schon? Das sind Ex-libris-Nummern.«

»Ich fasse es nicht! Sie haben im Lauf der Zeit vierhundert Bücher gestohlen?«

»Dreihundertachtundneunzig«, korrigierte er sie. Es klang wie ein Geständnis, und er schien stolz darauf zu sein.

»Ist Ihr Gehalt so mickrig, dass Sie Bücher klauen müssen?«

»Das verstehen Sie nicht.« Er verließ den Innenhof und ging auf die Straße, wo er das iPhone aus dem Sakko zog. »Unser Gepäck ist in Kohlers Wagen, und wir haben keinen Autoschlüssel.«

»… und mit dem Dietrich können Sie nicht umgehen«, ergänzte sie.

»Korrekt.« Sneijder blickte nach oben. Der Himmel war immer noch bewölkt. Nur vereinzelt kamen Sonnenstrahlen durch. »Lassen Sie uns zum Kriminalamt auf dem Josef-Holaubek-Platz gehen.« Er kippte das iPhone und vergrößerte die Ansicht des Routenplaners, der ihnen den Weg durch Wien zeigte.

Sabine folgte ihm. Einige Minuten lang sagte sie nichts. Sie erreichten eine Querstraße und folgten den Straßenbahnschienen. Eine alte Tramway rasselte an ihnen vorbei. Funken schlugen aus der Oberleitung. Bei diesem Anblick hätte Vaters Herz höher geschlagen.

»Das ›S‹ steht für Somerset?«, fragte sie schließlich.

»Keiner meiner Kollegen weiß, wofür es steht«, antwortete er. Es klang wie eine Drohung.

Sabine schmunzelte schadenfroh. »Keine Sorge, ich werde unser kleines Geheimnis niemandem verraten – Somerset.«

»Mein Vater gab mir diesen Namen, nach William Somerset Maugham. Somerset war Schriftsteller, Geheimagent und Arzt.«

»Und ein Dieb?«

»*Vervloekt!*« Er rieb sich die Schläfen. Im nächsten Moment hatte er sich wieder unter Kontrolle. »Mein Vater führte in Rotterdam eine kleine Buchhandlung. Lief nicht besonders gut. Ein Jahr vor der deutschen Wiedervereinigung verließen wir die Niederlande. Vater eröffnete in Duisburg einen neuen Buchladen und spezialisierte sich auf Lyrik, Geschenkbände und anspruchsvolle Literatur. Das Geschäft florierte, bis eine Haital-Filiale in derselben Straße eröffnete.«

»Das ist kein Verbrechen.«

»Sie haben ja keine Ahnung«, knurrte er. »Mit Ihrer ländlichen bayerischen Naivität sehen Sie nicht über den Rand eines Milcheimers hinaus. Haital ist ein Konzern, der nur ein einziges Ziel kennt: Gewinne maximieren! Der Vorstand setzt die Konkurrenz so lange unter Druck, bis sie ruiniert ist. So gehen kleine Familienunternehmen den Bach runter, und Haital breitet sich wie ein Krake auf dem Buchmarkt aus. Aber Sie mit Ihren Hörbüchern haben davon ja keine Ahnung.«

*Bayerische Naivität!* Am liebsten hätte sie ihm den Hals umgedreht. »Mit Ihren Aktionen schaden Sie denen ja unheimlich«, entgegnete sie ironisch. »Vierhundert Bücher – das sind gerade mal vier- oder fünftausend Euro Umsatzeinbuße. Zwei Monatsgehälter einer Verkäuferin inklusive Nebenkosten. Denken Sie tatsächlich, das juckt die?«

»Eher *vier* Monatsgehälter. Außerdem geht es ums Prinzip. Ich *muss* das tun.«

»Sie sollten Ihre Zwangsneurose behandeln lassen.«

Er antwortete nicht. Etwas anderes hatte Sabine auch nicht erwartet.

Sie blickte sich um. »An dieser Ecke hätten wir abbiegen müssen.« Sie nahm Sneijder das iPhone aus der Hand, warf einen Blick auf den Stadtplan und ging zum Park zurück, an dem sie eben vorbeigelaufen waren. In diesem Moment läutete das Gerät. Ben Kohlers Name erschien auf dem Display.

»Gehen Sie schon dran!«, rief Sneijder hinter ihr.

Sie meldete sich.

»Wo sind Sie gerade?«, fragte Kohler.

Sabine blickte über den schmiedeeisernen Zaun, hinter dem sich eine über zwei Meter hohe Heckenreihe befand. »Wir gehen eben am Augarten vorbei.«

»Erst?«

Sie erklärte ihm, dass sie Carls zweites Kellerabteil durchsucht und die Kindergärtnerin Ursula Zehetner gefesselt und ausgehungert auf einer Matratze gefunden hätten; mittlerweile befand sie sich auf dem Weg ins Krankenhaus.

»Ein *zweites* Kellerabteil?«, fragte Kohler. Vermutlich ging ihm derselbe Gedanke durch den Kopf wie Sabine – dass die Wiener

Kripobeamten die Frau bereits vier Stunden früher hätten finden können, wären sie bei der Hausdurchsuchung gründlicher vorgegangen.

»Gute Arbeit«, sagte er schließlich. »Ursula Zehetner wird ...« Er klapperte auf einer Tastatur. »... seit sieben Tagen vermisst. Im Moment habe ich keine Zeit für weitere Erklärungen. Gehen Sie zur Friedensbrücke am Donaukanal. Ein Wagen wird Sie dort in zehn Minuten abholen.«

»Hätten Sie uns nicht gleich einen Wagen schicken können, der uns aufs Revier ...«

»Sie fahren nicht zum Revier«, unterbrach Kohler sie. »Der Fahrer bringt Sie zum Marienplatz im ersten Bezirk.«

»Eine Stadtrundfahrt?«, fragte sie und zuckte im selben Moment zusammen. Gewöhnte sie sich da Sneijders zynischen Ton an? Sie durfte nicht länger mit diesem Menschen zusammenarbeiten, sonst würde sie ihre *bayerische Naivität* verlieren und so werden wie er.

»Keine Rundfahrt.« Kohlers Stimme klang bedrückt. »Nur zur Marienkirche, einem alten Gemäuer in der Innenstadt, das achthundert Jahre auf dem Buckel hat.« Er machte eine Pause. »Ja, ich komme ...«, rief er jemand anderem zu, dann wandte er sich wieder an Sabine. »Sneijder hatte leider recht. Unsere Beamten haben in der Gruft eine Frauenleiche entdeckt.«

# 28

Helen saß auf dem Boden des Therapieraums und starrte auf die rings um sie herum ausgebreiteten Mitschriften von Rose Harmann.

Diese Frau war verrückt! In einer viel zu kurz angelegten Trancesitzung hatte sie Carl Informationen entrissen, zu offensiv danach gebohrt und ihn anschließend ohne Ruhephase aus der Stunde entlassen. Beim Gedanken an diese gewissenlose Frau fiel ihr Frank ein. *Die Feier!*

Es war 14.00 Uhr. Sie musste noch so vieles organisieren, von dem Frank keine Ahnung hatte. Möglicherweise hatte er schon Dutzende Male versucht, sie am Handy zu erreichen. Doch seine Geburtstagsfeier war ihre geringste Sorge.

Sie starrte auf ihr totes Telefondisplay. Um ihre Mobilbox mit der richtigen Antwort zu besprechen, wusste sie noch zu wenig. Weshalb hatte Carl Boni seine Therapeutin entführt? Ihr blieben noch knapp drei Stunden Zeit. Die Antwort würde sie auf den Kassetten finden. Bevor sie sich Carls Selbstgesprächen widmete, wollte sie die Aufzeichnung der achten und zugleich letzten Therapiesitzung vom März hören. Sie legte das Band ein.

Unwillkürlich biss sich Helen auf die Lippe und ballte die Hand zur Faust. Roses depressiver Unterton war nicht zu überhören. Diesmal klang die Stimme der Therapeutin distanziert, beinahe ängstlich …

# 29

## Zwei Monate vorher

### Die 8. Therapiesitzung

Nebel lag über den Feldern, Nieselregen hing in der Luft, und die Sonne versteckte sich hinter den Wolken. An diesem kalten Nachmittag im März hätte Rose sich am liebsten mit einem guten Buch unter der Decke verkrümelt. Allerdings kein Buch über Schwangerschaft, Geburtsvorbereitung oder Kindererziehung. Vor einem Monat hatte sie die gesamte Literatur in eine Schachtel verpackt, zugeschnürt und im verborgensten Winkel ihres Kellers versteckt. Bei der nächsten Rot-Kreuz-Sammlung würde der Karton rausfliegen und für immer aus ihrem Leben verschwinden – ebenso wie jeglicher Gedanke an ihr ungeborenes Baby. Knapp drei Monate war es in ihrem Bauch alt geworden. *Drei Monate!* Danach waren die starken Krämpfe gekommen, und eine Blutung hatte es aus ihrem Bauch fortgerissen. Sie hatte gespürt, dass es ein Junge gewesen war. Er hatte noch nicht mal seine Augen geöffnet, um das Licht da draußen zu erblicken. Daniel hätte er heißen sollen. Wie der biblische Seher, der in der Löwengrube überlebt hatte. Doch ihr Daniel hatte gerade einmal drei Monate Fruchtwasser geatmet. Möglicherweise wäre er Taxifahrer geworden, Journalist oder Mediziner. Vielleicht hätte er geheiratet, wäre selbst Vater geworden und hätte eines Tages mit einer glücklichen Frau Schwangerschaftsbücher gelesen. Sie würde es nie erfahren.

Am nächsten Tag hatte sie dem Vater des Kindes davon erzählt, und er hatte sie zärtlich in die Arme genommen. Er war fürsorglich gewesen, dennoch glaubte sie, ein Gefühl der Erleichterung bemerkt zu haben, als wäre ihm eine Zentnerlast von der Seele gefallen. Vielleicht war sie nur paranoid. Zumindest traf es ihn nicht so hart wie sie. Seitdem hatten sie nie wieder darüber gesprochen. Sie las die frühen Texte von Jack Kerouac und Fachliteratur über Traumata und Psychosen und versuchte, jeden Gedanken an das Baby in sich zu ersticken.

Doch nicht nur das sorgte für ihre Missstimmung. Kürzlich hatte sie herausgefunden, dass Carl Boni sich öfter in der Nähe ihrer Praxis herumtrieb – auch an Tagen, an denen sie keine Sitzung hatten. Warum bloß? Beobachtete er sie? Hatte er ihr kleines Geheimnis herausgefunden? Nahm er ihr die Sache mit der Hypnose – denn das war es natürlich gewesen – krumm? Die Anlage, sich in fremde Leben zu drängen, steckte in ihm wie der Giftstachel im Körper eines Skorpions. Er *konnte* nicht anders. Er *musste* sich in die Leben anderer zwängen, um irgendwie an Zuneigung zu gelangen. Aber warum?

Falls sie nicht auf der Hut war, würde er sich womöglich auch bei ihr zu einem Stalker entwickeln. Entweder gab sie den Fall ab, wie bereits ihre drei Vorgänger, oder sie brachte die Therapie zu einem erfolgreichen Ende. Und zwar rasch! Nicht bloß aus Neugierde oder Ehrgeiz wie anfangs – vielmehr aus Selbstschutz. Je mehr Stunden sie mit zwecklosen Übungen vergeudete, desto tiefer drang er in ihr Leben ein. Gerade zu einem Zeitpunkt, wo sie so verletzlich war und ihr totes Kind sie in eine emotionale Talfahrt nach der anderen riss. Sie musste zum Kern von Carls Problem vordringen – ihn *heilen,* sofern man einen traumatisierten Menschen überhaupt so kurzfristig heilen konnte. Das hatte sie sich schon bei der letzten Sitzung vorgenommen, aber nicht durchgezogen.

*Diesmal würde sie es tun!* Das hatte sie sich geschworen. Dass Carl nachts auf dem Parkplatz um ihren Smart herumschlich, hatte den Ausschlag gegeben. Innerhalb der nächsten fünfzig Minuten würde sich zeigen, wie viel Mumm sie besaß.

Der Thermostat, der die Temperatur in ihrer Praxis auf einundzwanzig Grad regulierte, war angesprungen. Es gluckste im Heizkörper. Rose trug einen langen, cremefarbenen Rock, eine Bluse und eine Strickweste darüber. Sie saß auf ihrem Stuhl und legte das Tonbandgerät auf den Tisch.

»Sie sehen anders aus als sonst«, bemerkte Carl. »Geht es Ihnen nicht gut?«

»Doch, alles bestens«, antwortete sie.

*Alles bestens!* Am liebsten hätte sie laut losgeheult. Sie stand am Rande einer Depression.

Sie schaltete das Tonbandgerät ein. »Freitag, 18. März, 16.00 Uhr. Achte Sitzung mit Carl Boni.«

Sie machte eine Pause. »Bei unseren letzten beiden Treffen haben Sie Techniken gelernt, mit Ihrer Aggression umzugehen. Wie geht es Ihnen heute?«

Carl trug Jeans mit Ölflecken, ein Rippshirt und eine dünne Windjacke. Er verzog das Gesicht. »Nicht besonders.«

»Wollen Sie darüber reden?«

Er schüttelte den Kopf.

»Gut, dann schlage ich vor, dass wir …«

»Bevor wir anfangen«, unterbrach er sie, »möchte ich Ihnen etwas geben.« Er langte in die Jackentasche.

Roses Herzschlag beschleunigte sich. Schon seit Wochen hatte sie etwas Ähnliches befürchtet.

Er stellte einen kleinen, gestreiften Stofftiger auf den Tisch, etwa so groß wie der Pu auf der Armaturenablage ihres Wagens. »Damit Pu sich nicht so einsam fühlt.«

Sie griff nicht nach dem Tier, woraufhin Carl es näher zu ihr schob. Das Plüschspielzeug für Kinder grinste sie an. *Nimm mich! Drück mich!* Am liebsten hätte sie auf der Stelle losgeheult.

»Ich sehe es als Zeichen meiner Wertschätzung. Aber ich werde das Geschenk nicht annehmen.«

Carl schnappte ungläubig nach Luft. »Ich habe das für Sie gekauft!«

Sie seufzte. »Denken Sie an die Grenzen, die wir besprochen haben.«

»Sie lassen sich nicht überreden?«

Sie schüttelte den Kopf. »Trotzdem danke für die Geste.«

Er lehnte sich zurück, und in diesem Moment sah er noch zerschlagener aus als vorher.

»Sie sagten, dass Sie sich nicht besonders fühlen. Hatten Sie wieder Albträume?«

»Nein.«

»Welche Gedanken beschäftigen Sie im Moment?«

»Was glauben Sie?«

»Die Frage lautet doch, was *Sie* glauben?«

Carl massierte seine Augen. Sie waren rot gerändert, als hätte er die letzten Wochen schlecht geschlafen. Außerdem hatte sich sein feiner blonder Dreitagebart zu struppigen Stoppeln entwickelt.

»Sie sind meine Therapeutin«, entgegnete er. »Was glauben Sie?«

»Na gut«, seufzte sie. »Ich denke, dass Sie die Frage beschäftigt, weshalb Ihre Mutter damit drohte, die Familie zu verlassen.«

»Möglich.« Er nickte langsam. »Leider kann ich sie nicht mehr danach fragen.«

Rose setzte sich auf. »Wie bitte?«

»Sie hatte vor zwei Tagen einen Schlaganfall.«

Sie blickte kurz zu dem Stofftier auf dem Tisch. Das dumpfe Gefühl von schlechtem Gewissen breitete sich in ihr aus. »Das tut mir leid. Wie geht es ihr?«

Er zuckte mit den Achseln. »Sie liegt auf der Intensivstation. Im Moment wissen wir nur, dass sie nicht ansprechbar ist und einseitig gelähmt bleiben wird. Falls sie je wieder aus dem Krankenhaus kommt, wird sie ein Pflegefall sein.«

»Ach, das tut mir leid!« Rose sah den Schmerz in Carls Gesicht. Trotzdem sagte ihr Gefühl, dass etwas nicht stimmte. Log er? »Warum haben Sie mich nicht angerufen? Wir hätten den Termin auf ein andermal verschoben.«

»Was ändert das?« Er erhob sich für einen Moment, streckte die

Beine durch und setzte sich auf die andere Seite der Couch, als wollte er noch mal von vorne beginnen. »Ich bin bereit. Womit wollen Sie mich diesmal überrumpeln?«

»Sie meinen also, ich hätte Sie mit der Trancesitzung reingelegt?«

»Wie würden Sie es bezeichnen? Sie haben mich provoziert und mittels Hypnose Informationen aus mir rausgeholt.«

Trotz seines Ärgers hatte er ihr ein Geschenk mitgebracht. Aber Sie *konnte* das Stofftier unmöglich annehmen! Das hätte Carls Gefühle noch mehr durcheinandergebracht.

»Es war eine Trance oder Tiefenentspannung«, korrigierte sie ihn. »Aber Sie können es gern Hypnose nennen, wenn Sie möchten. Fakt ist jedoch: Sie selbst haben mir den Anhaltspunkt genannt, Ihren siebten Geburtstag.«

»In meiner Erinnerung war das ein schöner Tag ... bisher.«

»Ich habe diese Erinnerung nicht zerstört, sie ist immer noch da. Doch haben Sie ein Erlebnis, das danach geschehen ist, verdrängt. Nun ist es zutage getreten.«

»Ich will, dass diese Erinnerung wieder verschwindet.«

»So, wie sie schon einmal verschwunden ist?«

Er antwortete nicht.

»Sollten wir uns dieses Wissen nicht zunutze machen?«, schlug Rose vor. »Indem wir uns eine Frage stellen?«

»Warum meine Mutter damit drohte, die Familie zu verlassen?«

Rose wog den Kopf hin und her. »Die Antwort darauf kennen wir bereits. Sie drohte Ihrem Vater fortzulaufen, falls ihr Sohn unartig ist. Die Frage, die wir uns stellen sollten, lautet vielmehr: Warum hatte sie solche Angst davor, dass ihr Junge schlimm ist?«

Carl hob die Arme und ließ sie kraftlos sinken. »Das ist doch Blödsinn! Weshalb sollte sie Angst vor mir gehabt haben?«

Rose war an diesem Morgen in der Wiener Magistratsabteilung für Einwanderung, Standesamt und Staatsbürgerschaft gewesen und hatte sich nach der Familie Boni erkundigt. Eigentlich wäre sie nicht an diese Daten herangekommen, doch Richterin Petra

Lugretti, der sie den Klienten Carl Boni zu verdanken hatte, kannte die Abteilungsleiterin. Seit wenigen Stunden glaubte Rose die Antwort auf die Frage zu kennen. Die Schwierigkeit lag jedoch darin, Carl die Antwort selbst finden zu lassen.

»Ihre Mutter hatte keine Angst vor *Ihnen,* sondern vor einem schlimmen Kind«, korrigierte sie ihn. »Das ist ein Unterschied.«

Er runzelte die Stirn. »Verstehe ich nicht.«

Vor ihr lag ein hartes Stück Arbeit. Rose faltete die Hände und stützte den Kopf darauf. »Besprechen wir zuvor vielleicht ein anderes Thema«, schlug sie vor. »Sie sagten mir bei unserem Einführungsgespräch, Sie hießen Carl Boni und wären ein Einzelkind.«

Er nickte.

Sie zog eine Kopie der Untersuchung von Carls Hausarzt aus der Mappe. Das Formular war aufgrund von Carls e-card und Sozialversicherungsnummer automatisch von einem Computerprogramm ausgefüllt worden. Sie reichte ihm das Blatt. »Werfen Sie einen Blick darauf.«

»Ich kenne den Wisch. Den Papierkram habe ich Ihnen doch selbst gegeben.«

»Werfen Sie einen Blick auf Ihre persönlichen Daten«, forderte sie ihn auf.

»Carl Boni, geboren am 6. November in Wien, wohnhaft in der Lassallestraße …«

»Das ist nicht korrekt«, unterbrach sie ihn. »Wie lautet Ihr *vollständiger* Name? Was steht dort?«

»Carl Maria Boni.« Er holte tief Luft. »Ja, aber so heiße ich nicht. Jeder nennt mich Carl.«

»Das mag stimmen, doch Ihr zweiter Vorname ist Maria.«

Rote Flecken entstanden auf seinem Gesicht. »Hören Sie, das ist peinlich. Kein Mensch nennt mich Carl Maria.«

»Sie müssen sich nicht dafür genieren. Viele berühmte Persönlichkeiten besitzen diesen Zweitnamen. Klaus Maria Brandauer, Erich Maria Remarque, Rainer Maria Rilke«, zählte sie auf. »Aber keine Sorge, ich werde Sie nicht so nennen.«

»Ach, vielen Dank«, spottete er. »Warum reiten Sie dann darauf herum?«

»Weil es mir wichtig erscheint.« Sie war erst gestern darauf gestoßen, als sie die Unterlagen seiner Akte in den grünen Ordner zu den schwierigen, aber interessanten Fällen gepackt hatte. »Aus welchem Grund könnten Ihre Eltern Ihnen diesen zweiten Vornamen gegeben haben? Heißt jemand in Ihrer Familie so? Ihre Taufpatin, Ihre Großmutter oder die Schwester Ihres Vaters vielleicht?«

»Die heißt Lore, Vater war mein Taufpate … und nein, niemand heißt so.«

»Merkwürdig. Manchmal trägt man den Namen einer Schwester oder eines Bruders als zweiten Vornamen«, schlug sie vor. »Aber Sie sagten, Sie seien ein Einzelkind.«

»Ja, ich bin ohne Geschwister aufgewachsen.«

*Er weiß es!*

Wieder schlug Roses Herz schneller. *Oder hat er nur eine vage Ahnung von der Wahrheit und den Rest verdrängt?* Irgendwie musste sie dahinterkommen, wie viel er wusste, ohne ihn mit der Nase daraufzustoßen.

»Aus welchem Grund könnten sich Ihre Eltern ausgerechnet für den Namen Maria entschieden haben?«

»Woher soll ich denn das wissen? Vielleicht wegen Marie Antoinette? Keine Ahnung!«

»Sie sagten, Sie wären ohne Geschwister aufgewachsen. Das heißt nicht, dass es keine gibt.«

Carl wurde sichtlich heiß. Er zerrte am Kragen des Rippshirts. »Ich würde die Sitzung jetzt doch gern auf ein anderes Mal verschieben.«

»Ausgezeichnete Idee«, reagierte Rose prompt. »Sie könnten in der Zwischenzeit die Magistratsabteilung 35 in Wien aufsuchen und sich danach erkundigen, ob jemand …«

»Verdammte Scheiße, ja!«, fuhr er sie an. »Es gab mal eine Maria. Aber ich habe sie nie kennengelernt.«

»Wer war das?«

»Keine Ahnung. Sie ist vor meiner Geburt gestorben.«

*Im Alter von fünf Jahren.* Möglicherweise wusste Carl dieses Detail gar nicht.

»War Maria Ihre Schwester?«

Er hob die Schultern. »Möglich, keine Ahnung … vielleicht. Vater und Mutter haben nie darüber gesprochen.«

»Wie haben Sie dann von Maria erfahren?«

»Puuh!« Er dachte nach. »Mit zehn habe ich den Nachtschrank meiner Mutter durchstöbert und ein Foto von ihr gefunden.«

»Wie alt war sie auf dem Bild?«

»Vier oder fünf Jahre.«

»Wissen Sie, woran sie gestorben ist?«

Er blähte die Wangen auf. »Das war lange vor meiner Geburt.«

*Ein Jahr und drei Monate. Am 6. August, um genau zu sein.*

»Ich kann mich gut in Sie hineinversetzen«, sagte Rose. »Und glauben Sie mir: Ich weiß, eine solche Situation ist nicht leicht zu begreifen.«

»Was ist daran schwer zu begreifen?«, fuhr er sie an. »Ich kannte die ja nicht mal.«

»Stimmt, aber Sie haben ihren Namen als zweiten Vornamen erhalten und damit ungewollt eine große Verantwortung übernommen – für ein totes Familienmitglied, das Sie nie kennengelernt haben.«

»Das alles ist mir zu viel.« Er schüttelte den Kopf. »Ich bin aus einem völlig anderen Grund hier. Was hat die Scheiße um diese blöde Göre mit mir, meinem Drogenproblem, meiner Aggression oder dass ich Frauen nachstelle zu tun?«

*Eine ganze Menge.*

Klar, sie standen kurz vor der Lösung, und nun blockierte er wieder. Massiver als sonst. Es wurde Zeit, einen Gang zurückzuschalten und das Problem von einer anderen Seite anzugehen.

»Sie haben recht. Wenn Sie wollen, können wir gern wieder über Ihr Drogenproblem reden.«

»Gut.« Seine Schultern sanken nach unten. Im Vergleich zu seiner Familiengeschichte war ihm dieses Thema willkommen.

»Welche Drogen haben Sie genommen?«, fragte Rose.

»Das wissen Sie doch! Ecstasy.«

Sie wartete eine Weile, doch es kam nichts mehr. »Das ist alles?«

Er nickte.

»Kommen Sie, wegen Ecstasy kriegt man nicht drei Jahre bedingt.«

»Und Kokain.«

Das klang schon eher nach der Wahrheit. Bisher hatten sie nie über die harten Drogen gesprochen.

»Heroin?«, fragte sie.

»Ich spritze nicht.«

»Heroin kann man auch schnupfen«, antwortete sie, »aber ich denke, das wissen Sie.«

»Ja, Heroin auch«, murrte er.

»LSD?«

Diesmal schüttelte er den Kopf. »Das Zeug würde ich nie anfassen.«

»LSD hatte schon immer einen schlechten Ruf, aber früher wurde es sogar in der tiefenpsychologischen Forschung verwendet«, erklärte sie.

»Kein Scheiß?«

»In den Fünfzigerjahren wurden Alkoholiker mit LSD geheilt.«

»Dann lieber Alkoholiker.«

»Keine Frage.« Sie schmunzelte. »Damals wurde es sogar in der Psychiatrie verwendet. Stanislav Grof setzte es bei besonders schweren Krankheitsfällen ein. Es liegen auch Ergebnisse bei Patienten vor, die an Krebs erkrankten oder unter Cluster-Kopfschmerzen litten.«

»Okay, mag sein, aber was hat LSD in der Psychotherapie zu suchen?«

»Es erweitert das Bewusstsein und löst Blockaden.«

Er lachte laut auf. »Fünf Gläser Whisky haben dieselbe Wirkung. Würden Sie etwa LSD verwenden?«

»Als Experiment zu Forschungszwecken?« Rose blickte zu ihrem Bücherregal, wo Romane von William Burroughs und Jack Kerouac standen. »Warum nicht?«

»Sie schwindeln mich doch an.«

»Keinesfalls«, log sie.

»Scheiße, ich fasse es nicht. Sie sind so bieder und würden Ihren Klienten trotzdem LSD geben?«

»Wenn es hilft. Tatsächlich verwenden wir ein Psychopharmakon namens Torrexin, eine abgeschwächte Form von LSD.«

Er kniff die Augen zusammen. »Sie verarschen mich doch. Psychotherapeuten dürfen keine Medikamente verschreiben!«

»Aber Ärzte – und ich habe Medizin studiert.«

Carl kaute an den Fingernägeln. Er hatte angebissen, und nun hatte sie ihn am Haken. Sie blickte zur Uhr. Noch knapp fünfundzwanzig Minuten. Sie durfte es nicht verbocken. Es war der einzige Erfolg versprechende Weg, den sie jetzt noch mit ihm gehen konnte. Eine weitere Tiefenentspannung würde nichts bringen, ebenso wenig eine Tonbandaufzeichnung in Heimarbeit, die innere Bühne mit Figuren nachzustellen oder den Gefühlen eine Gestalt zu geben, wie der Aggression die Form einer weißen Taube. Ihre Methoden waren nahezu erschöpft – Carl hatte sie fast alle abgelehnt. Blieb diese eine. Sie hatte zwar nichts mehr mit Psychotherapie zu tun, doch Rose wollte Carl um jeden Preis helfen – letztendlich, um ihn von ihr fernzuhalten.

»Was ist Torrexin?«, fragte er.

»Eigentlich sollte ich nicht mit Ihnen darüber reden. Zumal Sie bereits Erfahrung mit Drogen gemacht haben und gerade deshalb bei mir in Therapie sind.«

»Kommen Sie, ich könnte es auch googeln, falls Sie es mir nicht verraten.«

»Na schön, in Fachkreisen nennen wir es Wahrheitspille. Sie löst Blockaden im Hirn, sodass man frei über alles sprechen kann, ohne dass es vom Bewusstsein zensiert wird.«

Er rückte näher. »Was würde Torrexin bei mir bewirken?«

»Sie würden den verdrängten Gefühlen gegenüber Ihrer Mutter und Ihrer toten Schwester freien Lauf lassen.«

»Wozu wäre das gut?«

»Sie könnten alles sagen, ohne sich später dafür schämen zu müssen. Das ist der Vorteil von Torrexin. Sie lassen alles raus und haben nachher kein schlechtes Gewissen. Manchmal wird damit in der Therapie ein Durchbruch erzielt.«

»Und warum wird dieses Wundermittel nicht ständig verwendet?«

»Torrexin ist teuer. Die Einnahme erfolgt auf freiwilliger Basis. Kein Klient kann dazu gezwungen werden. Außerdem erfahren die meisten nicht einmal, dass es diesen Stoff gibt. Sie haben mir die Information ja selbst aus der Nase gezogen.«

»Wie sieht die Pille aus?«

»Wechseln wir das Thema«, schlug sie vor.

»Wie sieht die Pille aus?«

»Sie sind vorbelastet. Wenn Sie damit einverstanden sind, würde ich sie Ihnen lieber nicht zeigen. Wir sollten das Thema wechseln und …«

»Ach, kommen Sie.« Er rückte an den Couchrand. »Zeigen Sie mir das Wunderding.«

»Schön, Sie geben ohnehin keine Ruhe.« Rose erhob sich und öffnete den abgesperrten Medikamentenschrank. Sie reichte Carl eine Packung Torrexin mit blauem Logo.

Er betrachtete die Schachtel. *Zehn Tabletten mit je 300mg, Wirkstoff: Methodoxinsäure. Wirkt innerhalb von fünf Minuten, maximal eine Tablette pro Woche. Bei Schwangerschaften nicht einnehmen!*

Er öffnete die Verpackung und zog den Streifen heraus. Kleine hellblaue Dinger. Sieben Tabletten waren bereits aus der Folie gebrochen.

»Na hallo, Frau Doktor!«, rief er. »Sie haben schon eine Menge Klienten mit Dope versorgt.«

»Torrexin ist kein Dope«, widersprach sie. »In manchen Fällen ist es hilfreich.«

»Der Beipackzettel fehlt«, stellte er fest.

»Es gibt keinen«, antwortete sie. »Sie können Torrexin nicht einfach wie einen Beutel Abführtee in der Apotheke kaufen.«

Er brach eine Tablette raus.

»Das sollten Sie nicht tun!« Rose wollte nach der Packung greifen, doch Carl zog sie zurück. »Geben Sie mir die Tabletten sofort wieder!«

»Oh, oh, oh … warum so aufgeregt, Frau Doktor?« Carl lächelte verschmitzt. »So erregt kenne ich Sie gar nicht.« Er drehte die Tablette zwischen den Fingern. »Was hätte diese Pille bei mir für einen Effekt?«

»Gar keinen. Sie hatten schon Erfahrung mit härteren Drogen, da wirkt Torrexin nicht.«

»Sie lügen!«

»Nein, es wäre so, als würde ich einem Cluster-Patienten ein halbes Aspirin gegen seine Migräne anbieten.«

»Dann kann ja nichts passieren …« Carl nahm die Tablette in den Mund und spülte sie mit einem Schluck Wasser runter.

»Verdammt!«, brauste Rose auf. »Was denken Sie sich dabei? Eine einzige Tablette kostet fünfzig Euro!«

»Setzen Sie es auf Ihre Honorarnote ans Gericht.«

Rose schloss für einen Moment die Augen und versuchte, sich zu beruhigen. »Geben Sie mir die Packung zurück.«

Er schob sie über den Tisch, und Rose steckte sie in die Westentasche.

»Los, fragen Sie mich etwas!«, verlangte er.

Sie funkelte ihn an. »Warum haben Sie das getan?«

»Nein, was Ernstes!«

»Warum haben Sie das getan?«, wiederholte sie.

»Um Ihnen zu beweisen, dass Sie lügen und diese Tablette bei mir ebenso funktioniert wie bei allen anderen Klienten! Ich bin clean!«

»Na schön, dann erzählen Sie mir etwas über Ihre Schwester.«

»Das will ich nicht. Außerdem war die Schlampe nicht meine Schwester!«

»Doch, das war sie. Ihre leibliche Schwester.«

»Nein, ich kannte sie nicht mal.«

»Geben Sie sich die Schuld an ihrem Tod?«

»Was?«, rief er. »Sie starb vor meiner Geburt!«

»Geben Sie sich die Schuld an ihrem Tod?«, wiederholte Rose.

»Blödsinn!« Er ballte die Hand zur Faust.

»Haben Sie den Eindruck, dass, wäre Maria nicht gestorben, Sie vielleicht heute gar nicht auf der Welt wären?«

»Was soll denn dieser Schwachsinn bedeuten?« Carls Halsschlagadern begannen deutlich zu pulsieren.

»Ihre Eltern wollten vielleicht nur *ein* Kind. Maria musste sterben, damit *Sie* geboren werden konnten.«

Carl fuhr nach vorne. »Ich bin doch nicht schuld daran, wenn die Göre im Teich ertrinkt!« Er stürzte den Rest des Wassers in einem Zug hinunter. Mit zittrigen Fingern stellte er das Glas auf den Tisch.

Rose atmete ruhig weiter und ließ sich die Überraschung nicht anmerken. Die nächste Frage stellte sie bewusst leise. »Ihre Mutter hatte Marias Tod nie verkraftet, nicht wahr?«

»Die kleine Maria war so rein und unschuldig«, sagte er höhnisch. »Und so blieb sie allen in Erinnerung. Wäre die Kleine heute noch am Leben, wäre sie wahrscheinlich gepierct, tätowiert, würde sich in einem schmutzigen Hinterhof gestrecktes Heroin spritzen und hätte schon mehr Abtreibungen hinter sich als Tante Lore.«

Unwillkürlich dachte Rose an das Bild einer weißen Taube, die Verkörperung von Carls Aggression. »Maria war für Ihre Mutter wohl ein heiliges Wesen. Sie tragen ihren Namen.«

»Ich trage ihren Namen nicht!«, widersprach er. »Niemand nennt mich so.«

»Als Carl Maria Boni lebt ein Teil Ihrer Schwester in Ihnen weiter.«

»Nein, verdammt!«, brüllte er. »Ich bin ein Junge! *Ein Junge*, verflucht! Ich bin nicht meine Schwester! Sie können mich tausendmal so nennen, ich habe mit dieser blöden Kuh nichts gemeinsam, auch wenn Mutter ihr heute noch nachweint. Ich bin ihr *Sohn!*«

Rose stand auf und trat hinter die Couch. Sie legte Carl für einen Moment die Hand auf die Schulter. Diese Geste war ein absolutes *Don't,* doch in diesem Moment konnte sie nicht anders. Für einen Moment spürte sie, wie Carl den Kopf neigte und ihren Arm berührte. Sie strich ihm kurz über die Schulter, als wollte sie seine Verspannung lösen, dann setzte sie sich wieder auf ihren Stuhl.

»Beruhigen Sie sich, Carl.« Sie blickte zum Diktafon. »Atmen Sie tief durch.«

»Ich kann nicht … kann nicht …« Er begann zu weinen. »Diese Scheißtablette!«

Sie reichte ihm ein Taschentuch. »Die Wirkung lässt gleich nach.« Die Aufnahme lief immer noch. Sie musste dafür sorgen, dass diesen Mitschnitt nie jemand von der Ethik-Kommission zu hören bekam. Von denen hätte sie jetzt keinen als Beisitzenden in ihrer Praxis haben wollen. Ihre Zulassung als Therapeutin wäre so schnell weg gewesen wie ein Rauchwölkchen bei Windstärke zehn.

Sie wartete eine Minute, bis Carl wieder normal atmete.

»Maria hat sich den Anweisungen Ihrer Mutter widersetzt, nicht wahr?«

»Ich weiß es nicht«, seufzte er.

»Sie war unartig, ist zum Badeteich gelaufen und ertrunken«, mutmaßte Rose. »Die größte Angst von Eltern ist es, ihr Kind zu verlieren.« Mittlerweile wusste sie das aus eigener Erfahrung. »Diese Furcht kann so mächtig werden, dass sie ihre Kinder lieber in einen Käfig sperren würden, als der Gefahr auszusetzen, verletzt zu werden.«

Carl wischte sich die Tränen aus dem Gesicht. »Ich weiß, was Sie mir damit sagen wollen, aber meine Mutter hatte keine Angst um mich. Im Gegenteil! Es war ihr egal, wenn Vater mich schlug.«

Rose schüttelte den Kopf. »Ihre Mutter hatte eine *Heidenangst* um Sie. Ihre Mutter drohte sogar, die Familie zu verlassen, falls

Ihnen etwas zustößt. Jeder geht anders mit seiner Furcht um. Die lähmende Angst, dasselbe Trauma ein zweites Mal zu erleben, trieb sie in die Beziehung mit anderen Männern. Daran konnte nicht einmal Ihr Vater mit einem Neubeginn in einer anderen Stadt etwas ändern. Nicht die Männer in Wien, Köln, Leipzig oder weiß Gott wo waren schuld an der Situation Ihrer Mutter – das Problem steckte *in* ihr. Sie brachte es in jede neue Stadt mit.«

»Das widerspricht sich doch alles!«

»Keineswegs. Ihre Mutter hätte es nicht ertragen, noch ein Kind zu verlieren. Die Angst davor war so groß, dass sie eher die Familie verlassen hätte. Da Ihr Vater Ihre Mutter abgöttisch liebte …«

»… hat er mich täglich verprügelt?«, fragte Carl zynisch.

»Damit Sie artig blieben und sich den Anweisungen Ihrer Mutter nicht widersetzten.«

Im Moment wehrte er sich dagegen, die Zusammenhänge zu begreifen. Viele Sitzungen waren noch notwenig, bis Carl begriff, dass sich seine Zornesausbrüche unbewusst gegen seine tote Schwester richteten, der er die Schuld für die harte Erziehung durch seinen Vater gab. Er hasste Frauen … seine bigotte, scheinheilige Tante, seine Mutter und vor allem seine Schwester. Die Aggressionen waren bisher in zwei Fällen von Körperverletzung gegen junge Frauen kulminiert, denen er nachgestellt hatte. Seine Neigung zum Stalking kam höchstwahrscheinlich durch die Sehnsucht nach Geborgenheit und Anerkennung. Ein schwacher Trost für die Qualen seiner Kindheit.

»Ich denke, die Wirkung der Tablette hat jetzt nachgelassen«, sagte Rose. »Unsere Zeit ist um, Sie können aber gern noch hier sitzen bleiben.«

Carl nickte. »Danke, aber ich glaube, ich kann Auto fahren.« Er stand auf. »Und geben Sie mir nie wieder diesen Scheißdreck!« Er griff nach dem Stofftier und stopfte es demonstrativ in die Jackentasche, als wollte er sie mit diesem Liebesentzug bestrafen.

»In Ordnung, tut mir leid.« Unnötig, mit ihm zu diskutieren, dass er die Tablette gegen ihren Willen eingenommen hatte. Er brauchte einen Schuldigen für seinen emotionalen Ausbruch – und in diesem Fall übernahm Rose gern die Rolle des Sündenbocks.

Carl ging zur Tür.

»Herr Boni, wir sollten nicht zu viel Zeit bis zum nächsten Termin verstreichen lassen.«

Er blies die Luft aus den Lungen. »Meine Mutter liegt auf der Intensivstation. Ich weiß nicht, ob ich in den nächsten Tagen viel Zeit haben werde.«

»Verstehe. Wie wäre es kommenden Freitag?«, schlug sie vor.

»Ich brauche Zeit für meine Mutter. Ich rufe Sie an.«

»Ja, natürlich.« Rose legte den Terminkalender beiseite. »Es war ziemlich viel für eine Sitzung. Lassen Sie die Informationen ein paar Tage sacken. Ihr Unterbewusstsein übernimmt die Arbeit für Sie.«

Er nickte und legte die Hand auf die Türklinke.

Ihre Worte waren nicht einmal gelogen. Der Tod seiner Schwester in einem Badeteich der Wiener Lobau, von dem sie auf der MA 35 erfahren hatte, war zwar nichts Neues für Carl gewesen – aber er hatte es bisher verdrängt. Nun war es hervorgebrochen, und er hatte es, vermutlich zum ersten Mal in seinem Leben, ausgesprochen – auch wenn er darin noch nicht die Ursache seiner Probleme sehen wollte.

Rose umklammerte die Packung Torrexin in der Westentasche. Der Trick mit dem billigen Placebo ohne jeglichen Wirkstoff hatte funktioniert. Genauso gut hätte sie Carl ein Gummibärchen geben können.

Sie hoffte, er würde nie erfahren, dass sie ihn reingelegt hatte.

## 30

Der Mann von der Wiener Kripo hatte sich ihnen als Oliver Brandstätter vorgestellt, Kohlers Partner. Er brachte Sneijder und Sabine im Streifenwagen zum Marienplatz in der Innenstadt, wo er neben dem Auto des Gerichtsmediziners hielt. Sabine stieg aus und warf einen Blick auf den Pathologieausweis, der in der Windschutzscheibe steckte. Eine gewisse Dr. Irene Nicinsky vom Wiener Allgemeinen Krankenhaus kümmerte sich um die Leiche in der Gruft.

Sneijder verließ den Wagen ebenfalls. »Ich hasse es, recht zu haben. Es ist wie ein Fluch.«

Während Brandstätter einen Koffer der Spurensicherung zu seinen Kollegen trug, ging Sneijder auf die Marienkirche zu. Das Gebäude hatte eine aschgraue verschnörkelte Fassade. Sechs Säulen umgaben den Eingang, auf denen ein spitzförmiges Vordach mit Skulpturen an jeder Ecke thronte. Darüber befand sich ein schlankes, etwa sieben Meter hohes Fenster mit Rundbogen. Der Kirchturm ragte einsam in den Himmel. Nach dem Ziffernblatt der Uhr folgte nur noch das spitz zulaufende Dach, das Sabine an einen Hexenhut mit Kreuz erinnerte.

An beiden Straßenseiten flatterten gelbe Absperrbänder im Wind. Polizisten hatten den Platz abgeriegelt und Umleitungsschilder aufgestellt. Einige Beamte durchwühlten die Mülltonnen der Nachbargebäude. Die Turmglocke schlug soeben zwei Uhr nachmittags. Sabine knurrte der Magen, doch die bevorstehende Tatortbesichtigung ließ sie den Hunger vergessen.

Kohler eilte ihnen entgegen. Obwohl sich dunkle Wolken über der Kirche zusammenbrauten, hatte er seine schwarze Windjacke leger um die Hüften gebunden. Die Sonnenbrille steckte in seinen kurz geschorenen Haaren. Wie Sneijder trug er die Dienstwaffe im Schulterholster. Durch das schwarze Rippshirt kam sein Bizeps gut zur Geltung. Halb unter dem Stoff ragte ein Tattoo hervor. Sabine war kein Fan von Tätowierungen. Die meisten sahen lächerlich aus oder waren schlecht gemacht.

»Ist Carl bei Bewusstsein?«, fragte Sneijder, noch bevor Kohler etwas sagen konnte.

»Die Ärzte mussten ihn in einen künstlichen Tiefschlaf versetzen.« Kohler erreichte sie. Gemeinsam liefen sie zur Kirche. »Einer meiner Leute ist bei Ursula Zehetner im Krankenhaus. Er hat ihre Identität bestätigt. Unsere Leute prüfen noch, ob sie Carl Boni kannte, wovon wir ausgehen. Carl besuchte den katholischen Kindergarten in der Leystraße, wo sie früher gearbeitet hat. Auch der Zeitrahmen passt.«

Er steckte die Sonnenbrille in den Ausschnitt seines Shirts und strich sich über die kurzen Haare. Da merkte Sabine, dass es sich bei dem Tattoo um einen Greif handelte, das Abzeichen der Wega, des Wiener Einsatzkommandos.

»Ist etwas?«, fragte Kohler.

»Sie waren bei der Wega?«, fragte sie.

»Sie kennen sich mit Spezialeinheiten aus?«, stellte er verwundert fest. »Ist schon lange her.«

»Ich unterbreche nur ungern«, fuhr Sneijder dazwischen. »Aber Sie sagten, diese Kindergärtnerin wird seit *sieben* Tagen vermisst«, resümierte er. »Ich nehme an, jemand aus Ursula Zehetners Umfeld hatte Kontakt zum Entführer? Fassen Sie sich kurz.« Er hielt drei Finger hoch, während sie zur Kirche liefen. »Das Wichtigste in drei Sätzen!«

Kohler funkelte Sneijder an, als wollte er abschätzen, wie viel er ihnen über diesen Fall erzählen durfte. Schließlich gab er sich einen Ruck. »Zehetners Ehemann erhielt am Tag ihres Verschwindens einen Anruf. Die Botschaft war knapp: Wenn er innerhalb von achtundvierzig Stunden herausfindet, warum seine Frau entführt wurde, bleibt sie am Leben. Wenn nicht – stirbt sie. Er wandte sich gleich an die Kripo, aber der Entführer hat den Kontakt zu ihm abgebrochen.«

»Normalerweise wäre die Frau längst tot, dennoch ist sie am Leben«, warf Sabine ein.

»Aber gerade *das* passt ins Schema«, sagte Sneijder. »Er wollte sie verhungern lassen, doch wir sind ihm zuvorgekommen. Welchen Hinweis hat der Entführer Herrn Zehetner gegeben? Los, sagen Sie schon!«

Kohlers Augenbrauen schoben sich zusammen. Sein Blick wurde düster. »Eine alte bemalte Suppenschüssel aus Porzellan. Woher wissen Sie davon?«

»Es ist mein Job, solche Dinge zu wissen.« Sneijder warf Sabine einen flüchtigen Blick zu. »Geschichte Nummer sechs – die Erzählung vom Suppen-Kaspar, der seine Suppe nicht essen wollte und verhungerte.«

Sie erreichten das Kirchentor. Sneijder legte die Hand auf den schweren Messingknauf, doch Kohler versperrte ihm den Weg. »Hören Sie mir einen Augenblick zu.« Er tippte Sneijder an die Brust. »Sie haben vorhin gute Arbeit geleistet, aber ich muss Sie hier nicht runterlassen. Ich könnte Sie wegen Waffenbesitzes, Einbruchs, Körperverletzung und Behinderung einer laufenden Ermittlung festnehmen. Mein Vorgesetzter ist nicht gerade begeistert, dass ein Kollege aus Deutschland nach Wien kommt, mit einer Glock herumballert und Kellertüren eintritt. Ich will das nur mal klarstellen.« Er nahm den Finger von Sneijders Brust.

Sneijder wirkte nur mäßig beeindruckt, als hörte er solche Anschuldigungen nicht zum ersten Mal. »Aber im Gegensatz zu Ihrem Boss können Sie gute von schlechten Beamten unterscheiden?«, fragte er.

»Das kann ich«, antwortete Kohler. »Deshalb lasse ich Sie in diese Kirche, damit Sie einen Blick auf den Tatort werfen. Und dann erzählen Sie mir, womit wir es hier zu tun haben.«

Sabine warf Sneijder einen flehenden Blick zu. »Ein faires Angebot.«

Schließlich nickte Sneijder. »Gehen wir.«

Kohler öffnete das Tor. Sie betraten die Kirche und eilten am Altar vorbei, hinter dem eine große Statue von Erzengel Michael in die Kuppel ragte. Neben der Sakristei führte ein enger Schacht aus Steinstufen in die Dunkelheit. Während sie hinabstiegen, erzählte Sabine von den Entführungen, Morden, Geschenken und Telefonrätseln in Köln, München, Dresden und Leipzig. Sie beschrieb die Tatorte, erläuterte die Todesursachen und schilderte die Verbindung der Opfer zu Carl Boni und zu den Geschichten von Struwwelpeter.

Kohler löste seine Jack-Wolfskin-Jacke von der Hüfte und schlüpfte hinein. Hier unten war es deutlich kälter als oben. Sabine sah ihren eigenen Atem. Zum Glück trug sie einen Thermopulli. Es roch nach Kalk und Moder, wie in Carls abbruchreifem Haus. Warum hatte Kohler sie hierher geholt? Bestimmt war Carl auch für diesen Mord verantwortlich. Offensichtlich hatte er nicht nur ein Faible für alte Kirchen, sondern auch eine Vorliebe für heruntergekommene Gemäuer. Leitungsrohre verliefen an der Decke über dem Putz. Leere Fassungen ragten aus den Wänden. Die Glühlampen waren längst abmontiert worden. In dieser Gruft gab es keinen Strom mehr. Die Ermittler hatten Kabeltrommeln und Lampen aufgestellt. Der Weg in die Gruft führte an winzigen Zapfen entlang, die im Boden steckten, an denen Schnüre gespannt waren.

»Bewegen Sie sich nur innerhalb dieses Trampelpfads«, warnte Kohler.

Sabine kannte die Prozedur. Die Spurensicherer hatten diese Markierung für die Ermittler gesetzt, damit sie keine Spuren zerstörten.

Sneijder blickte sich kurz zu Sabine um. »Alles okay?«

Sie nickte und zog die Schnüre ihres Pullis enger. Mit einem knappen Handgriff richtete er ihren Kragen auf. Beinahe fürsorglich, als hätte er beschlossen, sie von nun an unter seine Fittiche zu nehmen. Trotzdem war er ein Arschloch, rief sie sich in Erinnerung. Auch wenn er aufgehört hatte, sie wie ein unreifes Kind zu behandeln.

»Wenn der Mörder Szenen aus dem Struwwelpeter-Buch inszeniert«, dachte Kohler laut, »dann hat er sich hier unten wohl von der Geschichte des Zappel-Philipps inspirieren lassen.«

Sabine spürte, wie ihre Finger eiskalt wurden. »Was hat er der Frau angetan?«

»Er hat sie bei lebendigem Leib einbetoniert.«

Der Weg führte durch eine Krypta, in der vermoderte Holzsärge wahllos übereinandergestapelt lagen.

Kohler deutete in eine Nische. »Der Pastor hat vorhin erklärt, dass die Särge der reichen Bürger und Adeligen noch aus der Pestzeit um 1680 stammen, als die Bevölkerung Wiens fast völlig ausgelöscht wurde.«

Die meisten Steinnischen waren zugemauert. In einer Öffnung mit Rundbogen standen zwei Schubkarren, Wassereimer, Holzlatten und Särge, darüber lagen Spachteln, Klemmen und zerknülltes Papier von Zementsäcken. Dahinter türmten sich Sandhügel und rote Backsteinziegel.

Kohler nickte zu dem Werkzeug. »Überreste der Renovierungsarbeiten vor zehn Jahren.«

Sabine blickte zur rissigen Decke hinauf. »Das Gewölbe sieht nicht so aus, als wären die Arbeiter fertig geworden.«

»Andernfalls wäre es längst eingestürzt und hätte die Kirche mit in die Tiefe gerissen. Das Gebäude senkt sich jedes Jahr um ein paar Millimeter.«

Am Ende der Treppe führte ein Durchgang in eine Kammer. Die Metalltür stand offen. Eine schwere Kette mit Vorhängeschloss war von den Beamten geöffnet worden. Aus dem Gewölbe drangen Stimmen. Blitzlicht flammte auf.

Sneijder blieb vor dem Eingang stehen und deutete auf das Vorhängeschloss. »Das gleiche wie in Carls Keller.«

Dieses Indiz hatte nicht viel zu bedeuten, doch mittlerweile sprach zu viel gegen Carl Boni. Sabine blickte zwischen Kohler und Sneijder in den Raum. Dieser Abschnitt der Katakomben war etwa fünfzehn Quadratmeter groß. Rote Backsteinziegel. Kein Verputz. In der Mitte stand ein etwa zwei Meter hoher Betonpfeiler, aus dem zwei Plastikschläuche ragten, deren Enden in Blecheimern verschwanden. Von der Decke hing ein Flaschenzug aus Seilen und Holzrollen. Der übliche süßliche Duft von Verwesung fehlte. Stattdessen stank es entsetzlich nach Urin, Fäkalien und Erbrochenem.

Scheinwerfer leuchteten alle Winkel des Tatorts aus. Ein Paravent aus Alufolie reflektierte das Licht. Der Mann von der Spurensicherung trug Latexhandschuhe und blaue Überzieher für die Schuhe. Das Ende seiner Krawatte steckte zwischen den Knöpfen seines prall gefüllten Hemdes. Er war schwer übergewichtig und konnte sich nur mit Mühe bücken. Soeben packte er eine Maurerkelle in eine Folie, nummerierte sie und markierte den Fundort mit einer Steckfahne. Danach fotografierte er den Ort und legte die Folie auf einen Berg von Tüten, der sich hinter ihm in der Ecke auftürmte.

»Maurerkelle – keine Fingerabdrücke«, murmelte er ins Diktafon. »Rostflecken, morscher Griff. Entfernung zur Leiche …« Er las die Ziffern auf einem Maßband ab, das auf dem Boden lag. »Zwei Meter vierzig. Nummer 8.«

»Gludowatz, können wir mal?«, rief Kohler in den Raum.

Der Spurensicherer erhob sich schwerfällig. »Wie soll ich hier arbeiten?« Sein Doppelkinn wackelte. »Auf der Triester Straße während der Stoßzeit herrscht weniger Verkehr. Fasst nichts an, wenn's geht! Und zieht das an!« Er drückte Kohler ein blaues Plastikbündel in die Hand. Dabei bemerkte Sabine die goldene Rolex an seinem Handgelenk.

Kohler wartete, bis sich der Beamte an ihnen vorbeigezwängt hatte, dann streifte er die Plastiktüten über seine Schuhe und reichte die anderen an Sabine und Sneijder weiter.

»Ihr Kollege heißt Gludowatz?«, flüsterte Sabine, nachdem der Spurensicherer außer Hörweite war.

Kohler nickte. »Ein griesgrämiger Kauz. Er ist der Schwager des Polizeipräsidenten.«

Nun wurde ihr einiges klar. »Trägt er deshalb eine goldene Uhr?«

»Das hat andere Gründe.« Kohler griff in die Hosentasche und gab Sabine eine Dose Mentholcreme. Sie strich sich etwas davon unter die Nase.

Sneijder wehrte ab. »Ich kenne den Geruch von Leichen.«

»Ist nicht wegen der Leiche«, sagte Kohler. »Die Frau ist noch nicht lange tot. Nehmen Sie's.«

Sneijder strich sich die Creme unter die Nase. Dann folgten sie Kohler in das Gewölbe.

»Oh, Gott!«, entfuhr es Sabine.

Kohler lächelte traurig. Der Gestank aus den Blecheimern war trotz Mentholcreme unerträglich – und das, obwohl Sabine auf einem bayerischen Bauernhof zwischen Kühen, Schweinen und Hühnern aufgewachsen war.

Sie ging über den abgesteckten Pfad um die Säule herum und wich dabei der Kette aus, die von der Decke baumelte. An deren Ende hing ein Spiegel, der bestimmt nicht zur Ausrüstung des Spurensicherers gehörte. Am Sockel der Betonsäule stand eine geöffnete Arzttasche. Hinter dem Sockel kam eine Frau im weißen Kittel zum Vorschein, die mit Skalpell und Spiegelbesteck die Leiche untersuchte. Diese Arbeit konnte nur jetzt getan werden. Hatten die Kripotechniker die Leiche erst einmal aus dem Betonblock gefräst, gab es nur noch zentimeterdicke Spuren von Zementstaub.

»Doktor Irene Nicinsky«, stellte Kohler die Frau vor.

»Yep.« Die Ärztin blickte nicht auf. Sie war groß, hatte ein Gesicht voller Sommersprossen und einen langen, geflochtenen blonden Zopf. »Du schleppst ständig neue Leute hier runter. Ich komme mir vor wie bei einer Führung durch Schönbrunn«, sagte sie trocken.

»Kollegen vom BKA Wiesbaden und der Münchner Kripo«, stellte Kohler sie vor.

»Wenn du es für richtig hältst.« Sie klemmte sich eine kleine Stabtaschenlampe zwischen die Zähne. »Dein Chef hat sicher Verständnis dafür, dass deine Besucher hier alles zertrampeln«, nuschelte sie.

Überraschenderweise sagte Sneijder kein Wort. Sabine trat neben die Pathologin und blickte an ihr vorbei. In Kopfhöhe ragte ein Gesicht aus dem Betonblock. Der Strahl der Taschenlampe tanzte über das Antlitz der Toten. Das Fleisch um die Wangenknochen war bereits aufgedunsen. Der Anblick der Augen wirkte entsetzlich. Sabine würgte und blickte zur Seite. Aus dem Augenwinkel sah sie, dass Sneijder jedes Detail studierte, als faszinierte ihn Struwwelpeters abartiger Einfallsreichtum.

»Die Frau ist seit etwa vierundzwanzig Stunden tot, höchstens dreißig«, erklärte die Gerichtsmedizinerin. »Die feuchte Atmosphäre hier unten beschleunigt den Verfallsprozess.«

Sneijder trat näher. »Dreißig Stunden? Sind Sie hundertprozentig sicher?«

Dr. Nicinsky hielt die Taschenlampe immer noch zwischen den Zähnen. Sie senkte den Lichtstrahl in die halb vollen Eimer. »Überzeugen Sie sich selbst, und greifen Sie rein. Der jüngste Kot ist etwa dreißig Stunden alt.«

»Wir müssen herausfinden, wer die Frau war«, sagte Sneijder.

»Wissen wir bereits«, mischte sich Kohler ein. Er deutete auf eine zweieinhalb Zentimeter lange Narbe zwischen Unterlippe und Kinn der Leiche, die vermutlich von einer alten Schnittverletzung stammte.

»Als Sie heute Morgen Ihren Besuch wegen Carl Boni ankündigten, ließ ich mir seine Akte kommen. Seine Mutter wird seit zwei Monaten vermisst.«

Sabine schluckte. »Ist sie das?«

Kohler nickte. »Carmen Boni. Wir konnten sie aufgrund der Narbe identifizieren. Außerdem hat sie laut Zahnarztunterlagen links unten eine Brücke.«

»Yep«, bestätigte die Pathologin. Sie leuchtete mit der Lampe in den Mund der Toten und schob mit dem Spiegelbesteck die Wange beiseite. »Ausgezeichnete Arbeit, wahrscheinlich aus Ostdeutschland.«

Soviel Sabine erkannte, war die Mundhöhle mit verkrustetem Blut verklebt. Die Zunge wirkte lose.

»Sie steckt doch nicht etwa seit zwei Monaten in diesem Betonblock?«, fragte Sabine.

»Bestimmt sogar.« Wie zum Beweis leuchtete die Pathologin zum anderen Ende des Raumes, wo sich einige Eimer aneinanderreihten. »Für Kot und Urin. Offenbar wurde sie hauptsächlich flüssig ernährt und hat zusätzlich Abführmittel erhalten.« Sie betrachtete Sabines Hand. »Diese Bisswunde sollten Sie schleunigst behandeln lassen.«

»Ist schon okay.«

Sneijder warf Kohler einen Blick zu. »Carl Boni ist unser Killer. Jemanden bei lebendigem Leib einzubetonieren entspricht seiner Vorgehensweise«, fuhr er fort. »Aber die Chronologie stimmt nicht mit den Geschichten im Buch überein. Wenn wir davon ausgehen, dass der geplante Hungertod seiner Kindergärtnerin die Geschichte des Suppen-Kaspars darstellen soll und der Mord an seiner Mutter die des Zappel-Philipps, dann fehlt dazwischen eine Story.«

»Die des Daumenlutschers«, krächzte Sabine. »Die Mutter verbot ihrem Sohn Konrad, Daumen zu lutschen, während sie fort war, sonst würde der Schneider mit der Schere kommen und dem Jungen die Daumen abschneiden, als ob sie aus Papier wären.« Sie dachte einen Moment über die Geschichte nach. »Entweder hat er sein nächstes Opfer bereits mit einer Schere zerteilt, oder er geht nicht chronologisch vor.«

»Oder er hatte vor, dass wir den Mord an seiner Mutter noch nicht *jetzt* entdecken, weil er uns ihren Tod erst später präsentieren wollte«, sinnierte Sneijder. »Wie auch immer – der Zeitablauf stimmt nicht …«

»Ihr jagt einem ganz schön kranken Typen hinterher«, meldete sich Dr. Nicinsky zu Wort. »Aber in einem Punkt habt ihr unrecht: Streng genommen wurde diese Frau nicht ermordet.«

»Organversagen?«, vermutete Sneijder. »Ist sie dehydriert?«

»Sie beging Selbstmord«, lautete Nicinskys lapidare Antwort.

Sneijder hob eine Augenbraue. »In diesem Block?«

Sabine dachte an die Blutmengen im Rachen der Frau. »Mir fällt nur eine Möglichkeit ein, wie man das zustande bringt. Sie hat sich in ihrer Verzweiflung mit übermenschlicher Anstrengung die eigene Zunge abgebissen und ist an ihrem Blut erstickt.«

»Korrekt«, antwortete Nicinsky. »Eine wirklich einfallsreiche Frau.«

»War Sie Ärztin von Beruf?«, fragte Sneijder.

»Krankenschwester und Pathologie-Assistentin im AKH«, antwortete Kohler.

Sie schwiegen einen Moment. Nicinsky knipste die Taschenlampe aus.

»Warum erst jetzt, nach zwei Monaten?«, murmelte Kohler. »Ich würde keine zwei Tage in diesem Block aushalten, ohne durchzudrehen.«

Völlig bewegungslos und mit zwei Kathetern im Körper, dachte Sabine. *Sie ist bestimmt wahnsinnig geworden.* Die Gesichtszüge der Toten lagen im Dunkeln. Sabine blickte auf die starren Augen und versuchte, ihre letzten Gedanken zu erraten. »Die Hoffnung stirbt zuletzt«, flüsterte sie. »Ihr eigener Sohn hat ihr zwei Monate ihres Lebens gestohlen und wollte sie langsam umbringen. Vermutlich hat er ihr nur einmal täglich zu trinken und noch seltener zu essen gegeben. Die einzige Möglichkeit, ihn loszuwerden und das, was er ihr angetan hat, zu beenden, war der Tod. Für sie gab es keine Alternative.« Sie schloss für einen Moment die Augen. Fast kamen ihr die Tränen. Was für ein Wahnsinn! Warum hatte die Frau nicht noch ein paar Tage durchgehalten?

»Sie sind gut«, lobte Sneijder.

Sabine schüttelte den Gedanken ab. Sie wollte nicht gut darin sein, die kranken Gedankengänge eines Verrückten nachzuvollziehen – aber sie wollte den Grund erfahren, warum er ihrer Mutter einen Schlauch in den Rachen gesteckt, zwei Liter Tinte eingeflößt und anschließend ein Stück von Bach auf der Orgel vorgespielt hatte, während sie hilflos angekettet um Luft rang und jämmerlich an der Flüssigkeit in ihrer Lunge erstickte. Dabei war Mutters einziger Fehler gewesen, dass sie nach Köln gezogen war und Carl Boni unterrichtet hatte. Warum hatte sich dieser Mistkerl niemand anderen aussuchen können? Den Hauswart, die Putzfrau oder den Turnlehrer? Was für ein Mensch musste Boni sein?

Beim Anblick der toten Frau packte sie maßlose Wut. Hätte Sneijder ihn nicht bereits angeschossen, hätte sie Carl am liebsten selbst durchs Fenster in den Innenhof gestoßen. Liebend gern hätte sie ihm im Krankenhaus die Beatmungsmaske vom Gesicht gerissen und dabei zugesehen, wie er krepierte. Ihre Hände zitterten. *Mein Gott, reiß dich zusammen!* Sie ballte eine Faust und spürte die Kälte in ihren Knochen.

»Sie sind doch forensischer Psychologe«, murmelte Sabine. »Warum tut dieses kranke Schwein das?«

Sneijder blickte sie traurig an. »Die Wahrheit ist, dass wir es nicht genau wissen.« Er sah zu dem Betonpfeiler. »Möglicherweise weiß Carl Boni noch nicht, dass seine Mutter Selbstmord begangen hat und wir ihre Leiche gefunden haben.«

»Und wenn schon.« Sabine begriff den Gedankengang nicht. Carl lag im künstlichen Tiefschlaf.

»Gehen wir hoch«, schlug Sneijder vor. »Ich habe eine Idee, die aber nur funktioniert, wenn wir rasch handeln.«

# 31

Während sie die enge Treppe nach oben liefen, redete Sneijder auf Kohler ein. »Um wie viel Uhr ist Redaktionsschluss für die Abendausgabe der Zeitungen?«

Kohler blickte auf die Armbanduhr. »In etwa einer Stunde.«

»Perfekt.« Sneijder nahm zwei Stufen auf einmal. »Carmen Boni war verwitwet. Hatte sie außer ihrem Sohn weitere Angehörige?«

»Soviel ich weiß nicht. Nach dem Tod ihres Mannes hatte sie einen um viele Jahre älteren Lebensgefährten. Ein nicht gerade erfolgreicher Maler. Er starb vor einem halben Jahr.«

»Dass sie alleinstehend war, könnte ein Vorteil für uns sein …«, murmelte Sneijder.

»Was haben Sie vor?«

»Eine proaktive Ermittlungsmethode.«

Kohler verzog unglücklich das Gesicht. »Welche falschen Informationen wollen Sie der Presse zuspielen?«

»Dass Carmen Boni noch lebt.«

»Wozu soll das gut sein?«, entfuhr es Kohler. »Außerdem bringen wir das nie durch.«

Sneijder zog den Kopf ein und schlüpfte durch die Tür, die ins Kirchenschiff führte. »Wir haben Carl Boni zwar in Gewahrsam, aber sehen Sie sich den Tatort an. Der nötige Zeitaufwand und die logistische Organisation, um all das zu ermöglichen. Vielleicht hatte Carl einen Komplizen.«

»Und der läuft noch frei herum und mordet weiter?«, fragte Kohler zynisch. »Ich bitte Sie!«

»Wollen *Sie* das Risiko eingehen?«

Kohler antwortete nicht.

»Denken Sie daran: Wir haben eine Lücke in der Chronologie der Geschichten. Außerdem entsprechen die Morde nicht der Reihenfolge der Erzählungen in dem Buch. Für meinen Geschmack ist die Sache unrund. Uns fehlen zu viele Details, um das gesamte Bild zu verstehen.«

Sabine sah förmlich, wie Kohlers Gehirnwindungen arbeiteten und er um eine Entscheidung rang.

»Wenn Sie mit der Zeitungsente einen eventuellen Komplizen aus der Reserve locken wollen und hoffen, dass er einen Fehler begeht, könnte das verdammt schiefgehen«, warnte Kohler.

»Carl Bonis Kindergärtnerin ist zwar tatsächlich am Leben, doch zu ihr hatte er schon seit siebzehn Jahren keinen Kontakt mehr.« Sneijder hob die Hand. »Nicht so seine Mutter. Sie war zwei Monate lang in seiner Gewalt. Überlegen Sie: Angenommen, Carmen Boni wäre am Leben und stünde unter psychiatrischer Betreuung, dann könnte sie uns eine Beschreibung seines Komplizen geben.«

»Da ist was dran«, pflichtete Sabine ihrem Kollegen bei.

»Sie haben keine Ahnung, wie das Verhältnis zwischen Kripo und Presse hier ist. Das funktioniert nie! Die Journalisten sind keine Idioten. Die riechen den Braten! Außerdem würde mein Vorgesetzter diese Vorgehensweise nicht absegnen.«

Sneijder brauste auf. »Wer leitet die Ermittlungen? Sie oder ein Kerl hinter einem Schreibtisch, für den die Mordopfer bloß eine statistische Zahl auf dem Papier sind?«

»Sie sollten jetzt lieber den Mund halten!«, fuhr Kohler ihn an.

Sie traten durch das Kirchtor auf den Marienplatz. Die Wolken verdunkelten den Himmel. Von Weitem grollte Donner heran. Dennoch war es schwül. Kohler lief der Schweiß in den Nacken. Er band sich die Windjacke wieder um die Hüften und atmete tief ein, als sehnte er den nahenden Regen herbei.

Soeben traf das Team der Kriminaltechnik ein und schlüpfte durch die Absperrung der Polizei. Sobald Dr. Nicinsky und die Leute von der Spurensicherung ihre Arbeit beendet hatten, würden die Männer die Leiche aus dem Betonblock schneiden und in die Pathologie transportieren. Hinter der Polizeiabsperrung drängte sich ein Dutzend Journalisten. Als die Arbeiter mit den geschulterten Fräsmaschinen auf die Kirche zugingen, begann das Blitzlichtgewitter.

Sneijder spähte zu den Reportern. »Noch haben die keine Ahnung, worum es hier geht. Die erfinden sowieso irgendeine Geschichte, die in einer Stunde in Druck geht. Das ist unsere Chance, ihnen etwas unterzujubeln.«

Kohler reagierte nicht.

»*Godverdomme!* Ich gehe selbst rüber.«

Unwillkürlich fuhr Kohlers Hand zum Holster. »Dann muss ich Sie festnehmen.«

»Hören Sie mir bitte zu«, sagte Sabine so sanft wie möglich. Kohler warf ihr einen Blick zu.

»Dass Carmen Boni sich das Leben nahm und wir ihre Leiche vorzeitig fanden, war garantiert nicht geplant. Falls Carl tatsächlich einen Helfer hat, Carls Mutter am Leben wäre und seine Identität aufdecken könnte, würde ihn das aus dem Konzept bringen.«

Sabine warf Sneijder einen auffordernden Blick zu.

Dieser sprach nun ebenso ruhig wie sie. »Sadisten und Psychopathen sind hervorragende Planer und können andere Menschen perfekt manipulieren. Strukturiert vorgehende Menschen wollen ein bestimmtes Ziel erreichen. Am schlimmsten trifft es sie, wenn durch einen Zufall das Gegenteil ihres Plans eintritt.«

Kohler löste die Hand von der Waffe. »Woher wollen wir wissen, wie der Komplize reagiert?«

»Die schlimmsten Fehler werden in der Absicht gemacht, einen begangenen wiedergutzumachen«, sagte Sneijder. »Der Mittäter wird versuchen, seine Spuren zu verwischen. Womöglich lässt er sich im Krankenhaus blicken.«

»Selbst wenn ich es mache und ohne Zustimmung meines Vorgesetzten agiere, die Presse würde mir das nicht abnehmen. Ich habe diesen Aasgeiern noch nie eine Information zukommen lassen. Warum sollte ich das ausgerechnet jetzt tun?«

»So funktioniert es auch nicht.« Sneijder starrte zu den Journalisten. »Ein korrupter Kollege müsste bloß *einem* der Presseheinis unter der Hand Informationen verkaufen.«

Kohlers Augenbrauen hoben sich. »Das könnte gehen.«

In diesem Moment schob sich der dicke Spurensicherer an ihnen vorbei, blieb im Türrahmen stehen und fingerte die Latexhandschuhe aus der Tasche. »Ich hoffe, ihr habt euren Müll nicht unten liegen lassen.«

»Gludowatz«, sagte Kohler feinfühlig. »Möchtest du dir eine neue Rolex verdienen?«

Diesmal saß Sneijder auf dem Beifahrersitz, als sie in Kohlers Wagen zum Revier fuhren. Sabine war deswegen nicht beleidigt – im Gegenteil. Sie war froh, dass die beiden nicht länger wie streunende Kater um ihr Revier kämpften, sondern zusammenarbeiteten. Sie wusste aus Erfahrung, wie schwierig es war, mit Sneijder klarzukommen.

Kohler sah kurz zu Sneijder hinüber. Offensichtlich hatte er bemerkt, dass dieser sich den Fingernagel in den Handrücken drückte. »Schmerzen?«

»Mir platzt gleich der Schädel.« Sneijder wischte sich den Schweiß von der Stirn. Dann blickte er aus dem Fenster und massierte abwechselnd die Druckpunkte. »Bisher dachten wir, dass alles Anfang April in Köln mit dem Mord an Waltraud Nesselberger begann. Ein Irrtum! Carl Boni hat schon Ende März mit der Planung begonnen und seine Mutter als erstes Opfer ausgewählt, das er uns vermutlich nach dem Tod seiner Kindergärtnerin als Leiche Nummer sechs präsentieren wollte.«

Sabine beugte sich nach vorne. »An welchem Tag wurde seine Mutter als vermisst gemeldet?«

»Vermutlich wurde sie am Abend des 20. März entführt.«

»Wieder einmal der 20.«, murmelte sie. Alles passte ins Schema.

Sneijder drehte sich zu ihr nach hinten. »Gute Arbeit, Eichkätzchen.«

»Eichkätzchen?«, wiederholte Kohler.

»Vergessen Sie das gleich wieder«, sagte Sabine. Was war Sneijder doch für ein Idiot! Am liebsten wäre sie im Erdboden versunken.

»Ihr ist aufgefallen, dass Carl Boni seine Opfer am 6. beziehungsweise am 20. eines Monats entführt«, erklärte Sneijder. »Magische Daten. Carl wurde am 6. November geboren, und sein Vater starb am 20. Dezember.« Er blickte wieder aus dem Seitenfenster. »Mit der Entführung von Carmen Boni hat der ganze Wahnsinn begonnen. Aber Struwwelpeters Vorgehensweise passt nicht ins übliche Schema ...« Sneijder schien mittlerweile ein Selbstgespräch zu führen. »Er hält seine Mutter über einen langen Zeitraum bei lebendigem Leib in einer Betonsäule gefangen, um sie in den Wahnsinn zu treiben. Aber er hat niemanden darüber informiert. Kein Anruf, kein Telefonrätsel, kein Hinweis, kein Geschenk. Weshalb kam ihr dieser Sonderstatus zu?«

»Offensichtlich wollte er seiner Mutter keine Chance auf Rettung geben«, schlug Sabine vor.

»Das ist der springende Punkt.« Sneijder blickte nach vorne. »Wie würde er reagieren, falls jemand das Telefonrätsel innerhalb von achtundvierzig Stunden löst? Würde er tatsächlich riskieren, sein Opfer am Leben zu lassen?« Er drehte sich zu Kohler. »Wir müssen Carl Bonis Leben durchleuchten. Alle seine Kontakte.«

»Glauben Sie, dass wir Däumchen drehen?«, knurrte Kohler. Er fuhr über einen Platz, den ein modernes Gebäude aus Glas säumte, und steuerte auf die Tiefgarage zu. »Im Moment sind außer mir fünf weitere Kollegen an dem Fall dran. Im Büro haben wir vielleicht schon eine vollständige Akte über ihn.«

Der diensthabende Arzt auf dem Revier hatte die Bisswunde an Sabines Hand desinfiziert und verbunden. Nun saß sie mit Sneijder in der Kantine des Bundeskriminalamts Wien und aß aus einer Alutasse eine lauwarme Krautroulade, die förmlich in Tunke ersoff. Dazu trank sie eine Diet Coke. Den homöopathischen Kaffee aus dem Automaten hatte sie gekostet und großzügig ignoriert. Kohler hatte ihnen ihr Reisegepäck bringen lassen. Sabines Koffer lehnte an der Fensterbank. Gelegentlich sah sie auf den Josef-Holaubek-Platz, während ihre Gedanken um ihre Schwester und ihre Eltern kreisten. Wie ging es Monika und den Mädchen? Wie ihrem Vater? Doch eine Sache machte ihr am meisten zu schaffen. Bisher hatte sie nicht wirklich um ihre Mutter getrauert. *Warum weinst du nicht? Müsste sich alles nicht viel schlimmer anfühlen? Hast du deine Mutter nicht geliebt? Bist du eine schlechte Tochter?*

Das Klappern der Tastatur riss sie aus den Gedanken. Sneijder hatte seinen roten Samsonite-Koffer geöffnet, den Laptop hochgefahren und sich sechs lange Nadeln in die Druckpunkte des Handrückens gesteckt. Er sah aus wie ein Stachelschwein, das auf der Tastatur tippte. Außerdem hatte er um eine Kanne Vanilletee gebeten, doch nur Kamillentee erhalten. Zu essen brauchte er nichts, was Sabine bei der hageren Statur nicht wunderte.

»Ich habe dem BKA Wiesbaden einen kurzen Bericht geschickt, dass die vier Morde in Deutschland zusammenhängen und mit den Vorfällen in Österreich zu tun haben, ein Tatverdächtiger festgenommen wurde und wir an der Aufklärung des Falls dran sind«, sagte Sneijder. »Ihr Vater wird übrigens noch heute aus der Untersuchungshaft entlassen.«

»Danke.« Sabine starrte auf ihr Handy. Keine Nachricht. Ihr Exschwager hätte sie wenigstens anrufen können. Doch möglicherweise wusste er von der Entlassung noch nichts.

Sie sah in Sneijders geöffnetem Koffer einige Bücher auf Anzug und Krawatten liegen. Biografien mit geknickten Buchrücken. Die Ausbeute seiner letzten Besuche in den Haital-Filialen. Sie sagte nichts dazu. Eines Tages würden sie ihn beim Diebstahl erwischen, und dann wäre sein Hass auf die Buchhandelskette noch größer als vorher. Der Mann war besessen und brauchte dringend

Hilfe, doch er würde diese Hilfe nicht annehmen – egal, von wem sie käme.

Außerdem benötigte er noch Hilfe ganz anderer Art, wie ihr wieder bewusst wurde, als er sich eine selbst gedrehte Zigarette ansteckte. Mit dem süßen Geruch von Gras vernebelte er die Kantine. Doch Sabine gingen im Augenblick zu viele Gedanken durch den Kopf, als dass sie sich darüber aufregen wollte.

Seit etwa zehn Minuten hörten sie lautes Gebrüll durch die dünnen Wände. Kurz darauf betrat Kohler den Raum. Er wirkte bedrückt.

Er hielt eine Akte in der Hand. »Ich komme gerade …« Wie vom Blitz getroffen blieb er stehen und rümpfte die Nase. »Sind Sie wahnsinnig?« Er lief durch die Kantine und riss das Fenster auf. »Machen Sie das Zeug aus. Sie können in Ihrem Hotelzimmer kiffen, aber nicht auf dem Revier. Verflucht, mein Boss hat mir wegen Ihnen sowieso schon die Hölle heißgemacht!«

Kohler wedelte mit der Akte Frischluft in den Raum. »Wenn der die Abendausgabe der Zeitung in die Finger kriegt, sind wir ohnehin dran.«

Sneijder zerdrückte die Zigarette und blickte müde auf. »Ist das Carls Akte? Darf ich?«

»Nein!«, fuhr Kohler ihn an. Er setzte sich zu Sabine und legte den Arm auf die Mappe. »Mittlerweile wissen wir, dass Ursula Zehetner tatsächlich Carls Kindergärtnerin war. Ich denke, wir sind einen Schritt weiter, aber der Wahnsinn hört nicht auf.«

Sneijder klappte den Laptop zu und drehte sich zu ihnen. »Lassen Sie mich raten. Das fehlende Glied in der Kette.«

»Genau. Carl Boni wurde vor einem halben Jahr wegen Stalkings, Kokainbesitzes und aggressiven Verhaltens gegenüber Frauen zu drei Jahren bedingter Strafe verdonnert. Allerdings hat ihm das Gericht eine Psychotherapie ermöglicht. Seine Therapeutin ist Dr. Rose Harmann.«

»Wir sollten mit ihr reden«, schlug Sabine vor.

Sneijder verzog das Gesicht, als ahnte er bereits mehr.

»Sie wurde vor mehr als achtundvierzig Stunden aus ihrer Wohnung entführt«, sagte Kohler.

»*Vervloekt!*«, entfuhr es Sneijder. »Dann ist sie wohl nicht mehr am Leben.«

»Möglich. Allerdings hat niemand einen Telefonanruf, ein Rätsel oder ein Geschenk des Entführers erhalten, wie es bei Ursula Zehetner und den Opfern in Deutschland der Fall war ...«

»Zumindest ist uns nichts davon bekannt«, präzisierte Sneijder.

Kohler kaute an der Unterlippe.

»Sie wissen doch mehr!«, drängte Sneijder.

Nicht nur das, dachte Sabine. Kohler wirkte, als machte er sich ernsthaft Sorgen.

»Meine ehemalige Lebensgefährtin könnte in den Fall verwickelt sein«, murmelte Kohler gedankenverloren. »Helen Berger, eine Psychotherapeutin. Vor drei Jahren hat sie noch als forensische Kripopsychologin für die Mordgruppe gearbeitet. In den letzten Tagen hat sie mich zweimal wegen Rose Harmann angerufen.«

Sneijder sprang auf. »Und da werden Sie nicht hellhörig?«

»Zu diesem Zeitpunkt wusste ich noch nichts von Struwwelpeter«, erwiderte Kohler ebenso laut. Im nächsten Moment beruhigte er sich wieder. »Im Moment ist Helen unsere einzige Spur zu Carls Komplizen, aber ich kann sie nicht erreichen.« Er schlug mit der Hand auf die Akte.

Sneijder legte seinen Laptop in den Hartschalenkoffer und drückte die Schnapper zu. »Statt hier zu sitzen, sollten wir zu Dr. Harmanns Praxis fahren.«

Wieder fuhren sie in Ben Kohlers Wagen durch Wien. Sabine saß hinten. Dr. Harmanns Praxis lag in Siebenhirten, dem südlichsten Stadtteil. Sie mussten quer durch die City, hinein in den Irrsinn aus Autos, Bussen, Taxis und Straßenbahnen.

»Geht das nicht schneller?«, drängte Sneijder.

»Es ist Nachmittagsverkehr«, knurrte Kohler.

»Versuchen Sie, Helen Berger zu erreichen«, schlug Sneijder vor.

»Ihr Handy ist ausgeschaltet.«

»Vielleicht hat sie Ihnen eine SMS geschickt«, drängte Sneijder. »Und Sie erhalten sie nicht, weil die Mobilbox Ihres Steinzeit-Handys randvoll ist.«

»Sie nerven!« Kohler zog sein Handy heraus, das tatsächlich uralt war, und klickte sich durch das Menü.

»Mann, achten Sie auf die Straße!«

»Ja, verflucht, ich mache das nicht zum ersten Mal!« Kohler tippte etwas ins Handy.

Sabine beugte sich zwischen den Sitzen nach vorne und sah, dass er die ältesten Nachrichten löschte. Nach einer Weile erklang der Ton einer eingehenden SMS.

»Meine Nachricht aus dem Flieger«, kommentierte Sneijder trocken.

Das Piepen riss nicht ab. Kohler schien ein gefragter Mann zu sein. »Scheiße!«, entfuhr es ihm. »Eine Nachricht von Helen, heute um kurz vor elf Uhr. *Carl Boni hat Rose Harmann entführt!*«, las er vor.

Sneijder lächelte gequält. »Die Frau hat mehr auf dem Kasten als Sie.«

Der Rest der Fahrt verlief schweigsam. Eine Dreiviertelstunde später bogen sie in eine Allee ein. So weit vom Stadtzentrum entfernt standen keine Hochhäuser mehr, sondern Einfamilienhäuser mit Vorgärten und hohen Thujenreihen. Kohler hielt vor einem Park. Die schwarze Wolkendecke lag drückend wie ein schweres Tuch über Wien. Sabine fühlte die schwüle Hitze. Gleich einem eingesperrten Tier, das nicht entweichen konnte, staute sich die Hitze unter den tief hängenden Wolken.

Sneijder stieg aus und steckte sich einen Joint an. Mit kaltem Blick musterte er die Autos vor dem Haus, als speicherte er im Geiste die Nummernschilder. Vermutlich ein Reflex, er konnte nicht anders. Dann deutete er zu dem Bungalow auf der gegenüberliegenden Seite. »Das wird wohl die Praxis sein.«

Sabine folgte der Marihuanawolke über die Straße.

»Harmann arbeitet in der Bachallee«, murmelte Sneijder.

Sabine dachte sofort an den Komponisten. Ohne Sneijders Kommentar wäre ihr diese Assoziation nicht gekommen.

Kohler sperrte den Wagen ab. »Was ist so besonders daran?«

»Bach!«, rief Sneijder, als wäre Kohler begriffsstutzig. »Carl Bonis Vater war Dom-Organist und auf Stücke von Bach spezialisiert. Dann geht sein Sohn zu einer Therapeutin in der Bachallee.«

»Damit ist doch der Bach im Park hinter uns gemeint.«

»Und wenn schon.« Sneijder zog an dem Joint und setzte sein Leichenhallenlächeln auf. »Glauben Sie allen Ernstes, Carl dachte an das Rinnsal in den Büschen, als er vor diesem Haus stand, das Türschild betrachtete und Panik bekam, weil die Seelenklempnerin in den nächsten fünfzig Minuten seine Vergangenheit wie mit einem Bulldozer aufwühlen würde?« Er untersuchte das Schloss. »Mehrere Sicherheitsriegel. Deshalb hat er sie wohl aus ihrer Wohnung entführt. Wie kommen wir rein?«

»Auf einen Durchsuchungsbeschluss des Richters warten wir ewig.« Kohler nahm einen Stein aus dem Blumenbeet und warf ihn durchs Fenster. »Da jedoch Spuren von Gewaltanwendung vorliegen, ist Gefahr im Verzug, und wir gehen ohne Beschluss rein.« Er holte einen Dietrich aus der Tasche.

So arbeitete die Wiener Kripo also.

»Sie können mit diesem Ding umgehen?«, fragte Sneijder.

»Natürlich. Machen Sie den Ofen aus, bevor Sie reingehen.«

Sabine trat an Kohlers Seite. »Sie könnten meinem Kollegen beibringen, wie man damit umgeht. Dann muss er keine Türen mehr eintreten.«

Sneijder nahm einen tiefen Zug und zertrat den Joint vor der Haustür. »Eichkätzchen, bevor *ich* Türen eintrete oder Fensterscheiben einwerfe, schaue ich nach, ob offen ist.«

»Sehr witzig …« Kohler verstummte, als die Tür ohne sein Zutun aufschwang.

Sie war nicht abgesperrt gewesen. Sogleich griff Sneijder nach der Waffe im Holster.

»Ruhig mit den wilden Pferden«, flüsterte Kohler und zog ebenfalls die Dienstwaffe.

Aus dem Haus drang eine dumpfe, verzerrte Stimme, die Sabine eine Gänsehaut über den Rücken jagte.

# 32

Helen saß auf der Couch. Sie hatte die Aufnahme von der letzten Sitzung mit Rose Harmann gehört und danach Carls Selbstgespräche. Die Kassette war noch nicht zu Ende, aber die Tonbandspulen drehten sich nur noch langsam. Die schwache Batterie verzerrte Carls Stimme zu einem Grusel-Hörspiel.

Helen konnte es immer noch nicht fassen. Was für einen Wahnsinn hatte die Therapeutin mit diesem jungen Mann getrieben! Es gab kein Medikament namens Torrexin. Ein Psychopharmakon vorzutäuschen und einem Klienten zu »verabreichen«, grenzte an beruflichen Selbstmord. Fielen diese Dokumente einer Ethik-Kommission in die Hände, wäre es um Harmanns Zukunft als Therapeutin geschehen! Warum war sie so weit gegangen? Aus bloßem Ehrgeiz? Oder aus Furcht vor Übergriffen ihres Klienten, falls es ihr nicht rechtzeitig gelang, die Therapie erfolgreich zu beenden?

Alle Fakten des Falls bestätigten ihren Verdacht, dass Carl seine Therapeutin entführt hatte. Helen kannte auch den Grund. Sie blickte auf die Uhr. Ihre letzte Frist lief in dreißig Minuten ab. Rose hatte also noch *einen* Finger. Bei dem Gedanken wurde ihr übel. Aber immerhin lebte Rose noch, sofern Carl Wort gehalten hatte. Es wurde Zeit, die Mobilbox zu besprechen, um zumindest das Leben der Frau zu retten, auch wenn sie diese abgrundtief hasste.

Plötzlich schreckte Dusty hoch und blickte mit gespitzten Ohren zur Tür. Im nächsten Moment klirrte eine Fensterscheibe, und etwas polterte über den Boden. Helen sprang auf. Ihre Gedanken rasten.

*Carl ist hier!*

Sie musste nach einem Versteck oder einer Waffe suchen! Eilig lief sie ins Bad und riss den Wandschrank auf. Bürsten, Lippenstift und Kontaktlinsenbecher fielen ihr entgegen. Hastig durchwühlte sie die Fächer nach einer Schere oder einer Nagelfeile. Das Knirschen im Schloss ließ sie innehalten. Verdammt, sie hätte die Tür versperren und den Schlüssel stecken lassen sollen! Da sprang die Tür auch schon auf.

Dusty lief knurrend in den Vorraum.

»Hier!«, zischte Helen, doch der Terrier war schon weg.

Mehrere Personen betraten das Haus. Dann erklang eine vertraute Stimme: »Dusty, alter Gauner. Was machst du hier? Wo ist dein Frauchen?«

*Ben?* Helen atmete erleichtert auf und ließ die Nagelfeile sinken.

»Helen?«, rief Ben. Er stürzte in den Therapieraum, gefolgt von einem groß gewachsenen Mann mit Glatze und bleichen Gesichtszügen. Auch er hielt eine Pistole in der Hand.

»Waffe runter!«, rief Ben seinem Kollegen zu, als er Helen bemerkte. »Alles in Ordnung?«

Helen nickte. »Hast *du* die Scheibe eingeschlagen?«

»Ein Unfall.« Ben trug eine schwarze Windjacke. Sein Haar war so blond wie früher, nur kürzer. Während er auf sie zukam, durchsuchten der Glatzkopf und eine junge sportliche Frau mit einer silbergrauen Strähne im Haar die anderen Räume der Praxis.

Ben steckte die Waffe ins Holster und deutete auf die Nagelfeile. »Vorsicht, nimm die weg.«

Helen ließ sie ins Waschbecken fallen und ballte die zitternden Finger zur Faust. »Was machst du hier?«

»Du bist ja völlig mit den Nerven runter.« Ben tat einen Schritt auf sie zu. Für einen Augenblick hatte sie den Eindruck, als wollte er sie umarmen, doch er zögerte im letzten Moment. »Ich habe mir Sorgen gemacht. Dein Handy ist ausgeschaltet.«

»Damit ich ungestört und konzentriert arbeiten kann«, log sie.

»An der Frage, weshalb Rose Harmann entführt wurde?«

Sie nickte. Dusty drängte sich zwischen ihre Beine und rieb seine Schnauze an Bens Bein. Plötzlich blickte er knurrend zur Tür.

Der Glatzkopf betrat den Therapieraum, gefolgt von der jungen Frau. Ohne Umschweife kam er auf Helen zu. »Mein Name ist Maarten S. Sneijder vom BKA Wiesbaden. Ich bin Fallanalytiker. Das ist meine Kollegin Sabine Nemez. Wir …« Er trat einen Schritt zurück. »Können Sie den Köter an die Leine nehmen?«

Der Mann sprach mit niederländischem Akzent. Dusty saß zähnefletschend vor ihm, als wollte er ihn jeden Moment anfallen.

»Dusty, aus!«, befahl Helen. Der Terrier verstummte, ließ Sneijder jedoch nicht aus den Augen.

Sabine Nemez nickte Helen kurz zu. Ihre Miene verriet, dass ihr das Verhalten ihres Kollegen peinlich war.

»Ich weiß, Sie haben früher als forensische Kripopsychologin gearbeitet«, sagte Sneijder. »Darum ersparen Sie mir bitte nutzloses Psychogewäsch. Nur die Fakten! Hat der Entführer Kontakt zu Ihnen aufgenommen?«

*Was für ein Herzchen!* Ein Glück für ihn, dass sie die Nagelfeile aus der Hand gelegt hatte …

»Ja«, murmelte sie.

»Wann zum ersten Mal?«

»Montagmorgen, zwischen acht und neun Uhr früh.«

»Vor sechsundfünfzig Stunden. Dann ist Rose Harmann bereits tot.«

»Ist sie nicht«, widersprach Helen. »Heute Morgen habe ich acht weitere Stunden ausgehandelt. Die Frist läuft in dreißig Minuten ab – um siebzehn Uhr.«

Sneijders Augenbrauen wanderten erstaunt in die Höhe. »Der Killer lässt mit sich handeln?«

»Welcher Killer?« Helen wusste nur von einer Entführung.

Sneijder betrachtete die auf dem Boden verstreuten Dokumente und Tonbandkassetten. »Sie sind zweifelsohne eine intelligente Frau. Schaffen Sie es, die Zusammenhänge innerhalb einer Minute in drei verständlichen Sätzen zusammenzufassen?«

Helen bebte innerlich vor Zorn. Sneijders Kompliment klang wie ein ironischer Seitenhieb. »Und wenn nicht?«, fragte sie.

»… stehlen Sie meine Zeit.« Er hielt ihr drei Finger entgegen. »Drei Sätze!«

Helen hielt Sneijder ebenfalls einen Finger entgegen: den Mittelfinger.

Er nahm es gelassen. »Ich habe mich wohl in Ihnen getäuscht.«

»Ich hoffe, Sie haben eine gute Therapeutin.«

Sabine Nemez trat an ihre Seite und warf ihr einen entschuldigenden und gleichzeitig flehenden Blick zu. »Bitte!«

»Dann sollten Sie mir erst einmal erklären, was hier los ist«, erwiderte Helen. »Ich weiß nichts von einem Killer. Uns bleiben noch dreißig Minuten, um Rose Harmanns Leben zu retten.«

Sabine Nemez wartete nicht auf das Einverständnis ihres Kollegen, sondern begann zu erzählen. »Wir vermuten, dass Carl Boni ein mehrfacher Mörder ist …«

In den nächsten Minuten erfuhr Helen, dass Carl sechs Frauen in Köln, München, Leipzig, Dresden und Wien entführt und fünf davon getötet hatte. Nach jeder Entführung nahm er mit jemandem aus dem Bekanntenkreis des Opfers Kontakt auf, sandte einen Hinweis und ließ achtundvierzig Stunden verstreichen, in denen der Grund für die Entführung gelöst werden sollte – es sei denn, jemand schaltete vorher die Kripo ein. Danach tötete er die Frauen, frei interpretiert nach den Geschichten aus dem Kinderbuch des Struwwelpeters.

»… und Doktor Harmann ist sein siebtes und bisher letztes Opfer«, beendete Sabine ihren Bericht.

*Der Struwwelpeter!* Helen kannte das Bilderbuch. Auf den Tonbändern war es mit keinem Wort erwähnt worden, dennoch musste es die Ursache für die Folter durch den Vater sein. *Fünf Morde in so kurzer Zeit!* Sie musste das alles erst einmal verarbeiten. Dutzende Fragen kamen ihr gleichzeitig in den Sinn. »Woher nahm Carl die Zeit, all die Morde in nur zwei Monaten zu inszenieren?«

»Er hat seinen Job als Automechaniker hingeschmissen«, antwortete Sneijder.

»Und woher kommt das Geld für seinen zweimonatigen Rachefeldzug?«

Sneijders Miene schien wie versteinert. »Wissen wir nicht.«

»Diesmal inspiriert ihn die Geschichte des Daumenlutschers«, sagte Helen. »Er trennt Doktor Harmann die Finger ab – vermutlich mit einer stumpfen Gartenschere.«

Sneijder trat näher. »Erzählen Sie weiter. Alles, was Sie über ihn wissen.« Seine Stimme klang nicht mehr so präpotent wie vorhin.

Helen sah auf die Armbanduhr. Noch fünfzehn Minuten, bevor die Frist verstrich. Sie setzte sich auf die Couch. Dusty sprang zu ihr hoch.

»Carls Mutter wurde das erste Mal mit siebzehn schwanger. Fünf Jahre später, am 6. August, verlor sie das Kind. Die kleine Maria widersetzte sich ihren Anweisungen und lief zum Badeteich, wo sie ertrank. Carls Mutter kam nie darüber hinweg. Von Selbstvorwürfen zerfressen, flüchtete sie sich in verschiedene Affären, in der Hoffnung, ihr Mann würde sie verstoßen. Doch das tat er nicht. Sie wurde mit Carl schwanger, hielt die Angst aber nicht aus, auch dieses Kind zu verlieren. Sie drohte, die Familie zu verlassen, worauf der Vater Carl zu absolutem Gehorsam züchtigte. Das Martyrium begann in Wien und setzte sich in den anderen Städten fort.«

»Aus welchem Grund tötet Carl alle Frauen, zu denen er als Kind und Jugendlicher Kontakt gehabt hatte?«, fragte Ben.

Nachdem sie die Tonbänder gehört hatte, lag die Antwort auf der Hand. »Stellvertretend für den Hass auf seine Schwester, die er nie kennengelernt hat.«

»Und warum entführt er seine Therapeutin?«

Erst jetzt wurde ihr bewusst, dass Carl Boni nicht bloß drohte, eine Frau zu töten, sondern bereits ein mehrfacher Mörder war. Plötzlich sprudelten die Worte aus ihr heraus. »Um fünf Uhr früh stand er vor meinem Haus, steckte ihren Finger in meinen Briefkasten und verlangte von mir, den Grund dafür herauszufinden«, schluchzte sie. »Er wollte sie umbringen und mir die Verantwortung dafür zuschieben ...« Die Einsamkeit hatte sie fast wahnsinnig gemacht, doch nun löste sich der Druck in ihrer Brust. Endlich konnte sie ihren Kummer mit jemandem teilen und erzählen, was sie in den letzten achtundvierzig Stunden durchgemacht hatte. »Ich wusste nicht, ob ich …« Tränen schossen ihr in die Augen.

»Schon gut!« Ben setzte sich zu ihr auf die Couch und nahm sie in die Arme.

Sie spürte seine Wärme, roch seine Haut, sein Rasierwasser. Dieser vertraute Geruch gab ihr jene Sicherheit, die Frank ihr nicht geben konnte. Sie schloss die Augen und ließ sich fallen, weinte an Bens Schulter wie ein Kind. Er ließ es geschehen und strich ihr übers Haar.

Dusty kletterte an ihr hoch, berührte sie mit den Pfoten, winselte und leckte ihr übers Gesicht. Seine Barthaare kitzelten sie. Schließlich musste sie schmunzeln. »Alles in Ordnung, mein Kleiner.« Sie löste sich aus Bens Umarmung und kraulte Dusty hinterm Ohr.

Sneijder räusperte sich. Eine blöde Bemerkung von ihm, und sie würde wieder zu heulen beginnen. Doch stattdessen schlug er einen sanften Ton an. »Sie dürfen sich keine Vorwürfe machen. Soviel wir im Moment wissen, tötet Carl Boni sein Opfer, sobald jemand seine Regeln verletzt und die Polizei informiert.«

Helen wischte sich die Tränen aus dem Gesicht. Erst jetzt bemerkte sie, dass die Wangen der jungen Kripobeamtin glühten. Auch in ihren Augen sammelten sich Tränen. Mein Gott, sie musste sich zusammenreißen, sonst brachte sie noch jeden in diesem Raum zum Heulen.

»Ich habe erst jetzt den Grund für die Entführung rausgefunden«, schluchzte sie. »Harmann wollte sich mit einem raschen Therapieerfolg profilieren. Carl vertraute ihr. Doch sie hat ihn zweimal hintergangen – mit Hypnose und einer Wahrheitspille. Wie ein naiver Junge ließ er sich von ihr überrumpeln, und nun hat sich seine Gefühlswelt in ein unkontrollierbares Chaos gewandelt. Sein Hass übertrug sich nicht nur auf sie, sondern auf alle Frauen aus seiner Kindheit.«

»Haben Sie eine Vermutung, warum Carl ausgerechnet Sie für dieses Spiel ausgewählt hat?«, fragte Sneijder.

*Weil er herausgefunden hat, dass mein Mann seine Therapeutin vögelt!*

»Sie war bei mir in Behandlung«, antwortete Helen knapp. Das hatte sie auch Ben am Telefon erzählt. Bevor sie mehr preisgäbe, würde sie sich lieber die Zunge abbeißen.

Sneijder wandte sich an seine Kollegin. »Eichkätzchen, in unserer Theorie steckt ein Fehler. Das Datum der Entführungen, der 6. des Monats, hat nichts mit Carls Geburtstag zu tun, sondern mit dem Tod seiner Schwester. Am 20. Dezember starb sein Vater. Es geht einzig und allein um Tod. Zwei denkwürdige Sterbetage. Eichkätzchen?«

Sabine Nemez schien wie weggetreten. Ihr Blick verlor sich in weiter Ferne. Ihre Augen waren immer noch gerötet. »Ich musste an meine Mutter denken … Carl hat sie am Sonntagabend um halb acht in München an die Domorgel gekettet und mit Tinte ertränkt. Anschließend muss er wie der Teufel nach Wien gerast sein. Damit er Rose Harmanns Finger abtrennen konnte, den er um fünf Uhr früh im Briefkasten deponierte, muss er sie nachts um etwa halb vier aus ihrer Wohnung entführt haben. Er arbeitet unter Zeitdruck!«

»Ihre Mutter war eines seiner Opfer?«, fragte Helen. »Oh Gott, das wusste ich nicht. Es tut mir so leid.« Nun ergab vieles einen Sinn. Diese Frau hatte vor drei Tagen ihre Mutter verloren. Während andere trauerten, kam sie nach Wien, um einem Phantom hinterherzujagen, das weiter morden würde, wenn niemand es aufhielte.

»Carl Boni verliert keine Zeit«, sagte Sneijder. »Die Abstände werden kürzer, sein Spiel nähert sich dem Ende.«

»Es ist kein Spiel«, korrigiert Helen ihn, »sondern ein ausgeklügelter Rachefeldzug.« Sie blickte auf die Uhr, dann schaltete sie das Handy ein. »Ich muss ihm auf dem Ansagetext meiner Mobilbox eine Nachricht hinterlassen, sonst tötet er Rose Harmann.«

»Einen Moment!« Sneijder kniff die Augen zusammen. »Halten Sie es für möglich, dass Carl Boni einen Komplizen hat?«

Sie schüttelte den Kopf.

»Sind Sie sicher?«

»Absolut. Carl Bonis Vertrauen wurde missbraucht. Er wurde hintergangen, und nun verarbeitet er die Qualen und Foltern seiner Kindheit auf seine Art und Weise. Er würde niemanden in seine Pläne einweihen. Carl ist so allein, wie ein Mensch nur sein kann. Wie ein Hilfeschrei bittet er die Angehörigen seiner Opfer, den Grund für seine Taten herauszufinden. Vermutlich kennt er den Grund selbst nicht, und die richtige Antwort würde ihn die Rache beenden lassen.«

»Also kein Komplize«, resümierte Ben. »Dann hätten wir uns die Mühe mit der Zeitungsente sparen können.«

»Wovon zum Teufel redet ihr?«, rief Helen.

»Carl Boni wurde vor wenigen Stunden angeschossen und verhaftet«, erklärte Sabine Nemez. »Aber er liegt im künstlichen Tiefschlaf, und wir wissen nicht, wo er Doktor Harmann gefangen hält.«

Helen ließ den Arm mit dem Handy sinken. »Verhaftet?«, wiederholte sie. Das konnte doch nicht sein! Wozu hatte sie sich die Mühe gemacht, all das über Carl Boni herauszufinden, wenn die Kripo ihn vor Stunden aus dem Verkehr gezogen hatte?

Sie sah auf die Uhr. Ihre Frist lief soeben ab. Das Monster war also gefangen worden.

Da ließ sie das Klingeln ihres Handys zusammenfahren.

*Unbekannter Teilnehmer.*

# 33

»Das ist er«, presste Helen hervor.

»Er *kann* es nicht sein!«, widersprach Ben. »Carl liegt auf der Intensivstation des Allgemeinen Krankenhauses – bewacht von drei Beamten.«

»Er ist es«, wiederholte Helen. Sie *spürte,* dass er dran war. Sobald sie das Gespräch annähme, würde sie Carl Bonis elektronisch verzerrte Stimme hören. Ihren arroganten Klang und die Frage, ob sie den Grund der Entführung herausgefunden hatte. Noch etwas wusste sie: Carl Boni hatte Rose Harmann mittlerweile *alle* Finger abgetrennt.

Ben griff nach ihrer Hand. »Beruhige dich. Carl Boni ist überführt.«

*Nein, verdammt! Du irrst dich!* Das Klingeln machte sie wahnsinnig.

»Wer auch immer dran ist«, mischte Sneijder sich ein, »schalten Sie auf Lautsprecher, und nehmen Sie das Gespräch entgegen, bevor der Anrufer auflegt.«

Helen legte das Handy auf den Tisch und meldete sich mit einem emotionslosen »Hallo?«.

Im nächsten Moment zuckte sie zusammen. »Ihre zusätzliche Frist ist abgelaufen!«, sagte die verzerrte Stimme.

Dusty legte die Ohren an, gab aber keinen Mucks von sich. Ben, Maarten Sneijder und Sabine Nemez standen um den Tisch und lauschten. Sneijder deutete mit einer kreisenden Geste zum Ohr und dann nach oben. Sogleich sprang Ben auf, griff nach seinem Handy und verließ das Zimmer.

»Warum gehen Sie ans Telefon?«, fragte der Mann. »Ich dachte, wir hätten eine Abmachung.«

»Ich wollte in diesem Moment die Mobilbox besprechen.«

»Fein«, murrte er. »Bin ich auf Lautsprecher?«

»Nein, ich stehe im Badezimmer. Es hallt«, log Helen.

»In welchem Haus?«

»In Rose Harmanns Praxis.«

Der Mann klang nicht einmal verwundert. »Wer ist bei Ihnen?«

Helens Hände zitterten. »Nur mein Hund.« Dieses Gespräch war anders als die vorherigen. Nun wusste sie, dass sie mit einem Mörder sprach, der fünf Frauen getötet hatte. Er würde sich nicht lange von ihr hinhalten lassen. »Ich habe rausgefunden, was Sie wissen wollen«, fügte Helen rasch hinzu.

»Sie haben eine Minute.«

Sneijder bedeutete ihr mit einer sanften Handbewegung, langsam zu antworten und nicht die Nerven zu verlieren. Aus dem Augenwinkel sah sie, wie Ben im Gang stand, den Mund abschirmte und ins Telefon murmelte. Vermutlich gab er ihre Handynummer durch und veranlasste eine Datenrückverfolgung. Sie musste Zeit gewinnen.

Helen atmete tief durch. »Sie haben Rose Harmann entführt. Sie war Ihre Therapeutin. Das Gericht hat Ihnen eine Therapie statt Strafe ermöglicht.« Sie machte eine Pause. Der Mann lauschte. »Ich kann Sie gut verstehen. Rose hat Sie belogen, hintergangen und Ihr Vertrauen missbraucht. Sie durchleben im Moment eine Berg-und-Tal-Fahrt ambivalenter Gefühle.«

Sneijder nahm einen Notizblock vom Tisch und kritzelte etwas auf ein Blatt Papier.

*IST ES CARL BONI?*

Helen nickte, sie hatte verstanden. »Carl Boni, ich weiß, wie Sie sich fühlen. Rose sollte nur Ihr aggressives Verhalten gegenüber Frauen behandeln, doch sie wühlte Ihre Vergangenheit auf, die Misshandlungen durch Ihren Vater, die Affären Ihrer Mutter, den Tod Ihrer Schwester …«

»Dazu hatte sie kein Recht!«, unterbrach der Mann sie.

»Das stimmt«, bestätigte Helen. »Vor allem, weil Rose selbst eine

Affäre mit einem verheirateten Mann hatte und ein Kind verloren hat, wie wir beide wissen. Ich kann Ihnen helfen.«

»Ich brauche keine Hilfe von Quacksalbern, die selbst so viel Dreck am Stecken haben, dass man sie wegsperren müsste!«

Ben beendete sein Gespräch und kam ins Zimmer zurück. Sein Daumen deutete nach oben. Sneijder warf ihm einen ernsten Blick zu. Offensichtlich begriff er nun endlich, dass der Mann im Krankenhaus nicht Carl Boni war.

Während Helen überlegte, was sie als Nächstes sagen sollte, schrieb Sneijder ein weiteres Wort auf.

*SPIELREGELN!*

Helen begriff sofort. »Carl, ich habe herausgefunden, aus welchem Grund Sie Rose entführt haben. Durch Ihr Eingreifen sind Roses Verfehlungen aufgeflogen. Die Affäre wurde aufgedeckt. Rose wird sowohl privat als auch beruflich zur Rechenschaft gezogen werden. Denken Sie an Ihre Spielregeln!«

»Welche Regeln?«

»Ich habe Ihr Rätsel gelöst. Sie haben versprochen, Rose freizulassen. Bringen Sie sie bitte ins nächste Krankenhaus! Sie braucht medizinische Versorgung.«

Sneijder kritzelte wie wild auf ein neues Blatt Papier, das er vor Helen auf den Tisch legte.

*CARL HAT NICHT DAMIT GERECHNET, DASS SIE ALLES AUFDECKEN. MEHR FEINGEFÜHL!!!*

»Sie haben recht«, tönte es aus dem Lautsprecher. »Dadurch hat das Spiel aber eine Zusatzregel bekommen, die bisher nie nötig war.«

»Welche Zusatzregel?«

Sneijder schüttelte den Kopf, als hätte er es mit Dilettanten zu tun. Hastig schob er ihr einen neuen Zettel hin.

*HINTERFRAGEN!*

Oh Gott, wie konnte sie das vergessen! »Was meinen Sie mit ›bisher nie nötig war‹?«, fügte sie rasch hinzu. »Haben Sie dieses Spiel schon öfter gespielt?«

Beinahe hätte sie verraten, dass sie mit der Kripo in Kontakt stand und über die Morde Bescheid wusste.

»Offensichtlich wissen Sie noch nicht alles.« In seiner Stimme schwang Genugtuung mit. »Kommen wir zur nächsten Phase des Spiels. Kann eine Person das Rätsel lösen, bleibt die entführte Frau wie versprochen am Leben. An ihre Stelle tritt jedoch die Person, die das Rätsel gelöst hat.«

Helen wurde für einen Moment schwarz vor Augen. Ihr Magen drehte sich um. Dusty stupste sie mit der Nase an.

Sneijder legte ihr das nächste Blatt auf den Tisch.

*SPIELEN SIE MIT!*

Helen schüttelte den Kopf. Sneijders Gesichtszüge versteinerten. Er deutete mit dem Finger auf das Blatt.

»Was haben Sie mit mir vor?«, fragte Helen.

»Sie haben das Rätsel gelöst und Rose Harmanns Leben gerettet. Nun spielen wir beide weiter – und Ihr Leben liegt in der Hand einer anderen Person.«

*Nein,* lag Helen auf der Zunge, doch Sneijder pochte unmissverständlich auf den Zettel.

»Ich gebe Ihnen eine Adresse, zu der Sie fahren. Kommen Sie dorthin, ist Rose frei.«

»Ich soll Ihnen vertrauen?«, rief Helen.

»Wollen Sie schuld an Doktor Harmanns Tod sein?«

»Sie wissen, was mir diese Frau angetan hat!«

»Das alles hätten Sie ohne mich nie rausgefunden. Ich denke, Sie schulden mir etwas. Außerdem habe ich Sie bisher nicht belogen.«

»Ich will einen Beweis, dass Rose lebt.«

Sneijder verzog unglücklich das Gesicht.

»Ich rufe in dreißig Minuten auf dem Festnetz von Dr. Harmanns Praxis an«, sagte er. »Dann nenne ich Ihnen den Ort, wohin Sie fahren sollen.«

Es knackte in der Leitung.

»*Vervloekt!*«, brüllte Sneijder. »Sie hätten es fast verdorben!«

»Hätte ich nicht.« Helen blieb ruhig. »Glauben Sie, der riecht den Braten nicht, wenn ich, ohne zu zögern, mitspiele?«

»Der Wahnsinn, in dem er lebt, ist nur eine andere Form der Realität. Er hätte es nicht bemerkt.« Sneijder ließ die angespannten Schultern sinken. »War das dieselbe verzerrte Stimme, die Sie vor zwei Tagen gehört haben?«

Helen nickte.

»Wenigstens etwas.« Er wandte sich an Ben. »Können wir innerhalb von dreißig Minuten eine Fangschaltung installieren?«

»Ohne richterlichen Beschluss vom Anschluss einer Therapeutin? Unmöglich«, antwortete Ben. »Scheiß drauf, wir machen es trotzdem.« Er telefonierte mit seinen Kollegen vom Wiener BKA. »Alles klar.«

Kurz darauf läutete sein Handy. Das Gespräch dauerte nur eine Minute, dann legte er auf.

»Mittlerweile konnten wir die Quelle des Anrufs ermitteln«, informierte Ben sie. »Ein Wertkartenhandy, das uns nicht weiterbringt.«

»Standort?«, fragte Sneijder.

Ben schüttelte den Kopf. »Um bei der Telekom herauszufinden, in welchen Handymasten sich das Telefon eingeloggt hat, brauchen wir mehr Zeit. Inzwischen könnte er weiß Gott wo sein.«

»Veranlassen Sie trotzdem eine Handypeilung!«, blieb Sneijder hartnäckig.

»Davon verspreche ich mir nichts. In fünfundzwanzig Minuten erfahren wir ohnehin den Ort der Übergabe. Dann fahren wir hin und ...«

»*Wir?*« Helen erhob sich. »Wenn ihr wisst, wo der Kerl ist, könnt ihr ihn euch schnappen, aber ich steige aus.«

Ben sah sie verständnisvoll an. »Ist klar. Danke, dass du überhaupt mitgespielt hast.«

Sneijder kam auf sie zu. »Ich kann Sie nicht zur Mitarbeit zwingen – das würde ich nie tun. Aber unser Vorteil ist, dass Carl Boni nicht weiß, dass Sie mit uns kooperieren.« Er presste Daumen und

Zeigefinger aneinander. »Wir sind so knapp davor, den Kerl zu schnappen. Ich möchte Sie bitten, nur noch *eine* Stunde lang vorzutäuschen, dass Sie nach seinen Regeln spielen, bis wir ihn gefasst und Rose Harmann befreit haben. Es gibt zwar Risiken, aber die kann man ausschalten.«

Sie warf Ben einen skeptischen Blick zu.

Dieser hob die Schultern. »Es ist in deinem Sinne, dass wir ihn fassen«, argumentierte er. »Carl Boni weiß, wo du wohnst, und du stehst auf seiner Abschussliste. Wir könnten ihn jetzt mit deiner Hilfe endgültig festnageln. Aber es ist nicht ungefährlich.«

Sabine Nemez machte als Einzige ein unglückliches Gesicht. Helen schien, als schüttelte sie unmerklich den Kopf.

»Uns bleibt noch etwas Zeit«, sagte Helen. »Ich denke darüber nach.«

Helen stand in der Küchennische von Rose Harmanns Praxis, hörte, wie die Männer im Therapieraum telefonierten, und ließ die letzten beiden Tage Revue passieren. Währenddessen lag Dusty zusammengerollt auf dem Boden, mit der Schnauze auf ihren Füßen. Sie starrte auf ihr Handydisplay. Am Nachmittag hatte Ben zweimal versucht, sie zu erreichen – und Frank fünfmal. Vermutlich sprang er wie Rumpelstilzchen auf dem Grundstück herum, weil er sich selbst um seine Feier kümmern musste. *Pfeif drauf!* Er hatte es nicht anders verdient!

Sabine Nemez betrat die Küche und lehnte sich Helen gegenüber an den Herd. »Sie müssen es nicht tun.«

»Ich weiß.«

»Darf ich Sie etwas fragen?« Sie wartete, bis Helen nickte. »Warum hat Carl Boni meine Mutter getötet?«

»Was meint Ihr Kollege dazu, der Kripopsychologe?«

Sabine runzelte die Stirn. »Ich bin mir nicht sicher. Sneijder ist möglicherweise ein Genie, aber er lebt in seiner eigenen Welt, mit sich selbst als Mittelpunkt.« Sie klang nicht gerade begeistert.

»Meiner Meinung nach ist Carl überdurchschnittlich intelligent, aber nicht in der Lage, Mitgefühl zu empfinden«, erklärte Helen. »Er hat kein Schuldbewusstsein. Er lernt nicht aus Erfahrung, kann sich nicht in andere hineinversetzen, kann keine längerfristigen Beziehungen aufrechterhalten und missachtet sämtliche sozialen Normen und Regeln. Dazu kommt seine geringe Frustrationstoleranz. Sein Vater hat ihn mehrmals beinahe zu Tode geprügelt, in dem Wahn, seine Frau, die ihn regelmäßig betrog, würde die Familie wegen Carl verlassen.« Sie bemerkte, wie sich Tränen in Sabines Augen bildeten. »Ich glaube, es ist besser, wenn ich jetzt ...«

»Sprechen Sie bitte weiter.«

»Okay.« Helen dachte nach. »Stellen Sie sich das Ordnungssystem eines Soziopathen vor, und vergrößern Sie es mit einer übermächtigen Technik. Dann haben Sie eine annähernde Vorstellung von der Umgebung und der Welt, in der Carl lebt. Er hasst Fassaden, heuchlerische Beziehungen und Menschen, die ihre Partner betrügen. Lüge und Falschheit haben dazu geführt, dass er ein Leben lang misshandelt wurde. Rose Harmanns Therapie hat ein Ventil in ihm geöffnet. Ich nehme an, Ihre Mutter war eine von Carls Lehrerinnen.«

Sabine nickte. »Danke.«

Helen wechselte das Thema. »Wie kommen Sie mit Ihrem Vorgesetzten zurecht?«

»Sneijder ist nicht mein Vorgesetzter. Ich arbeite beim Münchner Kriminaldauerdienst. Er hat mir gestattet, ihm bei den Ermittlungen zu helfen.«

»Das beantwortet nicht meine Frage, wie Sie mit ihm zurechtkommen.«

»Äußerlich wirkt er wie ein Arschloch. Aber ich glaube, tief drinnen ist er kein so mieser Kerl. Warum fragen Sie?«

»Ich arbeitete früher als forensische Psychologin für die Kripo – bei einigen Fällen sogar mit Ben Kohler«, erzählte Helen. »Ich habe einige schräge Vögel kennengelernt, aber noch nie so einen Zyniker, der davon überzeugt war, das Maß aller Dinge zu sein.«

Sabine schmunzelte bitter. »Sie haben eine ziemlich gute Menschenkenntnis.«

»Ist mein Job«, antwortete Helen. *Bei meinem eigenen Mann und einer Klientin hat sie jedoch versagt …*

Ben betrat die Küche. »Noch zehn Minuten, dann ruft Carl an.«

Sabine drückte sich an ihm vorbei. »Ich lasse Sie lieber allein.«

Ben berührte Helen an der Schulter. »Ich möchte nicht, dass du etwas Unüberlegtes tust.«

»Komm schon, wir haben lange genug zusammengearbeitet. Habe ich je die Nerven verloren?«, fragte sie.

Er schüttelte den Kopf.

»Was machen die Vorbereitungen?«

»Eine Wega Einheit ist einsatzbereit und wartet auf die Mitteilung des Übergabeorts. Außerdem wird ein Team des BKA sämtliche Zufahrtstraßen zum Treffpunkt observieren. Ich fühle mich nicht wohl, dich als Köder zu benutzen. Die Chancen stehen gut, ihn auch ohne deine Hilfe zu schnappen.«

»Dann ist Rose Harmann vielleicht tot.« Eigentlich konnte ihr diese Frau egal sein, doch Helen war nun mal Therapeutin, und Anne Lehner war, wenn auch unter Vorspiegelung falscher Tatsachen, als Klientin in ihre Praxis gekommen. Es war paradox, aber Helen fühlte sich für die Geliebte ihres Mannes verantwortlich.

Plötzlich läutete Bens uraltes Handy. Er blickte auf das Display. »Dein Mann«, sagte er knapp und nahm das Gespräch entgegen.

»Guten Abend, Herr Staatsanwalt … nein, tut mir leid, ich schaffe es nicht zu Ihrer Feier. Ein dringender Einsatz … Ihre Frau?« Er warf Helen einen fragenden Blick zu.

Sie schüttelte den Kopf.

»Ich weiß nicht, wo sie steckt … ja, ich melde mich, falls ich etwas erfahre. Danke, auf Wiederhören.« Er drückte das Gespräch weg.

Ben schwieg. Sie musste ihm nichts erklären. Er war nicht dumm und ahnte bestimmt, dass ihre Ehe im Argen lag.

»Du hast deine Haare schneiden lassen«, sagte er schließlich. »Die Frisur steht dir gut.«

»Das ist dir aufgefallen?«

»Ich habe mir kürzlich deine Webseite angesehen. Wollte sehen, ob du noch immer deine alte Telefonnummer hast und deine Privatpraxis in Grießkirchen führst.«

»Ich mag keine Veränderungen.«

»Ich weiß. Auf der Seite ist immer noch das alte Foto aus Ibiza zu sehen.«

*Oh Gott, dieses Bild!* Ben hatte es vor sechs Jahren während eines Urlaubs geknipst, als der Wind wie ein Eilzug durch ihr langes schwarzes Haar gefahren war. Sie spürte, wie es in ihrer Brust warm wurde.

»Ich trage die Aufnahme immer noch in meiner Brieftasche.« Er lächelte einen Augenblick, dann presste er die Lippen zusammen. »Warum hast du das Bild nie aktualisiert?«

»Es ist hübsch, ich mag es.«

»So hübsch ist es auch wieder nicht.«

»Du Schuft!« Sie boxte ihn in die Seite, und er ächzte gekünstelt auf. Für einen Moment war es wie früher, als sie noch nicht mit Frank verheiratet gewesen war.

Da betraten Sneijder und Sabine die Küche. »Ich störe das junge Glück nur ungern«, sagte Sneijder, »aber Ihre Bedenkzeit ist um.«

*Wie reizend!*

Ben setzte einen Blick auf, als wollte er Sneijder erwürgen.

In diesem Moment vibrierte Helens Telefon. Sie blickte aufs Display. »Eine SMS.«

Ben und Sneijder traten näher.

»Cobenzlgasse«, las Helen vor. »Hausnummer 24. In einer halben Stunde.«

»Raffiniertes *Klootzak!*«, schimpfte Sneijder. »Schickt eine SMS, statt das Festnetz anzurufen. Wo ist die Cobenzlgasse?«

»In einer abgelegenen Gegend am westlichen Stadtrand Wiens«, erklärte Ben. »Carl Bonis Mutter lebte dort in einem kleinen Haus mit Vorgarten.« Er blickte auf die Uhr. »Wenn wir außen herum fahren, schaffen wir es in dreißig Minuten nach Döbling.«

Er wählte seine Dienststelle an, gab Carl Bonis und Rose Harmanns Beschreibung durch und schickte ein Observationsteam in die Cobenzlgasse. Danach führte er ein zweites Gespräch. »Okay«, sagte er, nachdem er das Handy weggesteckt hatte. »Die Zufahrten zur Cobenzlgasse sind in zehn Minuten großräumig abgeriegelt. Das Einsatzkommando der Wega wird in fünfundzwanzig Minuten dort eintreffen und wartet auf den Befehl zuzuschlagen.«

»Fünfundzwanzig Minuten?« Sneijder blickte auf die Uhr. »Es geht um Mord und bewaffnete Geiselnahme, und Ihre Kollegen haben ein Tempo drauf, dagegen ist ein totes Opossum noch lebhaft!« Er ließ die Nackenwirbel knacken, als wollte er seinen Frust abbauen. Dann wandte er sich an Helen. »Nun?«

Sie mochte Sneijders Zynismus nicht. Aber noch mehr hasste sie Frank, dessen Affäre sie in diese Lage gebracht hatte. »Ich mache es«, sagte sie tonlos.

Sneijder nickte erleichtert. »Sie sind nicht nur clever, sondern auch mutig. Danke.«

»Wie wird es ablaufen?«, fragte sie.

Ben seufzte unglücklich. Vor ihr konnte er seine Sorgen nicht verheimlichen. »Du steigst in deinen Wagen und fährst zu der angegebenen Adresse. Wir folgen dir unauffällig. Du wirst uns nicht bemerken.«

Sie warf ihm einen skeptischen Blick zu.

»Meine ehemaligen Kollegen von der Wega erwarten dich dort«, versuchte er sie zu beruhigen. »Dir kann eigentlich nichts passieren.«

Helen wusste, was »eigentlich« bedeutete – dass die Situation aus Dutzenden Gründen außer Kontrolle geraten konnte. Und genau diesen Zweifel sah sie in Sabines Blick.

## 34

Es war kurz nach halb sechs Uhr abends, als Ben, Sabine und Sneijder die Praxis von Dr. Rose Harmann verließen. Helen folgte ihnen und sperrte die Eingangstür zu. Die Beamten gingen zu Bens Dienstfahrzeug, sie zu ihrem Wagen. Dusty lief hinter ihr her. Regen lag in der Luft. Wegen der Gewitterwolken war es bereits stockdunkel – und das Ende Mai, dachte sie.

Sie öffnete die Tür und blickte zu Bens Auto hinüber, das etwa dreißig Meter hinter ihrem parkte. Dusty knurrte. »Keine Angst, mein Kleiner, die wissen, was sie tun.«

Dusty knurrte trotzdem. Sie hatte es auch nur gesagt, um sich selbst Mut zu machen. Rasch stieg sie in den Wagen und startete den Motor. Sogleich tönte Musik aus dem Radio. Dusty stand auf dem Bürgersteig und fletschte die Zähne.

»Aus!«, rief Helen und legte den Sicherheitsgurt an. »Na komm, rein mit dir!« Sie klopfte auf den Beifahrersitz. Schließlich sprang Dusty über sie hinweg, kläffte aber immer noch. Auf ein weiteres scharfes Kommando rollte er sich widerwillig auf dem Beifahrersitz zusammen. Doch seine Lefzen blieben hochgezogen und die Ohren angelegt. Was war bloß mit diesem Hund los?

Kaum hatte sie die Tür geschlossen, hörte sie das Geräusch auf dem Rücksitz. Dusty knurrte wieder, und da spürte sie die scharfe Messerspitze zwischen den Rippen. Im Reflex riss sie die Arme hoch. Der Sicherheitsgurt schnürte sie ein. Ihr Herz begann zu rasen. Sie blickte in den Rückspiegel. Ben und die anderen waren in dessen Wagen gestiegen. Dann versperrte ihr eine dunkle Gestalt mit Kapuze auf dem Rücksitz die Sicht.

»Die Klinge ist zwölf Zentimeter lang und durchbohrt Ihre Lunge wie Butter. In weniger als einer Minute sind Sie in diesem

Auto an Ihrem eigenen Blut erstickt. Also setzen Sie den Blinker, und fahren Sie los. Langsam!«, befahl der Mann. Seine Stimme klang hell und vertraut.

Dusty kläffte.

»Aus!« Helens Stimme zitterte. Sie spürte den Atem des Mannes. Im Rückspiegel sah sie, dass sich seine Kapuze unmittelbar hinter ihrer Kopfstütze befand. Er musste sich nicht einmal klein machen. Aus Bens und Sneijders Position war unmöglich zu erkennen, dass sich außer ihr noch jemand im Wagen befand.

Sie schielte zur Hupe. Sollte sie es riskieren? Sie blickte kurz in den Rückspiegel. Die Augen des Mannes fixierten sie.

»Denken Sie nicht einmal dran!«

»Sie sind Carl Bonl, nicht wahr?«, murmelte Helen, doch die Frage hätte sie sich sparen können. Sie kannte Carls Stimme und den ostdeutschen Akzent von Rose Harmanns Tonbandaufzeichnungen.

»Fahren Sie!«, zischte er.

Helen setzte den Blinker und scherte mit dem Wagen aus der Parklücke. Dusty knurrte immer noch. Sie griff nach dem Terrier. »Schon gut, mein Kleiner.«

»Hände ans Steuer!«

Nun wurde ihr klar, warum sich der Mann nicht erst während der Fahrt zu erkennen gegeben hatte. Vor Schreck hätte sie das Steuer verrissen. Im Rückspiegel sah sie, wie sich die Türen von Bens Wagen schlossen. Doch das Auto fuhr nicht los. *Verdammt, warum kommen die nicht?*

»Schauen Sie nach vorne!«

Sie blickte geradeaus, schielte aber in den Seitenspiegel. Die Türen öffneten sich. Ben stieg aus dem Wagen. Er winkte Helen.

»Blick nach vorne!« Die Messerspitze durchbohrte Helens Jogginganzug und schnitt zwischen ihren Rippen ins Fleisch.

»Machen Sie das Radio aus!«

Helen schaltete das Gerät aus. Bis auf den Atem des Mannes und Dustys Knurren war es still im Wagen. Er dirigierte sie zuerst nach rechts in die Ketzergasse, dann nach links auf die Triester Straße. Die ländliche Gegend wich Einkaufszentren und grauen Wohnhäusern. Sie gelangten zu einer belebten Kreuzung, über die eine Straßenbahn ratterte. Lastwagen reihten sich auf dem Zubringer aneinander.

»Langsamer«, befahl der Mann.

Die Ampel sprang auf Rot, und Helen hielt. Der Mann zwängte sich zwischen den Sitzen nach vorne und bohrte ihr dabei das Messer in die Seite. Zum ersten Mal sah sie seine Augen deutlich. Das intensive Blau und die langen geschwungenen Wimpern wirkten hypnotisch. Er war etwa dreiundzwanzig Jahre alt, hatte ein schmales, kantiges Gesicht und blonde, fast schon gelbe Haare. Dusty jaulte auf, als er ihn am Halsband packte und in den Fußbereich drängte.

»Tun Sie dem Hund bitte nichts«, flehte Helen.

Der Mann öffnete die Tür und schob Dusty mit dem Fuß zum Spalt. Der Terrier schnappte nach seinem Hosenbein, doch der Mann stieß ihn ins Freie. Dann knallte er die Tür zu und ließ sich auf den Beifahrersitz fallen.

»Nein, bitte nicht!« Helen wollte aussteigen, doch der Mann legte eine Hand über den Klickverschluss ihres Sicherheitsgurtes. Zugleich bohrte er ihr die Klinge tiefer in die Rippen.

»Sie haben mich hintergangen. Falls Sie nicht spuren, werde ich zustoßen.«

Dusty stand neben dem Wagen. Sie sah ihn nicht, hörte jedoch sein Jaulen und wie er mit den Pfoten an der Tür kratzte.

»Bitte nicht. Lassen Sie den Hund nicht allein draußen.« Helen begann zu weinen.

Die Ampel stand immer noch auf Rot.

»Geben Sie mir Ihr Handy!« Er ließ das Fenster ein Stück herunter. »Los!«

Dustys Winseln war nun lauter zu hören. Sie reichte ihm das Telefon, und er warf es durch den Fensterspalt nach draußen. Helen wischte sich die Tränen aus den Augen. Bemerkte denn keiner der Passanten, was hier geschah? Mit verschleiertem Blick sah sie im Rückspiegel, dass ihr kein Wagen folgte.

*Wo bleiben die nur?*

Die Ampel sprang von Gelb auf Grün.

»Fahren Sie!« Er bohrte ihr die Messerspitze ins Fleisch. Helen schrie auf. Sie legte den Gang ein und fuhr los. Zügig überholte sie eine Straßenbahn. Im Seitenspiegel sah sie Dusty neben der Straßenbahn dem Wagen nachlaufen. Oh Gott, der Hund hetzte blindlings über die Kreuzung.

»Schneller!«

Nun kam eine Grünphase. Nach einigen Querstraßen blieb Dusty bei einer Ampel am Wegrand sitzen. Helen brach das Herz, als sie ihren Hund allein an der Kreuzung sah, wie er sich aufrichtete und dem Wagen hinterherblickte. Mit zitternden Fingern schaltete sie das Navi ein.

»Ich sagte, Hände ans Steuer!«

»Ich brauche das Navi«, schluchzte sie. »Ich weiß nicht, wie wir zur Cobenzlgasse kommen.«

Der Mann knipste das Gerät aus. Die ersten Regentropfen patschten auf die Windschutzscheibe.

»Sie glauben doch nicht wirklich, dass wir zur Cobenzlgasse fahren?«

# 35

Sabine ging zu Ben Kohler, der vor der offenen Motorhaube an den Kabeln hantierte. Genervt blickte sie Helen Bergers immer kleiner werdendem Wagen nach. »Was ist mit dem Auto?«

»Was wohl?« Sneijder stieg langsam aus. »Wollen Sie meine Meinung hören?«

»Scheiße, nein!«, fluchte Kohler.

Sneijder blieb gelassen. »Jeder sollte das Recht auf meine Meinung haben. Sie …«

»Schnauze!« Kohler wischte sich die ölverschmierten Hände an der Hose ab.

Selbst in einem Moment wie diesem war Sneijder arrogant. Sabine spürte, dass ihr bald der Kragen platzen würde. »Wir stehen da wie ein Haufen Vollidioten.«

Sneijder kam näher. »Während wir im Haus auf seinen Anruf warteten, war der Mistkerl *hier* und hat uns vorgeführt.«

»Er muss mit einem Aufsperrwerkzeug die Fahrertür und von innen die Motorhaube geöffnet haben«, sagte Kohler. »Das Pumpenrelais wurde aus dem Sicherungskasten gerissen.«

»Können Sie es reparieren?«, fragte Sabine.

»Wenn Sie ein Relais haben.«

»Sie sollten eine Fahndung nach Bergers Wagen rausschicken«, drängte Sneijder.

Die Rücklichter des Autos verschwanden soeben am Ende der Gasse in der Dunkelheit der Gewitterfront, die sich am Horizont zusammenbraute. »Da stimmt was nicht«, flüsterte Sabine. »Berger hält nicht an.«

»Ich weiß. Scheiße! Ich hätte sie nicht fahren lassen dürfen!« Kohler knallte die Motorhaube zu und rief mit dem Handy seine Kollegen an. »Ich brauche eine Zivilstreife, die einen kleinen blauen Toyota mit Kennzeichen Wien-Umgebung verfolgt. Ecke Bachallee und Ketzergasse, vermutlich stadteinwärts Richtung Triester Straße … nein, *jetzt sofort!*« Er machte eine Pause. »Ein zweiter Wagen soll uns hier abholen, Bachallee siebzehn.« Danach sagte er eine Weile lang nichts und lauschte.

In der Ferne zuckte ein Blitz am Himmel. Kurz darauf grollte ein Donner. Einzelne schwere Tropfen fielen auf die Straße. Sogleich dampfte der Asphalt in der schwülen Hitze. Sabines Pullover war von Schweiß durchnässt. Wann würde es endlich richtig zu regnen beginnen?

»Danke«, murmelte Kohler schließlich und steckte das Telefon weg. Er setzte sich auf die Kühlerhaube und starrte die Gasse hinunter. Sie waren wirklich ein Haufen Vollidioten.

Sneijder trat an seine Seite und steckte sich eine Zigarette an. »Was gibt's?«

»Bis vor zwei Monaten arbeitete Carl noch in einer Autowerkstatt. Meine Kollegen haben den Laden unter die Lupe genommen. Der alte Besitzer, Ruben, handelt nicht nur mit frisierten Schrottkarren, sondern auch mit Kokain. Er bekommt die Ware aus Tschechien und beliefert Nachtklubs in der Innenstadt. Carl war der Bote. Es lief ganz einfach: Entweder du spurst oder du bist deinen Job los. Als Carl bei einer Razzia erwischt wurde, bekam er die Therapie aufgebrummt.«

»Wie hilft uns das weiter?«, fragte Sabine.

Kohler ballte die Fäuste. »Vor zwei Monaten schmiss Carl den Job hin. Vorher aber hat er Rubens Kokainvorräte durch die Toilette gespült und die Schwarzgeldkasse geklaut.«

Sneijder stieß eine Rauchwolke aus. »Und damit finanzierte er seine Reisen nach München, Köln, Leipzig und Dresden.«

*München!*

Sabine wandte sich ab. Die Stadt lag gefühlte zehntausend Kilometer entfernt. Seit Tagen reihte sich ein Leichenfund an den nächsten. Ein Tatort war bizarrer als der vorhergehende. Die zur

Säule einbetonierte Frau, die an ihrer abgebissenen Zunge erstickt war, die nahezu verhungerte Frau im Kellerabteil, die Leiche im Wasserschacht des Dresdner Doms … und ihre Mutter, die mit einem Schlauch in der Lunge an zwei Litern Tinte ertrunken war.

Für Sneijder und alle anderen war der Tod ihrer Mutter nur ein Glied in einer langen Kette grausamer Verbrechen. Doch Sabine hatte einen Teil ihres Lebens verloren. Nichts war mehr so wie früher. Sie würde nie wieder ein Wort mit ihrer Mutter wechseln können. Tränen sammelten sich in ihren Augen. Sie wollte sich zwingen, an etwas Schönes zu denken, doch ihr fiel nur ihr bevorstehender Geburtstag ein – der überschattet wäre von Mutters Begräbnis. Da erinnerte sie sich an das Paket im blauen Geschenkpapier mit der gelben Schleife und der an sie gerichteten Karte, die sie in Mutters Schrank gefunden hatte. Was hatte Mama ihr schenken wollen? Einen dicken Bildband?

Kohler blickte auf die Armbanduhr. »Der Ersatzwagen kommt in fünf Minuten.« Er stieß sich von der Motorhaube ab und ging die Straße hinunter.

Sneijder musterte Sabine. »Woran denken Sie?«

»An Bücher«, murmelte sie.

»Ihnen geht die Haital-Sache wohl nicht aus dem Kopf.«

»Was? Nein, ich …«

»Wenn Sie wüssten, wie der Konzern vorgeht, würden Sie mich verstehen.«

Dieser eingebildete Idiot dachte wohl, alles drehte sich ständig um ihn. Inzwischen stand Kohler außer Hörweite.

»Haital setzt Händler unter Druck, kleine Buchhandlungen nicht mehr zu beliefern«, fuhr Sneijder fort. »Dann macht Haital ein Kaufangebot, um den Standort zu schließen. Falls nicht, folgt auf den Boykott das Mobbing. Arbeitslose werden engagiert, in der Buchhandlung rumzuhängen. Das Image geht den Bach runter, die Stammkundschaft bleibt aus.«

Sabine wollte den ganzen Mist nicht hören, aber Sneijder war nicht zu stoppen.

»Die Stadtverwaltung wird geschmiert, worauf Kanalanschluss und elektrische Leitungen der Buchhandlung saniert werden. Der Ersatzstrom kommt von einem Dieselaggregat, und vor der Eingangstür liegt eine Baustelle. Nach einer Woche werden die Arbeiter zu einem anderen Bauplatz abgezogen, aber der ratternde Generator und die Holzplanken über dem Loch in der Straße bleiben. Nach zwei Monaten ist der Familienbetrieb finanziell am Ende.«

»Das glauben Sie doch selbst nicht«, murmelte Sabine. Nichts und niemand würde Sneijder helfen können. Der Mann war nicht nur verbittert, sondern auch paranoid. »Sie sollten aufhören, nur Biografien von Menschen zu lesen, die den Freitod gewählt haben.«

»Sagt sich leichter, wenn sich der eigene Vater nicht erhängt hat«, murmelte er.

Sabine bekam einen säuerlichen Geschmack im Mund. »Tut mir leid.« Ein Bus fuhr vorbei, gefolgt von ein paar Autos, doch keines blieb stehen. Kohler stand immer noch außer Hörweite und telefonierte. Ein süßer Duft wehte zu Sabine herüber. »Rauchen Sie deshalb Gras?«

»Das mache ich, um einen anderen Schmerz zu vergessen.«

Sie drehte sich zu ihm. Er sah elend aus. »Cluster-Kopfschmerzen?«

Verächtlich verzog er den Mund. Während die Zigarette in seinem Mundwinkel hing, tippte er auf seinem iPhone herum. »Mein Lebensgefährte ist vor vielen Jahren an einer Immunschwäche gestorben.«

*Oh, mein Gott. Wann kommt endlich der Ersatzwagen?*

»Hören Sie«, unterbrach sie ihn. »Das alles tut mir wahnsinnig leid, aber ich bin nicht Ihre Psychotherapeutin. Sie müssen mir das nicht erzählen.«

»Ist kein Geheimnis.« Er zuckte mit den Achseln, legte das iPhone schief und tippte auf dem Bildschirm herum. »Meine Kollegen in Wiesbaden wissen davon.«

Es war kaum zu fassen, dass Sneijder ihr all die intimen Details auftischte. Brauchte er einen Gesprächspartner, wenn er eine Aktion wie diese vermasselt hatte?

»Ich langweile Sie, nicht wahr?«

Sie gab keine Antwort. »Was machen Sie da eigentlich?«

Seine Finger flogen über die Tastatur. »Ich sehe mir Helen Bergers Webseite an. Ein nettes Foto – stammt aus Ibiza.«

Unglaublich! Während die Kripo nach Berger suchte, sah er sich die Fotos auf deren Webseite an.

Kohler steckte das Handy weg und lief zu ihnen. »Es gibt Neuigkeiten«, rief er. »Der Mann, den Sie in Carl Bonis Wohnung angeschossen haben, wurde notoperiert und ist jetzt im Aufwachzimmer. Seine Identität ist geklärt. Er heißt Eduard Wiltsching, ist in Carls Alter und arbeitet für Rubens Autowerkstatt. Der Kastenwagen, den wir vor Carls Haustür sahen, gehört ihm.«

Sneijder richtete sich auf. »Carls Komplize?«

Kohler schüttelte den Kopf. »Da ging es um eine andere Sache. Carl ist an seinem letzten Arbeitstag mit Rubens Drogengeld aus der Schwarzgeldkasse abgehauen. Fünfunddreißigtausend Euro! Wiltsching hatte Carls Wohnung aufgebrochen und nach dem Geld gesucht, als wir ihn überraschten.«

»Deshalb wollte er durchs Fenster abhauen und griff nach der Waffe«, folgerte Sabine.

Sneijder zerdrückte den Joint auf dem Boden. »Dann hatte Ihre ehemalige Kripopsychologin recht: Carl ist ein Einzeltäter – und noch irgendwo dort draußen. Ich schätze, da kommt unser Wagen.«

Ein schwarzer Audi raste heran und hielt vor Harmanns Praxis. Der braunhaarige Mann am Steuer war etwa in Kohlers Alter und hatte dunkle, durchdringende Augen wie ein Falke. Er winkte sie heran. Als Kohler auf dem Beifahrersitz Platz nahm, raunte ihm der Mann etwas zu. »Beeilt euch, ich habe Wichtigeres zu tun, als für euch den Chauffeur zu spielen.«

Sabine und Sneijder stiegen ein.

»Das ist mein Kollege Oliver Brandstätter. Reizend wie immer!«, stellte Kohler seinen Partner vor.

»Wir kennen uns bereits«, sagte Sabine.

Brandstätter drehte sich um und nickte ihr zu. »Ich habe Sie zur Marienkirche gebracht. War eine nette, kleine Rundfahrt.« Er zwinkerte Sabine zu, als wären sie bereits seit Jahrzehnten befreundet. Als er Kohler die Abendausgabe der Zeitung in die Hand drückte, wurde seine Stimme wieder ernst. »Soll ich dir vom Chef geben. So sauer hab ich ihn noch nie erlebt.«

EINBETONIERTE FRAU LEBEND GEBORGEN, lautete die Schlagzeile.

Kohler reichte das Schmierblatt kommentarlos nach hinten. Ein Foto zeigte die Marienkirche von außen, ein zweites Bonis Mutter in Krankenschwesterntracht. »Wir haben mit der Zeitungsente ein Monster erschaffen, das wir nicht mehr kontrollieren können.«

Nicht nur das, dachte Sabine. Nun hatte Carl *zwei* Frauen in seiner Gewalt.

»Dieser Boni hat euch an der Nase rumgeführt«, stellte Brandstätter fest.

»Gib Gas!«, forderte Kohler seinen Kollegen auf. »Fahr so rasch wie möglich zur Cobenzlgasse nach Döbling.«

Brandstätter legte den Gang ein. Kurz darauf wurde Sabine in den Sitz gepresst. Der Audi raste die Bachallee entlang.

»Halt!«, rief Sneijder nach vorne.

Brandstätter trat auf die Bremse. Sabine wurde nach vorne geschleudert.

»In Carmen Bonis Haus werden wir nichts finden«, meinte Sneijder.

»Fahr weiter!«, brummte Kohler. »Warum sollte ich länger auf Sie hören?«

»Weil ich recht habe.«

»Das Haus seiner Mutter ist der einzige Ort, wo Carl sich verkriechen kann«, widersprach Kohler.

Brandstätter fuhr weiter.

»*Verdomme!*« Sneijder presste sich zwischen den Sitzen nach vorne. »Überlegen Sie doch! Carl Boni wusste, dass Helen Berger mit uns in Kontakt stand. Er manipulierte unser Auto und brachte Helen vermutlich in seine Gewalt. Womöglich saß er bereits auf dem Rücksitz ihres Wagens. Er ist Mechaniker – eine Kleinigkeit für ihn. Außerdem schlug *er* uns den Ort der Übergabe in der Cobenzlgasse vor. Er lockt uns auf die falsche Fährte. Reden Sie mit dem Observationsteam oder der Wega-Einsatzleitung. Ich wette ein Monatsgehalt, dass weder er noch Helen Berger jemals dort auftauchen.«

Kohler wandte sich an seinen Partner. »Halt an.«

Brandstätter stoppte vor einer Bushaltestelle. Immer noch fielen einzelne Tropfen nieder, als wartete das Gewitter auf den großen Showdown. Die Passanten drängten sich im Wartehäuschen zusammen und betrachteten das Auto neugierig.

Kohler drehte sich herum. »Wohin bringt er sie dann?«

»Das müssen wir herausfinden, Kollege. Hatte Carls Mutter einen Zweitwohnsitz, von dem wir nichts wissen?«

Kohler schüttelte den Kopf.

»Aber sie hatte einen Lebensgefährten, diesen älteren, erfolglosen Maler«, erinnerte Sabine sich.

»Der vor einem halben Jahr starb«, ergänzte Sneijder. »Falls er kinderlos war, bekam vermutlich Carmen Boni das Erbe. Besaß er ein Atelier, eine Galerie, eine Wohnung oder ein Haus?«

»Hat ein erfolgloser Typ so etwas?«, knurrte Kohler. Trotzdem klemmte er sich ans Handy. Während er mit dem Revier telefonierte, legte sich von hinten ein gewaltiger Schatten über das Auto. Ein Linienbus rollte bis an ihre Stoßstange. Der Fahrer hupte und gestikulierte, während die Passanten im Wartehäuschen amüsiert grinsten.

Brandstätter blieb völlig gelassen. »Noch näher, und die sitzen in unserem Wagen.«

Kohler lauschte. Schließlich packte er das Handy weg. »Hitzenhammer starb mit achtundsiebzig Jahren. Sie hatten recht – er besaß eine Wohnung, die seine Tochter aber sofort nach seinem Tod verkaufte. Carmen erbte nur seine Wohnung im Dachgeschoss eines Altbaus, die er als Atelier nutzte.« Er wandte sich an seinen Partner. »Zwanzigster Bezirk. Traisengasse achtzehn. Weißt du, wo das ist?«

»Und ob ...« Brandstätter wendete den Wagen mit quietschenden Reifen. »Abgefuckte Gegend in der Nähe einer Schnellbahn-Unterführung.«

# 36

Als Helen die Augen aufschlug, merkte sie, dass sie lag. Ihr Nacken schmerzte, und der säuerliche Geschmack in ihrem Mund erinnerte sie an Erbrochenes. Sie versuchte, sich aufzurichten, doch die Schmerzen in ihrem Schädel pochten bei der kleinsten Bewegung so stark, dass sie zurückfiel.

Ein Blitz erhellte die Umgebung, zugleich krachte der Donner in unmittelbarer Nähe. Durch die Spannung in der Luft stellten sich die feinen Härchen ihrer Unterarme auf. Sie drehte den Kopf, so weit sie konnte. Weiße Bettlaken hingen um sie herum von der Decke. Offensichtlich lag sie auf einer Werkbank. Sie roch altes Holz und Lederriemen. Als sie versuchte, die Handgelenke herauszuwinden, schnitten ihr die Gurte ins Fleisch.

Dann kam die Erinnerung. Nachdem Carl Boni Dusty ausgesetzt und ihr Telefon aus dem Wagen geworfen hatte, waren sie etwa eine halbe Stunde mit dem Auto gefahren. Mit der Messerspitze zwischen den Rippen hatte sie nicht einmal gewagt, tief einzuatmen. Ständig hatte sie an Dusty gedacht und völlig die Orientierung verloren. Sie waren in einem von schwarzen Wolken bedeckten, schäbigen Stadtteil Wiens stehen geblieben. Merkwürdigerweise konnte sie sich an ein völlig belangloses Detail erinnern: den Donner in weiter Ferne, der sintflutartigen Regen ankündigte. *Dusty.* Hoffentlich würde er irgendwo Unterschlupf finden. *Bitte, lass nicht zu, dass er vor ein Auto läuft oder von einer Straßenbahn überfahren wird.* An einer roten Ampel hatte sie den Stich im Nacken gespürt, und ihr Kopf war auf das Lenkrad gesunken.

Wie lange war das her gewesen? Wie weit hatte Carl sie geschleppt? Warum hatte ihn niemand dabei beobachtet und Hilfe geholt?

Mittlerweile hatte das Gewitter eingesetzt. Instinktiv spürte sie, dass sie sich in einem Keller befand. Es gab keine Straßenbeleuchtung. Das Licht eines Blitzes fiel durch eine Luke und zauberte bizarre Schatten auf das Bettlaken. Beim nächsten Blitz drehte sie den Kopf auf die andere Seite. Auf einem Beistelltisch lag eine Nierenschale mit altmodischem Folterwerkzeug. Mundklammern, Zahnarztbesteck, Daumenschrauben, eine Knochensäge und eine Unzahl an Skalpellen, Messern und Scheren. Am meisten erschreckte sie jedoch die Rosenschere mit Feder und geschwungener Klinge, die wie ein Papageienschnabel aussah. Ihre Gedanken spielten verrückt.

»Messer, Gabel, Schere, Licht, ist für kleine Kinder nicht.«

Sie zuckte zusammen.

Das Laken schob sich zur Seite. Carl Boni trat an die Werkbank. Eine hagere Gestalt mit langen Armen und dünnen Fingern. Er trug immer noch den schwarzen Pullover mit der Kapuze. »Ausgeschlafen? Dann können wir beginnen.«

Er griff nach der Rosenschere und klemmte ihren Daumen zwischen die Schneidblätter.

Helens Herz tat einen Satz. Sie versuchte, sich aufzubäumen. »Warten Sie!« Ihre Stimme krächzte.

Er drückte ihren Kopf auf die Bank. »Worauf? Sie haben gelogen und sich nicht an die Regeln gehalten.«

*Aber ich habe Ihr Rätsel gelöst, Sie verdammter Bastard!*, wollte sie schreien, doch das hätte Carl nur noch wütender gemacht. *Bewahre einen kühlen Kopf*, schärfte sie sich ein. *Du hast Rose Harmanns Protokolle gelesen, du weißt, was sie mit ihm angestellt hat. Du hast die Tonbandaufzeichnungen der Sitzungen und Carls besprochene Kassetten gehört.* Trotzdem war er kein offenes Buch für sie, sondern so fragil und komplex, dass ein falsches Wort von ihr tödlich sein konnte.

»Sie haben mir ein Rätsel gestellt, woraufhin ich mich mit Ihnen beschäftigt habe. Ich kann Sie verstehen … ich weiß, wer Sie sind.«

»So?« Er hängte eine Petroleumlampe an einen Deckenhaken.

»Stromausfall, wir müssen heute leider so operieren.« Er drehte am Regler, und es wurde heller. »Wer bin ich denn?« Er zog die Kapuze vom Kopf.

Seine blonden Haare klebten nass vom Regen in der Stirn und kräuselten sich an den Schläfen. Die blauen Augen mit den langen Wimpern – und dieser intensive Blick! Ein Psychopath mit dem Aussehen eines Engels.

»Wer bin ich?« Er verstärkte den Druck der Schere.

»Struwwelpeter.«

Auf seinem Gesicht zeigte sich keine Reaktion, aber der Druck der Klingen ließ nach. »Wer? Halten Sie mich für verrückt?«

Helen schluckte. Was hätte sie für ein Glas Wasser gegeben, um den ätzenden Geschmack aus ihrem Mund zu bekommen und einen klaren Gedanken fassen zu können. In einem Therapieraum wäre dieses Gespräch mit Carl kein Problem gewesen, doch hier turnten ihre Gedanken wie verrückt umher.

»Sie haben schreckliche Erinnerungen an die strenge Erziehung in Ihrer Kindheit. Sie tragen nicht nur seelische, sondern auch körperliche Narben. Sie werden diese Erinnerungen nie vergessen können. Aber Sie möchten sie verarbeiten.« Helen dachte an Sabine Nemez' Aufzählung der Morde. »Daher schlüpfen Sie in Struwwelpeters Rolle. Er hilft Ihnen, die grausamen Kinderbuch-Geschichten in Ihrem Kopf zu eliminieren.«

»Blödsinn!«

Helen wusste, sie war auf dem richtigen Weg. »Sie inszenieren die Geschichten, spielen die Szenen nach und übertragen das dadurch in Erinnerung gerufene Leid auf andere. Es hat doch funktioniert.«

»Zumindest eine Zeit lang«, flüsterte er.

»Das ist natürlich. Ich kann Sie verstehen.«

»Einen Scheißdreck können Sie!« Unwillkürlich verstärkte sich der Druck.

»Darf ich etwas sagen?«, krächzte sie. »Normalerweise ist Gewalt ein Resultat unterdrückter Gefühle. Bei Ihnen trifft das Gegenteil zu. Doktor Harmann hat sie durch die Therapie in einen Zustand versetzt, als würde man von einem Druckkochtopf den Deckel reißen.« Helen wartete, bis sich die Information gesetzt hatte und Carls Blick wieder klar wurde. »Die Gewalt, die Sie Ihren Opfern antun, ist das Ergebnis dieser ausgelassenen, chaotischen Gefühle – die weggesperrte Erinnerung an Ihre Kindheit.«

»Ich bin nicht daran schuld.«

»Carl, das weiß ich.« Helen versuchte zu lächeln, doch es gelang ihr nicht. Er hatte Dusty sich selbst überlassen, und am liebsten hätte sie ihm ein Skalpell in die Brust gerammt. »Doktor Harmann hat in einer viel zu kurzen Crash-Therapie Ihre Gefühle durcheinandergebracht …«

*… und ein Monster erzeugt.*

»Um das zu reparieren, haben Sie mich ausgewählt, in Ihrem Spiel mitzuwirken.«

»Nein, ich habe Sie ausgesucht, weil Rose mit Ihrem Mann schläft.«

Helen schloss für einen Moment die Augen und dachte an Frank, diesen Mistkerl. Er würde jetzt auf der Party den aalglatten Gentleman spielen, ohne zu wissen, wo sie steckte. Ob er überhaupt einen Gedanken an sie verschwendete, außer dass sie ihren Verpflichtungen als Gastgeberin nicht nachkam? »Richtig. Rose hat mich genauso hintergangen und betrogen wie Sie. Aber es gibt noch einen anderen Grund. Ihr Unterbewusstsein wählte mich aus, Ihr Rätsel zu lösen, weil Sie tief drinnen nach Erlösung suchen. Nach der *richtigen* Hilfe.«

»Und Sie glauben allen Ernstes, die können Sie mir geben?«

»Das Schlüsselwort lautet doch Rache, nicht wahr?«

Carl nahm die Rosenschere weg. Die Schneideblätter fuhren zusammen, und er trieb die Spitze neben Helens Kopf schwungvoll ins Holz.

»Sie sind davon überzeugt, dass Ihre Rache an den Frauen, die Ihren Lebensweg kreuzten, zur Selbstreinigung führt.«

»Und wovon sind Sie überzeugt?«, fragte er.

»Ihre Rache ist ein Katalysator. Dadurch wurden mir die Augen geöffnet, was meinen Mann betrifft. Nicht nur Frauen lügen und betrügen. Auch Männer! Mein Mann hat eine Affäre mit einer anderen. Ihre Rache führt mich zur Trennung von meinem Mann …«

*… und zu einem Neubeginn – falls Carl mich am Leben lässt.*

»Ich bin nicht rachsüchtig«, widersprach er.

»Keine Rache aus Gier oder Neid. Rache kann für ein Opfer ein befreiendes Gefühl sein.«

Beim Wort »Opfer« schien etwas in Carls Geist zu klingeln. Sein Blick verlor sich. »An manchen Tagen ist mir, als wäre ich eingesperrt. Als gäbe es Tausende Stäbe, an denen mein Blick ständig hängen bleibt. Dahinter gibt es keine Welt. Manchmal öffnen sich die Stäbe für einen Augenblick – als würde sich wie bei einer Katze der Vorhang der Pupille aufschieben. Dann sehe ich, was dahinter liegt.« Carl verstummte und starrte ins Licht der Petroleumlampe. Ein Blitz warf Schatten auf das Laken. Den Krach des Donners schien Carl nicht wahrzunehmen.

Bei seinen letzten Worten musste Helen unwillkürlich an ein Gedicht von Rainer Maria Rilke denken. Carl hatte mit dem Dichter nicht nur den zweiten Vornamen gemeinsam. Vielleicht empfanden sie, aufgrund verschiedener traumatischer Erlebnisse, ähnlich.

»Ja, ich bin Opfer«, flüsterte er. »Ich muss es tun.« Er drehte die papageienförmige Klinge aus dem Holz.

»Carl, seien Sie vernünftig. Selbst wenn wir nicht zur Cobenzlgasse gefahren sind – die Kripo wird dieses Kellerabteil finden.«

Carl wirkte nicht beunruhigt. Doch wo immer sie sich befanden, im Wohnhaus seiner Mutter oder in einem anderen Haus, Ben und die Ermittler aus Deutschland würden sie finden. Sie musste bloß Zeit gewinnen.

Carl senkte den Blick auf sie. »Geben Sie die Hoffnung auf. Wir sind nicht in einem Keller.« Er drosselte das Licht der Petroleumlampe.

Instinktiv starrte sie nach oben. Der Haken für die Lampe steckte im Holz. Erst jetzt sah sie die Balken, die unter der Decke verliefen. Wohin zum Teufel hatte er sie gebracht? Ein dumpfes Geräusch ließ sie zusammenzucken. Diesmal war es kein Donnergrollen gewesen. Ein Krach, als hätte der Sturm eine wuchtige Holztür in den Rahmen gedrückt. Doch das Geräusch kam nicht von draußen … sondern von *unten.* Die Tür krachte erneut. Das Echo pflanzte sich hohl mehrere Stockwerke unter ihr durch ein Treppenhaus fort.

*Er hält mich in einem Dachstuhl gefangen!*

»Ich komme gleich wieder, dann beginnt die Märchenstunde.« Carl stopfte ihr ein Tuch in den Mund und verschwand hinter dem Laken.

Eine Tür öffnete sich und fiel anschließend zu. Seine knirschenden Schritte verschwanden nach unten.

Die Schere hatte er dummerweise mitgenommen.

# 37

Der Altbau in der Traisengasse wirkte wie ein grauer Bunker aus der Zwischenkriegszeit. In diesem verwinkelten Gebäude mit seinen Erkern, Torbögen und Innenhöfen lagen bestimmt an die fünfzig Wohnungen. Das aus den rostigen Dachrinnen schwappende Regenwasser hatte die Mauern im Lauf der Jahre mit schwarzen Schlieren überzogen. Die Fensterflügel hingen windschief in den Rahmen, der weiße Lack war längst abgeblättert. Dennoch ragte neben nahezu jedem Fenster eine Satellitenschüssel in den Hof. Vermutlich war Fernsehen der wichtigste Zeitvertreib der Hausbewohner.

Sabine stand im zweiten Innenhof. Auf einer Holzbank lagen zwei platte Lederfußbälle. Der beginnende Regen verstärkte den Gestank nach Moder und Hundepisse. Vor der Schnellbahnunterführung, wo Brandstätter den Kripowagen geparkt hatte, roch es ähnlich. Kohlers Partner wartete dort und gab ihre Position per Funk an die Zentrale durch.

Sabine fragte sich, aus welchem Grund Carmen Boni das Atelier ihres Lebensgefährten in dieser üblen Gegend hätte behalten sollen. Von Wertanlage konnte keine Rede sein. Wahrscheinlicher war, dass sich das Objekt nicht verkaufen ließ. Fehlten nur die Wäscheleinen, dann hätte diese Abbruchbude genauso gut in einem heruntergekommenen Hinterhof Neapels stehen können.

Sneijder und Kohler betraten den Innenhof. Im nächsten Moment setzte der lang erwartete Regenguss ein. Sie flüchteten unter das Vordach der Hausnummer 18C. Die Tür war offen, aber der Wind drückte sie hinter Sabine gleich wieder ins Schloss. Nach wenigen Sekunden schoss das Wasser durch den Türspalt und bildete eine Pfütze im Vorraum, die über eine brüchige Treppe ins Untergeschoss lief.

»Vorwärts!« Kohler hastete in den Keller.

Sabine und Sneijder folgten ihm. Das Gewölbe bestand aus rohem Stein. In der Waschküche hing die schwüle Luft, sodass von Sneijders Glatze sogleich Schweiß perlte. Kohler durchsuchte wie ein Verrückter alle Räume. Nebenan standen nur Fahrräder sowie ein Tisch mit mehreren vollen Aschenbechern und Eimern, die das Regenwasser sammelten.

»Hier ist nichts, gehen wir nach oben«, keuchte Kohler. »Anton Hitzenhammers Atelier liegt im letzten Stock.«

Sabine fühlte sich in dem Gebäude wie ein Fremdkörper. Im Vergleich zu diesem Drecksloch war das Haus, in dem sich Carls Wohnung befand, eine Nobelvilla. In der fünften Etage gab es nur zwei Wohnungstüren. Auf einer stand *Helga Gruwohl.* Die Toilette lag im Gang. Neben Hitzenhammers Türnummer hingen vertrocknete Schlingpflanzen von einer Fensterbank, die mit den Wasserrohren eine merkwürdige Symbiose aus Rost, Kalk und Blättern eingegangen waren. Sneijder zog die Dienstwaffe, während Kohler das Schloss mit dem Dietrich öffnete.

»Woher wissen wir, ob Carmen die Räume nicht verkauft oder vermietet hat?«, flüsterte Sabine.

Sneijder entsicherte die Glock. »Kümmert uns das?«

»Wer würde hier eine Wohnung kaufen?«, murmelte Kohler.

Er hatte recht. Vermutlich niemand. Die Holztür knirschte in den Angeln. Die Wohnung bestand aus zwei Zimmern, Schlafraum, Küchenzeile und Waschgelegenheit. Hitzenhammer hatte die Räume wohl wegen der hohen Fenster und der Dachschrägen als Atelier verwendet. Doch jetzt verdunkelten Stoffrollos die Wohnung. Es roch nach Öl und Terpentin. Der Parkettboden schlug Wellen wie ein hingeworfener Teppich. Im Vorzimmerschrank hingen nur leere Kleiderhaken. Auch die anderen Räume waren unbewohnt. An den Wänden lehnten Staffeleien, auf dem Boden lagen Fetzen, Spachteln, Farbpaletten und vertrocknete Pinsel. Seit Hitzenhammers Tod war hier wohl nichts verändert worden.

Kohler schob ein Rollo nach oben und öffnete das Fenster. Der Himmel über Wien war schwarz wie die Nacht. Donner grollten in unmittelbarer Nähe. Die Tropfen zerplatzten wie Knallfrösche auf dem Fensterblech. Der Wolkenbruch drückte kalte Luft ins Zimmer. »Fehlanzeige«, sagte Kohler.

»Nicht ganz.« Sneijder kam mit einem Buch aus dem Schlafzimmer. Er schob Pinsel, Farbtuben und Klebebänder von einem niedrigen Arbeitstisch und legte den dünnen kartonierten Band vorsichtig hin. *Lustige Geschichten und drollige Bilder* stand in alter Kurrentschrift auf der vergilbten Pappe. Darunter war zu lesen: *Mit 15 schön kolorirten Tafeln für Kinder von 3–6 Jahren.* Der Einband zeigte eine veränderte, altertümlich anmutende Version des Struwwelpeters, mit ungebändigter Mähne und langen, gekrümmten Fingernägeln. Allerdings war der Begriff *Struwwelpeter* nirgends zu sehen. Außerdem wurde ein gewisser Reimerich Kinderlieb als Autor genannt.

Sneijder setzte sich auf die zerschlissene Couch und schlug das Buch auf. Das gewellte Pergament knackte. »Das lag unter der Bettdecke.«

Sabine setzte sich neben ihn. Die erste Bildgeschichte erzählte die Episode vom Zappel-Philipp, nur mit älteren, ungelenk wirkenden Zeichnungen. »Hat Heinrich Hoffmann seinen Struwwelpeter hiervon abgekupfert?«

»Hoffmann brachte die Erstauflage von 1845 unter Pseudonym in Zacharias Löwenthals Verlag heraus.«

Sie musste ihm wohl einen ziemlich überraschten Blick zugeworfen haben, da er genervt seufzte. »Als Sie mich auf das Buch aufmerksam machten, habe ich mich damit befasst.« Sneijder deutete auf das Impressum. »Diese Fassung wurde mit einer Auflage von eineinhalbtausend Stück gedruckt. Unglaublich, ein Exemplar davon zu finden. Noch dazu in dieser Bruchbude.«

»Warum unter Pseudonym?«

Sneijder hob die linke Augenbraue. »Ließ sich wohl nicht mit seinem Beruf vereinbaren. Er war Kinderpsychiater und Arzt im Leichenschauhaus von Frankfurt. Später leitete er als Direktor die Anstalt für Irre und Epileptische. Ursprünglich hatte er das Buch für seinen Sohn gedichtet und gemalt. Wollte wohl etwas Passendes zu Weihnachten schenken.«

Sabine blätterte durch das Buch. »Die Geschichten sind anders gereiht als in der aktuellen Fassung, die es heutzutage in jedem Buchladen zu kaufen gibt – und zwar in der Reihenfolge der Morde.«

Nach dem Daumenlutscher kamen noch zwei Geschichten: Hans-Guck-in-die-Luft und der fliegende Robert. Falls Carl mit diesem Buch aufgewachsen war, kannte er möglicherweise die Bezeichnung »Struwwelpeter« gar nicht. Die skizzierten Bilder wirkten schrecklicher als die gängige Version, die Sabine aus ihrer Kindheit kannte. Was für ein Wahnsinn, wenn man bedachte, dass dieses Buch von einem Kinderpsychiater verfasst worden war.

»Warum faszinierten Carl ausgerechnet diese Geschichten und nicht beispielsweise die von Max und Moritz?«, fragte sie.

»Sie müssen die Frage anders formulieren«, antwortete Sneijder. »Warum schlüpft Carl ausgerechnet in die Rolle eines garstigen, ungepflegten Kindes? Das lässt tief blicken. Sehen Sie mal …« Er zog ein Blatt Papier zwischen den Seiten hervor. Mit vergilbter Schrift standen vier Absätze darauf.

*Dunkel war's, der Mond schien helle,*
*Eis lag auf der grünen Flur,*
*als ein Wagen blitzesschnelle,*
*langsam um die Ecke fuhr.*

*Drinnen saßen stehend Leute,*
*stumm in ein Gespräch vertieft,*
*als ein tot geschoss'ner Hase,*
*rasend durch die Felder lief.*

*Hinten lag eine alte Tante,*
*die erst siebzehn Jahre war,*
*in einer dunkelblauen Kiste,*
*die schwarz angestrichen war.*

*Darauf hockte ein blonder Knabe,*
*dessen rabenschwarzes Haar,*
*von der Fülle seiner Jahre,*
*schon ganz weiß geworden war.*

Sneijder runzelte die Stirn. Sabine sah an seinem Gesichtsausdruck, wie die Zahnräder in seinem Gehirn verzweifelt nach einer Lösung suchten. »Beim Struwwelpeter geht es darum, dass unartige Kinder bestraft werden. Sie ertrinken, verbrennen, verhungern oder werden gebissen. Was hat dieses Gedicht damit zu tun?«

»Gar nichts«, antwortete Sabine. »Das ist ein Reim, den Kinder seit Jahrzehnten aufsagen.«

Ihre Antwort schien Sneijder nicht zu befriedigen. Er klappte das Buch zu, als Kohler zu ihnen trat.

»Das habe ich in der Küchennische gefunden.« Auf seinem Kugelschreiber hing ein münzgroßes Gerät mit Klettverschluss, das er auf den Couchtisch gleiten ließ.

Sneijder betrachtete das Ding, ohne es zu berühren. »Ein Stimmenverzerrer, der am Kehlkopf angebracht wird. Damit gelang es Carl während seiner Telefonate, in eine andere, stärkere Identität zu schlüpfen, die seine Rache umsetzen sollte.«

Kohler wischte Sneijders Überlegung mit einer Handbewegung weg, als wäre er nicht an diesem Psychogewäsch interessiert. »Das bedeutet, Carl war hier, als er vor über einer Stunde mit Helen telefonierte. Sie nannte ihm ihren Aufenthaltsort, und er hielt sie eine halbe Stunde lang hin. In dieser Zeit fuhr er zu Roses Praxis, manipulierte unseren Wagen und vermutlich auch alle anderen vor dem Haus – bis auf Helens Toyota. Erst dann schickte er ihr die SMS.« Seine Kiefer mahlten, als wollte er eine Bleiplatte zerbeißen.

»Könnte so gewesen sein – allerdings hat die Sache zwei Haken«, unterbrach Sneijder ihn. »Wenn er tatsächlich *hier* war und dies sein geheimes Versteck ist, müsste Helen Berger ebenfalls hier sein – aber das ist sie nicht.« Er streckte den zweiten Finger aus. »Wo ist er jetzt, und wohin hat er Helen Berger gebracht? Hier sind sie jedenfalls nicht.«

»Scheiße.« Kohler ging zum Fenster und telefonierte mit dem Wega-Einsatzleiter, dessen Team in der Cobenzlgasse vor Carmen Bonis Haus wartete. Danach steckte er das Handy frustriert weg. »Dort tut sich auch nichts. Die Wärmebildkameras bringen kein Ergebnis. Er hat uns verarscht.« Er schloss das Fenster. Augenblicklich verstummte das Trommeln der Regentropfen auf dem Fensterblech. »Hauen wir ab. Wir …«

»Still!«, zischte Sabine.

Kohler verharrte in der Bewegung. Er und Sneijder warfen ihr fragende Blicke zu.

»Hören Sie das nicht?«, flüsterte sie.

Sneijder blickte nach oben. Leise, dumpfe Schläge drangen durch die Zimmerdecke.

»Da ist jemand auf dem Dachboden.« Kohler lief durch die Räume und inspizierte die Decke, doch er fand keinen Zugang.

Sabine erinnerte sich an die Dachkammer im Wohnhaus ihrer Mutter in München, die sie nach den Klassenbüchern durchsucht hatte. »Der Dachboden dieses Hauses ist sicher nicht vom Atelier aus zugänglich«, sagte sie und rannte aus der Wohnung.

Sneijder folgte ihr in den Gang. Doch auch im Treppenhaus fanden sie keine Auszugstreppe in der Decke. Kohler blieb im Atelier und suchte dort weiter.

»Irgendwelche Ideen?«, fragte Sneijder.

Sabine blickte zur Tür von Helga Gruwohl. »Es *muss* einen Aufgang geben.«

Gleichzeitig starrten sie zur Gemeinschaftstoilette im Korridor. Sneijder war als Erster dort und riss die Tür auf. Eine Klomuschel mit Keramikspülkasten, ein Handwaschbecken und ein offener Hängeschrank mit Toilettenpapier – mehr gab es nicht zu sehen.

Eine nackte Glühlampe ragte neben dem Lichtschalter aus der Wand. In der Decke waren die Umrisse einer Dachluke zu sehen. Sneijder stieg auf die Klobrille, fingerte den Griff heraus und zog die Luke auf. Eine dreiteilige Leiter klappte herunter. Die Dienstwaffe in der Hand, kletterte er die Treppe nach oben.

»Kohler!« Sabine winkte den Ermittler aus der Wohnung zu sich, dann folgte sie Sneijder.

Die Dachkammer war so hoch, dass man aufrecht stehen konnte. Sabine benötigte einige Sekunden, bis sich ihre Augen an die Dunkelheit gewöhnt hatten. Durch eine trübe Scheibe fiel Licht herein. Der Dachboden erstreckte sich über das gesamte Haus. Ein paar etwa eineinhalb Meter hohe Zwischenwände aus Kork unterteilten den Raum in mehrere Abteile. Styroporplatten und Bündel von Glaswolle lagen herum. Der offenbar geplante Ausbau war nie realisiert worden. In jener Ecke, unter der Hitzenhammers Atelier lag, spannten sich Wäscheleinen, an denen weiße Bettlaken bis zum Boden hingen. Einige andere befanden sich an den Holzbalken der Dachschräge. Die Konstruktion glich einem Würfel. Jemand hatte hier einen isolierten Bereich wie in einem Krankenhaus geschaffen. Hinter dem Laken brannte eine Lampe. Der Schatten eines Bettes mit einer Person darauf wurde auf das Stofftuch projiziert.

Sneijder reichte Sabine die Glock. »Sichern Sie den Dachboden!« Er ging auf die Laken zu und zog sie weg.

Sabine sah sich um und blickte über die nächstgelegenen Korkwände. Keine Spur von Carl Boni. In diesem Moment steckte Kohler den Kopf durch die Bodenluke.

»Wir brauchen einen Krankenwagen!«, rief Sneijder.

Kohler griff zum Handy. »Wie geht es ihr?«, rief er, während er wählte.

»Sie kommt durch.«

Sabines Magen zog sich zusammen. Sie blickte sich noch einmal nach allen Seiten um, dann lief sie zur Nische. Die Frau auf den Eisenfedern des Klappbetts war bei Bewusstsein. Gefesselt und geknebelt wandte sie den Kopf voller Furcht ab.

»Ich sagte doch, Sie sollen den Raum sichern!«, fuhr Sneijder sie an. »Widersetzen Sie sich nie wieder meinen Anweisungen!«

Sabine ignorierte den Vorwurf. Die Frau brauchte dringend medizinische Versorgung. An einem Wandhaken im Holz hing eine Heckenschere mit langem Griff.

»Das ist nicht Helen Berger«, flüsterte Sabine und warf einen Blick zu Kohler, der auf der Treppe stand und telefonierte.

»Sehe ich selbst.«

Der Frau fehlten neun Finger, die nach dem Mittelhandknochen am Gelenk abgetrennt worden waren. Sabine warf einen Blick in den Eimer, der unter dem Bett stand. Die Frau verlor viel Blut, das über die Lederriemen auf den Boden tropfte, wo sich bereits eine eingetrocknete schwarze Pfütze befand.

Sabine schlüpfte aus ihrem Thermopulli und dem schwarzen Top, riss es in zwei Teile und stoppte damit die Blutung an den Händen. Sneijder blickte kurz auf ihren schwarzen BH, dann zog er der Frau den Stoffknäuel aus dem Mund.

»Alles in Ordnung, Sie sind in Sicherheit«, flüsterte er.

»Bitte! Lassen Sie mich in Ruhe. Ich weiß es nicht«, schluchzte sie, den Kopf immer noch abgewandt. Dann brach sie in Tränen aus. »Ich weiß nicht, was das bedeutet.«

Sabine presste den Stoff auf die Wunden. »Was wissen Sie nicht?«

Der Blick der Frau trübte sich, als sie den Kopf drehte. Wie hypnotisiert starrte sie zur Decke. Ihre Lippen formten sich zu einem Flüstern. »›Dunkel war's, der Mond schien helle …‹«

## 38

Die verdammten Lederriemen waren einfach nicht aufzukriegen … Je mehr Helen versuchte, die Handballen hindurchzuschieben, desto mehr schwitzte sie, und das Leder zog sich wie eine fleischfressende Pflanze zusammen. Ihre Haut war bereits aufgescheuert, und jede Bewegung schmerzte. Da ihre Arme an den Längsseiten der Werkbank fixiert und verdreht waren, verkrampften sich die Muskeln. Schweiß lief ihr über die Schläfen.

Am liebsten hätte sie den Stoffknäuel ausgespuckt, doch der steckte so tief in ihrem Rachen, dass sich ihr Magen durch den Würgereflex ständig zusammenzog.

Das Schlagen der Tür in der unteren Etage verstummte. Carls Schritte tönten wieder durch das Treppenhaus. Die Tür ging auf, und das Licht eines Blitzes zauberte einen größer werdenden Schatten auf das Laken. Carl zog das Tuch weg und begutachtete Knebel und Riemen.

Zärtlich strich er über ihre aufgerauten Handgelenke. »Sie fügen sich bloß unnötige Schmerzen zu.« Er legte den Kopf schief und lächelte sie an. »›Konrad, sprach die Frau Mama, ich geh aus und du bleibst da.‹« Plötzlich klang seine Stimme so hell und weich wie die eines Mädchens. »›Sei hübsch ordentlich und fromm, bis nach Haus ich wieder komm. Und vor allem, Konrad, hör! Lutsche nicht am Daumen mehr. Denn der Schneider mit der Scher, kommt sonst ganz geschwind daher. Und die Daumen schneidet er ab, als ob Papier es wär.‹«

Seine Augen wurden dunkel. »Waren Sie ordentlich und fromm?«

Sie wollte antworten, brachte jedoch nur ein Stöhnen hervor.

Er entfernte den Knebel. »Waren Sie artig?«

Sie hustete. »Sie sagten, ich würde an Rose Harmanns Stelle treten und jemand müsse mich retten.«

»Das war, bevor Sie mich belogen haben.«

Sie ahnte, diesmal würde es kein Spiel geben, kein Geschenk, keinen Anruf, kein Rätsel und keine vierundzwanzig Stunden Todesfrist. Doch sie hatte noch eine Chance. »Warum haben Sie am Telefon Ihre Stimme verstellt?«

Er gab keine Antwort. Emotionslos betrachtete er die Rosenschere in seiner Hand.

»Wo ist Ihr Stimmenverzerrer?«, flüsterte sie.

»Den brauche ich nicht mehr. Es ist zu gefährlich, ihn jetzt zu holen. Wenn Ihre Kollegen clever sind, haben sie ihn längst gefunden.«

*Kein Spiel!* Umso wichtiger war es, Zeit zu gewinnen.

»Wo bin ich?«

»An einem Ort, an dem die Kripo zuletzt nach einem Mörder suchen würde.«

*Einem Mörder!*

»Carl, Sie sind kein Mörder. Ich kann Sie behandeln. Wir finden einen Weg.«

»Mit welchem Ziel?«

»Die Schreckgespenster Ihrer Kindheit zu eliminieren.«

Unbeeindruckt schärfte er das Schneidewerkzeug mit einem Stein. Das gleichmäßige Geräusch machte Helen verrückt.

»Oh, Sie können mir helfen, meine Ängste zu eliminieren«, gab er zu. »Zumindest für eine gewisse Zeit.« Er wandte ihr den Rücken zu und sortierte das Besteck in der Schüssel. Plötzlich fuhr er ohne Warnung herum, klemmte ihren linken Daumen zwischen die Schneidblätter und drückte zu.

Helen bäumte sich unter den Fesseln auf. »Nein!«

Sie sah sein angespanntes Gesicht. Die Backenknochen traten hervor, als er die Griffe zusammendrückte. Der Schmerz fuhr Helen durch den Arm bis ins Hirn. Dann schnappten die Schneideblätter zu, und etwas fiel auf den Boden.

Der Schmerz war unerträglich. »Ich will Ihnen doch helfen!«, heulte sie.

»Aber das tun Sie doch«, antwortete er liebevoll. Dann änderte sich der Ton seiner Stimme. »Entweder ich wachse daran, oder ich gehe dran zugrunde.«

Helen fiel zurück auf die Werkbank. Sie drückte die Augen zu und presste die Zähne aufeinander. Es hatte keinen Sinn, mit ihm zu reden.

*Du musst durchhalten!*

Instinktiv ballte sie die linke Hand zur Faust, um die Blutung zu verringern. Ein lächerlicher Versuch, aber mehr konnte sie nicht unternehmen. Sie spürte, dass der Daumen fehlte.

*Deine Daumen sind dein kleinstes Problem! Er wird dich zuerst verstümmeln und dann töten! Halte durch! Gewinne Zeit!*

Helen versuchte, ruhig zu atmen. Aber das war leichter gesagt als getan. Ihr gesamter Körper war angespannt.

»›Bauz! Da geht die Türe auf, und herein in schnellem Lauf. Springt der Schneider in die Stub, zu dem Daumen-Lutscher-Bub.‹«

Er klemmte ihren anderen Daumen zwischen die Klingen. Helen zuckte nicht einmal zusammen. Nun würde er ihr den zweiten Finger abschneiden. Ihre Augen blieben geschlossen, sie atmete tief und ruhig.

*Halte durch!*

Carl drückte zu, als wollte er ihre Reaktion testen. Er senkte den Kopf zu ihr herab, sodass sie seinen Atem an der Wange spürte.

»›Weh! Jetzt geht es klipp und klapp‹«, flüsterte er. »›Mit der Scher die Daumen ab. Mit der großen scharfen Scher! Hei, da schreit der Konrad sehr.‹«

Aber Helen schrie nicht. All das hatte sie Frank zu verdanken! Ihr sauberer Ehemann musste ja unbedingt eine andere vögeln. Eine karrieregeile Verrückte, die einen misshandelten Jungen einer Crash-Therapie unterzogen und seine Neugier geweckt hatte, indem sie mit Brille und Perücke zu Helen gefahren war. Damit hatte die Verrückte Carl direkt zu ihrem Haus geführt.

»Klipp und klapp«, sagte Carl.

Sie zeigte keine Reaktion.

»Wir haben Zeit.« Er nahm die Schere weg.

Sie hörte, wie er einen Stuhl heranzog und sich zu ihr setzte. Während er mit einem Stein die Schneidblätter schliff, sprach er mit leiser Stimme, die nur durch das Dröhnen des Donners unterbrochen wurde.

»Meine Eltern haben sich im Krankenhaus kennengelernt. Vater war Dom-Organist und spielte während einer Reise als Gast im Wiener Stephansdom.«

*Halt's Maul! Das interessiert mich nicht!* Doch Helen sagte kein Wort. So lange er redete, würde er ihr keine Schmerzen zufügen. *Findet doch endlich diesen Dachboden!* Ihre Gedanken schweiften ab. Carl erzählte weiter. Seine Stimme klang fern.

»Hören Sie mir zu?« Er stieß sie an.

Im Reflex öffnete sie für einen Moment die Augen, schloss sie aber sogleich wieder, um sein Gesicht nicht sehen zu müssen.

»Im Wiener Stephansdom löste sich am Ende der Messe eine Marienstatue von der Wand, krachte auf die Orgel und brach Vater den Arm. Eine komplizierte Fraktur von Elle und Speiche. Meine Mutter war eine blutjunge Krankenschwester in der Ausbildung. Sie pflegte ihn, und so wurden sie ein Paar. Er ging nicht zurück in die DDR. Sie lebten in Wien. Zuerst kam die Schlampe zur Welt, fünf Jahre später ich.«

Die Schleifgeräusche trieben Helen in den Wahnsinn.

»Hätte die Marienstatue Vater nicht den Arm gebrochen, wäre alles anders gekommen. Ich wäre nicht hier – Sie wären nicht hier. Ist das nicht Ironie? Die Heilige Jungfrau Maria selbst hat ins Geschehen eingegriffen und alles in die Wege geleitet. Aber warum? Um mich ein Leben lang zu quälen?«

Mit der Präzision des Wahnsinns schliff er die Klingen der Schere, bis sie blitzblank waren.

»Vielleicht ist das alles ihr Plan? Sie war Jungfrau – natürlich billigte sie Fremdgehen nicht. Dr. Harmann hat mir die Augen geöffnet. Hätte meine Mutter meinen Vater nicht betrogen, wären wir eine harmonische Familie gewesen. Aber sie musste ihn belügen und betrügen, wie all die anderen Frauen. Das Fremdgehen macht mich verrückt! Ich habe den Frauen nur das angetan, was Vater mir wegen meiner Mutter angetan hat.«

»Sie können doch nicht *alle* Frauen bestrafen!«

»Nur bestimmte …«

Sie hörte, wie er den Stein in die andere Hand nahm und weiterschliff.

*Schrrzt … schrrzt …*

Sein Blick wurde abwesend. »Unsere Nachbarin in Köln hatte ein Verhältnis mit ihrem Vorgesetzten. Ein verheirateter Rechtsanwalt. Meine Mutter hörte, wenn er zu Besuch kam. Sie kannte sogar seine Frau, doch sie hat ihr gegenüber nie etwas erwähnt. Bestimmt habe ich der Ehefrau einen Gefallen getan, als die Pitbull-Terrier der Schlampe die Kehle aus dem Hals rissen.«

*Schrrzt … schrrzt …*

»Meine Hauptschullehrerin in Leipzig hatte es mit dem Turnlehrer. Während wir im Kreis liefen, verschwanden sie in die Umkleidekabine.«

*Schrrzt … schrrzt …*

»Und die liebe Tante Lore … ich machte bereits die Lehre … schlug mir in Vaters Beisein mit dem Holzkochlöffel auf den Hinterkopf, wenn ich beim Essen zwischen den Bissen kein Gebet aufsagte. Finden Sie das in Ordnung? Dabei hatte sie zwei uneheliche Kinder abgetrieben.«

*Schrrzt … schrrzt …*

»Meine Kindergärtnerin hatte gewiss auch ein Verhältnis. Bestimmt sogar. Sie trug ständig kurze Röcke, war dick mit rotem Lippenstift bemalt und schlug die Beine immer so übereinander …«

*Schrrzt … schrrzt …*

»Ach ja, und München.« Er lachte leise. »Es war schwierig, meine Grundschullehrerin aus Köln zu finden. Eine kleine, zierliche

Frau. Wer hätte das gedacht, aber die hatte auch ein Verhältnis … manchmal glaube ich, die ganze Welt ist verkehrt.«

Obwohl Helens Daumenstumpf wie verrückt pochte, die Wunde ohne Unterlass pulsierte und Blut über das Handgelenk lief, wurde sie hellhörig. Sie versuchte, sich nichts anmerken zu lassen. Sabine Nemez kam aus München – er redete über deren Mutter.

*Schrrzt … schrrzt …*

»Und dann brannte deswegen auch noch die Schule nieder, wie sie mir vor ihrem Tod erzählt hat.«

*Schrrzt … schrrzt …*

»Ich merke an Ihrer Reaktion, dass Sie der Fall interessiert.«

Sie schlug die Augen auf und starrte ins Licht der Petroleumlampe. Ihr Gaumen war trocken. Sie öffnete die Lippen. »Mein Mann hat mich betrogen. Ich kann mir vorstellen, wie Sie sich fühlen.«

»Sie werden es erst wissen, wenn Sie auch die Schmerzen fühlen, die ich gefühlt habe.« Er stoppte das Schleifen. Jetzt roch sie die durch die Reibung heiß gewordene Oberfläche des Steins. »Helen, Sie brauchen nicht Verständnis zu heucheln. Ich darf Sie doch Helen nennen, oder? Sie stecken mit der Kripo unter einer Decke und haben mich hintergangen. War es Ihre Idee, der Presse zu sagen, dass meine Mutter noch lebte, als man sie fand?«

»Wovon reden Sie?«

»Helen, sie war mausetot. Sie hat sich die Zunge abgebissen! Halten Sie mich für blöd? Was bezwecken Sie mit dieser Lüge?«

Helen schwieg. Sie hasste sich so sehr! Warum hatte sie nur den Mund aufgemacht?

Carl stand auf und klemmte ihren Daumen zwischen die Schneideblätter. Das Metall war warm, glühte beinahe.

»Nein, bitte nicht …«, flehte sie.

*»Nein, bitte nicht«,* äffte er sie nach. »Ich stelle Ihnen ein Rätsel. Können Sie es nicht lösen, schneide ich Ihnen den Daumen ab. Was bedeutet das? ›Dunkel war's, der Mond schien helle …‹«

# 39

## Fünf Tage vorher

### Die letzte Therapiesitzung

Rose brachte ihre Klientin zur Tür und verabschiedete sich von ihr. Aus dem gegenüberliegenden Park duftete es herrlich nach Frühling. Die junge, magersüchtige Frau ging zum Parkplatz, und Rose sperrte die Tür zu ihrer Praxis ab.

Die letzte Klientin für heute. Rose blickte zur Wanduhr. Freitag, kurz nach eins. Die vergangenen Tage waren anstrengend gewesen, doch nun würde ein entspanntes Wochenende beginnen. Zunächst ein Besuch bei ihrer besten Freundin, anschließend ein Nachmittag im Wellnessbereich ihres Wohnblocks bei einer Ayurveda-Behandlung, eine Caipirinha in der Sauna-Bar, Maniküre, Friseur und abends ein Candlelight-Dinner im Marriott mit *ihm*.

Sie schaltete den CD-Player ein. Leise Saxofonklänge drangen aus den Boxen. Sie wiegte ihren Körper zur Musik und mixte sich dabei einen Aperol-Spritzer. Aber keinen wie in einem billigen Lokal, sondern einen mit vollmundigem Weißwein und einem Eiswürfel. Während sie an dem Glas nippte, läutete es an der Tür. Unwillkürlich blickte sie sich im Therapieraum um. Ihre Klientin hatte nichts vergessen.

Rose ging in den Vorraum. Auch an der Kleiderablage hingen weder Mantel noch Hut.

Sie öffnete die Tür.

»Treffen sich zwei Psychologen, sagt der eine zum anderen: *Wie geht's mir denn?*«

Carl lehnte am Türrahmen. Er schmunzelte nicht über seinen Witz. Seine Miene war todernst. Er schob einen Kaugummi im Mund herum. Sein Finger lag noch auf der Klingel.

»Sie haben getrunken«, stellte Rose fest.

Carl schloss die Augen und reckte die Nase. »Sie auch! Uh, Frau Doktor trinkt Wein.«

Er trug Jeans und eine leichte Lederjacke. Ihr fiel auf, dass seine Nägel und Fingerkuppen nicht wie sonst ölverschmiert waren.

»Herr Boni«, ermahnte sie ihn förmlich. »Wir haben heute keinen Termin.«

Er nahm die Hand von der Klingel und musterte sie ungeniert, von den engen Jeans über die Bluse bis zu der braunen selbst gestrickten Stola, die sie über den Schultern trug. Auf der Modeschmuckkette aus Holz, die teilweise ihr Dekolleté verdeckte, blieb sein Blick hängen.

»Seit unserer letzten Sitzung vor zwei Monaten versuche ich, Sie zu erreichen«, fuhr Rose fort. »Sie gehen weder ans Telefon, noch beantworten Sie meine Nachrichten auf Ihrer Mobilbox und reagieren nicht einmal auf meine Briefe.«

»Hier bin ich.«

»Das sehe ich. Fein! Nicht einmal Ihr Arbeitgeber weiß, wo Sie stecken.«

Er hob die Augenbrauen. »Sie haben bei Ruben angerufen?«

»Ihr Vorgesetzter ist übrigens nicht gut auf Sie zu sprechen.«

»Der Alte kann mich mal. Ich habe vor zwei Monaten gekündigt. Der war ziemlich sauer. Sie hätten sein Gesicht sehen sollen.« Carls Miene war immer noch ernst. Er spuckte ins Blumenbeet neben der Eingangstür.

Roses Gedanken überschlugen sich. Bestimmt wusste Ruben, dass das Gericht seinem Mechaniker Therapie statt Strafe auferlegt hatte. Merkwürdigerweise hatte er Carls Fernbleiben jedoch nicht dem Gericht gemeldet. Andernfalls hätte sich Richterin Lugretti mit ihr in Verbindung gesetzt. Aber das konnte noch geschehen. Sollte rauskommen, dass Carl seit zwei Monaten arbeitslos war und seinen Therapieterminen nicht nachkam, würde das Gericht ihn zweifellos befragen wollen und Einsicht in ihre Akten fordern. Dann müsste sie die Unterlagen fälschen, damit niemand erfuhr, dass sie Carl mit einem Placebo hereingelegt hatte.

Rose blickte sich um. Ihre Klientin mit der Essstörung war bereits gefahren. Auf dem Parkplatz war niemand. Auch Carls klapprigen Kastenwagen von Rubens Werkstatt sah sie dort nicht.

»Sind Sie zu Fuß hier?«

»Mit meinem neuen Wagen.« Er drückte zweimal hintereinander auf einen Funkschlüssel. Die Lichter eines dunkelblauen zweitürigen Ford Fiestas blinkten auf.

Rose bemerkte Carls zerkaute Fingernägel. Die Haut fehlte an jenen Stellen, wo eingetrocknetes Blut im Nagelbett klebte. Kein gutes Zeichen.

»Ich war kurz davor, eine Stellungnahme ans Gericht zu schreiben, weil Sie Ihrer Pflicht nicht nachkommen, die Termine einzuhalten. Ich werte das als Therapieabbruch.«

Tatsächlich hatte sie den Bericht an Petra Lugretti schon getippt, aber noch nicht abgeschickt, weil sie hoffte, dass Carl sich doch noch bei ihr melden würde. Falls nicht, würde er per Haftbefehl gesucht, und das Gericht würde höchstwahrscheinlich entscheiden, dass er seine Strafe von drei Jahren absitzen musste. Zum Glück war er jetzt aufgetaucht – wenn auch zu einem ungünstigen Zeitpunkt.

»Dann sollten wir die nächste Sitzung schleunigst nachholen«, schlug er vor.

»Gute Entscheidung – aber nicht jetzt.«

»Nein? Interessiert es Sie nicht mal, wie dreckig es mir in den letzten zwei Monaten gegangen ist?«, fragte er. »Oder ist es der Frau Doktor lieber, wenn sie es aus der Zeitung erfährt?«

Sie trat zur Seite. »Kommen Sie herein.«

»Oh, vielen Dank.« Er klebte den Kaugummi über den Doktortitel auf ihrem Türschild und ging in den Vorraum. »Und nein danke, für mich keinen Wein.«

Er warf sich im Therapiezimmer auf die Couch, als wäre er hier zu Hause. »Was hören Sie da für einen Scheiß?«

Rose schaltete den CD-Player aus und setzte sich. »Vereinbaren wir zwei neue Termine«, schlug sie vor.

»Nicht nötig.«

»Nicht nötig?«, wiederholte sie. »Weshalb?«

Er grinste. »Angenommen, Sie würden den Grund kennen, wie könnte er lauten?«

Sie fühlte sich auf den Arm genommen. Außerdem hatte sie keine Lust, mit einem betrunkenen Klienten die Rollen zu tauschen.

»Könnte der Grund lauten: weil Sie mich lächerlich gemacht haben?«, fragte er.

Ein flaues Gefühl breitete sich in Roses Magen aus.

»Könnte der Grund lauten: weil Sie mich hintergangen und mein Vertrauen missbraucht haben?«, fuhr er fort.

Rose stieg eine Hitzewelle zu Kopf. »Sie meinen das Torrexin«, stellte sie betont ruhig fest.

»Ja, richtig. Das Torrexin. Eine Tablette kostet immerhin fünfzig Euro. Was für ein teures Psychopharmakon!«, äffte er ihren Ton nach. »Es wird nur bei besonderen Patienten verwendet.«

»Es tut mir leid.«

»Ach was!« Er fuhr von der Couch hoch. »Sie haben mich reingelegt, ausgetrickst. Haben Sie eine Ahnung, wie blöd ich mir vorkam, als ich rausgefunden habe, dass es dieses Scheißmedikament gar nicht gibt? Wie dämlich muss ich Ihnen vorgekommen sein, als Sie mich dazu gebracht haben, weinend über meine Schwester zu reden? Carl Maria hat Ihre Praxis vollgeheult!«

Rose legte die Hände auf ihre Oberschenkel. Ihre Handflächen waren schweißnass. Carl war eine tickende Zeitbombe. Sein Hass auf Frauen musste unermesslich groß sein, insbesondere auf Schwester und Mutter – und nun hatte sie diesen Hass mit Hilfe der Wahrheitspille auch auf sich gezogen.

»Sie haben doch nicht etwa Angst?«, flüsterte er.

Rose blieb ihm die Antwort schuldig. Sie hatte das Gefühl, eine unsichtbare Hand würde ihre Kehle zudrücken. Sie konnte nicht einmal schlucken.

»Sie brauchen sich nicht zu fürchten, Rose«, beruhigte er sie. »Ich habe einen Weg gefunden, die Erkenntnisse der letzten Sitzungen auf *meine* Art und Weise zu verarbeiten.«

»Das ist schön.«

»Ja, das ist schön – mir gefällt es auch.« Er kaute wieder an den Fingernägeln.

Sie musste versuchen, seine Nervosität in den Griff zu bekommen. Doch im Moment war sie angespannter als er. Ihr Mund war trocken. Gott, sie könnte einen starken Drink vertragen.

»Wollen Sie nicht wissen, *wie* mir das gelungen ist?«

»Natürlich, erzählen Sie es mir bitte«, krächzte sie.

»Sie hatten unrecht. Mein Vater war kein Sadist.«

»Nein, das war er nicht«, bestätigte sie.

»Er hat es nicht gemocht, mich mit dem Bügeleisen am ganzen Körper zu verbrennen. Aber wir beide kennen den Grund, warum er es trotzdem getan hat. Er war krank. Meine Mutter hat ihn dazu gebracht. Nachdem sie mit jedem Kerl in der Stadt gevögelt hat, um ihre Tochter, dieses kleine, dämliche Luder, zu vergessen, hat sie meinem Vater gedroht, ihn zu verlassen, falls ich unartig bin. So war es doch, nicht?«

»Ihre Mutter …«

»Aber ich *war* artig!«, brüllte er. »Und trotzdem hat er mich jede Woche mit der Plastiktüte beinahe erstickt. Dieser großartige Dom-Organist, der ach so gläubig, demütig und ehrfürchtig war. Dieses Vorbild der Kirchengemeinde, das alle wegen seines himmlischen Orgelspiels verehrten. Aber mit mir hat dieser bigotte Hurensohn ein anderes Spiel getrieben. Er hat mir Rätsel aufgetragen. Aufgaben, die ich nie innerhalb der gesetzten Zeit lösen konnte. Ich war zu *jung* dafür!«

Tränen bildeten sich in seinen Augenwinkeln. Bisher hatte er nie darüber gesprochen. Rose konnte sich auch an keine Erwähnung der Rätsel auf den Tonbändern erinnern, die Carl für sie besprochen hatte.

»Welche Rätsel?«, fragte sie.

»Fragespiele ...« Er rieb sich die Tränen aus den Augen. Seine Pupillen glänzten. »Wer komponierte die fünf wichtigsten Pastoralmessen? Aus wie vielen Takten besteht Bachs Weihnachtsoratorium? Wie lautet die korrekte Abfolge einer bestimmten Liturgie? Während mein Vater spielte, hatte ich Zeit, die Antwort zu finden. Aber hat ein Zehnjähriger die Chance, so etwas innerhalb von vierzig Minuten rauszufinden? Unwissen wurde mit Bosheit gleichgesetzt. Manchmal höre ich seine bohrenden Fragen immer noch, seine unlösbaren Aufgaben, den Tadel, die Vorwürfe und seelischen Quälereien! ›Dunkel war's, der Mond schien helle ...‹« Er presste sich die Hände an die Ohren.

Rose erinnerte sich, dass Carl auf den Tonbändern ein bestimmtes Gedicht erwähnt hatte, das sein Vater während der Züchtigung ständig wiederholt habe.

»Um welches Gedicht handelte es sich?«

»Es waren Dutzende Reime.« Er presste die Augen zu, woraufhin seine Stimme in einen monotonen Singsang verfiel. »›Wenn sie ihre Suppe essen, und das Brot auch nicht vergessen, wenn sie, ohne Lärm zu machen, still sind bei den Siebensachen, beim Spazierengehen auf den Gassen, sich von Mama führen lassen ...‹«

»Carl!«, unterbrach sie ihn.

Er öffnete die Augen. »Von einem Gedicht habe ich bis heute nicht den Sinn begriffen. ›Dunkel war's ...‹ Verdammt, ich krieg die Welt nicht rund.«

»Carl! Sie sagten, Sie hätten einen Weg gefunden, das Trauma zu verarbeiten«, erinnerte sie ihn. »Erzählen Sie mir davon.«

Ein Lächeln umspielte seine Lippen. Diesmal lächelten seine Augen mit. Mit einem Mal erschien ein glückseliger Ausdruck auf seinem Gesicht. »Ich war in Dresden, am Grab meines Vaters. Ich saß am Fuß der Marmorplatte und habe mit ihm gesprochen. Ich sagte, ich weiß, weshalb er es getan hat. Nun ist mir auch klar geworden, was er mir an seinem Sterbebett mitteilen wollte … und ich habe ihm verziehen.«

»Das ist schön.« Rose griff nach seiner Hand. Carls Finger waren kalt. Er lächelte. Rasch ließ sie ihn los. »Bitte verzeihen Sie mir, dass ich Ihr Vertrauen missbraucht habe.«

»Es tut mir auch leid, aber Ihnen kann ich nicht verzeihen … Sie sind eine Frau!«

Erneut kroch Panik in Roses Kehle hoch. Was bezweckte er mit diesem Besuch bei ihr? Ihre Hände zitterten.

Carl erhob sich und ging zur Tür. Bevor er den Therapieraum verließ, blickte er sich im Zimmer um, als wollte er von einem Lebensabschnitt Abschied nehmen. Dabei fiel sein Blick auf die Kommode.

*Der Brief!* Ihr Herz schlug schneller.

»Was haben Sie jetzt vor?«, fragte sie rasch, um ihn abzulenken, doch er hatte das Kuvert bereits entdeckt.

Er nahm es, drehte es zwischen den Fingern und las den Empfänger. »Ist das etwa der Bericht ans Gericht, den Sie angeblich noch nicht geschrieben haben?«

»Ich wollte ihn erst abschicken, nachdem ich mit Ihnen gesprochen habe.«

»Rose, Sie haben mich schon wieder belogen. Sie lernen es nie!« Er klang nicht einmal enttäuscht, als hätte er von ihr nichts anderes erwartet.

Carl riss das Kuvert auf, nahm den Brief heraus und steckte ihn in die Innentasche seiner Jacke. »Ach ja, Sie fragten, was ich vorhabe. Ich fahre noch heute nach München. Ich besuche eine alte Bekannte. Es hat lange gedauert, sie ausfindig zu machen. Früher wohnte sie in Köln. Aber nun freue ich mich, sie wiederzusehen. Sie kann sich bestimmt noch an mich erinnern.«

Rose brachte ihn zur Tür. Er ging hinaus, drehte sich aber noch einmal zu ihr um. »Wenn ich zurückkomme, machen wir einen letzten Termin aus, einverstanden?«

»Einverstanden.« Sie schluckte. »Ich wünsche Ihnen viel Vergnügen in Deutschland.«

»Oh, das werde ich haben.«

Rose sah ihm nach, wie er zum Auto ging. Sie stieß die angehaltene Luft aus. Ihre Schultern sackten herab. In den vergangenen Minuten hätte alles Mögliche passieren können. Ihre Knie waren weich. Sie sperrte die Tür ab und ging in den Therapieraum zurück. Mit zittrigen Fingern griff sie nach dem Weinglas und stürzte den Aperol-Spritzer in einem Zug hinunter. Dann blickte sie aus dem Fenster. Carl stieg tatsächlich in den blauen Ford Fiesta, wendete auf dem Parkplatz und fuhr davon.

»Oh, Gott.« Sie mixte ein weiteres Glas, diesmal ohne Eiswürfel, und leerte es in einem Zug.

Rose benötigte eine Viertelstunde, um ihre Nerven zu beruhigen, indem sie einfach nur die Wand anstarrte. Sie musste das Gericht von Carls Besuch verständigen. Je eher, desto besser. Wenn ihre Therapiemethoden aufflogen, dann flogen sie eben auf. Immerhin besser, als von einem Verrückten verfolgt zu werden.

Sie blickte zur Uhr. Es war bereits halb drei. Sie musste ihre beste Freundin besuchen. *Ihre beste Freundin!* Was für ein Witz! Ein dummes Wortspiel, das sie sich in den letzten Monaten angewöhnt hatte.

Im Badezimmer neben dem Therapieraum wischte sie sich Lidschatten und Lippenstift aus dem Gesicht, nahm ihre Kontaktlinsen heraus und legte sie in die Becher. Der Gesichtspuder kaschierte ihre Bräune aus dem Solarium. Aus dem Badezimmerschrank nahm sie die dicke Hornbrille, die bestimmt schon zwanzig Jahre alt war. Rose betrachtete sich im Spiegel und ließ die Mundwinkel schlaff herunterhängen.

»Du siehst hässlich aus, altes Mädchen!«, knarrte sie mit tiefer Stimme.

Dann schlüpfte sie aus ihren Kleidern und zog eine graue Hose, einen dunklen Rollkragenpullover und flache, abgetragene Schuhe an.

Wieder im Bad, nahm sie die graue Perücke von der Büste. Sie bändigte ihre roten, flott geschnittenen Haare mit Haargel und stülpte die Perücke ihrer Mutter darüber, die die alte Dame in den Siebzigern getragen hatte.

»Damit siehst du gut zehn Jahre älter aus, arme, traurige, krebskranke Apothekerin.«

Mit einer braunen Handtasche im Arm schlurfte sie aus dem Haus zu ihrem Auto.

Die Praxis dieser blöden Kuh lag etwa zwanzig Autominuten entfernt. Sie würde zu ihrem Termin noch rechtzeitig kommen. Worüber würden sie diesmal sprechen? Über ihre unglückliche Beziehung zu einem verheirateten Mann? Was würde der Bauerntrampel aus Grießkirchen ihr wohl diesmal raten? Allerdings war die Therapeutin professioneller, als Rose gedacht hatte – hart zu knacken, gab nur wenig von sich preis. Aber diesmal würde Rose vielleicht etwas Neues über sie erfahren. Unbewusst erzählte jede Frau von sich, sobald sie einer anderen Frau Ratschläge erteilte. Bei ihr war es nicht anders.

Vor dem Abendessen mit Frank war bestimmt noch Zeit für Ayurveda, Maniküre und Friseur. Diesmal konnte er bis 23.30 Uhr bleiben, und sie würden nach dem Marriott noch zu ihr nach Hause fahren. Er mochte es, wenn sich ihre alten Jazzscheiben auf dem Plattenteller drehten und er an ihrem Ohr knabberte, während sie ihm schweinische Gedichte von William Burroughs vortrug. Sie liebte es, wenn er in ihr Ohr flüsterte, *sie spreche wie eine Nonne und küsse wie der Teufel.* Dieser Mann hatte keine andere Frau verdient als sie.

Rose war mit ihrer um etwa eine Dioptrie zu schwachen Hornbrille so darauf konzentriert, keinen Unfall zu verursachen, dass sie den dunkelblauen zweitürigen Ford Fiesta nicht bemerkte, der ihr folgte.

# 40

Sintflutartig ergoss sich der Regen über die Stadt. Sabine stand in der Hauseinfahrt des Altbaus. Ihr Thermopulli war völlig durchnässt. Ein Kollege von der Wiener Kripo hatte ihr eine Regenjacke mit reflektierenden gelben Streifen gegeben.

Die Hecktüren des Krankenwagens schlugen zu. Ohne Zeit zu verlieren, preschte die Ambulanz mit Blaulicht und Signalton davon. Wasserfontänen spritzten aus den Schlaglöchern an der Fahrzeugseite empor. Als der Wagen durch die Schnellbahnunterführung raste, hallte das Sirenengeheul von den Wänden. Sekunden später sah Sabine das Blaulicht noch als Spiegelung an Häuserwänden und in Regenpfützen.

Sie starrte auf die andere Straßenseite, zur Hausnummer 18. Seit einer Viertelstunde stritten sich dort Maarten Sneijder, Ben Kohler und Oliver Brandstätter mit einigen anderen Beamten. Die Gruppe stand vor dem Hauseingang, umgeben von Polizeiwagen. Trotz des Regens waren die lauten Stimmen nicht zu überhören. Nur Männer. Deshalb hatte sie sich zurückgezogen. Auf Flegeleien, Machogehabe und gegenseitige Beschuldigungen konnte sie verzichten. Unter den Beamten war auch ein hohes Tier, ein Mann im beigen Anzug, mit Brille und grauem Haarkranz. Möglicherweise Kohlers Vorgesetzter. Die Emotionen kochten hoch.

Sabine interessierte nicht, was die Typen besprachen. Im Moment gingen ihr andere Probleme durch den Kopf. Ihr Koffer stand in der Kantine des Bundeskriminalamts, und sie hatte keine Ahnung, wo Sneijder und sie übernachten sollten. Ihr Handyakku war nahezu leer und würde möglicherweise nur noch für ein kurzes Gespräch mit ihrer Schwester reichen. Mutters Mörder war immer noch frei, und die Kollegen vom Münchner LKA, die keine Ahnung hatten, was sich in den letzten zwölf Stunden in Wien ereignet hatte, warteten unverändert auf ihren Besuch. Der Kerl im beigen Zweireiher würde garantiert Kontakt mit München aufnehmen. Nach dieser Glanzleistung, bei der sie Helen Berger verloren hatten, hing ihr Job beim Kriminaldauerdienst am seidenen Faden – und eine Ausbildung beim BKA konnte sie vergessen. Das miese Wetter passte perfekt zu ihrer Verfassung.

Sneijders Stimme drang zu ihr herüber. Er sprach leise, aber betont. Augenblicklich verstummten die anderen Männer. Dann löste er sich von der Gruppe und kam zu ihr. Regenwasser lief ihm über die Glatze. Im Licht der Blitze, die im Minutentakt über die Hausdächer zuckten, sah sein Gesicht aschfahl aus.

»Wollen Sie zu mir unters Vordach?«, fragte sie.

»Danke.« Sneijder wischte sich das Wasser aus dem Gesicht. »Die Bilanz sieht nicht zu unseren Gunsten aus, Eichkätzchen. Dass wir ein weiteres Opfer von Carl retten konnten, interessiert die nicht. Helen Berger wird vermisst. Meine Schuld! Und ich habe keine Ahnung, wo der Mistkerl sie hingebracht haben könnte.«

»Wie geht es Rose Harmann?«

»Carl hat ihr neun Finger abgeschnitten. Sieben davon lagen im Eimer. Der Notarzt glaubt nicht, dass die Chirurgen einen davon retten können. Sie hat Wundbrand und eine Blutvergiftung. Möglicherweise müssen sie ihr sogar …« Sneijder wurde durch das Läuten seines iPhones unterbrochen. Er ging sofort ran und lauschte eine Weile. »Welche Sektorantenne?«, fragte er schließlich. »Aha … und das andere? … Gut, danke.«

Sabine begriff kein Wort. Als er das Telefon wegsteckte, lief Kohler zu ihnen.

»Sneijder, tut mir leid, ich muss Ihnen bis zur Aufklärung des Sachverhalts Waffe, Reisepass und Dienstausweis abnehmen. Dann werde ich Sie beide aufs Revier bringen. Dort schreiben wir ein Protokoll.«

»Das ist nicht Ihr Ernst.« Sneijder kniff die Augen zusammen. »Wenn Sie mich auch nur anfassen …«

»Ist nicht meine Entscheidung!«, fuhr Kohler ihn an. »Sie haben sich in eine laufende Ermittlung eingemischt, und nun haben wir eine Zeugin verloren.«

»Eine laufende Ermittlung?«, prustete Sneijder. »Das ist sie erst durch unsere Ankunft in Wien geworden.« Abfällig deutete er zu der Männergruppe hinüber. »Was unternehmen die, um Helen Berger zu finden?«

Kohler verzog verbittert das Gesicht. »Es ist eine persönliche Angelegenheit zwischen Helen und dem Polizeipräsidenten. Sie zu finden ist nicht unbedingt seine erste Priorität.«

»Wenn Sie mir vertrauen, finden wir sie.«

»Ihnen vertrauen?« Kohler presste die Lippen aufeinander. »Glauben Sie mir, das würde ich gern. Aber ich kann nicht.« Er wischte sich das Wasser aus dem Gesicht. »Für Sie ist es vorbei. Gehen wir.«

Sneijder blieb stehen. »Vergessen Sie für eine Sekunde den bürokratischen Mist, und hören Sie einfach nur zu. Ich habe eine Handypeilung von Carl Bonis Telefon veranlasst.«

Kohler bekam große Augen. Im nächsten Moment schüttelte er den Kopf. »Das ist unmöglich.«

»Okay, ich weiß, dass Ihre Telekom eine Liste mit Telefonaten nicht einmal dann an die Kripo rausrückt, wenn der Staatsanwalt einschreitet. Ihre Kollegen müssen warten, bis die Telekom das Quartal abrechnet. Aber wir arbeiten anders.«

»*Wir?* Hacken sich die IT-Spezialisten des Wiesbadener BKA in die Telekom?«

»Das nicht, aber der Bundesnachrichtendienst knackt jedes Programm.«

»Woher haben Sie Carls Handynummer?«

»Von einer Datenrückverfolgung. Er hat um 17.01 Uhr Helen Berger angerufen.«

»Und woher haben Sie Helens Handynummer?«

»Herrgott.« Sneijder warf die Arme in die Luft. Dann klopfte er auf die Brusttasche seines Sakkos, wo das iPhone steckte. »Auf

Helens Webseite unter ›Kontakte‹ ist ihre Telefonnummer nicht zu übersehen.«

Nun begriff Sabine. Sneijder war die ganze Zeit über nicht untätig gewesen.

»Und wann haben Sie das alles inszeniert?«

»Vor Harmanns Praxis, als wir auf den Ersatzwagen warteten.«

»Wenn ich das meinem Chef erzähle, reißt er mir den Kopf ab.«

»*Godverdomme!*«, schnaubte Sneijder. »Wenn Sie das Ihrem Chef erzählen, reiße *ich* Ihnen den Kopf ab! Interessiert Sie nun, was ich rausgefunden habe, oder wollen Sie mir weiterhin einen Vortrag über Bürokratie halten?«

Kohler zögerte. In diesem Moment fiel von der anderen Straßenseite der Lichtkegel einer Taschenlampe zu ihnen. Die Versammlung löste sich langsam auf. Oliver Brandstätter kam zu ihnen.

»Kohler, Brandstätter! Aufs Revier! Jetzt!«, brüllte der Mann im beigen Anzug.

»Der Teufel soll ihn holen«, murrte Brandstätter, als er sie erreichte.

Sabine betrachtete Kohlers Miene. Seine Wangenknochen mahlten. Wie würde er sich entscheiden?

»Ja, sofort«, rief er zurück. Dann sagte er leise zu Sneijder: »Okay, schießen Sie los.«

»Wir brauchen einen Stadtplan von Wien.«

»Gut, kommen Sie mit.«

Sie liefen zu dem schwarzen Audi, der immer noch vor der Unterführung stand. Während sich die Beamten in alle Richtungen verstreuten, stiegen sie ein.

»Was habt ihr vor?«, fragte Brandstätter.

»Was wohl? Hast du einen Stadtplan im Handschuhfach?«, fragte Kohler.

Brandstätter schüttelte fassungslos den Kopf. »Wer verwendet heute noch Karten? Deine Oma vielleicht. Das ist viel besser.« Er knipste das Navi ein.

»Endlich mal einer, der mitdenkt.« Sneijder beugte sich nach vorne. »Carls Handy ist in diesem Moment in die Mobilfunkstation zwo-vier-eins-acht eingeloggt.«

Kohler starrte frustriert auf die Anzeige des Navi. »In Wien gibt es tausendfünfhundert Mobilfunkstandorte mit knapp doppelt so vielen Stationen. Wir brauchen einen Senderkataster mit allen Standorten.«

»Die Station steht in der Sensengasse«, antwortete Sneijder ruhig. »Carls Handy hat sich in eine Antenne eingeloggt, die mit einem Sektor von hundertzwanzig Grad nach Süden zeigt. Reichweite etwa sechzig Meter.«

Brandstätter musste man nichts erklären. Er tippte ins Navi und brachte eine Karte des Stadtteils auf den Monitor. Die schlanken Häuserzeilen wirkten wie Waben. Dazwischen lagen Grünflächen.

Sabine beugte sich ebenfalls vor und entzifferte die Gebäudenamen. »Die Gerichtsmedizin der Medizinischen Universität, der Campus der Uni Wien und … der *Narrenturm?*« Aus dem Innenhof dieses hohen Rundbaus ragte ein Turm.

»Der Narrenturm war früher eine Psychiatrie und ist jetzt nur noch ein pathologisches Museum«, erklärte Kohler. »Das ist das Gelände des alten AKH. Um es zu durchsuchen, brauchen wir Tage.« Er drehte sich zu ihnen. »Ihre Kollegen könnten doch auch Helens Handy anpeilen, oder?«

»Haben sie bereits«, antwortete Sneijder. »Es ist in eine andere Sektorantenne eingeloggt. Vermutlich saß Carl bereits in Helens Wagen, als sie von Harmanns Praxis wegfuhr – und hat ihr Handy auf der Triester Straße aus dem Auto geworfen, wo es jetzt immer noch liegt.«

»Scheiße.« Kohler tippte auf das Navi und vergrößerte den Bildausschnitt.

»Wohin fahren wir?«, fragte Brandstätter.

»Jedenfalls nicht aufs Revier.«

»Wenn der Chef das rausfindet, platzen seine Halsschlagadern …«

»Wissen wir!«, riefen Kohler und Sneijder wie aus einem Mund.

»Okay, nur die Ruhe«, murrte Brandstätter. »Wenn ihr mich schon in diese Sache reinzieht, möchte ich wenigstens erfahren, worum es geht.«

»Wir arbeiten noch daran«, erwiderte Kohler. In knappen Sätzen erklärte er seinem Partner, was sie bisher wussten. Brandstätters Blick blieb skeptisch. »Ich habe Helen vor drei Jahren schon einmal verloren, als sie sich den Vorwürfen von Staatsanwalt, Gericht und Kripo stellen musste«, fauchte Kohler. »Denselben Fehler begehe ich nicht noch einmal. Bist du dabei oder nicht?«

»Hör zu, Kumpel.« Brandstätter legte Kohler den Zeigefinger auf die Brust. »Ich hätte Helen damals nicht im Stich gelassen, so wie du. Natürlich bin ich dabei.«

Für einen Moment herrschte Stille.

»Carl Bonis Mutter war doch Krankenschwester«, sagte Sabine plötzlich.

»Und Assistentin in der Gynäkopathologie des Wiener Universitätsinstituts – das ist es!«, rief Kohler.

»Gut gemacht«, lobte Sneijder. »Er hat Helen in eines der Pathologie-Gebäude des alten AKH gebracht.« Er tippte Brandstätter auf die Schulter. »Los, Mann, worauf warten Sie?«

# 41

Helen presste die Augen zu und wollte dem Wahnsinn nicht länger zuhören, doch Carls eindringlicher Singsang drang gewaltsam in ihren Kopf ein.

»›Dunkel war's, der Mond schien helle, Eis lag auf der grünen Flur, als ein Wagen blitzesschnelle, langsam um die Ecke fuhr …‹«

Er zitierte ein Gedicht mit vier Strophen über eine alte Tante im Sarg und einen Jungen mit schlohweißem Haar.

»Was bedeutet das?«, fragte er schließlich.

Sie wollte und konnte keine Antwort geben.

»Was ist der Sinn dieser Worte?«

»Ist das eines der Rätselspiele, das Ihr Vater mit Ihnen …?«

»Ist doch völlig egal!«, schrie er. »Was zum Teufel bedeutet das?«

»Ich weiß es nicht.«

»Sie sind völlig nutzlos!« Er verstärkte den Druck der Schere. »Bitte …«, keuchte er plötzlich. »Helfen Sie mir! Was bedeutet das?« Seine Stimme kippte und bekam einen flehenden Ton.

»Es ist nichts weiter als ein Spottgedicht«, sprudelte es aus Helen heraus. »Kinder sagen es seit Jahrzehnten auf. Ich kenne es aus meiner Jugend. Es ist uralt und stammt vermutlich aus Goethes Zeit.«

»Und der Sinn?«, kreischte er.

»Es ist ein Sprachspiel, es *hat* keinen Sinn!«

»Das muss es!« Er drückte zu.

Helen schrie auf. »Es ist ein Paradoxon«, presste sie hervor. »Das Gedicht lebt von offensichtlichen Widersprüchen.«

»Was ist der Sinn dieser Widersprüche?«

»Ein Oxymoron hat keinen Sinn.« *Mein Gott, was wollte er denn hören?* »Es ist eine Formulierung zweier gegensätzlicher, einander widersprechender Begriffe. Wie alter Knabe …«

»… oder Hassliebe«, ergänzte er langsam. Sein Blick trübte sich. »Rose Harmann sagte, dass meine Mutter mich geliebt haben muss, obwohl sie mich doch abgrundtief hasste …« Er verstummte. Plötzlich starrte er sie mit klaren Augen an. »Ich habe es gelöst. Ich habe *meinen* Sinn gefunden.« Er strahlte sie überrascht an, dann betrachtete er die Klinge. »›Das Reden verstummt, das Lächeln entflieht, denn das ist der Ort, wo der Tod sich erfreut, beizustehen dem Leben‹«, zitierte er.

Helen schwieg. Sie hatte keine Ahnung, wovon er sprach.

»Sie wollten doch wissen, wo Sie sich befinden, Helen. Giovanni Morgagni war der Begründer der modernen Pathologie.«

*Pathologie?*

»Ich habe das Rätsel für mich gelöst – aber Sie kennen den Sinn immer noch nicht.« Er lächelte und steckte ihr den Knebel wieder in den Mund. Tiefer denn je. »Es tut mir leid, aber Sie konnten das Rätsel nicht lösen.«

Carl griff zur Schere und trennte Helen den zweiten Daumen ab.

## 42

In verwaschenem Grau, Stein auf Stein, ragte das Gebäude der Gerichtsmedizin wie ein Monster empor. Das Regenwasser schoss über die Dachrinnen und lief in eigenwilligen Bahnen an den schmalen Fensterkreuzen herab. Bei diesem Gewitter war an der Ecke Spitalgasse und Sensengasse nur wenig Verkehr. Irgendwo musste der Blitz eingeschlagen haben, denn die Beleuchtung auf dieser Straßenseite war ausgefallen. Einige Häuserblocks weiter unten herrschte genereller Stromausfall.

Unter dem Dach der Gerichtsmedizin prangte ein langer lateinischer Spruch in großen Lettern an der Mauer. Als der Blitz am Himmel zuckte, konnte Sabine zwei Wörter erkennen. *STUDIIS ANATOMICIS*. Der Rest lag im Dunkel.

Brandstätter lief zu ihnen und schirmte die Augen mit der Hand vor dem Regen ab. In der anderen hielt er zwei Taschenlampen.

»Wo beginnen wir?«, rief Kohler, um den Donner zu übertönen.

»Das Campusgelände der Uni können wir vernachlässigen«, sagte Sneijder. »Bleiben entweder die Gerichtsmedizin oder der Narrenturm.«

Kohler griff nach Sneijders Arm. »Was sagt Ihr Gefühl?«

»Erzählen Sie mir mehr über den Narrenturm. Kurz und prägnant.« Sneijder hielt drei Finger hoch.

»Ich weiß nicht mehr darüber als Sie.«

»Im siebzehnten Jahrhundert war der Turm die erste Heilanstalt für etwa zweihundert geistig Kranke«, rief Brandstätter. »Heute ist er ein pathologisch-anatomisches Museum für Missbildungen mit kuriosen Ausstellungsstücken. Meine Schwägerin reinigt die Vitrinen. Er steht unter Denkmalschutz und ist im Besitz der Universität Wien.«

»Er ist im Narrenturm«, flüsterte Sneijder.

»Wie sicher sind Sie?«, fragte Kohler.

»Neunzig Prozent. Ein rundes, denkmal*geschütztes* Gebäude könnte auch ihm *Schutz* bieten! Denkt er jedenfalls. Der Turm liegt abgelegen und grenzt an kein anderes Gebäude. Noch dazu ist das Museum um diese Uhrzeit geschlossen, und er fühlt sich ungestört.«

»Falls Sie sich irren …«

»Sie sollten Verstärkung anfordern«, schlug Sabine vor.

»Damit die uns hier abholen und aufs Revier bringen?« Kohler griff zum Handy. Statt das BKA Wien über ihren Standort zu informieren, rief er den Wega-Einsatzleiter an.

Soviel Sabine aus Kohlers Worten entnahm, waren die Männer gerade dabei, ihren Posten vor Carmen Bonis Haus aufzugeben. Nachdem Kohler seinem ehemaligen Kollegen die Lage erklärt hatte, schickte er sie zum Gebäude der Gerichtsmedizin, um es vom Keller bis zum Dachboden nach Helen und Carl Boni zu durchsuchen. Mitten im Satz brach er ab. »Hallo … Hallo?«

Kohler steckte das Handy weg. »Der Akku hat gerade noch ausgereicht. Die Jungs kümmern sich darum.« Er griff zur Waffe. »Nehmen wir uns den Turm vor.«

Der Narrenturm ragte aus einer Wiese, die durch den Wolkenbruch matschig geworden war. Rundherum lagen die Gebäude der alten Uni. Ein schmaler Weg aus Steinplatten führte zum Eingang. Daneben sammelte sich das Regenwasser in tiefen Rillen. Ein Auto war kürzlich hier langgefahren! Kohler folgte den Reifenspuren mit dem Lichtkegel der Taschenlampe, bis er einen alten Toyota beleuchtete, der neben dem Turm parkte. Hier waren sie richtig. Er rannte zu dem Gebäude. Sabine, Sneijder und Brandstätter folgten ihm.

Wenn man unmittelbar davor stand, wirkte der Bau wie eine mittelalterliche Burg. Zahlreiche Blitze rissen das Gemäuer aus der Finsternis. Der festungsähnliche Rundbau mit rohen Ziegeln ohne Verputz war fünfgeschossig mit schlitzartigen Fenstern. Die unterste Fensterreihe war vergittert. Durch einen Torbogen gelangten sie ins Innere des Rundbaus. Der Innenhof war klein. Hier ragte der Turm empor. Was für eine verrückte Konstruktion!

»Im Rundbau lagen früher das Schwesternwohnheim und die Ärztedienstwohnungen«, erklärte Brandstätter. »Ben und ich sehen uns dort um.« Er reichte Sneijder seine Taschenlampe. »Nehmen Sie sich den Turm vor.« Im nächsten Moment waren die beiden verschwunden.

Sneijder gab Sabine die Lampe, um selbst die Waffe zu ziehen. »Leuchten Sie mir.«

Sie liefen durch den Regen zum Eingang des Turms. Der Rundbogen stand auf einem massiven Mauersockel. Oberhalb der wuchtigen Holzpforte hing eine Laterne, die unter den Stromschwankungen heftig zuckte. Bei Sneijders Talent, Türen zu öffnen, würden sie niemals durch dieses Tor kommen.

Sabine beleuchtete das Schloss. Zum Glück war es aufgebrochen. Frische Abdrücke eines Stemmeisens hatten Holz und Mauerwerk eingedrückt. Der Wind warf die Tür einen Spaltbreit auf, worauf sie gegen den Rahmen schlug. Carl Boni konnte mit seinem Aufsperrwerkzeug zwar Autos ohne Gewalt öffnen, aber keine Haustüren.

Sneijder fuhr herum. »Er ist hier!«, rief er mit gedämpfter Stimme in den Sturm, doch seine Worte wurden von Wind und Donner übertönt. *»Vervloekt!«*

Kohler und Brandstätter waren längst im Rundbau verschwunden. Sneijder starrte auf die Waffe.

»Ein Schuss würde zwar Kohler herholen, aber auch Carl alarmieren!«, gab Sabine zu bedenken.

»Stimmt. Gehen wir.« Er drückte die Tür auf.

Im Turm flackerte eine mickrige Notbeleuchtung, die gerade ausreichte, dass man den Pfeil erkennen konnte, der zum Ausgang wies. Der Rest des Gemäuers lag im Schatten. In einer Nische tuckerte ein Dieselgenerator.

Sneijder nahm ihr die Taschenlampe aus der Hand und klemmte sie so an die Pistole, dass sie wie ein Zielfernrohr der Waffe wirkte. »Ziehen Sie die Regenjacke aus«, flüsterte er. »Sie leuchten wie ein Karussell.«

Sie schlüpfte aus der Jacke und warf sie zu Boden. In dem grauen Thermopulli verschmolz sie mit der Dunkelheit.

»Greifen Sie in meine Seitentasche«, wies er sie an. »Versuchen Sie, mit dem iPhone Kohler zu erreichen. Er und Brandstätter sollen rüberkommen.«

Sie fand Kohlers Nummer unter den zuletzt getätigten Anrufen, doch nach dem ersten Freizeichen sprang die Mobilbox an.

»Sein Akku ist leer.«

»Steinzeit-*Klootzak!*«, fluchte Sneijder. »Okay, ich kümmere mich um Carl. Sie bringen Helen nach draußen in Sicherheit.« Er nickte mit dem Kopf zur schmalen Wendeltreppe. Mit der Glock im Anschlag ging er voraus.

Bei jeder Tür, an der sie vorbeikamen, drückte Sabine die Klinke nieder. Alle waren abgesperrt. Keine gewaltsamen Spuren an den Rahmen. Da der Turm keinen Keller besaß, musste Carl oben sein.

Sneijders Taschenlampe spiegelte sich in den Glasvitrinen. Mehrmals rutschte Sabine das Herz in die Hose, als sie eine Gestalt neben sich sah. Doch es handelte sich bloß um deformierte Skelette von Kindern und Jugendlichen. Sobald das Licht eines Blitzes durch die schmalen Fenster fiel, sah sie die Skizzen und Schwarzweißfotografien in den Schaukästen. Es musste schrecklich gewesen sein, als Gefangener in diesem Turm vegetiert zu haben. Beim Donnergrollen glaubte sie, die Schreie der Geisteskranken zu hören, die hier vor hundert Jahren mit Lederriemen ans Bett gefesselt und mit Wasser und elektrischem Strom behandelt worden waren.

Je weiter sie nach oben kamen, desto enger wurde die Wendeltreppe. Die Marmorstufen hatten sich im Laufe der Jahre gesenkt, ragten schief aus der Mauer und waren so glatt, dass man aufpassen musste, um nicht auszurutschen. Die Korridore in den Etagen wurden ebenfalls enger. Im nächsten Stockwerk lagen die Scherben einer Glasvitrine auf dem Boden. Sneijder bedeutete Sabine, nicht hineinzutreten. Bis auf das altertümliche Spiegelbesteck eines Zahnarztes waren die Holzregale leer. Was immer hier fehlte – Carl hatte es sich geholt.

Im nächsten Stockwerk sah Sneijder aus dem Fenster. Sie waren auf gleicher Höhe mit dem Schindeldach des Rundbaus. Demnach befanden sie sich in der letzten Etage. Sabine blickte zur Decke. Über ihrem Kopf verlief eine Holzkonstruktion aus Dachbalken.

Durch die Fenster auf der gegenüberliegenden Seite blitzte der Schein einer Taschenlampe. Kohler und Brandstätter würden dort drüben nichts finden. Carl war in *diesem* Turm. Sie hielt immer noch Sneijders Telefon in der Hand. Erneut wählte sie Kohlers Nummer. Ohne Erfolg. Sie steckte das iPhone ein. Gedankenverloren legte sie die Hand auf die nächste Klinke und zuckte zurück, als die Tür nach innen aufschwang.

Sogleich richtete Sneijder die Waffe auf den Spalt. Doch nichts passierte. Der Schlüssel steckte außen. Aus dem Raum drang kein Laut. Geistesgegenwärtig hatte Sneijder darauf geachtet, dass der Strahl der Lampe nicht in den Raum fiel. Mit einem Blick signalisierte er Sabine, sich ruhig zu verhalten. Wie angewurzelt stand er vor der Tür.

*Worauf wartet er denn?*

In diesem Moment bereute sie, dass sie ihre Dienstwaffe in München gelassen hatte. Sie trug nicht einmal eine Kevlarweste und fühlte sich so schutzlos wie ein Huhn auf dem Präsentierteller.

*Worauf zum Teufel wartet er?*

Ein Blitz zuckte. Unmittelbar danach grollte Donner, sodass der Boden des Turms bebte. Sabine lief eine Gänsehaut über die Arme. Im selben Moment stieß Sneijder die Tür auf und glitt in den Raum. Mechanisch folgte sie ihm. Der Raum war schmal und lang gezogen. Die Taschenlampe zuckte im Uhrzeigersinn in jeden

Winkel. Spiralförmig leuchtete Sneijder das Zimmer aus. Stühle, Schränke und Tische standen darin. An den Wänden klebten Plakate.

»Schauen Sie in den Schrank, und sichern Sie die Tür!«, befahl er und lief zum anderen Ende, wo ein weißes Laken von der Decke hing.

Die Schränke waren leer, im Gang befand sich niemand. Sie blickte zu Sneijder. Er hatte das Laken abgenommen. An der Decke baumelte eine erloschene Petroleumlampe. Darunter stand eine Werkbank aus Holz mit losen Lederriemen. Sie kam näher.

Sneijder blickte kurz auf. »Ist jemand im Gang?«

Sie schüttelte den Kopf. In einer Blechschüssel auf einem Beistelltisch lag altertümliches chirurgisches Besteck. Sneijder legte die Hand auf die Lampe.

»Noch warm … Vorsicht!«

Sabine hielt inne. Unter dem Tisch glänzten zwei frische Blutlachen. »Mein Gott …«

Sneijder leuchtete hinein. Darin schwammen zwei abgetrennte Daumen. Er kniete nieder und tauchte den Finger ins Blut. »Ist höchstens fünf Minuten her«, flüsterte er.

In diesem Moment krachte die Tür hinter ihnen zu. Von außen klimperte der Schlüssel im Schloss. Der Riegel schob sich zweimal ins Mauerwerk.

# 43

Sabine blinzelte zu Sneijder. Am liebsten hätte sie sich selbst geohrfeigt. »Ich habe es verbockt, tut mir leid. Ich bin eine miese Partnerin.«

Sneijder lief mit gezogener Waffe zur Tür. »Merken Sie sich eines: Es gibt keine schlechten Partner – nur unerfahrene! Vielleicht hätte Carl Sie draußen getötet.« Er legte mit der Waffe an. »Stellen Sie sich hinter mich!«

Er schoss dreimal auf das Schloss. Dann riss er die Tür auf. Der Gang lag im Dunkeln. Sneijder leuchtete die Wände ab, dann presste er sich an den Türstock und senkte den Lichtstrahl in den schmalen Korridor.

»Er ist runtergelaufen.« Sneijder deutete auf ihre Hosentasche, in der sein iPhone steckte. »Verständigen Sie das BKA Wien. Wir brauchen Straßensperren im Radius von einem Kilometer rund um dieses Gebäude und eine Ambulanz für den Fall, dass wir Helen Berger lebend finden. Ich gehe runter.«

Er setzte sich in Bewegung, doch Sabine hielt ihn zurück. »Warten Sie!«

Sie wusste selbst nicht, warum sie das tat, doch ihr Bauchgefühl sagte ihr, dass Sneijder die falsche Entscheidung getroffen hatte. Sein fragender Blick verriet Ungeduld.

»Wenn im ersten Akt eines Theaterstücks ein Gewehr auf der Bühne hängt, wird später damit geschossen«, zitierte sie einen Satz von ihm.

Sneijder betrachtete sie, als wäre sie vollkommen übergeschnappt.

»Das Buch«, flüsterte sie. »Nach dem Daumenlutscher gibt es nur noch zwei Struwwelpeter-Geschichten. Hans-Guck-in-die-Luft und der fliegende Robert.«

Unwillkürlich blickte Sneijder zur Holzdecke. »Sie meinen, er ist oben? Auf dem Dach?«

»Seit zwei Monaten hält er sich penibel an die Regieanweisungen dieses Buches. Warum sollte er das jetzt ändern?«

»Clever, Eichkätzchen.« Er ließ den Lichtstrahl über die Decke gleiten. An einem Schild neben der Dachluke verharrte er.

*Zutritt nur für Befugte!*

Die Verankerung des Schlosses war aus dem Holzbalken gebrochen. Neben der Luke hing eine Leiter an der Wand. Sneijder steckte die Waffe ins Holster, klemmte die Taschenlampe zwischen die Zähne und stieg die Sprossen hinauf. Die Luke ließ sich leicht öffnen. Sein Oberkörper verschwand in der Dunkelheit. Sabine kletterte hinterher und gelangte in eine enge Dachkammer. Holzbalken, Fräsmaschinen, Teerpappe und Nägel lagen herum. Es roch nach feuchten Sägespänen. Inmitten der Baustelle führte eine Wendeltreppe weiter nach oben, die an den Stiegenaufgang eines Kirchturms erinnerte. Sneijder eilte voraus, darauf bedacht, nicht mit den Metallplättchen seiner Sohlen zu klappern.

Als Sabine zwei dumpfe Schüsse hörte, ließ sie sich unwillkürlich zu Boden fallen. Sneijder krümmte sich vor ihr zusammen.

Rasch zog er die Waffe und wandte sich zu ihr um. »Alles in Ordnung?«

Sie nickte.

»Die Schüsse kamen von draußen.« Er deutete zum Ende der Treppe. Dort lag eine Brandschutztür. »Weiter!«

Er kroch nach oben und untersuchte die Tür. Das Blech war an zwei Stellen verbeult. Auch hier war das Schloss mit einem Stemmeisen aufgebrochen worden. Hinter der Tür tobte das Unwetter. Unaufhörlich trommelte der Regen auf das Blech. Das Licht zuckender Blitze fiel durch die Ritzen des Schindeldachs. Kurz darauf erschütterte ein Donner die Dachkammer. Sneijder öffnete die Tür. Regenwasser peitschte durch die Öffnung. Draußen herrschte finsterste Nacht. Im nächsten Moment wurde die Tür mit einem Ruck zugedrückt und Sneijder zurückgeworfen.

»Er ist draußen!« Sneijder warf sich gegen die Tür.

Sabine drückte ebenfalls dagegen. Sobald sich ein Spalt auftat, schob Sneijder den Lauf der Waffe hindurch und drückte ab. Der Krach schmerzte Sabine in den Ohren. Im Feuerschein sah sie, wie eine Gestalt zurücktaumelte und in der Dunkelheit verschwand. Sneijder schob die Tür auf, doch je weiter er sie öffnete, desto lauter erklang das Stöhnen einer Frau.

»Helen?«, rief er.

Ein ersticktes Stöhnen folgte als Antwort. Die Frau befand sich hinter der Tür. Sneijder schob die Brandschutztür vollends auf. Gleichzeitig schrie die Therapeutin gequält auf.

»Kümmern Sie sich um Helen!«, befahl Sneijder.

Sabine betrat das Flachdach. Wegen des Sturms war fast nichts zu sehen. Das Licht von Sneijders Taschenlampe verlor sich bereits nach wenigen Metern in der Dunkelheit. Sie trat zur Rückseite der Tür, wo ihr Helens Anblick im Schein eines Blitzes den Atem raubte. Sie klebte mit Brust und Gesicht an der Tür, die Arme erhoben, ohne Schuhe, nur mit einer Jogginghose und einem Sweatshirt bekleidet. Sie drehte den Kopf so weit es ging. Das nasse Haar hing ihr ins Gesicht. Ein Knebel steckte in ihrem Mund. Sabine befreite sie von dem Stoffknäuel, und Helen schnappte gierig nach Luft. Ihre Hand- und Fußgelenke waren mit Kabelbindern gefesselt. Ihre Daumen fehlten. Der Regen wusch ihr das Blut über die Arme. Doch das Schlimmste waren die Stahlstifte, die aus ihren Handrücken ragten.

Beim nächsten Blitz bemerkte Sabine die Nagelpistole auf dem Boden und die Rolle mit den neun Zentimeter langen Stiften. Carl hatte durch Helens Hände hindurch auf die Tür geschossen. Damit der Wind die Tür nicht länger herumriss und Helen unmenschliche Schmerzen zufügte, drückte Sabine den Türstopper zu Boden.

»Sie sind in Sicherheit«, rief sie, um den peitschenden Regen zu übertönen. Was für eine erbärmliche Lüge!

Helen verzog schmerzvoll das Gesicht. »Als Carl durchs Fenster sah, wie Sie mit der Taschenlampe zum Turm kamen, trieb er mich nach oben.«

Mit angelegter Waffe kam Sneijder aus der Dunkelheit zurück und stand nun mit dem Rücken vor den beiden Frauen, als wollte er sie beschützen. »Wo ist er jetzt?«

Helen drehte den Kopf in Richtung Flachdach. »Irgendwo hier draußen … ich kann nicht länger stehen.«

Sneijder knipste die Lampe aus. »Meine Kollegin kümmert sich um Sie. Ich hole mir den Kerl.« Im nächsten Moment verschwand er in der Dunkelheit.

Sabine betastete Helens Wunden. Beide Handflächen klebten an der Tür, die Gelenke waren über Kreuz gefesselt. Aus jedem Handrücken ragte ein Nagel. Sie mussten etwa einen Zentimeter tief in die Blechtür eingedrungen sein. »Bin gleich wieder da … ich gehe runter und hole eine Zange. Dann schaffe ich Sie von hier fort.«

»Nein«, schrie Helen hysterisch. »Lassen Sie mich nicht allein!«

»Okay.« Sabine blieb. Doch ohne Waffe, Werkzeug oder Erste-Hilfe-Kasten konnte sie für Helen nicht viel tun. Sie zog das iPhone aus der Tasche, wählte die Euro-Notruf-Nummer und rief Arzt und Ambulanzwagen. Als sie auflegte, hörte sie Schritte auf der Wendeltreppe. Ein Lichtstrahl fiel durch die Türöffnung. Kurz darauf trat Kohler ins Freie.

»Hierher!«, rief Sabine.

Er kam um die Tür und sah die beiden Frauen. »Oh Gott, Helen!« Sogleich schlüpfte er aus der Windjacke, die er um Helens Oberkörper wickelte. »Wir haben Schüsse gehört und sind rübergelaufen. Oliver ist hier und bewacht den Eingang.«

»Ben«, schluchzte Helen. »Du musst Dusty suchen. Er ist an der Kreuzung Ketzergasse und Triester Straße.«

»Keine Sorge, wir werden ihn finden.« Er blickte zu Sabine. »Ich kümmere mich um sie.«

Instinktiv griff Sabine nach der Nagelpistole und lief über das Flachdach in den Regen.

# 44

Die Hausdächer Wiens sahen gespenstisch aus. Im Licht des Gewitters ragten die roten Schindeldächer wie die Bootskiele gestrandeter Schiffe aus dem Regenmeer.

Der Wind peitschte die Tropfen beinahe waagerecht über das Dach, sodass sie wie Nadeln auf Sabines Wangen stachen. Binnen Sekunden war ihr Thermopulli mit Wasser so vollgesogen, dass er wie ein Sack an ihr hing. Noch dazu sah sie nichts. Sneijders Lampe war ausgeschaltet, und sie hatte keine Ahnung, wo sie sich befand.

*Stehen bleiben …*

Der Wind trieb Stimmen zu ihr. Intuitiv bewegte sie sich darauf zu. Die Nagelpistole mit Druckluftkartusche und Munitionsrolle lag schwer in ihrer Hand.

Die Stimmen wurden lauter. Am Rand des Daches, auf einer abschüssigen Stelle, an der sich die Dachrinne befand, stand Carl Boni. Er trug einen dunklen Pullover. Der Wind zerrte an der Kapuze und wirbelte sein Haar auf. Drei Meter vor ihm stand Sneijder, die Glock mit beiden Händen auf ihn richtend. Carl schob sich mit kleinen Schritten an der Dachrinne entlang.

»Keine Bewegung!«, rief Sneijder.

Carl ignorierte den Befehl und bewegte sich weiter. Beim nächsten Blitz erkannte Sabine den Grund. In etwa zwei Metern Entfernung ragte der Handlauf einer Feuerleiter über das Dach. Obwohl eine Waffe auf ihn gerichtet war, wollte er abhauen.

Sie näherte sich Carl von der anderen Seite und riss die schwere Nagelpistole hoch. »Bleib stehen, du verdammter Hurensohn!«

Carl drehte den Kopf zu ihr. Aus dem Augenwinkel sah sie, dass Sneijder sich nicht bewegte. Er behielt Carl im Visier, ohne den Blick von ihm zu nehmen.

»Wen haben wir denn hier?«, rief Carl spöttisch.

»Sagt Ihnen der Name Hanna Nemez etwas?«

»Und ob!«, rief er aus. »Sind Sie etwa eine ihrer Gören?« Er kniff die Augen zusammen. »Die mit dem Eisbecher in der Hand auf den Schultern Ihres Vaters? War der Urlaub am Meer schön?«

Der Mistkerl hatte die Fotos auf der Kommode ihrer Mutter noch gut in Erinnerung. Die Nagelpistole war verdammt schwer. Sabine spürte Schmerzen in der Schulter. Dennoch hielt sie die Pistole weiterhin auf Carls Kopf gerichtet. Sie könnte jetzt abdrücken. Vielleicht zog die Flugbahn nach unten – dann würde sie ihn zumindest im Kehlkopf oder in der Brust treffen.

»Was für eine Familie«, stellte Carl fest. »Ihre Mutter hat verdient, was sie bekam. Leider dauerte es nicht sehr lange.«

*Rede nur weiter, du Schwachkopf!* Sabines Finger zog sich um den Abzugshebel. Sie spürte den Widerstand. Nur noch ein kleiner Ruck, dann würde der Nagel wie ein Projektil durch den Lauf schießen.

Sneijder trat an ihre Seite. »Sabine«, sagte er sanft. »Ich habe ihn im Visier. Legen Sie das Gerät weg. Jetzt!«

Carl schob sich wieder einen Schritt näher zur Feuerleiter. Sabine zielte etwas nach oben und drückte ab. Mit einem Zischen flog der Nagel aus dem Lauf und erwischte Carl am Ohr. Er taumelte. Im Reflex fasste er sich mit der Hand an die Wange.

»Ich sagte: stehen bleiben!«, rief sie.

»Eichkätzchen! Runter damit!«, beharrte Sneijder.

»Nein.«

Sie hatte nicht so viele Risiken auf sich genommen, zahlreiche Dienstvorschriften gebrochen und war nicht so weit gereist, um jetzt zuzusehen, wie der Mörder ihrer Mutter über die Feuerleiter entkam. Nur weil Sneijder nicht den Mumm besaß abzudrücken. Sie konnte Carl nicht ungeschoren abhauen lassen, nachdem er all den Frauen so viel Leid angetan hatte.

»Wie Sie wollen«, sagte Sneijder.

Ein fürchterlicher Donner krachte über die Dächer. Aus dem

Augenwinkel sah sie, dass Sneijder ihr die Waffe hinhielt. »Wenn Sie es tun müssen, dann mit meiner Dienstwaffe.«

Hatte er das tatsächlich vorgeschlagen? Sie griff nach der Glock und ließ gleichzeitig die Nagelpistole sinken. Als das Werkzeug zu Boden fiel, hatte sie Carl bereits wieder im Visier. Sie machte zwei Schritte auf ihn zu. Knapp zwei Meter trennten sie voneinander. Kimme und Korn lagen zwischen seinen Augen.

Carls Blick zuckte hektisch herum. »Was wird das?«

Sie spürte Sneijder direkt hinter sich. »Ich verstehe Sie«, flüsterte er. »Wir beide sind uns ähnlich. Sie wollen den Mord an Ihrer Mutter rächen.«

»Seien Sie still!« Sabine musste einen klaren Kopf bewahren. *Dieser Bastard hat Mutter an die Domorgel gekettet und ihr einen Schlauch in die Lunge gezwängt! Sie ist jämmerlich an zwei Litern Tinte ertrunken!*

Sie trat einen Schritt vor. Ihr Finger presste sich um den Abzug. *Er hat so vielen Frauen das Leben genommen und seine eigene Mutter bei lebendigem Leib in eine Betonsäule eingemauert und dort zwei Monate lang gefangen gehalten! Dieser Wahnsinnige hat nichts anderes als den Tod verdient.*

»Drücken Sie ab«, flüsterte Sneijder. »Sonst tu ich es.«

»Ruhe!«

Ja, sie würde es tun.

*Aber halt endlich die Klappe! Ich tue es, weil ich es will!*

Doch Sneijder schwieg nicht. »Wir sind uns ähnlicher, als Sie denken. Auch Sie wollen einen Killer zur Strecke bringen. Worauf warten Sie? Drücken Sie ab!«

Die Glock lag schwer in ihrer Hand. Warum konnte sie nicht abdrücken? Es war doch so einfach. Sie hatte tausende Kugeln aus ihrer Walther PPK auf dem Schießstand abgefeuert, und nun konnte sie den Abzug nicht betätigen. Verdammt, was war bloß los mit ihr?

»Tun Sie es!«, drängte Sneijder.

Da tanzten die Lichtkegel mehrerer Taschenlampen durch den

Regen. Irgendwo tönte eine blecherne Stimme durch ein Megafon. Sabine ließ die Waffe sinken. Im selben Moment griff Sneijder danach. Es war aus, Carl war geliefert. Dennoch sah sie im Scheinwerferlicht seinen triumphierenden Blick. Er breitete die Arme aus und ließ sich langsam zurückfallen.

*Der fliegende Robert,* dachte sie und stürzte im selben Moment vor. Die Dachrinne brach unter Carls Füßen, doch sein Körper zuckte nicht einmal. Steif wie ein Brett ließ er sich rückwärts in die Tiefe fallen. Dann war sie bei ihm und griff nach seinem Pullover und der Hose.

»Nein!«, rief sie.

Sie krallte ihre Finger in den nassen Stoff seines Pullis. Ihre Laufschuhe glitten über den feuchten Boden an den Rand des Turms. Im Licht eines Blitzes sah sie in Carls Augen. Was für ein intensives Blau! Sein Blick durchdrang sie, als sähe er auf den Grund ihrer Seele. Sein Mund öffnete sich. Sie hörte keinen Ton, sah nur die Bewegungen seiner Lippen.

*Maria.*

Dann fiel er. Sie musste ihn loslassen, sonst hätte er sie mit sich in die Tiefe gerissen. Mit rudernden Armen stand sie auf der Dachrinne. Ein Donnerschlag krachte. Den Blick himmelwärts gerichtet und die Arme ausgebreitet stürzte Carl in die Tiefe. Immer noch steif, ohne sich im Reflex zusammenzukrümmen. Die Umrisse seines Körpers verschmolzen zur Form eines Kreuzes, das in der Dunkelheit verschwand.

Sneijder trat an ihre Seite, packte sie an der Hüfte und zog sie zurück. »Es ist vorbei.«

Im Schein des Blitzes sah sie Carl reglos und winzig klein im Schlamm liegen. Sie drehte sich zu Sneijder, und er nahm sie in die Arme. Tränen liefen ihr übers Gesicht. Sie schluchzte so, dass sie kaum Luft bekam. Sneijder drückte sie an sich. Bisher hatte sie die Trauer um den Tod ihrer Mutter verdrängt. Aber nun konnte sie endlich befreit weinen, weinen, weinen …

Sie wusste nicht, wie lange sie mit Sneijder im Regen gestanden hatte, doch es musste eine Ewigkeit gewesen sein. Als sie den Kopf hob, sah sie in weiter Ferne das Blaulicht mehrerer Einsatzwagen. Mittlerweile waren die Beamten der Wega-Einheit angekommen und hatten den Turm umstellt. Bestimmt hatten auch sie die Schüsse gehört. Einige Männer mit Visierhelmen und schwarzen Uniformen hievten Carls Leichnam auf eine Trage.

»Alles okay?« Sneijder wartete, bis sie nickte. »Gut, ich muss los.« Er ließ sie am Rand des Turms zurück.

Sabine fröstelte. Sie musste ihren Vater anrufen, um ihm zu sagen, dass die Sache überstanden war. Als sie in die Tiefe blickte, durchströmte sie eine angenehme Kälte. Sie spürte einen Augenblick vollkommener Klarheit. Die Ereignisse dieser Welt waren völlig verrückt und unlogisch. Sie hatte ihre Karriere riskiert, um einen Kollegen nach Wien zu begleiten, den sie nicht einmal leiden konnte. Statt um ihre Mutter zu trauern, hatte sie sich in die Jagd nach deren Mörder gestürzt. Als sie ihn endlich vor dem Pistolenlauf hatte, konnte sie nicht abdrücken. Es war so irreal. Sie hatte sogar das Leben jenes Mannes retten wollen, der ihre Mutter ermordet hatte. Nun empfand sie für ihn fast genauso viel Trauer wie für ihre Mutter.

Sie starrte in den Regen, der in kerzengeraden Linien in die Dunkelheit fiel. Plötzlich begriff sie den Sinn all dieser Widersprüche. Die Welt war ein merkwürdiger Ort voller Gegensätze, die man einfach nicht rund bekam. Doch gerade deshalb nahmen die Dinge ihren Lauf.

Genauso wie in diesem verrückten Gedicht.

»Dunkel war's, der Mond schien helle, Eis lag auf der grünen Flur, als ein Wagen blitzesschnelle, langsam um die Ecke fuhr …«

# Epilog

Das Restaurant »Motto am Fluss« sah aus wie ein stromlinienförmiger Luxusliner und lag am Wiener Donaukanal. Ein Tisch musste zwei Wochen im Voraus reserviert werden. Dementsprechend nobel war die Atmosphäre bei Kerzenschein und leiser Pianomusik.

Helen hatte einen herrlichen Ausblick auf den Fluss und die Schwedenbrücke. Seit der Begegnung mit Carl war sie nicht mehr ausgegangen. Heute wagte sie sich zum ersten Mal wieder unter Leute. Sie trug ein blaues Cocktailkleid und eine Stola. Die linke Hand war nur noch leicht bandagiert, die rechte mit einer dicken Mullbinde über einer Schiene. In der Spiegelung des Fensters sah es aus, als trüge sie weiße Handschuhe. Die Chirurgen des Wiener AKH hatten nur ihren rechten Daumen retten können. Gestern waren die Nähte gezogen worden, doch sie durfte den Finger weitere sechs Wochen nicht belasten, bis der Knochen verheilt war. Sie wusste, die anschließende Bewegungstherapie würde qualvoll werden.

Ben Kohler saß ihr gegenüber, im schicken, eng anliegenden Smoking. Wie immer sah er fantastisch aus. Ben hatte die Tortelloni auf ihrem Teller halbiert. Ohne Daumen und mit dem Taubheitsgefühl in der Hand war sie nahezu hilflos.

Er nippte an seinem Cocktail und beugte sich zu ihr über den Tisch. »Im Magazin *NEWS* ist gestern ein Artikel über dich erschienen.«

Sie seufzte. »Ich weiß.«

»Alle Kollegen auf der Dienststelle haben ihn gelesen. Soviel ich weiß sogar dein alter Freund, der Polizeipräsident. Oliver hat ihm den Artikel in einem Hauspostkuvert geschickt.«

Sie lachte. »Im Ernst?« Dann dachte sie an die Beschuldigungen im Fall Winkler, und wie die Kripo damals versucht hatte, ihren Ruf zu ruinieren und ihr die Schuld an der misslungenen Verhaftung in die Schuhe zu schieben.

Ben lehnte sich zurück. »Du hast das Rätsel des Entführers gelöst, Rose Harmann gerettet und Struwwelpeters wahre Identität aufgedeckt. Das alles unterstreicht deinen Erfolg als ehemalige Profilerin und Psychotherapeutin.«

Helen schwieg. Im Gegenzug hatte sie allerdings schmerzvoll die Wahrheit über ihren *perfekten* Ehemann Frank, den eloquenten Staatsanwalt, erfahren müssen. Ihre verstümmelte linke Hand und die Narben auf beiden Handrücken würden sie ein Leben lang an die Ereignisse vor zwei Wochen erinnern. Aber Rose Harmann war noch schlimmer dran. Die Ärzte mussten ihr eine Hand am Gelenk amputieren. An der anderen Hand blieb ihr nur ein Finger. Nach zwei Wochen auf der Intensivstation war sie nun in psychiatrischer Behandlung mit anschließender Reha. Helen wusste, sie würde *Anne Lehner* nie wiedersehen. Ob Frank seine Geliebte besuchte, würde sie wohl auch nie erfahren. Vermutlich sah er sich schon nach einem Ersatz um.

Als sie im Krankenhaus gelegen hatte, war Frank zu Besuch gekommen. Nur ein Mal! Er wollte sie umarmen, doch sie hatte seine Hand beiseitegeschlagen. Sie hatte ihm drei Tage gegeben, ihr Haus zu verlassen. Noch während ihres Aufenthalts im Krankenhaus hatte sie die Scheidung eingereicht – und Ben auf eine andere Sache angesetzt, die sie seit Tagen zermürbte.

Bei einem Gespräch zwischen Rose, Ben, einem Psychiater und einigen Kripobeamten war herausgekommen, dass Frank seine Geliebte während deren Schwangerschaft mit Limetten-Bio-Drinks versorgt hatte. Allerdings waren die Säfte präpariert gewesen. Frank hatte mit einer Spritze durch die Deckel gestochen und eine hochkonzentrierte Antibiotikum-Infusionslösung in die Flaschen injiziert. Mehr als fünf Drinks innerhalb von drei Tagen waren nicht nötig gewesen, um bei Rose Blutungen und Krämpfe im Unterleib auszulösen. Vielleicht hätte Helen ihrem Mann die Affäre verzeihen können – doch niemals die Tatsache, dass er ein ungeborenes Kind getötet hatte. Die rechtliche Konsequenz stand noch aus, aber es war ziemlich sicher, dass er seinen Job als Staatsanwalt verlieren würde.

»Helen?«, fragte Ben.

Sie blickte auf.

»Ich sagte, dein Mann fährt übrigens nicht mehr mit dem Lamborghini ins Büro.«

*Exmann,* korrigierte sie in Gedanken. »Ich weiß, ich lasse den Wagen versteigern. Der Erlös ist für ein Waisenhaus.«

Er schmunzelte. »Kein Scheiß?«

Sie schüttelte den Kopf. »Lass uns über etwas anderes reden, okay?«

»Okay.« Er griff nach einem Stück Rindfleisch von seinem Teller und ließ es unter dem Tisch verschwinden.

»Hör auf!«, zischte sie und schielte zu dem Kellner. War das zu fassen?

»Ich tu doch gar nichts.«

»Nur den Hund bestechen.« Sie hörte, wie Dusty unter dem Tisch nach dem Fleisch schnappte. Nachdem Helen im Ambulanzwagen abtransportiert worden war, hatte sich Ben sofort auf die Suche nach Dusty gemacht. Schließlich hatte er ihn im Tierheim gefunden. Kinder hatten ihn während des Gewitters völlig verängstigt, durchnässt und schmutzig von der Straße aufgelesen und dorthin gebracht.

Ben wischte sich die Hände mit der Serviette ab und zog ein Päckchen aus der Tasche. »Das habe ich übrigens aus Wiesbaden erhalten.« Er öffnete es und holte ein nagelneues iPhone mit Zusatzakku heraus. Die Schutzhülle war rot, weiß und blau gestreift – in den Farben der niederländischen Flagge. »Weißt du, Sneijder ist gar kein so mieser Kerl.«

»Wenigstens hat er eine nette Kollegin.«

»Sie ist nicht seine Kollegin.«

Helen schmunzelte. »Wer weiß?«

»Ja, wer weiß.« Plötzlich langte er über den Tisch und umfasste zärtlich ihr Handgelenk.

*Oh Gott, was kommt jetzt?*

»Bitte verzeih mir mein Verhalten von vor drei Jahren.«

»Du warst ein Arschloch!«

»Es tut mir leid.«

Sogleich bereute sie, was sie gesagt hatte. »Ich denke oft an Flo. Ich weiß, es ist die Hölle, einen Sohn zu verlieren, aber ich wäre mit dir gemeinsam durch diese Hölle gegangen.«

»Er fehlt mir so, und es ist immer noch die Hölle ...« Er schluckte. »Aber wir können sie immer noch gemeinsam durchstehen.«

Ihre Augen weiteten sich. Dieses Angebot kam überraschend. Sie wohnte mit Dusty erst seit einer Woche allein in dem Haus in Grießkirchen. »Ich ... ja, eigentlich ...«

»Überleg es dir in Ruhe«, schlug er vor.

*Das habe ich längst getan!*

Monika machte zwei Tassen heißen Kakao und setzte sich zu Sabine auf die Wohnzimmercouch. »Du hast mir noch nicht erzählt, wie du Mutters Mörder finden konntest.«

Es war elf Uhr nachts. Kerstin, Connie und Fiona schliefen längst in ihrem großen Doppelbett. Vermutlich träumten sie von einem neuen Einsatz mit Helikoptern, Suchhunden und ihrer Spezialausrüstung.

Sabine zog die Beine hoch, rollte sich am Ende der Couch zusammen und nippte an der Schale. »Durch die Klassenfotos auf Mutters Dachboden.« Sie erzählte ihrer Schwester die ganze Geschichte.

»Mutters Klassenfotos also«, sinnierte Monika. »Vater hat mir übrigens bei der Räumung der Wohnung geholfen. Er hat Amtswege erledigt und sich um die Kinder gekümmert.«

Sabine wusste, dass Gabriel, Monikas Exmann, keine große Hilfe gewesen war. Darum war sie froh, als sich ihr Vater letzte Woche ein Hotelzimmer in München genommen hatte. Während er und Monika Mutters Beerdigung organisiert hatten, wäre Sabine fast vom Dienst suspendiert worden. Sie war noch drei Tage in Wien festgesessen, hatte zahlreiche Gespräche mit dem Beamten des Wiener BKA hinter sich gebracht und war anschließend von Staatsanwalt Fuhrmann und dem Münchner LKA vernommen worden. Im Grunde war die ganze Sache für sie noch glimpflich ausgegangen, da kein konkreter Tatverdacht gegen sie vorlag. Obwohl sie Carl Boni gefunden und zur Strecke gebracht hatte, durfte sie mit keiner Belobigung rechnen. Sie konnte von Glück sagen, dass sie ihren Job beim Kriminaldauerdienst behalten durfte.

»Ach ja.« Monika kramte aus dem Zeitschriftenfach des Couchtisches ein Paket mit gelber Schleife und blauem Geschenkpapier hervor. »Das haben wir in Mutters Wohnung gefunden. Ist von Mama, für dich. Morgen ist dein Geburtstag. Alles Gute.« Sie gab ihrer Schwester einen Kuss.

»Danke.« Sabine drückte das Paket an die Brust. »Hasst du Vater immer noch?«

Monikas Augen wurden wässrig. »Weißt du eigentlich, wie es vor zehn Jahren zum Brand in der Kölner Grundschule gekommen ist?«

Verblüfft schüttelte Sabine den Kopf. Es war doch sonst nicht Monis Art, das Thema zu wechseln.

Monika zog die langen Beine auf die Couch. »Vater hat es mir erzählt. Eigentlich hatte er Mutter versprochen, nie darüber zu reden, doch nach ihrem Tod ist dieser Schwur hinfällig geworden.« Sie ließ den Kakao in der Tasse kreisen. »Eines Abends besuchte er Mutter in der Schule. Er wusste, dass sie Klassenarbeiten korrigierte. Tja, und da überraschte er sie im Direktorenzimmer mit einer anderen Lehrerin. Es kam zum Streit. Die Kerzen für die romantische Stimmung fielen bei dem Handgemenge um, und das Feuer brach aus. In jener Nacht kamen unsere Eltern rußgeschwärzt heim. Der Brand wurde als Unfall vertuscht. Den Rest kennst du ja.«

Sabine hatte schon immer etwas Ähnliches vermutet. *Aber eine Lehrerin?* »Und du dachtest, *Vater* hatte ein Verhältnis.«

»In Wahrheit war es umgekehrt«, seufzte Monika. »All die Jahre habe ich ihn ignoriert und ihm seine Enkeltöchter vorenthalten.« Sie wischte sich eine Träne aus den Augen. »Er wird mir das nie verzeihen.«

Sabine umarmte ihre Schwester. »Aber das hat er doch schon.«

Jetzt begann Monika hemmungslos zu weinen. »Ich habe ihn für nächstes Wochenende eingeladen«, schluchzte sie. »Er hat angedeutet, dass er vielleicht nach München zieht, um öfter bei uns zu sein.«

Sabine lächelte. »Siehst du.« Sie wusste das bereits. Gestern hatte sie mit ihrem Vater darüber gesprochen, und er hatte gemeint, dass er sein Hobby – alte Züge zu restaurieren – auch hier ausleben könne.

Sabines Handy summte. So spät noch eine SMS? Sie rief den Text ab.

»Was gibt's?«

Sabine zeigte ihr die Nachricht.

*Können Sie morgen nach Dresden kommen? Erwarte Sie um 10.45 Uhr beim Haupteingang des Städtischen Heidefriedhofs. Seien Sie pünktlich – M.S.S.*

*PS: Happy Birthday*

Sneijder war verrückt! Sabine konnte sich noch lebhaft an Monikas letzte Reaktion erinnern, als Sneijder sie per SMS zum Münchner Flughafen beordert hatte, um mit ihr nach Wien zu fliegen. *Du springst einfach so, wenn der Typ mit den Fingern schnippt?* Ja, das hatte sie getan.

Doch diesmal sagte Moni nichts dergleichen. Stattdessen streichelte sie Sabines Wange. »Gehen wir ins Bett. Du musst morgen zeitig raus.«

Am nächsten Tag um kurz vor elf Uhr stellte Sabine ihren Wagen auf dem Besucherparkplatz vor dem Haupteingang des Dresdner Friedhofs ab. Ein Polizeiauto stand neben dem Tor. Schon von Weitem sah sie neben dem schmiedeeisernen Gatter Maarten Sneijders hagere Gestalt im dunklen Anzug. Er unterhielt sich mit einem jungen Polizisten, der ihn wohl hergebracht hatte. Die Sonnenstrahlen spiegelten sich auf seiner Glatze. Als er Sabine erblickte, schob er die Sonnenbrille über die Augenbrauen.

»Sie kommen zu spät«, murrte er.

»Diesmal bin ich nicht so gerast wie an jenem Tag, als wir zusammen nach Dresden gefahren sind.«

Er musterte sie kurz und ließ einen missbilligenden Blick über Bluse, Schuhe und sommerliche Leinenhose gleiten.

»Außerdem war ich noch in der Dresdner Innenstadt. Habe mich dort in der Haital-Filiale umgesehen«, rechtfertigte sie sich. »Ich habe ein Geschenk für Sie.«

Sie wusste, dass Sneijder nichts so leicht aus der Fassung bringen konnte, doch damit hatte er garantiert nicht gerechnet. Sprachlos nahm er die Biografie von Viktor E. Frankl entgegen. *Trotzdem ja zum Leben sagen* lautete der Titel. Der Buchrücken des schmalen Bändchens war gebrochen, einige Seiten eingeknickt. Außerdem stand eine Widmung auf der ersten Seite. *Für Maarten.*

»Haben Sie das Buch etwa gestohlen?«

»Natürlich. Würden Sie es sonst annehmen?«

Er setzte sein Leichenhallenlächeln auf. »Danke.« Ein Wort, das sie bisher nur selten aus seinem Mund gehört hatte.

»Ich sehe, es geht Ihnen gut«, stellte sie fest. Er hatte etwas Farbe im Gesicht, und die beiden punktgroßen Tätowierungen auf seinen Handrücken waren von den Akupunkturnadeln nicht mehr wund.

»Kommen Sie mit.« Er ging durch das Tor. Sie folgte ihm durch die Allee. Zu beiden Seiten lagen Dutzende Grabreihen.

»Nachdem ich einen Mörder überführt habe, geht es mir immer ein bis zwei Wochen lang gut. Keine Cluster-Kopfschmerzen, kein Gefühl der Bedrängnis. Dann brauche ich einen neuen Fall.« Er blickte sie von der Seite her an. »Sorgen Sie sich etwa um mich?«

In seiner Gegenwart würde sie das nie zugeben. Da fiel ihr eine Geschichte ein, die sie zuvor bei Haital in einem Ratgeber gelesen hatte.

»Kennen Sie die Erzählung von den zwei Zen-Mönchen?«, fragte sie. Ohne eine Antwort abzuwarten, begann sie zu erzählen. »Eines Abends saßen zwei Mönche zusammen und sprachen über die beiden Geister, die im Inneren des Menschen leben und sich gegenseitig bekämpfen. Der eine ist arrogant, egoistisch, eifersüchtig und voll von Rachedurst und falschem Stolz. Der andere ist stark, großzügig und kann verzeihen.«

Sneijder dachte eine Weile nach. »Das war's?«, fragte er schließlich.

»Ja.«

»Und welcher Geist gewinnt?«

»Der, den Sie füttern.«

Sneijder zog einen Schmollmund. »Okay, raffiniert, Eichkätzchen. Ich weiß, worauf Sie hinauswollen. Rose Harmann wollte Helen Berger ausspionieren, um sich an der Ehefrau ihres Geliebten zu rächen. Aber diese Rache führte zur Selbstzerstörung.« Er blätterte gedankenverloren durch das Buch. »Meine Rache an Haital könnte ebenso zur Selbstzerstörung führen. Darauf wollen Sie doch hinaus?«

»Vielleicht.«

»War das der Grund, weshalb Sie auf dem Dach nicht abgedrückt haben, als ich Ihnen die Möglichkeit dazu gab?«

Mit dieser Frage hatte sie sich in den letzten Wochen ausführlich beschäftigt. Schließlich war sie zu einer Antwort gekommen. »Wissen Sie, ich bin nicht so wie Sie. Rache wird mein Herz nicht vergiften.«

Er bog lächelnd in einen Seitenweg ein. »Das ist schön.«

»Schön?«, wiederholte sie. »Das sagen ausgerechnet Sie, nachdem Sie mich gedrängt haben, Carl abzuknallen?«

»Jetzt erzähle ich Ihnen eine Geschichte. Es wäre mir in jener Nacht scheißegal gewesen, ob Sie Carl erschießen oder nicht.«

Was? Er wollte sie doch auf den Arm nehmen! »Und warum haben Sie mir Ihre Waffe gegeben?«

»Ich wusste, Sie würden nicht abdrücken, aber ich musste mich dessen vergewissern.«

Ihr Puls schnellte hoch. »Sie wollten mich testen?«, fuhr sie ihn an. »Warum zum Teufel? Bin ich eines Ihrer Psycho-Studienobjekte?«

»Beruhigen Sie sich.« Er legte ihr die Hand auf die Schulter. »Ich hatte meine Gründe, denn auch ich habe ein Geschenk für Sie.«

In diesem Moment musste sie ihn ziemlich dämlich und verdutzt angesehen haben, denn er schmunzelte. »Ich habe Ihre letzten Bewerbungsunterlagen beim BKA ausgraben lassen.«

Sabines Magen zog sich zusammen.

»Ich habe mit dem BKA-Präsidenten gesprochen. Er ist ein mieser Sesselpupser und kann mich nicht besonders gut leiden, aber er ist mir noch einen Gefallen schuldig. Wir haben eine Akademie für hoch begabten Nachwuchs. Ich habe Sie vorgeschlagen.«

»Ist nicht wahr«, entfuhr es ihr. »Aber warum …?«

»*Warum?* Aber kapieren Sie denn nicht?«, rief er. »Ohne Sie hätte ich den Fall nicht in dieser Zeit lösen und drei Menschen das Leben retten können!«

Möglicherweise wären Rose Harmann, Helen Berger und Carls Kindergärtnerin Ursula Zehetner gestorben. »Deshalb haben Sie mich für das BKA empfohlen?«

»Und aus einer Menge anderer guter Gründe. Die wollen Sie doch jetzt nicht alle hören?«

Sie hob kommentarlos drei Finger.

»*Verdomme!*« Er lächelte. »Weil Sie Carl Boni nicht kaltblütig abgeknallt haben und verhindern wollten, dass er vom Dach springt. Sie werden nicht von Rachegefühlen geleitet. Sie machen kompromisslos Ihren Job und sind noch nicht von Ihrem Beruf zerstört worden, so wie andere.« Er machte eine Pause. »Das BKA braucht junge Leute wie Sie.«

Puh! Das musste sie erst einmal verdauen.

»Wohin gehen wir eigentlich?«, fragte sie nach einer Weile.

»Zum Grab von Carl Bonis Vater.« Er bog in einen Seitenweg ein. »Dort drüben.« Nach einigen Schritten blieb er stehen. »Hier sind wir also, um das letzte Rätsel zu lösen.«

Ein relativ neuer Grabstein ragte aus der Erde. *Josef Boni* stand auf dem Marmor. Er war vor drei Jahren gestorben. Das Foto zeigte den Dom-Organisten während einer Messe an der Klaviatur einer Orgel. Sabine versuchte, den ernsten und verbitterten Gesichtsausdruck des Mannes zu deuten, dessen Erziehungsmethoden seinen Sohn zum Mörder werden ließen.

Sneijder deutete zu der Grablaterne. »Fällt Ihnen etwas auf?«

Hinter dem roten Becher einer niedergebrannten Kerze steckte ein Blatt Papier in einer zusammengefalteten Klarsichtfolie. Sabine öffnete die Laterne und zog die Hülle hervor. Das Blatt enthielt eine kurze handschriftliche Notiz:

*Lieber Vater, wenn du errätst, wen ich entführt habe, bleibt die Person am Leben – wenn nicht, stirbt sie.*

Sie faltete die Folie zusammen. »Ein unlösbares Rätsel.«

»Zumindest für jemanden, der seit drei Jahren tot ist.« Sneijder setzte einen Fuß auf die Steinumfassung des Grabes. »Wenn die Wiener Gerichtsmedizin mit den Autopsien von Carl und seiner Mutter fertig ist, werden ihre Leichen nach Dresden überstellt. Dann sind sie im Familiengrab vereint.«

»Wie haben Sie den Brief entdeckt?«, fragte Sabine.

»Ich wäre ein schlechter Ermittler, wenn ich nicht jeder Spur nachgehen würde.«

»Es gibt keine schlechten Ermittler, nur unerfahrene«, zitierte sie ihn. »Im Grunde sind Sie gar kein so mieser Kerl, wissen Sie das?«

»Weiß ich, aber wenn Sie das jemandem erzählen, werfe ich Sie eigenhändig aus der Akademie.« Er lächelte für einen Augenblick. »Übrigens haben wir in Carls Wohnung Hinweise auf die vorletzte Geschichte aus dem Struwwelpeter-Buch gefunden: *Hans-Guck-in-die-Luft.* Carls Aufzeichnungen zufolge hat er geplant, die Frau seines ehemaligen Dresdner Lehrmeisters zu entführen. Sie ist eine Furie, die immer noch alle Lehrlinge der Autowerkstatt traktiert. Carl wollte sie in einem Seitenarm der Elbe ertränken. Die Bleigewichte und Broschüren der Fischbecken lagen bereits in seinem Wagen. Aber er konnte nur noch die letzte Erzählung vollenden: seinen Selbstmord.«

»In Wahrheit haben wir also vier Menschen das Leben gerettet.«

Sneijder nickte. »Gute Arbeit.« Er reichte ihr die Hand. »Ich muss zum Flughafen und zurück nach Wiesbaden. Danke für Ihr Kommen und das Buch, Eichkätzchen.«

»Gern geschehen, Somerset.«

Grinsend ging er zum Ausgang. Sabine legte den Brief zurück in die Laterne und sah Sneijder nach. Dann schlenderte auch sie langsam zum Ausgang. Nach einigen Metern kramte sie die Rechnung der Dresdner Haital-Filiale aus der Hosentasche und warf sie in den Papierkorb.

Vor dem Eingang stand immer noch der Polizeiwagen. Sabine sah von Weitem, wie Sneijder mit dem Beamten sprach und danach in einen BMW stieg. Auf der Fahrerseite! Sekunden später fuhr er weg.

Sabine ging auf den Polizisten zu. »Entschuldigen Sie bitte«, sprach sie ihn an. »Ist der Mann soeben *selbst* gefahren?«

»Ja, er sagte, er muss zum Flughafen.«

»Haben Sie ihn hergebracht?«

Der Polizist schüttelte den Kopf. »Ich warte hier auf die Kollegen von der Spurensicherung. Muss sie zu einem Grab führen. Warum fragen Sie?«

Sabine sah dem BMW verblüfft hinterher, wie er im Mittagsverkehr zwischen den anderen Autos verschwand. War das zu fassen? »Angeblich hat er keinen Führerschein.«

»Merkwürdiger Typ, nicht wahr?«, stellte der Kollege fest.

»In jeder Hinsicht«, antwortete sie. »Hat er Sie nach einer Haital-Filiale gefragt?«

»Wie?« Der Beamte runzelte die Stirn. »Nee, hat mich bloß um Streichhölzer gebeten. Das war doch Maarten Sneijder aus Rotterdam, nicht wahr?«

Sabine schüttelte den Kopf. »Maarten *S.* Sneijder«, korrigierte sie ihn.

Während sie über den Parkplatz zu ihrem Auto schlenderte, dachte sie über Sneijders Angebot nach. Sie konnte unmöglich für zwei Jahre oder länger nach Wiesbaden ziehen. Wie sollte Monika mit den drei Mädchen allein zurechtkommen? Doch dann fiel ihr ein, dass ihr Vater nach München kam, um Monika zu unterstützen. Vielleicht sollte ja alles so sein. Sie dachte an Kriminalkommissaranwärter Erik Dorfer, ihren Jugendfreund, den sie in Wiesbaden wiedertreffen würde. Weil er ihr seinen Zugangscode zu Daedalos gegeben hatte, stand sie tief in seiner Schuld.

In ihrem Wagen klappte sie die Sonnenblende herunter. Es war kurz vor Mittag. Keine einzige Wolke trübte den Himmel. Die Dresdner Altstadt war ein wunderschönes Fleckchen. Vielleicht sollte sie noch ein paar Stunden hier bleiben, bevor sie nach München zurückfuhr. An diesem freien Tag hatte sie Zeit im Überfluss. Außerdem war es ihr Geburtstag.

Sie griff nach dem Geschenk ihrer Mutter, das auf dem Beifahrersitz lag. Jetzt war es endlich an der Zeit, es zu öffnen. Sie zog die Schleife herunter und riss das Papier auf. In ihrem Schoß lag ein Bildband über Methoden zur Täterprofilerstellung des BKA. Auf der ersten Seite befand sich eine Widmung ihrer Mutter.

*Alles Gute zum Geburtstag, ich hoffe, dein Wunsch geht in Erfüllung.*

Ach, dachte sie, hättest du mir das doch selbst noch sagen können …

# Danksagung

Jede Danksagung steht am Ende einer langen Reise, bei der man sich zweifelsohne verirrt hätte, gäbe es nicht wunderbare Menschen, die einem die Schwächen des Romans aufzeigen. In meinem Fall sind das Günter Suda, Heidemarie Gruber, Veronika Grager, Jürgen Pichler, Robert Froihofer, Leo Schabauer, Peter Hiess, Gaby Willhalm, Michael Adam und Magdalena Adam. Danke, dass ihr das Manuskript so aufmerksam gelesen und schonungslose Kritik geübt habt.

Die Idee, eine Psychotherapie in diesem Thriller einzubauen und eine Therapeutin als Heldin zu wählen, kam mir durch das Theaterstück *Equus* von Paul Shaffer. Der größte Teil der Recherchen betraf daher den psychotherapeutischen Plot. Für kostenlose Einführungsgespräche, bei denen ich mich in Therapie begab, danke ich Monika Korber, Angela Kunz, Ulrike Haderer und Frau Dr. Barbara Greuer-Walenta. Vielen Dank für den Einblick in Ihre großartige Arbeit. Für Detailfragen zur Psychotherapie danke ich vor allem Frau Mag. Uta Weber-Grüner für ihre ausführlichen Erklärungen und Frau Mag. Eva Gruber für ihre zahlreichen Ideen und dafür, dass sie das Manuskript trotz ihres vollen Terminkalenders mehrmals Korrektur gelesen hat.

Für medizinische Antworten auf meine stets nervenden Fragen danke ich Dr. Bettina Dreier und Dr. Christian Wörgetter. Für Kirchenfragen stand mir Wolfgang Paset zur Verfügung, für technische Fragen Herr Wagner vom Verein Forum Mobilkommunikation und für kriminalpolizeiliche Fragen der Berliner Staatsanwalt Frank Heller, der Berndorfer Polizist Robert Froihofer und Jan Gögge vom Berliner Kriminaldauerdienst. Danke für die Zeit, die Sie sich genommen haben.

Den Jack-Russell-Terrier Dusty gibt es tatsächlich. Er hat lange darauf gewartet, endlich eine Rolle in einem Roman zu bekommen. Den Wiener Narrenturm sowie die Katakomben der Wiener Michaelerkirche, die als Vorlage für die fiktive Marienkirche dienten, gibt es ebenfalls. Beide Locations durfte ich im Rahmen einer Lesung kennenlernen.

Einige Zitate, die ich meiner Figur Maarten Sneijder – entschuldigen Sie bitte: Maarten S. Sneijder – in den Mund gelegt habe, stammen von Sibelius, Dettmar Cramer, Jean Paul, Mark Twain, Michael Marie Jung, Marie von Ebner-Eschenbach und dem genialen Harry Rowohlt. Es tut mir leid, ich habe diese Aphorismen schamlos stehlen müssen, da sie einfach zu schön sind, um nicht in einem Roman verwendet zu werden.

Wie schon zuvor bei *Rachesommer* gilt mein besonderer Dank Roman Hocke und Dr. Uwe Neumahr von der AVA-International Literatur-Agentur für ihr Vertrauen und die wunderbare Betreuung.

Ich bin davon überzeugt, dass es frei nach William Faulkner bei der Schriftstellerei nicht um Ruhm und schon gar nicht um Gewinn geht, sondern darum, aus dem Material des menschlichen Geistes etwas zu schaffen, das vorher nicht existiert hat. Deshalb danke ich Iris Grädler vom Club Bertelsmann, die mich sozusagen entdeckt und gemeinsam mit mir den Stoff dieses Thrillers entwickelt hat. Bei insgesamt sieben detaillierten Exposé-Entwürfen hat sie mir die Schwachpunkte aufgezeigt, bis wir schließlich diesen Plot fanden. Vielen Dank für Ihre unglaubliche Engelsgeduld. Ich hoffe, die Mühe hat sich gelohnt.

# Lust auf mehr Spannung von Andreas Gruber?

Dann lesen Sie hier weiter …

Auf den nächsten Seiten finden Sie eine Leseprobe
aus Andreas Grubers Thriller
**»Todesurteil«**,
dem zweiten Fall für Sabine Nemez
und Maarten S. Sneijder.

*Viel Spaß damit!*

# PROLOG

Obwohl sie am Ende ihrer Kräfte war, rannte sie weiter. Ihre Lunge brannte wie Feuer. Wie lange schon hatte sie keine frische Luft mehr gespürt? Immer nur die muffig stinkende Kellerluft geatmet? Sieben Monate? Acht Monate? Vielleicht noch länger? Jedenfalls kam es ihr wie eine Ewigkeit vor.

Jetzt zerschnitten ihr Disteln und Dornen Hände und Beine. Ein Ast peitschte gegen ihren Oberschenkel und riss die blasse Haut auf. Steine und Nadeln bohrten sich in ihre nackten Füße. Sie roch das Moos und spürte den kalten Waldboden. *Weg, nur weg!*

Ihre Seite stach wie von einem glühenden Spieß malträtiert. Sie durfte nicht zusammenbrechen. Solange sie sich noch bewegen konnte, musste sie weiter. Wo lag die nächste Lichtung? Immer größere Panik erfasste sie, da sie keine Ahnung hatte, wohin sie lief und wie lange sich das Waldstück noch erstreckte.

Eine ganze Weile hatte es so ausgesehen, als würde der Wald lichter werden, weil die Abendsonne zwischen den Ästen durchschien, aber nun wurde es wieder dunkler. Tränen liefen ihr übers Gesicht. Lief sie in die falsche Richtung? Sollte sie umdrehen? Gab es überhaupt einen *richtigen* Weg? Sie musste endlich Menschen finden, einen Wanderer, vielleicht sogar ein Haus. Dann wäre sie in Sicherheit. Sie wollte nie wieder zurück in den Keller. Sie hielt diese Schmerzen nicht noch einmal aus.

Mit der Hüfte blieb sie an einem Dornenstrauch hängen und riss sich los. Sie schrie auf, rannte weiter und spürte, wie Blut von der Hüfte über den Oberschenkel lief. Kalter Schweiß stand ihr auf der Haut. Der Wind ließ sie frösteln. Plötzlich wichen die

Bäume vor ihr auseinander und die tief stehende Sonne blendete sie einen Moment.

Sie taumelte wie benommen auf eine Lichtung. Unter ihren Füßen befand sich ein Weg, ausgetreten und voller Risse im trockenen Boden. Sie folgte ihm. Eine Holztafel mit einem Pfeil hing an einem Baum. Gelbe und violette Blumen wucherten zwischen den Wurzeln. *2 km bis Wien.* Sie lief weiter und sah schließlich eine Blockhütte mit alten Fensterläden, bemoosten Dachschindeln und einem hohen Kamin.

Das Grundstück davor war von einem schäbigen Lattenzaun umgeben. Daneben stand ein Wagen. Der offene Kofferraumdeckel sah aus wie der Rachen eines Blechmonsters. Eine Frau stieg soeben in das Auto. Ein Mann schlug den Deckel zu. Sie konnte ihr Glück kaum fassen und lief schneller.

»*Hilfe!*«, keuchte sie, doch die beiden hörten sie nicht.

Waren die taub?

»*Hilfe! Ich bin hier!*« Sie versuchte die Arme zu heben, doch die Kraft verließ sie.

Der Mann stieg in den Wagen.

»*Hilfe!*«, kreischte sie mit letzter Kraft.

Dann startete der Mann den Motor. Sie lief näher und tauchte in den Schatten des Hauses. Eine unglaubliche Kälte ließ sie erzittern. Der Wagen fuhr an, und für eine Sekunde stand sie im gleißenden Licht der Scheinwerfer. Danach folgte Dunkelheit.

Als der Wagen mit knirschenden Reifen anhielt, brach sie zusammen. Sie spürte Gras und Erdkrumen auf den Lippen. Ihre Augenlider flatterten.

Eine Autotür knallte, und jemand lief auf sie zu. »Otto, ich habe mich nicht geirrt! Komm her! Hier liegt jemand.«

Eine Frau kniete neben sie hin. Der Duft von Lavendel lag in der Luft. Finger berührten ihre Stirn und strichen die Haarsträhnen weg.

»Es ist ein Kind. Höchstens zehn Jahre alt.«

»Himmel«, rief der Mann. »Das Mädchen ist ja splitternackt und völlig abgemagert.«

»Hol eine Decke aus dem Wagen. Otto, sieh dir nur ihren Rücken an. O Gott, fast der ganze Rücken!« Die Stimme der Frau klang entsetzt. »Ich habe so etwas noch nie gesehen. Was um Himmels willen ist mit ihr geschehen?«

»Wer tut so etwas?«, murmelte der Mann.

*»Bitte nicht berühren!«*, rief sie. *»Es tut so weh!«*

»Otto, sieh nur. Sie bewegt ihre Lippen. Was ist dir nur zugestoßen, Kleine?«

*»So helft mir doch!«*

»Was ist mit dir geschehen, Mädchen? Sag doch was.«

»Lass sie«, brummte der Mann. »Du siehst doch, dass sie nicht redet. Ich glaube, sie ist stumm. Hilf mir, sie muss dringend ins Krankenhaus.«

Die Frau richtete sich auf und blickte ängstlich zum Waldrand. »Ist das nicht das Mädchen, das vor einem Jahr hier verschwunden ist?«

# I

## Sonntag, 1. September, bis Montag, 2. September

*»Alles Leben ist Leiden.«*

– Arthur Schopenhauer –

### 1

An den meisten Tagen des Jahres wirkte Wiesbaden wie ein Ort, an dem einem wahrlich nichts Böses widerfahren konnte – eine beruhigende Mischung aus Schulen, Krankenhäusern, Reha-Kliniken, Alleen und breiten Einkaufsstraßen.

Doch zu dieser nächtlichen Stunde war die Kurstadt mit all ihren Thermalbädern und Mineralquellen in einen dunklen Schlaf gefallen und zeigte sich von einer anderen Seite. Der Sturm peitschte Regen an die Windschutzscheibe von Sabines Wagen, und die Scheinwerfer rissen die Häuserfassaden nur ansatzweise aus der Dunkelheit.

*So ein Scheißwetter!* Sabines Haar war klitschnass und ihre Kleidung bis zum Slip durchnässt. Die nasale Stimme von Klaus Kinski, die sie für ihr Navi runtergeladen hatte, lotste sie durch die Stadt. Sie fuhr an exquisiten Läden vorbei, für deren Besuch sie wohl nie genug Geld haben würde. Aber im Moment fühlte sie sich ohnehin nicht in der Stimmung für eine Shoppingtour.

Was sie hingegen dringend brauchte, waren ein heißes Bad und trockene Kleidung.

Vor fünf Stunden war sie in München losgefahren und hatte während der Fahrt Radio gehört. Wenige Kilometer vor der Autobahnabfahrt Wiesbaden war der linke Vorderreifen geplatzt, und sie hatte den Wagen gerade noch auf dem Seitenstreifen zum Stehen bringen können. Sie hatte mit dem Handy um Hilfe telefoniert, doch der Pannendienst hätte frühestens in zwei Stunden kommen können. Frühere Notfälle gingen vor. Also war sie im strömenden Regen selbst ausgestiegen, um ihre Warnweste aus dem Kofferraum zu kramen und mit dem Pannendreieck die Unfallstelle zu sichern.

Kein Wagen hatte gestoppt, um zu sehen, warum ihr Auto mit der Warnblinkanalage auf dem Haltestreifen stand. Mehrmals wurde sie vom Fahrbahnwasser angespritzt, während sie neben dem Wagen hockte und fluchend mit dem Wagenheber die Karre hochkurbelte, mit dem Kreuzschlüssel die Muttern löste und ihr Reserverad auf die Achse wuchtete.

Während sie wie ein Esel schuftete, kamen ihr heftige Zweifel, ob sie überhaupt das Richtige tat. Klitschnass, wie sie war, hätte sie auch gleich die paar Kilometer zu Fuß bis zur nächsten Abfahrt laufen können, um an einer Tankstelle einen Kaffee zu trinken und auf den Pannendienst zu warten. Aber so viel Zeit hatte sie nicht. Nicht an diesem Abend! Außerdem waren ihre Jeans ohnehin bereits dreckig, ihre Hände schmierig, und es stand so viel Wasser in ihren Schuhen, dass sie sich wie ein Frosch fühlte. Vermutlich würden ihr bald Schwimmhäute zwischen den Zehen wachsen.

Bisher hatte sie nie einen Gedanken daran verschwendet, ob in ihrem Reservereifen überhaupt genug Luft war. Das war natürlich nicht der Fall, aber mit dem Reifen, der wie ein angestochenes Schlauchboot aussah, würde sie den Wagen wenigstens von der Autobahn runterbringen können. Laut fluchend zog sie die

Muttern an und hievte den kaputten Reifen in den Kofferraum. Insgesamt hatte sie mehr als eine Stunde verloren.

Als sie endlich wieder in ihrem Wagen saß, wischte sie sich das Wasser aus dem Gesicht. Ein kurzer Blick in den Rückspiegel versicherte ihr, dass sie wie die Verliererin eines Turniers beim Schlammcatchen aussah.

*Verdammte Kuhscheiße!*

Sie startete den Wagen. Sogleich drang ein Hip-Hop aus den Lautsprechern. Diesen Mist würde sie sich nicht anhören. Jetzt brauchte sie etwas Aufbauendes und entschied sich für ein Hörbuch von Nick Hornby, das sie aus dem Handschuhfach kramte und ins CD-Fach einlegte. Matthias Schweighöfers Stimme klang aus dem Lautsprecher, und für einen Moment war für sie die Welt wieder in Ordnung. Nach der Autobahnabfahrt fand sie sogar eine Tankstelle, an der sie ihren Reservereifen aufpumpen konnte.

Eine Viertelstunde später erreichte sie die Innenstadt, und nun zeigte ihr Navi an, dass sie die Hauptstraße, die durch Wiesbaden führte, verlassen musste, um auf den Geisberg hochzufahren. Dort lag ihr Ziel, dort würde sie die nächsten zwei Jahre verbringen. Außerdem würde sie Erik wiedersehen. Mit sechzehn Jahren waren sie ein Paar gewesen. Sie erinnerte sich gern an diese Zeit, aber nach dem Abitur war Erik zur Bundeswehr gegangen und arbeitete nun nach einer mehrjährigen Schulung im Wiesbadener Bundeskriminalamt als Kriminalkommissar. Vor einem Jahr waren sie wieder zusammengekommen; eine Fernbeziehung Wiesbaden München, die allerdings nicht funktioniert hatte und die sie deshalb vor einem Monat schweren Herzens beendet hatte. Erik wusste noch gar nicht, dass sie hier war. Sie hatte ihn zwar vorwarnen wollen, doch sie konnte ihn seit einer Woche nicht erreichen; weder am Handy noch übers Internet. Vielleicht hatte er eine neue Nummer oder hatte zu einem überraschenden Auslandseinsatz aufbrechen müssen. Jedenfalls hoffte sie, dass sie ihrer Beziehung in Wiesbaden eine neue Chance geben konnten … falls er das überhaupt wollte.

Als Sabine an der höchsten Stelle des Geisbergs das Gelände des Bundeskriminalamts erreichte, schaltete sie Matthias Schweighöfer aus. Im trüben Regen waren der hohe Zaun, die Stahltore, Schranken und Überwachungskameras zu sehen, die das Areal umgaben. Die Thaerstraße, eine schmale Sackgasse, führte in das Gelände und endete in einem Wendehammer mit einigen Besucherparkplätzen. Von hier aus verzweigte sich das mehrstöckige Gebäude mit seinen Glaskorridoren in weitere Bürotrakte. Der ganze Komplex glich einer modernen Festung.

Sabine parkte den Wagen, riss sich die Warnweste vom Körper und stieg aus. Sie lief durch den Regen die Treppe zum Haupteingang hoch, passierte den Wachmann und ging durch die Drehtür. Neonlicht empfing sie. Um zehn Uhr nachts wirkte der Empfangsbereich fast wie ausgestorben. Links lagen die Pförtnerloge, rechts der Ganzkörperscanner, dahinter ein Bereich, in dem Taschen untersucht wurden. Vor einem Drehkreuz standen eine bewaffnete und uniformierte Frau sowie zwei Männer vom Haussicherungsdienst. Die Funkgeräte an ihren Gürteln knackten. Auf einem Deckenmonitor lief ein Infowerbespot. »Wir tragen zur Aufrechterhaltung der inneren Sicherheit bei.« *Jede Wette,* dachte Sabine. An jeder Ecke hing eine Kamera, unter der ein Schild prangte. »Dieser Bereich wird videoüberwacht.« Der Empfang wirkte so einladend und freundlich wie die Personenkontrolle am Gate eines Flughafens, an dem soeben eine Terrorwarnung eingegangen war.

Sie wischte sich das nasse braune Haar aus dem Gesicht und beugte sich zu dem Sprechschlitz der großen Glasfront hinunter. »Sabine Nemez.« Regenwasser tropfte von ihren Haaren auf das Pult. »Ich beginne morgen an der Akademie.«

Der Pförtner, ebenfalls uniformiert und bewaffnet, rollte auf seinem Drehstuhl zum Sprechschlitz und warf einen Blick auf den Computermonitor. »Sie sind spät dran.«

»Ich weiß. Haben Sie vielleicht ein Handtuch für mich?«

Erst jetzt sah er sie an. Er war etwa fünfzig Jahre alt, hatte schwarzes Haar, einen Seehundbart und südländische Gesichtszüge. Das Namensschild an seinem Hemd wies ihn als *I. Falcone* aus. *Ignazio* oder *Innocenzo?*

»In Ihrer Unterkunft finden Sie alles Nötige. Zunächst brauche ich Ihren Personalausweis und die Zutrittsgenehmigung.«

Wahrscheinlich *Ignorant*!

Die Beamten vom Haussicherungsdienst beobachteten sie und rührten sich nicht vom Fleck. Sabine bemerkte die Anspannung auf ihren Gesichtern. Sie kramte Ausweis und Genehmigung aus der Jackentasche und schob alles durch den Schlitz. Schon mehrfach hatte sie ihre Bewerbung an das BKA geschickt und war immer abgelehnt worden, doch jetzt, mit achtundzwanzig Jahren, genauer gesagt vor zwei Tagen am Freitagmorgen, hatte sie aus heiterem Himmel erfahren, dass sie für das morgen beginnende Semester als Kriminalkommissaranwärterin an der *Akademie für hochbegabten Nachwuchs* studieren durfte.

Natürlich war das merkwürdig. Schon allein deswegen, weil sich jedes Jahr mehrere Tausend junge Menschen für einen Platz an der Akademie bewarben, aber nur fünfzig zugelassen wurden. Und nun durfte sie plötzlich hier studieren, nachdem man sie jahrelang für einen Posten beim BKA abgelehnt hatte – und noch dazu, ohne eine einzige Aufnahmeprüfung abgelegt zu haben. Steckte Erik dahinter?

Der Pförtner prüfte akribisch ihre Unterlagen. Nicht ohne ihr sein spitz vorspringendes Kinn entgegenzustrecken. »Die Ausgabestelle hat um diese Zeit schon geschlossen, darum bekommen Sie Unterlagen und Ausrüstung hier.«

Falcone schob mit einer knappen Erklärung ihre neue Dienstmarke und einen in Folie verschweißten Dienstausweis mit integriertem fälschungssicherem Chip durch den Schlitz. Zusätzlich reichte er ihr ein Namensschild zum Anklippen.

»Das ist Ihre Legitimation. Seit einer Woche gilt ein erhöhter Sicherheitsstandard im Gebäude. Also lassen Sie den Ausweis immer gut sichtbar vor Ihrer Brust baumeln, dann gibt es keine Probleme«, nuschelte er mit gelangweilter Stimme, als hätte er den Satz an diesem Tag bereits fünfzig Mal runtergeleiert.

Nun löste sich die Dame vom Haussicherungsdienst aus ihrer Starre und holte aus einem Bereich hinter dem Pult, den Sabine nicht einsehen konnte, mehrere Gegenstände hervor, die sie auf den Tresen legte.

»Ich dachte schon, die Sachen bleiben übrig«, erklärte die Frau.

Sabine erkannte die Sig Sauer 229 im Sicherungsholster mit Schnapper und Drücker. Bei der Münchner Kripo war sie mit einer Heckler & Koch ausgerüstet gewesen, aber das Umlernen auf die Sig würde ihr nicht schwer fallen.

Die Frau packte ein Magazin dazu.

»Scharfe Munition?«, fragte Sabine.

Die Frau lächelte ihren Kollegen zu. »Noch nicht mal eine Minute hier und will schon scharfe Munition. Das ist ein Übungsmagazin für das Training, *Frau Kommissarin.*« Dann packte sie ein weiteres Magazin auf das Pult. »*Das* hier ist die Action-Munition.«

Auch die kannte Sabine. Die alten Projektile hatten noch den Körper durchschlagen, aber diese hier stoppten sofort nach dem Aufprall und detonierten im Leib.

Die Frau holte eine dunkelblaue BKA-Jacke mit Klettverschluss hervor, eine Sporttasche, Handschellen, Pfefferspray und einen Teleskopschlagstock. Sabine musste den Empfang quittieren. In der Zwischenzeit hatte *Ignorant Falcone* durch ein Glasfenster einen Lehrplan und jede Menge Handbücher und Wegweiser auf den Tresen geschoben, mit denen Sabine sich in dem Gebäudemoloch des BKA zurechtfinden sollte.

Er schlug mit der flachen Hand auf den Stapel und blickte sie aufmunternd an. »Sollten Sie irgendwelche Fragen haben, wenden Sie sich bloß nicht an mich … Steht alles hier drin.«

Zuletzt legte er eine Mappe obenauf und verzog den Mund. »Ah, Studienzweig Fallanalyse. Maarten Sneijder wird Sie also unter seine Fittiche nehmen.«

»Maarten S. Sneijder«, korrigierte ihn die Frau vom Haussicherungsdienst. »Gratuliere!« Doch es klang keineswegs nach echter Begeisterung.

Sabine schlug die Mappe auf und stieß sogleich auf eine Namensliste. »Nur fünf Studenten haben sich für dieses Modul qualifiziert?«

»Sind nie mehr«, sagte der Pförtner. »Der Rest ist auf die anderen Studienzweige verteilt. Sie werden Ihre Kollegen früh genug kennen lernen; teilweise überschneiden sich die Module. Hier ist die Vorschwiegenheitserklärung.« Er schob ihr ein Blatt Papier rüber. »Unterzeichnen und morgen in den ersten Kurs mitnehmen.«

Dann schob er einen ID-Scanner auf den Tresen. »Beide Hände, jeweils Daumen, Zeige- und Mittelfinger. Wir nehmen sechs Vergleichsfingerabdrücke von allen Mitarbeitern, damit …«

»Ja, ich weiß«, unterbrach Sabine ihn und presste den ersten Finger auf den Scanner … *damit an einem Tatort die Fingerabdrücke der eigenen Leute ausgesiebt werden können.*

Nach dem Vorgang ließ Falcone den Scanner wieder hinter seinem Empfangsschalter verschwinden. »Fein, Sie sind registriert. Willkommen an der Akademie. Der Campus ist gegenüber dem Hauptgebäude.« Er deutete zum Ausgang.

So einfach war das also!

Zuletzt reichte ihr der Pförtner eine Magnetkarte für ihr Zimmer mit der Nummer fünfzig. Wer zuletzt kam, erhielt wohl das letzte Quartier. Hoffentlich war es keine Wanzenbude. Als Studentin würde sie zwar nur noch ein Monatsgehalt von neunhundert Euro erhalten, dafür war die Unterkunft kostenlos. Sabine hatte ihre Münchner Mietwohnung zum Ende des Monats gekündigt – aber da es so überraschend gekommen war, befand sich der Brief noch auf dem Postweg. Um die Wohnung tat es ihr nicht einmal leid. Viel mehr schmerzte sie, dass sie ihren Vater und ihre Schwester für längere Zeit nicht mehr sehen würde und vor allem auch ihre drei Nichten, die mit fünf, sechs und acht Jahren wie drei Orgelpfeifen aussahen und immer so stolz auf ihre Tante *Bine* waren. Aber dafür würde sie immerhin Gelegenheit haben, Erik öfter zu sehen.

»Ich habe noch eine Frage«, sagte Sabine, während sie Waffen und Unterlagen in die Sporttasche packte.

Der Pförtner nickte zu den Manuskripten. »Steht alles dort drin.«

»Mag sein«, antwortete sie. »Wissen Sie, ob Kriminalkommissar Erik Dorfer gerade im Ausland ist oder auf Urlaub?«

Falcone betrachtete sie mit einem Blick, als wollte er sagen, *Signorina, sehe ich so aus, als kenne ich die Dienstpläne aller zweitausend Kollegen in diesem Haus?*

Doch offensichtlich bemerkte er an ihrem Gesichtsausdruck, dass es ihr wichtig war – oder sie tat ihm einfach nur leid in ihren pitschnassen Kleidern und mit den ölverschmierten Händen.

Kommentarlos tippte er in die Tastatur und warf einen Blick auf den Monitor.

»*Mhhh.*« Er verzog den Mund. »Ist im Krankenstand. Liegt im St. Josefs-Hospital.«

»Hier in Wiesbaden?«

Er sah hoch. »Ja, tut mir leid. Mehr weiß ich nicht. Und hinbringen kann ich Sie auch nicht.« Es klang ätzend.

Sabine ignorierte seinen Ton. Aus dem Augenwinkel bemerkte sie, wie die drei Sicherheitsbeamten miteinander redeten. Schließlich löste sich die Frau aus der Gruppe und kam auf Sabine zu.

»Kennen Sie Dorfer gut?«

»Ja, er ist … ein Freund, wir sind gemeinsam zur Schule gegangen.«

»Wann haben Sie ihn zuletzt gesehen?«

Sabine dachte kurz nach. »Vor knapp einem Monat, als er in München war. Warum?«

»Wir haben erst heute Mittag über ihn gesprochen. Ich finde, Sie sollten wissen, dass er auf der Intensivstation liegt.«

Sabine war wie vor den Kopf gestoßen. Skeptisch starrte sie die Frau an.

»Tut mir leid.« Die Beamtin senkte die Stimme, und der jetzt weiche, sympathische Ton passte gar nicht zu ihr. »Er wurde in den Kopf geschossen und liegt im künstlichen Tiefschlaf.«

»Was? Ich …« *Erik ist angeschossen worden?* Dutzende Fragen wirbelten ihr durch den Kopf. »Ist es im Dienst …?«

Die Frau nickte. »Mehr darf ich Ihnen nicht sagen.«

Wie benommen verstaute Sabine die Sporttasche im Kofferraum. Sie bekam nicht einmal mit, dass sie erneut vom Regen durchnässt wurde. Wie paralysiert verließ sie den Besucherparkplatz, fuhr aus der Sackgasse und rollte mit dem Wagen langsam auf der gegenüberliegenden Seite des Hauptgebäudes auf das Campusgelände.

Sie presste ihren Ausweis mit dem Chip auf den Scanner, worauf sich die automatische Schranke öffnete und sie auf das Areal der Akademie ließ. Das zweistöckige, U-förmige Gebäude tauchte im Licht der Scheinwerfer aus der trüben Regensuppe auf. Der moderne Bau aus Stahl und Beton verfügte über viele große Glasfronten. Jede Menge Wegweiser und Hinweisschilder lotsten Sabine durch das Areal. Links lagen ein Fitness-Center und eine Schwimmhalle mit tiefem Pool, in dem das dunkelblaue Wasser in der Notbeleuchtung funkelte. In der Mitte befanden sich die Hörsäle und rechts die Unterkünfte der Studenten. Hier gab es garantiert keine Wanzenbude. Unter dem Dachvorsprung hingen etliche Überwachungskameras. Auf dem Platz vor dem Gebäude umrahmten Heckenreihen einen Parkplatz und einen Helikopterlandeplatz.

Die Freude, ihr altes Leben hinter sich zu lassen, einen Studienplatz an der Akademie ergattert zu haben und zwei Jahre Ausbildung und hartes Training absolvieren zu dürfen, war wie weggewischt.

*Erik!*

Die Kollegin vom Sicherungsdienst hatte auf ihre Frage nicht geantwortet *Mehr kann ich Ihnen nicht sagen,* sondern *Mehr* darf *ich Ihnen nicht sagen.* In was zum Teufel war Erik da hineingeraten?

Nachdem sie einen Parkplatz gefunden hatte, zog sie ihren Trolley durch den Regen in die Akademie und folgte den Wegweisern zu den Unterkünften. Durch die Bewegungsmelder ging das Licht in den Korridoren automatisch an. Jede ihrer Bewegungen wurde von Kameras verfolgt.

Ihr Zimmer lag am Ende eines Ganges. Sie wollte bereits mit der elektronischen Karte die Tür öffnen, als sie ein Kuvert im Rahmen bemerkte. Darin befand sich eine handschriftliche Notiz.

*Kommen Sie morgen um 7.30 Uhr in den Hörsaal 1.*
*Maarten S. Sneijder*

Das war alles, und Sabine fragte sich einmal mehr, weshalb sie ausgerechnet jetzt hierhergeholt worden war.

## Andreas Gruber

Andreas Gruber, 1968 in Wien geboren, lebt als freier Autor mit seiner Familie in Grillenberg in Niederösterreich. Er hat bereits mehrere äußert erfolgreiche und preisgekrönte Erzählungen und Romane verfasst. Mehr zum Autor und seinen Büchern finden Sie unter www.agruber.com sowie unter www.facebook.com/Gruberthriller.

»An Andreas Gruber schätze ich vor allem, dass er eigene erzählerische Wege geht – und das atmosphärisch so glaubhaft, so greifbar, dass man ihm bereitwillig folgt.«
*Andreas Eschbach*

Bücher von Andreas Gruber im Goldmann Verlag:

*Die Reihe um Maarten S. Sneijder*
Todesfrist. Thriller · Todesurteil. Thriller · Todesmärchen. Thriller
(auch als E-Book erhältlich)

*Die Reihe um Walter Pulaski und Evelyn Meyers*
Rachesommer. Thriller · Racheherbst. Thriller
(auch als E-Book erhältlich)

*Die Reihe um Peter Hogart*
Die Schwarze Dame. Thriller · Die Engelsmühle. Thriller
(nur als E-Book erhältlich)

*Außerdem lieferbar:*
Herzgrab. Thriller (auch als E-Book erhältlich)

GOLDMANN
Lesen erleben